中国文学批评史系列教材

总主编　李建中

中国文学批评史

（第2版）

主　编：李建中

副主编：高文强

编　写：（以姓氏笔画排序）

牛月明　孙宗美　吴作奎

李建中　严　平　唐明生

高文强　郭玉生　喻守国

武汉大学出版社

WUHAN UNIVERSITY PRESS

图书在版编目(CIP)数据

中国文学批评史/李建中主编．—2 版．—武汉：武汉大学出版社，2015.8
(2018.8 重印)
中国文学批评史系列教材
ISBN 978-7-307-16428-4

Ⅰ.中…　Ⅱ.李…　Ⅲ.中国文学—文学批评史—高等学校—教材
Ⅳ.I206.09

中国版本图书馆 CIP 数据核字(2015)第 169579 号

责任编辑:白绍华　袁婷婷　　责任校对:李孟潇　　版式设计:马　佳

出版发行：**武汉大学出版社**　(430072　武昌　珞珈山)
(电子邮件：cbs22@whu.edu.cn　网址：www.wdp.com.cn)
印刷:荆州市鸿盛印务有限公司
开本:787×1092　1/16　印张:17.75　字数:418 千字　插页:1
版次:2008 年 8 月第 1 版　　2015 年 8 月第 2 版
2018 年 8 月第 2 版第 2 次印刷
ISBN 978-7-307-16428-4　　定价:36.00 元

总　序

1927年陈钟凡先生《中国文学批评史》问世，至今已近百年。百年荏苒，时运交移，21世纪的读者，有幸能够读到各种体例、各种风格乃至各种学术观念的《中国文学批评史》，这其中既有学科草创期郭绍虞、罗根泽、朱东润等先生的开山之作，亦有学科成熟期侯敏泽、张少康、蔡钟翔等先生的扛鼎之作，更有自20世纪末至21世纪初兼具专著和教材双重性质的厚重之作。从1989年第一卷问世，到1996年全部出齐，王运熙、顾易生主编的七卷本《中国文学批评通史》(上海古籍出版社)，全面清理了各历史阶段文学批评发展过程，科学评价了历朝历代经典理论家及批评经典，努力发掘新的材料，整体展示了中国文学理论批评的丰富多彩和灿烂成就。21世纪初，笔者主编《中国古代文论》(华中师范大学出版社，2002)，紧紧扣住中国文学批评与儒道释文化的关系，在古代文化的思想背景和精神源流中，把握并阐释古代文学批评的演进脉络和理论精粹，力图从民族文化和民族精神的层面揭示中国文学批评的理论意义和当代价值。2006年，袁济喜《新编中国文学批评发展史》(中国人民大学出版社)，注重批评史与思想史、哲学史以及美学等相邻人文学科的联系，着力彰显批评史中深挚博厚的人文精神，实现国学蕴涵与现实人生的深度贯通，以及文献与思辨的有机结合。两年后，笔者主编的《中国文学批评史》(武汉大学出版社，2008)问世，“武大版”在保持“华师版”“文化视野”的同时又新增“文体观照”，亦即从批评文体的角度，重新清理中国文学批评史，在每一章的概述部分，辟专节介绍本时期批评文体的时代风貌，分析本时期文学批评在文体样式(体裁)、批评话语(语体)和批评风格(体貌)等方面的特征。翌年，笔者新推出“北大版”的《中国文学批评史》，除了基础知识的讲述之外，新增三大板块：问题研讨、导学训练和拓展指南。此举旨在培养学生的问题意识和质疑精神，提高学生的理论思辨和学术研究能力，并且为学生的进一步思考和研究提供相关学术史背景和最新学术进展的文献目录。2014年，李春青主编的《中国文学批评史》由高等教育出版社印行，是书以“求真”为宗旨——不仅是资料整理层面的求真，而且是更深层次的“追问意识”上的求真：古代文论话语是如何被建构起来的，它的实际的社会功能与意识形态功能究竟是什么。这一求真路向，表现在方法论上则是：“对话”的言说立场，跨学科的互文性视野，以及语境化的操作方法。

作为一个学术领域，“中国文学批评史”(亦称“中国古代文论”或“中国文论”)，可谓“体貌英逸，俊才云蒸”，一大批勤奋而又新锐的学者在此领域“望今制奇，参古定法”，诸多颇有影响的学术论争或命题(如“古代文论的现代转换”、“文论失语症”、“青春版文心雕龙”等)均由此领域发轫；作为一个学科，“中国文学批评史”则是松散的甚至是名实乖离的，因为在现有的学科体制下，“中国文学批评史”已经不是一个二级学科，她或者归于“文艺学”，或者归于“中国古代文学”，这种“游离”状态反倒赋予了她更多的学术自由和更大的理论空间。这也就是前述种种体例、风格或学术观念的批评史得以纷纷问世且能并行不悖的深层缘由，也是我们这一套“中国文学批评史系列教材”得以出炉的现实原因。

笔者在大学讲坛上讲授“中国文学批评史”已有33年，积33年之教学经验以及主编三种“批评史”教材之学术心得，笔者以为：大学讲坛上“中国文学批评史”的讲授或传播，至少可以有三种不同的方式。

一是“原始表末”式。当年刘勰撰著《文心雕龙》，概述“本课题研究现状”时，认为“近代之论文者”的通病是：“并未能振叶以寻根，观澜而索源。不述先哲之诰，无益后生之虑。”因此，刘勰论文自定四项基本原则，第一原则便是“原始以表末”。讲中国文学批评史，首要任务当然是原“始”。问题是，中国文学批评史的“始”在哪里？受西方近现代“文学”观的影响，中国文论一般将“魏晋”(亦即鲁迅所言“曹丕的一个时代”)视为“文学的自觉时代”。加之《四库总目》集部的“诗文评”提要称“建安、黄初，体裁渐备。故论文之说出焉，《典论》其首也”。由此看来，中国文学批评史是从魏晋开始的，那么先秦(也就是雅斯贝尔斯所说的“轴心时代”)怎么办？这显然是不能成立的。“文学批评”这一术语虽说是从西方传入的，但作为“批评”的对象，汉语的“文学”与西语的“Literature”从内涵到外延，从词根到语用，都是大不一样的。“原”中国文学批评史之“始”，不仅不能止于“曹丕的一个时代”，甚至也不能止于“轴心时代”，而是要返回《文心雕龙·原道》篇所说的“人文之元”，亦即“河图洛书”的时代。找到中国文学批评真正的“元”(起源与本原)，才能说清楚她的流变或走向，诸如：先秦两汉儒道文化背景下的文论创生，魏晋南北朝佛玄合流中的文论新变，唐宋的三教融合与文论多元，元明清的文化总结与文论繁荣，乃至近代西学东渐与文论转型。

二是“洪范九畴”式。据《尚书·洪范》记载：鲧堵塞洪水，扰乱五行之陈列，“帝乃震怒，不畀洪范九畴”。等到鲧之子禹继起，治好了洪水，“天乃赐禹洪范九畴”，结果是“彝伦攸叙”。中国文学批评史讲“范畴”，大多要追溯到《尚书》的“洪范九畴”，《洪范》篇所列举的五行、五事、八政、五纪、三德、五福、六极等，是夏禹治理国家的基本范畴和范畴体系，夏禹在治水之后用这些范畴治国，取得了极大的成功，故《文心雕龙·原道》篇在讲述上古文明史时对此事大加赞美：“夏后氏兴，业峻鸿绩，九序惟歌，勋德弥缛。”如果我们跳出单一的历史叙事，在一个多元的层面作隐喻式言说，则可将《尚书》的“天乃赐禹洪范九畴”理解为：上天为圣贤恩赐兼具规律性和可操作性的基本范畴和范畴体系，以助其成功。鲧未能得到范畴，他失败了；禹得到了范畴，他成功了。治国如此，论文亦然，就后者而言，刘勰的成功，是构建并诠解“范畴”的成功，是折中并运用“范畴”的成功。我们看《文心雕龙》五十篇的篇名，大多是中国古代文学理论批评的核心范畴，如“神思”、“体性”、“风骨”、“通变”、“情采”、“声律”、“比兴”、“隐秀”等。在课堂上将这些范畴讲清楚了，也就将《文心雕龙》讲清楚了，也将中国文学批评史讲清楚了。在这个意义上我们可以说，讲授中国文学批评史，一个提纲絜领且能事半功倍的方法，就是“洪范九畴”法。作为在大学校园研究并传播中国文学批评史的教师，真的要感谢“天乃赐余洪范九畴”，有了“范畴”，我们才有可能“彝伦攸叙”，也才有可能“勋德弥缛”。

三是“尚友古人”式。儒家的孔子和孟子都看重交友，《论语》开篇便有“有朋自远方来，不亦乐乎”，孔子常讲“益者三友”或“损者三友”。孟子对万章说：“一乡之善士，斯友一乡之善士；一国之善士，斯友一国之善士；天下之善士，斯友天下之善士。以友天下之善士为未足，又尚论古之人。”可见最高的善士是要“尚友古人”的，如何“尚友古人”？“颂其诗，读其书”也。学习中国文学批评史的过程，是一个“尚友古人”的过程，是一个“知音”的过程。然而，知音其难哉！刘勰在《文心雕龙·知音》篇中感叹：“音实难知，知实难逢，逢其知音，千载其一乎！”我们今天若要与古代的文学理论批评家交朋友，若要成为他们的千古知音，除了“读其书”别无他途。说到中国文学批评史领域的“尚友古人”，我们要感谢郭绍虞、王文生两位先生主编的《中国历代文论选》(上海古籍出版社，1979)，十年浩劫之后，有志于中国文学批评史研究的学人，无一不是借此书“尚友古人”从而登堂入室的。我们前面谈到的“原始表末”和“洪范九畴”两种方法，落到文本的实处，还是要“读其书”，精阅经典而“尚友古人”。由此亦可见出，我们讲的三种方法是互通互济、相得益彰的。

这套“中国文学批评史系列教材”，首批推出三种：《中国文学批评史》当然属于“原始表末”式，而《中国文论经典导读》和《文心雕龙导读》，就编撰体例而言属于“尚友古人”式，而解读方式则属于“洪范九畴”式。因而，这套书的广大读者，无论是将之视为教材还是视为学术著述，若能既将三种读本相互参照，又将三种方法交互使用，则可以有意外之收获。

《礼记·学记》曰：“学然后知不足，教然后知困。知不足，然后能自反也；知困，然后能自强也。故曰：教学相长也。”作为高校教师，我们的“所知之困”，是如何在自己的教学活动中最有效并最大限度地激发起学生的学术兴趣，使学生成为“善学者”和“善问者”。《礼记·学记》说：“善学者，师逸而功倍，又从而庸之；不善学者，师勤而功半，又从而怨之。”又说：“善问者，如攻坚木，先其易者，后其节目，及其久也，相说以解；不善问者反此。”可见与“善学(问)者”一道，才能真正实现“教学相长”。正是在这个意义上，《礼记·学记》引用《尚书·说命》的话说：“学学半。”第一个“学”字读作“效”，意谓“教”：教别人，自己也能收到一半成效。这是何等有趣味的事情，无怪乎梁启超要说“教师是一种最有趣味的职业”。希望我们这套系列教材在为广大读者提供知识和思想的同时，也能为读者平添几分兴致和趣味。

李建中

2015年7月

目　　录

导　论

“文学”这个词最早出现于《论语·先进》，意谓文献之学。这种大文学观念使“文学”从滥觞之时就深深地扎根于“文化”之中，同时也使得中国文学批评从一开始就寄生于文化文本之中，成为中国文化的重要组成部分。中国文学批评的发生、发展及演变以儒道释文化为思想背景和精神资源，在思维方式、范畴术语、理论形态等方面都受到中国传统文化的深刻影响。因此，文学批评与古代文化血肉相联的“史”、“论”事实以及文学批评的诗性言说方式是中国文学批评史教学中的重要内容。遗憾的是，已有的文学批评史教材对这些内容有不同程度的忽略。本书力图在前人不够重视的地方有所突破，其创新之处在于：一是紧紧扣住古代文学批评与儒道释文化的关系，在古代文化的思想背景和精神源流中，把握并阐释文学批评的演进脉络和理论精粹；二是注重从批评文体即言说方式的角度，重新清理中国文学批评史，不仅注重中国文学批评“说什么”，而且关注其“怎么说”。

一、中国文学批评的文化背景

“文化”是一个合成词，由“文”与“化”组合而成。《说文·文部》说：“文，错画也，象交文。凡文之属皆从文。”《周易·系辞下》说“物相杂，故曰文”，《礼记·乐记》说“五色成文而不乱”。可见作为名词的“文”有两个特征：一是交错相杂，二是多样统一。“化”指事物形态或性质的改变，如《庄子·逍遥游》说“化而为鸟，其名曰鹏”，《周易·系辞下》说“男女构精，万物化生”，《礼记·中庸》说：“可以赞天地之化育”等。“文”与“化”并联使用，最早似见于《周易·贲卦·象传》：“观乎天文，以察时变；观乎人文，以化成天下。”“人文”与“化成天下”紧密相联，使得“文化”一词具备了它的基本内涵，即“文明教化”或“以文教化”，这其间隐含了“文化”与“文学”的天然联系。

“文化”有广义和狭义之分。广义的“文化”是指人的价值观念在社会实践中对象化的过程与结果，它包括了物质制造（技术体系）和精神创造（价值体系）两大部分；而狭义的“文化”则仅指人类精神活动的过程及其结果①。人类精神创造主要的载体就是“文”，也就是刘勰《文心雕龙·原道》篇所说的“心生而言立，言立而文明”的“人之文”。上古时期所谓的“文学”泛指一切见之于“文”的东西，与狭义的“文化”恰好是相重合的。因此“文学”与“文化”存在天然的联系，这种联系在我们今天所说的纯文学之中也依然存在。

从文学批评来看，先秦文学批评所寄生的文献典籍既是“文学”文本，也是文化的组成部分，当时的“文学家”同时也是“文化人”，他们的文化思想必然灌注于文学批评理论，

① 关于“文化”的定义，请参见：冯天瑜：《中国文化史纲》，北京语言文化大学出版社 1994 年版，第 2 页；李建中主编：《中国文化概论》，武汉大学出版社 2005 年版，第 3 页。

文学批评理论又必然涵泳于文化思想。中国文学批评从一开始就生长在文化的母体之中，与文化有密切的血缘关系，而这种血缘关系又突出表现在儒道释三个不同的领域。儒道释文化共同构成中国文学批评的思想文化背景。本节分述如下：

(一)儒家文化与中国文学批评

许慎《说文解字》说“儒，术士之称”，胡适称儒为“殷民族的教士”。最早的“儒”是以相礼治丧为职业的文化人，他们的主要任务是在仪式中完成人与神的沟通。在“百家争鸣”的春秋战国时代，儒成了一个重要的学派，其标志性特征就是以孔子为宗师，以孔子学说为宗旨。儒家的起源有神学色彩，到孔子创立的文化学派宣扬“仁”学，才消退了神学色彩。汉代“罢黜百家，独尊儒术”之后，儒家文化成为中华民族的主流文化。儒家文化对中国文学批评的影响可概括为三大主义：人格主义、功利主义和经学中心主义。

第一，人格主义。中国真正意义上的文学批评是从孔子对《诗经》的批评开始的。儒家文化最根本的一个目的就是按照自己的文化标准来塑造人格，因此孔子也把文学看作一种人格塑造的工具。他教弟子们学习《诗经》是为了塑造学生的人格，他对《诗经》的批评也是为塑人格服务的。《论语》记载了孔子对《诗》的评论：

> 子贡曰：“贫而无谄，富而无骄，何如?”子曰：“可也，未若贫而乐，富而好礼者也。”子贡曰：“《诗》云：‘如切如磋，如琢如磨，其斯之谓与?”子曰：“赐也，始可与言《诗》已矣，告诸往而知来者。”(《论语·学而》)
>
> 子夏问曰：“‘巧笑倩兮，美目盼兮，素以为绚兮。’何谓也?”子曰：“绘事后素。”曰：“礼后乎?”子曰：“起予者商也！始可与言《诗》已矣。”(《论语·八佾》)

用装饰品的打磨来比喻人格修炼过程，用人的漂亮需要先天素质和后天修饰结合来比喻仁和礼在人格培养方面的顺序。朱自清《诗言志辨》把前者叫作“因事及诗”，将后者称为“因诗及事”，虽然方向相反，但最后都指向了人格修养之事。这种把诗歌当作教化工具的思想后来发展成“文以载道”，成为中国文学批评一个很重要的思想。

人格主义的文化取向对中国文学批评的影响是多方面的。从积极的方面来说，一是在批评中强调文学创作主体的人格形象。王国维说，有高尚伟大之人格者，必有高尚伟大之文学。最好的文学，是从人格中流出来的。如杜甫，他那些忧国忧民的诗歌和忧国忧民的思想是共存的。二是形成“知人论世”的批评方式。注重对作者的身世、经历、思想、情感、人品，以及所处的时代环境和文化背景的了解。通过了解作者来解读作品，成为我国文学批评的一种优良的传统。三是采用比德的言语方式。比德就是用自然物比喻道德，如用“岁寒，然后知松柏之后凋也”来比喻人的坚贞不屈，用莲花的“出淤泥而不染”来比喻人的高洁。中国文学批评常常运用与比德相关的比兴方式，如刘勰给“神思”下定义说：“形在江海之上，心存魏阙之下。”讲风骨，把有风骨但缺乏文采比喻成“鸷集翰林”；把有文采但缺乏风骨比喻成“雉窜文囿”。这种言说方式在司空图的《二十四诗品》中达到了极致和完美。从负面的影响来说，这种“人格主义”用一种道德的批评来代替文本的解读，来评价文学作品的优劣高低，这样会导致对作者的道德苛求，从而遮蔽文学作品的审美价值。同时，人格主义强调道德形象，而某种文化流派的道德不是永恒的道德，而是具体时空中的道德，一旦将其视为超时空的东西，就会对文学形成一种束缚。

第二，功利主义。功利主义是指把文学当作一种手段和工具。从“诗言志”开始，儒家文化就强调文学对于人格修炼和社会政治的功用。孔子论述诗在社会生活中的作用，是将它与礼乐教化联系在一起的。《论语·泰伯》说：“兴于诗，立于礼，成于乐。”《论语·季氏》说：“不学诗，无以言……不学礼，无以立。”前文所引孔子用诗，既是一种人格主义，也是一种功利主义。孔子认为，只有像子夏、子贡那样明白学《诗》是为了修炼道德、推行教化的道理之后，才“始可与言诗”。可见，孔子高度重视诗歌的实用价值和社会作用。《论语·阳货》说：“小子！何莫学乎诗？诗，可以兴，可以观，可以群，可以怨。迩之事父，远之事君，多识于鸟兽草木之名。”历代学者对兴、观、群、怨的解释存在争议，但是对于这句话表明了孔子的文学功能观则是没有异议的。儒家的文学功利主义影响深远，历朝历代均有文学批评家提出文学为政治教化服务的理论观念。

功利主义的文学观也是利弊共存。利的一面表现在，它强调文学的社会责任和审美教育功用，强调文学对现实社会和现实人生的积极作用，强调文学为人生的一面，在一些特殊的历史时期，比如外族入侵、民族存亡的时刻，是有意义和价值的。如果我们将“功利”一词的外延扩大，包括社会政治心理情感伦理知识等各个领域各个方面的功用，那么所谓“功利主义”对于文学来说是必要的。功利主义的弊端表现在，一旦把文学当作工具，就难免被专制统治者所利用，统治者用它作为压制老百姓的工具的现象在历朝历代都不鲜见。“文革”中，将文学当作阶级斗争、权力争夺的工具成为最流行的观念，完全忽视了文学的审美特质，对文学的发展造成了很大的破坏。

第三，经学中心主义。《左传》讲“三不朽”，儒家文化的三大理想就是立德、立功和立言。立德是人格主义，立功是功利主义，立言就是经学中心主义，因为这个“言”就是以经学为中心的语言。儒家经典的言说一旦成为经典，就先在地具有真理性，只能去信奉、阐释而不能去怀疑、批评。先秦儒家看重语言，首先是因为他们看重名分，儒家把人分为很多等级，不同的等级有不同的称谓或名分，而这些称谓必须依靠语言来表述，所谓名不正则言不顺。语言是为了正名，看重语言是因为看重社会等级和社会秩序。这种经学中心主义到了文学批评里面就造成了语言中心主义。杜甫有两句非常著名的论诗诗：“为人性耽僻佳句，语不惊人死不休。”对语言完美的追求达到了一种无以复加的地步。很多古代诗人为了推敲一个字而寝食不安，“吟安一个字，捻断数茎须”①，可见语言的创作是多么的痛苦，又是多么的重要。由此就不难理解，刘勰的《文心雕龙》为什么要用整整十篇的篇幅专门讨论文学创作的语言问题。

经学中心主义对文学批评也有很大的影响。一方面，文学是语言的艺术，文学家必须依靠语言才能存在，一个没有出色的语言能力的人是不可能成为文学家的。从这个角度看，语言中心主义是有道理的。另一方面，儒家文化看重语言，就常常忽略语言本身的东西，而文学的要义和真谛，文学的最高境界，是超越语言本身的。正是在这一点上，道家的“得意忘言”和“言外之意”解了儒家之弊。而且，过分看重语言还会产生另一种弊端，就是为语言所展示的表面所迷惑，而看不到语言背后真实的东西。当一个人的语言和行为

① 卢延让：《苦吟》。

差别太大，形成悖论时，这种名与实、言与行的背离，常常和儒家的人格主义产生一种矛盾。

（二）道家文化与中国文学批评

“道”，本义是“道路”，引申为“道理”。道家的“道”出自《老子》，《老子》一书又名《道德经》，所以道家最初也被称为“道德家”。《老子》中提出了以“道”为核心的思想体系，用“道”来说明宇宙万物的本质、构成、变化和本原，主张道法自然、清静无为。庄子发展了原始道家的思想，更强调“道”的从无生有、变化莫测的性质，认为万物都是相对的，他提出“齐物”论，倡导一种“天地与我并生，而万物与我为一”的精神境界。与事功、有为的儒家文化不同，道家文化是超迈、无为的。在文学批评领域，道家文化以不同于儒家的方式和旨趣塑造着一种超功利的艺术人格。道家文化对中国文学批评的影响主要有三方面：虚静其心，法天贵真，言外之意。

第一，虚静其心。和儒家一样，道家也注重人格修养，但所关注的侧重点不同。儒家的人格形象是外在的，是个体的人在社会公众中的形象，如“小人”和“君子”是社会公众对人格主体的评价。道家关注的是人的内心，老子、庄子都强调虚静其心，要求排除各种名利和杂念的堵塞和遮蔽，从而达成一种清澈空灵的心境。道家用这种虚静其心来解构儒家的人格主义，重建道家的人格。儒家人格的名号是“君子”，是内圣外王，是要建功立业。道家的人格名号是“隐者”，倡导不去争名夺利，远离功名利禄。心斋坐忘，清静无为，安静地生活，安静地思考自己的存在。

虚静论是老庄的一个重要哲学—心理学思想，对文学创作和创作主体有很大的影响。中国的文学家，在社会生活中是一个儒者，要建功立业；在精神生活中是一个隐者，要返回内心，返回自我，要在宁静中体悟生命的真义，在归途中找到自己的精神家园。从这个意义上讲，真正对中国文学家和中国文学批评家有致命影响的不是儒家的人格主义，而是道家的虚静其心。苏轼讲过，“欲令诗语妙，无厌空且静。静故了群动，空故纳万境”①。也就是说，要想领悟诗的妙处，内心深处必须空灵和寂静。只有当我们内心空且静的时候，才能把握各种各样的动，才能接纳各种各样的境。可见苏轼把作家内心是否虚静视为创作能否成功的前提条件。在道家思想的影响下，中国作家特别强调内心的宁静，强调用这种宁静来应对万物。艺术精神与现实功利的东西常常存在冲突，道家文化的虚静其心，从人格修炼的角度对儒家的人格主义产生了一种补充或修正作用，同时又因其鲜明的审美特征，深刻地影响了中国文学家的创作心理。

第二，法天贵真。《老子》二十五章说：“人法地，地法天，天法道，道法自然。”在老子看来，道就是自然，道就是天，而人最终要以自然为法则。自然的法则就是真实而自然，那么我们就要以真为贵。《老子》中有三次提到“真”，都是表述事物及人的一种自然真实的状态。二十一章“其精甚真，其中有信”，认为物无“真”便无“信”；四十一章“质真若渝”，认为质地纯真的东西毫不向外炫耀；五十四章“修之于身，其德乃真”，认为个人品德修养要达到纯真的境界。到了庄子，贵真的思想就明确提出来了，《庄子·渔父》：

① 苏轼：《送参寥师》。

孔子愀然曰："请问何谓真?"客曰："真者，精诚之至也。不精不诚，不能动人。故强哭者虽悲不哀，强怒者虽严不威，强亲者虽笑不和。真悲无声而哀，真怒未发而威，真亲未笑而和。真在内者，神动于外，是所以贵真也。"

真就是精诚，精诚才能动人。真正的悲伤即使不哭即使没有声音也是令人悲戚的，真正的愤怒在爆发出来之前就已经很威严了，真正的亲和即使不笑也让人感到亲切。

老子和庄子这种以自然为法则，以真为贵的思想对中国文学批评有很大影响。东汉的王充在《论衡》中已经开始用"真"来评论文章。唐代司空图的《二十四诗品》中屡次出现"真"字，发挥庄子"真在内者，神动与外"的思想，将"真"纳入美学领域。明代李贽的"童心说"更是高扬"真"的旗帜。童心就是真心，李贽将"童心"作为评价一部文学作品好坏的标准，这就是贵真。道家这种法天贵真的思想是非功利主义的，因此比儒家更为真实。徐复观《中国艺术精神》主要讲庄子思想对中国文学艺术的影响，指出道家文化滋润了中国文学的想象力，滋养了中国文学的同情心，具有一种和自然同样永恒的对真实情感的追求，同样也滋润了中国文学和文学批评的意境。

第三，言外之意。孔子说"辞达而已"，儒家以语言为中心，辞是能够达意的。道家则认为言语是不能达意的，老子说"知者不言，言者不知"，这里的"知"就是"智"的意思。庄子在《天道》篇中也说："语之所贵者意也，意有所随。意之所随者，不可以言传也。"道家不看重语言，看重的是语言之外的意义，这一点正好与中国文学的特征相契合。中国古典诗歌的特点就是语言少而意义丰富，诗中的内涵是几十个字本身不能胜任的，只能在字里行间去寻找。不仅诗歌，小说也讲言外之意，《红楼梦》写黛玉临死的时候说了这样一句话："宝玉，你好……"此时此刻，黛玉对宝玉的感情是非常复杂的，无论多少语言都无法表达黛玉此时的感情，所以最好的方法就是不说。西方哲学家维特根斯坦说过，对于我们不能言说的东西，我们只能保持沉默。冯友兰也说做学问有三个阶段：第一个是"照着说"；第二个是"接着说"；最后是"不说"。三种状态分别对应哲学的初级、中级、最高阶段。哲学的最高境界是不能言说的，文学也如此，对于文学的最高境界我们只能像陶渊明那样："此中有真义，欲辩已忘言。"

言外之意对中国文学批评有重要影响。王弼在《周易略例·明象》中提出"得意忘言"；陆机在《文赋》中提出解决语言表意局限的方法是"课虚无以责有，叩寂寞而求音"；刘勰《文心雕龙·神思》对言意关系的论述是"意翻空而易奇，言征实而难巧"；钟嵘《诗品》说："言在耳目之内，情寄八荒之表。""言在意外"成为创作中的一种自觉追求，并在理论上不断得到充实，唐代皎然提出"境生象外"，至晚唐司空图大力倡导文学创作中的"韵外之致"、"味外之旨"、"象外之象"和"景外之景"，并将"不著一字，尽得风流"作为创作的最高境界，力求摆脱语言的束缚，尽情抒写寄诸言外的情理。宋代欧阳修的"状难写之景如在目前，含不尽之意见于言外"，严羽的"如空中之音，相中之色，水中之月，镜中之象，言有尽而意无穷"①，一直到清代王士禛所提倡的"神韵"说，无一不具有"意在言外"的味道。

① 《沧浪诗话·诗辨》。

(三)佛教文化与中国文学批评

"佛"的本义是"悟"，在梵语中是一个泛指，后来成了释迦牟尼的尊称，佛教就是释迦牟尼开创的宗教。印度佛教在东汉初年传入中国，与中国本土的儒、道文化相互融合，六朝时得到发展，隋唐达到鼎盛，形成天台、华严、唯识、禅宗、净土、密宗等具有中国特色的许多宗派。佛教文化中，对中国文学批评影响最大的是禅宗，其影响表现在三个方面：吾性本真、熟参妙悟、境界至上。

第一，吾性本真。佛教既是宗教也是哲学，它的最终目的是要使人摆脱尘世的痛苦，进入了彼岸的极乐世界。这个彼岸世界就在人心之中，是人心中最本真的东西。只要我们领悟了这种最本真的东西，我们就摆脱了苦海，进入彼岸世界，因此"吾性本真"是一种心灵的真实感。

儒家强调历史的真实，道家注重自然的真实。与儒道强调客观生活的真实不同，佛教强调心灵的真实。佛教认为万事皆空，我们所能看到的东西并不都是真实的。什么才是真实的呢？只有当一个东西能说明它为什么存在它才是真实的。各种物体是不真实的，因为它们不能够说明它们为什么存在，只有人是真实的，因为人能够解释他的行为。这种真实观和文艺的真实观是相同的。它是一种心灵的真实，一种情感的真实，一种艺术和审美的真实。

儒家所强调的历史真实在文学批评方面有很广泛的影响，中国文学史上不乏用历史真实来要求文学作品的人，早期的如班固对《离骚》中羿、浇、少康、二姚描写的斥责，王充对《诗经》中周朝旱灾描写的批评，一直到晚清的纪晓岚，还在批评蒲松龄的《聊斋志异》缺乏史官文化的真实。《聊斋志异》写人和鬼在密室里面结为百年之好，双方会发誓说一些天知、地知、你知、我知的话，纪晓岚就质疑蒲松龄是如何知道这些话的。佛教的真实观逐渐改变了儒家的真实观，大大刺激了中国文学的想象力。中国的四大名著中都有佛教的影子：《红楼梦》一开头就是一僧一道；《西游记》本身就是讲佛道的故事；在《三国演义》这样很真实的作品里面，也有诸葛亮借东风之类的鬼神故事。这种真实观的影响之一就是消解了生与死的界限。传奇中经常看到写人死后还魂，人和鬼见面，人和鬼相恋等，都是受到了佛教真实观的影响。

第二，熟参妙悟。"佛"的本义是"悟"，释迦牟尼因悟而成佛，在中国影响最大的禅宗也重"悟"。禅宗有两句很有名的话："拈花之妙悟，非树之奇想。"前一句是说佛祖在灵山说法时拈花示众，摩诃伽叶顿时领悟其间微妙至深的禅境。后一句话是说六祖慧能在五祖寺发出"菩提亦非树"的奇想，创立了南宗顿悟之教。从思维方式的角度而论，"悟"属于直觉性思维。直觉，又叫感性直观或感性直觉，是通过人的思维直接把握事物本质的一种内在直观认识，朱光潜将"直觉"的心理学特征表述为："见到一个事物，心中只领会那事物的形相或意象，不假思索，不生分别，不审意义，不立名言。"①禅宗的妙悟是最为典型的直觉思维，严羽以禅喻诗，《沧浪诗话》的"诗道亦在妙悟"取自"禅道惟在妙悟"，其实质是将中国佛学的思维方式引入诗歌理论和批评。

妙悟的前提是熟参。佛教成佛的过程是一个熟参的过程，就是通过熟练的阅读、观察

① 克罗齐：《美学原理》，作家出版社1958年版，第140页。引文为朱光潜对"直觉"的注释。

和思考而达到一种对佛心的领悟。这种领悟是很微妙的，是突然发生的。文学创作中主体的积累、灵感和佛教的熟参相类似。文学需要积累，即阅读前人作品，观察生活，观察人，思考社会；同时文学更需要灵感，经过大量阅读、写作实践和长期的思考，从而进入一种创造能力特别强的状态。灵感突如其来，转瞬即逝，对于作家的创作具有重要的作用。中国文学批评家既强调读前人作品，也就是熟参；同时也对突如其来的灵感也就是妙悟，有深刻的认识和独到的见解。比如陆机《文赋》谈到灵感到来时动静相济的状态和特征，又比如严羽谈到到熟参是妙悟的必要前提。

第三，境界至上。境界是一个佛教术语，佛教有六根六境之说，六根就是人的全部感觉和知觉：眼、耳、鼻、舌、身、意，六境是指六根所感知的客观对象。六根六境包括了物质和精神的东西，佛教的"六根清净"就是放弃对物质的追求，达到心灵的平静，进入一种无欲的境界。因此佛教的"境界"是超越了感官世界的一种形而上的东西，是我们说的佛性、吾心，是存在于人的此岸世界之外的彼岸世界，也就是人内心的一种真如本性。一般来说，人的生活分为三个层面，一个是物质的层面，一个是精神的层面，一个是灵魂的层面。儒家有物质的层面和精神的层面，道家有精神的层面，在佛教看来，物质的层面和精神的层面都要上升到灵魂的层面，因此佛教的境界是灵魂的境界。

佛教的境界理论被文学批评家们借鉴、发挥，形成文学批评中的境界说。文学批评里面谈的境界，既含有佛教境界观那种灵魂的层面，也包含可以感知的层面，也就是通过具体的意象来表现灵魂层面的境界。六朝书论、画论中已经使用"境"的概念，殷璠《河岳英灵集》中也用"境"评诗，但都不是从佛教境界那种灵魂的层面论述的。文学批评中最早论述境界问题的是皎然，他在《诗式》中借鉴佛家理论，提出"取境"。"取境"即文学家主观选择事物意象，创造出自己需要的境界。这种说法强调了作家在创作中的主观能动性，得到不少人的赞同，此后在中、晚唐，以境界论诗成为风气。

二、中国文学批评的理论特征

中国文学批评的产生、发展，受到中国文学发展演变特点的影响，也和中国古代的文化背景、思维方式、审美情趣等因素紧密相连。因此，中国文学批评呈现出自己独特的理论特征，具体包括诗性的思维方式、注重创作主体的批评方法和经验归纳性质的批评范畴。

(一)思维方式的诗性特征

思维方式是人类文化的核心之所在，它与人类文化是同步产生的。按照意大利人类学家维科的说法，全人类的思维方式在史前时代(即原始社会)是相同的，大体上都是以一种诗意性、想象性、以己度物和以象喻义的方式来看待并思考这个世界。与文明时代人类的分析性、思辨性、逻辑性思维相区别，维柯将史前社会人类的思维方式称为"诗性智慧"。在文学批评的思维方式方面，中西方都有着共同的"诗性智慧"之源。但自雅斯贝尔所说的"轴心时代"(即公元前8世纪至公元前3世纪)起，中西方文学批评的思维方式却走上了不同的道路：西方文学理论批评从柏拉图和亚理士多德开始，思维方式愈来愈逻辑化、哲学化；中国文学批评受先秦原始儒、道的影响，思维方式既有着形而上的、思辨的特征，同时也保持了诗性的特征。这种思维方式的"诗性智慧"影响了几千年的中国文学批评，成为中国文学批评区别于西方的重要特征之一。中国古代文学批评诗性的思维方式，大体上可以概括为类比推理、整体观照和直觉感悟。

第一，以己度物的类比推理。以己度物是指人类在原始时代，遇到自己所不能理解不能解释的事物，便习惯于以自身为衡量标准来推想、类比外物。这种类比式思维在人类进入文明时代后继续发展，不仅继续以己度物，而且反过来取物喻人，以自然外物来类比人自身。孔孟取自然之物来类比君子人格，老庄取自然之物来推论自然之道，禅宗取外境来示喻吾心，用的都是类比思维。

先秦文化中，类比推理作为一种思维方式普遍存在。《易传》中的“立象以尽意”就有类比的意味：“意”仅靠“言”是无法表现的，须借助于“象”，而一旦引进“象”，则有了类比，《易传·系辞》云：“引而伸之，触类而长之”，即是说类比思维的功能是由一而多，由简单而复杂，遇到同类则扩大其象征，凡触类处即可引申，可见类比思维具有较强的象征性、启发性和暗示性。因为有了类比思维，《易经》才可以用天、地、山、水、风、火、雷、泽八大自然物象来尽其哲学、伦理、美学、文学之意。用象(自然、人事等)来类比所要阐明的对象或道理，这也是“引而伸之，触类而长之”的意思。此后，这种思维方式得到更为广泛的应用。汉代儒学完全依赖天与人之间广泛的类比推理来建构其全部的哲学体系，在某种意义上说，董仲舒的“天人合一”是建立在“天人类比”的思维基础之上的。《春秋繁露》中不仅以自然类比人之身体及情感，还以自然事物类比社会政治生活。在董学的天人类比之中，天和人已不是抽象的概念，而是基于直观、类比所树立的感性形象，即便是阴阳这类普遍存在的东西也具有喜怒哀乐之情而与人相类。显然，这种类比推理之中保存着原始思维“万物有情”、“万物同形”的思维特征。

既然天(自然)与人相副相类，那么自然的特征及变化与人的情感的特征及变化也是有着对应关系的，这就是刘勰说的“岁有其物，物有其容；情以物迁，词以情发”①，吾情与外物之间可以相互感应，相互赠答。中国文学批评的以己度人包括“生命化”和“人格化”两个方面，前者是以人的生命有机体的部分和整体来命名或指代文学艺术的部分和整体，从而构成古代文论一组常用的基本概念和范畴，如形神、风骨、气韵、血脉、主脑、肌肤、眉目等；后者则是以某一类人的人格形象来类比并体貌文学艺术的某一种风格，如《二十四诗品》用“美人”、“佳士”分别类比、体貌诗歌风格的“纤浓”和“典雅”，用“畸人”、“壮士”类比、体貌“高古”、“悲慨”等，司空图的二十四种诗歌风格说到底就是二十四种人格形象。从《易传》的“近取诸身”到康有为的“书若人然”，中国古代文论的生命化和人格化成为一以贯之的思维传统。

第二，物我同一的整体观照。以己度物或以物比人走向极致就是物我一体，就是打破“此心”与“彼物”的界域，使我变成了物，也使物变成了我，正如庄子梦蝶的寓言，使庄周变成了蝴蝶，也使蝴蝶变成了庄周。既然外物与“我”一样是有感觉有情欲有喜怒哀乐的生命实体，那么用“我”所拥有的一切(身体、生命、情感、人格等)来理解并表述外物，就是最自然最合理也是最方便的了。与类比推理一样，天人合一、物我一体的整体性思维方式也源于人类远古社会的“万物有生”、“万物同情”和“神人以和”。

---

① 《文心雕龙·物色》。

中国传统文化的“天人合一”遍涉儒道释三家。陈鼓应《老子注释及评介》说：“形而上的道，落实到物界，作用于人生，便可称它为德。”反过来说，人须遵循于“道”才能有所“得”(即“德”)。《老子》二十五章：“人法地，地法天，天法道，道法自然。”从逻辑上讲，人最终要取法于自然(即天道)；《论语·泰伯》：“唯天为大，唯尧则之”，孔子认为尧的伟大正在于他能以天为准则。虽然老子和孔子对“天”的理解不尽相同，但这里讲的都是以人合天、天人合一。禅宗作为佛教中国化的代表，主张“从于自心顿现真如本性”，消解彼岸与此岸、梵天与俗众的差别，在思维方式上也表现出物我一体、天人合一的特征。

中国传统文化之中，天人合一、物我一体既是以“我”观“物”的基本方式，同时也是“物”呈现于“我”的和谐状态。先秦儒、道两家都极为推崇“和”之境界，老子视“和”为自然之道的根本性特征，所谓“万物负阴而抱阳，冲气以为和”；孔子则将“和”由“天道”引入“人道”，讲“君子和而不同”，并将“中和”或“中庸”视为道德和人格的最高境界：“中庸之为德也，其至矣乎！民鲜久矣。”①孔子以“中和”及“中庸”的方式观照文学，提出“尽善尽美”、“文质彬彬”、“乐而不淫，哀而不伤”等具有综合性和统一性特征的观点。

以“和”的方式思考文学，则必然将“和谐”视为文学美的最高境界，同时也必然会用“中和”(或综合)的方式来辨析文学批评的诸多范畴和术语。《文心雕龙·序志》篇有“擘肌分理，惟务折衷”，刘勰“惟务折衷”的思维方式直接来源于孔儒的中和(中庸)思想，是对孔儒“和而不同”的整体性弘扬和创造性解读。刘勰所处的时代，文学和文论已经发展到这样一个程度：要求对文学思想作出总体性描绘和总结性论述，刘勰舍弃“铨序一文”之易而担当起“弥纶群言”之难，面对文学思想的“前论”和“旧谈”，既不刻意地标新立异，亦不轻率地雷同一响。刘勰要总结前人，首先要超越前人，集众说之精华，纳百川入大海。欲完成这一使命，最佳的思维方式和研究方法便是“擘肌分理，惟务折衷”。

刘勰之前的文学思想家，虽说在理论上各有建树且各具特色，但他们常常又是“各照隅隙，鲜观衢路”，“各执一隅之解，欲拟万端之变”，所谓“东面而望，不见西墙”，因而有着不同程度的片面、偏颇和局限；而刘勰的高明之处正在于他将孔儒“和而不同”的思维方式引入文学批评理论研究，从而将前人视为相互对立或互不相关的许多命题、范畴和概念，通过剖析辩证，找到它们之间互相关联着的某种共同性，从而建立起一种更深刻的关于统一的看法。刘勰“惟务折衷”的整体性思维贯穿《文心雕龙》全书，涉及诸多命题、范畴和概念，比如属于玄学范畴的“才性”、“言意”、“哀乐”，属于儒学范畴的“心物”、“通变”、“文质”，具有佛学意味的“奇正”，以及“情采”、“华实”、“比兴”、“隐秀”这类较为纯粹的文论术语，大多染上了“中和”的色彩，或者说就是“折衷”的产物，充分地表现出整体性思维的综合性和统一性。

第三，直寻妙悟的直觉感悟。直觉思维属于“诗性智慧”，是文学创作中最常见的思维方式，也是中国文学批评中常见的思维方式。中国文学批评最常见的文本样式是诗话、词话、曲话、小说评点，或者干脆就是诗、赋、骈文。当古代文论家用文学的形式言说理论问题时，他们不可避免地要以感悟的、直觉的、艺术的、审美的方式来思维。中国文学

① 《论语·雍也》。

批评中，直觉思维主要表现在“直寻”和“妙悟”两个方面。

其一，“古今胜语，皆由直寻”。钟嵘《诗品》被称为诗话之首，其品诗论诗，用的就是直觉式思维。钟嵘在《诗品》中提出诗歌创作的“直寻说”，主张“寓目辄书”，在直观感悟中，心与物直接对话而无须以逻辑推理作中介。在具体作家作品的分析中，钟嵘或比较或比喻或知人论事或形象喻示，均为诗性言说而无理性分析。比如评范云、丘迟：“范诗清便宛转，如流风回雪；丘诗点缀映媚，似落花依草。”两个比喻加两个形容词，“用自己创造的新的‘批评形象’沟通原来的‘诗歌形象’”，使人读后“有一种妙不可言的领悟，感受到甚至比定性分析更清晰的内容”①。

其二，“诗道亦在妙悟”。禅宗的妙悟是最为典型的直觉思维，严羽以禅喻诗，其实质是将这种直觉思维方式引入诗歌理论和批评。禅宗公案多为直觉、感悟式对话，问者深藏机锋，答者奇显妙悟，以一种“问非求答，答非诣问”的超语言方式，直奔惯常的、逻辑的语言所无法企及的思维层面，最终使对话者“惑”落而“悟”起。把这种思维方式引入文学批评，就是要在鉴赏中通过对上乘之作的遍参、熟参与活参，达到第一义之悟；在创作中对前人佳构转宜多师烂熟于心，通过“读书破万卷”之“参”，达到“下笔如有神”之“悟”。

诗歌创作的第一义之悟，则为别材别趣，它与“读书穷理”既相关又有别。作诗之悟非凭空而起，也有赖于对前人作品的遍参、熟参和活参，所以诗人要多读书多穷理。但诗歌的最佳境界，有如禅宗的真如本性，不在彼岸而在此岸，不在外物而在吾心，是由吾心之兴发所产生的一种情趣，其不可言喻、不可凑泊，恰似沧浪所言的“空中之音，相中之色，水中之月，镜中之象”。严沧浪以禅喻诗而独标“妙悟”与“兴趣”，其思维特征是“不涉理路，不落言筌”，“羚羊挂角，无迹可求”，“透彻玲珑，不可凑泊”……更进一步说，禅是一种思维方式也是一种生存方式，或者说是二者的统一，参禅者通过直觉式的妙悟去体验那个形而上的终极境界，进入一种诗意的此在。在这一点上，中国文学批评与禅是相通的。批评家品诗论文，其意并不在诗亦非在文，而在于这种诗意化和个性化的生存方式。“逢人问道归何处，笑指船儿是此家”，诗之舟是心灵的栖息，是精神的家园。

(二)批评意识的主体性倾向

与西方文学创作、文学批评的高度职业化不同，中国古代文学创作与批评始终只是士大夫在仕宦之外的风雅余事，既没有文学家以文学创作为终身职业，也没有批评家以文学批评为终身职业。中国的文学批评家经常是兼作家、批评家和官僚于一身，这就使他们在批评中既富有理性思考，又具有实际创作经验，往往是理论批评与实际批评相结合，注重自我创作经验的总结。

中国文学批评中批评家与作家身份的同一，使中国文学批评不是像西方那样站在客观的立场上对作家作品进行比较公正的裁判，而是从自己切身的创作体验出发去总结经验。在这种经验总结的过程中，批评家很容易将影响创作的因素归诸己身，充分认识到创作主体的作用。如庄子为了追求艺术至境而提出的“心斋”，“若一志，无听之以耳而听之以

① 曹旭：《诗品研究》，上海古籍出版社1998年版，第166页。

心，无听之以心而听之以气，听止于耳，心止于符。气也者，虚而待物者也。唯道集虚”①，实际上强调的是主体通过心灵感悟能力，对外物进行观照，达到主体的自我实现。后来曹丕《典论·论文》以气质才性论文、刘勰《文心雕龙·才略》篇强调作家才气，都认为作家个人的修养是决定文学创作成败的重要因素。这种观点在历代文学批评中不断得到发展，如唐代梁肃《常州刺史独孤及集后序》“操道德为根本，总礼乐为冠带……每申之话言，必先道德而后文学”，朱熹《答杨宋卿》“然则诗者，岂复有工拙哉？亦视其志之所向者高下如何耳。是以古之君子，德足以求其志”，叶燮《原诗》“大凡人无才，则心思不出”，一致对作家才、德进行强调。王士禛《师友诗传录》：“作诗，学力与性情，必兼而后愉快。愚以为学力深，始能见性情。”注重作家通过阅读大量作品而逐渐培养起来的艺术修养。

批评意识的主体性倾向成为中国文学批评的一个特色，使中国文学批评中不仅出现了大量作家论的探讨，而且在作家批评的内容、形式技巧方面也具有独特之处。内容方面主要体现为对作家人品、才能的强调，形式方面主要表现为比喻的应用。

中国古代文学批评特别重视作家人品，孔子最早把“德”引入文学批评领域，《论语·宪问》说：“有德者必有言，有言者不必有德”，孔子的“文”、“德”思想被后来的汉儒发扬光大。《毛诗序》说：“诗者，志之所之也。在心为志，发言为诗。”认为个人的合乎礼义的“志”，用语言的形式表现出来便是诗歌，这种诗歌具有“经夫妇，成孝敬，厚人伦，美教化，移风俗”的社会道德教化作用。这种道德修养决定文学创作的理论，对后代文学批评产生了深远的影响。司马迁在《史记·屈原贾生列传》中认为屈原高洁的品格影响了《离骚》的创作，“其文约，其辞微，其志洁，其行廉”。朱熹在《王梅溪文集序》里，以诸葛亮、杜甫、颜真卿、韩愈、范仲淹等五人为例：“此五君子，其所遭不同，所立亦异，然求其心，则皆所谓光明正大，疏畅洞达，磊磊落落而不掩者也。其见于功业文章，下至字画之微，盖可以望之而得其为人。”首先是光明磊落之人，然后写出了这种胸怀的文章，这才是好文章。陆游在《给辛给事书》中认为“爝火不能为日月之明，瓦釜不能为金石之声，潢污不能为江海之涛澜，犬羊不能为虎豹之炳蔚”，因此只有君子才能写出好文章。明代宋濂的《文说赠王生黼》说：“身之不修，而欲修其辞，心之不和，而欲和其声，是犹击破缶而求合乎宫商，吹折苇而冀同乎有虞氏之萧韶也，决不可致矣。”认为同文学修养比起来，作家自身的人品修养更为重要。因为重视作家的人品，所以在文学批评中贬斥那些道德有疵的作家作品，刘勰《文心雕龙·程器》篇对司马相如、扬雄等作家的“瑕累”进行讥评，朱熹更因为扬雄曾事奉王莽而贬低其作品，沈德潜在《古诗源》中评价潘岳说：“人品如此，诗安得佳，其诗如剪彩为花，绝少生韵也。”因人品而否定作品。刘熙载《诗概》提出“诗品出于人品”，王国维《静庵文集续编·文学小言》中说“无高尚伟大之人格，而有高尚伟大之文学者，殆未之有也”，给重创作主体之人格人品的批评意识作了一次总结。

曹丕《典论·论文》中所说“虽在父兄，不能以移子弟”的“气”，刘勰《文心雕龙》所说的“才略”，主要指作家的创作才能。对作家才能的强调在叶燮《原诗》中表述得最为明确。叶燮在谈到文学创作的主观条件时说：“曰才，曰胆，曰识，曰力，此四言者，所以穷尽

① 《庄子·人间世》。

此心之神明。凡形形色色，音声状貌，无不待于此而为之发宣昭著。此举在我者而为言，而无一不如此心以出之者也。”“才”是指作者所具有的把思想感情表达出来的才能，也就是“诸法之蕴隆发现处”；“胆”是指敢于发表意见，能打破束缚的精神，即叶燮所说“昔贤有言：成事在胆。文章千古事，苟无胆，何以能千古乎”；“识”是指对客观事物的理事情和一般艺术技巧的鉴别能力，“今夫诗，彼无识者，既不能知古来作者之意，并不自知其何所兴感触发而为诗”；“力”是指概括各种事物与独自成家的笔力，《原诗》说：“吾尝观古之才人，合诗与文而论之，如左丘明、司马迁、贾谊、李白、杜甫、韩愈、苏轼之徒，天地万物皆递开辟于其笔端……如是之才，必有其力以载之。”作为诗人的主体条件，才、胆、识、力四者是紧密联系的，“大约才、胆、识、力，四者交相为济。苟一有所歉，则不可登作者之坛……唯有识，则能知所从，知所奋，知所决，而后才与胆力皆确然有以自信；举世非之，举世誉之，而不为其所摇”。“才、胆、识、力”说既强调作者的创作才能，也是叶燮所提倡的作者之“胸襟”的具体体现。“胸襟”指作家的思想境界和精神情操，这就把创作能力与创作主体的人品联系起来了。

中国文学批评重视创作主体，不仅大多数批评家都从德、才两方面对作家进行评论，而且重视作家批评的方法，其中最具特色的是比喻的运用。以比喻论人与汉魏时期的人物品评有密切联系，《世说新语》中有大量这类例子，如谓李元礼“谡谡如劲松下风”，山巨源“如璞玉浑金”①，严仲弼如“九皋之鸣鹤”，嵇康“岩岩若孤松之独立”②……《诗品》中评曹植“譬人伦之有周孔，鳞羽之有龙凤，音乐之有琴笙，女工之有黼黻”，通过具体的形象传达出对解释对象的审美理解。这种方法后来被广泛采用，其中最有名的是宋敖陶孙《臞翁诗评》评二十九位诗人：

> 魏武帝如幽燕老将，气韵沉雄；曹子建如三河少年，风流自赏；鲍明远如饥鹰独出，奇矫无前；谢康乐如东海扬帆，风日流丽；陶彭泽如绛云在霄，舒卷自如；王右丞如秋水芙蕖，倚风自笑；韦苏州如园客独茧，暗合音徽；孟浩然如洞庭始波，木叶微脱；杜牧之如铜丸走板，骏马注坡；白乐天如山东父老课农桑，言言皆实；元微之如李龟年说《天宝遗事》，貌悴而神不伤；刘梦得如镂冰雕琼，流光自照；李太白如刘安鸡犬，遗响白云，核其归存，恍无定处；韩退之如囊沙背水，惟韩信独能；李长吉如武帝食露盘，无补多欲；孟东野如埋泉断剑，卧壑寒松；张籍如优工行乡饮，酬献秩如，时有诙气；柳子厚如高秋独眺，霁晚孤吹；李义山如百宝流苏，千丝铁网，绮密瑰妍，要非适用。本朝苏东坡如屈注天潢，倒连沧海，变眩百怪，终归雄浑；欧公如四瑚八琏，止可施之宗庙；荆公如邓艾缒兵入蜀，要以险绝为功；山谷如陶弘景祇诏入宫，析理谈玄，而松风之梦故在；梅圣俞如关河放溜，瞬息无声；秦少游如时女步春，终伤婉弱；后山如九皋独唳，深林孤芳，冲寂自妍，不求识赏；韩子苍如梨园按乐，排比得伦；吕居仁如散圣安禅，自能奇逸。其他作者，未易殚陈。独唐杜工部，如周公制作，后世莫能拟议。

① 《世说新语·赏誉》。
② 《世说新语·容止》。

通过一连串诗意盎然、取境丰富的比喻，描绘出一系列生动而有灵性的诗人形象，直观地呈现出评论对象的内在韵味，给读者留下了广阔的思维空间。

(三)范畴建构的经验归纳性质

“范畴”一词语出《尚书·洪范》：“天乃锡禹洪范九畴。”孔颖达疏曰：“畴是辈类之名，故为类也，言其每事自相类者有九。”辈，亦可释为“类”或“等等”。可见“范畴”一词的本义，是将同类的事物归纳起来而作为典范，所谓归“畴”(类)为“范”是也。无论是科学、哲学、神学还是诗学，每一门学科都必须有自己特定的范畴，离开了这些范畴，理论便无以言说自身，更不可能得到理解。与西方文论中的典型、形象、情节、艺术真实、移情等理性化的范畴不同，中国古代文论中的范畴多取自于人自身以及日常生活经验，比如风骨、体性、神采、韵味、格调、肌理等。所归之“畴”与自然人事相关，具有经验性和形象性；归后之“范”则是归纳、抽象的结果，具有典范性和概括性。

中国文学批评理论范畴的经验归纳性质，与中华民族的文化心理背景有直接关系。如上节所说，儒家的人格主义和道家的法天贵真，都具有将各种抽象意义和具体的人及自然界客观事物联系起来解释的倾向。先秦时期，哲人们对于抽象意义的表达大多是从具体的感性对象入手，并借助感性对象本身的某些特点使人领悟其所要表达的抽象内涵。远古的八卦就是现象直观的产物，《周易·系辞下》说：“易者，象也；象也者，像也。”“夫乾，确然示人易矣；夫坤，隤然示人简矣。爻也者，效此者也；象也者，像此者也。”通过在观象中对“象”之“像”的抽象，实现对“象”的模拟，如《系辞上》所说：“圣人有以见天下之赜，而拟诸其形容，象其物宜，是故谓之象。”老子认为“道”是无法用语言来界定的，因此借助于具体物象之“无”来使人体会“道”的特点：“三十辐共一毂，当其无，有车之用。埏埴以为器，当其无，有器之用；凿户牖以为室，当其无，有室之用。”先秦哲人这种在现象中直观本质的思维方式对中国人的文化心理产生了很大影响。与这种文化心理相关，中国的文学批评家常用直观取象的方式，从自己的人生经验中提取范畴，借助于感性对象的突出特点使人们领悟其所要表达的审美内涵。而以己度物的类比推理则直接将文章人化了，使中国文学批评中出现了众多取自人本身的范畴。魏晋时期，批评家们把人物品评的术语应用到文学批评上来，导致大量以人为喻的批评范畴的出现，中国文学批评中普遍采用的志、才、气、性、情、骨、神、脉、文心、肌理、神韵、主脑等术语都是“近取诸身”、以人为喻的产物。

以“风骨”这一范畴为例，“风骨”之“骨”，其原初释义也是经验性和实体性的，指人之体骨、骨体、骨干、骨植等。因为“骨”有着支撑、构架之功能和坚挺、奇崛之属性，于是从人物品鉴之用语衍生为文学批评之范畴。品诗论文，作品结构的整体一贯被誉为“四肢百骸，连合具体”①，而作品风格的柔弱无力则被描述为“若瘠义肥辞，繁杂失统，则无骨之征也”②，或褒或贬，全以“骨”之有无立论。“骨”这一范畴在文学和艺术批评中的使用范围之广、频率之高，充分显示出由经验归纳所得之中国文学批评的理论范畴有着强大的生命力。

---

① 庞垲：《诗义固说》卷下。

② 《文心雕龙·风骨》。

中国文学批评理论范畴的经验归纳性质，决定了她的诗性灵动与逻辑抽象的统一。因为是归纳出来的文学批评术语，所以这些范畴必然可以在一定程度上揭示文学本体、创作、鉴赏等方面的规律，具有理论言说的逻辑性。因为是从日常生活经验中提取的，所以这些范畴的提出者并没有对之作出明确界说，只是用这些词来表达自己审美理解中的感受和印象，而后来的使用者也只是根据自己的理解来使用这些词，没有根据上下文来推断提出者所要表达的理论含义。这就使得同一个范畴在文学批评中往往存在不同层次、不同角度的多种含义，导致了中国文学批评范畴的模糊性、具象性和多义性特点。如中国文学批评中的核心范畴“味”，就具有这一特点。《论语·述而》“子在齐闻《韶》，三月不知肉味”使用的还是其饮食方面的本来意义，但是已经和听觉联系起来了。《老子》六十三章“味无味”中的“味”是指一种审美体验方式。魏晋南北朝时，批评家将“味”引入诗文批评中，用来表述文学的审美特点。陆机在《文赋》中说：“阙大羹之遗味，同朱弦之清氾。”用白煮的肉汁比喻文章缺乏必要的修饰而乏味。《文心雕龙》中多处用“味”，“味”已转变成专门的文学批评术语：“深文隐蔚，余味曲包”①；“儒雅彬彬，信有遗味”②；“繁采寡情，味之必厌”③；“物色虽繁，而析辞尚简，使味飘飘而轻举”④。到了钟嵘《诗品》，“味”特指诗歌的艺术性：“五言居文词之要，是众作之有滋味者也”；晋代玄言诗“理过其辞，淡乎寡味”。唐代《文镜秘府论》“诗一向言意，则不清及无味；一向言景，亦无味。事须景与意相兼始好”。这里的“味”显然是指情景交融产生的抒情诗特有的艺术韵味。晚唐司空图进一步提出“味外之旨”、“韵外之致”，“味”又成为超乎言意之表的文学韵致。宋代苏轼明确提出“寄至味于淡泊”的观点，将平淡之美作为诗之高格，将“诗味论”推向一个新的高度。

中国文学批评范畴所具有的诗性灵动与逻辑抽象统一之特点，以完全不同于西方批评范畴的民族特性，为范畴的理论阐释及其在文学批评中的具体操作，提供了更广阔的空间和更灵活多样的手法。一方面，这种直观取象形成的范畴，如风神、骨格、气象等，缺乏明确定义，因其模糊性而在文学鉴赏等方面具有传达不尽之意的特殊功效；另一方面，这种取自日常生活经验的范畴，使作家更容易介入批评领域，从直观感受方面对文学批评进行阐释，如《石林诗话》卷下说：“古今论诗者多矣，吾独爱汤惠休称谢灵运为‘初日芙蕖’，沈约称王筠为‘弹丸脱手’，两语最当人意。‘初日芙蕖’，非人力所能为，而精彩华妙之意，自然见于造化之妙，灵运诸诗，可以当此者亦无几。‘弹丸脱手’，虽是输写便利，动无留碍，然其精圆快速，发之在手，筠亦未能尽也。”钱钟书《管锥编》在谈到古代诗文批评的“人化”特征时，曾引用李廌《济南集》论文章之“体、志、气、韵”的一段话。李廌是如何阐释并使用这四个范畴的？他充分利用这一组范畴的经验归纳性质，选取经验世界中的种种意象，既形象生动而又层次分明地阐述每一个范畴的含义及价值。李廌的具体方法是从“有”与“无”两个完全对立的角度立论，大谈如果“无体（志、气、韵）”则如何

① 《文心雕龙·隐秀》。
② 《文心雕龙·史传》。
③ 《文心雕龙·情采》。
④ 《文心雕龙·物色》。

如何，“有体(志、气、韵)”又如何如何。比如“韵”，文章之无韵，则“譬之壮夫，其躯干枵然，骨强气盛，而神色昏懵，言动凡浊，则庸俗鄙人而已”；文章之有韵，则“如金石之有声，而玉之声清越；如草木之有华，而兰之臭芬香；如鸡鹜之间而有鹤，清而不群；如犬羊之间而有麟，仁而不猛；如登培娄之丘，以观崇山峻岭之秀色；涉潢污之泽，以观寒溪澄潭之清流；如朱弦之有余音，太羹之有余味者，韵也”①。引言中关于“有韵”或“无韵”的“如何如何”，全部取喻于经验世界的自然和人事，在形象化的类比中，将“韵”之内涵及外延的一系列规定性表述得非常清楚。

三、中国文学批评的文体形态

文体形态，指文学批评的言说方式，用中国文学批评固有的术语来表述，可分为体制、体式和体貌三大方面：体制也就是我们今天所说的体裁，即文本样式；体式指语言表达方式，也可以称之为语体；体貌指特定批评文本的特定风格，也可以表述为体性或体势。中国文学批评的文体问题与文学批评是同时诞生的，较之西方文学批评所说的“体裁”和“风格”，有着更为复杂而丰富的内涵。曹丕《典论·论文》“文非一体，鲜能备善”说的是体裁，“气之清浊有体”说的是风格，而“唯通才能备其体”的雅、理、实、丽则兼有风格与语体之义。不同文体的囿别区分，说到底是一个“怎么说”即“言说方式”的问题：选择何种体制(体裁)，采用何种体式(语体)，彰显何种体貌(风格)。注重对历朝历代批评文体的阐释和介绍，是本书的一大特色。本书在每一章的概述部分专门辟出一个小节，全面介绍该时期批评文体在体制、体式和体貌诸层面的特征，并据此概括出此一时代区别于她前后时代的独特性。本书《导论》部分则对中国古代文学批评文体之源头、发展流变之过程、话语方式之特征等作一个总体性介绍。

(一)中国文学批评文体形态的源头

宋人赵彦卫《云麓漫钞》称唐传奇“文备众体，可以见史才、诗笔、议论”；宋人真德秀《文章正宗》将文体分为辞令、议论、叙事、诗赋，明人彭时称“天下之文，诚无出此四者，可谓备且精矣”。真氏的“四分法”若去掉应用性的“辞令”，则与赵氏“三分法”相合。就“体”的文体学释义(体制、体式、体貌)而言，“文备众体”、“备且精矣”既是古代文学又是文学批评的重要特征。中国文学批评从先秦两汉的诸子、诗赋和史传文体中，秉承议论、诗笔(诗赋)和史才(叙事)，其文体形态的源头主要有三个方面。

第一，源于《易经》的议论体。刘勰寻根溯源，宗经征圣，《文心雕龙·宗经》篇将后世各体文章的源头溯至五经，其中有“论、说、辞、序，则《易》统其首”，可见议论体的文体之源是《易经》。从《易经》到诸子，先秦论体对中国文学批评文体的影响，用《文心雕龙·诸子》篇的话说，是“标心于万古之上，而送怀于千载之下，金石靡矣，声其销乎！”

“论”是文学批评主要的言说方式，《文心雕龙·论说》释“论”之名，认为先秦典籍之中最先以“论”名篇的是《论语》，所谓“群论立名，始于兹(《论语》)矣。自《论语》已前，经无论字”；又说“庄周《齐物》，以论为名”。同为“论体”，《论语》之“论”与《齐物论》之“论”又有所不同：前者强调的是“论体”的条理性即逻辑性，所谓“论者，伦也”、“伦理

---

① 钱钟书：《管锥编》，中华书局1986年版，第四册，第1357-1358页。

无爽”；后者强调的是“论体”的辩证性即思辨性，所谓“辨正然否”、“迹坚求通，钩深取极”。二者合起来，便为“论体”之释义：“论也者，弥纶群言，而研精一理者也。”早在刘勰之前，汉代刘熙《释名·释典艺》已将《论语》的“论”训为“伦”：“论，伦也，有伦理也”，“《论语》，记孔子与弟子所语之言也”。伦，次序，条理，即朱熹所言“伦，义理之次弟也”。《论语》所录孔子语录以及孔子与门徒的对话，既是言之有物更是言之有序的，如《卫灵公》所记孔子关于君子与小人的议论，从各个不同的层面，依次比较君子与小人的区别。又如《季氏》关于君子人格修养的“三友”、“三乐”、“三愆”、“三戒”、“三畏”、“九思”，构成一个次第有序的系列。这些地方，均表现出《论语》在讨论问题时的条理性即逻辑性。

《论语》之“论”是“伦理无爽”，《齐物》之“论”则是“锋颖精密”。虽说整部《庄子》是“寓言十九”，寓言体言说占了很大比重，但《齐物论》一篇则可以说是“辨言十九”，纯粹的思辨性言说占了绝大部分。其中著名的段落有：齐学派之争的“大知闲闲，小知间间；大言炎炎，小言詹詹”，齐彼我(此)之分的“非彼无我，非我无所取”、“物无非彼，物无非是(此)”，齐是非之别的“彼亦一是非，此亦一是非”、“是亦一无穷，非亦一无穷”……物之分别肇始于论之分别，故齐物先须齐论，哲学家庄子在形而上层面，对诸论之分别(大小、彼此、是非以及梦觉、生死、有无等)一一齐同之。在这些段落中，没有寓言，也没有重言，有的只是“通道为一”、“得其环中”的辨言或论言。不惟《齐物论》，《庄子》内篇的其他6篇亦可见此类思辨性言说。

包括《论语》和《庄子》在内的先秦诸子，无论是体制(体裁)、体式(语体)还是体貌(风格)，均对后世文学批评的书写产生了巨大影响，或者说成为中国文学批评文体的重要理论资源。《文心雕龙·诸子》篇所论及的诸子百家之体貌体势，如《孟子》《荀子》的“理懿辞雅”、《管子》《晏子》的“事覈言练”、《列子》的“气伟采奇”、《邹子》的“心奢辞壮”、《墨子》的“意显语质”、《韩非子》的“博喻之富”等，已成为中国文学批评言说方式的重要组成部分。

第二，源于《诗经》的诗赋体。“诗言志”被称为中国文论开山的纲领，而“诗言志”一语对于中国文学批评文体的诗赋体而言，有着双重内涵。诗所言之志，既可以是关乎家愁乡怨、国痛民瘼的，亦可以是关乎创作宗旨和诗学理论的。也就是说，诗经所言之志，既有个性化的情感之“志”，亦有普适性的诗学之“志”，此其一。就“诗学之志”而言，诗三百中的诗论之句，主要讲讽与颂，此其二。郭绍虞《中国历代文论选》先秦部分有《诗经》选录，其“说明”指出：“在这三〇五篇诗歌里，有少数作品已经谈到了作诗的目的。在比较明确的十一条中，八例为讽，三例为颂。但不论是讽是颂，实际上都是‘诗言志’的具体发展和运用。”①

孔子说“诗可以观”。我们从《诗》中所“观”到的不仅有《生民》《公刘》式的颂与《民劳》《板》《荡》式的怨，而且有关于此颂此怨的诗性抒写与理性议论。《中国历代文论选》所选《诗经》十一例，大体上有着相似的言说方式：主体部分抒写诗人或讽或颂之意，卒章则显其诗学之旨。如首例《魏风·葛屦》，上下两章对比式地写出“缝之者贱且苦”与“服

① 郭绍虞主编：《中国历代文论选》，上海古籍出版社1979年版，第一册，第12页。

之者贵且乐”，末章最后两句议论式地点明“为刺”之旨：“维是褊心，是以为刺。”又如最后一例《大雅·烝民》，乃尹吉甫送别仲山甫的诗，全诗颂仲山甫之德以及仲山甫辅佐周宣王之盛况。这首长篇颂诗的最末四句为“吉甫作颂，穆如清风。仲山甫永怀，以慰其心”，全诗之创作意旨、艺术风格、心理功能、情感效应等诗学内涵，尽在这四句之中。

有学者指出，《大雅·烝民》在《诗》三百中以说理见长，“以理语起”，“以理趣胜”，“哲理性和概括性都很强”①，清代刘熙载甚至借用该诗的“穆如清风”来概括整部《诗经》的艺术风格，其《艺概·诗概》说：“‘穆如清风’，‘肃雍和鸣’，《雅》、《颂》、之懿，两言可蔽。”《大雅·烝民》虽然不是论诗诗，但她的“理语”、“理趣”实开后世论诗诗体貌、体势之先。《诗经》之后，用四言诗体讨论文学理论和文学批评问题，前有刘勰《文心雕龙》五十篇“赞曰”，后有司空图二十四首“诗品”，二者在文体上沾溉《诗经》之风，其体貌典雅润泽，其体势兼综诗性隐喻与理性归纳，实为《诗经》以诗论诗之流调余韵。

以诗论诗，在中国文学批评史上是一种重要的言说方式，而这种言说方式在先秦时代尚未独立成体，而是零散或片断地寄生于非文论文体(如《诗经》)之中。后《诗经》时代，中国文学批评的“以诗论诗”以两种方式呈现：一是段落式地成为文学批评论著不可分割的一个部分，如《文心雕龙》的“赞曰”；一是独立地成为批评文体，如《二十四诗品》以及唐以后大量出现的论诗诗。无论是哪一种方式，其文体之源都在《诗经》，都在《诗经》以诗论诗的体式、体貌之中。

第三，源于《尚书》、《春秋》的叙事体。中国文学批评既哲理地说、诗意地说，同时也历史地说、叙事地说，后者的文体源头可追溯至五经中的《尚书》和《春秋》。《文心雕龙·史传》溯史传体之源，称古者左史记事，右史记言，“言经则《尚书》，事经则《春秋》”。刘知幾《史通·叙事》讨论史官文化的叙事传统及叙事原则，亦视《尚书》《春秋》为权舆：“历观自古，作者权舆，《尚书》发踪，所载务于寡要；《春秋》变体，其言贵于省文。”《尚书》是最早的历史文献汇编，《春秋》是最早的编年体国别史，而“务于寡要”、“贵于省文”则是它们的语体特征，这也就是《文心雕龙》反复论及的《尚书》辞尚体要、《春秋》一字褒贬。《尚书》《春秋》的体式和体貌，构成中国史官文化的叙事之源。

《文心雕龙·史传》篇在谈到孔子修《春秋》之后，即称“丘明同时，实得微言。乃原始要终，创为传体”，并称《左传》为“圣文之羽翮，记籍之冠冕”。《左传》用史实释《春秋》，叙事简洁，描写生动，语言精炼含蓄。刘知幾对《左传》评价甚高：“盖左氏为书，叙事之最。自晋已降，景慕者多。”就对中国文学批评言说方式的影响而言，《尚书》与《左传》关于“诗(乐)言志”的记载，实为文学批评叙事性言说之滥觞。语出《尚书》的“诗言志”和语出《左传》的“季札观乐”，都是在历史叙事的语境中出场的。《尚书·尧典》对“诗言志”的记载，有人物(舜与夔)，有事件(舜命夔典乐)，有场景(祭祀乐舞)，有对话(舜诏示而夔应诺)，叙事所须具备的元素一应俱全。《左传·襄公二十九年》的“吴公子札来聘”实为“乐言志”，与舜帝的“诗言志”相映成趣。季札观乐而明“乐言志”，也是在历史叙事中生成的。

由《尚书》、《春秋》及《左传》所开创的历史叙事传统，在“史才”(叙事性言说)层面深

① 参见程俊英、蒋见元：《诗经注析》下册，上海古籍出版社1991年版，第896页。

刻地影响了中国文学批评；而这一影响大体上又可以分为两种类型：实录与说话。前者属于正史系列，是"究天人之际，通古今之变"的宏大叙事，其良史之才、信史之德，施之于文学批评叙事，便铸成中国文学批评的用世品质、批判精神，以及尚简、尚质的语言风格；后者则是对正史的民间性或私人性讲述，亦可称为"讲史"或"演义"，虽然也有宏大叙事，但更多的是闲适于文、游憩于艺的微小叙事，而正是在"闲适"或"游憩"这一点上，"说话"类史才对中国文学批评的叙事性言说产生了更大的影响。欧阳修撰《新五代史》和《新唐书》，虽说是以私家身份修改正史，但仍然属于经世致用的宏大叙事；而当他晚年"退居汝阴"，在琴、棋、书、醇之间集诗话"以资闲谈"时，六一居士秉承的是"说话"类的微小叙事的传统。欧阳修之后，司马光也同样兼营"实录"与"说话"两类叙事：前者有《资治通鉴》，后者有《温公续诗话》。

中国古代文化历来有"说"(叙事)的传统，经史子集四库，经部有历史叙事(如书经和春秋经)，史部与子部则兼有历史叙事与文学叙事。而正是经史子的文史叙事传统，孕育了集部的文学批评叙事(如"诗文评"、"词话"以及别集、总集中的文论著作)。尤其是子部中的小说家类与杂家类，成为文学批评叙事的直接来源。比如宋代以后大量涌现的诗话，是中国文学批评叙事的最为常见的文体。"诗话"之体远肇六朝志人小说，而"诗话"之名却近取唐末宋初之"说话"或"平话"。"说话"是小说，是文学文体；"诗话"是文学批评，是批评文体。但既然都是"话"，就有一个"说"的方式问题："民间说话之'说'，是故事，文士诗话之'说'，也一样是故事；二者所不同者，只是所'说'的客观对象不同而已。"①"说话"与"诗话"，虽然叙事内容有别，但叙事方式却是相同的。当然，"说话"(文学叙事)可以完全虚构，"诗话"(文论叙事)则以纪事为主，后者与中国史官文化的信史传统及实录精神血脉相联。

(二)中国文学批评文体形态的发展演变

中国文学批评文体形态的发展具有清晰的脉络，表现出一种在继承和创新中不断丰富的进程。先秦时期，文学批评以一种无文体的形态，即"语录"或"要言"的样式，寄生于文化典籍的诸种文体之中。对后世文学批评产生重大影响的《论语》和《孟子》都不是纯粹的文学批评文本，事实上在孔子和孟子的时代我们找不到纯粹的文学批评。《庄子》在先秦诸子中是最具文学性的，但它也不是纯粹的文学批评。然而，作为承载儒道两家文学思想的经典文献，《论语》、《孟子》和《庄子》不仅为后人准备了丰富而深刻的理论，而且为后来的批评文体奠定了一个文学性基础。

一时代有一时代之文学，一时代也有一时代之批评。两汉的批评文体，最具代表性的已不是对话(语录)体，而是序跋体和书信体，如《毛诗序》、《太史公自序》、《两都赋序》、《楚辞章句序》、《报任少卿书》等。"跋"之称，始见于北宋；而汉代的"序"多置于全书之后，其位置与后来的"跋"相同。两汉的"序"又可分为两类：一类是诗文评点，如《诗》之大小序，又如王逸《楚辞章句》的总序和分序，其评诗论赋、知人论世，既承续了先秦对话体的简洁明快，又为后来的诗话乃至小说评点提供了言说方式及文本样式；另一类是自序，多为作者在作品完成之后追述写作动机，自叙生平际遇。司马迁的《太史公自

① 顾易生、蒋凡、刘明今：《宋金元文学批评史》，上海古籍出版社1996年版，下册，第462页。

序》记叙了他世为史官的家世和他自己的坎坷命运，从老太史公执迁手而泣曰“命也夫”，到太史公遭李陵祸而喟叹“身毁不用”，司马迁在悲怆、惨痛的悲剧气氛中，喊出“发愤著书”而震撼千古！同为阐述“发愤著书说”的《报任少卿书》，更是字字血，声声泪，其情真切其意悲远，读来更像是一篇悲情散文，或者说是一篇最为典型的文学化的批评文本。汉代以后，文学批评家多用书信体来言说文论，其经典之作如曹丕《与吴质书》、曹植《与杨德祖书》、白居易《与元九书》、柳宗原《答韦中立论师道书》等，都有着太史公情真意切之体貌。

魏晋南北朝是中国文学批评史上最为辉煌的时代，也是批评文体之文学化最为彻底的时代，因为此时期最具代表性的文学批评巨著《文心雕龙》和创作论专篇《文赋》，干脆采取了纯粹的文学样式：骈文和赋。值得注意的是，陆机著有《辨亡论》，刘勰著有《灭惑论》；《文心雕龙》还辟有“论说篇”，释“论说”之名，敷“论说”之理，品历代“论说”之佳构。这两位深谙“论说”之道、擅长“论说”之体的文学批评家，在讨论文学理论问题时，却舍“论说”而取“骈”、“赋”。陆机和刘勰的这种选择既非个别亦非偶然，它是文学自觉时代的文学批评家对批评文体文学化的自觉体认。

当然，这一时期也有以“论”名篇的批评文体，如曹丕《典论·论文》和挚虞《文章流别论》。但前者基本上是一篇散文，而后者的所谓“论”，“大概是原附于《集》，又摘出别行”①。倒是后来宋代李清照那篇很短的《词论》更像一篇论文，不过这类论文在唐宋并不多见。唐宋两代的文学批评家，大多承续了刘勰和陆机的传统，如韩愈、柳宗元和苏轼，用“论”去讨论政治社会问题，却用文学文体来讨论文学问题。韩愈有《师说》、《讳辨》，柳宗元有《封建论》，苏轼有《留侯论》，但他们的文学批评篇什却大多是书信体、序跋体和赠序体，或者干脆就是诗体，如韩愈的《调张籍》、《荐士》、《醉赠张秘书》等。

中国文学批评最常见的批评文体是诗话，虽然“诗话”之名始见于北宋，但诗话的源头却在六朝：一是钟嵘《诗品》，二是《世说新语》。《诗品》之品评对象（诗人诗作）与品评方法（溯流别、第高下、直寻、味诗、意象评点等），均开后世诗话之先河；而《世说新语》中随处可见的诗人轶事、诗坛掌故、诗文赏析之类，若将之另辑成集，就已经是典型的“诗话”了。有论者称，六朝之后的诗话“继承钟嵘《诗品》的论诗方法，接过笔记小说的体制，形成了以谈诗论艺为主要内容的笔记体批评样式”②，这是颇有见地的。历代诗话的文体源头是六朝笔记小说，故诗话这一批评文体的“血缘”是文学的而非理论的。

唐代的批评文体，除了上面已经提到的书信、序跋和赠序诸体之外，较为流行的是论诗诗。中国是诗的国度，唐代是诗的王朝，唐人以“诗”这一文体来说诗论诗，则是真正的“文变染乎世情”。以诗论诗始于杜甫，继之者为白居易、韩愈诸人。杜诗中谈艺论文的颇多，最为著名的自然是《戏为六绝句》和《解闷五首》，还有讲“文章千古事，得失寸心知”的《偶题》和赞叹“白也诗无敌，飘然思不群”的《春日忆李白》等。白居易作为新乐府运动的倡导者，其主要文学观念既见于书信体的《与元九书》亦见于论诗诗，后者如《读张籍古乐府》称“风雅比兴外，未尝著空文”，又如《寄唐生》称“惟歌生民病，愿得天子知”。韩愈的论诗诗，数量多，诗语奇，如《调张籍》用一系列奇崛的比喻来状写李、杜诗风的

① 郭绍虞主编：《中国历代文论选》，上海古籍出版社 1979 年版，第一册，第 193 页。

② 赖力行：《中国古代文学批评学》，华中师范大学出版社 1991 年版，第 197 页。

弘阔和雄怪，读来惊心动魄。

以诗论诗，“一经杜、韩倡导，就为论诗开创了一种新的形式”①。而唐代文论家用这种“新的形式”，不仅一般性地品评诗人诗作、泛议诗意诗境，还集中地系统地专论某一个较为重要的诗歌理论问题，如司空图《二十四诗品》，用二十四首四言诗，论述二十四种诗歌风格和意境。《四库全书总目提要》称“是书深解诗理，凡分二十四品……各以韵语十二句体貌之。所列诸体毕备，不主一格。”“体貌”一词，深得表圣品诗之旨。本来，讨论诗歌的艺术风格，完全可以采用“论说”之体并驱遣“叙理”之辞而层次谨严地研讨众品，但司空图取“四言”之体取“体貌”之法，用诗的文体诗的语言去体貌诗歌的艺术风格和美学意境。《二十四诗品》是中国文学批评的诗眼和画境，对后世批评文体产生了深刻而长久的影响。它在中国文学批评史上的独特地位，很大程度上是由其批评文体的文学化所铸成的。

论诗诗在两宋辽金继续盛行，如吴可、陆游、王若虚、元好问等，都有论诗诗。不过，宋代的批评文体中真正蔚为大观的不是论诗诗，而是诗话。何文焕《历代诗话》所辑宋人之作，从欧阳修到严羽，共有十五种之多。丁福保《历代诗话续编》所辑宋金元诗话又有十六种之多，明清两代，诗话更多，“至清代而登峰造极。清人诗话约有三四百种，不特数量远较前代繁富，而评述之精当亦超越前人”②。《六一诗话》为历代诗话之创体，欧阳修开章明义，自云“居士退居汝阴，而集以资闲谈也”，这就为后来的诗话定了一个轻松随意的文体基调。章学诚对此颇为不满，称诗话之作是“人尽可能”、“惟意所欲”而“不能名家”③。郭绍虞却不同意章说，他在为《历代诗话》所作的“前言”中写道：“由形式言，则‘惟意所欲’，‘人尽可能’，似为论诗开了个方便法门；而由内容言，则在轻松平凡的形式中正可看出作者的学殖与见解，那么可深可浅，又何尝不可以名家呢?”郭绍虞所陈述的诗话的长处，也正是批评文体之文学化的长处。

元明清是小说和戏曲的时代，故其批评文体，除了诗话之外，又新起小说戏曲评点。谓其“新”，是因为它所批评的对象(小说戏曲)是新兴的文学样式；但小说戏曲评点作为一种批评文体，其实是对前代诸种批评文体的综合。评点小说戏曲者，一般前有总评(或总序)，后有各章回(折)之分评，这颇似诗歌批评中的大小序；小说戏曲评点有即兴而作的眉批、侧批、夹批、读法、述语、发凡等，这又与随笔式的诗话相仿。就其批评功能而言，小说评点与前代的序跋体、诗话体更是有共通之处：既有鸟瞰亦有细读，既实现了作者与读者的沟通亦申发了品评者独到的艺术感受和理论见解。

近代文学批评受西学影响，出现不少带“论”的批评文体，但它们的价值却并不比传统的文学化的批评文体(如诗话词话小说戏曲评点)高。以王国维为例，笔者曾在一篇文章中称王国维为中国文学批评史上“但丁式”的人物，他的《红楼梦评论》和《人间词话》，既是传统文论的终结，又是现代文论的肇始。④就文体样式而言，《红楼梦评论》是标准的

① 郭绍虞主编：《中国历代文论选》，上海古籍出版社 1979 年版，第二册，第 132 页。

② 郭绍虞选编，富寿荪校点：《清诗话续编》，上海古籍出版社 1983 年版，上册，第 1 页。

③ 章学诚著，叶英校注：《文史通义校注》，中华书局 1985 年版，上册，第 560 页。

④ 李建中：《王国维的人格悲剧与人格理论》，《中南民族学院学报》2000 年第 1 期。

论著体，而《人间词话》则是典型的文学化文体。衡其对后世的影响和生命力之久长，《人间词话》却胜过《红楼梦评论》。这其中的原因固然很复杂，但批评文体的因素不容忽略。

（三）中国文学批评文体的话语方式特征

按照西方近现代学术"分科治学"的规则，文学是文学，批评是批评，文学不能是批评，正如批评不能是文学。但是，在中国文学理论批评文本之中，"批评"可能是"文学的"或具有"文学性（诗性）"；"文学"可能是"批评的"或具有"理论性"。前者如钟嵘《诗品》，具有自觉的批评意识和独到而深刻的批评见解，凭借着极具文学性的文字出场，其想象之丰富、取譬之奇妙、性情之率真、语句之优美，完全可以读作文学性散文。后者如司空图《二十四诗品》，分明是二十四首四言诗，既有《诗经》四言的方正典雅，又有汉魏五言的自然清丽，还有晚唐七言的哀宛幽深，诗中有画，画中有诗。而司空图的"诗画"或"画诗"其实是在深刻而系统地言说着一个重要的文学理论问题：文学的风格和意境。中国文学批评将文学性的"诗笔"、"史才"与理论性的"议论"融为一体，表现出诗性与逻辑性相生相济的话语方式特征。

中国文学批评诗性与逻辑性相生相济的言说方式，源于先秦文化典籍。刘勰说"论"，视儒家的《论语》和道家的《庄子》为"议论"之始；而《论语》和《庄子》却并不乏"诗笔"，其言说方式表现为诗性与逻辑性的统一。《论语》之"论"，可训为"伦"，是次第有序、逻辑明晰；《论语》之"语"，是语录，是对话，"对话在文学体裁上属于柏拉图所说的'直接叙述'一类，在希腊史诗和戏剧里已是一个重要的组成部分"①。而且，我们从《论语》的对话中是能见出说话人的个性和身份的，借用李贽评《水浒》的话说，是"各有派头，各有光景，各有家数，各有身份"。次第有序的理论性与显其个性的文学性，形成《论语》言说方式逻辑性与诗性的统一。《庄子》的"三言"，其"寓言十九"为隐喻体，"重言十七"为对话体，"卮言日出"为顺任自然、因物随变之语言风格，是典型的文学性言说；但若从整体上把握《庄子》，则可以见出，其思想体系（如道论、心论、物论）、篇章结构（如内七篇）、论证过程（如齐物之论）等，均具有较高的思辨性和逻辑性，代表了先秦诸子议论体的最高水准。

以《论语》、《庄子》为代表的这种"诗"与"思"相生相济的言说方式，为中国文学批评文体开辟了一条"诗径"与"理路"相汇相通的坦途。先秦时期，尚无文学理论批评专著或专篇，其文学批评言说寄生于非文论典籍之中，既诗性地说（如《诗经》以诗论诗的语句）也思辨地说（如《周易》关于言象意的论辩），既叙事地说（如《尚书》、《左传》的文论叙事）也逻辑地说（如《墨子》《荀子》中的文学观点），既漫无端崖地说（如《庄子》的卮言）也有的放矢地说（如《孟子》的辩言）……两汉之后，有了独立成体的文学理论批评，其言说方式承续了先秦文学批评诗性与逻辑性相融合的特征，无论是两汉的史传体、序跋体，还是六朝的诗赋体、骈俪体，以及隋唐以后的诗论体、诗话体、评点体等，均不同程度地表现出诗性与逻辑性的统一。

"诗"与"思"相融合的言说方式，既是中国文学批评的总体性特征，又是其经典文本的标志性特色。以《文心雕龙》为例。就体制而论，《文心雕龙》是骈俪体，属于文学体裁；

① 柏拉图：《文艺对话集》，朱光潜译，人民文学出版社1963年版，第334-335页。

就体式而言，无论是总体结构、篇章次第，还是论证过程、辩说方式，都可以说是典型的议论，属于理论型语体。以偶言丽辞擘肌分理，藉隐喻比兴识深鉴奥，在调钟唇吻、玉润双流之际笼圈条贯、弥纶群言，骈俪体制与论说体式的完美融合，最终铸成《文心雕龙》诗与思相交融的独特体貌。这一体貌既见于《文心雕龙》全书，亦见于每一篇的篇末“赞曰”。50篇“赞曰”，50首四言诗，其典雅润泽、铺叙比兴，已沾溉商周篇什六义之神；其敷理举统、精微圆通，又涵泳周秦诸子论辩之力。

议论以逻辑性为要，其立言之体须完整、系统；诗笔以文学性为根，其行文之方常常是即兴的随意的，吉光片羽，弥足珍贵。中国文学批评言说方式之诗性与逻辑性的统一，表现在文体的结撰方式上，则是片断性与整体性的统一。

郭绍虞《中国历代文论选》先秦部分选了八家，或是文学作品，或是史书，或是子书。与后代文学批评(如《诗大序》、《典论·论文》、《文赋》、《诗品》、《文心雕龙》等)相比，先秦文学批评尚未独立成体，不能够集中系统地讨论文学理论和文学批评问题，只能片断地说，随意地说。当然，所谓“随意”并非随心所欲或随随便便，而是指先秦文学批评的批评者“随”自己或儒或墨或道或法的文化思想之“意”，旁及文学批评话题。比如《论语》所录孔子师徒的“因事及诗”和“因诗及事”，在孔子的诸多话题中是两个小片断，但在孔子的诗学理论中却是不可或缺的组成部分，看似随意，实则用心。

先秦文学批评这种片断与整体相契、随意与用心相合的言说方式，成为后世批评文体的一个重要特征。漫长的中国文学批评史上，像刘勰《文心雕龙》、叶燮《原诗》这样自成体系且体大思精的鸿篇巨制毕竟是少数，就是像钟嵘《诗品》、严羽《沧浪诗话》这样有一定的整体性和层次感的著作亦不多见，大量的文学批评著述都是以片断、零散、即兴、随意为语体特色。但是，在这种片断、随意的背后，却包蕴着整合、结体之用心。以宋代诗话为例，今存宋人编辑的诗话总集，最为著名的有阮阅《诗话总龟》、胡仔《苕溪渔隐丛话》和魏庆之《诗人玉屑》，“玉屑”与“总龟”，形象地道出了这三部诗话片断性与整体性相契合的“丛话”特色。

《诗话总龟》以类编排，沿袭《世说新语》分门旧例；《苕溪渔隐丛话》以人为纲，习染钟嵘《诗品》品藻遗风；《诗人玉屑》则兼采二体：前十一卷次之以“类”，后十卷第之以“人”。《诗话总龟》以材料见长，引书一百多种，“遗篇旧事，采摭颇详”①，广收诸家，排比异说，录事录诗，兼收并蓄；《苕溪渔隐丛话》“取元祐以来诸公诗话，及史传小说所载事实，可以发明诗句，及增益见闻者，纂为一集”②，依次评点自“国风”至“本朝”(南宋)诸多诗人，尤为推重开元之李杜、元祐之苏黄，其中关于杜甫、苏轼的篇幅超过全书的四分之一；《诗人玉屑》“用辑录体的形式，编录了两宋诸家论诗的短札和谈片，也可以说是宋人诗话的集成性选编”③，研精诗理诗法在前，识鉴古今人物于后。可见三部诗话形散而神聚，语碎而意全，其体势体貌的共同特征为片断之连缀、玉屑之总龟。

诗性与逻辑性的统一是中国文学批评言说方式的总体特征，而由于逻辑性是任何批评

---

① (宋)阮阅编，周本淳校点：《诗话总龟前集》，人民文学出版社1998年版，第3页。
② (宋)胡仔纂集、廖德明校点：《苕溪渔隐丛话》，人民文学出版社1984年版，第1页。
③ (宋)魏庆之编：《诗人玉屑》，上海古籍出版社1979年版，第1页。

文本的应有之体，因此诗性便成为中国文论特有的文体传统。在中国文学批评的诗性(文学性)言说之中，叙事与抒情(亦即史才与诗笔)又是统一的。

先秦文学批评的片断性言说已是叙事(如《尚书》《左传》)与抒情(如《诗经》)并存，而隋唐以后诗话体之叙事与论诗诗之抒情的并存，则是对先秦文学批评的一种“青出于蓝而胜于蓝”之回响。在这之间，两汉文学批评的史传体和书信体擅长在叙事之中抒情，六朝的骈俪体和辞赋体则擅长在抒情之中叙事。比如唐代司空图《二十四诗品》以情、景、人、境言说诗歌风格，在绘景写情中塑造出幽人、美人、畸人、琴客、剑士、樵夫，采用的就是将抒情与叙事融为一体的言说方式。

司马迁的历史叙事中包含着生动、深刻的文学批评理论叙事，而他的批评理论叙事又伴随着丰富、强烈的情感。《报任安书》向老友任安详细地叙述李陵之祸以及由此而酿成的缧绁之囚、宫刑之辱和身心之痛，可谓字字血、声声泪。“悲夫！悲夫！”“尚何言哉！尚何言哉！”……司马迁的叙事，其情悲远、凄切，在一种叙事与抒情相交融的悲剧性语境中提出“发愤著书”的理论命题。司马迁的“发愤著书”，不是书斋里的玄思妙想，亦非哲理思辨或逻辑推演，而是身世之感、切肤之痛，是徘徊于地狱之门的叙事者面对苍天的悲情诉求。在某种意义上说，正因为“发愤著书”形成于叙事、抒情(而非推理、论证)的过程，它才会有如此强烈的震撼力和如此恒久的生命力。

白居易《与元九书》的诸多批评命题及批评观念也是在叙事与抒情中出场的，他在痛陈“诗道崩坏”时感叹：“嗟夫！事有大谬者，又不可一二而言，然亦不能不粗陈于左右。”然后开始叙述“家贫多故”之身世及“诗人多蹇”之命途，抒发“时之所重，仆之所轻”的苦闷、孤寂之情。白居易正是在这种“一二而言”的叙事、抒情之中，建构起新乐府运动的诗歌纲领及理论主张。与白居易在向好友倾诉时之不来、人不我知的窘困时建构起新乐府运动的理论纲领一样，韩愈亦在送别即将役使江南的苦寒诗人孟郊时，讲出“不平则鸣”的文学批评道理……钱谦益列诸贤之诗，作《列朝诗集小传》，自谓“使后之观者，有百年世事之悲，不独论诗而已”①。文学批评家们在叙事中明理，也在叙事中抒情，其事可悲，其情可哀，其理可信。这一类于诗性叙事中出场的文学批评思想，在它们以理服人之前，已经先行地以情动人了。中国文学批评言说方式的独特魅力，正在于诗性与逻辑性、片断性与整体性以及叙事性与抒情性的统一之中。

◎思考题：

1. 何为“文学”？何为“文化”？二者关系何在？
2. 儒、道两家文化对中国文学批评的影响是互斥？互补？还是兼而有之？试举例说明。
3. 从思维方式的层面谈谈中国文学批评史的诗性特征。
4. 何为“批评文体”？中国古代文学批评文体的主要特征有哪些？
5. 试从“批评文体”的角度概述中国文学批评史的演变历程。

① (清)钱谦益：《列朝诗集小传》，上海古籍出版社1983年版，第1页。

第一章　先秦文学批评

有文学就会有文学批评。我们知道，先秦文学以《诗经》为代表；而先秦文学批评相应地以关于《诗经》的批评为核心。从《尚书·尧典》的“诗言志”到《论语》所记载的孔子论《诗》语录，先秦文学批评围绕着《诗经》评论形成了自己的特征，并为整个中国文学批评史建构了一个较高的起点和较为厚实的根基。刘勰《文心雕龙》的文学理论和批评，一个基本的方法就是“振叶以寻根，观澜以索源”。我们学习中国文学批评史，首先要从源头上弄清楚中国文学批评的发生或肇始。

第一节　概　　述

《导论》部分已经谈到，与同类教材相比，本书的突出特征一是注重文学批评与文化的关系，二是注重批评文体。在这个两方面，先秦文学批评都是颇有特色的：第一，先秦文学尚属于广义的文学，还没有从文化、学术、艺术之中分离出来。与之相适应的，是这一时期的文学观念和批评意识还处于朦胧的、不明确的阶段。无论是文学还是文学批评都涵泳于文化学术之中，我们从中更容易见出文学批评与文化的血肉联系。第二，处于滥觞期的先秦文学批评尚未形成独立的批评文体，先秦文学批评尚寄生于经、史、子、集等非批评文体之中。这一点从批评文体的层面突现出文学批评与文化的关联。

一、先秦时期的文化背景

先秦礼乐文明是一整套非常复杂的文化体系，涉及生活方式、伦理规范、典章制度、精神信仰等各个层面。具体地讲，礼乐文明包括“礼”和“乐”两个维度，其中，“礼”代表了仪式的政治性规定，是规范社会生活的首要原则，涉及人的行为准则、道德规范、尊卑秩序等，社会运行过程中的衣食住行、婚丧嫁娶、宗教祭祀等诸多因素皆被纳入其规范体系之中；“乐”则主要指音乐，同时包括了诵诗歌舞等，它代表了一种仪式性的心理状态，是践行礼的必要条件与重要辅助。礼乐并重，相辅相成，是礼乐文明的主要特色。先秦礼乐文明大致经历了两个发展阶段。第一阶段自原始巫祭时代至西周初期，此时期的礼乐文明尚处于“自发状态”，即与原始宗教天然地结合在一起；第二阶段自西周中期至春秋末年，此时期的礼乐文明，在经过周公制礼作乐后，实现了由原始礼乐文化向理性礼乐文明的转换。

中国礼乐文明的源头可追溯至上古时代。其发生与原始宗教有着密切的关系。《礼记·礼运》：“夫礼之初，始诸饮食。其燔黍捭豚，污尊而抔饮，蒉桴而土鼓，犹若可以致其敬于鬼神。”可见礼最初生发自原始状态的饮食、祭祀等日常行为中。原始之“乐”则与原始巫术浑然天成，古之民以乐舞娱神而求神灵赐福，期间则依稀可见礼之雏形。及至夏、商、周初，礼乐文明虽有发展却未能从根本上获得突破。总体上礼乐与巫文化仍为一体，因夏商巫风巫术兴盛，其礼乐文化很大程度上仍是从巫祭仪式中发展出来的，其有神秘主义色彩，比如丧祭之礼乐，乡饮酒之礼乐等。先秦礼乐文明的成型与兴盛是在西周时期。随着周初分封制的推行，中国历史进入了一个新的发展阶段，原始礼乐文化逐渐被取代，理性的礼乐文明体系逐渐形成。周代礼乐文明是对殷商礼乐制度进行创造性转化的产物，实现了从殷商宗教到人文理性的突破与转变，是一种人道意义上的理性道德文明而非原始宗教文化。原始宗教文化以娱神为主要功能，周代礼乐则以协调社会关系、促进社会和谐为主要功能。《礼记·表记》中明言："殷人尊神，率民以事神，先鬼而后礼……周人尊礼尚施，事鬼神而远之，近人而忠焉。"至此，先秦礼乐文明已经发展成为一套完备的维护社会秩序的道德体系与伦理规范，并最终成为先秦社会意识形态的中心。

周代礼乐制度包括两大基本内容，一是规定等级的礼仪；二是伴随礼仪的以雅乐为主体的乐舞。这方面的详尽叙述可参见《仪礼》、《周礼》和《礼记》三书，《诗经》里面也有关于周代礼乐文明的描述。周礼的核心是宗法制度和伦理规范，它们完善而系统地涵盖了冠、昏、丧、祭、射、乡、朝、聘等社会生活和人际交往的方方面面。礼的作用主要是规定政治、社会关系中各种角色的权力、义务及行为规范。《礼记·昏义》云："礼之大体，而所以成男子之别，而立夫妇之义。……父子有亲而后君臣有正。"在此，礼的现实作用得到了具体而清晰的表述。礼乐之"乐"则处于从属地位，作为辅助礼的顺利实现而设置，主要为典雅纯正之乐，多用于祭祀、郊社、宗庙、宫廷、乡射、军事大典等重大场合。乐的另一个重要作用是培养人的人格和道德情操，使人得以自律，以辅助他律之礼的完成。而正是后一点与文学艺术和文学批评产生了关联。

西周礼乐文明在经历鼎盛时期之后，于西周末年开始走向衰落。西周末年至春秋时期是中国历史上的大变革时期，社会动荡，加之西北猃狁侵扰，周王朝统治日益衰微。随之，地方诸侯实力渐强，意欲突破周王朝之集权管制。及至春秋时期，生产力水平提高，分封制度加速解体，各地诸侯征战攻伐之事日增，刚开始礼乐征伐皆出天子，但自周平王东迁以后，天子号令诸侯的绝对权威已不复存在，实力强大的诸侯开始藐视天子，自行礼乐征伐，终成"春秋五霸"的割据之势。在西周末至春秋这段时期，周代的礼乐文明秩序受到了前所未有的挑战，出现了"礼崩乐坏"的局面。

"礼崩乐坏"虽然造成了社会动荡，却成就了宽松自由的思想文化环境。一方面，贵族地位下降、庶民地位上升，各国统治者礼贤下士的风气大盛，作为社会新阶层的"士"开始出现并日益壮大；另一方面，官学出现危机，贤能之士流散民间，聚众讲学之风也应运而生，到春秋战国时期，形成了"百家争鸣"的盛况。面对"礼崩乐坏"的混乱局势，诸子百家针对现实问题提出了各自不同的主张，他们把关注的目光投射在人性与传统的礼乐制度之上。以对传统礼乐文明的态度，先秦诸子大致可以分为维护改良派与批判反对派。

改良派以孔子、孟子的儒家学派为代表，他们立场鲜明地维护周礼，成为周礼的践行者和守护者。孔子对周礼持肯定态度，但并不是主张简单地恢复周礼。孔子主张继承周礼中的仁爱精神，强调以孝悌为轴心的血缘亲情观念，希望以此唤醒在那个欲利当先的社会中人们尚未泯灭的仁爱之心。孔子认为，如果能将这种仁爱之心通过礼乐制度进行推广，天下必会大治，他所憧憬的三代之治也就实现了。孔子十分重视个人的道德修养，他认为圣人的境界显现了一种高尚博大的胸怀，闪耀着仁爱的光辉，只有人类才拥有这种超越生物本能的人性。孟子继承并发展了孔子学说中的人性美，他明确指出人性本善，主张以民为本，施行仁政，以构建和谐的社会环境。而荀子从性恶论出发，强调后天教育的重要，他主张用礼乐约束人的欲念，协调不同等级之间的人际关系。

批判反对派以老庄墨法为代表。以老子庄子为代表的道家否定儒家所维护的礼乐，认为礼乐扰乱了人的纯朴本性。老庄崇尚自然之道，提倡“无为而无不为”的政治与哲学主张，主张回到小国寡民、老死不相往来的原始社会。墨子从下层人民的实际生活状况出发，希望统治者解决老百姓最基本的生存问题，提出了“兼爱”、“非攻”的口号，墨子反对儒家礼乐，认为礼乐特别是“乐”已经沦为上层阶级的享乐工具，所以主张将文艺从他的国家里驱逐出去。以韩非子为代表的法家也是反对儒家礼乐，对礼乐持否定态度，他们主张实行君主独裁，厉行法治，而礼乐等则是推行法治的祸害。

从西周的礼乐文化到春秋战国时期的诸子百家，先秦文化为这一时期的文学艺术批评提供了丰富的思想文化资源，并在人格理想、思维方式、言说方式等诸多方面构成先秦文学批评的思想文化背景。

二、先秦文学批评的理论萌发

先秦是一个大文化、大文学的时代，并没有文学与学术之分，所以文学理论批评在整个学术领域里尚未与其他门类的学术区别开来，并无独立的形式可言，往往只是混杂在其他学术中的片段论述，很多论述甚至还不是直接论述文学问题的。但是尽管如此，先秦文学理论批评毕竟是整个古代文学理论批评的萌芽，因此后世一系列重大的文学理论问题都可以在这里追溯到它的源头。

（一）文学观念的萌发

先秦时期的文学创作，虽然已出现《诗经》《楚辞》这样的纯文学作品，但总的来说，文学观念并不明确，文学还和文化、学术、艺术等混为一体。对文学特征的认识，直到战国中后期才开始取得进展。“文”的本义，许慎《说文解字》解释为“错画也，象交文”，指的是由线条交错而形成的带有修饰性的形式。“文”字的诞生可能与原始人的文身和原始时期陶器上的修饰花纹有关。随着社会生活的发展，“文”字的含义逐渐扩大和丰富，“文”字的含义不再只局限于具体修饰性的花纹，任何事物的外在的具有修饰性的符号皆可称之为“文”，器物的装饰、人的服饰和言谈举止仪表风度可以称为“文”，国家的典章制度、祀典仪式、文化艺术也可为称为“文”。

与文学观念和文学理论批评相关的是“文化”一词中的“文”。孔子说“天之将丧斯文也”（《论语·子罕》），其中的“文”指西周的文化；“行有余力，则以学文”（《论语·学而》），其中的“文”指文化修养；“文学：子游、子夏”（《论语·先进》），其中的“文”指文献典籍。这些文化之义的“文”自然也包括了纯粹的文学，但纯粹的文学还没有从文化之中获得独立的地位。

战国中期以后，由于诗歌创作、历史散文、思想著述的极大发展，原先诗、乐、舞三位一体的状态也被打破，出现了个人专门创作的文学作品《楚辞》，人们开始认识到文、史、哲等各自不同的特点及其差别，文学观念开始萌生。《荀子·儒效》篇说："诗言是其志也，书言是其事也，礼言是其行也，乐言是其和也，春秋言是其微也。"以前人们并没有认识到五经的区别，而荀子将《诗》、《书》、《礼》、《乐》、《春秋》纳入明道的体系之后，又指出了五经明道的不同角度、不同方式，以及各自不同的内容与特点。荀子的这些论述已经初步将文学、历史、政治、艺术区分开来，其中由于荀子论"言志"，除了志向与抱负的意义之外，还增添了抒情的成分。因此，荀子对《诗经》的认识，表明了先秦文学观念的萌生。

总的来说，先秦的文学观念经历了一个逐渐发展演变的过程：文学从早先混杂在广义的文化之中，到其基本特点被逐步认识，并且开始与其他学术学科相分离。文学观念的演进与先秦时期社会和文明的发展密切相关，是文化发展的必然过程。

（二）文学批评的萌生

在人类的原始时期，理性思维并不发达，原始人类拥有的是"诗性智慧"，维柯指出："在世界的童年时期，人们按本质就是些崇高的诗人。"①所以首先，相应的文艺活动必会在早期人类文明中占据相当的位置。其次，在先秦的礼乐文明中，乐与礼同等重要，互为一体，与诗乐相关的活动在社会政治生活中是非常多的。其中，《诗经》在诗乐活动中的地位最重要。《诗经》的风、雅、颂原本是与音乐、舞蹈相配合的，这种诗乐舞不分的情况到春秋后期还有很明显的表现，如《左传·襄公二十九年》记载季札观乐，所观之乐即是《诗经》之乐。此外，《诗经》作为五经之一，在当时的政治、外交、学习中有重大的影响，赋诗言志成为人们日常生活行为的重要内容之一，以致孔子教育弟子说："不学诗，无以言。"（《论语·季氏》）赋诗言志，既是借诗歌表达个人思想情感，也是以赋诗的方式参与社会政治活动。关于"赋诗言志"，在先秦典籍之中有大量的记载。不过，这里的"赋诗"不是创作诗篇，而是诵读《诗经》中的现成诗篇。《左传·襄公二十七年》记载，郑国子展等七子应赵文子之请，赋诗言志，也就是用"诗三百"中的篇章，表达自己的想法。

在大量的文艺活动中，一些文学理论与批评得以自发产生与形成。在《诗经》中，不少诗篇的作者明确表达了他们创作诗歌的目的，例如：

君子作歌，维以告哀。（《小雅·四月》）
维是褊心，是以为刺。（《魏风·葛屦》）
心之忧矣，我歌且谣。（《魏风·园有桃》）
王欲玉女，是用大谏。（《小雅·民劳》）

这些诗篇的作者在自发的创作中，已经把诗歌作为表达自己思想情感的媒介，并用它表达对某些生活现象和政治情况的态度，具有了以诗歌参与社会政治的意识，这种意识成为后世"美刺"说的先声。

与言志和美刺相关联的是观志、观风活动。据《左传》《国语》等记载，西周的统治者很重视从诗歌中了解民情，以利于改良政治。《左传·襄公二十九年》记载吴季札在鲁观

① ［意］维柯著，朱光潜译：《新科学》，人民文学出版社1986年版，第98页。

周乐的情景，这是一篇最早的直接评论诗乐的文章。季札依次听取了《诗经》各个部分的演唱，并作评论。季札观乐不在品评诗乐的美感，而是从中辨别政治优劣，风俗好坏，诗乐的主要价值在于其社会认识作用。

季札是观乐明志，而在这之前则有舜帝的教诗言志。在先秦以礼乐为中心的种种文化活动之中，逐渐孕育并最终形成了“诗言志”的观念。“诗言志”，作为中国文学理论与批评的开山纲领，见于《尚书·尧典》，是舜帝对他的臣子夔所说的关于音乐(实为诗乐舞)的一段话：

> 夔！命汝典乐，教胄子，直而温，宽而栗，刚而无虐，简而无傲。诗言志，歌永言，声依永，律和声。八音克谐，无相夺伦，神人以和。

《尧典》多出于传闻，所记虞舜的话不是十分可靠；但《尧典》系周史官所记，“诗言志”至少反映了周人的文艺观。顾易生、蒋凡著《中国文学批评通史·先秦两汉卷》指出，“诗言志”应有较早的渊源，并引《左传·襄公二十七年》中的“诗以言志”以证之。①朱自清作《诗言志辨》，认为“诗言志”是中国诗论开山的纲领。许慎《说文解字》三上《言部》云：“诗，志也，志发于言。从‘言’，‘寺’声”，将“诗”解释为“志”。闻一多《歌与诗》在谈到“诗言志”的时候指出，“志有三个意义：一，记忆；二，记录；三，怀抱”，这里的“怀抱”不仅指志意，而且与情感相关了。孔颖达《礼记正义》：“此六志《礼记》谓之‘六情’。在己为情，情动为志，情、志一也。”朱自清《诗言志辨》在引用了上述三段材料之后指出，“情和意都指怀抱而言”，又指出，在先秦文献中，“这种怀抱是与‘礼’分不开的，也就是与政治、教化分不开的”。当然，关于“诗言志”之“志”除了“志意”是否还包括“情感”，至今尚有争论。但“诗言志”对于先秦乃至整个中国古代文论的意义则是毋庸置疑的。

三、先秦文学批评的文体特征

与后世历朝历代的文学批评相比，先秦文学批评的文体特征可以概括为两个字“寄生”：文学批评以只言片语的方式寄生于经、史、子、集之中。比如，“诗言志”是中国文论开山的纲领，它寄生于《尚书》之《尧典》；“季札观乐”是对“诗言志”的极好的说明或展开，它记载于《左传》之《襄公二十九年》；原始儒、道的文艺思想，则分别散见于《论语》《孟子》与《老子》《庄子》；《诗经》的一些篇什中亦有文学思想，而且采取的是被后人称为“以诗论诗”的方式。我们知道，《尚书》是五经之一，《左传》是史书之首，《语》、《孟》、《老》、《庄》均为子书，《诗经》是中国文学史上第一部诗歌总集，可见先秦经、史、子、集中皆有文学批评和文学思想；或者反过来说，先秦文学批评皆寄生于“它者”(经、史、子、集这些非批评文体)之中。

(一)“寄生”体产生的文化缘由

先秦文化，文史哲不分，诗乐舞合一，在这种浑然一体的大文化形态中，“文学”与“文化”尚且难分难解，而所谓的“文学批评”只能以寄生的方式存在于广义的“文学”也就

---

① 顾易生、蒋凡：《中国文学批评通史·先秦两汉卷》，上海古籍出版社1996年版，第34页。

是“文化”之中。先秦大文化最突出的特征之一是政治文化。从周至秦，中国社会处于变化和动荡之中，文明更替，文化多元。或道或儒，或法或墨，不同的文化流派虽然道统殊异，路径迥别，但对于社会政治的忧虑都是相同的。诸子百家对于政治、社会、伦理、道德的关注程度远远高于文学艺术，或者说诸子百家的文学理论思想被笼罩在浓郁的政治意识形态氛围之中。文学艺术是政治教化的工具或手段，文学批评是整个文化批评的一个分支，文学思想是子学思潮的一个部分，关于文学艺术的理论言说只是诸子百家阐述自家政治和学术观点的话语方式之一。在这样一种文化背景之下，文学批评文体寄生于文化典籍的各种文体之中就成了中国早期文学理论的必然选择或文化宿命。

从更为深潜的层次考察，先秦文学批评文体的寄生性特征与传统的思维方式密切相关。远古时代，当我们的祖先睁开双眼凝视自身及自身所处之世界时，所看到的是天、地、人的浑然一体，所感觉到的是时间与空间的浑然一体。从远古的神人以和到先秦的百家争鸣，中国古代已形成天人合一、心物一体的整体性思维方式。先秦时代，儒、道、名、阴阳诸家都不约而同地强调整体观念，认为宇宙是一个整体，天地人构成一个整体。《道德经》：“道生一，一生二，二生三，三生万物，万物负阴而抱阳，冲气以为和。”老子所提出和描述的宇宙模式或图景，强调的是世界的和谐性和整体性，而支撑这一描述的是思维方式的整体性。中国哲学范畴所体现的思维方式的特点是天人交融型的整体性的思维模式，它与西方哲学范畴所体现的主客相分型的分析性的思维模式是大不相同的。在东西方思维方式与认知方式见出分野之前，天人合一的整体性认知观念早已成为中国人习以为常的思维方式，不仅影响着中国人自然观和社会观的形成，也从根本上影响着中国文论批评文体原生形态的铸成。

（二）“寄生”与“随意”

郭绍虞、王文生主编的《中国历代文论选》（四卷本），“先秦”部分共选录八家：《尚书·尧典》、《诗经》、《论语》、《墨子》、《孟子》、《商君书》、《庄子》、《荀子》。就文体而论，这八家或者是文学作品，或者是史书，或者是子书，并无批评文体。所以张少康指出“孔子以前，严格来说还没有什么正式的文学理论批评”①。也就是说，现代意义上的“文学批评”尚寄生于当时的“文化批评”之中。我们知道，汉语的“文化”与“文学”，都有广义和狭义之分。广义的“文化”是指人的价值观念在社会实践中对象化的过程与结果，它包括了物质制造（技术体系）和精神创造（价值体系）两大部分；而狭义的“文化”则仅指人类精神活动的过程及其结果。狭义的“文学”也就是我们今天所说的“语言的艺术”，包括诗歌、小说、戏剧、散文；而上古时期，所谓“文学”还是泛指一切见诸于“文”的东西，也就是刘勰《文心雕龙·原道篇》所说的“心生而言立，言立而文明”的“人之文”。这种“人之文”也就是人类的精神创造。可见狭义的“文化”与广义的“文学”是相重合的，二者都包括了孔颖达所言“诗书礼乐之谓”以及用诗书礼乐化成天下的精神活动即价值体系。当狭义的“文学”从广义的“文学”之中逐渐独立出来的时候，文学与文化的血肉联系已先在地铸成。整个先秦时期，“文学”寄生于“文化”之中，吮吸着文化的营养；与此同时，“批评”也寄生于“文化”或“文学”之中并吮吸着它们的营养。寄生性，成为中国古代文论

① 张少康：《中国文学理论批评史教程》，北京大学出版社2000年版，第3页。

批评文体最具原生形态的特征之一。

先秦批评文体的“寄生”与“随意”相联。何谓“随意”？不是随便或任意，而是意之所随。经、史、子、集都不是批评文体，它们要讨论要言说的主要问题也不是文学，它们是在讨论哲学、历史或文化问题时顺带提到文学和文学批评的。比如《论语》中的孔子，是在讨论“礼乐”和“仁义”这些儒家文化的关键词的时候，提出诸如“兴观群怨”、“尽善尽美”、“思无邪”等文学批评之命题的。也就是说，孔子的文艺思想是跟随在他的哲学和文化思想之后出场的。此乃“随意”。

“随”各家各派的文化之“意”而出场的先秦文学批评，可称为泛文化批评，虽还不能算是真正的文学批评，但它却确定了中国古代一种非常有特色的批评样式：即“批评”以句子的形式存在于文化著作（经、史、子、集）之中，在成为文化著作一部分的同时，又可以独立出来作为文学批评的语录或要言。但是，这些具有鲜明的文学批评性质的语录或要言，又不得不以寄存于整部文化典籍中的方式得以保存及流传。否则，一旦脱离了稳固的文本框架和特定的文化语境，那些只言片语则很难存活，更何谈流播？我们今天耳熟能详的先秦诸子及《诗》三百中的文学批评话语，如孔子的“兴观群怨”、“尽善尽美”、“文质彬彬”、“思无邪”，孟子的“知言养气”、“知人论世”、“以意逆志”，十五国风的“心之忧矣，我歌且谣”、“维是褊心，是以为刺”等，则是藉《论语》、《孟子》和《诗经》的文本框架和文化语境，才得以千古流传并惠及后人的。

（三）由“寄生”而“弥漫”

先秦文学批评，以一种无文体的形态，以一种“语录”或“要言”的形式，寄生于文化典籍的诸种文体之中。随着批评活动的增多和批评意识的增强，文学批评逐渐从寄生状态中走出，向外作弥漫性生长。我们以《周易》为例。《周易》一书分为《易经》与《易传》两个部分，后者是对前才的阐释和解读。中国古代最早以“传”为名称的经注当是《易传》，汉以来都认为是孔子所作。经过现当代学者的研究，可以确定它并非一人一时所作，其七种十篇大都作于战国时代。不过十翼虽非孔子所作，孔子确曾读过《易经》（见《论语》的《述而篇》和《子路篇》；又《史记·孔子世家》有“孔子读《易》，韦编三绝”）。汉武帝时儒学被抬到“至尊”的地位，孔子也被当成圣人，如此一来，为先秦典籍作注、作传就因了孔子的光环而具有神圣的意义，释经之“传”也就得到了继承与发扬，由此“传”才得以在中国文学批评史上占据显要的位置。《周易》的文学批评思想主要集中在《易传》的《系辞》上下两篇。从整体上看，《周易》的文学批评还是处于“寄生”形态，寄生于经书之中，但是，由于《易传》的《系辞》之中有比较集中的关于“言—象—意”关系的论述，而《易传》又是可以独立于《易经》的，所以，我们说《易传》的文学批评由“寄生”走向了“弥漫”。在一个更为广泛的意义上说，为经书作传注，逐渐成为一个专门的文体，如序传体。而序传体之中的《诗大序》被称为中国文学批评史上的第一个诗歌批评专篇。这也是由“寄生”而“弥漫”的结果。汉儒传经，或重名物训诂、文字笺疏，或重微言引申、义理阐发，他们为《诗经》所作的传，孕育出中国古代文学批评的重要文体“序传体”。

批评文体由“寄生”而“弥漫”，逐渐获取了自己独立的生命和地位。当然，所谓“独立”并不是说文学批评已有了专属于自己的文体。直到两汉时期，文学批评仍要借助于“他者”（既有的文体）出场。郭绍虞、王文生主编《中国历代文论选》（四卷本），“两汉”部分选录六家(共九篇)，其中史书体两家(共三篇)，子书体两家(共四篇)，还剩下的两篇属于传注体(即为经书作传注)。仅从文体的外观(外部形态即体裁)上看，两汉文论似乎仍然处于先秦时期那种寄生状态；但包裹于外观之中的言说内容、方式及风格，较之先秦文论却有了较大的不同。这种不同又分两种情况：一是在他者的文体框架内生长壮大，二是变他者的文体为自己的文体。

第二节　儒家文学批评

先秦文学批评思想虽然呈现多元化格局，但儒、道两家仍是最为重要的。儒家文学批评创始于孔子，经孟子、荀子等继承发展，形成了自己的体系，对后世文学批评影响深远。儒家文学批评着眼于文学的社会政治与伦理道德价值，注重文学外部规律的探讨，较多地阐述了文学与政治教化、文学与道德修养之间的关系，其文学观是直接与德治、仁政联系在一起的。

一、孔子

孔子(公元前551—前479)，名丘，字仲尼，春秋时期鲁国(今山东曲阜)人。孔子曾任鲁国司寇，摄行政事，后来周游列国，希望能实现他的政治理想，但终不见用。晚年致力于教育和整编古籍。孔子的思想和学术主要保存在《论语》当中。

孔子是先秦儒家学派的创始人，也是中国古代文论的奠基人之一。孔子创立的儒学，以“仁”为内容，以“礼”为形式，延续承传了周代的礼乐文明和仁爱精神。孔子在对学生的教育中十分重视诗和乐，认为诗乐的学习有利于道德品质的修养。孔子说：“兴于诗，立于礼，成于乐。”(《论语·泰伯》)兴，起也，孔子明确把“诗三百”作为儒家人格道德修养的起始教材。孔子又说：“不学诗，无以言。”(《论语·季氏》)强调学诗在社会政治和日常生活之语言表达上的重要意义。这样，文艺审美在孔子的仁学体系中占据了非常重要的地位。孔子的文艺思想强调文学的社会作用，同时也涉及文艺的批评标准、文学的内容与形式等问题。

(一)兴观群怨

孔子在谈到对《诗经》的学习时有一段著名的论述：

> 小子！何莫学夫诗？诗，可以兴，可以观，可以群，可以怨。迩之事父，远之事君。多识于鸟兽草木之名。(《论语·阳货》)

在这段话中，孔子从四个方面强调了《诗经》也就是文学作品的情感、心理和社会作用。对“兴”的解释，西汉孔安国注曰：“引譬连类。”南宋朱熹注曰：“感发意志。”这两种解说实际上是相通的。所谓“引譬连类”，乃是通过个别具体的感性事物引发与之相关的丰富联想；所谓“感发意志”，是指诗的感性形象可以感染读者的情绪，激发人的精神意志。孔安国和朱熹的说法不一，实质相同。孔子和学生探讨《诗经》时，多从“兴”的角度着眼，如《论语·八佾》载：“子夏问曰：‘巧笑倩兮，美目盼兮，素以为绚兮。’何谓也？子曰：

'绘事后素。'曰：'礼后乎？'子曰：'起予者商也！始可与言《诗》已矣。'"孔子解答子夏所引诗句的内涵时用了简短的"绘事后素"，含义是很丰富的，而子夏马上联想到仁先礼后的道理，所以孔子很高兴，认为子夏掌握了读诗的方法，这个方法就是"兴"。

对"观"的解释，东汉郑玄注曰："观风俗之盛衰。"诗是诗人表达内心情志的产物，蕴含了诗人对世界、社会的反映和看法，因此，从孔子开始的儒家文艺理论一直很重视对文艺作品中所表现出来的社会历史内容的观察与认识，认为可以从中了解风俗习尚的盛衰，考察社会政治的得失，而这些对于统治者改良政治、推行仁政是有一定作用的。通过对诗"可以观"的论述，孔子强调了文艺与现实的联系，显示出儒家文学批评思想的现实关怀和仁爱品质。

对"群"的解释，孔安国注曰："群居相切磋。"是指学诗可以加强与他人的交流，实现人与人之间情感和思想的沟通，从而共同提高。《诗经》在孔子时代流传广泛，学诗用诗是当时一种重要的文化活动，而能否学诗用诗又是衡量一个人文化素养高低的重要标志。孔子认为人们在一起对诗进行探讨交流，可以加深对诗的理解，受到诗中道德观念和思想情感的熏陶。

对"怨"的解释，孔安国注曰："怨刺上政。"这是孔子文论思想中一个很有意义的命题。孔子认为臣民可以批评、指责为政者在社会政治上的失误，但言辞不能激烈，可以采用委婉的讽谏，而用诗可以达到这样的目的。后来，"诗可以怨"的命题从怨刺上政扩展到抒发人生悲怨，从而开启了以文艺作品干预现实、批评社会的文化传统。从司马迁的"发愤著书"到韩愈的"不平则鸣"，从欧阳修的"诗穷而后工"到王国维的《红楼梦评论》，孔子"诗可以怨"的文论思想在中国文学批评史上绵延了几千年。

总体来说，孔子的"兴观群怨"深刻而全面总结了文艺在情感、认识、审美教育等多方面的社会作用，对后世文学理论批评产生了深远的影响。

（二）文质彬彬

孔子主张文学作品的内容与形式有机结合，完美统一。孔子在《论语·雍也》中论述了"文"、"质"并重的道理，他说："质胜文则野，文胜质则史。文质彬彬，然后君子。"这里的"文"、"质"本指人的外在仪表和内在品格，"文质彬彬"是要求人既要具备高尚的内在品德，又要具有符合礼节的仪表。但是，孔子关于"文""质"并重的论述一样可以运用在他的文艺理论之中，"质"可以指文艺作品的内容，也可以指文章质朴；"文"可以指文艺作品的形式，也可以指文采。孔子很重视言辞的表达，《左传·襄公二十五年》引孔子的话说："《志》有之：'言以足志，文以足言。'不言，谁知其志？言之无文，行而不远。晋为伯，郑入陈，非文辞不为功。慎辞也！"没有外在的言辞，他人无法准确了解自己的内心情志，而言辞没有好的组织，表达不够准确深刻，是无法在现实中和他人交流沟通的。

孔子对言辞的重视并不表明孔子就是形式主义者，实际上，孔子厌恶语言花巧的人，他说："巧言令色，鲜矣仁。"（《论语·学而》）又说："巧言乱德。"（《论语·卫灵公》）认为花言巧语的人是缺乏仁心，惑乱德行。孔子对形式的重视是出于准确深刻表达内容的需要，所以孔子一方面说："辞，达而已矣。"（《论语·卫灵公》）认为言辞充分表达出人的思维内容就够了，另一方面又要求"情欲信，辞欲巧"（《礼记·表记》），认为独到深刻的内容还需要有效的外在形式去展现。

孔子关于文学内容与形式有机统一的论述，成为后世文学创作的基本理论，并在文学理论批评的发展中始终起着主导作用。

(三)中和之美

中和是中国文学批评的核心范畴之一。中，适中，折中；和，平和，融和。中和的出现非常久远，《尚书·尧典》中已经有“八音克谐”、“神人以和”观念的出现。此后中和的思想绵延了几千年，既是儒家的宇宙观和方法论，也是儒家的基本美学思想。

孔子在他的思想中贯彻中和之道，他说：“不得中行而与之，必也狂狷乎！狂者进取，狷者有所不为。”(《论语·子路》)所谓“中行”，是指言行举止符合中和标准，而狂者、狷者都在一定程度上偏离了中和标准，狂者太过，狷者不及。他还说：“君子和而不同，小人同而不和。”(《论语·子路》)“同”是完全的一致，集合之后，只有数量的增加，没有质的变化；而“和”是矛盾的统一，集合为和谐的整体后，会产生质的变化，所以君子会委婉地表达不同意见，大家可以相互得到提高，而小人只会随声附和，当然无所用处。“中”与“和”是统一的概念，“中”的目的是为达到“和”，而能做到“和”，自然也达到了“中”。《论语·先进》中载孔子语：“过犹不及。”超过与达不到都不是完美状态，这就从否定的角度表达了中和思想。

孔子将“中和”思想运用于文学理论与批评，形成了儒家中和为美的审美批评标准。如何评价《诗经》？孔子提出了自己的文学批评标准：“《诗》三百，一言以蔽之，曰：思无邪。”(《论语·为政》)“思无邪”出自《诗经·鲁颂》，本意是描写牧马人神情专注的姿态。孔子在此借用“思无邪”概括《诗经》的特征，认为《诗经》各篇都符合儒家政治、伦理和审美的标准。从艺术角度看，孔子的“思无邪”体现了中和为美的思想。“思”可以理解为语气词，无实际意义，也可以理解为“思想、思虑”，对“思无邪”理解的关键在于“无邪”，《论语集解》引包咸对“无邪”的解释，谓之“归于正”，刘宝楠《论语正义》中解释此句时说：“论功德，止僻防邪，大抵皆归于正，此一句可以当之也。”所谓“正”，是与“邪”相对的，不邪僻，不走极端就是“正”，所以，“无邪”体现了中和的观念。

孔子的中和思想还表现在他的创作论和情感论之中。孔子认为文学作品在情感表达上应该适度，符合温柔敦厚的原则。在评价《诗经》的《关雎》篇时他说：“《关雎》乐而不淫，哀而不伤。”(《论语·八佾》)就是说《关雎》这首诗既表达了情爱的欢乐，又没有过分到失当的程度；有淡淡的哀愁，而没有过于激烈的伤悲，在情感表达上体现出一种中和之美。孔子肯定了文学的情感表达，赞许诗的乐与哀，但又认为抒发情感时应该有节制，不能太过。后来的文学创作虽有“发愤抒情”的传统，不过孔子的中和思想仍有极大影响。

孔子的文学批评思想涉及广泛，自成体系。作为儒家的创始人和主要代表人物，孔子的文学批评对后世的影响是非常深远的，其关心现实、服务政治的文艺观念直接或间接地影响了中国文学批评的产生、形成和发展。

二、孟子

孟子(约公元前372—前289)，名轲，战国时邹(今山东邹城)人，是继孔子之后又一位儒家代表人物，被称作“亚圣”。孟子早年同孔子一样，游说各国，宣讲仁政，但受到诸侯的冷落，于是在晚年退而著述，作《孟子》一书。孟子的文学思想主要有“与民同乐”

说，“以意逆志”、“知人论世”说和“知言养气”说。

(一)与民同乐

孟子生活的时代，战争频繁，统治者耽于享乐，罔顾人民痛苦。孟子继承了孔子“仁”与“礼”的思想，与孔子不同的是，孟子更加突出了仁学中的博爱精神，提出了“民为贵，社稷次之，君为轻”的民本思想，主张君王施行“仁政”，争取民心。

孟子“与民同乐”的文艺美学思想正是在民本和仁政思想之基础上发展起来的。孟子认为，君王能够做到“与民同乐”，就能够巩固自己的统治。怎样才能“与民同乐”呢？在孟子看来，就是要“乐民之乐”，以人民的快乐作为自己的快乐，《孟子·梁惠王下》中：“乐民之乐者，民亦乐其乐；忧民之忧者，民亦忧其忧。乐以天下，忧以天下，然而不王者，未之有也。”从“同乐”的角度出发，孟子对乐的内涵以及评价标准进行了与孔子不一样的解说。孟子认为，乐的真正内涵是使人快乐，而君王最大的快乐是“与民同乐”，所以，评价音乐的好坏，其标准是看它能否“与民同乐”，如果能做到这一点，今乐和古乐就是一样的。

孟子的“同乐”思想以他的人性相通为哲学基础。孟子认为人皆有人性，人性是相通的，“恻隐之心，人皆有之；羞恶之心，人皆有之；恭敬之心，人皆有之；是非之心，人皆有之”。(《孟子·告子上》)不只是心灵情感，人在感觉上也有共通性、普遍性，“口之于味也，有同耆焉；耳之于声也，有同听焉；目之于色也，有同美焉”(《孟子·告子上》)，由于人的心灵感觉有共同性，人的审美感知和情趣也就会有相同相通处，也就是说，不同的人有共同的美感。这是孟子“同乐”思想的理论依据。

孟子的“与民同乐”体现了崇高的博爱精神，虽然这是他对君王的要求，但这种思想对后世以天下为己任的儒者士人产生了深远影响，也对后世文艺创作和文艺审美产生了深远影响，乐民之乐，忧民之忧，是后世文艺创作和文艺审美的重要原则。

(二)以意逆志

孟子针对当时人们在解诗时断章取义形成的误解与偏差，提出了著名的“以意逆志”的文学批评方法。

在《孟子·万章上》里，孟子和他的学生咸蒙丘讨论君臣与孝道的问题。咸蒙丘提出了一个疑问：舜做了天子，但从孝道出发，舜不能以自己的父亲为臣民；但这样一来，不就和《诗经》里“溥天之下，莫非王土；率土之滨，莫非王臣”的说法相矛盾了吗？孟子回答说，咸蒙丘的这一疑问是由对《诗经》诗句的误解而产生的，上引四句诗的本意是作者在发牢骚，是说作者本人为国事辛劳以至于没有时间去奉养父母，普天之下都是王的臣子，为什么要我一个人辛苦呢？并不是确指天下所有人都局限于君臣关系之中，如果按照咸蒙丘断章取义的理解方式，那么《诗经·云汉》中所说的“周有黎民，靡有孑遗”就会被理解成周朝没有一个子民了，而原诗本意是强调由于大旱，人民死亡众多。

针对咸蒙丘对《诗经》错误的解读方式，孟子提出了“以意逆志”的解诗方式：“说《诗》者，不以文害辞，不以辞害志，以意逆志，是为得之。”孟子将解读过程分为两个层面：文本层面和解读者层面。在文本层面，孟子从局部到整体、从表层到深层把文本分为文、辞、志三层，“文”指最表层的文字词语，“辞”指由文字词语组成的篇章，“志”指诗人的创作意图。文义组成辞义，辞义显示作者之志，在文本层面上，文、辞、志是一个整体，是客观而固定的。但是，解读者在解读过程中由于没有从整体上去把握，造成了“以文害辞”，只管文字片段的意义，而不顾篇章整体的意义；或“以辞害义”，错把篇章的言辞义当作诗人的本意。怎样解决解读中的偏差问题呢？孟子认为需要用文本中已经客观存在的作者之“志”来约束解诗者之“意”，解诗者从整体的高度深入理解作者的表述意图，使自己的理解与作者的意图一致，这样，在解读的过程中，解读者的“意”才不至于像脱缰的野马，任意而为了，这就是孟子的“以意逆志”。对“以意逆志”中的“意”，历来有不同的理解，汉宋儒家认为“意”指解诗者之“意”，“以意逆志”就是用解诗者的“意”去推测揣摩作诗者之“志”；另一种为清人吴淇提出，他在《六朝选诗定论缘起》中认为：“以意逆志”是“以古人之意求古人之志，乃就诗论诗”。我们这里取第一种理解，因为就孟子的本意来看，这里的“意”还是指解诗者也就是批评家之意。

孟子还提出了与“以意逆志”相关的“知人论世”说，《孟子·万章下》：“孟子谓万章曰：‘一乡之善士，斯友一乡之善士；一国之善士，斯友一国之善士；天下之善士，斯友天下之善士。以友天下之善士为未足，又尚论古之人。颂其诗，读其书，不知其人，可乎？是以论其世也。是尚友也。’”这段话的原意是论述士人的修身问题，意为善士与他人的交游不应局限于地域，甚至不应局限于时间，要与古人交流，从古人那里汲取知识经验，开阔眼界。与古人交流的主要方式是诵古人诗，读古人书；而要真正理解并读懂古人的诗和书，就必然要了解古人的身世、思想、情感、人格等，同时，还要结合古人所处的时代环境进行考察，这就是“知人论世”。

孟子的“以意逆志”和“知人论世”虽然不是一起提出的，但孟子既强调“以意逆志”，又重视“知人论世”，二者之间的内在联系是很明显的。王国维《玉溪生诗年谱会笺序》谈到二者的关系：“是故由其世以知其人，由其人以逆其志，则古诗虽有不能解者寡矣。”“以意逆志”的解读过程以作者的“志”为坐标，当诗以文本的形式存在之后，作者之志便成为客观的存在。但是，在诗中，作者之志绝大多数没有直接表明，它隐藏于文本之中，是文本的深层意蕴，对它的发掘还有赖于解诗者的主观把握，因此，解读作者之志常出现“仁者见仁，智者见智”的现象。要准确把握作者之志，有必要将作品放在更大范围内考察，孟子的“知人论世”正是这样一种总体把握方式。

(三)知言养气

“知言养气”说是孟子哲学的重要内容，据《孟子·公孙丑上》，公孙丑请教孟子在哪些方面有擅长，孟子答曰：“我知言，我善养吾浩然之气。”何谓“知言”？孟子解释说：“诐辞知其所蔽，淫辞知其所陷，邪辞知其所离，遁辞知其所穷。”所谓“知言”，即是辨识言辞的能力，对各种言辞的产生及其缺陷能够心如明镜，照烛入微。

所谓“养气”，在孟子那里指的是道德修养。孟子主张的“养气”，是培养涵育“浩然之气”：“其为气也，至大至刚，以直养而无害，则塞于天地之间。其为气也，配义与道；无是，馁也。是集义所生者，非义袭而取之也。”孟子的“浩然之气”，是义与道聚合而生的凛然正气，是儒家道德修养追求的博大崇高的精神境界。“养气”可以“知言”，孟子在“知言”的过程中，将言辞判定为诐辞、淫辞、邪辞、遁辞，并能透彻了解和分析它们的形成和缺陷，依据的正是儒家道德修养所产生的眼光与标准。

孟子的“知言养气”说不是纯粹的文学理论，但它对后世的“文气”说起了奠基作用。

“知言养气”说植根于先秦时代的气、言理论，《左传·昭公九年》说：“气以实志，志以定言。”明确指出了气、志、言之间的关系，孟子在继承先秦理论的同时，强调了人内在的精神道德修养和外在的言辞之间的联系。后世文学批评不断传承发展的“文气”说，如曹丕的“文以气为主”，刘勰的“务盈守气”，韩愈的“气盛言宜”等，都与孟子的“知言养气”有着一定的渊源关系。

三、荀子

荀子(公元前313—前238)，名况，字卿，又称孙卿，战国末期赵国人，现存《荀子》三十二篇。荀子继承了孔子儒家学派的思想，又广泛吸收了其他先秦诸子的重要思想成果，发展了儒学，成为与孟子同时代的另一位重要儒学思想家。

荀子的文学理论，以“性恶论”为原点。与孔子、孟子的“性本善”论截然不同，荀子在《荀子·性恶》篇开头直陈人性本恶的论点：“人之性恶，其善者伪也。今人之性，生而有好利焉，顺是，故争夺生而辞让亡焉；生而有疾恶焉，顺是，故残贼生而忠信亡焉；生而有耳目之欲，有好声色焉，顺是，故淫乱生而礼义文理亡焉。”荀子认为人性本恶，不能放纵它自由发展，“善者伪也”，这里的“伪”有“人为”的含义，也就是说人的善良是人后天努力和外界约束节制的结果。因此，荀子主张用礼仪道德节制人性，其中包括用文学艺术(例如音乐)疏导人的情感和欲望。

(一)诗书礼乐之道

荀子从“性恶论”出发，提倡后天的努力学习，从而节制欲望，去恶从善，积善成习。荀子认为学文学就是对人性的琢磨，“人之于文学也，犹玉之于琢磨也”，要求“被(披)文学，服礼仪”(《荀子·大略》)，因为后天对文学礼仪的学习实践可以使人由粗鄙走向文明。要深刻理解人性，实践礼仪，需要从“道”的高度把握。“道”是人探索学习的最高目标，掌握“道”即掌握了世界。“明道”成为荀子文学批评的最基本标准，他认为一切言论行动包括文学在内都应当合于“道”，“辩说也者，心之象道也。心也者，道之工宰也；道也者，治之经理也。心合于道，说合于心，辞合于说”(《荀子·正名》)。言辞要符合辩说的需要，辩说与内心一致，而内心应当符合于“道”。言论有力量，有说服力，其关键在于要以“道”为衡量标准，“以正道而辨奸，犹引绳以持曲直”。荀子的“道”，以儒家的“治之经理”(政治的永恒法则)为主。不过，荀子的道虽然继承了孔子之道，但在道的内涵上与孔子不完全相同，荀子的道既是社会政治之道，又是具有哲理性的自然规律之道，他的道糅合了儒家和道家的观念。

荀子认为，能够成为圣人的人经过学习与实践，已经深刻把握了人性与节制人性之道，“圣人者，道之极也。故学者固学为圣人也，非特学为无方之民也”(《荀子·礼论》)。而圣人的思想言行都记载在经典典籍当中：

> 圣人也者，道之管也。天下之道管是矣，百王之道一是矣。故《诗》、《书》、《礼》、《乐》之道归是矣。《诗》言是，其志也，《书》言是，其事也，《礼》言是，其行也，《乐》言是，其和也，《春秋》言是，其微也，……天下之道毕是矣。(《荀子·儒效》)

在荀子的论述中，道经由圣人体现，最终记载在经书典籍中得到广泛流传，其中以《诗》《书》《礼》《乐》《春秋》等儒家经典最重要，因为它们从不同角度展现了天下之道、百王之道，所以学习重在征圣、宗经。先秦以来，诸子用各种方式探求对道的把握，而荀子强调学习圣人及其典籍的重要性，这种思想为后世扬雄、刘勰等继承发挥，成为明道、征圣、宗经文学观的先声。

（二）乐和同，礼别异

荀子从"性恶论"的角度出发，在政治上倡导礼治，但同时他也重视乐教。"乐和同，礼别异"是荀子在《乐论》篇提出的重要文论观点，强调了音乐在社会政治中的作用。所谓"乐和同"，是指音乐能调和人与人之间的情感，起到团结群体的作用；所谓"礼别异"，是指礼仪制度区分了人的等级地位，使人与人之间关系明确，社会政治秩序分明。

荀子的《乐论》以墨子的"非乐论"为反驳对象。墨子在《非乐》中，指责儒家兴礼乐助长了统治者的奢侈风气，劳民伤财，因而否定音乐。荀子从音乐和同人心、巩固政治的作用出发对墨子的"非乐论"加以反驳。荀子首先指出音乐是符合人的情感和本性的："夫乐者，乐也，人情之所必不免也，故人不能无乐。乐则必发于声音，形于动静，而人之道，声音、动静、性术之变尽是矣。故人不能不乐，乐则不能无形。"（《荀子·乐论》）人对音乐的喜爱源自情感天性，人世间不可能没有音乐。荀子认为，音乐的作用是巨大的，它调谐了人际关系，稳定了社会秩序："故乐在宗庙之中，君臣上下同听之，则莫不和敬；闺门之内，父子兄弟同听之，则莫不和亲；乡里族长之中，长少同听之，则莫不和顺。"除此之外，音乐甚至可以使人民同心同德，抵御外侵："夫声乐之入人也深，其化人也速，故先王谨为之文。乐中平则民和而不流，乐肃庄则民齐而不乱。民和齐则兵劲城固，敌国不敢婴也。如是，则百姓莫不安其处，乐其乡，以至足其上矣。"同墨子相比，荀子看到了人类社会的发展与进步。战国时期虽然经常发生战乱，但生产力依然得到了提高，随着物质文明的发展，人对精神文明的需求也不断增强。墨子指责音乐不能带来物质上的利益，相反还消耗人力物力；荀子却看到了音乐具有物质力量所不可比拟的精神力量，较之墨子狭隘的文艺观，荀子对艺术的看法要深刻得多。

正因为音乐出自人的情感本性，具有强大的精神力量，荀子把它提到了与礼治同等的高度，作为政治教化的重要手段。区别于孔子、孟子礼治的松散、自省，荀子将礼治提升为国家意志，成为礼法，使礼通过国家意志深入到人生及社会生活的方方面面，使人之间的贵贱、长幼、才能高低得到区分。他说："隆礼贵义者，其国治；简礼贱义者，其国乱。"（《荀子·议兵》）国家的治乱与礼法的实施存在密切关系。但是，礼法作为外在的强制约束，如果一味强调尊卑贵贱的等级差异，就可能将差异发展成对立，导致社会分离，所谓"礼胜则离"，过度的礼法导致人与人情感的疏离，这就需要用音乐来调和人与人之间的关系，荀子说："调和，乐也。"（《荀子·臣道》）音乐充当了礼法的润滑剂，软化了森严礼制带来的紧张的人际关系，唤起了人们的同宗同族之心。这样，荀子将礼乐结合起来，"且乐也者，和之不可变者也；礼也者，理之不可易者也。乐合同，礼别异。礼乐之统，管乎人心矣。"（《荀子·乐论》）礼注重外在的行为规范，其功能是别异，维护社会群体的等级差异；乐注重内在的情感熏陶，其功能是合同，维护社会群体的和谐一致，礼乐相配，天下得以和谐稳定。荀子"乐合同，礼别异"的思想，对后世文学批评有较大影响。

第三节　道家文学批评

道家文学批评在先秦是与儒家并列的另一重大派别，其代表人物是老子和庄子。道家文学批评审美色彩浓厚，更多研究文学艺术的内部规律问题，着眼于文学艺术的审美特性与文艺的创造过程。千百年来，道家思想对文学批评的影响，并不在儒家之下。

一、老子

老子(约公元前580—前500)，姓李，名耳，字聃，楚国苦县(今河南鹿邑东)人，道家学派创始人。《老子》大约成书于战国初期，是一部哲学著作，但其中一些观点切合文学自身规律，因而被后人转化到文学批评上。

(一)道可道，非常道

“道”是老子哲学的中心概念，他的整个哲学体系都围绕着“道”展开，对老子来说，其最高目标是得道。但是，老子的“道”是无法言说的，《老子》首篇即开宗明义提出了“道可道，非常道”。意思是说，“道”如果被明确说出来，就不是真正意义上的“道”了。“道”为什么无法明确言说呢？从老子的论述可以看到道的特征：其一，“道”是世界万物的本源，世界万物从“道”而来。《老子》二十五章说“道”“先天地生”，“可以为天下母”；四十二章说“道生一，一生二，二生三，三生万物”。其二，“道”超越我们的世界，虽然存在，却不在我们的感知范围里。《老子》三十五章说“道”“视之不足见，听之不足闻”。“道”看不见，听不到，无形无声，无色无味。其三，“道”以自己为法则，不断运动变化。《老子》二十五章说“道”“独立而不改，周行而不殆”，“道”独立长存而永不衰竭，循环运行而生生不息。总之，“道”具有超越性、虚无性和永恒性，老子无法在语言里找出任何一个准确的名称来命名它，只能勉强命名它为“道”：“吾不知其名，字之曰道，强为之名曰大。”(《老子》二十五章)

老子对“道”不可言说的论述，一方面开启了“言不尽意”的论题，另一方面开启了“为道日损”的认知方式，这两条对后世文艺创作和鉴赏批评都产生了较大的影响。“道”无形无声无色无味无用无名，用平常的认知方式是无法把握的，这就需要我们开启新的认知方式。《老子》四十八章说：“为学日益，为道日损。”“为学”在这里特指对于仁义圣智礼法的探求学习，这种探求学习需要日渐积累；“为道”是指领悟老子说的“道”，其领悟方式及过程与“为学”的方式截然相反，需要逐渐削减，削减那些干扰和遮蔽我们领悟“道”的不利因素，这些不利因素实际上就是指“为学”那一套认知方式，老子认为只有关闭我们习以为常的认知窗口，才能打开另一扇通向“道”的窗口。

“日损”的具体操作方式是玄想，也就是进入虚静的心理状态。老子在第十章要求：“涤除玄鉴。”涤除，洗涤清除，这里指清除一切成见；玄鉴，也作玄览，指心灵深处明澈如镜。成见是我们在认识过程中先入为主的知识和看法，老子要求我们先清除它，然后我们的心就会像镜子一样映见“道”的存在。清除成见的过程是虚心、静心的过程，当外界干扰消隐，活泼的心灵就可以从成见的禁锢中挣脱。老子希望将虚静的状态长久保持，“致虚极，守静笃”。(《老子》十六章)当彻底深入到心灵深处，我们会认知新的世界，领悟“道”的本质。老子讲虚静，虽然本意是为了领悟和把握“道”，但同样适用于文学创作和文学批评，文学不是简单地复述世界与宣泄情感，它需要创新与发现，在我们熟知的世界里发现被遮蔽的东西。老子对“道”的论述与虚静的认知方式为后世开辟了新的天地，对中国古代文学批评产生了极大影响。老子之后，庄子继承并完善了老子的虚静论。魏晋玄学以后，虚静论正式从哲学进入文论，陆机、宗炳、刘勰、苏轼等对虚静论均有深入论述。

（二）大音希声，大象无形

老子的思想与当时的流行观念相比，很多时候是反其道而用之。老子的“道”隐奥难见，所呈现的特性是异常的。《老子》四十一章说：“大音希声，大象无形。”这两句触及到声音与形象问题，虽然老子本非论述文艺，却给后来的文艺创作与理论批评以深刻的启示。关于“大音希声，大象无形”的内涵，历来有不同的解说。《韩非子·喻老》认为，“大音”是指巨大的声音，声音因为巨大，需要长期积聚力量才能发出，所以很少能够听见。王弼注“大音希声”：“听之不闻名曰希，不可得而闻之音也。有声则有分，有分则不宫而商矣。分则不能统众，故有声者，非大音也。”他认为，大音是最完整、最完美的声音，它的特征就是“无”，不可演奏，不可听闻，一旦落实为具体的声音，就不是“大音”了。由于韩非子的解释与文艺实际难以结合，后世文艺理论基本由王弼的思路引申。

最完整、最完美的“大音”、“大象”是无法听闻、无法看见的，它们处于“无”的境域之中。不过，老子的“无”并不是隔离于人的世界之外而完全无法得知，如果是这样的话，“无”是没有任何意义的。老子的“无”以“有”为参照，“有”之外即“无”，“有”指我们可以感知、可以固定的有形世界。“有”“无”是相生的，老子在第十一章中解释了有无相生的道理：

> 三十幅共一毂，当其无，有车之用。埏埴以为器，当其无，有器之用。凿户牖以为室，当其无，有室之用。故有之以为利，无之以为用。（《老子》十一章）

这里老子以车轮、陶器、房子为例，解释了有无相生。“毂”是车轮中心的圆孔，是插车轴的地方，因为它是中空的，所以套上车轴之后可以转动，车才能行驶；陶器的中间是空的，有了空的部分，才能盛物；房子中间是空的，有了中间空的部分，我们才能居住。所以，在制作毂、陶器、房屋中，实有的部分是从“无”的角度考虑的。从老子的论述中我们可以看出“有”可以衬托、暗示“无”的存在，如中国画中月亮的画法，月亮不是直接画出，而是用周围的云彩衬托出来的。

“大音”“大象”虽然无声无形，但完全可以用具体的“声”、“形”来引导、暗示、象征，用“有”显示“无”。钱钟书在解说《琵琶行》“此时无声胜有声”时说：“聆乐时每有听于无声之境。乐中音声之作与止，交织辅佐，相宜互衬……寂之与音，或为先声，或为遗响，当声之无，有声之用……静故曰‘希声’，虽‘希声’，而蕴响酝响，是为大音。”①钱钟书认为音乐中的停顿与休止能使人进入“无声之境”，音乐中的有声无声相互呼应、衬托、辅佐，有无相生，形成动人心魄的音乐，其中的静即“大音”。

① 钱钟书：《管锥编》第二册，中华书局1979年版，第449-450页。

老子的“大音希声，大象无形”和“有无相生”的思想成为中国文学批评意境理论的奠基，晚唐司空图的“象外之象”、“景外之景”、“韵外之致”、“味外之旨”得力于老子，南宋严羽的“兴象”以及近代王国维的“境界”说，其所受老子的影响也是非常明显的。

（三）自然无为，信言不美

自然无为是老子哲学中最重要的一个观念，这个观念对中国古代文学的创作与批评理论也影响深远。

《老子》二十五章说：“人法地，地法天，天法道，道法自然。”所谓“道法自然”，是指“道”以自己的状况为依据，以它自己的内在原因来决定自身的存在与运转。这里老子其实不只是说“道”要效法“自然”，人、地、天都效法“自然”。既然世界都有自我的发展，外界就不能用自己的意志去干扰，应当依照万物本来的状态顺任它的运行，这就是“无为”。老子说：“天地不仁，以万物为刍狗；圣人不仁，以百姓为刍狗。”（《老子》五章）这里的“不仁”不是贬义词，意谓无所偏私，不妄施仁义。天地是不偏私的，它让万物自然生长；圣人是不偏私的，他让百姓自己发展。天地圣人都以“无为”的姿态，保持着万物和百姓的自然和自由状态，老子用“自然无为”的观念来消解外界力量的阻碍，排除外在意志的干扰，主张实施不干涉主义。当然，老子的“无为”，不是完完全全放弃不为，而是要在顺其自然的基础上起到辅佐和推动作用，“道常无为而无不为”（《老子》三十七章）。顺应自然的“无为”可以达到无所不为的结果。

老子对用人力意志破坏“自然”状态是痛心疾首的，他认为，人过度追求物欲享乐，寻求官能刺激会产生很多弊害，“五色令人目盲，五音令人耳聋，五味令人口爽”（《老子》十二章）。同样，从“自然无为”的观念出发，老子反对人力伪饰的“美言”，“信言不美，美言不信”（《老子》八十一章）。“信言”，真话，由衷之言；“美言”，华美之言，巧饰之言，老子认为“美言”因为人力意志的干涉，已经扭曲了原本的面目，“美言”可能掺入了各种各样的动机，其美饰也会喧宾夺主，遮蔽言说的意图，所以失去了“信”的本真面目。但是，老子并不是完全剥夺修饰语言的权力，刘勰说：“老子疾伪，故称‘美言不信’，而五千精妙，则非弃美矣。”（《文心雕龙·情采》）为此，老子提倡“善言”，《老子》二十七章说：“善行，无辙迹；善言，无瑕谪；善数，不用筹策。”“善言”，就是说善于言说，善于言说者，其言语没有疏漏，没有差错。无论言说的对象多么客观，言说本身毕竟是主观的，不可能排除人为的意志，因此老子在语言问题上必然要考虑人为、人力与“自然无为”原则的关系。老子提“善言”，要求言说完善完美，其实际内涵是要求言说以“信言”为基准，顺应自然，达到无人为痕迹的高妙无为境界，这种境界成为老子对语言的最高要求，推而广之，这实际上也成为后来中国古代文学批评对语言艺术的最高追求。

二、庄子

庄子（约公元前369—前286），名周，战国中期宋国蒙（今河南商丘）人。庄子继承发展了老子学说，成为道家的重要代表人物。现存《庄子》一书，是庄子与后学论著的汇编，一般认为《内篇》七篇为庄子所作，《外篇》与《杂篇》为庄子后学所作。《庄子》是一部哲学著作，很少直接论述文艺问题，但在先秦诸子中，庄子最富于浪漫诗性，其学说寻求超越人生困境，追求逍遥游的自由精神，在审美心态、境界和言意关系上有独到深刻的论述。

庄子学说全面影响了中国古代文学批评的各个层面，奠定了中国文学批评史的内在精神与方法。

(一)真者，精诚之至也

庄子同老子一样，强调世界的自然无为，“天无为以之清，地无为以之宁，故两无为相合，万物皆化”(《庄子·至乐》)。天地生养万物，但天地自然无为，万物可以自由发展变化。从“自然无为”的思想出发，庄子反对人用暴力意志破坏万物的自然本性，“牛马四足，是谓天；落马首，穿牛鼻，是谓人。故曰：无以人灭天，无以故灭命，无以得殉名。谨守而勿失，是谓反其真”(《庄子·秋水》)。牛马天生四足，可以自由自在地活动行走，这是牛马的自然本性；人套马首，穿牛鼻，限制牛马的行为，这是破坏牛马的自然本性，因此，庄子要求人摒除一切残害自然本性的行为，不要为名利、人情所累，要顺应自然，重新回到人们曾经拥有的纯朴本性之中，也就是“反(返)其真”。何谓“真”？《渔父》篇说：“真者，精诚之至也。不精不诚，不能动人。故强哭者虽悲不哀，强怒者虽严不威，强亲者虽笑不和。真悲无声而哀，真怒未发而威，真亲未笑而和。……真者，所以受于天也，自然不可易也。”庄子的“真”，源于自然本性，只有真性真情才真切动人。《天运》篇中的一则寓言很好地说明了这个道理：“西施病心而颦其里，其里之丑人见之而美之，归亦捧心而颦其里。其里之富人见之，坚闭门而不出，贫人见之，挈妻子而去走。彼知颦美而不知颦之所以美。”西施的美，是真性的自然流露，而丑人不明其理，刻意效仿，变成了“伪”，反增其丑。

庄子推崇不露人为痕迹的自然美，崇尚天然、反对人为成为他的审美标准和艺术创造原则。庄子理想中的审美境界来自没有丝毫外力的天然状态，他在《齐物论》中把美的声音分为三类：人籁、地籁、天籁。“地籁则众窍是已，人籁则比竹是已”，“夫吹万不同，而使其自己也，咸其自取，怒者其谁邪？”人籁是指人们借助丝竹管弦等工具演奏出来的声音，是人为的造作，在庄子眼里属于最低层次。地籁是自然界中的各种大小孔穴，由于风力吹动发出的声音，地籁虽然少了人力，却要依赖风的外力，所以也不符合庄子心目中的天然境界。天籁则是众窍自鸣，是完全不依赖任何外力自然产生的声音，这种声音没有外力主宰，乃是自然而然，所以是最美的声音。

庄子崇尚天然、反对人为，并不是要全部否定人为的艺术，他认为最美的艺术是那种顺应天道，人力与自然浑然一体的艺术。“天乐”是庄子认为符合“天籁”境界的艺术，“与天和者，谓之天乐”(《庄子·天道》)。庄子在《天运》篇中对“天乐”作了具体描述：黄帝在“洞庭之野”奏“咸池之乐”，臣子北门成陶醉其中，几乎忘记了自己的存在。之所以能产生心驰神醉的效果，黄帝解释说是因为这种“天乐”“应之以人事，顺之以天理，行之以五德，应之以自然”，音乐的演奏合乎人事，顺应天道，与自然元气相应和，从而使人在音乐中与天道共通为一，“无言而心悦”，感受到不可言说的愉悦。音乐是人为的艺术，如果没有人的参与，没有人的创造和倾听，是不可能有音乐之美的。庄子反对艺术的人为，其实质是反对艺术中的人为造作以及其对人的自然本性与天道的扭曲和遮蔽。在某种意义上说，庄子的“天乐”也是人努力的结果，这种努力使人为顺应自然，使人的作品仿佛出自造化之手，自然不废人为，人为不失自然。庄子对自然和真的追求，启示人们去发现自然天地的大美，感悟天人合一时的身心自由与解放，庄子的这一追求也成为后世文学创作和批评的审美标准。

(二)虚静与物化

虚静与物化是庄子思想中的两个重要范畴，它源自老子的虚静理论，是庄子对老子虚静理论的深化和拓展。老子和庄子反复强调他们的“道”对平常世界的超越性，用平常的感觉与思考方式是无法体悟“道”的，必须用非常的方式，从而形成了老庄的虚静理论。要体悟“道”，先要从“忘”开始。庄子继承了老子“涤除玄览”的思想，创造性地提出了“心斋”和“坐忘”的方法。何谓“心斋”？《庄子·人间世》说：“若一志，无听之以耳而听之以心；无听之以心而听之以气。听止于耳，心止于符。气也者，虚而待物者也。唯道集虚。虚者，心斋也。”耳指代感知方式，心指代思维方式。人出生以后，无时不受到社会文化的影响，感知和思维都打上了他者的烙印。庄子的“心斋”是一个从有到无的过程，即从耳至心至气的过程，这一过程意味着逐渐排除和忘却那些遮蔽道的认知方式，完全的忘却即是“心斋”。庄子在《大宗师》中明确了“忘”的意思，“堕肢体，黜聪明，离形去知，同于大通，此谓坐忘”。“坐忘”是“忘”的最高境界，颜回经历了忘礼乐、忘仁义，最终达到忘记一切感觉和认知的虚静状态。

从“忘”进入虚静不是结束，只是一个开始，从忘的虚静中观照世界万物才能窥见习以为常中的另一种存在。“圣人之静也，非曰静也善，故静也；万物无足以铙心者，故静也。水静则明烛须眉，平中准，大匠取法焉。水静犹明，而况精神！圣人之心静乎！天地之鉴也，万物之镜也。夫虚静恬淡寂漠无为者，天地之平而道德之至，故帝王圣人休焉。休则虚，虚则实，实者伦矣。虚则静，静则动，动则得矣。”(《庄子·天道》)虚静是一种感知世界的全新方式，在虚静当中，人远离了实际利害关系，不再受到欲念的干扰，也清除了有害知识的奴役，在自由之中进入与道融通为一的澄明境界。

与虚静论相关的是庄子的“物化”思想。《齐物论》中著名的庄周梦蝶寓言，描述了“物化”的境界，庄周与蝴蝶，二者是分离的，是身体、习性、意识完全不同的个体，但是在庄子的“物化”境界中，二者可以完美合一，产生物我不分的感觉，不知是庄周变蝴蝶，还是蝴蝶变庄周。“物化”境界的获得以“虚静”为前提，《达生》篇中，梓庆削木为鐻，他人惊为鬼斧神工，人们请教成功秘诀，梓庆说他在制作之前首先会斋戒来安静心灵，去掉功名利禄之心，忘记是非巧拙，甚至忘记自身。在排除一切外界的干扰之后，方进入山林选材，看到合适的木材，鐻的形态就宛然如在眼前。在庄子看来，梓庆削木为鐻的过程是由虚静而凝神，最后达到了以天合天，以主体之自然合客体之自然，也就是达到了“物化”的境界。“物化”以道为核心，《养生主》篇中庖丁解牛，游刃有余，是因为庖丁“所好者道也，进乎技矣”，依照物之天性，顺其自然，就可以进入“从心所欲，顺理而行”的神奇境界。达到“物化”境界并没有固定的技巧或程式，《达生》篇中吕梁丈夫蹈水，在水流急湍的大漩涡中畅游而毫发无损，孔子问他“蹈水有道乎”？他回答说：“亡。吾无道。”吕梁丈夫的神奇是他能够顺应水的规律而不以主观意志去左右它，顺势而行，所以是没有可以言传的方法的。

庄子所提出的“虚静”与“物化”，具有较高的美学价值。文艺创作不是简单地再现人们已经熟知的世界，而是需要在旧有的认知中发掘新的意义，提供新的视域，从而敞开一个鲜活的本真世界，而庄子的“虚静”和“物化”为文学艺术家提供了新的认知和观照方式，必然对后世文艺创作和批评产生重大影响。此外，文艺创作也有道与技的问题，文艺创作需要正确处理主体与客体、虚与实、情与景等一系列问题，这需要创作主体在虚静状态中排除外界和内心的干扰，实现创作主体与创作对象的合二为一，惟其如此，才会创作出自然天成、出神入化的佳作。

（三）言不尽意与得意忘言

从先秦开始，中国的古代哲人们已经开始关注并探讨关于语言、思维、存在的问题，关于名与实、言与意的议论大量散见于先秦诸子的著作之中，这种探讨在魏晋时期形成高潮，言意之辩成为魏晋玄学的一个重要议题，同时，关于言意的思想理论成为中国古代文学理论与批评的重要根基，后世很多文艺美学思想都是建立在言意的理论之上的。

先秦文学批评已经基本形成言尽意与言不尽意两种观点。庄子和老子一样，主张言不尽意，他认为，语言作为认识工具只能涉猎到事物的表象，而难以穷尽事物的本质与真谛，《庄子·秋水》："可以言论者，物之粗也；可以致意者，物之精也。言之所不能论，意之所不能察致者，不期精粗焉。"可以言说的，只是事物的大概和皮毛，而事物的精粹和深意是语言所不能达到的。由此，他批判了重言贵书的倾向："世之所贵道者书也。书不过语，语有贵也。语之所贵者意也，意有所随。意之所随者，不可以言传也，而世因贵言传书。世虽贵之，我犹不足贵也，为其贵非其贵也。"（《庄子·天道》）世人认为书籍承载着前人的经验与思想，所以弥足珍贵，但庄子以为书籍只不过是糟粕而已，《庄子·天道》篇中有著名的"轮扁斫轮"的寓言，轮扁说齐桓公读书只能读到糟粕，他以斫轮为例，说他的斫轮之技可以"得之于手而应于心"，却"口不能言"，所以他无法把斫轮之技传授给他儿子，以至到七十岁还不得不劳作。轮扁据此推论，在世之人尚无法传道，更何况已逝的古人。

"言不尽意"论者会遭遇到一个悖论：言不能尽意，尽意却不能抛开或避开言，语言是人类表达和交流的必要媒介。庄子的"言不尽意"以"道不可言"为大背景，道是《庄子》一书的核心，庄子通篇都在谈论着道的不可言说，通篇又在言说这不可言说的道，如果庄子沉默，实践他"道不可言"的主张，道也会沉默，庄子之道不会在他人的世界里被意识到，所以庄子也无法抛弃语言。为解决"言不尽意"与不得不言的悖论，庄子提出了"得意忘言"的主张。《庄子·外物》篇云："荃者所以在鱼，得鱼而忘荃；蹄者所以在兔，得兔而忘蹄；言者所以在意，得意而忘言。吾安得夫忘言之人而与之言哉！"荃、蹄是捕捉鱼、兔的工具，使用它们是为了获取鱼、兔。庄子以此来比喻言意的关系，认为语言也是像荃、蹄一样的工具，使用语言的目的是为得到意，语言是工具，得意才是目的。从认识论的角度看，语言在帮助人们认知了解外界的同时，也很容易使人们局限于语言的世界里，人们在使用语言的便利中，麻木了对外界的感知，对鲜活的缤纷世界熟视无睹。庄子轻视言而重视意，正是要求人们克服语言"不尽意"的缺陷，超越语言的局限性，充分发挥自己的主观能动性，调动自己的生活体验、知识积累，展开联想与想象，以获得比语言文字表达出来的更为广阔更为深刻的内容。

庄子的言意观对后世思维方式、审美意识、审美感受等诸多方面影响巨大，"言不尽意"与"得意忘言"说使中国古代文学理论与批评逐渐形成了"意在言外"的传统，为意境论的产生与形成奠定了理论基础。

第四节　其他各家文学批评

先秦诸子，除了对后世产生深远影响的儒道两家之外，其他各家各派在阐述治国主张、哲理思考时也表达了对文艺的认识，或者其思想观念和思维方式与文学批评有相通之处。其中比较重要的有以墨子为代表的墨家文学批评、以韩非为代表的法家文学批评和《易传》的文学批评，特别是《易传》的文学批评，其思想兼综儒道，对后世文学批评影响较大。

一、墨子

墨子(约公元前480—前420)，名翟，中国古代重要的思想家、墨家学派创始人。墨子出身卑微，曾学习儒术，因不满“礼”之烦琐，另著书立说，聚徒讲学。曾游说各国君主，官至宋国大夫。《墨子》一书，涉及社会政治、文艺、逻辑、法律、科技、战争以至宗教等方面的内容。就文学批评而言，墨子基于民本主义思想，提出“非乐”、“言之三表”、“先质后文”等文艺理论观点。墨子有着自己的理论思维与逻辑方法，在一定程度上不乏分析性与系统性。

(一)非乐

墨子所处的时代，天下纷争，战乱频仍，灾祸迭连，民不聊生。因此，墨子十分强调民生与民众的利益。《墨子·非乐上》开篇便开宗明义：“仁之事者，必务求兴天下之利，除天下之害，将以为法乎天下，利人乎即为，不利人乎即止。”这可以看作是墨子思想的总纲和根本原则。“兼爱”，作为墨子的核心思想，根源于其对社会混乱之因的认识。《墨子·兼爱》指出，“国与国之相攻，家与家之相篡，人与人之相贼，君臣不惠忠，父子不慈考，兄弟不和调”，“强之劫弱，众之暴寡，诈之谋愚，贵之傲贱，富之侮贫”之社会现状根源于人之不相爱，因此，墨子要以“兼相爱，交相利”的原则拯时济世。墨子的民本思想，使他同情下层人民的疾苦生活，反对上层贵族残酷的剥削和压迫，希望统治者能崇尚贤能，解决当时老百姓的实际生活困难，所以，在对待文艺上，墨子批判贵族阶级把文艺当作自己的享乐工具。

从功利的文艺观出发，墨子反对儒家学说，认为《诗》《书》《礼》《乐》是治国大患，故提出了“非乐”的主张。“非乐”论是墨子功利主义文艺观的核心。墨子“非乐”的理由主要是音乐艺术并不能帮助解决百姓的生活困难，相反还会加深人民的痛苦，对下层百姓而言就是额外的灾难。如乐器的制造花费良多，只能从老百姓身上盘剥搜刮；乐器造好之后，为王公贵族们演奏也并非易事，击钟鸣鼓之事并非人人可为，而需要年轻力壮聪慧敏捷之人方可承担，由此，耽误了社会生产，而不利于民生；不仅如此，享受乐舞还须养活大量舞者并保持其丰润美丽之体，这必定是一大笔开支，只能靠搜刮民众得来。此外，欣赏乐舞也对国家和人民不利，一个国家提倡音乐，就会使各阶层的人忘却本职工作，使国家陷入贫穷和混乱。这样，墨子把音乐放在妨害政治，应该被国家否弃的地位上，和儒家强调音乐与政治之间的联系形成了鲜明对比。

墨子的“非乐”论中的“乐”狭义上主要指“大钟鸣鼓，琴瑟，竽笙之声”，即具体的音乐，在广义上则可涵盖诗歌、音乐，舞蹈、建筑、雕刻等一切文艺活动，因此，非乐也包含了对文学艺术活动的否定。需要注意的是，墨子虽然否定文艺活动，但没有完全否定文艺的存在及其价值。音乐是一种能使人感到身心愉悦且放松的艺术，每一个正常的人都不会排斥艺术之美。他并不否认音乐能给人艺术的感受，更不否认音乐的娱乐功能。《非乐》篇明确指出"是故子墨子之所以非乐者，非以大钟鸣鼓、琴瑟竽笙之声以为不乐也，非以刻镂华文章之色以为不美也"，只是因为文艺被上层贵族当作享乐工具，耽于享乐而罔顾民众生死，所以他从解决民众疾苦的角度而否定文艺。墨子"非乐"论文艺观将事物的审美价值与实用价值完全等同，以物质需求否定文艺的观点，显示出功利主义特征，其狭隘和偏颇是显而易见的。

（二）先质后文

墨子在民本思想和功利主义的基础上，谈到了语言修辞，主要涉及言辞的社会功用性、立言的原则与方法、艺术的形式与内容的关系等重要问题。

墨子很重视言谈辩说，认为其有很强的社会功用性。"夫辩者，将以明是非之分，审治乱之纪，明同异之处，察名实之理，处利害，决嫌疑。"（《墨子·小取》）"善用口者出好，不善用口者以为谗贼寇戎。"（《墨子·尚同中》）墨子从论辩的角度肯定了语言表达思想的作用。墨子对语言功用的强调以是否利国利民为标准，提出了立言之标准——言之三表：

> 有本之者，有原之者，有用之者。于何本之？上本之于古者圣王之事。于何原之？下原察百姓耳目之实。于何用之？废以为刑政，观其中国家百姓人民之利。此所谓言有三表也。（《墨子·非命上》）

墨子认为言辞要以古代圣王的原则为本，要合乎百姓的现实情况，还要把它放到实践中检验，看它是否符合国家百姓的利益。在《墨子·非命中》之中，墨子论述了提出"三表"说的原因："凡出言谈，由（为）文学之为道也，则不可不先立义法。若言而无义，譬犹立朝夕于员钧之上也。则虽有巧工，必不能得正焉。然今天下之情伪，未可得而识也。故使言有三法。"墨子认为，言谈如果没有一定的标准就好像在旋转着陶器的模具上测量早晚的日影一样，是无法起到明辨作用的，所以他建立了"三表"的语言标准。

从实用和功利出发，墨子提出"先质而后文"的美学观念。据《说苑·反质》载，墨子曾对其弟子说："长无用，好未淫，非圣人无所急也，故食必常饱，然后求美；衣必常暖，然后求丽；居必常安，然后求乐。为可长，行可久，先质而后文，此圣人之务。"艺术之美要建立在充足的物质基础之上，所以国家的治理当以民生为务，天下可以大治，如果舍本逐末，一味追求文采修饰，讲求衣食住行之美，其结果就会身死国亡。墨子以此观照文艺，对不切实用的精美之事持着否定态度，《墨子·鲁问》中载公输盘以竹木作鹊，在空中飞了三天，公输盘以为精巧至极，而墨子却认为还不如车轴后的挡木，因为它对人有用处，所以它才是真正的巧，无用的东西即使再精美也是拙。墨子"先质而后文"的思想后来对韩非有较大的影响。

综论之，墨子从肯定个体的存在与价值开始，发展出一种民本主义与功利主义思想，并将其扩展到音乐等文艺批评领域，以实用功利的标准来否定文艺，但当我们把墨子的这种功利主义文艺观放在当时的社会情况中考察，会发现其思想也有其存在的合理之处，反射着可贵的民本思想之光。

二、韩非子

韩非(约公元前280—前233)，战国后期韩国人，先秦法家思想的代表人物。韩非是荀子的学生，他吸收了荀子“性恶论”的某些观点，继承了前期法家的思想，形成了自己系统的法治理论。韩非对文艺持实用主义的观点，强调文艺服从法治的需要，与此相联，他对文艺的内容和形式之间的关系，是重内容而不重形式，重质而不重文。

(一)实用主义的文学观

韩非虽然师从儒学大家荀子，却对儒家的仁义礼智并无好感，相反，他喜欢刑名之术，他认为法治胜于礼治，仁义礼智是有名无实的空话，用它来治国，“大者国亡身死，小者地削主卑”(《韩非子·奸劫弑臣》)。只有法治才最有效果。韩非的法家思想针对当时战国的状况提出了富国强兵的治国目标，实现这一目标需要着眼现实，这使得韩非把实用看作是唯一的价值标准，有用的就是好的、美的，应该提倡的，无用的就是不好的、丑的，应该鄙弃的。从法家思想出发，韩非以实用为标准衡量思想学说，使儒、墨、道、名等不切战国实际的学说都成为韩非批判的对象。《韩非子·八说》中说：“杨朱、墨翟，天下之所察也，干世乱而卒不决，虽察而不可以为官职之令。鲍焦、华角，天下之所贤也，鲍焦木枯，华角赴河，虽贤不可以为耕战之士。故人主之察，智士尽其辩焉；人主之所尊，能士能尽其行焉。今世主察无用之辩，尊远功之行，索国之富强，不可得也。博习辩智，如孔、墨，孔、墨不耕耨，则国何得焉？修孝寡欲如曾、史，曾、史不战攻，则国何利焉？”杨朱、墨翟是天下极聪明的人，但他们做不了官，聪明才智不能为君王所用。鲍焦、华角是天下的贤人，但他们不从事农事，也不会打仗，对君王来说就是无用之人。在韩非眼里，学问深厚、能言善辩不能解决温饱问题，贤能淑德无法增强国家安全，他们的学问，他们的修养，对国家又有什么用处呢？对道家的反对也是以能否为君、为国所用为标准，韩非认为人生的主旨就是事君养亲，而恬淡、恍惚之言既不能事君，也不能养亲，因此没有存在的必要。在韩非的理想国度里，只有三种人是必要的，即农耕与战斗之士，再加上管理他们的官员，除此之外，其他的人皆是多余。韩非把学者、言谈者、带剑者(游侠)、患御者(逃避兵役者)和商工之民称为“五蠹”(五种蛀虫)，说“儒以文乱法，侠以武犯禁”(《韩非子·五蠹》)，是造成国家混乱的主要原因。

在人性的认识上，韩非和荀子一样，认为人性本恶。荀子为抑制人性恶的一面，强调教化的重要性，包括文艺在内的教育手段被视为提升人性的途径。而韩非从人的生理本能出发推断人趋利避害的自私本性，认为百姓像婴儿一样，是无法施教的，对他们进行教育是对牛弹琴，只有硬性的法治才管用，所以韩非摒弃六艺之教，并且从维护法治的角度出发，把诗书礼乐看作是推行法治的祸害。这一观点早先已经由商鞅提出，商鞅把儒家的“六艺”斥为“六虱”，认为儒家的仁义礼制教育会造成国家的衰亡和混乱，“诗、书、礼、乐、善、修、仁、廉、辩、慧，国有十者，上无使守战。国以十者治，敌至必削，不至必贫。国去此十者，敌不敢至，虽至必却”(《商君书·农战》)。由此商鞅甚至提出了“燔诗书而明法令”的主张，成为后来秦朝焚书坑儒的前导。韩非继承了商鞅的这些思想，认为君王如果爱好文艺，就会不顾国政，招来祸乱。他还认为文艺会妨害人们去从事应做的实际工作，不符合法治要求，所以他要“息文学而明法度”。韩非从功利主义出发，最终走向了对文艺的否定。

(二)重质轻文的文质观

韩非实用主义的文学观反映在对文艺的内容与形式关系的看法上，是重视内容而不重视形式，重质而轻文。《韩非子·外储说左上》叙述了一个关于墨子的寓言故事：墨子花了三年时间做了一只木头鹞鹰，非常巧妙，能够在天空飞翔，可是只一天就坏了。墨子认为如果用木头做车前辕木，只要一天就可以做成，却可以用很多年，两者相比，辕木的价值要比鹞鹰的价值高。在韩非的眼里，华丽却不实用的东西是没有价值的，不能盛水的千金玉卮，不如可盛酒的瓦器有价值，所以，外在的形式无关紧要，关键在于其是否有实用价值。

从追求实用的功利目的出发，韩非提出了“好质而恶饰”的观点，在语言文辞的表现手法和风格方面崇尚质直而反对文饰。他认为本身美的事物是不需要文饰的，“礼为情貌者也，文为质饰者也。夫君子取情而去貌，好质而恶饰”(《韩非子·解老》)。靠外在的装饰无法掩饰其内在质的缺陷，和氏之璧、隋侯之珠，其质至美，根本无需装饰。同时韩非还认为文饰会掩盖内容，使接受者把注意力集中在藻饰上而忽略内质，在《韩非子·外储说左上》中，他用郑人买椟还珠的寓言故事申明他反对修饰的观点，然后在楚王和田鸿的问答中解释原因：“今世之谈也，皆道辩说文辞之言，人主览其文而忘有用，墨子之说，传先王之道，论圣人之言以宣告人。若辩其辞，则恐人怀其文忘其直，以文害用也。”

韩非重内容轻形式、重质轻文的观点有合理之处。如果形式大于内容，则说明内容的空虚或空洞；但假如完全否定外在形式，则从一个极端走向了另一个极端。事物的内与外、质与文是有机的整体，将它们割裂开来是片面的，内容需要靠外在的形式才能体现出来，本质的美和形式的美达成统一，才是真正的美。

以韩非为代表的法家追求实用的文艺思想在当时的政治文化环境中有其积极的现实意义，在诸侯争雄的战国时代，每个诸侯国的当务之急是找到使国家富裕、强大的战略，避免被吞并。强调文艺的实用、文艺服从国家的统治有其存在的合理性，但韩非主张把没有实用价值的东西完全毁弃则是明显的矫枉过正。人类的生存当然要以物质为基础，但如果没有了丰富多彩的精神文化，人类世界必定是灰暗的。

三、《易传》

《周易》是先秦重要经典，对中国古代文学批评影响极为深刻，它是上古时代卜筮文化的产物，集中体现了中国传统文化中的阴阳八卦思想。《周易》分成《经》与《传》两部分，其中《经》为古代卜筮用书，《传》是对《经》的解释和发挥，包括十篇，即《彖辞》、《象辞》、《系辞》各有上下两篇，《文言》、《说卦》、《序卦》、《杂卦》各一篇，又称“十翼”，相传为孔子所作。《易传》的多数篇章大约产生于战国以后，其中《系辞》最晚，而其中所包含的文学批评思想最为丰富。《易传》作为最权威的解“经”文献，其句式篇章、语言修辞之美，哲理内涵、思想意蕴之富，具有启迪后世的文学典范作用，历来备受赞誉与推崇。不过《易传》虽然是对《易经》的解释，却和《易经》的思想有很大差别，不能混为一谈，《易传》的作者只是借《易经》来阐释自己的思想。

《周易》融合了先秦多种文化思想，建立起一个“弥纶天地，无所不包”的体系，《周易》历来被当作儒家的经典，并被列为群经之首，但它同时又被后世道家学派奉为经典，魏晋时期的玄学家将其与《老子》《庄子》并列，称为“三玄”。《易传》的思想也兼容了儒道两家，在吸收儒道思想的同时，又突破了它们各自的局限，成为实行儒道互补的最早的成功典范，其体现的文学批评思想也就具有了儒道兼综的特点。

（一）立象尽意

《周易》中的“象”，是指卦象，是具有象征意味的抽象符号。《周易》以卦爻象和卦爻辞来寄寓和表达其哲理思想，这种以符号系统的象征性来表达对宇宙自然、社会人生之哲理的观察、感受、理解、把握，是《周易》最独特的形态，在世界范围内都是绝无仅有的。《易传》认为，“象”是对自然万物的模拟，“《易》者，象也；象也者，像也”，“象也者，像此者也”，“八卦以象告”（《周易·系辞下》），可见易即“象”，是对自然的模拟，不过“易象”不是简单地对物象的描摹，它还代表了一类或几类接近的事物，因此“易象”具有象征性、概括性、代表性。易象的产生和形成源于圣人的“观物取象”，“古者包牺氏之王天下也，仰则观象于天，俯则观法于地，观鸟兽之文与地之宜，近取诸身，远取诸物，于是始作八卦，以通神明之德，以类万物之情”（《周易·系辞下》），《易传》中还有多处关于“观物取象”的论述，这些关于《周易》的创制，尤其是最早的八卦符号象征体系的创制，被后世学者认定为最原始的“人文”起源，后世的文学批评在阐发文艺起源、文艺本质的思想时，即将《易传》的观点作为经典依据。《周易》之象，虽然不是具象，而是抽象的符号，但《易传》对易象的象征性和起源创制的阐释与文学创作有相通之处，中国古代文学批评的“意象”概念正是从“易象”概念发展而来。

《易传》在论述关于“象”的问题时，还提出了言、象、意的关系问题。言和意或者说表达与思维是哲学的基本命题，也是文学批评的基础命题，言能否尽意以及意如何传达是各家各派需要回答的问题。先秦时期已经出现以儒家为主的“言尽意”和以道家为主的“言不尽意”、“得意忘言”的对立，《易传》对言意关系的看法则试图调和二者，《周易·系辞上》：“子曰：书不尽言，言不尽意。然则圣人之意其不可见乎？子曰：圣人立象以尽意，设卦以尽情伪，系辞焉以尽其言，变而通之以尽利，鼓之舞之以尽神。”这段论述首先说明语言文字不能完全充分表达人的思想意志，作者意识到了语言与思想之间的不一致，看到了语言的局限性；接着作者进一步探讨了解决言不尽意的办法：立象以尽意，也就是说言所不能及不能尽的意，通过象来尽，这样，言之达意须借助于象，象是言的补充和升华，象与言相辅相成而达意。《易传》对语言的认识继承了儒家的言意观，又融合了道家对语言的一些观点。

《易传》的“立象尽意”在魏晋“言意之辩”中得到了延续和开展，正始玄学的代表人物王弼在《周易略例》中专门有“明象”一篇，对《易传》的“立象以尽意”进行了新的解读，其相关论说有重大价值。不过，《易传》的象和意都有特定内涵，象指卦象，意是顺应天理、趋吉避凶之意，其象和意的概念和文学并没有直接关联，其对文学批评产生影响在于《易传》对言、象、意关系的探讨和文学有相通之处。文学以语言为本，创造艺术形象，在形象中内蕴作者思想意图，以言明象，以象喻意，使难以言喻之意，从象中得以体会和领悟。后世文学批评由《易传》关于“言象意”的关系问题引申出了诸如“象外之旨”、“言外之意”、“境生象外”等观念，构建了极具特色的文艺观。

（二）阴阳刚柔

《周易》用对立统一的观点来观察事物，阴阳观念是其思想的核心。“易有太极，是生两仪；两仪生四象；四象生八卦。”（《周易·系辞上》）《系辞》认为宇宙最初是混沌一体的太极，由太极生出天地，由天地产生四时变化，四时蕴生八种基本形态，进而有更多的演化，代表了宇宙万物的变化和发展。其中，阴阳是宇宙万物产生和发展的根本，天为阳，地为阴，“一阴一阳之谓道”（《周易·系辞上》），阴阳两种对立统一、互根互用的要素成为《周易》哲理思想的基本内核，而把阴阳提升到道的高度，也使阴阳要素具有了普遍意义，对此，朱熹阐发说：“盈乎天地之间，无非一阴一阳之理。”（《朱子大全·易纲领》）

阴阳有刚柔动静的特性。阳的特性是刚，阴的特性是柔，阳趋向于动，阴趋向于静。宇宙万物杂阴阳而生，于是就有阴阳刚柔动静的变化，“刚柔相推，而生变化”（《周易·系辞上》）。《易传》认为，纯阴和纯阳的事物是极少的，绝大多数的事物都是阴阳相济，过分的刚或过分的柔都是不好的，所以要依世界万物之理使阴阳刚柔恰到好处，使之处于平衡和谐的状态，这就是刚柔得中，刚柔得中就可以“中正以观天下”（《周易·彖传》）。

《易传》关于阴阳的学说对后世文学批评有很大影响。首先，阴阳学说把世界看成矛盾对立的统一体，其思维方式被后世文论家引入文学批评当中，以对立划分的眼光评析文学现象，形成了诸多对立统一的范畴，如虚实、真幻、动静、情志、形神、文质等。其次，中国古代韵文，甚至许多散文，都讲究词句、音韵方面的对偶，这种形式与阴阳刚柔互相协和的观念有着天然的关联，后世沈约、刘勰、刘熙载等就肯定了阴阳刚柔观念和四声对偶形式的内在联系。最后，阴阳刚柔观念直接影响了后世文学批评关于文学风格的区分。天地万物皆具有阴阳刚柔的属性，而作为万物灵秀的人类，除了自身的阴阳刚柔的属性之外，还可以通过主观能动的创造，赋予所创造的艺术作品以阴阳刚柔属性的能力，因此，文学作品的风格就有了阳刚美和阴柔美的区别。刘勰在《文心雕龙·体性》篇中说：“风趣刚柔，宁或改其气。”人之气有刚柔，故文学风格亦有刚柔，他将文学风格分为八体，八体又可分属刚柔两大类。到清代，姚鼐开始明确以阳刚阴柔区分文学风格，认为文章之美是“阴阳刚柔之发也”，所以有“得之于阳与刚之美者”和“得之于阴与柔之美者”①，并强调两种风格之间相互联系、相互依存的辩证关系。这些后世的论述无疑与《易传》的阴阳刚柔学说有着渊源关系。

（三）通变入神

《易传》强调宇宙万物发展变化的观念。变化是宇宙间的普遍规律，“在天成象，在地成形，变化见矣”，“日往则月来，月往则日来，日月相推而明生焉；寒来则暑往，暑来则寒往，寒暑相推而岁成焉”。日月星辰，有明有晦；山川河流，流动变迁；草木禽兽，枯荣生死……天地自然万物处在不断的变化过程当中，其演变的内因是阴阳运动的结果，“刚柔相推，变在其中矣”，只有变通，使得事物适应新的情况，才能求得长久的生存与

① 姚鼐：《复鲁絜非书》。

发展，“易穷则变，变则通，通则久”(《周易·系辞下》)。所以，人们要理解并学习事物变化的规律，“天地变化，圣人效之”，而卦爻就是效法天地的变化，“爻也者效天下之动者也”。

《易传》认为，宇宙变化是神妙难测的，《系辞》说：“阴阳不测之谓神。”《说卦》云：“神也者，妙万物而为言者也。”这里的“神”，不同于原始宗教中的鬼神，而是世界万物发展变化微妙难言的运行规律。神妙难测不等于完全无法掌握，《系辞》说：“知变化之道者，其知神之所为乎？”把握事物的变化之道，也可以对事物的发展变化作出准确预判。

“通变”是《易传》对天地自然和人类社会本质属性和根本规律的概括，其对文学批评的影响广泛而深刻。由于中国自先秦以来以血缘宗法组织家族和社会，在文化中有浓厚的祖先崇拜和尚古意识，形成了贵古贱今、因循守旧的观念。《易传》所标举的“通变”观念，引起了古代文论家的重视，在文学史上复古与反复古的斗争中，在各种各样的倡导革新变化的理论当中，起到了关键性的经典支撑作用。

◎思考题：

1. 试从批评文体的角度论述先秦文学批评与先秦文化的关系。
2. 孔子“兴观群怨”说的主要内容和文论价值是什么？
3. 试述庄子言意观的理论内涵及其对后世文学批评的影响。
4. 试述《易传》的“立象以尽意”。

第二章　两汉文学批评

汉代是中国文化和文学批评史发展的重要时期，大一统的强大的中央集权帝国为文化包括文学批评的发展提供了前所未有的社会条件。两汉文学批评在先秦文学批评的基础上进一步发展，理论的自觉性、系统性以及表述方式都有很大的进展，从而为魏晋南北朝文学批评的理论成熟奠定了基础。

第一节　概　　述

两汉文学批评是在两汉文化历史背景下展开的，两汉文化的基本特色和发展走向，制约着两汉文学批评的基本特色及历史走向。汉初的黄老之学、西汉中期之后的经学、东汉的谶纬之学都对两汉文学批评产生了不同程度的影响。

一、两汉时期的文化背景

两汉的文化是紧紧围绕汉帝国政权的巩固发展和如何解决社会现实问题而展开的，因而具有极强的现实性和实用性。汉代文化的发展，表现为从重黄老之学到独尊儒术即树立儒家思想的权威地位，发展成为经学，再到经学与谶纬之学合流而最终式微这样一个过程。

汉初，统治者鉴于秦末农民起义以及秦朝迅速灭亡的历史教训，在政治、经济方面采取了比较宽松的政策，以黄老之学为指导思想，提倡无为而治、与民休息。这种治国方略适应了当时社会历史发展的需要，具有积极的现实意义。正是这种“无为而治”的基本国策使汉初经济得以发展，政治得以巩固。陆贾是汉初受黄老思想影响的著名思想家。他在《新语》中说：“君子握道而治，依德而行；虚无寂寞，通动无量。”司马谈的《论六家要旨》认为，所有各家都有缺点和错误，唯独道家兼各家之所长而没有任何片面性和弊病，黄老思想的声誉由此达到了顶峰。

经过几十年的休养生息，到汉武帝时，汉代经济获得了长足的发展，已积累了巨量的物质财富，“无为而治”的思想和政策显然已不适应社会发展的需要。由于政权巩固，经济繁荣，武力强大，也要求思想上树立适合专制统治的正统意识。董仲舒向汉武帝提出的“罢黜百家，独尊儒术”的主张，正适应了这种思想转变的需要，因而为汉武帝所采纳。由此儒家的五部经典《易》《书》《诗》《礼》《春秋》被尊为“五经”，并由政府设立“五经”博士，广泛传播儒家思想，由此而兴起一门训解或阐释儒家经典著作的学问，即“经学”。儒家学者大多把经典视为唯一的是非标准和学术思想的根本源泉，把注解、阐释和发挥儒家经典，视为最基本的学术途径和治学方法。于是，从这时开始，“儒学”在很大程度上就以“经学”的形式存在和发展。由于汉代经书有不同的抄本，因而产生了重“微言大义”的今文经学和重名物训诂的古文经学。在以后的两千年中，“经学”一直流传，对历代文学艺术创作及批评产生了广泛影响。

进入东汉，作为官方正统学术的今文经学流为章句之学，寻章摘句，支离蔓延，已经深深陷入繁琐的泥淖之中。特别是董仲舒用阴阳五行附会经义，使经学滑向迷信的边缘，最终导致今文经学与当时流行的谶纬迷信结合起来，发展成为谶纬之学。《四库全书总目》云：“谶者预决吉凶”。“谶”指神的预言，巫师方士假托它来示人以吉凶，并常常附以图示，又称为“图谶”。“纬”与经相对而言，《释名·释典艺》云：“纬，围也。反复围绕以成经也。”所以，纬是依傍经义，并假托天意来解释经书。谶纬之学充满着荒唐的迷信思想，目的在于神化天子与圣人，维护帝国统治秩序。汉光武帝刘秀起兵就利用图谶大造舆论，即位后便“宣布图谶于天下”。到汉章帝的时候，群儒会于白虎观，会议上作谶纬以释经义，由班固记录整理为《白虎通义》。从此，以谶纬释儒经成为十分流行的学术风气。儒学与谶纬之学结合，必然趋于式微。谶纬迷信的流行又必然导致反谶纬迷信思想的产生，桓谭、王充等即是反谶纬、疾虚妄的思想家。桓谭因为“极言谶之非经”，刘秀即以“非圣无法”论处，几乎丧命。(《后汉书·桓谭传》)王充十分钦佩桓谭的《新论》，说它“论世间事，辩昭然否，虚妄之言，伪饰之辞，莫不证定”(《论衡·超奇》)。而王充本人的《论衡》，从“疾虚妄“的思想出发，猛烈抨击了谶纬迷信思想，并由此提出了一系列文学批评思想。

二、两汉文学批评的理论演进

英国著名文学批评家伊格尔顿认为：“文学理论一直与政治信念和意识形态价值标准密不可分。的确，与其说文学理论本身有权作为知识探究的对象，不如说是观察时代历史的一个特殊角度。……因为与人的意义、价值、语言、情感经验有关的任何一种理论，都必然与更深广的信念密切相关。”①所以，两汉文化的基本特色和发展走向，制约着两汉文学批评的基本特色及历史走向。由此两汉文学批评在汉初的黄老之学、西汉中期之后的经学、东汉的谶纬之学影响下依次演进。

(一)黄老之学与汉初文学批评

汉初政治上推行黄老之学，文学批评受其影响，也主要反映了黄老之学的观点。从贾谊对屈原的评价，到刘安对美丑的论述以及司马迁的文论，都表现出了这种特点。在汉代，贾谊是最早评价屈原的，他被贬长沙，与屈原遭遇相似，对屈原的人格精神作了高度评价，赞颂屈原的刚直不阿、愤不容世。但贾谊认为屈原在楚国受到打击，不妨“隐处”、“自藏”，或出走楚国，这种态度明显体现了道家达观处世的人生观。刘安《淮南子》论美丑云：“求美则不得美，不求美则美矣。求丑则不得丑，求不丑则有丑矣。”这种对美丑的看法体现了道家法天贵真，随顺自然的思想。司马迁虽然生活于汉武帝时期，但他提出的“发愤著书”说一方面继承和发展了孔子“诗可以怨”的思想，另一方面也符合道家对黑暗

---

① [英]特雷·伊格尔顿：《二十世纪西方文艺理论》，伍晓明译，陕西师范大学出版社1987年版，第214页。

现实极其愤激的特点，表现了儒道结合的倾向，这是与他“论大道则先黄老而后六经”的思想一致的，不受儒家的传统“中和”美学思想之局限。

（二）经学与西汉中后期文学批评

汉代经学的权威地位使宗经成为西汉中后期文化创造的基本思想准则，文学批评也深受其影响，文学批评家的思想观点在很大程度上受到儒家经典的限制。宗经、征圣、依经立论是汉代中后期文学批评的突出特征。例如经学的本质是“致用”。《诗大序》就体现了儒家经世致用、政教为本的传统思想。《诗大序》提出“诗者，志之所之也”，“美教化，移风俗”，以及美刺比兴、变风变雅等观念，初步奠定了儒家经学教化论批评的原则；董仲舒论《诗》，注重《诗》的美刺作用，认为《诗》有“诗人美之而作”者，亦有“诗人疾而刺之”者。（《举贤良对策》）无论是“美”还是“刺”，是歌颂还是批判，都发挥了《诗》的教化功能。扬雄公开提倡明道、征圣、宗经，认为“五经”已经包含了一切文章的类型，而且具有最高的水平，所以人们只需要模拟“五经”为文就可以了。（《法言·寡见》）如果在内容和形式上违背“五经”的原则，那就是走向邪道，就要受到批评。因此他虽然钦佩屈原的人格以及《楚辞》的成就，但是出于经学的偏见，对屈原之“湛身”及作品的浪漫特征多有微辞。

经学的繁荣，对儒家经书阐释的加强，也带动了对文学阐释的发展和文学批评的推进。汉代的经学，主要是对先秦经典的整理和对经义的阐发，表现在文学批评方面，就是对先秦以来的文学批评理论的整合和阐发。例如《乐记》以儒家经典的形式系统地阐发了乐教精神。它发挥了荀子《乐论》中“礼以节外，乐以和内”的思想，指出：“乐由中出，礼自外作。乐由中出，故静；礼自外出，故文。”“礼义立，则贵贱等矣。乐文同，则上下和矣。”“乐者为同，礼者为异；同则相亲，异则相敬。”礼从外面节制人的言论行动，使之合乎统治阶级的礼仪制度与相应的道德规范；乐从内心起调和感化的作用，使之从心灵深处，从思想感情上自觉遵循礼义的要求。礼和乐要互相配合，目的都是为了建立王道政治。又如汉代对《诗经》的研究、阐释空前兴盛，因《诗经》是儒家五经之一。《诗大序》就是汉代一篇重要的诗学论文，它是汉代经学对文学批评理论影响的重大成果。《诗大序》集中论述了儒家对于诗歌的本质、功能、创作等重要诗学问题的观点，具有重大的意义和价值。董仲舒在论六经之异同的时候提出了“诗无达诂”的著名命题，丰富了《周易》“书不尽言，言不尽意”的命题，为文学批评与审美鉴赏提供了一个广阔的空间。

（三）谶纬之学与东汉文学批评

东汉经学与谶纬之学结合，纬书中对诗、乐的论述具有浓重的神学化色彩，如《诗纬含神雾》云：“诗者，天地之心。”《春秋纬说辞》云：“诗者，天文之精，星辰之度，人心之操也。在事为诗，未发为谋，恬淡为心，思虑为志。故诗之为言志也。”这是继承先秦的“诗言志”说而加以神学化的发挥。《礼纬稽命征》云：“王者制礼作乐……得鬼神之助，则有白玉赤文象其威仪之状”，认为乐与凶吉祸福相关。纬书论诗力图将其与自然、社会沟通，认为文艺现象与自然及社会现象之间存在着一种神秘的、必然的内在联系，把文艺创作中的心物交感看作是阴阳五行说的“同类相动”、“同气相感”的结果，这正是经学神学化在文艺批评上的表现。这种神学化倾向使文学批评趋于神秘而荒诞不经，对文学批评的发展起着一定的消极作用。

班固是谶纬之学的拥护者和宣传者。他奉旨修《汉书》是严格贯彻儒学的思想、原则，并较多地保留了天人感应、君权神授、灾异迷信的因素。因此，班固在用儒学思想衡量作家作品方面，具有神学迷信色彩，对屈原及其作品作了比扬雄更为激烈的批评，明确表示对刘安、司马迁评价的不同意见。东汉后期的王逸对屈原作品的阐释仍然受到了经学章句阐释之风的影响。但他从古文经学立场出发，将屈原的作品提升到“经”的高度，在对其评价、阐释的同时，提出了一系列重要的文学思想。

东汉末期经学大师郑玄认为诗有“正”、“变”之分，他按照时世的“正变”来确定诗歌的“正变”。“正”诗无疑就是“治世之音”，“变”诗无疑就是“乱世之音”。郑玄不仅把诗歌视为政治的反应，更将其视作政治的报应。“正”世报应的是“颂”，“勤民恤功，昭事上帝，则受雅声，弘福如彼”；“变”世报应的是“刺”，“若违而勿用，则被劫杀，大祸如此”(《诗谱序》)。郑玄将“变”诗视作对人君的谴告，这表现出东汉的“天人感应”、“天灾谴告”之类的谶纬迷信对文学批评理论的影响。有着强烈的政治意图，即“以为人主至尊，无所畏惮，借天象以示儆，庶使其君有失德者犹知恐惧修省”。①

这样，东汉时期有不少文学批评家为了适应统治者所提倡的文化政策，论述经义，宣传王道，解释天人感应与阴阳灾异。也有不少作家的文章，真情实感不足，温柔敦厚，因袭模拟，缺乏创造性。王充为此写作了《论衡》。《论衡》的中心是批判谶纬之学。王充在写作上提倡“疾虚妄”，崇尚“实诚”。他强调写作文章，必须注重内容，有益于社会；主张为文应有独创，反对因袭模拟；主张语言应该明白易晓，反对拟古，反对故作艰深。王充在经学时代能够一定程度冲破经学思想的藩篱，对魏晋南北朝个性解放、文学自觉时代的到来起了促进作用。

三、两汉文学批评的文体特征

两汉文学批评从文体形态上，出现了《诗大序》《楚辞章句序》《诗谱序》这样一批理论性强、观点鲜明的序文，还有像王充《论衡》有关篇章及班固《汉书·艺文志》等，都比较集中地论述了文学批评理论的问题，理论的表述不再停留在片言只语，不再全然依附于诸子散文，较之先秦零散的片断式的议论有了明显的进步，出现了单独成文甚至成书的可喜现象。可以说，到了汉代中国文学批评才开始走向独立，有了属于自己的批评文体或言说方式。同时，两汉的文学批评理论毕竟是从先秦文学批评理论发展而来的，仍未完全摆脱与政论、经史掺杂相混的情况，如贾谊、司马迁、班固等人的文学批评理论都是其政论、史论的一部分；董仲舒、王充等人的文学批评理论是其哲学的一部分，这样，两汉文学批评文体既延续了先秦文学批评文体的特征，又有了新的发展。

(一)弥漫性特征

两汉文学观念较先秦有很大提高，这一点在文学文体和批评文体方面有突出表现。就文学文体而言，汉代文学比先秦文学有长足发展，汉代文学除了诗歌之外，还有辞赋、散文，这些都是纯文学样式，同学术理论著作相比有明显区别。文学已独立于学术而自成一体，特别是赋的大量创作，充分显示了文学的艺术特征，促进了人们对于文学认识的深

① 皮锡瑞：《经学历史》，中华书局1959年版，第106页。

化。汉代文学批评家逐渐在认识上将文学与经、史、子之类的学术著作区别开来。汉代有“文学”、“文章”、“文辞”等概念。“文学”一般指学术著作，如《史记·孝武本纪》：“上乡儒术，招贤良，赵绾、王臧等以文学为公卿。”此“文学”指经学。《史记·晁错列传》云：“晁错以文学为太常掌故。”此“文学”指史学。“文章”、“文辞”则指文学作品，如《论衡·书解》云：“汉世文章之徒，陆贾、司马迁、刘子政、扬子云……”又云：“文辞施设，实情敷烈。”《汉书》与《史记》一样，经常以“文”或“文章”称文学，以“学”或“文学”称学术。刘歆继承父业，撰成《七略》，将《诗赋略》与《六艺略》、《诸子略》并列，实际上把文学与学术区分开了。这与先秦时期文史哲浑然一体的情况相比，确实是大大进步了。两汉文学批评理论的自觉性由此大大超过了先秦诸子。先秦文学批评理论往往夹杂在诸子哲学或史传之中，论述的自觉意识很弱。汉人则显示了较强的理论自觉性，如王充《论衡》中的若干篇章，司马迁的《史记》为文学家专门设传，班固《汉书·艺文志》设有《诗赋略》，把诗赋等文学作品与六经诸子等学术著作分开论述，这都显示了汉人文学批评方面的理论自觉性。

由此两汉文学批评从文体外观(体制即体裁)上看，似乎仍然处于先秦时期那种寄生状态，例如《毛诗序》《楚辞章句序》属于序传体，《法言·吾子》《论衡·超奇》属于子书体，《史记·屈原贾生列传》《汉书·艺文志》属于史传体。但是两汉文论的言说内容、方式及风格与先秦文论却有了较大的不同。这种不同可以分为两种情况：“一是在他者的文体框架内生长壮大，二是变他者的文体为自己的文体。”①

两汉文学批评的存在形式大体上还是寄居于先秦文化典籍的诸种文体之中，但文学理论及批评的言说，已不再是《诗经》或《论语》式的只言片语，也不仅仅是《孟子》《庄子》式的零星段落，而是能够用相当长的文字篇幅，比较集中地讨论一个或几个文学理论及批评的问题。这样文学批评不再像先秦那样有零碎、片段或依附学术批评之感，使文学批评相对于其他学术活动来说已具有独立的意味，成了有系统的发展。例如司马迁《史记》的《太史公自序》和《屈原贾生列传》，前者是在回顾文化发展历史以及叙述自身坎坷经历的基础上提出著名的“发愤著书”说，后者则是对诗人屈原从人格到文品的一个全面总结和评价，这两篇文章所表达出的文学思想及其批评实践，因其深刻性和完整性而对后世产生了极大的影响。又如王充的《论衡》的《艺增》和《超奇》两篇，虽然不是专门谈论文学问题，但前者比较集中地讨论了《诗经》中的夸张，后者则着重讨论鸿儒(即作家)才性的心理构成及品评标准。司马迁和王充，一位是史学家一位是哲学家，然而由于他们已经有了丰富的文学批评实践和成熟的文学理论思考，因此能够分别在史传体和子书体中弥漫并生长自己的文论思想。

两汉文论中《毛诗序》和《楚辞章句序》属于序传体，而序传体如史传体和子书体一样并不是纯粹的文学批评文体，而是汉代经学家为经书作注产生的文体。在汉儒为《诗经》作传过程中产生的《诗大序》成为了中国诗学史上第一篇专题论文。在此之前的诗论，都是散见依附于经、史、子书中的片言只语，《诗大序》第一次将这些片言只语整合成篇，集中阐述了诗歌的本质、创作手法、社会作用等，成为先秦两汉诗学理论的集大成者。同

① 参见李建中：《古代文论的诗性空间》，湖北人民出版社2005年版，第85页。

时《毛诗大序》、《小序》以及对作品的字词句的注释与《诗经》原文构成了一个完整的统一体。这样，毛传之批评《诗经》，虽然采用的是汉代经学已有的“序传体”，但《毛诗序》的批评文本为后来的诗话乃至小说评点提供了言说方式和文本样式。由此可见，“毛诗序的批评思想和文体结构，不仅是自成一体，而且有很强的弥漫性和生长力，表明中国文论的批评文体已经由先秦的‘寄生’走向了汉代的‘弥漫’，并以一种旺盛的生命力成长于已有的‘文体’之上。”①

总之，文学观念的转变，促进了两汉文学批评资料范围的扩大和讨论的深入。两汉文学批评资料，遍布于经、史、子、集之中。但与先秦相比，不管是否自觉意识到，汉人已对文学及其理论批评表现出更大的关注与兴趣，由此出现了汉儒释《诗》的著作。刘安、司马迁、班固、王逸等论楚辞或汉赋的专篇论文，议论较有系统，观念也较为明确，这标志着文学意义上的独立的文学批评开始出现，中国古代文论的批评文体由先秦的“寄生”走向了汉代的“弥漫”。

(二)经学化特征

两汉时期，经学始终占据着思想文化的统治地位。汉代的文学批评在很大程度上只是经学的延伸和具体化。不少重要的文学批评观点本身就是在经学文本的阐释中形成的，是经学著作的副产品。经学成为汉代文学批评文体中一种主导性的话语方式。

因为经学兴盛，汉代兴起解说经传之学，这就是章句之学，即通过剖章析句、注解文辞的方式来解说经义。在章句之学的影响下，产生了为解说、注释经传服务的“序”、“传”、“笺”、“注”、“说”、“记”诸文体。汉代文学批评大都是以此类文体展开的，如对《诗经》批评的《毛诗序》《毛传》《毛诗传笺》，对屈原作品批评的刘安《离骚传》、班固与王逸的诸序，对汉赋批评的班固的《两都赋序》等。

由此，两汉经学对文学批评的影响突出地表现在批评文体形式上，也就是序传体文学批评。序传体的历史使命就是为经书作注。汉儒传经，或重名物训诂、文字笺疏，或重微言引申、义理阐发，他们为《诗经》所作的传，孕育出中国古代文学批评的重要文体：序传体。东汉之“章句”类似于西汉之“说”，皆是对“经”、“传”的训诂、释义。王逸著《楚辞章句》对楚辞尤其是屈原的作品进行依托“五经”的价值判断，对《离骚》从文句上寻求与经学的渊源关系。《楚辞章句》的注释体例以《离骚》为“经”，其他作品皆为“传”，突出《离骚》在《楚辞》中的地位。王逸为《离骚》之“经”及《离骚》之外其他作品之“传”作训诂释义故称“章句”。《楚辞章句》的用心在于追究阐发楚辞文本的大义，而阐明大义则通过作序的方式进行，有总序、小序之别，这种做法显然受到了《毛诗》大小序体例的影响。

两汉文学批评的著述方式基本上没有超出以上范围。即便是最富有叛逆性和创造性的学者和文学批评家也概莫能外。以王充为例，他本是一个以富有反抗精神著称的思想家，但在著述方式上，他同样承认“圣人作经，贤者作记”(《论衡·对作》)。他自己的《论衡》为“论”，由于“论”、“说”接近，所以《论衡》这部标新立异的著作竟然被纳入汉代“经传说记”的经学著述系统之中。

这样，由于儒家经学的思想统治，两汉文学批评多是“依经立义”，未能摆脱思想附

① 李建中：《古代文论的诗性空间》，湖北人民出版社2005年版，第87页。

庸的地位。即使《毛诗序》或郑玄《诗谱序》，虽是诗歌专论专篇，颇富理论色彩，但仍是解释儒家经义的产物。扬雄甚至认为"五经"已经包含了一切文章的类型，所以人们只需要模拟"五经"为文就可以了。他的《太玄》是模仿《易经》的，他的《法言》是模仿《论语》的，表达了自己的文学批评思想。

(三)史学化特征

两汉史书非常发达，由《史记》和《汉书》开创的历代正史，不只是简单地记言叙事，更有具体而简要的解释与评价，并在其中包含或提出了某种理论观点。从文学批评角度而言，这实际上提供了一种新的理论与批评形态，即史传体文学批评，而与记(如《乐记》)、序(《诗大序》)、传(如《离骚传》)、章句(如《楚辞章句》)等以及后来的专论、专著，共同构成了中国文学批评史上丰富多彩的文学批评样式。

两汉史书通过对具体作品的著录、评价来体现某种文学理论观点。两汉史书的"记言"并不是逢言即记，而是有所选择。于是对一个作者的作品录多录少或录此而不录彼便体现了作史者的文学理论观念。例如司马迁《史记》的《屈原贾生列传》长篇摘录了屈原的《渔父》《怀沙》，贾谊的《吊屈原赋》《鹏鸟赋》，说明司马迁是把他们作为辞赋家而立传的。《汉书》则说："(贾谊)凡所著述五十八篇，掇其切于世事者著于传云。"(《贾谊传》)"错虽不终，世哀其忠。故论其施行之语著于篇。"(《袁盎晁错传》)"仲舒所著，皆明经术之意，及上疏条教，凡百二十三篇。而说《春秋》事得失，《闻举》《玉杯》《蕃露》《清明》《竹林》之属，复数十篇，十万余言，皆传于后世。掇其切当世施朝廷者著于篇。"(《董仲舒传》)通过具体评论，可以见出《汉书》所备论详录的文章，或者是忠于国事之言，或者是切于世事、施于朝廷之言。显然，这种标准体现了班固的这样一种观念：只有"有补于世"(《汉书·楚元王传》)的文章才最有价值和意义，才值得史书来详录与备论。正是出于此种观念，《汉书》所详录的文章多为对策章奏，而不一定是在今天看来极具艺术性的作品，也不一定像《史记》那样多是发愤之作。譬如在枚乘传中，就录其《谏吴王书》，却不录其《七发》。由此班固用载录或删削作品的方式，表明了他对作家的褒贬，也表达了他的文学批评思想。

两汉史书直接提出某种具有普遍意义的观点，并贯穿于具体作品的评论中。最为突出的例子就是司马迁在《太史公自序》提出的"发愤著书"说。除此之外司马迁还为文学家立传，并为后世史家所效法。第一篇文学家传记就是司马迁《史记》的《屈原贾生列传》。《史记》通过《屈原贾生列传》和《司马相如列传》记载了三位文学家的生平事迹和重要作品，评价了他们的成就，还从理论的高度阐述了如"发愤以抒情"等重大理论命题。班固《汉书》设《司马相如传》、《扬雄传》，例同《史记》。《汉书·艺文志》还肯定汉乐府"缘事而发"的现实主义特征，论述了诗歌与现实的关系的重大理论问题。

两汉史书的自觉的历史意识，促使此后的文学理论批评将"探本溯源"作为一种重要的思维方式。《汉书·艺文志》为此提供了一个范例，这就是分类叙其源流。简言之，只有在"辨章学术"的基础之上，才易于"考镜源流"。《汉书·艺文志》对中国学术的整体进行明确分类，这就是所谓"辨章学术"。在此基础上，它于诸家著作注明其书名、卷篇数目、作者姓名与时代之后，又分别对各种著作的来龙去脉进行叙述，指出其起源，然后论述其功用，标明其宗旨，辨析其流传与流变，这就是所谓"考镜源流"。由此，促进了"探本溯源"的思维方式的形成。此后的文学批评家继承了《汉书》这一传统，在对各种文体的作品进行细致分类的同时，也分类进行历史考察。东汉末年的经学家郑玄在治《诗》时，就已明确提出应知《诗》的"源流清浊之所处"，为此作《诗谱》。后来挚虞的《文章流别论》、刘勰的《文心雕龙》等，更是一方面细分文体，一方面探溯各种文体的源流，从而使"探本溯源"成为探索文学艺术之道与获取各种文体"纲领"的一种重要思维和书写方式。

最后应该指出的是，汉代虽然出现了《诗大序》《两都赋序》《楚辞章句序》等论点集中、论述深刻的文学理论批评文献著作，但同《典论·论文》《文赋》《诗品序》相比，其批评理论的自觉性是相去甚远的。因此，两汉文学批评理论是萌芽状态的先秦文学批评理论向高度自觉的魏晋南北朝文学批评理论的过渡。

第二节　西汉前期文学批评

西汉前期黄老思想占有统治地位，因此文学思想上主要反映了道家的观点，但已有儒道合流的倾向。贾谊、刘安、司马迁等人的文学思想都鲜明地体现了这种特点。

一、黄老之学与汉初文学批评

汉代初期吸取暴秦统治迅速灭亡的教训，实行"与民休息"的政策，无为而治。产生于战国的黄老之学得到了发展。黄，指黄帝；老，指老子。黄帝是传说中的中华民族的始祖。战国时期百家托古，多集于黄帝。黄老之学可以看成是一种新的道家学说。司马谈《论六家要旨》中论及道家说："道家使人精神专一，动合无形，赡足万物。其为术也，因阴阳之顺，采儒墨之善，撮名法之要，与时迁移，应物变化，立俗施事，无所不宜，指约而易操，事少而功多。"显然，此时道家已经不是纯粹的先秦道家了，而是西汉盛行的黄老思想，力图融会众长而加以发展。因此汉初文学批评主要反映了道家的观点，但已有儒道合流的倾向。由刘安主持召集其门客集体编写的《淮南子》一书和司马迁的"发愤著书"说，比较集中地反映了西汉前期受黄老思想影响的文艺观。

由于这个时期的文学创作主要受《楚辞》的影响，以写作骚体辞赋为主，所以文学批评也较多地是对屈原及其作品的评论，同样体现了黄老思想对西汉前期文学批评的影响。汉代对屈原及其作品的评价，现存的最早文献当推贾谊(公元前200—前168)的《吊屈原赋》。此文高度赞扬了屈原不与黑暗现实妥协、不与谗佞小人同流合污的高洁精神，但认为屈原既不能为楚国君臣所知，便应"远浊世而自藏"，不必"怀此都"而不舍，也即没有必要过于执着，甚至"自沉"。同时贾谊认为在战国时期，屈原有这样的才能，到处都可以施展，何必一定要在楚国呢？"瞝九州而相君兮，何必怀此都也？"贾谊的此种看法，显然是以道家的人生处世态度为其基础。尽管自西汉中期之后儒家思想兴盛，但贾谊的思想在两汉还是产生了较为广泛的影响。

汉代对屈原进行全面评价，则始于淮南王刘安。他受汉武帝之命而作《离骚传》，全面解释《离骚》，并在《传》前的"叙"中对屈原《离骚》进行了总体评价，可惜现在都已亡佚。幸而其中的《离骚传叙》，司马迁的《史记·屈原贾生列传》曾加以引用，使我们得以窥见其大旨。刘安正面肯定了屈原及其《离骚》创作，赞扬《离骚》：

> 《国风》好色而不淫，《小雅》怨诽而不乱，若《离骚》者，可谓兼之矣。上称帝喾，下道齐桓，中述汤武，以刺世事。明道德之广崇，治乱之条贯，靡不毕见。其文约，其辞微，其志洁，其行廉，其称文小而其指极大，举类迩而见义远。其志洁，故其称物芳；其行廉，故死而不容疏自。濯淖污泥之中，蝉蜕于浊秽，以浮游尘埃之外，不获世之滋垢，皭然泥而不滓者也。推此志也，虽与日月争光可也。

刘安的评价首先强调《离骚》是通过回顾历史，“以刺世事”，继承了《诗经》的传统。所谓“《国风》好色而不淫，《小雅》怨诽而不乱。若《离骚》者，可谓兼之矣”，意在说明屈原借男女之情，抒发贤人矢志之怨，对腐朽、黑暗的社会现实，表示了极大的愤慨。这与以老庄为代表的道家对黑暗现实的憎恶、批判是一致的。其次，刘安赞扬了屈原与统治者的不合作，能够“濯淖污泥之中，蝉蜕于浊秽，以浮游尘埃之外，不获世之滋垢，皭然泥而不滓者也”，寻求超脱现实的朴素纯真的美好理想世界，故云：“推此志也，虽与日月争光可也。”这也是合乎道家的人生处世态度的。最后，刘安对《离骚》的艺术成就也给予了很高评价，指出其特点是寄托深远的比兴方法，所谓“其文约，其辞微”，“其称文小而其指极大，举类迩而见义远”，说明《离骚》写的花草鸟兽、神话传说，大都包含有重大的社会现实内容，这就接触到了它的浪漫主义艺术特征，同时也可看出《离骚》对《诗经》艺术方法的继承与发展。从刘安对屈原及其《离骚》的评价中，可以清楚地看到他的文学批评思想以道家为主、兼采儒家、儒道合流的倾向。

司马迁在《史记·屈原贾生列传》中，对屈原的人格和《离骚》作了进一步的肯定。司马迁吸取了老庄思想，从情性自然的高度来称赞屈原的狂狷行为。司马迁认为人的情性发动，乃是自然不易之理。他在《史记·屈原贾生列传》中指出：

> 屈平疾王听之不聪也，谗谄之蔽明也，邪曲之害公也，方正之不容也，故忧愁幽思而作《离骚》。《离骚》者，犹离忧也。夫天者，人之始也；父母者，人之本也。人穷则反本，故劳苦倦极，未尝不呼天也；疾痛惨怛，未尝不呼父母也。

司马迁强调，人之疾痛惨怛发为诗咏，乃是天经地义，自然之理。由此出发，司马迁认为《离骚》中的怨愤是符合人性的，是无可厚非的：“屈平正道直行，竭忠尽智，以事其君，谗人间之，可谓穷矣。信而见疑，忠而被谤，能无怨乎？屈平之作《离骚》，盖自怨生也。”司马迁在这里对孔子“诗可以怨”的思想作了进一步发挥，并引用了淮南王刘安赞美屈原的话，认为屈原正道直行而受到小人的诽谤发而为《离骚》，具有美的价值，是产生深挚感人艺术魅力的前提。司马迁的这种评价，主要建筑在道家情性自然观的基础上，与传统的儒家诗学观念有一定距离，而较之贾谊、刘安更为深刻，也更有说服力。

二、《淮南子》

淮南王刘安(公元前179—前122)，汉高祖之孙，西汉思想家和文学家。他召集门客编写了一部子书，名《淮南王书》，又称《淮南鸿烈》、《淮南子》。东汉高诱在《淮南鸿烈解序》说："此书，其旨近老子，澹淡无为，蹈虚守静，出入经道。"《淮南子》继承和发展了道家的文艺观点，又吸收了儒家的思想成分，反映了儒道结合的特点，并成为从先秦道家文学批评思想向魏晋玄学文学批评思想发展的中介和桥梁。

（一）美丑论

先秦道家文学批评和美学思想的特点是强调自然而否定人为，强调无而贬低有，强调虚而鄙弃实，强调神而轻视形，这有它的积极贡献方面，也有它的消极局限方面。《淮南子》的特点是承继了先秦道家的"自然"、"无为"的核心思想，同时，又对"无为"作了进一步的阐发，指出真正的"无为"是不废事功，不废人为的。由此可见，《淮南子》崇尚天然之美，但并不否定人为之美；它认为美虽然存在于物的天然本质上，但人为修饰加工有助于天然本质之美，而并不损害天然本质之美。《说山训》云：

> 琬琰之玉，在洿泥之中，虽廉者弗释。弊箄甑瓾，在裀茵之上，虽贪者不搏。美之所在，虽侮辱，世不能贱。恶之所在，虽高隆，世不能贵。
>
> 求美则不得美，不求美则美矣。求丑则不得丑，求不丑则有丑矣。不求美又不求丑，则无美无丑矣，是谓玄同。

必须顺乎自然，合于事物本身的规律，方为美；违背事物的自然本性，不合乎规律地由人为强加之美，则不仅不美，反而变为丑了。因此《说林训》云：

> 靥黼在颊则好，在颡则丑，绣以为裳则宜，以为冠则讥。

然而，尽管事物合乎规律的天然之状是美之所在，但人工修饰得好不好，也可以影响它的美与丑。美的修饰可以使之更美，丑的修饰也可以使美变丑。《修务训》云：

> 今夫毛嫱西施，天下之美人。若使之衔腐鼠，蒙猬皮，衣豹裘，带死蛇，则布衣韦带之人，过者莫不左右睥睨而掩鼻。尝试使之施芳泽，正蛾眉，设笄珥，衣阿锡，曳齐纨，粉白黛黑，佩玉环揄步，杂芝若，笼蒙目视，冶由笑，目流眺，口曾挠，奇牙出，靥黼摇，则虽王公大人有严志颉颃之行者，无不惮馀痒心而悦其色矣！

从形神观的角度来看，美的本质是在神，但是也在形，必须形神统一才是最美的，这与庄子那种美在神不在形、形残而神全的观点是不同的。从文质观来看，则美不仅在质也在文，当然质是根本的，然而没有文也不行。这和韩非那种重质不重文的美学观也是不同的。

《淮南子》的美丑论，发展了先秦道家的文艺和美学思想，同时也吸取了先秦儒家重视人工之美、强调文饰作用、肯定有形有实之境界的美学思想，从而克服和改变了先秦道家的某些片面之处和绝对化倾向。同时，这也是符合西汉初期的黄老思想的特点的。

（二）创作论

《淮南子》没有关于文艺创作的直接论述，但很多地方都涉及了这一问题，很多见解十分精辟。

在文艺创作思想方面，《淮南子》对先秦老庄所提倡的“虚静”、“物化”是充分肯定的，但是它又不像老庄那样强调只有“无知无欲”、“绝圣弃智”，才能进入这种境界。《淮南子》并不否定知识学问的作用，认为艺术创作要达到炉火纯青的水平，是需要长期的学习和积累的。例如《修务训》中写到舞蹈者优美的舞姿及杂技演员的惊险技艺，使“观者莫不为之损心酸足”，而他们演完后则“徐行微笑，被衣修擢”。然后指出：“夫鼓舞者非柔纵，而木熙者(耍杂技者)非眇劲，淹浸渍渐靡使然也。”说明他们是长期训练成熟的结果。

《淮南子》认为，文艺创作是“发乎词，本乎情”的活动，情是创作的关键。因为“文者所以接物也，情系于中，而欲发外者也。”(《缪称训》)。有情才有艺术创作。情如何产生？《俶真训》云：

> 且人之情，耳目应感动，心志知忧乐……所以与物接也……今万物之来擢拔吾性，攓取吾情，有若泉涌，虽欲勿禀，其可得邪？

耳目的功能在于应感而动，耳闻目见从而心感情动，心志的功能是知解忧乐，人的感情是与外物交接而产生的，外物是人之感情产生的本源。外物刺激人之耳目感官，产生对应的感情冲动，从而导致创作发生。这揭示了文艺创作源于物、本于心的基本原理。此后陆机、刘勰等论创作发生，都持此观点，只是论述得更为明晰罢了。

《淮南子》又认为，文艺创作是一个内在感情表现于外的过程。《主术训》云：“有充于内而成象于外。”《修务训》云：“愤于中则应于外，故所以在感。”作家有“充于内”、“愤于中”的真情实感，表现于外，就能创作出感人的作品。《淮南子》要求外在的“文”与内在的“情”必须统一，达到“文情理通”。《缪称训》云：“以文灭情则失情，以情灭文则失文。文理情通，则凤麟极矣。”“以文灭情”是有文无情的形式主义之作，这类似刘勰的《文心雕龙·情采》篇所说“为文而造情”。“以情灭文”与此相反，这两者都是极端，皆不可取。文艺创作既要有真诚的感情，又要有对应的形式，二者应该完美统一。这种文情统一的观点基本上反映了儒家的思想观点。

《淮南子》还提出，艺术家的感情应该真诚不伪。《齐俗训》云：

> 且喜怒哀乐，有感而自然者也。故哭之发于口，涕之出于目，此皆愤于中而形于外者也。譬若水之下流，烟之上寻也，夫有孰推之者？故强哭者，虽病不哀；强亲者，虽笑不和，情发于中而声应于外。

这与《庄子·渔父》中所说的“真者，精诚之至也。不精不诚，不能动人”的思想是一致的。艺术只有情真，才能感人。显然这是受到道家崇尚自然思想影响的表现。

(三)鉴赏论

《淮南子》对于艺术鉴赏作出了比较系统的论述，深刻影响了后来的嵇康、葛洪、刘勰的文艺鉴赏论。

其一，“知音”之重要。文艺必须通过实践，寻觅知音，才能获得健康的发展。《修务训》云：

> 夫无规矩，虽奚仲不能定方圆；无准绳，虽鲁般不能以定曲直。是故钟子期死，而伯牙绝弦破琴，知世莫赏也。

文艺作品一旦产生，它的“规矩方圆”便是客观存在的，具有了一定的艺术价值。但这一价值又有待于“知音”来揭示。所谓“知音”，也就是真正懂得艺术规律的内行。如果有了钟子期那样的知音，通过批评来揭示艺术美的客观价值，那就会对作者与读者、创作与欣赏产生积极的促进作用。

其二，审美意识与审美欣赏力。审美意识是欣赏的基础，若没有审美意识，也就没有艺术欣赏。《齐俗训》云：

> 《咸池》、《承云》、《九韶》、《六英》，人之所乐也，鸟兽闻之而惊。

因为鸟兽没有审美意识，《咸池》《承云》等优美的音乐对它们演奏，只能使之“闻之而惊”。而人则“乐之”，因为人有审美意识。所以艺术欣赏离不开审美欣赏力，正如《泰族训》所云：

> 三代之法不亡而世不治者，无三代之智也。六律具存而莫能听者，无师旷之耳也。故法虽在必待圣而后治，律虽具必待耳而后听。

这意味着欣赏力是艺术欣赏的基本条件。此外欣赏水平不同，对同一作品就会产生不同的感受。《人间训》云：

> 夫歌《采菱》、发《阳阿》，鄙人听之，不若此《延路》、《阳局》。非歌者拙也，听者异也。

艺术性高的乐曲《采菱》《阳阿》不为“鄙人”所欣赏，他们只对通俗的民间乐曲《延路》《阳局》感兴趣，这不是“歌者拙”，而是“听者”的欣赏水平所致。所以不仅创作者要注意艺术对象的审美要求，批评者也要研究文艺作品接受者的审美趣味，才能作出正确的审美判断。

其三，心理情绪影响艺术欣赏。《诠言训》云：“心有忧者，筐床衽席弗能安也……琴瑟鸣琴弗能乐也。患解忧除，然后……居安游乐。”《齐俗训》云：“夫载哀者闻歌声而泣，载乐者见哭者而笑，哀可乐者，笑可哀者，载使然也。”心理情绪忧伤者对音乐不感到快乐，甚至会“闻歌而泣”；当“患解忧除”，便可欣赏音乐了。心理情绪是艺术欣赏的一个重要因素，在一定程度上会影响欣赏效果。

总之，《淮南子》从道家自然观出发，兼采儒家思想，对文学批评的一些重要问题进行了阐述，影响到魏晋时代的文学批评，如曹丕的《典论·论文》、陆机的《文赋》都能融合儒道两家思想以自树新论。

三、司马迁

司马迁(约公元前145—约前90)，字子长，夏阳(今陕西韩城南)人，西汉伟大的史学家和文学家。司马迁的文学批评思想，明显受到儒道两家思想的影响。他的父亲司马谈曾“论六家之要旨”，推崇道家思想。道家关于情性自然的观念也影响到司马迁的思想，但他抛弃了道家的绝圣去欲的思想。同时，司马迁又受过较深的儒学熏陶，从董仲舒学习过公羊《春秋》，从孔安国学习过古文《尚书》，在《史记·孔子世家》中表达了对于孔子的敬仰之情：“《诗》有之：‘高山仰止，景行行之’。虽不能至，然心向往之。余读孔氏书，想见其为人。”但司马迁又并不固守儒术的陈规陋习，敢于面对现实独立思考。

“发愤著书”是司马迁最重要的文学批评命题。《史记·太史公自序》云：

> 夫《诗》《书》隐约者，欲遂其志之思也。昔西伯拘羑里，演《周易》；孔子厄陈、蔡，作《春秋》；屈原放逐，著《离骚》；左丘失明，厥有《国语》；孙子膑脚，而论《兵法》；不韦迁蜀，世传《吕览》；韩非囚秦，《说难》《孤愤》；《诗》三百篇，大抵贤圣发愤之所为作也。此人皆意有所郁结，不得通其道也。故述往事，思来者。

此类言论也见载于其《报任安书》。可以说，“发愤著书”说自从司马迁提出后，便贯穿古代文学批评史始终，具有丰富的理论内涵和重要的理论意义。

首先，司马迁历数《诗》《书》《周易》《春秋》《离骚》《国语》《孙子兵法》《吕览》《说难》《孤愤》等作品是作者在“意有所郁结，不得通其道”的遭遇下，为了“遂其志之思”，通过著书立说来抒发他们的悲愤，阐扬他们的主张，陈述往事的兴衰成败，寄希望于未来。由此推论，作家“愤”而著书，创作动力在于内心的愤懑之情。作家以此为动力，往往能坚韧不拔，在极为艰苦的环境中克服困难进行创作。后来南朝刘勰提出“蚌病成珠”说(《文心雕龙·才略》)，唐代韩愈提出“不平则鸣”说(《送孟东野序》)，北宋欧阳修提出“诗穷而后工”说(《梅圣俞诗集序》)，清代小说评点家金圣叹在评论施耐庵写作《水浒》时，甚至提出“怨毒著书”的观点，都进一步证明了坎坷的人生经历对于创作成功的重要意义，证明了悲、怨、愤、怒等情感对于文艺创作动机形成的积极作用。

其次，“发愤著书”说强调了发愤著书的动机大多是缘于个人的遭际不幸，突出了个体因素在创作中的作用。儒家文学批评思想提出“诗可以怨”，表达的是诗人代民立言的群体意义。例如《诗大序》中提到“国史明乎得失之迹，伤人伦之废，哀刑政之苛，吟咏情性，以风其上，达于事变而怀其旧俗者也”，这里说的“国史”是指诗人承担代王政立言的史官角色，以诗代史，来反映时代情绪与人民呼声，虽然不乏进步意义，但是对于个体的创作意义却是忽略不顾的。而司马迁则突出了写作过程中个体的主导作用。因为任何写作如果没有个体生命的融入，就不可能产生深切感人的力量。魏晋文学批评的创新首先是从曹丕《典论·论文》中倡导“文以气为主”、突出个性精神开始的，而司马迁的“发愤著书”说倡导个体写作的决定因素，可以说是开魏晋文论自觉意识之先河。

再次，以“愤”为创作动力，能够使作品具有深广的思想内涵。因为从文学情感的深挚与其中的思想蕴含来说，悲愤痛苦的情感往往使作者能够体会到生活与宇宙中最深刻的意蕴，产生一种悲天悯人的情怀。当人痛苦的时候，他往往不得不去思考更深的问题。孟子就曾经提出："人之有德慧术知者，恒存乎疢疾。独孤臣孽子，其操心也危，其虑患也深，故达。"(《孟子·尽心章句上》)孟子认为真正的有智慧和德术的人，往往是遭受痛苦的人。那些孤臣孽子，他们受到国君的排斥，内心无比忧愤，于是对不公平的命运展开思索，故其思虑也深。司马迁在《史记》中，就从个人遭际出发，推广到天道人事，进而对人类的普遍命运提出新的思考和体悟，其间洋溢着浩瀚的宇宙意识。

最后，"发愤著书"说倡导了不同于儒家的"中和"之美的诗学观念。从孔子开始，虽然倡举"诗可以怨"，给了哀怨之音以一席之地，同时孔子提倡中庸之道，汉儒由此把"怨"限定在"怨而不怒"的范围内(《毛诗序》)，提出"温柔敦厚"的诗教说(《礼记·经解》)。司马迁首次提出最高的写作境界乃是发愤著书的怨愤之音，是充满批判与宣泄不平的哀怨之音，继承了孔子"诗可以怨"的思想，同时又有力地冲破了"温柔敦厚"的诗教说，对中国后世"哀怨起骚人"(李白《古风》之一)的思想产生了极其深远的影响。

总而言之，司马迁的"发愤著书"说一方面继承和发展了孔子"诗可以怨"的思想，另一方面也符合道家对黑暗现实极其愤激的特点，表现了儒道结合的倾向，这与他"论大道则先黄老而后六经"的思想是一致的。

第三节　西汉中后期文学批评

从汉武帝以后，儒家经学思想确立了其"定于一尊"的统治地位，在文艺领域自然也就要求用儒家经学思想来作为衡量一切的标准。成书于西汉中期的《礼记·乐记》、《诗大序》，以及董仲舒、扬雄等人的文学思想，均为西汉中后期正统儒家文学批评理论的代表，反映了经学对这一时期文学创作和文学批评的影响和要求。

一、经学与西汉中后期文学批评

随着大汉帝国的建成和中央集权的巩固，随着政治上大一统的局面的出现，大汉帝国需要有能够维护其统治秩序的统治思想，于是逐渐弃黄老而重儒学。这个变化是从汉武帝时代开始的。由于汉武帝"罢黜百家，独尊儒术"思想文化政策的推行，西汉中后期逐渐进入经学时代，经学家解《诗》，使得"差不多每一首都有了作者，有了微言大义的美刺，有了圣道王功的奇迹"。"今文家如此，古文家亦何独不然。"①这样，儒家的政教文艺观得到强化，文艺为政治教化服务、讲求美刺讽谏的社会功利目的儒家正统文艺观深入人心，普遍为文士学者所接受。

《乐记》和《诗大序》作为完成于西汉中期以前的带有总结性的论著，采纳了许多先秦以来的思想资料，甚至采纳了若干前人的现成文字，是儒家的经典性文学批评理论文献，集中体现了儒家的文学观念。《诗大序》受《乐记》的思想影响，二者所论述的一些重大的文学批评理论问题，如诗乐的本质特征、政教功用价值、诗乐发展与社会政治的关系、止乎礼义的诗教原则等，对于儒家文学批评理论都具有总结性，其理论论述的系统性、深刻

① 罗根泽：《中国文学批评史》(一)，上海古籍出版社 1984 年版，第 73 页。

性以及明晰性等都是空前的。

《乐记》被收入《礼记》和《史记·乐书》，现存十一篇，是西汉中期以前许多儒生集结整理先秦乐论并加以发挥而成，其内容主要是论音乐的本原和音乐的功用。由于汉代以前诗与乐的关系非常密切，故《乐记》实际上是一部重要的文艺理论著作，对文学思想与文学批评影响极大。首先，《乐记》认为音乐的产生在于人心感物：“凡音之起，由人心生也。人心之动，物使之然也。感于物而动，故形于声。声相应，故生变，变成方，谓之音。比音而乐之，及干戚、羽旄，谓之乐。”这里所谓“物”，不仅指自然景观，如春花春鸟、秋月秋蝉之类，更重要的是指社会事物，如国家兴衰、社会治乱等。人心本是静的，由于受物所感而动；感情有所激动，就要发为声音；声音组成一定的格律，就变为乐曲；乐曲排列在一起，配上歌、舞，就产生了“乐”。《乐记》在这里涉及了艺术创作中的心物关系问题，强调了外物对内心的感发作用，比起荀子《乐论》所说的“夫乐者，乐也，人情之所必不免也”前进了一步，并对后世的诗文理论批评产生了深远的影响。例如陆机说：“遵四时以叹逝，瞻万物而思纷；悲落叶于劲秋，喜柔条于芳春。”(《文赋》)刘勰说：“人禀七情，应物斯感，感物吟志，莫非自然。”(《文心雕龙·明诗》)钟嵘说：“气之动物，物之感人，故摇荡性情，形诸舞咏。”(《诗品》)朱熹说：“人生而静，天之性也；感于物而动，性之欲也。……诗者，内心之感物而形于言之余也。”(《诗集传序》)显而易见，这些观点都是受到了物感心动的文学批评理论的影响。

其次，《乐记》有大量篇幅论述了音乐的社会政治功用，提出了一系列重要命题。如“凡音者，生人心者也。情动于中，故形于声，声成文，谓之音。是故治世之音安以乐，其政和；乱世之音怨以怒，其政乖；亡国之音哀以思，其民困。声音之道，与政通矣”。这是将音乐与社会政治的治乱联系起来，体现了儒家一贯从社会政治的角度来对待艺术的思想。音乐的功用主要在于影响人心的内在情感，进而影响整个社会的风俗民情。由于音乐有“邪正”，所以它对于情感的影响也有好坏。如果是淫邪之“乐”，则其对于人心世风的影响就是不能正确引导人情，反使人好恶无节，“于是有悖逆诈伪之心，有淫逸作乱之事。是故强者胁弱，众者暴寡，知者诈愚，勇者若怯，疾病不养，老幼孤独不得其所”。相反，真正理想的音乐能够移风易俗，使天下安宁：“是故乐在宗庙之中，君臣上下同听之，则莫不和敬；在族长乡里之中，长幼同听之，则莫不和顺；在闺门之内，父子兄弟同听之，则莫不和亲。”

《乐记》认为，音乐有巨大的政治功用，是王道政治的重要组成部分，与礼、刑、政并列：“礼以导其志，乐以和其声，政以一其行，刑以防其奸。礼乐刑政，其极一也，所以同民心而出治道也。”这样，《乐记》不但要求音乐传达情感，而且认为音乐必须有深刻的政教伦理内容。“先王”制礼作乐并不是为了满足百姓的欲望，而是提倡“以道制欲”，用一定的伦理标准对人们进行教化，使人欲无穷的人性得到节制，达到陶冶道德情操，维护社会政治秩序的目的，即“乐也者，圣人之所乐也，而可以善民心。其感人深，其移风易俗，故先王著其教焉。”这些观点表达了西汉中后期将诗乐置于政教范围之内的文学批评思想。

董仲舒和扬雄的文学批评理论同样表现了经学对于西汉中后期文学批评的影响。董仲舒(公元前179—前104)，广川(今河北枣强县东)人，主要著作有《举贤良对策》、《春秋繁露》等。董仲舒是汉代经学的奠基者，他以先秦儒学为核心并吸收了阴阳五行学说，对儒学进行了神学化改造，建立了一整套以“天人感应”为基础的神学目的论思想体系，认为“道之大原出于天，天不变，道亦不变”（《汉书·董仲舒传》），意在强调“天”是有意志的人格化的神，人应该服从“天”；而帝王是天之子，代表天的意志，不可侵犯，这样“君权天授”，人应该绝对服从帝王。因为这“道”首先是“天道”，是汉代帝王之道，礼义诗乐等一切文学艺术，都是为永恒不变的“天道”服务的。而对于帝王，“天”以符瑞或灾异来加以赞扬或谴告。因此董仲舒的文学批评，以“天人感应”为哲学基础，首先主张“天下无二道”、“圣者法天，贤者法圣”（《春秋繁露·楚庄王》），天道是通过“圣贤”来“传其法于后世”的，而“圣贤”又是通过儒家经典来传达的。董仲舒的此种观点上承荀子，下开扬雄，是后代文学批评理论明道、征圣、宗经模式的雏形；其次强调礼乐的“教化之功”，但其“教化”又必须通过把握文艺的特性来实现。董仲舒认为王者受命于天，功成而制礼作乐，用以教化人民。“诗道志，乐咏德”（《春秋繁露·玉杯》），诗歌艺术的特点在于表现思想情感的质直真诚，音乐艺术的特点在于颂美德行，以情动人，感人至深，广泛流传。只有把握“诗”与“乐”的特点，用其所长，才能更好地完成其“教化之功”；再次是提出“《诗》无达诂”（《春秋繁露·精华》）的批评与欣赏方法，即《诗》没有普遍的、共同的、不变的解释，要求人们在批评或欣赏作品时，超越单纯训诂文字的畛域，去作丰富的联想和审美的再创造。“诗无达诂”的命题，经过后人的阐释和发挥，成为中国文学创作和批评的一个优良传统。

扬雄以明道、征圣、宗经为中心的文学思想，反映了西汉统治者要求把文学完全纳入其礼教轨道的要求，一切文章都必须以五经为法式。扬雄对屈原及其作品提出批评并表示对传统评价不满，表明西汉对屈原及其作品的评价由前期的高度赞扬转向中后期的批评否定，这正是文学思想发展由以道家为主转向以经学为主的重要标志。

总之，经学对于西汉中后期的文学发生论、功用论、接受论、作家修养论乃至创作论，甚至研究方法与思维方式等，都产生了极为深远的影响。西汉中后期的文学批评，无论是成就还是局限，都可以从汉代经学的影响中找到原因。

二、《诗大序》

秦灭之后，汉代传授《诗经》的有鲁、齐、韩、毛四家。《毛诗》每篇都有小序，介绍作者或写作背景，讨论诗的题旨或用意，而《毛诗》首篇《关雎》小序后面有一段较长的文字，比较全面地阐述了诗歌的本质、作用、体裁、艺术表现手法等问题，人或称为《毛诗大序》。后又因另外三家诗序失传，简称《诗大序》。《毛诗序》（包括大、小序）不是一时一人之作，但就其总体而言，它大约完成于西汉中期以后的学者之手。《诗大序》是我国诗歌理论的第一篇专论，它概括了先秦以来儒家对于诗歌的若干重要认识，可以说是从先秦到西汉时代的儒家诗论的总结。

（一）情志说

《诗大序》发挥了《尚书》中“诗言志”的观点并作了重大突破，同时吸收了《乐记》对音乐本质的论述，认为诗既是“志之所之”，又是“吟咏情性”的：

诗者，志之所之也，在心为志，发言为诗。情动于中而形于言。言之不足，故嗟叹之；嗟叹之不足，故永歌之；永歌之不足，不知手之舞之，足之蹈之也。

国史明乎得失之迹，伤人伦之废，哀刑政之苛，吟咏情性，以风其上。达于事变而怀其旧俗者也。

对于儒家文学批评而言，“志”多指理性道德规范的思想志向，“情”则偏向于个人情感意识的表现，这样诗既能传达政教内容，又能打动人心，从而使政教内容为天下人所接受。这就把言志和抒情统一起来了。因此唐代的经学家孔颖达在为《春秋左传》作注时就说：“在己为情，情动为志，情志一也。”(《春秋左传正义·昭公二十五年》卷五十一)又在《毛诗正义》中说：“诗者，人志意之所之适也，虽有所适，犹未发口，蕴藏于心，谓之为志，发见于言，乃名为诗。言作诗者所以舒心志愤懑而卒成于歌咏，故《虞书》谓之诗言志也。”(《毛诗正义》卷一)因此《诗大序》以情志论诗，提出了情志统一的诗歌本质论，这不但大大发展了“诗言志”的思想，丰富了儒家诗学，而且也更全面准确地概括了诗的抒情言志的本质特征。

同时，《诗大序》对情在诗中的地位也有保留。它认为，诗虽然抒情，但情必须是合乎礼之情。因此《诗大序》认为：

发乎情，止乎礼义。发乎情，民之性也；止乎礼义，先王之泽也。

此论认为诗人的“发乎情”既是人性的自然流露，同时又受到伦理规范的制约。由此《诗大序》把诗的感染作用夸大到极致，并归结为特殊的政治目的：“故正得失，动天地，感鬼神，莫近于诗。先王以是经夫妇，成孝敬，厚人伦，美教化，移风俗。”这是说诗歌对于家庭夫妇关系之稳定、长幼人伦孝敬之实现以及整个乡国社会教化风俗之美好都有巨大的作用。之所以有如此巨大的作用，就因为诗歌是“止乎礼义”的。由于《诗大序》的“情”和儒家政教纠缠在一起，和“志之所之”一样，仍旧是致用的，诗歌创作因此被规定为对政教得失的情感反应和志意表达，将情和诗过分地政治化、规范化，因而很少有审美欣赏的成分，是其缺失。

(二)六义说

《诗大序》全面总结了《诗经》的艺术创作经验，把《周礼·春官》中的“六诗”说发展为“六义”说。《周礼·春官》首先提出了“六诗说”：

大师……教六诗：曰风、曰赋、曰比、曰兴、曰雅、曰颂，以六德为之本，以六律为之音。

但是，《周礼》并没有具体说明“六诗“的区别，也没有诗体分类的概念。《诗大序》在“六诗说”的基础上提出：

故诗有六义焉：一曰风，二曰赋，三曰比，四曰兴，五曰雅，六曰颂。

风、雅、颂是对《诗经》诗体的分类，而赋、比、兴是对《诗经》表现方法的归纳。对于赋、比、兴的表现方法的特点，《诗大序》没有具体分析，而对风雅颂作了具体解释：

是以一国之事，系一人之本，谓之风。言天下之事，形四方之风，谓之雅。雅者，正也，言王政之所由废兴也。政有大小，故有小雅焉，有大雅焉。颂者，美盛德之形容，以其成功告于神明者也。是谓四始，诗之至也。

从这段分析中可以看出《诗大序》是按照《诗经》作品的内容和地域等的特点来区分风雅颂的。风，从地域上讲是属于某一个诸侯国家的；而雅，则是属于整个周王朝的。风，在内容上是以某个人的事来表现所属国家的风尚的；雅，则是讲整个周王朝的王政废兴的，不过政有小大，故有小雅大雅之别。颂，是歌颂盛德而告之神明的。在分析《诗经》的类别及其意义时，可以看出《诗大序》也是从政教美刺的角度出发的，反映了汉儒的致用文艺观点。

（三）讽谏说

《诗大序》将“风”作为教化的代名词，提出“风，风也，教也；风以动之，教以化之”。在谈到《关雎》时说，此诗“风之始也，所以风天下而正夫妇也”。那么，风又是如何发挥作用的呢？《诗大序》说：“上以风化下，下以风刺上。”“上以风化下”指统治阶级以诗教育下层人民；“下以风刺上”指下层人民可以以诗讽刺上政，表达疾苦和不满，使统治者了解下层人的情况，从而调整政策。

值得注意的是《诗大序》认为对上的讽刺是要讲究方式的，即“主文而谲谏，言之者无罪，闻之者足以戒”。关于“主文而谲谏”，朱熹的解释是“主于文辞而托之以谏”（《吕氏家塾读诗记》卷二），就是说，言辞要文雅得体，态度要委婉诚恳，最好是隐约含蓄，不能过露。换言之，“这是要求诗人在以诗规讽统治者时，必须通过委婉曲折的方式，而不要过于切直刻露，以维护君主的尊严。”①汉儒之所以重视比兴，就是因为比兴的手法婉转曲喻，含蓄蕴藉，合乎“主文而谲谏”之旨。

《诗大序》还分析了“变风变雅”的创作原因，涉及诗歌创作与时代发展的关系问题：

至于王道衰，礼义废，政教失，国异政，家殊俗，而变风，变雅作矣。

“变风变雅”即“伤人伦之废，哀刑政之苛”的诗，这些诗的创作是社会历史变化的结果。从社会发展的角度探索诗歌的变化，体现了深邃的历史眼光。这种思想源于《乐记》，《诗大序》引录《乐记》说：“治世之音安以乐，其政和；乱世之音怨以怒，其政乖；亡国之音哀以思，其民困。”明确阐明了诗歌发展与历史政治的发展相一致。这一思想影响深远，后来的文学批评家如郑玄、刘勰、白居易、袁宏道、叶燮等都是从社会历史的角度考察文学创作的发展的。

① 顾易生、蒋凡：《中国文学批评通史·先秦两汉卷》，上海古籍出版社1996年版，第411页。

总之,《诗大序》的文学批评观点将先秦到西汉的儒家诗学系统化、明晰化了,是儒家诗学的一个高峰,对后世的文学批评观点产生了深远的影响。同时,《诗大序》的文学批评观点也有很多局限和不足:肯定诗歌创作要"发乎情",这是正确的,但是要求这种情必须受到"礼义"的规范和约束,这就使诗歌沦为了经学的附庸,政治教化的工具。

三、扬雄

扬雄(公元前53—公元18),字子云,蜀郡成都(今属四川)人。西汉后期著名文学家、思想家和语言学家。除了辞赋外,扬雄还有《太玄》《法言》等哲学著作以及《方言》等语言学著作。扬雄也是一位文学批评家,他能从自己的创作经验中提出一些见解,显示了文学家的文学批评特色。

(一)明道、征圣、宗经

扬雄受经学思潮的影响,认为文学创作应合乎儒家之道,以圣人为榜样,以六经为楷模。《法言·吾子》云:"不合乎先王之法者,君子不法也。""先王之法"即儒家思想法则,扬雄认为"先王之法"具有普遍意义,也是文学创作之法。"先王之法"又体现于圣人著述的经书中,所以《法言·吾子》云:

> 或曰:人各是其所是,而非其所非,将谁使正之?曰:万物纷错,则悬诸天;众言淆乱,则折诸圣。或曰:恶睹乎圣而折诸?曰:在则人,亡则书,其统一也。

众人的言行要以圣人言行为标准,而圣人已经不在世,因而就应以圣人所著的经典为标准。经书是一切文化艺术的楷模,也是文学的楷模。《法言·问神》说:

> 书不经,非书也;言不经,非言也。

言与书都应以儒经为本。扬雄认为,通过儒家五经才能"识道"。《法言·吾子》云:

> 舍舟而济乎渎者,末矣;舍五经而济乎道者,末矣。弃常珍而嗜乎异馔者,恶睹其识味也?委大圣而好乎诸子者,恶睹其识道也?

可见扬雄的文学思想的核心是倡导文学创作必须合乎儒家之道,以圣人为榜样,以六经为楷模,简言之,也即是所谓明道、征圣、宗经的原则。明道、征圣、宗经的观点在《荀子》中已有体现,扬雄作了更为系统、明晰的阐述,对后来的刘勰、韩愈等人产生了较大影响。

由于扬雄强调征圣、宗经,主张法先王之法,因此在学术著作和文学创作中,很容易走向思想上崇古和形式上拟古的道路,其《法言》即仿《论语》,《太玄》即仿《周易》而作的。而且扬雄还认为圣人之文,经典之作,都是以艰深见长,因而提倡文必艰深,由此扬雄本人的作品一般都有故作艰深的缺点。

（二）论赋

扬雄是大赋作家，早年非常佩服司马相如的赋。桓谭《新论》说他作《甘泉赋》“思虑精苦，赋成遂困倦小卧，梦其五脏出在地”，最后竟大病一年之久。可见其作赋十分用力。但他晚年对赋产生了完全相反的看法。《法言·吾子》云：

或问：吾子少而好赋？曰：然。童子雕虫篆刻。俄而曰：壮夫不为也。

这种态度的转变，主要是因为“盖辞赋本具讽谏之义，后已堕落为俳优之作，所以才有这种悔意”。① 辞赋虽然对汉帝国的恢宏国势有润色作用，但辞赋本身的铺张华丽的描写教化功能甚微，结果是“劝百而讽一”，与儒家的政教文艺观不符。因此晚年扬雄认为辞赋难以胜任讽谏教化功用，因而对其作了严厉批评。《汉书·扬雄传》载：

雄以为赋者，将以风也，必推类而言，极丽靡之辞，闳侈钜衍，竞于使人不能加也。既乃归之于正，然览者已过矣。往时武帝好神仙，相如上《大人赋》欲以风，帝反缥缥有凌云之志，由是言之，赋劝而不止，明矣……于是辍不复为。

扬雄从儒家教化角度批评赋的欲讽反劝的特点，是颇为准确的。扬雄在《法言·吾子》中还提出“诗人之赋丽以则，辞人之赋丽以淫”之论，“丽”是辞赋的共同特点，“则”指符合儒家的法度，“淫”指过度的藻饰。扬雄由此将历代文人之赋分成两大类，一类是诗人之赋，即依傍圣人之义来作赋，如屈原、贾谊，司马相如一类，虽然华丽但是合乎儒家思想原则。另一类是辞人之赋，如景差、唐勒、宋玉、枚乘等人的赋作，片面追求形式上的华丽，而忽视了儒家传统的以内容为主导，形式应该为内容服务的原则，不合于世用，无益于教化。扬雄的辞赋批评标准虽然囿于儒家讽喻教化的观念，不能全面评价一些颇有文学成就的辞赋作家，表明了扬雄要求将经学规范与文学表现二者完美融合的文学批评观念，但是他不满于景差、唐勒、宋玉、枚乘等人赋作的华丽滥淫，尖锐批评汉赋创作中所存在的内容空虚而靡丽多诗的缺点，这在中国古代文学批评史中却有其积极的意义。

（三）论屈原及其作品

扬雄评论屈原及其作品也体现着以经学为本的思想。他对屈原及其作品的评价有肯定、赞扬的方面，认为屈原的作品是“诗人之赋丽以则”（《法言·吾子》），即文采美且与《诗经》精神一致，可以说文质并茂。他在《反离骚》中说屈原“圣哲之不遭兮，因时命之所有”，以屈原与“圣哲”相比，叹其不幸遭遇令人同情，肯定屈原品格的高尚。

但扬雄不像贾谊那样基于“纵驱委命”、“达人大观”的道家思想而是以儒家明哲保身的态度批评屈原不应该以“湛身”的方式弃绝楚王：

又怪屈原文过相如，至不容，作《离骚》，自投江而死。悲其文，读之未尝不流涕也。以为君子得时则大行，不得时则龙蛇。遇不遇命也，何必湛身哉！”（《汉书·

① 韦政通：《中国思想史》上册，上海书店2003年版，第340页。

扬雄传》)

扬雄从儒家达则兼济天下，穷则独善其身的角度出发认为屈原缺乏儒家明哲保身的态度，不应该对朝廷采取弃绝的态度，自沉汨罗江。同时扬雄认为屈原的作品在艺术上“过以浮”、“蹈云天”(《文选》卷五十《宋书谢灵运传论》李善注引《法言》)，所谓“过以浮”是指屈原作品及其华丽的文辞，不像儒家经典那样质朴；所谓“蹈云天”是指屈原作品中上天入地的夸张描写，以及大量的神话、传说内容，具有浪漫主义色彩，不合儒家中庸的尺度。这两个观点表现了扬雄思想的局限。

扬雄对屈原的评价中所表现的思想矛盾与《诗大序》中所表现的思想矛盾(既肯定讽谏，又要求“止乎礼义”)性质是相同的，都是汉代经学文艺思想的内在矛盾的具体表现。

(四)论“言”与“心”

文学创作实际上是作家以言达心的过程。扬雄论言与心涉及文学本源、作品与作家人格的关系问题，在文学批评史上有重要意义。《法言·问神》云：

> 言不能达其心，书不能达其言，难矣哉！惟圣人得言之解，得书之体……故言，心声也；书，心画也。声画形，君子小人见矣。声画者，君子小人之所以动情乎？

扬雄的言为心声、书为心画的观点，十分明确地指出了精神世界的高尚或低劣必然会在言、书中表现出来，文学之源是作家的思想和情感，语言文字是作家的思想和情感的表现，作家的思想和情感是创作关键。以心为源是中国古代文学批评家的一个基本态度，“诗言志”、“诗缘情”等都表现着心为本的文学批评传统。

总之，在两汉的文学批评史中，扬雄是承上启下的重要人物。他一方面继承先秦儒家的文学观念，建立了明道、征圣、宗经的儒家传统文学观，从而形成一个以儒家伦理纲常为中心，以经世致用为鹄的文学模式，另一方面他在丽则与丽淫、“言”与“心”诸方面的论说，闪现出超越时人的理论光彩，对东汉乃至后代产生了巨大影响。

第四节　东汉文学批评

东汉是谶纬之学的极盛时期。在谶纬之学氛围中，神学与政治密切结合，极端强化了自董仲舒以来经学附会政治的倾向，将文学创作和文学批评沦入神灵控制下的政教意识之中。班固、王逸、郑玄的文学批评思想都表现了经学对于东汉文学理论批评的影响进一步深化。王充的文学批评重在对汉代谶纬神学的批判，他的“疾虚妄”，“务实诚”的思想，有促进文学面向社会现实，摆脱经学附庸的导向作用，同时对魏晋文学批评也产生了比较重要的影响。

一、谶纬之学与东汉文学批评

自汉武帝“罢黜百家，独尊儒术”以后，儒家思想在董仲舒“天人感应”和阴阳五行思想的影响下日益向神学迷信方向发展，到东汉光武帝“宣布图谶于天下”，统治者大肆宣扬“天人感应”的神学目的论，强调天道主宰人事，君权神授，把帝国统治者的一切言行措施，都看作是神的意志的体现，并把所有文学艺术都纳入了神学目的论的轨道。汉章帝亲自主持白虎观会议，令班固主持编纂《白虎通义》，把儒学的神学化正式肯定下来，并形成了一套完整的思想体系。这样谶纬神学在汉光武帝、汉章帝等人的倡导下，成为具有官方色彩的意识形态。在这种风气的影响下，文学创作从迷信“天之谴告”出发，颂天、崇天以达到歌功颂德的目的；或是以“天”之权威，来劝诫、讽喻“天子”，文学艺术成为了天变遣告、异物祥瑞之论，社会上养成了一种“好奇怪之语，说虚妄之文”的“世俗之性”(《论衡·对作》)，产生了以虚妄为美的文学批评理论思想。

班固在《汉书·五行志》中，步董仲舒后尘，滥释灾异，详言“天人感应”。他在《两都赋序》中迎合东汉帝王喜欢谶纬迷信的风气，大谈“神雀、五凤、甘露、黄龙”之瑞，肯定了《郊祀歌》中一些讴歌“祥瑞”的篇章，表现了阿谀帝王、脱离现实的不良倾向。班固还从儒学正统思想出发，对屈原大加指责，认为《离骚》不符合儒家经学规范，所以不能和《诗经》相提并论。王逸是东汉后期全面肯定、高度赞扬屈原及其作品的文学批评家，他把《离骚》尊为“经”，以同《诗经》进行比附，目的在于提高《离骚》的地位，甚至还把屈原作品的艺术特征也说成符合《诗经》的法则。这说明在经学占据绝对统治地位的情况下，无论是班固的微词还是王逸的反驳，都离不开楚辞是否符合儒家经学规范这个核心问题。

两汉思想界，由于经学的昌盛，文人学士很多以注解经书为终身职业，尤其是东汉谶纬之学的泛滥，导致了用神学迷信去说经。经学在发展中越来越繁琐细碎，只“述”而不“作”，文学创作领域如扬雄、班固等人的辞赋复古模拟倾向也十分严重，语言追求艰深古奥。王充对于当时虚妄不实的风气深恶痛绝，认为这种风气不消除，文学创作就会被浮华迷信所遮蔽。王充摒弃了两汉以经学硕儒为士人楷模的价值观，强调士人的价值不在于皓首穷经，而在于从古籍中引出自己的独立见解，强调文学贵在独创的观点，尊重和倡导文学艺术个性原则。这种理论，对魏晋时期的曹丕等人的文学观念产生了较大影响。从某种意义上来说，王充的文学批评是魏晋时代文学批评自觉的先导。

东汉末经学大师郑玄(公元127—200)，字康成，北海高密(今山东高密)人。郑玄是《诗经》研究的著名学者。他以《毛诗》为主，兼采三家《诗》说，作《毛诗传笺》，通过他的笺注，《毛诗》得以大行于世，成为汉代齐、鲁、韩、毛四家诗的仅存者，使后世可以见到《诗经》作品的全貌。郑玄为研究《诗经》而作的《诗谱》，论述了十五国风、二雅和三颂产生的地域及该地域的政治历史变迁情况，以显示《诗经》各部分诗篇与其所产生的时代政治历史变迁情况。郑玄的这种联系社会历史的研究方法，是很有价值的。郑玄的诗论主要体现在《诗谱序》和《六艺论》中：

一是论诗歌社会功用。郑玄从儒家政教需要出发论述诗歌的社会功用。《诗谱序》说：“论功颂德，所以将顺其美；刺过讥失，所以匡救其恶。”《六艺论》曰：“诗歌，弦歌讽喻之声也。自书契之兴，朴略尚质，面称不为谄，目谏不为谤。君臣之接如朋友然，在于恳诚而已。斯道稍衰，奸伪以生，上下相犯。及其制礼，尊君卑臣，君道刚严，臣道柔顺，于是箴谏者希，情志不通，故作诗者以诵其美而讥其过。”郑玄认为，诗歌的功用在于美刺两方面。上古时代，君臣如朋友般相处，没有隔阂，不需要用诗歌进行沟通。衰世君尊臣卑，情志不畅，诗歌便产生了，“诵其美而讥其过”，使君臣又得以沟通。这样，诗歌只是赞美或批评政治的工具，甚至可以说，诗歌本来就是出于赞美或批评政治的需要而产生的，最终达到劝善惩恶的政治教化目的。

二是论诗歌研究方法。郑玄进一步发挥《诗大序》的思想，将诗歌发展与时代政治和风俗盛衰联系起来，以历史发展的眼光考察诗歌之盛衰，认为“欲知源流清浊之所处，则循其上下而省之；欲知风化芳臭气泽之所及，则傍行而观之。此诗之大纲也。举一纲而万目张，解一篇而众篇明，于力则鲜，于思则寡”。郑玄要求从历史的纵向角度和社会的横向角度考察诗歌产生的时代背景和现实境况。只有了解整个历史传统，才能“循其上下”，把握住具体作品的“源流清浊之所处”；只有考察社会各个方面，才能“傍行而观”，把握具体作品与社会风化及政治得失之互动关系。通过对于具体诗歌作品的研究，举一反三，把握整体。由此可见，郑玄所谓“诗之大纲”，提倡纲举目张的研究，从文学研究方法论来看，超越前人而启迪后世。

三是论诗歌创作手法。《诗经》的基本创作手法是赋比兴，《周礼》最初提出“六诗”说，包括此三法。后来，《诗大序》提出“六义”说，只解释了“风雅颂”，未解释“赋比兴”。东汉经学大师郑众从表现手法的角度论述比兴：“比者，比方于物”；“兴者，托事于物”(孔颖达《毛诗正义》引)。而郑玄对此三法作了全面解释，其《周礼注》云：“赋之言铺，直铺陈今之政教善恶；比，见今之失，不敢斥言，取比类以言之；兴，见今之美，嫌于媚谀，取善事以劝谕之。”这种解释基本抓住了赋比兴的特征。郑玄将此三法与政教功用联系起来，未免牵强附会，但关于“赋”、“比”、“兴”，《诗大序》只是提出了这个概念，并未加以任何说明，却深刻影响了中国文学批评史的创作论与境界论，此种影响的产生，与郑玄的阐释之功是密不可分的。当然，郑玄的阐释显然具有东汉后期儒家的特点，具有更加浓厚的附庸政教的色彩。

二、班固

班固(公元32—92)，字孟坚，扶风安陵(今陕西咸阳)人。东汉初年的著名思想家、史学家与文学家，《汉书》的主要编写者。

(一)论诗歌与现实的关系

班固《汉书·艺文志》是在刘歆《七略》基础上“今删其要，以备篇籍”编撰而成的一部重要的古籍目录学著作，其中一些内容涉及文学批评领域，如有一段关于《诗经》的重要文字：

> 《书》曰：“诗言志，歌咏言。”故哀乐之心感，而歌咏之声发。诵其言谓之诗，咏其声谓之歌。故古有采诗之官，王者所以观风俗，知得失，自考正也。

班固继承“诗言志”的传统文学批评理论，又有所发挥，认为诗是“哀乐之心感”的产物，即“情”的产物。这一看法切近诗歌本质，也符合创作实际。后来何休在《公羊传》注中所说“饥者歌其食，劳者歌其事”，正是对班固这方面思想的发展。班固还认为，古代“王者”以诗“观风俗，知得失，自考正”，诗具有反映社会风俗之盛衰，政治之得失并由此使“王者”调整政策的重要政治功用。

班固这种对文艺与现实关系的认识，也清楚地反映在他对汉代乐府诗的论述中。《汉书·艺文志·诗赋略论》中说：

自孝武立乐府而采歌谣，于是有代、赵之讴，秦、楚之风，皆感于哀乐，缘事而发，亦可以观风俗，知厚薄云。

班固不仅指出汉代乐府诗都是各地的一些民歌，而且认为它们都是真实情感的流露，而这种哀乐之情则是由现实生活的感发而产生的。

（二）论赋

赋是盛行于两汉的主要文学体裁，西汉文士司马相如、枚乘与扬雄都是其中的高手，但扬雄晚年自悔用赋作谏一无所成，转而贬斥其为“雕虫篆刻，壮夫不为”。班固对于赋很有研究，发表过重要的观点，也写过《幽通赋》《两都赋》等著名赋作。他虽然对扬雄的儒学修养很推重，但对于扬雄关于赋的作用的看法却不以为然。班固在《两都赋序》中提出：

或曰：“赋者，古诗之流也。”昔成康没而颂声寝，王泽竭而诗不作。大汉初定，日不暇给。至于武宣之世，乃崇礼官，考文章，内设金马石渠之署，外兴乐府协律之事，以兴废继绝，润色鸿业。是以众庶悦豫，福应尤盛。《白麟》《赤雁》《芝房》《宝鼎》之歌，荐于郊庙；神雀、五凤、甘露、黄龙之瑞，以为纪年。故言语侍从之臣，若司马相如、虞丘寿王、东方朔、枚皋、王褒、刘向之属，朝夕论思，日月献纳。而公卿大臣御史大夫倪宽、太常孔臧、太中大夫董仲舒、宗正刘德、太子太傅萧望之等，时时间作。或以抒下情而通讽喻，或以宣上德而尽忠孝，雍容揄扬，著于后嗣，抑亦雅颂之亚也。故孝成之世，论而录之，盖奏御者千有余篇，而后大汉之文章，炳焉与三代同风。

班固的这篇赋序在两汉的赋论中具有纲领性意义。首先他从文章源出五经的传统观念出发，认为赋出于诗。赋与诗的不同在于诗一般是配乐的，而赋是不合乐的。所以在《汉书·艺文志·诗赋略论》中班固引用《诗经》毛传对赋的表现手法的阐述，说明辞赋之所以称为赋的缘由：“不歌而诵谓之赋，登高能赋，可以为大夫。”春秋时列国大夫的赋诗是不合乐的，故后代称不合乐的辞为赋。因为“周道寖坏”，赋诗言志之风也衰落，然后才有“贤人失志之赋”的产生，故其性质仍有古诗之义。这种看法明显受到儒家思想的影响。这样班固从儒学独尊的角度出发，将赋看作是《诗》的余绪，进而对汉代文士与公卿大臣的赋依照儒家诗学标准作了阐释，认为其主要精神“或以抒下情而通讽喻，或以宣上德而尽忠孝”，强调汉赋的讽谏作用和教化作用，重视汉赋的“润色鸿业”、歌功颂德的作用。

班固不同意扬雄晚年对于司马相如的赋的批评，在《汉书·司马相如赞》中说：

相如虽多虚辞滥说，然要其归，引之于节俭，此亦诗之讽谏何异？扬雄以为靡丽之赋，劝百而讽一，犹骋郑、卫之声，曲终奏雅，不已戏乎！

班固认为司马相如的赋虽有“虚辞滥说”的缺点，但也有“引之于节俭”的积极精神。班固在《汉书·叙传》中对司马相如作品的论述，也采取了这样的态度。他认为：

文艳用寡，子虚乌有。寓言淫丽，托风终始。多识博物，有可观采。蔚为辞宗，赋颂之首。

在这里班固虽然批评司马相如的赋“文艳用寡”、“寓言淫丽”，但主要是肯定了司马相如的赋文辞华丽，蕴有讽喻之义，提供丰富的知识，故而司马相如“蔚为辞宗”。

（三）论《离骚》

班固作《离骚序》，针对淮南王刘安和司马迁的关于屈原的评价提出了反对的意见，认为淮南王刘安与司马迁对屈原的评价太过：

今若屈原，露才扬己，竞乎危国群小之间，以离谗贼。然责数怀王，怨恶椒、兰，愁神苦思，强非其人，忿怼不容，沉江而死，亦贬絜狂狷景行之士……谓之兼《诗》风雅而与日月争光，过矣。

班固继承和发展了扬雄的见解，以其明哲保身的儒家哲学对屈原的高峻人格进行非议，把屈原的正义抗争及其作品自然流露的强烈怨诽之气曲解为个人的意气之事，不能全面理解屈原的伟大人格及其作品的深刻社会意义。

同时班固对《离骚》的艺术特色作了否定：“多称昆仑冥婚，宓妃虚无之语，皆非法度之政，经义所载。”班固用儒家的“经义”与“法度”来对作品进行先入为主的评判，以儒家的“温柔敦厚”的传统观念批评富于想象与反抗精神的屈赋，这种批评标准实质上是很偏颇的。在班固看来，屈原的《离骚》在思想内容上不足以道，只是在形式上华丽典雅而已：“然其为文弘博丽雅，为赋词宗，后世莫不斟酌其英华，则象其从容。自宋玉、唐勒、景差之徒，汉兴，枚乘、司马相如、刘向、扬雄，骋极文辞，好而悲之，自谓不能及也。虽非明智之器，可谓妙才者也。”尽管班固对屈原创作的艺术成就及其影响有所肯定，但屈原的高峻人格与伟大作品在班固看来只是“妙才”，而非“明智之器”。这些评价可以看作是经学时代文学批评家的审美意识受到束缚、损害的结果。

（四）论《史记》

班固评论司马迁的《史记》同样既表现了正统的保守儒学观念，又表现出理解同情的态度，作出了一些肯定的评价。班固在《汉书·司马迁传赞》中认为：

采经摭传，分散数家之事，甚多疏略，或有抵牾，亦其涉猎者广博，贯穿经传，驰骋古今，上下数千载间，斯以勤矣。又其是非颇缪于圣人，论大道则先黄老而后六经，序游侠则退处士而进奸雄，述货殖则崇势力而羞贫贱，此其所蔽也。然自刘向、扬雄，博极群书，皆称迁有良史之材，服其善序事理，辨而不华，质而不俚，其文直，其事核，不虚美，不隐恶，故谓之实录。

班固对司马迁创作《史记》既肯定其“不虚美，不隐恶”的实录精神和“辨而不华，质而不俚”的艺术成就，又对司马迁不符合儒家经典的独立见解极力菲薄和责难，认为他违背了圣人的经义和标准，从而抹杀了《史记》卓尔不群的史学价值和审美价值，显示了班固在经学的影响下文学批评思想的局限性。

总之，班固的思想的复杂性，决定了他的文学批评思想同样充满了矛盾。班固的文学批评受到了经学的直接影响，时常“依经立义”，把文学作为阐释儒家礼教的附庸，因而解释某些文学现象时，时有牵强附会、窒碍难通之处。但他对文学的艺术本质和社会作用也有所认识，有时也自觉不自觉地为文学独立于经学之外争一席之地。

三、王充

王充(公元27—约97)，字仲任，会稽上虞(今浙江上虞县)人，东汉著名思想家。八十五篇《论衡》为其现存著作，其中《招致》一篇已佚。王充继承了先秦以来的杂文学观念，其所论的“文”是最广义的文，包括学术著作、辞赋类文学作品等。

(一)提倡实诚，反对虚妄

王充生活的时代天人感应、阴阳五行、谶纬神学思想盛行，形成了“众书并失实，虚妄之言胜真美”(《对作》)的社会现象。王充对此进行了尖锐批判，坚决反对荒诞不经的虚妄之作。《佚文》篇云：

> 《诗》三百，一言以蔽之，曰：思无邪。《论衡》篇以十数，亦一言也，曰：疾虚妄。

“疾虚妄”作为《论衡》的写作宗旨，也是王充文学批评的指导思想。《对作》篇云：

> 虚妄之语不黜，则华文不见息；华文放流，则实事不见用。故《论衡》者，所以铨轻重之言，立真伪之平，非苟调文饰辞为奇伟之观也。

王充所谓“真美”乃是主张真是美的基础和前提，必真而后才有美，“真美”出于“实诚”，而求“实诚”必斥“虚妄之言”、“华伪之文”。所谓“铨轻重之言”，就是区别实诚与虚妄，并肯定实诚而否定虚妄。因此《超奇》篇云：“精诚由中，故其文语感动人深。”“饰面者皆欲为好，而运目者希；文音者皆欲为悲，而惊耳者寡。”文章既要如实反映社会生活与客观世界，又要自抒胸臆，出于“实诚”，文章才感人。王充把真与美结合，提出了文章求“真美”，务“实诚”的思想，对于后世的文学理论批评产生了积极的影响。

由于王充提出的“真”指被经验所效验而获得“实事”本身，符合经验之真的谓之“真美”，“真美”成为了王充文学批评的尺度，这样王充对于文学的艺术特征认识不足，往往以生活的真实来代替艺术的真实，对文学艺术中的夸张问题的理解，有其片面性。他把夸张称为“增”，在《艺增》篇云：“世俗所患，患言事增其实，著文垂辞，辞出溢其真，称美过其善，进恶没其罪。”王充认为，夸张是“世俗所患”，因为夸张与事实相背，亦属“虚妄之言”。由于不完全理解文学的艺术特征，对艺术的虚构与想象缺乏认识，因而王充常常以生活的真实来代替艺术的真实，对很多文学夸张及神话传说都作了批判，认为女娲补天、夸父追日等都是虚妄之辞。不过王充对经书中的夸张是肯定的，认为经书中的夸张是“增过其实，皆有事为，不妄乱误少为多也”(《艺增》)。虽然这说明王充对于文学的夸张与想象的艺术没有完全否定，但仍然显示了王充论述夸张时以生活真实直接比附艺术真实，具有很大局限性。

(二)外内表里，自相副称

王充继承并发展了先秦儒家的“文质彬彬”的观点，认为作品内容与形式应该统一，做到表里一致、内外相符。《超奇》篇云：

> 文由胸中而出，心以文为表。……有根株于下，有荣叶于上，有实核于内，有皮壳于外。文墨辞说，士之荣叶、皮壳也。实诚在胸臆，文墨著竹帛。外内表里，自相副称，意奋而笔纵，故文见而实露也。人之有文也，犹禽之有毛也。毛有五色，皆生于体，苟有文而无实，是则五色之禽，毛妄生也。

王充以根株与荣叶、核实与皮壳、羽毛与肢体的比喻，说明了作家品质与作品风貌以及作品内容与作品形式的关系。从作家与作品之间的关系来看，作家的思想感情像树之根和果之核，而作家的言辞文墨所形成的作品，则像树叶或果皮，根深才能叶茂。作家先有“实诚”在胸臆，然后文墨自流于竹帛，“笔纵”是“意奋”的结果。从作品内容与形式的关系来看，作品内容像禽之体，形式像五色毛，毛“皆生于体”，若离开内容，形式则成为无体之毛，文学的形式言辞之美，是内在思想实质的外观。这样作家必须有优秀的品质，作品要有健康的思想内容，然后饰以华彩，才会产生感人的艺术魅力。

但是王充并不因重内容而轻形式，认为内容不能离开形式而存在。《书解》篇云：“物以文为表，人以文为基。”万物及人都离不开形式。又说：“夫人有文质乃成。物有华而不实者，有实而不华者。《易》曰：圣人之情见乎辞……文辞施设，实情敷烈。”质因文而成，内容与形式二者相互依存，不可机械割裂。所以“华而不实”与“实而不华”都不可取，既反对汉大赋为事造情，片面追求形式之美的倾向，又纠正汉代经学家重质轻文的偏见。后来刘勰《文心雕龙》有“文附质”、“质待文”之说，要求文章“文不灭质”、“衔华佩实”，理论总结更系统更详尽，溯其渊源，与王充《论衡》有着一定的联系。

(三)反对复古，主张独创

汉代是一个经学昌盛的时代，文人学士很多以注解经学为终身职业。而经学与仕途结合，促使经师们皓首穷经，他们重章句，使经学日趋艰深繁琐。《后汉书·儒林传赞》载：“一经说至百万余言，大师众至千余人。”治经者重师法，尚复古模拟，助长了拟古之风，文学语言追求艰深古奥，严重脱离当时的口语。对此，王充大胆突破儒家经学思想，鲜明地提出了一系列观点给予纠正，对于文学创作的解放意义深远：

一是主张“各以所禀，自为佳好”。经学的权威导致依经立论，崇古贱今之风盛行，严重阻碍了文学的创新和发展。《须颂》篇说：“俗儒好长古而短今。……汉有实事，儒者不称；古有虚美，诚心然之。”王充对此进行了尖锐批判，认为历史是发展的，因此文学创作应该具有独创性，作品要表现自己个性。《自纪》篇云：

> 文士之务，各有所从：或调辞以巧文，或辨伪以实事，必谋虑有合，文辞相袭，是则五帝不异事，三王不殊业也。

人不同，时不同，文亦不同。作家不可“文辞相袭”，要有自己的情感和个性风格。此篇又说：

> 饰貌以强类者失形，调辞以务似者失情。百夫之子，不同父母，殊类而生，不必相似；各以所禀，自为佳好。

在这里，王充批判了文学创作中因袭模拟的不良倾向，强调人是“殊类而生”的，故文章“不必相似”。相反，一味地抄袭模拟，创作中缺乏自我，就会丧失文学艺术的生命活力。王充反对泥古、复古的文风，强调创新才是“文人之务”，这是极富学术价值的观点，对于后来的文学理论批评家如曹丕、刘勰等人反对“贵古贱今”说产生了直接影响。

二是反对文学语言的艰深古奥，主张言文一致，通俗易懂。在经学的影响下，西汉中后期以来一些思想家、文学家热衷于“文必艰深”，如王充很佩服的扬雄就如此。王充在《自纪》篇批评这种风气是“口辩者其言深，笔敏者其文沉。案经艺之文……难卒晓睹”。因此王充提出了明白易懂、通俗晓畅、言文一致的写作标准。《自纪》篇云：

> 口则务在明言，笔则务在露文。高士之文雅，言无不可晓，指无不可睹。观读之者，晓然若盲之开目，聆然若聋之通耳。……夫文由语也，或浅露分别，或深迂优雅，孰为辩者？故口言以明志，言恐灭遗，故著之文字。文字与语言同趋，何为犹当隐闭指意？……夫笔著者，欲其易晓而难为，不贵难知而易造；口论务解分而可听，不务深迂而难睹。

在此王充主张作品语言应该尽量接近当时生活的口语，力求言文一致，以表情达意、说明问题为原则，反对那种故作高深、以古奥典雅为美的文风。《自纪》篇还指出“何以为辩？喻深以浅；何以为智？喻难以易”。文章若道理深，就应该深入浅出，明白易晓。

(四)劝善惩恶，为世所用

王充生活的时代流行浮华无实之文。针对当时虚妄空作的文风，王充继承和发展了前人特别是扬雄、桓谭等人“尚用”的文学主张，重视文章的社会功用。《自纪》篇云：“为世用者，百篇无害；不为世用者，一章无补。”文学应该为社会服务。《对作》篇云：“贤圣之兴文也，起事不空为，因因不妄作。作有益于化，化有补于正。”“有益于化”、“有补于正”是要求文章应以有益于社会政治和道德风化为目的。

王充首先说明文章写作不是为了炫耀文辞之美，而是要达到“劝善惩恶”的目的。所以《佚文》篇云：

文岂徒调笔弄墨为美丽之观哉？载人之行，传人之名也。善人愿载，思勉为善；邪人恶载，力自禁裁。然则文人之笔，劝善惩恶也。

在王充看来，判定历史与现实中的是非与善恶，使“后人观之，见以正邪”(《佚文》)，才是作文的目的和文章应当承担的真正使命。这是对儒家的“尚用”文学观的具体化和新发展。

王充还明确要求文章歌颂当代生活。《佚文》篇云：“周秦之际，诸子并作，皆论他事，不颂主上，无益于国，无补于化。”《须颂》篇云：“古之帝王建鸿德者，须鸿笔之臣，褒颂纪载，鸿德乃彰，万世乃闻。”王充要求文章对帝王歌功颂德体现了儒家的“美刺”理论的“美”的一面，有其历史局限性，但也与王充反对贵古贱今的思想密切相关。

总之，一方面王充继承了先秦以来的杂文学观念，深受儒家传统文学思想的影响，重视文章的社会功用，对于文学的艺术特征缺乏足够的认识，把艺术想象和夸张视为“虚妄”；另一方面王充的文学批评重在对汉代谶纬神学的批判，反对复古主张独创，提倡言文一致等，使人们的思想包括文学批评思想从谶纬之学的桎梏中解放出来，从而促进了魏晋六朝的思想解放与文学“自觉”时代的到来。

四、王逸

王逸，字叔师，南郡宜城(今湖北宜城县)人，生卒年不详，主要活动于东汉安、顺两帝时期，曾任校书郎及侍中。他的《楚辞章句》是现存最早的《楚辞》完整注本，此书的序全面分析了屈原及其作品。王逸对屈原及其作品的高度评价，虽然有很多儒家思想的穿凿附会之处，但又否定了扬雄、班固等对屈原及其作品的贬斥，重新确立了屈原及其作品在中国文学史上的崇高地位，使之与《诗经》并驾齐驱，意义重大。

(一)肯定屈原的人格精神，批评班固的正统观点

王逸根据孔子倡导中庸又不废杀身成仁，言时变又反对“乡愿”的思想，提出了他所倡导的“人臣之义”，以批驳扬雄、班固的明哲保身、和光同尘的思想。《楚辞章句序》云：

且人臣之义，以忠正为高，以伏节为贤。故有危言以存国，杀身以成仁……若夫怀道以迷国，详愚而不言，颠倒不能扶，危则不能安，婉娩以顺上，逡巡以避患，虽保黄耇，终寿百年，盖志士之所耻，愚夫之所贱也。

王逸认为，班固的明哲保身是一种“耻且贱”的苟且偷生的思想，是通过庸俗手段不问是非曲直而保全性命。屈原“以忠正为高，以伏节为贤”，坚持正义，为理想不惜杀身，敢于同邪恶斗争，所以屈原是“膺忠贞之质，体清洁之性，直若砥矢，言若丹青，进不隐其谋，退不顾其命，此诚绝世之行，俊彦之英也”(《楚辞章句序》)。王逸对屈原的人格给予了高度评价，但依据儒家君臣之义把屈原定义为忠贞之臣则又不免失于狭隘。屈原对理想的执着精神，一方面包含了他忠贞爱国的热情，另一方面还包含着他强烈的追求实现自我价值的精神。

（二）论述屈原作品的创作动机及功用

《楚辞章句序》云：

> 而屈原履忠被谮，忧悲愁思，独依诗人之义而作《离骚》，上以讽谏，下以自慰。遭世暗乱，不见省纳，不胜愤懑，遂复作《九歌》以下凡二十五篇。

王逸认为，《离骚》等作品的创作原因是“遭世暗乱”。社会政治昏暗，诗人“履忠”却“被谮”，现实的不公使诗人“忧愤愁思”，满腔“愤懑”，《离骚》就是在这种情况下创作出来的。这一观点与司马迁“发愤著书”的精神相一致，也符合屈原的创作实际。

王逸认为，屈原作《离骚》，其功用即“上以讽谏，下以自慰”。班固曾对《离骚》的讽谏深为不满，而王逸认为这是“独依诗人之义”，即符合《诗经》传统，因为儒家诗论是提倡讽谏、怨刺的。值得注意的是，王逸与班固之争，并不在于要不要“中和之道”，而在于对“中和之道”的理解。班固认为怨恶君上就是失中，而王逸认为讽谏君上恰恰是符合中庸精神的。屈原的作品“上以讽谏”正是《诗大序》所谓的“主文而谲谏”精神的体现。“下以自慰”是王逸对屈原诗歌创作功用提出的新见解。“自慰”即诗人从自己的作品中获得精神安慰和满足。这表明在王逸的思想观念中，文学创作的功能不单单是发挥政治上的效用，还有创作主体自身的心理因素的需求，即需要宣泄情感，发泄压抑在内心的忧愤，从而获得精神上的安慰。后世理论家对这种情况论述很多。如陆机《文赋》说创作是“伊此事之可乐，故圣贤之所钦”。陶渊明《五柳先生传》说他“常著文章自娱……酬觞赋诗，以乐其志”。钟嵘《诗品序》说诗可以“使穷贱易安，幽居靡闷”。对于任何作家来说，他的成功作品都能使他获得自慰。所以，王逸的“自慰”说揭示了文学创作的一种普遍现象，具有广泛意义，对汉儒的“温柔敦厚”诗教说也是一种委婉的批评或改造。

（三）认为屈原的作品是思想内容与艺术形式的完美结合

班固认为屈原的作品多“虚无之语”，不合经义。王逸《离骚经序》则说：

> 《离骚》之文，依《诗》取兴，引类譬喻。故善鸟香草，以配忠贞；恶禽臭物，以比谗佞；灵修美人，以媲于君；宓妃佚女，以譬贤臣；虬龙鸾凤，以托君子；飘风云霓，以为小人。其词温而雅，其义皎而朗。凡百君子，莫不慕其清高，嘉其文采，哀其不遇，而悯其志焉。

王逸认为，屈原诗歌的艺术方法是与《诗经》一致的。屈原诗歌以香草美人比君子，以“恶禽臭物”比小人，实际是对《诗经》比兴方法的一种发展，这使《离骚》的意境瑰丽奇谲，想象纷繁万状。

王逸指出，屈原的人格伟大，其作品内容与形式兼美，是后人学习的楷模，具有不朽的价值。《楚辞章句序》云：

> 故智弥盛者其言博，才益多者其识远。屈原之词，诚博远矣。自终没以来，名儒博达之士，著造词赋，莫不拟则其仪表，祖式其模范，取其要妙，窃其华藻。所谓金

相玉质，百世无匹，名垂罔极，永不刊灭者矣。

“智弥盛者其言博，才益多者其识远。屈原之词，诚博远矣。”王逸认为屈原不仅是“妙才”，也是智者，所以他的作品“金相玉质，百世无匹，名垂罔极，永不刊灭”，有着十分重大的意义。

同时应该指出，王逸赞美《离骚》“其词温而雅，其义皎而朗。凡百君子，莫不慕其清高，嘉其文采，哀其不遇，而悯其志焉”。从这些评价来看，王逸对屈原的肯定，基本上仍是站在儒家“温柔敦厚”的立场上进行的，同时为了提高屈原作品的地位，处处将其与《诗经》相比附，看不到二者的区别，不但胶柱鼓瑟显得十分机械，而且忽视了屈原作品独特的艺术特色，体现了汉代经学对文学批评的消极影响。

王逸从儒家经学的观点出发，驳斥、纠正了前人对于屈原的不解以及歪曲和批评，对屈原的人格精神和文学创作给以最大限度的首肯，达到了那个时代所能达到的高度，对后世影响至为深远。此外，王逸以儒家经义阐释屈原的人格精神和文学创作，把屈骚的个性精神纳入儒家经典范围，隐没了屈原忠贞伏节精神的个性内涵，这是时代的局限，也是当时“经学”思维模式下必然导致的结果，同时还说明了屈骚精神远非儒家经学文化所能包蕴与阐明的。

◎思考题：

1. 汉代的思想文化在哪些层面对文学批评产生了影响？

2. 试述司马迁“发愤著书”说的基本内涵及其对后世文学批评的影响。

3.《乐记》论述了哪些重要的文艺理论问题？

4.《诗大序》对诗歌本质、诗歌功用及诗歌创作的思想规范提出了哪些命题？其内涵、意义何在？

5. 王充的文论有哪些主要内容？

第三章　魏晋南北朝文学批评

中国文学史的黄金时代在唐宋，而批评史的黄金时代则提前到来：中国文学批评史发展到魏晋南北朝形成高潮，其标志性成果是刘勰的《文心雕龙》。此时期著名的文学批评家，刘勰之前有曹丕、曹植、陆机、挚虞等，与刘勰同时的有钟嵘、沈约、萧统、颜之推等。本章除概述外将依次介绍：刘勰之前(魏晋时期)的文学批评，刘勰时代(南北朝时期)的文学批评，刘勰和钟嵘的文学批评。就传统文化与文学批评的关系而言，魏晋时期表现为玄学对文学批评的影响，南北朝时期表现为佛学对文学批评的影响，而在刘勰身上则表现为儒道释三家文化对文学批评的影响。

第一节　概　　述

特定历史时期的文化状态及成就，构成此一时期文学批评的知识背景和理论前提。魏晋南北朝，老庄复兴，玄学兴盛，儒道会通，玄佛交融，这种文化多元的格局和走向，极大地推动了文学批评的繁荣和发展。一方面，诸如才性四本、言意之辨、声无哀乐、形神兼备这一类玄学命题，直接进入了文学理论和批评；另一方面，曹丕“文气”说、陆机“缘情”说、钟嵘“直寻”说，尤其是刘勰的文学本体论、方法论、体系论等，鲜明地体现出玄学思潮以及儒道释三教合流的文化倾向。

一、魏晋南北朝时期的文化背景

我们在介绍两汉文学批评的文化背景时谈到，从汉武帝“罢黜百家，独尊儒术”开始，儒学便由先秦诸子的百家“之一”，逐渐演变为汉代文化哲学及意识形态之“唯一”。孔子的儒学是将具有神学特征的上古巫祝文化人学化，而以董仲舒为代表的汉代儒学的天人感应和君权神授则将先秦儒学重新神学化。用阴阳五行学说来表达儒家伦常政治，是一种充满神秘主义色彩的理论体系，到后来发展成为以制造宗教预言为能事的谶纬之学。时至东汉，古文经学家相继起来攻击董仲舒今文经学的天人感应、谶纬符命之学，从儒学内部酿成董仲舒之学的蹇剥命运。等到黄巾起义以及继之而起的天下大乱，大一统帝国摇摇欲坠，而作为汉帝国之精神支撑的汉代儒学也就岌岌可危了。

东汉桓、灵二帝时期，宦官专权，先后制造了两次“党锢之祸”。本来，儒家的忠君忧道是汉代士大夫安身立命的精神支柱，东汉党人的言行举止，突出地表现出儒家人格的行义忧道，殉义殉道。比如范滂，对朝廷一片忠诚却并不为朝廷所理解，反遭党锢之祸，临刑前给儿子留下的遗训是“吾欲使汝为恶，则恶不可为；使汝为善，则我不为恶”①。

① 班固：《后汉书·党锢列传》。

以生命为代价来实践儒家理想人格的东汉党人，却在临终时显露出“善恶不为”的道家人格倾向，可见儒家式微、庄学复兴、玄学诞生已是不可避免的了。闻一多曾以诗人的激情描述庄学在魏晋的复兴：“像魔术似的，庄子突然占据了那个时代的身心，他们的生活、思想、文艺——整个文明的核心是庄子。他们说‘三日不读《老》、《庄》，则舌本间强’。尤其是《庄子》，竟是清谈家的灵感的泉源。从此以后，中国人的文化上永远留着《庄子》的烙印。”①老庄道家的自然无为原则和抽象思辨风格，是汉魏晋之际思想家反对汉儒天人感应目的论和谶纬神学的思想武器，因而成为魏晋玄学的思想渊源。

身处乱世的魏晋士人，从老庄哲学中发现了新的精神世界和精神支撑。老庄哲学的最高概念既非天帝亦非鬼神，而是作为“天地之始”、“众妙之门”的“道”或“自然”。道家宇宙本体论以其对汉儒神学论的挑战而受到魏晋士人的重视。老庄的社会政治思想是顺其自然而清静无为，是否定儒家纲常伦理，这对于见惯了儒学“名教”之虚伪的魏晋士人来说，无疑具有极大的吸引力。庄子极度鄙视尘世间的沽名逐利、尔虞我诈，主张心斋、坐忘、游心于虚，在清静无为的精神世界作无待之游。道家的这种人生哲学，对于乱世魏晋人真可谓是久旱之泉、久寒之炭。汉魏之际，严重的社会动荡，造成时人的生死无常、得失骤变。时代的苦痛酿造出心灵的痛苦，人生与人心同受煎熬。心理焦虑需要消释，人格冲突需要化解，个体企盼着从社会与心灵的双重苦难中解脱出来，在玄学的形而上的空间重建逍遥之游。正是在这种思想文化背景下，老庄道家思想满足了魏晋文人士大夫的心理需求，满足了魏晋人重择生存方式、重铸才性范型的理论需求。

汉魏之际儒家经学向魏晋玄学的转化表现出以道释儒、儒道兼综的特征。三国时荆州学派王肃伪作之《孔子家语》，带有明显的儒道兼综的思想倾向。②《孔子家语》杜撰出孔子如何拜老子为师，西周社会如何用道家的原则治理天下等，表明王肃要用老庄之“道”重释孔子之“道”的理论愿望。当然，在王肃那里，儒学是本而道家是末，以道释儒最终是为了补充、证实并挽救儒学。到了正始年间，道家思想复兴，玄学思潮兴起，才将儒道之本末、主次关系颠倒过来，以道家思想为本以儒家思想为末。正始玄学领袖王弼作《论语释疑》，直接用老庄道家的观念和方法重释儒家经典。王弼注孔子“老于道”一语，称“道者，无之称也，无不通也，无不由也。况之曰道，寂然无体，不可为象。是道不可体，故但志慕而已”，这样一来，王弼将孔子的“道”释为“无”的代称，从而将儒学玄学化。由正始玄学所开创的这种以道释儒、儒道兼综的哲学风习，一直延续到东晋乃至南朝。

如上所述，魏晋玄学的发展大体上经历了从“道学复兴”到“儒道兼综”的阶段；而东晋以后，由于佛教的传入和兴盛，“儒道兼综”又发展为“三教合流”。学术界一般认为，佛教正式传入中国在后汉明帝永平年间。作为一种外来的宗教，佛教要想在中国生根开花结果，必须要与中国本土固有的思想文化结合起来，才能为人们所接受和信仰。所以佛教在汉代刚传入中国时，常常与中国传统的神仙方术思想相结合，宣扬无为无欲、精灵起灭，中国人也常常视佛如仙，视佛法如道术。在中国佛学史上，汉代佛教被称为“佛学方

① 《闻一多全集》，三联书店 1982 年版，第 279-280 页。

② 许杭生等：《魏晋玄学史》，陕西师范大学出版社 1989 年版，第 22-27 页。

术化”时期；与此相衔接的，则是魏晋佛教的“佛学玄学化”时期。

佛学在魏晋南北朝时期的玄学化，其基本特征就是佛教徒在盛极一时的玄学思想影响下，用玄学思想来解释和宣扬佛教的般若空学，从而使得佛教大乘空宗的思想得到了极大的发展。魏晋玄学始于何、王，而何、王又继承和发展了老子的贵无哲学，认为世界的本体是“无”，现象世界(“有”)只是本体世界(“无”)的外部表现。而这种崇无的哲学，正好与佛教的大乘般若空学所主张的“一切皆空”的空宗思想相类似，正如刘勰《文心雕龙·论说》篇在谈到玄学“贵无论”时所指出的：“动极神源，其般若之绝境乎！”玄智之“无”与般若之“空”的会通，是玄学与佛学之融合在理论形态上的重要表现。

从汉魏之际儒学式微、庄学复兴，到玄学三期以道释儒、儒道兼综，再到东晋南朝玄佛双修、三教合流，魏晋南北朝文化的发展演变特征对这一时期的文学批评产生了巨大的影响。曹丕“文气说”专论作家个性气质而忽略儒家德性标准，陆机探讨为文之用心而主张“课虚无”、“叩寂寞”，钟嵘品评五言诗重“直寻”、重“滋味”，尤其是刘勰分别以道、儒、释作文学的本体论、方法论和系统论之阐述，均可视为玄学兴盛、三教合流之文化特征在文学批评上的具体体现。

二、魏晋南北朝文学批评的理论成熟

宗白华先生指出：“汉末魏晋六朝是中国政治上最混乱、社会上最苦痛的时代，然而却是精神上极自由、极解放，最富于智慧、最浓于热情的一个时代，因此也就是最富有艺术精神的一个时代。”①以玄学兴盛和三教合流为特征的“精神自由”促进了文学创作的繁荣，而精神自由与创作繁荣一道，促进了文学批评的理论成熟。魏晋南北朝文学批评的理论成熟，具体表现在创作理论的革新、鉴赏理论的完备和作家理论的深入三个方面。

(一)创作理论的革新

与汉代文学相比，魏晋南北朝的文学创作，不再以取悦皇帝或巩固皇权为旨归，而以个体的精神追求与情感愉悦为目的；不再看重政教伦理性之“言志”，而看重感性生命以及个性化之“缘情”。文学创作的新面貌新主题，直接酿成了文学批评的新观念新思想，其中缘情说、心物交融说和动静相济说均表现了那个时代所特有的新意。

“诗言志”是中国文学批评所固有的传统，而汉代儒家将“志”伦理道德化，将文学视为美刺讽喻的工具。时至儒学式微的魏晋，“‘缘情’的五言诗发展了，‘言志’以外迫切地需要一个新目标。于是陆机《文赋》第一次铸成‘诗缘情而绮靡’这个新语”②。“诗缘情”确立了创作主体之情感在创作中的重要地位，开启了中国古代文论“重情”的传统。与先秦“言志说”相比较，魏晋南北朝的“缘情说”有三大新意：一是既强调外物对主体情感的感召或摇动，又强调主体情感在整个创作过程中的主导作用；二是强调“摇荡性情”之“物”，不仅指“春风春鸟，秋月秋蝉”之类的自然世界，同时也指“塞客衣单，孀闺泪尽”之类的社会现象；三是强调悲哀之情在创作发生中的重要意义。

---

① 宗白华：《美学散步》，上海人民出版社1981年版，第177页。

② 《朱自清古典文学论文集》，上海古籍出版社1981年版，第223页。

关于创作过程中的心物关系，魏晋之前主要有三派：《乐记》的物感说，《庄子》的心造说，《荀子》的精合感应说。魏晋南北朝文学批评讨论心物关系，既注重“心”在感“物”之中的主导作用，又看到“物”对“心”的制约、决定作用，形成独具特色的心物交融说。一方面，作家将一己之情主动赠与自然外物，使物“与心而徘徊”，使“物以情观”、“辞与情发”；另一方面，被作家所观照之物，又来回答情的馈赠，使心“随物而宛转”，使“情以物迁”、“神与物游”。通过这种心物之间的赠答或交融，最终达到“情理同致”的境界，写出“情貌无遗”的作品。①心物交融说将各执一端的“物感”与“心造”辩证地融合为一体，从总体上描绘出创作过程中心物交感的特征，为中国文学批评的创作理论注入了新的思想。

创作过程的基本特征是“故哀乐之心感，而歌咏之声发”②，主体之心由“感”到“发”当然是以“动”为主，这可以说是中国古代创作论的一般规律，而这个“一般规律”在魏晋南北朝时期却表现出它的特殊性。汉魏之交庄学复兴，正始年间玄学兴盛，东晋以降玄佛合流。庄学以“虚静”、“淡泊”为本，玄学讲“玄对”、“玄览”，佛教则主“清空”、“寂寞”。大体而言，道、玄、佛都是以“静”为主要特征。在这种文化和哲学思想的影响之下，魏晋南北朝文学批评的创作论，具有一种“动静相济”的内涵。陆机《文赋》论创作灵感(应感之会)，既讲“天机骏利”之动，也讲“六情底滞”之静；刘勰《文心雕龙·神思》篇主张“陶钧文思，贵在虚静”，“寂然凝虑，思接千载”，前者是动前之静，后者是动中之静；宗炳《画山水序》提出“澄怀味象”，则是主张以静养动，以静促动。

(二)鉴赏理论的完备

魏晋南北朝的鉴赏论受玄学清议(即人物品评)影响，将品人与品文融为一体。这一时期，不仅出现了中国古代文论史上第一篇鉴赏论专篇(刘勰《文心雕龙·知音》篇)，和第一部诗歌品评的专著(钟嵘《诗品》)，还出现了各种艺术种类的识鉴与品藻(如谢赫《古画品录》、姚最《续画品》、庾肩吾《书品》等)。与先秦两汉相比，魏晋南北朝文学批评的鉴赏理论具有了完备的体系。这一体系可以分为两大块：鉴赏才性论与鉴赏方法论。

创作需要才性，鉴赏也需要才性，《文心雕龙·知音》篇论鉴赏者的才能，提出“圆照之象，务先博观”和“将阅文情，先标六观”，前者指鉴赏者要有丰富的鉴赏经历和公允、通脱的鉴赏眼光，后者指鉴赏者对文学作品从内容到形式的深识鉴奥。关于鉴赏者的性情，魏晋南北朝文论家多从否定的方面言及，如曹丕《典论·论文》指责的“文人相轻”、“崇己抑人”，葛洪《抱朴子·钧世》论及的“贵古贱今”、“贵远贱近”，以及《文心雕龙·知音》篇所批评的“信伪迷真”、“深废浅售”等。魏晋南北朝文论家常用的鉴赏品评方法是“味诗法”和“意象法”。钟嵘《诗品序》称五言诗“是众作之有滋味者也”，作诗者，诗要作得有味；赏诗者，则要会心味诗，体悟诗之味，意会诗之妙，所谓“味之者无极，闻之者动心”，在味诗之中获得极大的心理快感与审美愉悦。味诗的过程及其结果需要用文字来表达，而钟嵘《诗品》对诗人及其作品的评价，对一己之鉴赏心得的传达，用的大多不是

① 以上引文均出自《文心雕龙》。

② 班固：《汉书·艺文志》。

概念化语言，而是意象性描述：将鉴赏者之“意”蕴于生动、具体的形象之中，使意与象会、心与物谐，以意象来记录味诗的结果。

(三)作家理论的深入

魏晋南北朝时期，出现了中国文学批评史上第一部作家论专篇(曹丕《典论·论文》)，和系统的作家论专章(刘勰《文心雕龙》的《程器》篇和《才略》篇)。这一时期的文学批评家，以“才性四本”为中心，提出了不少有新意有创见的理论观点，从而使得作家论走向深入。

此时期作家理论的深入表现在两个方面。一是开始认识到文学创作需要特殊的才能，非常看重并系统研究这种才能。有人请曹植润饰文章，植曰“仆自以为才不过若人，辞不为也”①；《世说新语·文学》篇称“殷仲文天才宏赡”；《颜氏家训·文章》篇认为创作需要特殊的“才思”，“必乏天才，勿强操笔”；被钟嵘选入《诗品》的122位诗人都是有才的，所谓“预此宗流者，便称才子”，并讽称那些政论型、应用型文体的作者是“虽谢天才，且表学问”；《文心雕龙》除了作家论专章之外，还有“神思”、“熔裁”、“夸饰”、“练字”、“养气”等篇章，着重讨论创作才能的意义、特征及其培养方法。二是强调作家才性的差异性。刘劭《人物志》将才能和性格各分为十二种类型；葛洪《抱朴子·辞义》称“才有清浊，思有修短，虽并属文，参差万品”；钟嵘品诗，所依据的也是诗人才性的差异；刘勰更是从作家的个性、才能与创作风格的关系，社会、时代和地域环境对创作的影响等不同角度，系统讨论了作家才性的差异性，得出“才性异区”、“各师成心，其异如面”②的结论。

三、魏晋南北朝文学批评的文体特征

中国文学史和中国文学批评史均将魏晋南北朝视为文学自觉的时代，这个“自觉”突出地表现在两个方面：一是文学观念的自觉，二是文体意识的自觉。因此，魏晋南北朝时期的批评文体，其总体的、首要的特征是文体意识的自觉和文体分类的细密。在此基础之上，又产生出两大特征：文学批评体式的多样性，文学批评风格的骈俪和隐喻。

(一)文体意识的自觉和文体分类的细密

特定历史时期的批评文体与此时期的文学文体有着密切的联系，二者存在着一种互动的关系。魏晋南北朝时期，文体意识日趋自觉和成熟，文体分类日趋繁复和细密。文学文体的这些特征，对批评文体产生了很大的影响。以刘勰为代表的魏晋南北朝文论家非常重视文体研究，甚至表现出一种“尊体”意识。如果说，曹丕《典论·论文》和陆机《文赋》有自觉的文体理论，挚虞《文章流别》和萧统《文选》有自觉的文体分类之实践，那么刘勰的《文心雕龙》则是文体理论与文体实践的完美结合。刘勰关于“体“的理论和实践贯穿于《文心雕龙》的始终：“文之枢纽”(总论)部分“师乎圣，体乎经”，将经典尊为文体楷模，将圣人奉为文章师表，将先秦之后的所有文体的起源和本元均追溯至五经；“论文叙笔”是专门的文体论和分体文学史，既制定分类原则也提供分类方法，既有对文体流变的精细梳

① 曹植：《与杨德祖书》。

② 刘勰：《文心雕龙·体性》。

理也有对文体特征的高度概括；“割情析采”(创作论)部分标举体性、风骨，从作品风格和作家个性之关系的层面探讨文学体貌。此外，还有“崇替于时序”(文学史论)之臧否体貌、篇体，“怊怅于知音”(鉴赏批评论)之首观位体等。

文体意识的自觉，落实到文体实践之中，便形成文体分类的细密。曹丕的文体分类是四科八体：奏议、书论、铭诔、诗赋；桓范的文体分类是序作、赞象、铭诔三种；陆机则分为十类：诗、赋、碑、诔、铭、箴、颂、论、奏、说。挚虞的《文章流别志》有三十卷，李充的《翰林论》有五十四卷，均有文体分类的理论和实践，可惜已散佚。刘勰《文心雕龙》从《明诗》到《书记》二十篇共论述33种文体，加上《辨骚》中所论的骚体，共34种，再算上有些种类里包含的众多小类，已达60多种。萧统《文选》选录39种文体，其中赋、诗、书、檄等又各分子类。任昉《文章缘起》分类更细，多达84种。

(二)文学批评体式的多样性

魏晋南北朝时期的批评文体与文学文体一样，也是繁复和细密的。我们将此时期众多的批评文体划分为两大类：一类是前代(先秦两汉时期)已有的，一类是此时期所独有的。先说第一类。本书前两章已经谈到，先秦时期的文学批评是寄生体，寄生于经史子集之中；两汉时期则有了专门的序传体、史志体和书信体。而魏晋南北朝依然有少量的寄生体和大量的序传体、史志体、书信体。《抱朴子》、《世说新语》和《颜氏家训》均为子书，而葛洪、刘义庆和颜之推的文学思想则分别寄生于这三部子书之中。《抱朴子》外篇的《均世》、《尚博》、《辞义》、《喻蔽》诸篇，申说了今胜于古、文胜于德、尚文赞丽等文学观念。《世说新语》的《德行》、《语言》、《文学》、《雅量》、《赏誉》、《品藻》诸门记录了大量与文学批评相关的掌故、轶事、品评、识鉴、赏析等。《世说新语》中的这些关于文学批评的片断式的逸闻式的记载，成为后来诗话批评、评点批评和摘句批评的源头。①《颜氏家训》有《文章》篇，放在整部《颜氏家训》之中它是寄生的，但是单篇地看它又是独立的。从这一点，也可看出魏晋南北文学批评的成熟。说到《世说新语》，我们还要提及一种寄生于疏注中的文论，如刘孝标的《世说新语注》和裴松之《三国志注》，二者皆以增补大量资料而著称，所引的资料及评注与原文构成一种互文性，其考辨的观点和见解渐渐由“注”演变成为“论”，其间亦不乏文学批评和文学理论。

上一章谈到，两汉的《诗大序》和《楚辞章句序》可称为文学批评专篇，或者说是文学批评中的序传体。序传体是魏晋南北文学批评常用的文体，比较著名的有：左思《三都赋序》、陆云《逸民箴序》、郭璞《注山海经序》、干宝《搜神记序》、萧子显《自序》、刘孝绰《昭明太子集序》、萧纲《昭明太子集序》、萧绎的《金楼子序》、邢邵《萧仁祖集序》、庾信《哀江南赋序》等。这些序往往是作者对自己或他人文学创作的说明或总结，追溯文学思想或体制的产生、表明自己的文学观念和批评态度，具有文学批评的性质。大家知道，司马迁《史记》和班固《汉书》率先在史传中书写文学批评，申说文学思想。两汉的这一批评文体传统为魏晋南北朝文论家所继承，此时期的史传体文学批评有：范晔《后汉书·班固传论》、沈约《宋书·谢灵运传论》、萧子显《南齐书·文学传论》、王僧孺《太常敬子任府君传》、萧统《陶渊明传》等。这些史传体批评，通过对传主的生平叙述、作品引录和思想

① 参见李建中：《古代文论的诗性空间》，湖北人民出版社2005年版，第96页。

评论，表现史传作者的文学理论和批评观点，与两汉史传体相比，已是明显的“论”多于“叙”。司马迁的《报任安书》是汉代文论名篇，而魏晋南北朝文学批评的书信体，如陆云《与兄平原书》、刘琨《答卢谌书》、范晔《狱中与诸甥侄书》、王微《报何偃书》、沈约《答陆厥书》、陆厥《与沈约书》、萧绎《与刘孝绰书》、李昶《答徐陵书》等，也是亲朋挚友之间交流文学思想讨论文学批评的载体。

魏晋南北时期所独有的文学批评文体，最为著名的是四大类：具有文学色彩的骈赋体，具有玄学色彩的论辩体，具有诗话色彩的品第体，具有集部色彩的选评体。骈赋体本来是标准的文学文体，而魏晋南北朝文论家用文学文体言说文学理论和批评，其中以陆机《文赋》和刘勰《文心雕龙》为代表（二者的语体和体貌特征详后），此外还有左思《咏史》、束皙《读书赋》、鲍照《蜀四贤咏》、沈约《怀旧诗·伤谢朓》、颜延之《五君咏》等，后者可以视为唐代论诗诗之滥觞。魏晋时期玄学兴盛，不仅使玄学话题直接进入文学批评，玄学的思辨思维和论说方式也进入文学批评，形成文学批评的论辩体式。曹丕《典论·论文》、荀粲《言不尽意论》、嵇康《声无哀乐论》、欧阳建《言尽意论》、张辅《名士优劣论》、李充《翰林论》、沈约《七贤论》、裴子野《雕虫论》、慧皎的《义解论》等，其间讨论文学理论和批评，既用了玄学清谈的话题，也用了玄学论辩的文体。诗话体的冠名及繁荣尚要等到北宋，但具有诗话色彩的文体在六朝已能见到。前面谈到的《世说新语》的一些篇章已经具有诗话的文体雏形，而钟嵘的《诗品》则被推举为“百代诗话之祖”。《诗品》分上、中、下三等品评汉至梁五言诗及作者，每品之中又有等差，故可以说是品第体。《隋书·经籍志》及《四库总目提要》，均以为挚虞的《文章流别集》是总集的开始，首创了选文与评论相结合的选评体批评方式。可惜《文章流别集》已佚，据《晋书·挚虞传》，《文章流别论》和《文章流别志》大概是原附于集中，后又摘出单行作为文学专论。昭明太子的《文选》，是中国文学史上完整保存下来的第一部诗文总集，也是批评史上第一部选评体。此时期的选评点，除《文章流别集》和《文选》外，还有傅玄《七林》、李充《翰林》、徐陵《玉台新咏》等。选评体最早可以追溯到孔子删诗，去芜存菁的取舍遵循的是鉴赏品评的标准，“通过选、删、补、编等行为将作品按照一定的顺序进行排列，让读者通过这种排列以及每个作家入选数量、入选风格的不同直接领会选者的意图，同时也就具体直观地了解了选取者的文学思想，从而使选本的价值获得实现”①。选评者的文学批评观不仅通过选评行为来曲折表露，也通过序论、凡例、注疏等方式来直接传达。

魏晋南北朝时期的批评文体，除了上述四大类外，还有目录体、碑诔体和章表体。目录体有荀勖《文章叙录》、挚虞《文章流别志》、任昉《文章缘起》和刘彧《江左以来文章志》等。碑诔体有曹植《王仲宣诔》、颜延之《祭屈原文》和《陶徵士诔并序》、沈约《太常卿任昉墓志铭》、萧纲《庶子王规墓志铭》、萧绎《黄门侍郎刘孝绰墓志铭》等。章表体有裴松之《请禁私碑表》、沈约《注制旨连珠表》、张彝《上采诗表》、庾信《谢滕王集序启》和《谢赵王示新诗启》等。

（三）文学批评风格的骈俪化和隐喻化

刘勰《文心雕龙·通变》说“设文之体有常”，特定的内容须安放于与之相应的文体之

---

① 邹云湖：《中国选本批评》，上海三联书店2000年版，第9页。

中，而刘勰以及他同时代的文论家却要破这个“常”，因而他们将理论和批评的内容安放于文学文体，这叫作“破体”。魏晋南北朝文学批评的破体，破出了批评风格的骈俪和隐喻。当文论家自觉选择用文学性文体来言说文学理论和批评时，他们实际上也选择了对语言风格骈俪化的追求。刘勰一旦选择用“骈文”来结撰《文心雕龙》，他同时也就选择了用“俪辞”来展开他的批评思想。在刘勰看来，骈俪并非人为而是自然，所谓“造化赋形，支体必双；神理用焉，事不孤立。夫心生文辞，运裁百虑，高下相须，自然成对”①。骈偶是一种最能体现中国古典文学形式之美的语言形态，它把汉语言“高下相须，自然成对”的形式特征以一种特定的文章体式表现出来，它是汉语言之自然本性的诗意化舒张。骈偶是自然的更是文学的，它是区别文学语言与非文学语言的重要标志。《文镜秘府论》北卷“论对属”：“在于文章，皆须对属；其不对者，止得一处二处有之。若以不对为常，则非复文章。(若常不对，则与俗之言无异。)”刘勰创造性地使用骈偶，论“神思”则谓“登山则情满于山，观海则意溢于海”，说“风骨”则曰“若风骨乏采，则鸷集翰林；采乏风骨，则雉窜文囿”，谈“物色”则云：“一叶且或迎意，虫声有足引心；况清风与明月同夜，白日与春林共朝哉！”……这是文论，又是美文，是用美文织成的文论，是用文论充盈着的美文。

一般而论，文学批评的言说应该是哲理的和思辨的。但中国古代文学批评是一种诗性的言说，她的言说风格既是骈俪的又是隐喻的。从根本上讲，汉语言的意义生产和意义表述机制，其主要特征是隐喻化的。汉字的构成，无论是象形还是指事，其能指总是与具体的物或事紧密相连；而汉字的释义，无论是基本型的意象还是扩张式的象征，其所指总是隐喻化的。比如陆机《文赋》，谈创作中的称物逮意之难，用的是“游鱼衔钩”、“翰鸟缨缴”的隐喻，谈创作灵感的开塞之所由，用的是“藏若景灭，行犹响起”的隐喻。又如《文心雕龙·风骨》，“风”和“骨” 均是隐喻化的：远取诸物则有“风”，近取诸身则有“骨”。《风骨》篇第一节释名以彰义，说“风”则兼举“化感”与“志气”，说“骨”则同标“骨力”与“精辞”。化感之风本于诗之六义，以自然界之“风”能化雨能润物，隐喻文学的风化及讽喻之功；而志气之风则本于曹丕文气，以气之清浊有体隐喻文人才性有别。“风”的后一种隐喻义实际上与“骨力”相通，因此刘勰又说“骨劲而气猛也”。至于“骨”之隐喻“精辞”，则是取“骨”的“端直”、“刚健”和“清峻”。总之，“风骨”是中国文学批评的一个重要理论范畴，它是一种隐喻性构成；而对于中国古代文学批评文体而言，隐喻是一种最具有艺术性和审美性的言说风格及言说方式。

第二节 魏晋文学批评

在这一节里，我们将依次讨论四个问题：一是魏晋玄学与魏晋文学批评的关系，二是曹丕《典论·论文》的文学批评和文学思想，三是陆机《文赋》关于创作心理的理论，四是挚虞《文章流别论》关于文学文体和文学史的下设。

---

① 刘勰：《文心雕龙·丽辞》。

一、玄学与魏晋文学批评

任何一个民族的文学批评都是该民族文化的组成部分，任何一个时代的文学批评都不可避免地要受到该时代文化的影响。魏晋时期，玄学对文学批评的影响，突出地表现在下面三个玄学话题的形成及演变之中。

（一）才性四本

魏晋玄学有专论才与性之关系的《才性四本论》，《世说新语·文学篇》"钟会撰《四本论》始毕"条有刘孝标注引：

> 《魏志》曰："（钟）会论才性同异，传于世。"《四本》者，言才性同，才性异，才性合，才性离也。

钟会的《四本论》已佚。"才性四本"讨论才能与德性的关系，才性论既是魏晋玄学清谈的主要话题，又是魏晋文学批评的核心范畴，同时又鲜明地显示出玄学文化对文学批评的影响。

"才性"之说始于荀子，儒家的人格品鉴虽说是"才性"并举，但看重的是德性而不是才能。汉儒之褒贬屈原，依经立义，从"才性"角度塑造屈原的道德形象。汉魏之际，在东汉党人将孔儒人格之"性"高扬到佼而欲折的程度之后，曹操举起"唯其才"的大旗，向儒家仁孝道德挑战。随后，则是刘劭《人物志》以"才性"为纲要，建构起系统而精致的人格理论。《人物志》的人格类型说和曹操的人才思想，共同赋予"才性论"以新义：一是重才情而轻德性，二是其思想内涵发生从伦理向心理的转型，三是超越实用功利而走向艺术与审美，四是以"气质性格"之"性"和"文章诗赋"之才塑造出新的人格形象。

才性四本，实为两派，或主"才性合、同"，或主"才性离、异"。陈寅恪先生认为，主"合、同"者为司马氏一党，旨在"宗经义"、"贵仁孝"，以儒家礼教为其篡魏服务。而曹氏一党的"离、异"论，实为曹操求贤令中人才思想之继续，以重"文辞"、重"智术"与司马氏重礼教针锋相对。①就文学批评这一特定领域而论，"才性合同论"将并无必然之因果联系的才能与德性，主观地置于因果之链，最终导致用正统礼教的眼光曲解作品、苛求作家，如班固之指责屈原，韦诞之历诋群才。而"才性离异论"努力使作家的创作之才冲破儒家政教伦理之德性的束缚，以获得独立的美学意义和价值。在魏晋这一"人的觉醒"和"文的自觉"的时代，"才性离异论"是主流，不少的文学家和文论家（如徐干、葛洪、刘义庆、刘勰、萧纲、颜之推等），都发表过才性离异的言论。比如刘勰的《文心雕龙》，虽有《程器篇》排比历代文士的德性之疵，却先有《才略篇》褒奖这些文士的创作之才。刘勰在认同"才性离、异"的基础上，更看重创作之才，所谓"才难然乎，性各异禀"②。

受魏晋玄学才性之辨的影响，魏晋南北朝文学批评的才性论重文才重才情，而且在讨论才性关系时，有意无意地淡化"性"的政教伦理内涵而强调其个性心理学特质。前举刘勰的

① 《陈寅恪先生文史论集》，香港文文出版社 1972 年版，第 1 页。

② 刘勰：《文心雕龙·才略》。

“性各异禀”之“性”已有个性之义，而《文心雕龙·体性》中的“性”，更多的是指作家的气质、个性或情性，所谓“才力居中，肇自血气”、“吐纳英华，莫非情性”。曹丕《典论·论文》的“文气”之说，更是有着鲜明的个性心理学内涵，这一点，我们在第三章第二节详论。

(二)形神理论

魏晋玄学始于清谈，而清谈又起于以人物品鉴为己任的清议。魏晋玄学的言意论、形神论以及下面要谈到的才性论，均与人物品评相关。汤用彤先生说：“玄学系统之建立，有赖于言意之辨。但详溯其源，则言意之辨实亦起于汉魏间之名学。名理之学源于评论人物。”①汉末人物识鉴常常名不符实，故魏晋人品评人物主张神鉴，主张掌握人的内在神理而不要看重外在的形名。这种品鉴人物的观念和方法，就言意观而论是重意轻言、得意忘言，就形神观而论是重神轻形、得神忘形。

形神论与人物品评的关系最为密切，而魏晋玄学对魏晋文学批评形神观的影响更是与人物品鉴紧密相关。魏晋时期儒学式微、庄学复兴，文人士大夫不受世俗礼法的羁绊而放浪形骸之外。他们或身居庙堂却心存江湖，或远离尘世、遁迹山林，或潇洒风流、佯狂自适。这种重风神而轻形迹的名士风度，在当时受到人们的高度评价和推崇。汤用彤先生指出：“汉人朴茂，晋人超脱。朴茂者尚实际，故汉代观人之方，根本为相法，由外貌差别推知其体内五行之不同。汉末魏初犹有此风(如刘劭《人物志》)。其后识鉴乃重神气，而入于‘虚无难言之域’，所谓‘汉代相人以筋骨，魏晋识鉴在神明’②。”

受魏晋玄学的影响，《世说新语》评品识鉴人物尤其注重风神，如冠之以“神”的品人用语就有神气、神色、神情、神姿、神隽、神检、神颖、神明、神清等，又如冠之以“风”的则有风姿、风韵、风格、风骨、风气、风标、风期、风尚、风情、风仪、风量、风检等。《世说新语》的人物品评，对文学作品的审美鉴赏和评价产生了巨大的影响，尤其是重视风神的美学倾向，对文学批评中形神观的发展有直接的推动作用。中国古代文学批评有关形神理论的诸多概念、术语，大多是从《世说新语》的品人用语中移植过来的。

魏晋玄学的形神论，对南朝的绘画理论也产生了影响。顾恺之画人物重在传神，据《世说新语·巧艺》记载，顾恺之画人，或数年不点目精。人问其故，顾答曰：“四体妍媸，本无关于妙处；传神写照，正在阿堵中。”顾恺之与人论画，称“手挥五弦易，目送归鸿难”。“手挥五弦”是绘其形，“目送归鸿”是传其神，绘形易而传神难，可见顾恺之也是重神轻形的。当然，“目精”或“目送”也是形。从根本上说，绘画是不可能略其“形”的，所以顾恺之又提出“以形写神”。“形”在这里只是“传神”的手段，作画者重神似不重形似，品画者则得其神而忘其形。这就好比魏晋的人物品评，观眸子以知人，重其神韵而略其玄黄。

玄学形神论的重神轻形，到了南朝以后又与佛教的“神不灭论”相互融合。佛教的中心思想是强调形神分离、灵魂不灭，当时有不少的佛教徒精通玄学并以玄理释佛理，其中包括用玄学的形神观释佛学的神不灭论。读《全上古三代秦汉三国六朝文》可知，魏晋南北朝时期讨论形神关系的文章很多，如释家支遁的《神无形论》，慧远的《形尽神不灭论》

① 《汤用彤学术论文集》，中华书局1983年版，第215页。

② 《汤用彤学术论文集》，中华书局1983年版，第226页。

等。玄心与佛心合流，共同铸成形神理论的美学内涵。

（三）言意之辨

言意之辨从广义上讲是一个文化哲学命题，从狭义上讲则是一个文学理论命题。魏晋之前的言意论，大体上可分为儒家经学中心主义的“立言”、道家自然主义的“无言”以及《易传》对儒、道两家言意观的折衷。《易传·系辞上》既讲“言不尽意”，又讲“立象以尽意”。魏晋玄学的开创者之一王弼，正是在讨论《易传》“言—象—意”之关系时，提出自己的言意观的。

《周易》中的“言”，指一个卦的卦辞和爻辞，如乾卦的卦辞是“乾，元亨利贞”，它的初爻的爻辞是“初九，潜龙勿用”；《周易》中的“象”，指八卦象、六十四别卦象及阴（--）阳（—）两爻象，同时也指象征卦象意义的事物，如“乾”卦的卦相是“健”，而天、朝廷、君、父、首、玉、金、寒、冰、大赤、马、木果、龙、衣等，则是象征这一卦象意义的事物；《周易》中的“意”，指卦象及其所表征的事物所包含的意义，如乾卦所含的意义为刚健，坤卦所包含的意义为柔顺等。

王弼《周易略例·明象篇》从两个不同的角度来辨析“言—象—意”三者之间的关系。首先，从“作卦”（创造）的角度论，象生于意，意以尽象，意为象之内涵，象为意之形式或外观；言生于象，象以尽言，象为言之对象，言为象之形式。其次，从“解卦“（接受）的角度论，要寻言以观象，得象忘言；要寻象以观意，得意忘象。“言”和“象”均为得“意”之工具，有如庄子的“筌蹄之喻”（王弼《周易略例·明象》也用了这一比喻）。舍弃了名言和卦象，当然无从得“意”，但是，若滞拘于名言和卦象，也无从得意。“忘言忘象，体会其所蕴之义，则圣人之意乃昭然可见。王弼依此方法，将汉易象数之学一举而廓清之，汉代经学转为魏晋玄学，其基础由此而奠定矣。”①

得意忘言不仅为解读经典之新法，而且为正始玄学之要义。“玄贵虚无，虚者无象，无者无名。超言绝象，道之体也。因此本体论所谓体用之辨亦即方法上所称言意之别。……故玄学家之贵无者，莫不用得意忘言之义以成其说。”②正始玄学的王弼、何晏如此，竹林玄学的嵇康、阮籍亦然。王、何兼综名理，会通儒道，注重本体之宗旨；嵇、阮越名任心，旷达奔放，追求天地之和美，尤其是嵇康的《声无哀乐论》，论音乐亦本“得意”之旨。就文学理论而言，魏晋时期第一个受言意之辨影响而探讨为文用心的是西晋陆机。陆机自称“恒患意不称物，文不逮意”，作《文赋》专论文学创作过程中的“物—意—文（言）”之间的关系。陶渊明是受言意之辨影响的又一位诗人，自谓“好读书，不求甚解；每有会意，便欣然忘食”③，这正是玄学家不为繁琐经学所束缚而轻言重意的审美态度。陶渊明《饮酒》一诗写道：“山气日夕佳，飞鸟相与还。此中有真意，欲辨已忘言。”诗人感物心动，忽有所悟，欲以言传意，却觉得不待言或不必言，“真意”在不言之中或在言语之外。后来刘勰讲“文外之重旨”，钟嵘讲“文已尽而意有余”，均含有对“言外之意”之美学旨趣的推崇和追求。

---

① 《汤用彤学术论文集》，中华书局1983年版，第216页。

② 《汤用彤学术论文集》，中华书局1983年版，第218-219页。

③ 陶渊明：《五柳先生传》。

二、曹丕《典论·论文》

曹丕(187—266)，字子桓，曹操次子，沛国谯(今安徽亳州市)人。三国时创立魏国，史称魏文帝。有后人所辑的《魏文帝集》。《典论》一书，为曹丕所精心结撰，全书已佚，清严可均辑其佚文入《全三国文》卷八，《论文》便是佚文中的一篇。据《文选》附蔡邕《典引注》："典者，常也，法也。"《典论》，按作者原意即是讨论各种文体的法则，但《论文》这一篇，既讨论文体，也评论作家；既阐发文气、才性之论，也高扬文学的文化价值和社会作用，是中国文学批评史上现存的第一篇文学理论专论。当然，曹丕之前亦有专篇的文学论文，如《诗大序》、班固《离骚序》《两都赋序》、王逸《楚辞章句序》等。但这些文章所论述的对象，或者是一部(篇)作品，或者是一种文体，或者是一位作家，而《典论·论文》则是讨论多种文体和评论多位作家，并以"才性—文气"为中心，涉及一些重要的文学批评问题。

前面谈到，才性论是魏晋玄学清谈的主要话题之一，魏晋才性论的重才能轻德性和标举创作个性，表现出了那个时代的精神特质。曹丕《典论·论文》名曰论"文"，实为论"文人(作家)"。而曹丕之论作家受魏晋玄学的影响，表现出忽略儒家礼教而推崇创作个性及才能的理论倾向，在中国文学批评史上第一次将才性之"性"阐释为气质、个性，并深入探讨了作家气质、个性与文学文体及风格的关系。

汉魏之际，文学繁荣，不仅文学种类、文学作品的数量增多，而且那些有名有姓的作品能有声有色地展示出创作主体不同的个性气质。同为诗人，王粲与刘桢各异；同作章表书记，陈琳与阮瑀有别；甚至父子诗风不同(如曹操与曹丕、曹植)、兄弟文气相殊(如曹丕与曹植)。文学创作的彬彬之盛，文学风格的其异如面，既为这一时期文学批评的发展提供了丰富的思想资料及例证，同时也给这一时期的文学批评的研究提出了更高的理论要求：不再是品评某一位作家或某一种文体，而是要铨衡群彦，品藻诸家，析才性之精微，探文气之奥秘。曹丕的《典论·论文》便担当起了这一历史重任。

《典论·论文》从针砭"文人相轻"、推崇"审己度人"入手，借助对建安七子创作风格及个性的分析，提出了"文以气为主"的文气说、"文本同而末异"的文体论、"文章经国之大业"的文章论和反对"文人相轻"的作家论。

(一)文气说

以"气"论文和文人(作家)，是曹丕《典论·论文》最为突出的理论贡献。关于曹丕"文气"说的文论内涵及文化价值，我们将在下一节专门讨论，这里简略介绍"文气"说的文化背景及要义。汉魏之际，人物品藻之风盛行，而"气"是品人用语中最常见的词之一，如称道人物纯正美好的品质和智慧才能，有"纯和之气"、"淑灵之气"、"玄妙之气"、"清明之气"、"休懿之气"等，称道人物坚定果敢的品质和性格特征，则有"忠烈之气"、"刚强之气"、"沉勇之气"、"猛气"等①，可见当时用于人物品藻的"气"，其含义是很宽泛的，它包括了人的道德品质、个性气质、才能智慧等各个方面。除此之外，汉魏之际还

① 王运熙、顾易生主编：《中国文学批评通史·魏晋南北朝卷》，上海古籍出版社 1996 年版，第 26-27 页。

用“气”来形容音乐与言辞。在这种文化背景下，曹丕以“气”论文和文人，以“文气”说表述作家气质个性与文章风格体貌的关系。

曹丕“文气”说的要义有三：一是曹丕所言之“气”，是指表现在文学作品中的作家的自然禀赋、个性气质，属于生理和心理范畴，全然没有伦理道德色彩，完全不同于孟子所倡言的“吾养吾浩然之气”。二是曹丕将“文气”大致上分为“清”与“浊”两大类，清为阳刚之气，浊为阴柔之气。人禀阴阳二气而生，表现在文学作品之中，则有文气的或清或浊之别，如曹丕在《典论·论文》和《与吴质书》中所谈到“逸气”与“齐气”。曹丕的文气二分法，实际上开后世以阳刚之美、阴柔之美论文学风格的先河。三是曹丕论为文之气，尤其强调创作个性的独特性及不可改变性，他认为文气的不同是因人的天赋禀性不同，因而无法以人力来改变，亦无法以人为的方式来授受。曹丕的这一观点，强调作家独特个性对于作品风格的决定性意义，表现出魏晋时期“人的自觉”及“文的独立”的时代精神。

曹丕是建安时期的著名作家，他的文气说既有着对自己创作经历和体会的概括总结，同时也建立在对建安文学概括总结的基础之上。《典论·论文》用一半的篇幅对当时著名的作家孔融等七人逐一品评，后世“建安七子”之称即出于此。曹丕评论建安七子，其要义有二：一是指出七子的创作在文体方面的专长或特征，如《典论·论文》说“王粲长于辞赋”，陈琳、阮(瑀)的“章表书记，今之隽也”；《与吴质书》也说“孔璋(陈琳)章表殊健，微为繁富”，“元瑜(阮瑀)书记翩翩，致足乐也”，还说王粲“善于辞赋”，应(玚)“其才学足以著书”，等等。二是以或“清”或“浊”两大系列来品评七子的文气及才性，并指出不同的才性特征必然表现为不同的文辞风格。《典论·论文》说“徐幹时有齐气”，齐气舒缓阴柔，所以《与吴质书》又说徐幹“怀文抱质，恬淡寡欲，有箕山之志”，其作品风格则是“辞义典雅”。《与吴质书》说“公干(刘桢)有逸气”，逸气乃高逸刚健之气，所以《典论·论文》又说“刘桢壮而不密”。在建安七子中，属于逸气(阳刚)之列的还有“体气高妙”、“理不胜辞”的孔融和“章表殊健”的陈琳；而属于齐气(阴柔)之列的则还有“和而不壮”、“斐然有述作之意”的应玚。

(二)文体论

《典论·论文》有“文本同而末异”，这里的“本”与“末”是分别就文学的本质特征与文体特征而言，属于文体论。无论哪一种文体，都是用语言文字来表达思想情感，其“本”相同；而不同的文体，在表现形态、语言形式、体貌风格等方面各有不同，其“末”相异。先秦两汉的儒家文论，一向以“德”为本，以“文”为末。而曹丕论文章之“本末”，已经没有多少儒学内涵，更多的是表现出玄学思辨和文学自觉的时代精神。

曹丕将文体分为四科八种，大体上说，奏议书论属无韵之笔，铭诔诗赋属有韵之文；而“末异”中的四类，“雅”和“丽”偏重于语言形式，“实”和“理”偏重于思想内容，而作为对不同文体的界定，这四类都属于风格体貌。可见曹丕的“文本同而末异”，讨论的是文体与风格的关系。奏议之类的公文，经常用于朝廷和军国大事，其言语风格应该典雅。子书和论文的写作，谈玄原道，辨名析理，应当以理为主，不应仅以言辞求胜，否则就会枝蔓诡异。碑诔之作历来有溢美失实、徒事华辞之习，曹丕反对谀墓之风，主张铭诔之作应朴实无华。诗歌和辞赋属纯文学，其语言形式当与前面几种应用型文体有别，曹丕用

“丽”来概述诗赋的风格特征，较为准确地标示出文学与非文学在语言风格上的区别，表明他对文学作品的审美特征已有了初步的认识。后来陆机《文赋》提出“诗缘情而绮靡，赋体物而浏亮”，萧统《文选序》将“综缉辞采”、“错比文华”视为选文之标准，从中都可以看到曹丕“诗赋欲丽”的影响。

本章第一节在概述魏晋南北朝文学批评的文体特征时，曾指出此时期文体意识的自觉，而曹丕“文本同而末异”的提出，是文体自觉的一个重要例证。首先，曹丕的文体论将属于纯文学的“诗赋”与属于应用型文体的“奏议”、“书论”等分而论之并提出完全不同的风格要求，表明那个时代的文论家对文学独立和文学自觉的体认。其次，曹丕“四科八种”的文体分类，对后来的辨体明性产生了很大的影响，曹丕之后，文体分类愈趋细密。再次，曹丕的文体论有明显的风格论内涵，他在分析建安七子之文气类型时，谈到不同的作家长于(或短于)不同的文体，所谓“此四科不同，故能之者偏也”。受曹丕影响，刘勰《文心雕龙》有《体性》一篇专门讨论作家才性与文章体貌的关系，得出的结论是“才性异区，文辞繁诡”，从中又可见魏晋南北朝的文体论与玄学才性论的关系。

(三)文章论

曹丕《典论·论文》将文章的价值和作用概括为一句话：“经国之大业，不朽之盛事。”看他的前半句，似乎与儒家文学观没有多大区别，其实不然。儒家讲三不朽，“立言”次于“立德”、“立功”而居于最末，而且“立言”是为“立德”、“立功”服务的，文学只是政治教化之工具。从《典论·论文》的上下文来看，曹丕对文章价值及作用的体认，最后落脚到成就个体生命及声名之不朽，落脚到个体人格的完善与美好。作为个体的“人”，其生命的价值不是追逐富贵逸乐，而是“寄身于翰墨，见意于篇籍”；其人格及声名的不朽“不假良史之辞，不托飞驰之势”，而是要藉愤而著书，藉“文章之无穷”。

与正统儒家文论相比，曹丕的文学价值论有两点独特之处。一是将文学不朽的价值落实到个体的人格与生命，表现出那个时代的文人士大夫欲借文章以垂世不朽的强烈愿望。曹丕自己有很高的政治地位，却依然看重自己的文章和文才，不仅说明他对文学的高度重视，而且说明他的价值观与正统儒家的价值观已有很大的区别。二是曹丕所极力推崇的文章之中，包括了为汉儒所轻视的辞赋、诗歌。汉魏之际的五言诗和抒情小赋，或发抒作者胸中的慷慨磊落之气，或咏诵个体之感性生命及男女私情，并无汉儒所念兹在兹的美刺讽喻、礼义教化。将这一类的“文章”也包括在“不朽之盛事”中，足见曹丕的文学价值观已经摆脱了儒家思想的束缚，代表了那个时代的新精神新风貌，所以鲁迅先生要说“用近代的文学眼光看来，曹丕的一个时代可以说是‘文学的自觉时代’”①。

(四)作家论

前面谈到的“文气说”其实也是文学批评中的作家论。曹丕的作家论，除了讨论作家的文气与才性之外，还讨论了作家评论中几种常见的弊端：文人相轻、贵古贱近和贵远贱近。不同的作家，有不同的气质个性，在作品中又表现为不同的体貌风格；另一方面，不同的作家，偏爱或擅长不同的文体，只有极少数的“通才”才能“备其体”。本来，文学创

① 鲁迅：《魏晋风度及文章与药及酒之关系》，见《鲁迅全集》，人民文学出版社 1982 年版，第 3 卷，第 504 页。

作中作家们各禀其性、各擅其体是很正常的，但在文学批评中作家们却常常“各以所长，相轻所短”、“暗于自见，谓己为贤”。曹丕《典论·论文》反复针砭这种“文人相轻”的弊端，主张“君子审己以度人”。而曹丕所批评的“贵远贱近，向声背实”也是另一种形式的文人相轻，其中还包含了复古守旧的思想。后来葛洪发扬曹丕的这一观点，在《抱朴子》的《钧世》、《尚博》等篇中，对“贵远贱近”作了更深入的批评。

作家品藻及文学批评中的文人相轻与贵远贱近，也是汉魏之际人物品评中常见的弊端。与曹丕同时代的刘劭，在《人物志·接识》中指出，大多数人的才性各有偏至，他们对于才性与自己相近者的优点尚能认识，而对于才性与自己相异者的优点则会视而不见，于是相互非难辩驳，不肯承认对方的长处。《人物志·七缪》还指出，一般人鉴察人物之所以常有失误，还因为他们“信耳而不敢信目”，人云亦云，人否亦否。显然，曹丕对“文人相轻”、“贵远贱近”的批评，与刘劭《人物志》的一些观点是相通的，其思想特色是儒学内蕴极淡而玄学味道渐浓，从文学理论的特定角度反映出由两汉经学向魏晋玄学转型的文化特征。

三、陆机《文赋》

陆机(261—303)，字士衡，吴郡吴县(今江苏苏州)人。西晋著名文学家，与潘岳并喻为“陆海潘江”，钟嵘《诗品》称其为“太康之英”。陆机出身东吴名门，祖父陆逊为东吴丞相，父亲陆抗为东吴大司马，伯父陆绩则是汉末著名经学大师。吴亡后，与弟陆云闭门勤学十年，于晋武帝太康末年入洛，曾官太傅祭酒、太子洗马、尚书中兵郎、著作郎、中书郎、平原内史等职。太安二年(303)奉成都王司马颖之命征讨长沙王司马乂，兵败被谗，与弟及二子同为颖所杀。有《陆平原集》(一名《陆士衡集》)。其文学思想主要表现于《文赋》一文之中。

《文赋》的主要内容，是谈如何创作文章的问题。陆机在《文赋》的序言中指出，写作之难主要在于“意不称物，文不逮意”，他写《文赋》就是要通过总结前人的创作经验，探寻文章写作的规律，以解决这个问题。陆机在《文赋》中比较详细地描述了创作构思的过程，仔细分析了文章的利病得失，并指出了写作中应注意的一系列问题。在陆机之前，还没有一篇文章如此详尽地讨论创作规律。因此，在中国文学批评史上，《文赋》常被视为第一篇比较完整、深入论述创作的文章，对后世文学批评有着深远影响。刘勰作《文心雕龙》便深受《文赋》启发，许多观点都承自于《文赋》，故清代章学诚说：“刘勰氏出，本陆机氏说而昌论文心。”①

《文赋》文论思想的重点是关于创作心理问题的讨论，其次还有关于文体风格特征和文章审美标准等问题的讨论。

(一)论创作心理

关于创作心理问题的讨论，是陆机《文赋》最为突出的理论贡献。《文赋》的创作心理理论主要包括三个方面。

首先是创作发生理论。《文赋》指出，作家创作冲动的发生来自两方面因素：其一是

---

① 章学诚：《文史通义·文德》，上海书店1988年版，第一册，第80页。

“玄览中区”，即由自然景物、四时迁移触发作者情感而引起创作冲动；其二是“颐情典坟”，即由阅读前人作品引发作者感慨而产生创作冲动。感物而动情，情动而文生，本是文艺创作之起点，前人对此早有论述，如《乐记·乐本》云：“凡音之起，由人心生也。人心之动，物使之然也。”东汉王延寿《鲁灵光殿赋并序》云：“诗人之兴，感物而作。”不过，前人论感物多强调社会景物，陆机所论与前人不同之处在于更侧重于自然景物。此外，将前人作品作为创作冲动的来源之一，也是陆机提出的一个新观点。

其次是创作构思理论。陆机在《文赋》中为我们详细描述了作家构思活动的过程及其思维特点。《文赋》描述的构思过程，包括展开想象活动、形成艺术形象和运用语言传达三个阶段。当作家准备进入构思活动时，需要“收视反听，耽思傍讯”，集中精神，心境清明。构思活动一展开，便进入丰富的艺术想象活动之中，想象的范围超越时空限制，可“精骛八极，心游万仞”。而作家的艺术想象活动又始终伴随着强烈的情感。“情曈昽而弥鲜，物昭晰而互进”，主体情感与客观物象在想象活动中不断交融，艺术形象也逐渐构成。艺术形象形成之后，就需要用语言将其传达出来。而用语言将构思活动中的艺术形象传达出来并非易事，要想找到恰当的传达辞语，就须广泛求索，要“倾群言之沥液，漱六艺之芳润”。只有这样，创作出来的文章才能做到“谢朝华于已披，启夕秀于未振”，具有独特之个性。

最后是创作灵感理论。陆机注意到，作家在创作过程中的思维活动有时阻滞，有时流畅，而文思通塞之关键则在于灵感之有无。当灵感涌现时，则“思风发于胸臆，言泉流于唇齿。纷葳蕤以馺遝，唯毫素之所拟。文徽徽以溢目，音泠泠而盈耳”。而当灵感未发时，则“六情底滞，志往神留，兀若枯木，豁若涸流。揽营魂以探赜，顿精爽而自求。理翳翳而愈伏，思轧轧其若抽”。可见，灵感在创作中起着至关重要的作用。不过，陆机也认识到，灵感的有无并非作家自身所能控制，所以他说：“应感之会，通塞之纪，来不可遏，去不可止。藏若景灭，行犹响起。”正因为如此，陆机将灵感视为“天机”，作家若欲得之，只能顺其自然。

陆机对创作心理特征的论述，是前人未曾涉及的理论领域，对后世有着重要影响。《文心雕龙·神思》便明显受到陆机观点的影响。

(二)论文体风格

在《文赋》之前，曹丕的《典论·论文》曾将八种文体分为四科，并分别概括了它们的风格特征。陆机在此基础上，对文体风格作了更为详尽的阐述。

陆机在《文赋》中列举了诗、赋、碑、诔、铭、箴、颂、论、奏、说十类文体，并对每一种文体的风格特征作了具体概括。其中最值得注意的是他对诗歌文体风格的概括。陆机说：“诗缘情而绮靡。”“诗缘情”的意思是说诗歌是因情感触发而作。“绮靡”则指美好之意，既包含诗歌形式的美学，也包含诗歌内容的美好，即总体风貌上给人美好的感觉。《文赋》“诗缘情”的主张与《诗大序》中提出的“吟咏情性”观点实际上是一脉相承的。不过，《诗大序》虽然揭示了诗歌抒发情志的特征，但又强调须“止乎礼义”，因此诗歌的抒情往往只被作为一种手段，其目的是要美刺，是要为政教服务。陆机在《文赋》中只讲缘情而不谈礼义，使诗歌的抒情不再受儒家政教目的的束缚，而回归情感本身，其观点确有

“开一代风气的重大意义”①。

陆机对赋文体风格的概括也值得关注，因为它和诗代表了当时最主要的纯文学文体，而陆机所论也颇有新意。“赋体物而浏亮”是指赋以描写具体物象为主要特征，其风格以浏亮为主。文学作品本有表现情感和描绘外物两大功能，陆机对诗和赋的文体风格的区分是就其主要功能而言，其实诗也有“体物”的功能，赋也有“缘情”的功能，只不过诗歌的抒情性更为突出，赋的体物性更为明显罢了。

对于文体风格的多样性差异，陆机认为与文学作品描写对象本身的复杂性有关。《文赋》云：“体有万殊，物无一量，纷纭挥霍，形难为状。”万物纷纭繁复，形状各异，因此用文学来描写它们自然也不可一成不变，故“其为物也多姿，其为体也屡迁”，由此造成不同文体的风格差异。当然，文学作品的风格不仅仅与文体有关，《文赋》中还提到作者个性和审美爱好的不同，也会造成作品风格的多样性。

（三）论审美标准

《文赋》既然是一篇探讨如何写作的文章，自然会提出自己的审美标准。如何才算是一篇好的文章呢？陆机认为应达到应、和、悲、雅、艳五个标准。

所谓“应”，就是要求文学作品从内容到形式都要丰富多彩，交相呼应，使文章有丰赡之美，避免“偏弦独张”，文小事寡。所谓“和”，是指文学作品不仅要有丰富的内容，同时还要注意将它们和谐搭配，否则便会“混妍媸而成体，累良质而为瑕”。所谓“悲”，就是要求文学作品充分体现鲜明动人的真实情感，而不应“言寡情而鲜爱，辞浮漂而不归”。所谓“雅”，是要求文学作品应有高雅的情趣，而不应“或奔放以谐合，务嘈囋而妖冶”。所谓“艳”，是要求文学作品的文采应艳丽，这与提倡诗歌须“绮靡”的观点是完全一致的。陆机在提出五个审美标准的同时，对不符标准的创作方式还提出了批评，如“托言于短韵”、“寄辞于瘁音”、“遗理以存异”、“奔放以谐合”、“清虚以婉约”等，它们或“清唱而靡应”，或“虽应而不和”，或“虽和而不悲”，或“虽悲而不雅”，或“既雅而不艳”，那么，在实际创作中，我们就应该尽量避免这些文病的出现。

除上述五个审美标准外，陆机在艺术技巧方面还提出过几个重要原则，从中也可以看出他对文章审美标准的其他一些看法。他说：“其会意也尚巧，其遣言也贵妍。暨音声之迭代，若五色之相宣。”陆机在此指出：文章构思应该巧妙，遣词造句应该妍丽，声韵配合应该和谐。这三方面是魏晋南北朝时期文学创作非常重视的问题，特别是陆机首次明确提出对文辞声韵之美的要求，对后来文学声韵理论的进一步发展起到了重要的促进作用。

四、挚虞《文章流别论》

挚虞（？—311），字仲治，京兆长安（今陕西西安西北）人。西晋高士皇甫谧的学生。晋武帝泰始时拜为中郎，历任闻喜令、秘书监、太常卿等职。永嘉五年（311），石勒之乱至洛阳饥荒，挚虞遂因饿而死。挚虞生平著述不倦，但大多都已散佚，今存辑本《挚太常集》。《文章流别论》是其文学批评代表作。

据《晋书·挚虞传》载，挚虞曾分类编集古今文章，成《文章流别集》三十卷，据《隋

① 张少康、刘三富：《中国文学理论批评发展史》（上），北京大学出版社1995年版，第190页。

书·经籍志》，《文章流别集》有志和论各二卷。其中的论便是《文章流别论》。《文章流别集》及所附志、论早已亡佚，从现今所存佚文来看，《文章流别论》中最主要的文学思想是关于文体的一系列讨论，其次则是对文章功用及“六义”的论述。

（一）文体论

根据现存佚文来看，《文章流别论》所论文体有颂、赋、诗、七、箴、铭、哀辞、哀策、对问、碑、图谶等十一种，实际所论种类或许还不止于此。挚虞的文体分类不仅较曹丕《典论·论文》、陆机《文赋》更为繁富，而且他对文体的研究较前人也有所创新。《文章流别论》对各类文体的论述，一般是先追溯诸体文章的起源，再考察其发展状况，然后列举代表作品加以评论。挚虞的文体研究显然比曹丕、陆机要深入得多，故刘师培在评价《文章流别论》时说：“于诗、赋、箴、铭、哀、词、颂、七、杂文之属，溯其起源，考其正变，以明古今各体之异同，于诸家撰作之得失，亦多评品，集古今论文之大成。……汇而观之，足知晋代名贤于文章各体研核至精，固非后世所能及也。”①因此可以说，挚虞的文体研究代表了魏晋时期文体研究的主要成就，对后来者也深有影响，如其考察文体的方式就直接启发了刘勰“原始以表末，释名以章义，选文以定篇，敷理以举统”（《文心雕龙·序志》）的文体研究法。

在挚虞对文体的考察中，颇可注意的是他对诗、赋二体的论述。《文章流别论》论诗首先指出诗之本在言志，他说：“言其志谓之诗。古有采诗之官，王者以知得失。”并指出诗“以情志为本”，这明显继承了《诗大序》的观点。然后他对三言至九言各体诗的起源进行考察。从挚虞的论述可知，他认为各体诗都是从《诗经》中演变而来的，从这可以看出他的宗经思想。在对各体诗考察的基础上，挚虞进一步指出“雅音之韵，四言为正”，将四言视为诗歌之正体，而将其他各体称为“非音之正”，体现了他崇尚雅正的审美观，这与西晋时期的文学风尚基本一致。后世刘勰《文心雕龙·明诗》称四言为“正体”，五言为“流调”，显然受到挚虞的影响。

《文章流别论》论赋，首先指出赋的根本特征是“假象尽辞，敷陈其志”，即借助形象以抒发情志。挚虞认为赋的这一本质特征与诗是一致的，因为他认为赋是“古诗之流”。然后他将赋分为“古诗之赋”与“今之赋”两类，并对它们的艺术特点分别进行了概括。挚虞指出，“古诗之赋”的特点是“以情义为主，以事类为佐”，因此其创作“言省而有例”；“今之赋”的特点则是“以事形为本，以义正为助”，因此其创作“言当而辞无常”。最后，挚虞对这两类赋给出了自己的评价。他认为“古诗之赋”写事状物能以阐发“礼义之旨”为主，颇合古诗之义；而“今之赋”写事状物意在逞博斗艳，礼义风教已退而成为点缀之物。因此他批评“今之赋”常有“假象过大”、“逸辞过壮”、“辩言过理”、“丽靡过美”之失，而不合政治教化之原则。由此可以看出，挚虞论文体是以儒家文艺观为准的。

（二）文章功用论

《文章流别论》对文章功用的论述作出了新的阐释。挚虞说：“文章者，所以宣上下之象，明人伦之叙，穷理尽性，以究万物之宜者也。”指出文章的功能和作用一在“穷理”，即能阐发天地之奥秘，探究万物之义理；二在“尽性”，即能明确政治和社会生活中的种

① 陈引驰编校：《刘师培中古文学论文集》，中国社会科学出版社1997年版，第66页。

种人伦关系。从这两大方面来阐明文章的功用，强调文章的重要性，是前人未曾论及的。这是继曹丕“经国之大业，不朽之盛事”之论后，对文章功用的一种新的阐释。从这一观念出发，挚虞进一步指出：“王泽流而诗作，成功臻而颂兴，德勋立而铭著，嘉美终而诔集，祝史陈辞，官箴王阙。”不同的文体有着不同的功用。由此可以看出挚虞的“文章”范围是非常宽泛的。

(三)“六义”论

《文章流别论》中还曾论及《诗经》的风、雅、颂、赋、比、兴六义。挚虞说：“言一国之事，系一人之本，谓之风；言天下之事，形四方之风，谓之雅；颂者，美盛德之形容；赋者，敷陈之称也；比者，喻类之言也；兴者，有感之辞也。”他对“六义”的解说基本继承了《诗大序》的观点。不过，他论“兴”为“有感之辞”与汉儒所谓“托事于物”的观点还是有所不同。“托事于物”指在草木鸟兽等自然现象中寄托人事；“有感之辞”则更强调诗人由自然景象触发感慨，由此引起联想，来表现人事。这一说法更清晰地说明了创作的实际情况。

第三节 南北朝文学批评

文学批评发展至南北朝，进入到一个光辉灿烂的时期，出现了具有里程碑意义的《文心雕龙》和被誉为“百代诗话之祖”的《诗品》，以及一大批重要的文艺理论家。《文心雕龙》和《诗品》这两部伟大的著作将在下一节单独介绍。本节主要讨论四个问题：一是佛学对南北朝文学批评的影响，二是文笔之争和诗歌声律论，三是萧统和萧纲的文学思想，四是颜之推的文学思想。

一、佛学与南北朝文学批评

佛教自两汉之际传入中国，经历三百余年的发展，至东晋时期开始走向繁荣，并对南北朝时期的文化产生了巨大影响。作为一种外来文化，佛教在与本土文化的冲突与融合中不断走向中国化，而本土文化也在回应佛教冲击中不断发生新变。由佛教传播带来的文化双向新变，为南北朝文学批评的发展提供了许多新的内容。下面从三个方面来介绍这种影响。

(一)玄佛合流

魏晋时期玄学盛行，由于佛教般若学假有性空的理论与玄学谈无说有的思想特点颇为相似，因此般若学遂得以兴盛，并由此掀起了一次玄释合流思潮，许多玄学家精通佛学，而佛教徒亦大多深明玄理。这一思潮至东晋而达到高潮，佛教也借此开始走向繁荣，正式登上了中国学术思想的舞台。玄佛合流使佛学为玄学影响下的南北朝文学批评注入了新的内容。

首先，佛学对文学批评中的形神观注入了新的内容。如前所述，玄学形神观是重神轻形，强调得神忘形，并对魏晋文学批评深有影响。佛教形神观也重神，强调形灭神不灭。齐梁二代，围绕范缜提出的神灭论，曾发生过两次大争论，论争的核心内容便是为了维护佛教的形灭神不灭思想。不过，佛教在重神的同时并不轻形，而是肯定了形作为神的显现方式的重要作用。佛教非常重视画像雕像，有所谓“像教”之称，可以说更突出地表现了这一思想。晋慧远曾说：“神道无方，触像而寄。”①神佛本无形，必须借有形之像为依托，方能显现其灵验。形虽不是神，但神却须寄之以显。所以，佛教虽然主张形灭神不灭，但并不因此轻视形的作用。佛教这一观念与玄学形神观相比又有了进一步的发展，故对南北朝时期的文艺形神观产生了新的影响。谢灵运《佛影铭》云：“摹似遗量，寄托青彩，岂唯像形也笃，故亦传心者极矣。”沈约《竟陵王造释迦像记》云：“夫理贵空寂，虽灵范不能传；业动因应，非形相无以感。”从他们的论述中我们可以看到此时文人对佛教形神观的接受，而这一时期的文学创作中形似风尚的流行也是受到了这一观念的影响。刘勰《文心雕龙·物色》云：“自近代以来，文贵形似。”钟嵘《诗品》评谢灵运、颜延之、鲍照之诗“尚巧似”，颜之推《颜氏家训·文章》指出：“何逊诗实为清巧，多形似之言。”这种风尚显然会影响到文学批评理论。刘勰在《文心雕龙·神思》中曾提出“神用象通”的观点，“就正是从佛像雕塑艺术中神触像而寄的思想中发展而来并成为文学创作中作家的‘神’借‘象’而体现的一种理论性概括”②。

其次，佛学进一步深化了文学批评中的言意理论。玄学言意观强调言不尽意，得意忘言。在玄佛合流的背景下，佛学界也非常重视言不尽意问题。晋僧肇《涅槃无名论》云：“夫涅槃之为道也，寂寞虚旷，不可以形名得；微妙无相，不可以有心知。”其《维摩经注·菩萨品》又云：“‘菩提’者，盖是正觉无相之真智乎！其道虚玄，妙绝常境，听者无以容其听，智者无以运其智，辩者无以措其言，像者无以状其仪。”梁慧皎《高僧传·义解》云：“至理无言，玄致幽寂。”从这些论述可知，佛教界也强调佛道是不可以用语言表达的。而且，他们也认识到“言虽不能言，然非言无以传”③，因此佛道只能存在于“言外”或“象外”。如宋竺道生曾说：“夫象以尽意，得意则象忘。言以诠理，入理则言息。自经典东流，译人重阻，多守滞文，鲜见圆义，若忘筌取鱼，始可与言道矣。”④慧皎在《高僧传》中说竺道生是“潜思日久，彻悟言外”，因此他在《义解》中指出欲得佛道“须穷达幽旨，妙得言外”。僧肇在《维摩经诘注》中也强调“大乘之行无言无相，调伏之言以形前文”，而他所要做的便是“明言外之旨”。他在《般若无知论》中还指出：“斯则穷神尽智，极象外之谈也。即之明文，圣心可知。”从佛教徒对言意的一系列论述可知，佛学言意观较玄学言意观更注重“言外之旨”、“象外之谈”的追求⑤，这对南北朝文艺理论产生了直接影响。宋宗炳《画山水序》云：“旨微于言象之外者，可心取于书策之内。”南齐谢赫《古画品录》评张墨、荀勖云：“若取之象外，方厌膏腴，可谓微妙也。”梁刘勰《文心雕龙·隐秀》云：“隐也者，文外之重旨也。”梁钟嵘《诗品序》云：“文已尽而意有余，兴也。”南北朝文艺理论中的这些观点，无疑都受到玄佛言意观的深刻影响。

（二）佛经传译

佛经翻译一直是佛教传播的主要方式。佛教自传入中国，翻译佛经便是佛教界的一项

① 慧远：《万佛影铭序》。
② 张少康、刘三富：《中国文学理论批评发展史》（上），北京大学出版社 1995 年版，第 206 页。
③ 僧肇：《肇论·般若无知论》。
④ 慧皎：《高僧传·竺道生传》。
⑤ 张少康、刘三富：《中国文学理论批评发展史》（上），北京大学出版社 1995 年版，第 204 页。

重要活动。据《开元释教录》载，至南北朝之前，已翻译佛经1200余部；南北朝时期又翻译了600余部。佛经翻译不仅创造出全新的译经文体，还总结出具有独特内容的翻译理论。随着佛教在南北朝的盛行，佛经文体对南北朝文学创作与文学批评都产生了深刻影响：

首先，佛经文体严密的逻辑结构对文学批评文体产生了影响。印度佛教本是在争辩中成长起来的，因此佛经说理辨义常常运思精密、辨理周详、体制宏大，其严密的逻辑架构远远超过当时中国的论著。东晋以来佛教在士大夫阶层的广泛流行，使众多文人大量接触佛经，佛经文体的逻辑结构对他们的创作产生了很大影响。从南齐僧祐《弘明集》中的大量文人佛学论文中，我们可以明显看到这一影响。而佛经文体的逻辑结构影响文学批评文体的代表作，便是刘勰的《文心雕龙》。刘勰一生与佛教关系密切，《文心雕龙》的一个重要特征是“体大而虑周”①，而此特征正是受佛经文体影响所致。正如郭绍虞先生所说，《文心雕龙》持论“精密有系统”的原因是他“深受佛学影响”②。张少康先生也认为，《文心雕龙》“论述方法和全书严密的逻辑体系方面则又表现了佛学思想的明显影响”③。

其次，佛经文体的通俗文风对文学创作及其观念也产生了影响。佛教传播是面向一切众生的，因此佛经文体具有通俗易懂的特征。随着佛教在南北朝的广泛流行，文人开始大量接触佛经，佛经的通俗文风开始逐步影响到他们的创作和观念。晋宋时期文坛的文风以典奥为尚，至永明而一变，文坛开始追求平易之风。当时的文坛领袖沈约更是提出“三易”说：“文章当从三易：易见事，一也；易识字，二也；易读诵，三也。”④宋齐时期文风及观念的嬗变，虽然有着多方面原因，但是佛经的通俗文风对文人创作和观念的影响则是其中一个重要因素⑤。

（三）转读梵呗

转读和梵呗是佛教徒歌咏佛经的两种方式。《高僧传·经师论》云：“咏经则称为转读，歌赞则号为梵呗。”转读和梵呗都讲究声法与音调，它们的区别在于梵呗音声是歌，可以入曲；转读的声法是诵，不能入曲。佛经中诗歌体的重颂和偈颂，是要求以转读和梵呗的方式来诵读或歌唱的。因此，佛教徒非常重视语言声律知识的学习。在印度，佛教徒甚至学习诗律知识以便于歌咏佛教和创作偈颂。随着佛教在南北朝的盛行，转读梵呗也逐渐走向兴盛，《高僧传》所载善转读梵呗的僧人基本都生活在南北朝时期。转读梵呗对语言声律的重视，对南北朝声韵研究起到了推动作用，而这一时期士人佛徒交融的局面，也为诗歌创作吸取佛教中的声韵知识和诗律理论提供了有利条件。

永明声律论“四声八病”的提出便吸取了佛教徒所掌握的声韵知识和诗律理论。如陈寅恪先生认为“四声”的发现便与转读有关⑥；而饶宗熙先生则指出“四声”的发现受到随

---

① 章学诚：《文史通义·诗话》。

② 郭绍虞：《中国文学批评史》，百花文艺出版社1999年版，第107页。

③ 张少康、刘三富：《中国文学理论批评发展史》（上），北京大学出版社1995年版，第223页。

④ 颜之推：《颜氏家训·文章》。

⑤ 高文强：《佛学东渐与宋齐文学观念的雅俗嬗变》，《文艺研究》2013年第6期。

⑥ 陈寅恪：《四声三问》，《金明馆丛稿初编》，三联书店2001年版。

佛教传入的梵文悉昙的影响①。再如在声律论提出之前的中国文论，“病”并不是一个诗学概念，即使在一般文章中，也极少出现以“病”论诗的现象。然而，“病”在梵语诗律中却是一个非常重要的概念。成书于公元元年前后的《舞论》，7世纪婆摹诃的《诗庄严论》，檀丁的《诗镜》，八世纪伐摹那的《诗庄严经》都曾论及诗病问题。声律论以“八病”论诗正是受此启发，其中的轻重规则和一些诗病名称明显受到梵语诗律的影响②。

二、文笔与声律

南北朝时期，文学批评获得空前发展，人们对文学内在本质和外在特征的认识都在不断深化，提出了许多新的理论和观点，其中文笔说和声律论便是这方面的重要代表。

（一）文笔说

所谓“文笔”，是对文体的一种分类方式，一般而言，“文”指有韵之文，“笔”指无韵之文。“文笔”之分是建立在人们长期以来对文体分类研究的基础之上的。魏晋以来，对文体分类及其特征的认识不断深入，人们在论述文体、编纂文集时，逐渐形成将诗、赋、铭、颂等押韵的体裁归为一大类，而将诏、奏、表、论等不押韵的体裁归为一大类的习惯。至南北朝时期，人们开始以“文”和“笔”来分别指称这两类文体，并对它们展开讨论。

以“文笔”论文体，至迟在刘宋时期已经出现。《宋书·颜竣传》载：“太祖（宋文帝）问延之：‘卿诸子谁有卿风？’对曰：‘竣得臣笔，测得臣文，毚得臣义，跃得臣酒。’”此处颜延之便用“文”、“笔”来分别指两种不同类型的文章，这是目前文献所见最早以“文笔”区分文体的资料，此后，文学批评中便开始流行将文体分为“文”与“笔”两大类。南北朝时期讨论文笔说颇可注意的是刘勰和萧绎的观点。

刘勰《文心雕龙·总术》云：“今之常言，有文有笔。以为无韵者笔也，有韵者文也。夫文以足言，理兼诗书。别目两名，自近代耳。”刘勰在此对“文”、“笔”给予了明确的定义，并指出这种文体分类是“近代”以来才有，且已成为“今之常言”。刘勰在《文心雕龙》中对文体的论述便遵循了这一分类原则，正如《序志》中所云：“若乃论文叙笔，则囿别区分。”《文心雕龙》论文体从《明诗》到《谐隐》十篇是论有韵之“文”，从《史传》到《书记》十篇是论无韵之“笔”，结构非常清晰。刘勰对“文笔”的释阐，代表了当时的普遍看法，对后世有较大影响。《文镜秘府论·西卷·文笔十病得失》曾引隋人《文笔式》云：“制作之道，唯笔与文。文者，诗、赋、铭、颂、箴、赞、吊、诔是也。笔者，诏、策、移、檄、章、奏、书、启等也。即而言之，韵者为文，非韵者为笔。”便基本沿用了刘勰对“文笔”的定义。

萧绎对“文笔”的论述，与刘勰所论略有不同。《金楼子·立言》云：“古之学者有二，今之学者有四。夫子门徒，转相师受，通圣人之经者，谓之儒。屈原、宋玉、枚乘、长卿之徒，止于辞赋，则谓之文。今之儒，博穷子史，但能识其事，不能通其理者，谓之学。至如不便为诗如阎纂，善为章奏如伯松，若此之流，泛谓之笔。吟咏风谣，流连哀思者，谓之文。”萧绎论“文笔”并没有像刘勰那样对所有文体以有韵与无韵来区分，而是首先区

① 饶宗颐：《文心雕龙声律篇与鸠摩罗什通韵》，《梵学集》，上海古籍出版社1993年版。

② 高文强：《佛学东渐对诗歌声病观念及规则的影响》，《长江学术》2006年第2期。

分了学术与文章的不同，将属于学术范畴的“通圣人之经者”和“博穷子史但不通其理者”与属于文章范畴的辞赋章奏等区别开来，然后再在文章范围内区分“文”和“笔”。显然，萧绎区分“文笔”的范围更接近我们今天的纯文学。而且，萧绎区分“文笔”的标准，也不再只是有韵无韵，而更看重是否“吟咏风谣，流连哀思”，是则属“文”，否则属“笔”。这一“文笔”区分标准已由关注文体的形式特征转向关注文体的内容特征，体现了南朝文人对文学审美特征的进一步认识。

“文笔”之说至唐代亦常有论及。不过，随着唐诗创作的兴盛，以及古文运动的兴起，诗歌与古文逐渐成为最重要的两种体裁。“诗文”对称开始渐渐流行，而“文笔”之论则日渐湮没。直至清代，始有学者又重新提出并加以考证，但已不再是文体分类的常用标准了。

(二)声律论

声律论是南齐永明时期(483—493)以沈约为代表的一批学者提出的一套关于诗文创作中声韵搭配的理论。《南齐书·陆厥传》载：“永明末，盛为文章。吴兴沈约、陈郡谢朓、琅琊王融以气类相推毂。汝南周颙善识声韵。约等文皆用宫商，以平、上、去、入为四声，以此制韵，不可增减，世呼为‘永明体’。沈约《宋书·谢灵运传论》后又论宫商。”声律论的提出，标志着人们对文学语言音韵美的追求开始走向自觉。

声律论在永明年间的兴起，虽然与汉语诵读本身所具有的抑扬顿挫之美，以及文学创作中对这种声音美的长期追求有关，但更重要的是，魏晋以降音韵学的突破性发展，为声律论的提出提供了可能。这首先表现在反切的发明上：东汉时期，受梵语拼切原理的启发，出现了汉字反切注音法，反切法对汉字声、韵的自觉分解引发了人们对汉字声、韵、调的独立认识，并直接触发了韵书的大量出现，这为人们对语言音韵的自觉认识奠定了重要基础。其次表现在四声的发现上：南朝刘宋时期，受梵语悉昙的影响，人们发现了汉语的四声，从而使自觉运用声韵来调节文章声律美成为可能，可以说四声的发现直接引发了永明声律论的提出。此外，自东晋以来佛教传播中盛行的转读、梵呗、唱导等方式，客观上也推动了南朝文学声律研究的发展。①

声律论的具体内容，概而言之，即“四声八病”之说。所谓“四声”，是指古汉语之平、上、去、入四种声调，沈约诸人“以此制韵”，用于诗文创作。沈约在《宋书·谢灵运传论》中对此曾有论及：“夫五色相宣，八音协畅，由乎玄黄律吕，各适物宜。欲使宫羽相变，低昂互节，若前有浮声，则后须切响。一简之内，音韵尽殊；两句之中，轻重悉异。妙达此旨，始可言文。”至于如何运用四声制韵以运用于诗文创作，沈约又提出了“八病”原则。所谓“八病”，是指平头、上尾、蜂腰、鹤膝、大韵、小韵、旁纽、正纽。从现有文献来看，沈约文章中未见“八病”名目，指出沈约“八病”具体名称的最早者是北宋李淑《诗苑类格》。唐遍照金刚《文镜秘府论·西卷》之“文二十八病”中也包括了这“八病”，并对“八病”内涵作了详细解释，今日对“八病”的解释多依于此。下面试分述之：

1. 平头：五言诗的一联之中，第一、二两字不得与第六、七两字声调相同，同则为平头病；

2. 上尾：五言诗的一联之中，第五字不得与第十字声调相同，同则为上尾病；

---

① 高文强：《佛教与永明文学批评》，湖北教育出版社2006年版，第178页。

3. 蜂腰：五言诗的一句之中，第二字不得与第五字声调相同，同则为蜂腰病；

4. 鹤膝：五言诗第一句第五字不得与第三句第五字声调相同，同则为鹤膝病；

5. 大韵：五言诗的一联之中，前九字不得与第十字叠韵同声，同则为大韵病；

6. 小韵：五言诗的一联之中，前九字之内不得有叠韵同声字，有则为小韵病；

7. 旁纽：五言诗的一句之中，不得有隔字双声现象出现，有则为旁纽病；

8. 正纽：五言诗的一句之中，不得有同纽中之二字，有则为正纽病。所谓同纽之字，是指声母、韵母相同而声调为平、上、去、入的四个字。

综观上述八病，前四病均为声调之病，后四病则为声母和韵母之病。在当时的创作中对前四病要求较严，而后四病一般可以不看作病，故《文镜秘府论》云："但须知之，不必须避。""八病"规则对促进诗歌语言声韵的和美是有积极作用的。不过，过于细密的格律规定对文学创作必然会造成较大束缚，处理不当往往会适得其反。因此，声律论后来遭到甄琛、钟嵘等人的严厉批评。

永明声律论提倡的一系列声韵创作规则，虽然过于繁琐，也不够完善，并且在实际创作中沈约等人也并不能完全遵行，但是，它对文学创作中音韵和谐变化之美的追求，无疑深化了人们对汉语声韵规律的认识，从而使诗歌创作在格律化的道路上迈出了一大步，令中国诗歌韵律呈现出一种新的体貌，并且直接促发了唐代格律诗的蓬勃发展。

三、萧统与萧纲

梁代是南朝时期文学批评最为繁荣的一个时代，活跃着一大批著名的文学理论家，如下一节将要介绍的刘勰和钟嵘便主要生活在梁代。这一小节将介绍的是另外两位代表人物：萧统和萧纲。

（一）萧统

萧统（501—531），字德施，南兰陵（今江苏丹阳东）人。梁武帝萧衍长子，天监元年（502）立为皇太子。年三十一卒，谥昭明，世称昭明太子。萧统爱好文学，当时著名文人多与之游处，刘勰便曾为其东宫通事舍人，深为他所赏识。有文集二十卷，已佚，后人辑有《昭明太子集》。编有《文选》三十卷和《陶渊明集》。其中《文选》对后世影响最大。

《文选》是我国现存最早的一部诗文总集，选录了先秦至梁代130余位诗人的700余篇作品，并按体裁归为39类分别编排。萧统的文学思想便主要反映在这部选集之中。

1. 论文学的产生和发展

《文选序》云："式观元始，眇觌玄风。冬穴夏巢之时，茹毛饮血之世，世质民淳，斯文未作。逮乎伏羲氏之王天下也，始画八卦，造书契，以代结绳之政，由是文籍生焉。"萧统认为，"人文"的开端，始于伏羲画八卦、造书契之时，故文章之起源不仅历史久远，而且出自于圣人之手。以这种方式抬高文学地位是魏晋南北朝时人们常用的一种手法，像挚虞、刘勰都有这样的论述。对于文学的发展，《文选序》云："若夫椎轮为大辂之始，大辂宁有椎轮之质；增冰为积水所成，积水曾微增冰之凛。何哉？盖踵其事而增华，变其本而加厉。物既有之，文亦宜然。"萧统认为，文章是不断发展变化的，其发展的总趋势是由质朴趋于华丽，就像世间万物的发展趋向一样。萧统的这一观点也是当时人们对文学发展的普遍观点。

2. 论文体的分类和特征

《文选》对文体的分类体现了萧统的文体思想。魏晋以来，文人对文体分类的研究不断深入，从曹丕《典论·论文》到陆机《文赋》，再到挚虞《文章流别论》，文体分类被不断细化。至刘勰《文心雕龙》，文体分类已达33种。萧统对文体的分类，受到刘勰的影响，他在刘勰分类的基础上又进一步扩充，将文体分为39类。在《文选序》中，萧统还对赋、诗、辞、颂、箴、戒、论、铭、诔、赞、诏诰、表奏、碑志等文体进行了辨析，指出了它们各自的特征，如指出赋是“古诗之体”，诗是“志之所之”，论要“析理精微”，铭需“序事清润”等，所论基本继承了前人的观点。此外，萧统还对不同文体的共同特性作出了概括，《文选序》云：“众制锋起，源流间出。譬陶匏异器，并为入耳之娱；黼黻不同，俱为悦目之玩。”指出不论是何种文体，其实都具有审美价值和娱乐作用。

3. 论选文的目的和标准

萧统指出，《文选》的编撰目的，是要对前人作品“略其芜秽，集其清英”，以便于阅读。既然要去芜存精，便要有一定的选录标准，而从一个选本的选录标准中，我们常常可以看出选录者的文学倾向。萧统选文，只录单篇文章，不录经、史、子著作。他认为经、史、子著作与集部文章性质不同，最主要的差异是前者“不以能文为本”，且不“综辑辞采”、“错比文华”；后者的写作则出自作者的“沉思”，并很注重“翰藻”。可见，萧统选文，首重文辞之美，而经、史、子著作在他心目中是不符合这一要求的。

此外，萧统的文学思想还包括他对陶渊明的评价。陶渊明的作品风格质朴，在重视“翰藻”的南朝人心目中地位并不高，如钟嵘《诗品》便仅列其于中品。萧统编有陶集，并为之写序作传，不仅称赞其安贫乐道、“不以躬耕为耻，不能无财为病”的高尚品德，而且认为其诗文内容上“有助于风教”，艺术上“辞采精拔”、“独超众类”。这是文学史上第一次对陶渊明的作品作出高度评价。

(二)萧纲

萧纲(503—551)，字世缵，梁武帝萧衍第三子。萧统卒后立为太子，于太清三年(549)继帝位。大宝二年(551)死于侯景之乱，后追尊为简文皇帝。萧纲自称“七岁有诗癖，长而不倦”(《梁书·简文帝纪》)，萧纲与其兄萧统一样好引纳文学之士，与庾吾肩、徐摛等人大量写作描写倡女姬人的作品，时人号为“宫体”。后人辑有《梁简文帝集》。

萧纲的文学思想与萧统略有不同，萧统的文学思想更多倾向于儒家，而萧纲则更多倾向于道家。萧纲为太子时曾“频于玄圃自讲《老》、《庄》二书”(《梁书·何敬容传》)，并著有《老子义》、《庄子义》，故道家思想在其文学思想中留有较多印迹。

1. “文章且须放荡”

萧纲在《诫当阳公大心书》中云：“立身之道与文章异。立身先须谨重，文章且须放荡。”所谓“放荡”，“主要是不拘礼法，任性而行，不受陈规旧矩束缚”①。萧纲认为，文章创作不可畏首畏尾，多所拘忌，而应驰骋想象，率真任情，“吐言天拔，出于自然”。把“立身”与“文章”分开而论的主张，是萧纲思想上儒家政治观与道家文艺观矛盾的具体体现。他将文学从经学的束缚中彻底解放出来，倡导不受羁束地表现自己的创作个性，正

① 徐中玉：《古代文艺创作论集》，中国社会科学出版社1985年版，第23页。

所谓“未闻吟咏情性，反拟《内则》之篇；操笔写志，更摹《酒诰》之作；迟迟春日，翻学《归藏》，湛湛江水，遂同《大传》”(《与湘东王书》)。因此，萧纲的这一观点强调了自由抒发的文艺精神，已与强调政教意义的儒家文艺观相背离了。

2. 论宫体诗

萧纲《答新渝侯和诗书》云：“垂示三首，风云吐于行间，珠玉生于字里；跨蹑曹、左，含超潘、陆。双鬓向光，风流已绝；九梁插花，步摇为古。高楼怀怨，结眉表色；长门下泣，破粉成痕。复有影里细腰，令与真类；镜中好面，还将画等。此皆性情卓绝，新致英奇。”萧纲以“性情卓绝，新致英奇”来评价新渝侯萧暎的三首宫体诗，足见他对宫体诗的推崇。他认为欣赏和描绘女子的体貌神情之美，体会和抒发男女之情，都是出自“性情”，体会越深，描绘越工，性情便越是卓绝，这也已完全不同于儒家文学思想。宫体诗的描写对象、艺术技艺都不同于以往诗歌，萧纲以“新致英奇”论之，体现了当时趋新求变的文学风尚。

3. 强调文学的抒情特征

萧纲在《与湘东王书》中指出，文章应以“吟咏情性”为主，这与经、史、子著作是不同的，这一点与萧统的看法一致，也反映了当时人们对文学抒情性认识的自觉。他在《答张缵谢示集书》中还说：“是以沉吟知翰，补缀庸音，寓目写心，因事而作。”强调自己的作品都是因情而作，有感而发。同时，他还强调情感的表现应“吐言天拔，出于自然”，而不满于依傍经史、引经据典的作风。因此萧纲与萧统一样，非常欣赏陶渊明的作品，常“置几案间，动静辄讽味”(《颜氏家训·文章》)。

四、颜之推

颜之推(531—约595)，字介，琅玡临沂(今山东临沂)人，东晋后世居建康(今江苏南京)。梁元帝时任散骑侍郎。梁亡后入北齐，官至黄门侍郎。后又分别仕于北周和隋，以疾终。有文集三十卷，今佚。现存《颜氏家训》三十卷。

颜之推的文学思想主要见于《颜氏家训·文章》篇。《颜氏家训》虽成书于隋代，但《文章》篇所论主要为南北朝时期的作家作品。颜之推本是南朝人，从小受到南朝文化的影响，后又长期生活于北方，故其虽为北朝最重要之文学批评家，但文学思想兼具南北之特征。

(一)论文章的起源

颜之推认为，文章起源于《五经》。《颜氏家训·文章》开篇即云：“夫文章者，原出《五经》：诏命策檄，生于《书》者也；序述论议，出于《易》者也；歌咏赋颂，生于《诗》者也；祭祀哀诔，生于《礼》者也；书奏箴铭，生于《春秋》者也。”他指出，文章各体都是由《五经》发展而来。他的这一观点与刘勰《文心雕龙·宗经》所论意思比较接近，由此也可以看出他对儒学的尊奉。因此，他非常重视儒家提倡的文章政治教化功能，这也是北朝文学批评的主流倾向。他曾批评梁诗多“郑卫之辞”，而自诩“家世文章，甚为典正，不从流俗”、“不偶于世，无郑卫之音”。不过，颜之推并不排斥文学的审美作用，《文章》篇云：“朝廷宪章，军旅誓诰，敷显仁义，发明功德，牧民建国，施用多途。至于陶冶性灵，从容讽谏，入其滋味，亦乐事也。”对性灵与滋味的提倡，又明显受到南朝文学批评的影响。

（二）论文章的风貌

颜之推论文章比较重视其总体风貌，认为文章应以“理致”、“气调”为主，而以“事义”、“华丽”为辅。《文章》篇云：“文章当以理致为心肾，气调为筋骨，事义为皮肤，华丽为冠冕。今世相承，趋末弃本，率多浮艳。辞与理竞，辞胜而理伏；事与才争，事繁而才损。放逸者流宕而忘归，穿凿者补缀而不足。时俗如此，安能独违？但务去泰去甚耳。必有盛才重誉、改革体裁者，实吾所希。”所谓“理致”，主要是指文章内容；“气调”则主要指文章内容所体现出的生动劲健的风貌；“事义”即运用典故；“华丽”则指辞藻之美。颜之推一方面将理致、气调置于事义、华丽之上，并批评时人本末倒置，呼吁改革体裁，这体现了他与北朝文学批评尚理崇实、贵乎气质观念相一致之处；另一方面，他又并不完全反对当时文章文辞的日趋精美，而是主张不应过分追求，主张摆正内容与形式的关系，从而把握好文章的总体风貌。他还说：“古人之文，宏材逸气，体度风格，去今实远；但缉缀疏朴，未为密致耳。今世音律谐靡，章句偶对，讳避精详，贤于往昔多矣。宜以古之制裁为本，今之辞调为末，并须两存，不可偏弃也。”他所提倡的古今结合，实际上就是“理致”、“气调”与“事义”、“华丽”的结合。颜之推这一改革文体的思想，体现了其兼采南北的文学批评观。

（三）论作家的才性

颜之推论作家首先非常重视作家的“天才”。《文章》篇云：“学问有利钝，文章有巧拙。钝学累功，不妨精熟；拙文研思，终归蚩鄙。但成学士，自足为人。必乏天才，勿强操笔。吾见世人，至无才思，自谓清华，流布丑拙，亦以众矣。”他认为学问与文章是不同的，学问的精熟是可以通过努力积累而得的，但文章创作则主要依靠“天才”。这里所谓“天才”，主要是指艺术创作才能，这种才能不是每个文人都有的，也不是通过精学研思就可以获得的。这一观点与南方文学批评家钟嵘、萧纲等的观点基本是一致的。其次，颜之推还非常重视作家的人品。《文章》篇云：“然而自古文人，多陷轻薄：屈原露才扬己，显暴君过；宋玉体貌容冶，见遇俳优；东方曼倩，滑稽不雅；司马长卿，窃赀无操；……颜延年负气摧黜；谢灵运空疏乱纪；王元长凶贼自诒；谢玄晖侮慢见及。凡此诸人，皆其翘秀者，不能悉纪，大较如此。”颜之推在此对历代有成就的文人的操行品德作了严厉的批评，从中可以看出他对儒家道德品性的重视，这又体现了他与北朝文学批评观念相一致的一面。不过，颜之推论作家基本持才性相离的标准，这与刘勰《文心雕龙》的才性观是相同的。

第四节　《文心雕龙》与《诗品》

《文心雕龙》和《诗品》是魏晋南北朝时期最为重要的两部文学批评著作，代表了这一时期文论与诗论的主要成就。正如清章学诚所云：“《诗品》之于论诗，视《文心雕龙》之于论文，皆专门名家，勒为成书之初祖也。《文心》体大而虑周，《诗品》思深而意远，盖《文心》笼罩群言，而《诗品》深从六艺溯流别也。”（《文史通义·诗话》）本节将着重介绍这两部著作的理论结构和主要文学思想。

一、《文心雕龙》的理论体系

刘勰(469？—521？)，字彦和，东莞莒县(今山东莒县)人，西晋末年永嘉之乱时其祖先由北方迁至江南，世居京口(今江苏镇江)。刘勰早年丧父，家贫未娶，奋发好学，博通经史。二十余岁时入定林寺(今南京紫金山)依沙门僧祐，帮助其整理佛经，凡十余年之久，《文心雕龙》正是在这段时间创作出来的。梁初开始步入仕途，先后任临川王萧宏记室、车骑仓曹参军、太末令、步兵校尉兼东宫通事舍人等职，深受昭明太子萧统敬重。后受梁武帝之命，再入定林寺编定佛经，完稿后即削发为僧，法名慧地。出家后不到一年便去世了。除《文心雕龙》外，其著作今尚存《灭惑论》、《梁建安王造石城寺石像碑》两文。

刘勰所处的时代，正是儒道释思想并立与融合的时代，刘勰的思想深受三者的影响。刘勰在《文心雕龙》中明确指出他是以儒家思想为指导来论文的，而在书中不少地方，我们又可以看到玄学、佛学影响的痕迹，如《论说》篇中便有赞美何晏、王弼等人的玄学文章，称为“师心独见，锋颖精密”。特别是《文心雕龙》一向以“体大而虑周”闻名于后世，现代学者一般认为，《文心雕龙》全书完整的体系、严密的论证当是受到佛教经论启发所致①。刘勰曾长期从事佛经整理工作，有着很高的佛学修养，史载其“为文长于佛理，京师寺塔及名僧碑志，必请勰制文”(《梁书·刘勰传》)。因此，《文心雕龙》的结构体系和论证方式受到佛教影响是完全可能的。

尤其值得称道的是，刘勰在《文心雕龙》中自觉地建构起了一套相当完整的理论体系。这一体系结构刘勰自己在《序志》篇中有详细介绍。他对全书的结构有着周密安排，各部分都有较强的逻辑性，且在内容上彼此互相呼应配合，基本思想在各部分都表现得非常明确。像刘勰这样自觉建立起如此严谨的逻辑理论架构，在中国文学批评史上是比较罕见的。下面，我们就来了解一下《文心雕龙》的理论体系。

刘勰创作《文心雕龙》的目的，是为了指导文章的写作。从这一目的出发，刘勰对全书结构的安排，除作为序言的《序志》篇外，被分为“文之枢纽”、“论文叙笔”和“剖情析采”三部分。

(一)文之枢纽

刘勰在《序志》中说：“盖《文心》之作也，本乎道，师乎圣，体乎经，酌乎纬，变乎骚；文之枢纽，亦云极矣。”所谓“文之枢纽”，指的是指导文章写作的总原则。刘勰将这一原则表现于《原道》、《征圣》、《宗经》、《正纬》、《辨骚》这起始的五篇之中。这五篇又可以分为两个层次，前三篇为第一层次，后两篇为第二层次。在第一层中刘勰提出了写作的根本标准是什么，在第二层中刘勰则进一步提出写作发展的基本方向。

刘勰在《原道》篇中首先指出，道是文章的本源，文章的根本内容就是对道的表现，而其表现形式则是文。道表现于天地万物之中，而天地万物又表现出不同的文，天有天

① 如郭绍虞《中国文学批评史》论《文心雕龙》持论之缜密的原因，认为这与刘勰“深受佛学影响”有关。朱东润《中国文学批评史大纲》也认为“勰究心佛典，故长于持论”。张少康《中国文学理论批评发展史》也认为“论述方法和全书严密的逻辑体系方面则又表现了佛学思想的明显影响”。

文，人有人文，万物之文为人心所感发转而为语言文章，正所谓“心生而言立，言立而文明”，刘勰认为这是“自然之道”，即自然而然形成的，都是对道的表现。其次刘勰进一步指出了道、圣、文三者的关系，即“道沿圣以垂文，圣因文以明道”，说明圣人之文章乃体道心通神理之文章，并以之来立教化。在《征圣》和《宗经》篇中刘勰指出，正因为圣人体道制文，因此“征之周孔，则文有师矣”(《征圣》)，而圣人体道之文集中表现在《六经》之中，因此师《六经》即师圣人矣。也就是说，文章写作当以《六经》为标准。那么，《六经》为后世文章树立了怎样的标准呢？刘勰指出，一方面《六经》为文章的思想和艺术树立了标准，他将之归纳为“六义”：“一则情深而不诡，二则风清而不杂，三则事信而不诞，四则义直而不回，五则体约而不芜，六则文丽而不淫。”(《宗经》)；另一方面《六经》也是后世各种文体的渊源，它为后世各体文章树立了风格标准：“故论说辞序，则《易》统其首；诏策章奏，则《书》发其源；赋颂歌颂，则《诗》立其本；铭诔箴祝，则《礼》总其端；纪传盟檄，则《春秋》为根：并穷高以树表，极远以启疆，所以百家腾跃，终入环内者也。”(《宗经》)在这一层里，刘勰阐明了文章的起源和写作的标准等根本问题。

在第二层中，刘勰指出，深为南朝文人重视的纬书，虽然内容荒诞，不同于《六经》雅正传统，但对文章写作却是有帮助的，因为其“事丰奇伟，辞富膏腴”(《正纬》)，故题材文辞，均有可取。刘勰借对纬书的评价提出了一个问题：从文章创作的实际来看是“时运交移，质文代变”(《时序》)，“奇”、“华”的成分不断增加，这必然与《六经》之雅正标准产生矛盾，那么，如何处理“奇”与“正”之间的关系呢？在《辨骚》篇中，刘勰通过对《楚辞》的分析评价，指明了写作发展的基本方向。他指出，《楚辞》是对《六经》文风的一次发展，它虽“异乎经典”，却能“取镕经意，自铸伟辞”，是一次创造性的发展，因此能和儒家经典一样成为后世写作取法的对象。正如《定势》篇所说：“模经为式者，自入典雅之懿；效骚命篇者，必归艳逸之华。”刘勰将这一发展方向归纳为“酌奇而不失其贞，玩华而不坠其实”，其基本原则就是“执正驭奇”。这是贯穿《文心雕龙》全书的一个基本原则。

(二)论文叙笔

刘勰在《序志》中云：“若乃论文叙笔，则囿别区分，原始以表末，释名以章义，选文以定篇，敷理以举统；上篇以上，纲领明矣。”在这一部分刘勰论述的是不同文体的写作问题，包括《明诗》至《书记》共20篇，共涉及33种文体。所谓“论文叙笔”，明确指出了刘勰论文体是以“文”、“笔”进行分类的，其中前十篇论有韵之文，包括诗、乐府、赋、铭、诔等；后十篇论无韵之笔，包括史传、诸子、论说等。

刘勰论文体具有自觉的方法论意识，他将自己的方法概括为“原始以表末，释名以章义，选文以定篇，敷理以举统”四项，也就是叙述文体源流、解释名称性质、评述代表作品、归纳创作要求四方面，刘勰“论文叙笔”二十篇基本都贯穿了这一论述方法。这四项以“敷理以举统”最为关键，前三个方面的论述都是为它服务的，都是为了最终归纳总结出各种文体的创作要求，以达到指导写作的根本目的。如《明诗》篇最后总结四言诗和五言诗的写作要求时云：“若夫四言正体，则雅润为本；五言流调，则清丽居宗。华实异用，惟才所安。”这被刘勰称为“纲领之要”。因此，刘勰认为上述四项若都已阐明，则文章写作“纲领明矣”。不过，从刘勰所论33种文体来看，不仅包括《文选》不收的经、史、子等专门著作，还包括了谱籍簿录、方术占式、律令法制、符契券疏、关刺解牒、状列辞谚等，大大超出了曹丕、陆机、挚虞等人所论范围，显然刘勰心目中的文学范围是很广泛的。

(三)剖情析采

刘勰在《序志》中云："至于剖情析采，笼圈条贯，摛神性，图风势，苞会通，阅声字，崇替于《时序》，褒贬于《才略》，怊怅于《知音》，耿介于《程器》，长怀《序志》，以驭群篇，下篇以下，毛目显矣。"刘勰指出，他在《文心雕龙》上二十五篇是论"纲领"，而下二十四篇则将论"毛目"，也就是要论述文章从"情"到"采"的各种具体写作方法。刘勰在这一部分广泛讨论了创作中的各种具体问题，包括构思与布局、用辞与练字、风格与体裁、鉴赏与批评、文章与才性、文学与时代等。从今天的理论视角来看，大致可以归为创作论与批评论两大块。这是《文心雕龙》中最具理论价值的一部分，我们将在下一小节作详细介绍。

二、《文心雕龙》的创作批评论

《文心雕龙》的"剖情析采"部分包含《神思》至《程器》共二十四篇。一般来说，从《神思》到《总术》十九篇可归为创作论范围，从《时序》到《程器》五篇可归为批评论范围。

(一)创作论

在"论文叙笔"部分刘勰曾归纳过各种文体的写作要求，而在这一部分，刘勰则是从创作的一般规律角度来探讨创作的具体方法。刘勰所论，涉及创作过程的方方面面，讨论问题的广度和深度，都大大超越了前人。其所论创作问题，可大致归纳为以下三大方面。

1. 论创作构思

创作过程开始，首先面对的就是构思问题，刘勰在《神思》篇中集中探讨了这一问题。他首先指出，构思是一个充满艺术想象活动的过程。艺术想象活动不受形骸束缚，超越时间和空间，而在想象活动中主体情感又始终是与客观物象结伴而行的，刘勰将艺术想象的这一特征归纳为"神与物游"。其次指出，在充满想象活动的艺术构思过程中又必须保持一份虚静的精神状态。刘勰认为："陶钧文思，贵在虚静，疏瀹五藏，澡雪精神。"虚静可以使构思时精神集中，不受主客观因素干扰，从而获得好的艺术效果。刘勰在《养气》篇中还指出，构思活动中虚静精神状态的保持需要"养气"，即要"养"成一种自然从容的心态，如此方可"水停以鉴，火静而朗。无扰文虑，郁此精爽"。最后，刘勰提出了艺术构思中的语言传达问题。他说："是以意授于思，言授于意，密则无际，疏则千里。或理在方寸而求之域表，或义在咫尺而思隔山河。"刘勰指出，构思中欲用语言将绚丽多姿的想象完全捕捉住是很困难的。要解决这个问题，他认为一方面要"积学储宝"，即作家在理论知识与实践经验方面要不断积累，以获得丰富的语言传达才能；另一方面要"笔固知止"，即要认识到语言传达的有限性，而将至微之意留在文外。刘勰对构思过程的描述，以及对言不尽意的肯定，明显受到了陆机《文赋》的影响。

2. 论结构风格

神思之后将是布局谋篇。刘勰在《镕裁》、《附会》、《章句》等篇中讨论了创作中的布局结构问题，在《体性》、《定势》、《风骨》等篇中讨论了文章风格问题，这两方面决定了文章的整体风貌。首先是布局，刘勰在《镕裁》中云："是以草创鸿笔，先标三准：履端于始，则设情以位体；举正于中，则酌事以取类；归余于终，则撮辞以举要。”即要设定体制、选取材料、树立文骨，以为进一步创作做准备。其次是结构，《附会》云：“夫才量学文，宜正体制：必以情志为神明，事义为骨髓，辞采为肌肤，宫商为声气。”刘勰将文章的整体结构分为情志、事义、辞采和宫商四个部分，并以神明、骨髓、肌肤和声气为喻，指出了它们在文章中的主次地位及相互关系。在《章句》篇中刘勰还谈到了文章结构中部分与整体的关系，提出“搜句忌于颠倒，裁章贵于顺序”的原则。最后是风格，刘勰认为文章的风格与作家的个性和文章的体裁有关。他在《体性》篇中指出，文章的风格是作家才性(即才、气、学、习)的直接体现，其基本类型主要有典雅、远奥、精约、显附、繁缛、壮丽、新奇和轻靡八种。他在《定势》篇中又指出，文章的不同体制也表现出不同的风格特征，如“章表奏议，则准的乎典雅；赋颂歌诗，则羽仪乎清丽；符檄书移，则楷式于明断；史论序注，则师范于核要；箴铭碑诔，则体制于弘深；连珠七辞，则从事于巧艳”等。然后，刘勰在《风骨》篇中提出了他对文章风格的一个普遍性要求，即要有风骨，也就是要求文章应具有爽朗刚健的艺术风貌。

3. 论练字造句

布局谋篇之后便是运词用句来完成文章。刘勰在《情采》、《声律》、《章句》、《丽辞》、《比兴》、《夸饰》、《事类》、《练字》、《隐秀》、《指瑕》等篇中详尽论述了写作中文辞运用的各种技巧。刘勰首先指出，文章文辞运用要与文章内容、结构和风格协调一致，不能片面追求字句的华丽。他说：“情者，文之经；辞者，理之纬。经正而后纬成，理定然后辞畅：此立文之本源也。”(《情采》)因此，他强调“执术驭篇”，“务先大体”，要“为情造文”，而不要“为文造情”；要“文丽而不淫”，要“体约而不芜”。其次他具体论述了文辞运用的各种技巧，包括声律、骈偶、用典、比兴、夸张等修辞手法的运用技巧，以及练字练句的具体方法，充分体现了刘勰对文章文辞美的重视。刘勰对这些艺术技巧的重视，显然是与当时以骈丽文风为主的创作实际相适应的。最后他列举了文辞运用中应避免的若干问题。如在文辞内容方面常有用词不当、违反孝道、尊卑不分、比拟不伦四种毛病；在文辞运用方面常有“依希其旨”、“率多猜忌”、“掠人美辞”三种问题；在注解方面则有“谬于研求”、“率意而断”两种毛病。这些都是写作中应当尽量避免的，因为“丹青初炳而后渝，文章岁久而弥光，若能隟括于一朝，可以无惭于千载也”(《指瑕》)，显示了刘勰对文章写作的严格要求。

(二)批评论

《文心雕龙》“剖情析采”部分虽以论文章写作的一般规律为主，但其中一些篇目却涉及文学批评问题。归纳起来，主要涉及以下三方面内容：

1. 论文学与现实

刘勰在《物色》与《时序》两篇中的论述涉及文学与现实的关系问题，《物色》篇主要涉及的是文学与自然的关系，《时序》篇则主要论述了文学与时代的关系。

刘勰在《物色》篇中说：“春秋代序，阴阳惨舒，物色之动，心亦摇焉。”“岁有其物，物有其容；情以物迁，辞以情发。”他指出，自然景物的变化，触发了人们心中的情感，而这正是文学作品产生的一个重要原因。刘勰曾在其他篇目中多次表达了这一观点。如《明诗》：“人禀七情，应物斯感。感物吟志，莫非自然。”《诠赋》：“原夫登高之旨，盖睹物兴情。情以物兴，故义必明雅；物以情睹，故辞必巧丽。”根据自然景物与文学的这一关系，刘勰进一步总结出“以少总多”的创作原则，并强调文学创作应该注重利用“江山之助”，到大自然中去吸取营养。

刘勰在《时序》篇中首先提出“时运交移，质文代变”的观点。他认为，随着时代的发展，文学也在不断地发生着变化，其整体风貌大体是在质朴与华艳之间游移，但总体来说是在不断走向华艳。而就文章写作而言，他更倡导“斟酌于质文之间，而檃括于雅俗之际”(《通变》)的风貌。其次他提出“文变染乎世情，兴废系乎时序”的观点。他认为，文学风貌特征的变化，是与时代和社会状况紧密联系在一起的，这其中包括政治兴衰与社会治乱、学术思潮之面貌、统治阶级的倡导等因素，这些都会影响到文学风貌的形成和转变。正所谓“歌谣文理，与世推移，风动于上，而波震于下者也”(《时序》)。

2. 论作家之才性

刘勰在《才略》与《程器》两篇中主要论述了作家的才性问题。在《才略》篇中刘勰以文学才气为标准评论了历代作家的主要成就，并同时提出作家成就高低除了与主观才气有关外，还与客观条件有关，因此他强调作家还应“贵乎时”。在《程器》篇中刘勰又以儒家道德观为标准批评了历代作家的德性缺点，并指出自己所理想的作家应是有文有质、德才并茂之士，应能“穷则独善以垂文，达则奉时以骋绩”。结合《才略》与《程器》两篇可以看出，刘勰论作家才性基本是持才性离异的观点，虽然他认为理想的作家应是德才兼备者，但是他并没有因为一些作家有品德缺点而贬低他们的文学成就，而是从文学才气的角度给予他们客观的评价。这也是自曹丕《典论·论文》以来六朝学者在才性问题上的普遍认识。

3. 论批评之方法

刘勰在《知音》篇中专门讨论了文学批评的方法问题。他开篇便提出了“音实难知，知实难逢”的问题，指出文学批评之难。“知音”之所以难，他认为主要原因是批评者常犯“贵古贱今”、“崇己抑人”、“信伪迷真”的毛病。那么，如何才能做到客观公正的批评呢？刘勰认为首先要有端正的态度，即要抛开前面提及的几种毛病，做到“无私于轻重，不偏于憎爱”。其次要有充分的准备，即要加强个人修养，以提高批评水平，因为“操千曲而后晓声，观千剑而后识器”。最后要从“六观”入手进行具体批评。所谓“六观”，其一观位体，考察的是作品所采取的体制；其二观置辞，考察的是作品运用辞采的状况；其三观通变，考察的是作品中的因革情况，看有何创新；其四观奇正，考察的是作品中的奇正关系，看如何“以正驭奇”；其五观事义，考察的是作品中的用典情况；其六观宫商，考察的是作品中的声律问题。刘勰提倡“六观”之法，并不是说文学批评仅“观”这六个方面，正如刘勰所说：“将阅文情，先标六观。”“夫缀文者情动而辞发，观文者披文以入情。沿波讨源，虽幽必显。世远莫见其面，觇文辄见其心。”(《知音》)显然，刘勰是将“六观”作为沿波讨源的入手处，由此去探得作者的思想与情感。

从上面的分析可以看出，《文心雕龙》虽是一部指导写作之书，但它在全方位论述文章写作之道的同时，也系统论述了文学理论的一些重要问题，并且全面评述了文学的历史发展，评价了许多重要作家作品，因此《文心雕龙》在客观上成为了一部文学理论批评巨著，在中国文学批评史上占据了最重要的地位。

三、《诗品》

钟嵘(468？—518)，字仲伟，颍川长社(今河南长葛)人。钟氏为颍川望族，永嘉之乱时徙居江南。南齐永明年间，钟嵘进太学做国子生，因通《周易》，为国子祭酒王俭所重。南齐时历官抚军参军、安国令、司徒行参军等职；梁时历官临川王行参军、衡阳王宁朔记室、西中郎晋安王记室等职，世称钟记室。《诗品》是钟嵘今存的唯一一部著作。

《诗品》在《梁书·钟嵘传》中被称为《诗评》，《隋书·经籍志》亦云："《诗评》三卷，钟嵘撰，或曰《诗品》。"可知此书原有两名，只是后来才通行《诗品》一名。钟嵘虽与刘勰生活于同一时代，但《诗品》完成于钟嵘晚年，要晚于《文心雕龙》的成书时间。《诗品》是我国现存最早的一部诗论专著，它对汉魏至齐梁时期的五言诗作了系统的论述，很多精辟的见解对后代诗论产生了较大影响，被后世誉为"百代诗话之祖"。

(一)《诗品》的基本内容

《诗品》全书分为序文与正文两部分。序文是全书的总论，主要论及诗歌的本质和特征、评诗的标准和方法等问题，提出了一些重要的理论观念，《诗品》的文学思想便主要表现在总论之中。正文则是对诗人的具体品评。这里将主要介绍正文的基本内容。

1. 止乎五言

与刘勰《文心雕龙》论文之广泛不同，《诗品》所论对象要纯粹得多。钟嵘在《诗品序》中云："嵘今所录，止乎五言。"指出所论对象不仅只限于诗这一种文体，而且仅限于诗中的五言体。钟嵘的这一选择与当时诗坛"五言腾踊"的背景有关。

五言诗源于汉代乐府民歌，至建安时期，文人五言诗开始蓬勃发展，至南北朝时达到空前繁荣的局面，产生了许多优秀的诗人和作品。不过，由于受《诗经》正体成见的影响，人们一般还是重四言而轻五言，正如挚虞《文章流别论》所云："雅音之韵，四言为正，其余虽备曲折之体，而非音之正也。"刘勰在《文心雕龙》中亦曾云："四言正体，则雅润为本；五言流调，则清丽居宗。"钟嵘针对这一现状，对五言诗的发展历史和艺术特色进行了较为全面的阐释，对五言诗的艺术成就进行了较为全面的品评，并对五言诗的艺术表现力给予了极高的评价，视其为"众作之有滋味者也"。钟嵘所论表现出能够正视诗歌形式发展的历史事实而不为儒家经典束缚的进步观点。

2. 分品论诗

《诗品》正文共评述了由汉至梁的122位诗人(另有古诗一类)，并将他们按成就高低分为上、中、下三品，全文由此分为上、中、下三卷。其中上品11人加古诗一类，中品39人，下品72人。在每一品中，钟嵘都着重指出了诗人作品的体制风貌与优劣得失。钟嵘分品论诗的方法为后世文学批评开创了一种全新的批评方式。这一方法的运用，受到了当时文化风尚的影响。

钟嵘在《诗品序》中曾云："昔九品论人，《七略》裁士，校以宾实，诚多未值。"指出班固《汉书·古今人表》和刘歆《七略》都曾以品类论人。至魏晋以降，随着清淡之风的盛行以及九品中正制的实行，在人物品藻中以品第论人遂成社会之风气，并广泛影响到文学艺术领域。南齐谢赫有《古画品录》分画家为六品，梁庾肩吾有《书品论》分书法家为九品，可以说都受到这一风气的影响。钟嵘《诗品》亦不例外。正如宗白华先生所说："中国艺术和文学批评的名著，谢赫的《画品》，袁昂、庾肩吾的《书品》、钟嵘的《诗品》、刘勰的《文心雕龙》，都产生在这热闹的品藻人物的空气中。”①

3. 推源溯流

《诗品》在分品论诗的同时，还比较重视追溯诗人的风格渊源。如评“古诗”云：“其体源出于《国风》。”评阮籍诗云：“其源出于《小雅》。”评李陵诗云：“其源出于《楚辞》。”评刘桢诗云：“其源出于古诗。”评魏文帝诗云：“其源出于李陵。”等等。《国风》、《小雅》、《楚辞》是钟嵘对五言诗人风格追源溯流的三大源头，以此为基础，他论述了众多重要诗人的风格渊源，其承继关系如下图：

- (1)《国风》
  - 古诗(上)——刘桢(上)——左思(上)
  - 曹植(上)
    - 陆机(上)—— 颜延之(中)——
      - 谢超宗(下)
      - 丘灵鞠(下)
      - 刘　祥(下)
      - 檀　超(下)
      - 钟　宪(下)
      - 颜　则(下)
      - 顾则心(下)
    - 谢灵运(上)
- (2)《小雅》——阮籍(上)
- (3)《楚辞》——李陵(上)
  - 班姬(上)
  - 王粲(上)
    - 潘岳(上)——郭　璞(中)
    - 张华(中)
      - 谢　瞻(中)
      - 谢　混(中)——谢朓(中)
      - 袁　淑(中)
      - 王　微(中)
      - 王僧达(中)
    - 张协(上)——鲍照(中)——沈约(中)
    - 刘琨(中)
    - 卢谌(中)
  - 曹丕(中)——
    - 应璩(中)——陶潜(中)
    - 嵇康(中)

《四库提要》评《诗品》之溯源方法时曾云：“惟其论某人源出某人，若一一亲见其师承者，则不免附会耳。”②一位诗人作品风格的形成会受到多方面因素影响，《诗品》常常只说某家源于某家，所论的确显得过于简单片面。不过，钟嵘推源溯流的原意应该只是说明某家风格的基本倾向和过去某家类似，从这一角度看，钟嵘所论还是有一定意义的。

① 宗白华：《美学散步》，上海人民出版社1981年版，第210页。

② 四库全书研究所：《钦定四库全书总目》，中华书局1997年版，第2738页。

(二)《诗品》的文学思想

《诗品》的文学思想主要见于序文之中。序文原分三段，分处上、中、下三卷之首，后人将它们合为一篇，置于书首。钟嵘在序文中主要论述了诗歌性质、艺术特色与评价标准等问题，并对五言诗的发展历史、写作《诗品》的缘起及其体例一一作了说明。就所表现的文学思想而言，可概括为以下几个方面。

1. 诗歌性质——吟咏情性

钟嵘在《诗品序》开篇即云："气之动物，物之感人，故摇荡性情，形诸舞咏。"指出诗歌是人们性情摇荡的产物，而激发人们性情摇荡者则是外在之事物。钟嵘对此外在之事物有详细描述："若乃春风春鸟，秋月秋蝉，夏云暑雨，冬月祁寒，斯四候之感诸诗者也。嘉会寄诗以亲，离群托诗以怨。至于楚臣去境，汉妾辞宫，或骨横朔野，魂逐飞蓬；或负戈外戍，杀气雄边；塞客衣单，孀闺泪尽；或士有解佩出朝，一去忘返；女有扬蛾入宠，再盼倾国：凡斯种种，感荡心灵，非陈诗何以展其义？非长歌何以骋其情？故曰：'《诗》可以群，可以怨。'"也就是说，激发人们性情产生的既有自然之景物，也有人生之遭际，而诗歌的本质就是吟咏因它们生发的情性。

对诗歌吟咏情性性质的揭示自《诗大序》以来已有不少论述，钟嵘与前人略有不同之处，他特别强调对"怨"情的抒发，这从上面引文中他所举的人生遭际之例便可看出。因此，他特别强调了孔子"诗可以怨"的观点，并指出"使穷贱易安，幽居靡闷者，莫尚于诗矣"。而且这也成为他评价诗人作品的一个重要标准。如评曹植："情兼雅怨，体被文质。"评古诗："多哀怨。"评李陵："文多凄怆，怨者之流。"评左思："文典以怨，颇为精切。"等等。

2. 创作原则——自然直寻

钟嵘非常重视诗歌的自然美，在《诗品序》中他称之为"自然英旨"，并且指出，表现这种"自然英旨"的方法是"直寻"。他说："若乃经国文符，应资博古；撰德驳奏，宜穷往烈。至乎吟咏情性，亦何贵于用事？……观古今胜语，多非补假，皆由直寻。"所谓"直寻"，是指用直接可感的形象来描绘诗人的感于外界事物所激起的感情①。钟嵘从诗歌"吟咏情性"的性质出发，指出诗歌创作应直写情之所感，眼之所见，而无须借助于用典。因此，他对任昉、王融等人大量用典的创作给予了严厉批评："大明、泰始中，文章殆同书抄。近任昉、王元长等，词不贵奇，竞须新事，尔来作者，寖以成俗。遂乃句无虚语，语无虚字，拘挛补衲，蠹文已甚。但自然英旨，罕值其人。"

从"自然直寻"的创作原则出发，钟嵘对沈约、王融等人倡导的声律论也提出了严厉批评："故使文多拘忌，伤其真美。余谓文制本须讽读[诵]，不可蹇碍，但令清浊通流，口吻调利，斯为足矣。至于平上去入，则余病未能；蜂腰、鹤膝，闾里已具。"钟嵘并不反对诗歌的自然声律之美，他反对的是过分琐碎的人为声律，认为这样会影响到情感的自然表达，而失去"自然英旨"。不过，钟嵘对沈约诸人的批评不免有些过分，沈约等人自觉地发现和利用声韵规律来构制语言的音乐美，其对诗歌格律化所起的积极作用是不应被忽视的。

① 张少康、刘三富：《中国文学理论批评发展史》(上)，北京大学出版社1995年版，第268页。

3. 审美旨趣——滋味有余

钟嵘认为，五言诗最重要的审美特征在于其有“滋味”。他说：“五言居文词之要，是众作之有滋味者也，故云会于流俗。”其之所以有“滋味”，在于“指事造形，穷情写物，最为详切”。诗歌创作中，“指事”是经过“造形”来达到的，“穷情”是借助“写物”来实现的，它愈是“详切”就愈有“滋味”。那么，如何才能使诗的审美旨趣有滋味呢？钟嵘指出：“故诗有三义焉：一曰兴，二曰比，三曰赋。文已尽而意有余，兴也；因物喻志，比也；直书其事，寓言写物，赋也。宏斯三义，酌而用之，干之以风力，润之以丹彩，使味之者无极，闻之者动心，是诗之至也。”他认为首先要综合运用兴、比、赋三种艺术方法，其中又犹以“兴”最为重要，也就是强调诗应写得含蓄有余味，耐人寻绎；其次要将“风力”与“丹彩”结合起来，“风力”即“风骨”，“丹采”指华美的文辞。钟嵘认为，运用赋比兴三种艺术方法，使风力与丹采相结合，才能较好地表现作者激动深厚的情感，而这正是使诗歌具有最佳滋味即强烈的艺术感染力的主要条件。

此外，钟嵘《诗品》喜以形象化的语言来论诗，如评范云和丘迟：“范诗清便宛转，如流风回雪；丘诗点缀映媚，似落花依草。”评潘岳和陆机：“潘诗烂若舒锦，无处不佳；陆文如披沙简金，往往见宝。”这种形象化的论诗方式开批评史上“意象批评”之传统，对后世诗话、词话及其他文艺评论产生了深远影响。

◎思考题：

1. 魏晋玄学的言意之辨是如何影响魏晋南北朝文学批评的？
2. 魏晋南北朝批评文体的时代特征是什么？
3. 曹丕“文气说”的理论内涵及历史价值是什么？
4. 陆机的创作心理有哪些内容？
5. 试从《文心雕龙》的《原道》和《序志》看儒、道文化对刘勰的影响。
6. 试述《文心雕龙》创作论和鉴赏批评论的主要范畴。
7. 试述钟嵘诗歌理论在思维方式和言说方式上的特征。

第四章 隋唐文学批评

太阳的光辉并不会同时洒遍地球的每一个角落，时值泰西教会文化极力打压世俗文艺的中世纪“黑暗”之际，中华文明进入了多元发展、气象万千的隋唐时期。历史上的隋唐(公元581—907)时期有326年。但在中国文学批评史上，五代十国(公元907—979)时期的诗文论(特别是诗格类著述)很难独立于唐代，一般认为五代十国是唐代藩镇割据的延续，故通常将五代十国诗文论纳入其中，这样这一时期则有近400年(公元581—979)。由于隋和五代十国的存世较短，成就也不太突出，因此隋唐五代十国时期的诗文论还是以唐代为主。而在唐代诗史研究中，自明朝高棅编《唐诗品汇》以来，“四期分唐说”影响最大，即把唐诗分为初、盛、中、晚四个时期。本章因教材结构的需要，以“安史之乱”为界，把本期的诗文论分为隋、初盛唐和中晚唐两个时期，与现当代学者胡适、闻一多、陆侃如、冯沅君等的唐诗分期法相类似。陈寅恪认为“唐代之史可分前后两期，前期结束南北朝相承之旧局面，后期开启赵宋以降之新局面，关于社会经济者如此，关于文化学术者莫不如此”①。

第一节 概　　述

隋唐时期通常被整体性地想象成辉煌灿烂、全面繁荣的盛世，如果放在人类文明史进展的度量单位上，这种整体性的想象很容易找到史料的佐证，如果以隋唐人个体的生存体验为刻度，这种整体性的想象或许就显得空疏隔膜。真实的客观世界本身是复杂的，对复杂事物的简化能力，是人类理解复杂世界的方便法门。无论如何，本期诗文成就的辉煌是举世公认的事实，辉煌的诗文成就离不开人们对诗文本体的理解，而这种理解又不能离开一般性的文化背景而孤立存在。

一、隋唐时期的文化背景

隋朝(公元581—618)二世而亡，前后37年，历史留给它进行文化建树的机会并不多，但科举制的草创却是影响中国文化千年进程的大事。科举制是用考试方式选拔官员的制度，在此之前的魏晋六朝时期，选拔官员的制度多采用“九品中正制”，但后来中正官被世家大族势力所把持、控制，家世、门第成为评定官品的唯一标准，从而出现了“上品无寒门，下品无士族”(《晋书》卷45《刘毅传》)、“世胄蹑高位，英俊沉下僚”(左思《咏史》)的局面。隋朝立国伊始，为了强化自己的统治基础，急需大量补充适合自己要求的

---

① 陈寅恪：《金明馆丛稿初编·论韩愈》，三联书店2001年版，第332页。

各级官员。统治者除继续沿用如察举、荐举、荫官等制度之外，还采用分科考试的办法选拔官员，选拔标准是考试成绩的优劣。当时常设的科目有秀才、明经、进士等，另外还有为搜罗非常人才而临时设置考试的制科。

唐朝时期，科举制度逐渐得到发展和完善：唐太宗时期，科举考试成为固定制度，每年举行；武则天时期开创了殿试制度和选拔军事人才的武举，并且在进士试中，由试策文一场改变为试帖经、杂文、策文三场，其中所试杂文中就经常包括诗赋；唐玄宗时期，试杂文则专指诗赋考试，以后成为唐代定制。后世有人(如严羽)把唐诗繁荣归因于诗赋取士的科举制度，今人有反对科举兴诗的说法者，考证出诗赋取士制度的固定在唐朝立国一百多年后。其实，科举制对唐代文化繁荣所起的作用，可以从更高远处进行审视。科举制创立，门阀制度被打破，世庶渐趋合流，庶族知识阶层崛起于政坛，使国家官僚队伍的构成成分发生了变化，有才识的读书人有了“同气相求，同声相应”的人脉基础；科举制导致社会上对文化教育的需求急剧增加，各层次各类别的学校以及官办私办学校迅速兴盛起来，与教育相联系的各种文化活动也随之兴盛起来，诸如文献整理、学术研究、著书立说等也随之活跃。

唐王室自以为老子李耳的后裔，以道教为皇族宗教，有唐近300年间，始终扶植和崇奉道教。唐高祖李渊于武德八年(625)，下诏排三教先后，以道教为首，儒教次之，佛教最后。贞观十一年(637)唐太宗颁《道士女冠在僧尼之上》诏令。开元二十一年(733)，玄宗亲注《道德真经》，又令士庶家藏《老子》一本，并把《老子》列入科举考试范围；开元二十九年(741)，诏两京(长安、洛阳)及诸州各置崇玄学，规定生徒学习《老子》、《庄子》、《列子》、《文子》，致使研究和注疏老庄思想的风气大盛。唐代还对道教经籍进行收集和整理，纂修成藏，名《开元道藏》，并诏令传写，以广流布，这是中国历史上的第一部道藏。道家、道教对唐代文人的生活情趣和人生信仰产生了广泛的影响，他们理论上标榜自然，生活上亲近自然，读书山林、漫游名山大川，成为一时之尚。他们入仕前经常与佛禅思想结合，隐居山林，用山林的明净清幽环境陶冶情操，入仕后则与儒家进取思想相融合，从无为走向进取。

唐代在社会伦理和权力运作方面，仍以儒教为本。唐太宗李世民推重儒学，把尧舜之道、周孔之教看作“如鸟有翼，如鱼依水，失之必死，不可暂无耳”(《贞观政要·慎所好》)。唐朝科举考试以儒家经典为基本内容和评判依据。但由于经书成书年代久远，文字多晦涩难懂，记事又简略不详，须作传、注才好理解，而后人所作传、注者或各执一说或各承师说，互诘不休，对经书的文字和解释出现了严重的分歧与混乱。唐太宗为了统一儒学解释权，制定士子习经和科举考试的标准，召集国子祭酒孔颖达等一批著名的儒士共同撰修《五经正义》。此次经典整理，起于贞观四年(630)，成于高宗永徽四年(653)，前后长达二十余年，是在政治统一、政治稳固之后的政府行为。此书广采旧文，折中南学、北学，汇集了汉魏、两晋南北朝时期学者的研究成果，收录保存了大量后世亡佚的重要古籍的内容，引用了大量史料诠释典章制度、名器物色，具有很高的学术权威性。《五经正义》经官方颁定后，便成为士子习经和科举考试的统一标准，自唐代至宋初，明经取士以此为准，标志着经学史上一统局面的形成。得到尧舜之道、周孔之教熏染的唐代士人积极入世，普遍注重功名进取，反映到诗文批评上来，便是追求诗文的现实功用与兴寄、风骨。

另一方面，统治者把士人的利益、前途统一到他们所垄断的对经典思想的解释上来，势必会束缚士人思想创新的灵性，久而久之使他们失去了对儒学的兴趣和信仰，转而趋于诗文或遁入佛门，进入了思想史上所谓的“盛世的平庸”。而“安史之乱”的深刻危机，使积极入世的儒者切肤体验到了离经叛道的极大伤害，人们也痛心疾首于社会政治的失序与思想世界的混乱，他们要重振朝纲，重新确立儒家思想的权威，但官方儒学的日趋僵化和空洞苍白，致使另一些儒学者另辟蹊径，摒弃教条，直接从经文中阐释圣人之意，接过思孟学派心性传统，融汇道家、佛家的心性之谈，为儒学的转变、调整和进一步发展注入了生机，开宋代心性学之先河。

佛教在隋唐时期也得到迅速发展，隋文帝有过寺庙生活的经历，掌权后大力扶持佛教，隋炀帝甚至受过菩萨戒。武则天天授二年(691)，朝廷规定僧尼排班次序在道士之前，唐睿宗景云二年(711)，复敕僧道齐行并进，班次排列不分先后。隋唐时期佛教发展的一大亮点，就是众多宗派的形成及进一步中国化。魏晋南北朝时期的佛教有学派而无宗派，学派各有师法，但并不传法定祖。隋唐时期，佛教已形成众多宗派，宗派以强大的寺院经济为基础，除宗寺(寺产所有权和宗内继承权)、宗规外，重要的是宗义(传世法系的继承)，有创始人、有传授者、有信徒、有教义、有教规、有师承传法系统，逐渐形成了天台宗、三论宗、法相宗、律宗、净土宗、华严宗、禅宗、密宗等宗派。其中，法相宗、华严宗和禅宗在中国的不同命运，不仅值得理论及文化传播研究者三思，还对中国的文论产生了重要影响。

法相宗是由玄奘及其弟子窥基创立的宗派，该宗力主心识变现法相故唯识无境(境不离识)、转识(对“真如”之“迷”)成智(对“真如”之“悟”)才能证得法我两空、解脱烦恼。他们的转“识”成“智”、由染转净的解脱法，似乎要把“真如”当作一种可以独立于识外的东西，这同当时即心即佛的禅思潮和真如即是正智的普遍认识大相径庭，但对于视“理”为“事”外另一客体的宋代理学家，则有明显的影响。法相宗致力于剖析一切事物(法)的相对真实(相)和绝对真实(性)，强调“唯识真性”，因穷理务尽而带有浓重的学究气息。但穷理往往难于兼顾笃行，玄奘得意弟子辩机的被腰斩，似乎使这一似是而非的病垢得到了印证。而浓重的学究气息和烦琐的名相辨析，使法相宗的信众只能锁定在皇族与朝臣之中，这样，法相宗在得到唐太宗和唐高宗的大力支持时尚可盛极一时，等到武则天改倡华严宗以区别于李唐王朝，法相宗的衰微也就不可避免了。

较法相宗略具本土色彩的华严宗，实际创始人是有参加玄奘译场经历的法藏。华严宗以《华严经》为根本经典，从本宗立场把印度和中国的所有宗派详分为五教十宗，自称圆明具德宗，致力于对佛教思想体系的整体贯通，企图超越一切宗派。其三观、六相、四法界、十玄门等玄奥晦涩的教理、概念，与法相宗有异曲同工之处。其理事、体用、总别诸范畴，相当精彩地解释了本质与现象、个别与一般、同一与差别的关系问题，是中国哲学的一大发展。唐代新儒学、程朱理学在其论题的提出、范畴的应用以及思维方式等方面从华严宗中获益良多，古代文论也在范畴应用、认识方式等方面受到其启示。

法相宗与华严宗在中国的确立与流传，很能说明古代中国人曾经掌握过理论思辨(形而上学)的出色能力，但这种能力的持续传承需要传播者的执着、信众的尊奉、寺院经济的稳定、权力的支持、业内的相互砥砺等诸要件的支撑，但安史之乱(公元755—763)、会昌“法难”(公元 841—846)、王仙芝、黄巢起义(公元 874—884)、军阀混战(公元 884—907)、五代十国分割(公元 907—960)的局面，致使经院派诸宗一蹶不振。在此之前，隔膜的经典、深奥的教义、精致的推理、细密的名相分析，在崇尚实用知识的盛唐社会风气中就开始逐渐失去了魅力，信众需要一种简约轻快的解脱之道来替代复杂繁琐的理论分析，最后经院派诸宗衰落，禅宗独盛，成为中国佛学的主流。禅宗在三大语系(巴利语系、汉语系、藏语系)佛教中独树一帜，是最具中国特色的佛教，也是在中国佛教各宗派中影响最广最大的一个宗派。从禅宗的形成与发展史来看，它不仅是中国佛教各个宗派共同塑造的产物，还与儒、道关系密切，彼此在相互斗争中相互吸收。有关禅宗与中国文化和文论的联系，参见本章第三节“三教合一与中晚唐文学批评”。

由于唐代文人学士与僧人有广泛的交往，其影响也就不能不反映到诗文和诗文论中。如果说佛教的宇宙观影响了文人学士的艺术创造力和想象力，佛教的人生观影响了文人学士的人生理想、生活情趣、行为方式，佛教的广泛传播直接拓广了文学体裁的话，那么，佛教对于文论的影响，则主要是通过其本体论、认识论、方法论来实现的。唐代诗僧的出现也是值得一提的。其中，诗僧的诗文论著作(皎然的《诗式》等)也在批评史上占有一席之地。

当然，在唐代文人学士中，单独受到或儒或道或佛一家影响的并不多见，他们虽于儒释道的思想有所侧重，但大多是或隐或显的兼容。如诗圣杜甫以儒为主，也受到道家及佛家禅宗的影响；诗僧皎然以释为主，也不拒儒道的一些说法；司空图以老庄为主，儒佛影响也时有所见。

相对于魏晋玄学和宋明理学，隋唐(特别是盛唐)时期的文化贡献，也许并不在于思想史意义上的理论独创与思考深度，而在于学术史意义上的文化传承与开放融合。

二、隋唐文学批评的理论深入

本期诗文的辉煌成就举世公认，而对诗文论的贡献则众说纷纭。郭绍虞《中国文学批评史》称之为“复古期”，张健《清代诗话研究》称之为“中衰期”，或有可议；也有人以有无体系作为价值判断的标准，由于没发现类似《文心雕龙》这样“体大思精”的著述，便忽视本期诗文论的精进与创新，实不足取。本期诗文论的精进与创新主要体现在诗艺论、诗境论、文德论等方面。

诗艺论侧重怎么写合于规格，包括有关声律、对偶、句法、结构和语义等方面的言论。唐代诗艺论的新进主要与近体诗的定型与传播相关，具体内容可参见第二节“隋、初盛唐文学批评”，其中声律简化论与对偶复杂论最值得重视。

所谓声律简化论即改四声律为平仄律的有关表述。《文镜秘府论·天卷》论调声部分记元兢提出的“调声三术”，虽没有使用平、仄的概念，但已将平声与上去入三声分为两类相对应。以四归二，把汉语声调归结为最概括、最基本的平仄，从永明诗体到唐代近体诗(律诗)的最终定型与确立，是一个长达 200 年的历史进程，以后人们只需按平仄律遣词造句，不必再担心病犯，齐梁时代盛行的病犯之说至此已失去了存在的意义，以致今人要弄清何谓“八病”，还要借助日本唐代留学僧的相关记载。

所谓对偶复杂论即关于“义对”与粘对的有关表述。初盛唐人有关诗歌“义对”的见解比前人细密得多。日僧遍照金刚著《文镜秘府论·东卷》专讲对偶，共分29类，基本上可见唐人关于对偶的见解。唐以前的所谓新体诗，往往不知相粘，注重的是对句相对，一联两句之间的声韵调配问题，所谓"一简之内，音韵尽殊；两句之中，轻重悉异。"但两个或两个以上律联间的声韵如何组合排列，并不明确，粘对规则的定型，应该是在宋之问和沈佺期时期最后完成的。

诗境论建立在诗艺论基础之上，侧重怎样处理眼中识见、心中成见与脑中洞见之间的关系，以表达自己头脑中的世界及怎样作用于接受者头脑中的世界等。唐代诗境论主要包括诗境类型论、诗境创生论和诗境特征论三个部分。署名王昌龄的《诗格》把诗境分为物境、情境、意境，是现成的诗境类型论，可参见本章第二节的"选本与诗格"。唐人关于缘境、取境、造境的论述可以归结为诗境创生论，参见第三节的"皎然《诗式》"。诗境特征论涉及情景相兼、境生象外、象外之象等诸多论述，贯穿于有唐一代。从王昌龄《诗格》、皎然《诗式》开始，随着文学艺术的进一步繁荣，诗歌创作实践的迫切需要，诗学理论的长期积聚，人们用"境"、"诗境"、"常境"、"物境"、"境物"、"境兴"、"境思"、"境象"、"缘境"、"取境"、"造境"、"实境"、"心境"、"情境"、"意境"等术语来论诗谈艺便成了一种趋势。

文德论之"文德"一词内涵复杂，今人钱钟书在《管锥编》第四册252条，专以"文德"为题集三千余言而论之，可资参照。本书所谓"文德"，既涉及执笔为文之人的道德节操，也涉及诗文的好坏即价值判断的标准，特别侧重于应该写什么、如何发挥作用等问题，它贯穿于以后各节之中，如唐初史家和政治家折中南北、文质并举的主张，陈子昂的崇尚兴寄、风骨，杜甫的集大成论，殷璠的兴象风骨论，白居易的为君、为臣、为民、为物、为事而作，不为文而作，韩柳的古文理论等。就意义而言，本期文德论的拨乱反正意义往往大于它的创新意义。

三、隋唐文学批评的文体特征

本期批评文体既有对前代的延续，也有与前代的差异，更有在方式、方法上的开拓创新，形成了文体批评多元化的特点：有如《河岳英灵集》、《中兴间气集》这样的选本批评，有如《诗格》、《诗式》这样的法式批评，还有散见在史传碑志、序跋札记、书信随笔中的诗文观点和文人事迹，虽没有类似《文心雕龙》这样的鸿篇巨制，但首创了以诗论诗、述事明诗等影响深远的批评形式。

(一)论诗诗

论诗诗是唐代诗文评体式的创新。杜甫《戏为六绝句》首开风气，后代不少作家都采用这种形式，如白居易、韩愈、司空图、梅尧臣、欧阳修、苏轼、黄庭坚、陆游、杨万里、元好问、王士祯、袁枚、赵翼等都有佳作，郭绍虞、钱仲联编有《万首论诗绝句》，可见此批评体式在中国的流行。

以诗论诗，追求理论说服力和形象感染性的兼具。它从审美感受出发，大量运用形象性语言，义精而词简，集中而含蓄，生动活泼，尺幅千里，易记诵。较之逻辑说理、严肃评判，大异其趣，也许更符合文艺批评的审美特征。但其缺点也同样明显，一方面，因诗体字数的限制，很难详尽细致，论述的深度和广度受到限制，另一方面，语言形象含蓄，表达意思常含混不清，很难承担理论分析的重任。以诗论诗的价值与进展可参见第二节之“杜甫论诗论”和第三节之“司空图诗论”。

(二)述事体批评

记述诗人事迹和诗作本事的述事明诗批评方式，是唐代文学批评文体研究不可忽视的一个方面。

孟棨撰《本事诗》，专采有事之诗，类如诗选，而详述本事，又义近小说，开启了蔚为大观的宋人诗话的体例，也“直接地领导了”处常子、罗隐、聂奉等几种续本事诗。罗根泽认为：

> 本事诗是“诗话”的前身，其来源则与笔记小说有关。唐代有大批的记录遗事的笔记小说，对诗人的遗事，自然也在记录之列。就中如范摅的《云溪友议》、王定保的《唐摭言》，其所记录，尤其是偏于文人诗人。由这种笔记的转入纯粹的记录诗人遗事，便是本事诗。我们知道了“诗话”出于本事诗，本事诗出于笔记小说，则“诗话”的偏于探求诗本事，毫不奇怪了。①

罗先生在这里提到的范摅《云溪友议》，记载了开元以后的异闻野史，尤以诗话为多。所录诗及本事，有为他书所不载者。如王梵志诗十余首，即为唐人诸书所未及，韦縠《才调集》、计有功《唐诗纪事》、辛文房《唐才子传》等，皆取资于此书。唐末五代人王定保撰的《唐摭言》，共十五卷，是专记唐代科举的笔记小说，有大量正史所不详述的诗人文士的遗闻轶事，又保存了一些唐人别集所失载的断章零句。除此之外，《隋唐嘉话》(刘悚)、《集异记》(薛用弱)、《幽闲鼓吹》(张固)、《鉴戒录》(何光远)等笔记、杂文中，都有一些因述事明诗而可资参考的珍贵史料和观点，如：《隋唐嘉话》录薛道衡作《人日思归》的事，可见南北文学开始合流的新气象；宋之问赋诗夺东方虬锦袍的事则反映出皇室的爱好与宫廷内部赋诗竞才的风气；《集异记》中王之涣等人旗亭画壁的记载证明了唐代文人与乐妓之间的密切关系；《幽闲鼓吹》中白居易诗谒顾况的事，可见文人间的惺惺相惜等，只是材料杂芜、虚实杂糅，须下一番披沙拣金的工夫。

(三)史传体批评

唐代初期最重要的批评方式是史传批评。

李唐开国之初，巩固政权、稳定政局乃首要之务，其方法之一就是通过修史以汲取历史上的经验教训为借鉴。史学的发达与成果的丰厚是唐代学术的一大亮点，除了唐初撰定的《周书》、《北齐书》、《梁书》、《陈书》、《隋书》、《晋书》、《南史》、《北史》这八部前朝正史之外，还有《贞观政要》(吴兢)等“国史”专书。

史书不以文学批评为重，但包括文学批评。唐初史家沿承南朝沈约《宋书·谢灵运传论》、萧子显《南齐书·文学传论》的做法，在其史著的文苑传或文学传的序论中，评述历代文学，发表关于文学的意见。此外，《隋书·经籍志》集部和《梁书》、《陈书》中的帝纪总论也有关于文学批评的论述。

---

① 罗根泽：《中国文学批评史》，上海书店2003年版，第540页。

初唐史家中有许多人兼有史家与政治家的责任，他们既撰史，又直接参与政事，如魏徵就是唐初政策的重要决策者，与李世民关系甚为密切。这些人对于文学的见解，既有强烈的现实功利性，又显示出历史的全面性与纵深感，不乏远见卓识，他们的许多观点其实是对唐初皇帝看法的进一步发挥和完善，代表着最高统治集团的观点，不仅影响着当时文风的变化，还为有唐一代文学发展奠定着基础。

唐初史家与后代一些史家有点不同的是，他们所修史书更多地秉承了司马迁《史记》的诗化传统，有非常浓重的文学气味。鲁迅称赞司马迁《史记》为"无韵之《离骚》"，前代史家大多是文学中的行家里手，作史时常忍不住调动文学手段，在严谨的历史叙述中渗入些诗的情调。初唐的这些史家更是踵事增华，因为他们大多深受齐梁文风的影响，于文艺并不外行，能注意到文学本身的发展和特点，但也"借作史书的机会来叫卖他们的文艺"。正如闻一多所说："只把姚思廉除开，当时修史的人们谁不是借作史书的机会来叫卖他们的文艺——尤其是《晋书》的著者！"①

唐代史论家刘知幾关于文史异同的见解，正好可以从一个侧面印证初唐史家的诗化倾向。其《史通·核才》篇中说："昔尼父有言：'文胜质则史'，盖史者当时之文也，然朴散淳销，时移世异，文之与史，较然异辙。故以张衡之文，而不闲于史；以陈寿之史，而不习于文。"虽然从东汉以来文史界限已逐渐分开，但从理论上这样明确地提出"文之与史，较然异辙"，刘知幾还是第一个，这当然是针对长期以来文史不分的观念而言的。他从取材、手法、语言等诸多方面对文学与历史作出严格的区分，试图建立起一个完整的史学理论体系。这种区分本身既是史学获得独立的标志，同时也是文学获得独立的标志。刘知幾的《史通》虽然扬史抑文，并且在理论上把中国诗化史学的传统刹住了，但其关于史书写作的一些观点对文学创作仍然具有一定的意义。重故事情节的安排描述，很少大段评说、描写景物；重视从人物形象的立身、行事中来刻画性格，很少长篇心理描写；语言凝练、个性化、言文一致等，正是刘知幾关于史书写作的思想，这也同样通于文艺。

(四)诗格类批评

诗格也是本期出现的一种重要批评文体。唐代诗格类著作包括诗格、诗式、诗例、诗句图等，现在可见的有三十多种，主要收录在南宋陈应行的《吟窗杂录》、明胡文焕的《诗法统宗》、清顾龙振的《诗学指南》和日本空海的《文镜秘府论》中。

作为一种偏重诗歌格律法式的入门书，诗格类著作既是唐人诗歌创作本身的需要，又是唐诗创作经验的总结和升华。对于诗歌鉴赏，诗歌格律常识之普及和提高，都起到了促进作用。唐人作诗、论诗、评诗注重法式，崇尚格律，重视声调的错综回旋和音节的抑扬顿挫。另外，唐代科举考试，以诗赋取士，而且对诗歌格律的要求很严，凡"犯韵""犯格"者概不录取，这也大大刺激了举子们对诗歌声韵的学习和运用热情。

由于诗格论诗注重实用，故其所显现出来的理论形态，多系点悟式批评，点到为止，直观简明，重在领悟，缺乏逻辑思辨性和理论的系统性。然而这种经验型的理论形态，却凝结了作者的大量心血，诗人感悟比较丰富，具有一定的理论价值。如题名王昌龄的《诗

① 《闻一多全集》第六册，湖北人民出版社1993年版，第4页。

格》，提出“诗有三境”之说，实现了由佛家“境界”向诗学“境界”的转化。张为的《诗人主客图》继钟嵘《诗品》之后表现出更为明确的诗派意识。旧题白居易作的《金针诗格》和徐寅《雅道机要》等，都把诗意分为内意和外意，揭示出了诗文创作中思想和形象的特殊关系。选本与诗格的相关问题可参见第二节之四小节，这里着重谈唐代的史传批评和述事批评。

（五）书信体批评

书信是向特定对象传递信息的一种文体。古人多曰书，今人常称信。《文心雕龙》释“书”曰：“书者，舒也。舒布其言，陈之简牍。”书的原始义本来是，把内心想要说的话说出来，并变成文字写在某种载体上，但随着帝制的确立，礼仪的繁化，又形成了表、奏、疏、议、启、上书、封事等关于书信的异名，故明吴讷《文章辨体序说》云：“昔臣僚敷奏，朋旧往复，皆总曰‘书’。近世臣僚上言，名为‘表’、‘奏’；唯朋旧之间，则曰‘书’而已。”

书信体作为一种运用书面语言进行人际交流的文体，应用极其广泛，涉及社会生活的各个时期和方方面面，当然也包括诗文评论。唐代以前，用书信体对诗文进行的评论已有很多，著名的如司马迁的《报任安书》、曹丕的《与吴质书》、曹植的《与杨德祖书》、范晔的《狱中与诸甥侄书》、陆云的《与兄弟平原书》、陆厥的《与沈约书》、沈约的《答陆厥书》、萧纲的《与湘东王书》等，都是中国文论史上的重要文献。

有唐一代，运用书信进行诗文思想交流的形式愈加普遍。举其要者，有王绩的《答处士冯子华书》，许敬宗的《为司徒赵国公谢皇太子寄诗笺》、《谢皇太子玉华山宫铭赋启》，骆宾王的《上吏部裴侍郎书》、《和道士闺情诗启》，李峤的《上高长史述和诗启》，王勃的《上吏部裴侍郎启》，吕才的《进白雪歌奏》，李善的《进文选表》，陈子昂的《与东方左史虬修竹篇序》、《上薛令文章启》，李白的《上安州裴长史书》，萧颖士的《为陈正卿进续尚书表》、《赠韦司业书》，杜甫的《进雕赋表》，于邵的《与裴谏议虬书》，刘太真的《与韦应物书》，崔元翰的《与常州独孤使君书》，柳冕的《与徐给事论文书》、《谢杜相公论房杜二相公书》、《答杨中丞论文书》、《答衢州郑使君论文书》、《与滑州卢大夫论文书》，权德舆的《答柳福州书》、《答杨湖南书》，符载的《寄徐泗张大夫书》，裴度的《寄李翱书》，韩愈的《答李诩书》、《答刘正夫书》，李翱的《答朱载言书》，白居易的《与元九书》，柳宗元的《答吴武陵论〈非国语〉书》、《答韦中立论师道书》，元稹的《叙诗寄乐天书》，杜牧的《答庄充书》，司空图的《与李生论诗书》、《与王驾评诗书》、《与极浦书》等，有理论价值的达百篇之多。

本期诗文评论的文体除以上五类外，还有序跋体、碑志体等，亦数量庞大，散见在札记、随笔中的诗文观点更不易统计，选本中体现出的诗文思想也值得重视，限于篇幅，此处从略，详见本章各节目的论述。

第二节 隋、初盛唐文学批评

从隋文帝统一全国，到唐玄宗、肃宗时期的安史之乱，有近180年的历史，其间诗文批评发展的主要脉络，先是重在否定齐梁风气，接着要求折中南北，再进一步研讨对偶、声律，然后是提倡风骨兴寄，注重立象取境，最终形成声色与性情高度统一的盛唐之音。

本期在中国诗文批评史上具有重要地位的人物，有唐初史家和政治家、陈子昂、王昌龄、殷璠、杜甫等。

一、南北融合与隋、初盛唐文学批评

自西晋覆灭、永嘉南渡之后，中国出现了长时期的南北分立，这种地域政治的对峙，不能不影响到文化观念、文学趣味等方面的差异。由于北方战乱频繁，北人尚武豪放，少有闲暇雕琢声色文词，而南方社会相对稳定，南方文人文化素质较高，且喜以诗文言辩相标榜，故就文学艺术的成就而言，南方要高于北方。翻检南北朝文学史，我们会发现，在南北朝时期，绝大多数作家都出生于南方，而北魏孝文帝迁洛以后，民族融合进一步发展，努力学习南朝文学便成为北朝文人的普遍意向。时至隋唐政治上重归一统，文化上融汇交流加速，南朝风气很快风靡北方文坛，北方雕琢声色的艺术成就也渐渐赶上南方。到唐开元、天宝年间，南北方诗人“既闲新声，复晓古体；文质半取，风骚两挟；言气骨则建安为传，论宫商则太康不逮”①，他们将声色雕琢与恢宏的气度、昂扬的精神完美地融合在一起，创造了被后代一再称道的盛唐气象。

一般说来，隋、初盛唐文学批评的进步首先表现在对六朝文风的批判上，这种改朝换代后对前朝的批判是一个历史的惯例。但在他们的理论主张和写作实践之间，往往还存在着不同程度的矛盾之处。例如常被引用的御史李谔《上隋高祖革文华书》说：

> 魏之三祖，更尚文词，忽君人之大道，好雕虫之小艺；下之从上，有同影响，竞骋文华，遂成风俗。江左齐梁，其弊弥甚，贵贱贤愚，惟务吟咏，遂复遗理存异，寻虚逐微，竞一韵之奇，争一字之功，连篇累牍，不出月露之形，积案盈箱，唯是风云之状。

在李谔对六朝文风的严厉指斥中，我们清楚地看到六朝雕琢文风对他自己的影响。他要求：“请勒有司，普加搜访，有如此者，具状送台”，而自己并不投案自首，显然他并没有意识到自己的主张和写作之间的矛盾，也反证出即使主张摒弃六朝文风的人，也并非不能自觉地选择或不自觉地接受雕琢声色，关键是由谁接受、何时何地接受、怎样自觉选择。

相对而言，唐初史家对齐梁文风的看法，就显得进步通达一些。在史书中评述文学，是承袭南朝撰史的传统，撰史者多为朝廷重臣，他们既是史家又是政治家，其言论也可视为统治集团的观点。从史家和政治家的立场出发，他们自然首先强调诗文经世致用，反对以文害用，但不同的是，他们不仅仅将诗文当作政教工具，全盘否定六朝文风，还主张诗文本乎情性、折中南北、文质并举、具体分析、扬弃结合。

令狐德棻鉴于西魏宇文泰、苏绰改革文风“虽属词有师古之美，矫枉非适时之用，故莫能常行焉”的教训，说：

> 原夫文章之作，本乎情性。……其调也尚远，其旨也在深，其理也贵当，其辞也

---

① 殷璠：《河岳英灵集 · 集论》，见于《河岳英灵集研究》，中华书局 1992 年版，第 119 页。

欲巧。然后莹金璧，播芝兰，文质因其宜，繁约适其变。权衡轻重，斟酌古今，和而能壮，丽而能典。(《周书·王褒、庾信传论》)

魏徵《隋书·文学传序》说：

江左宫商发越，贵于清绮；河朔词义贞刚，重乎气质。气质则理胜其词，清绮则文过其意。理深者便于时用，文华者宜于咏歌。此其南北词人得失之大较也。若能掇彼清音，简兹累句，各去所短，合其两长，则文质斌斌，尽善尽美矣。

他们的理想既然是折中南北、文质并举，那么，对南方文采的继承与发展，对诗文之声律、对偶、病犯的探求，虽不完全合乎理想，但也不至于被"具状送台"了。在齐梁文风蔓延的初唐时代，从否定齐梁风气到要求折中南北，如果不是出于无奈的话，则是迈向明智的一大步。

二、陈子昂

陈子昂(公元659—700)，字伯玉，有《陈伯玉集》，唐代著名诗人和文学批评家。陈子昂之所以成为确立有唐一代诗文新风的重要一环，关键在于他顺应着历史的要求，把握住革新的时机，适时地提出精辟的理论主张，并设计出可行的策略予以实践。

汉魏文学自觉之后，文学在自身的发展规律中行进，从教化之文走向丽文情文，又把丽文情文细密化为形文声文，但文学活动终究是社会生活的一部分，它需要与社会生活保持一种联系，若走得太远太偏就会自取灭亡。经过永明以后200多年的声色追求，变革文风的声音不绝于耳，各种各样的变革方法也一再被提起。有甚者如西魏宇文泰、苏绰、隋文帝、李谔，使用行政命令的手法干预文风的，也有如王通那样以政教伦理为中心对诗文作品和著名文人横加指责的，他们皆无视文学自身的规律，因此达不到变革文风的目的。唐初史家和政治家开出折中南北、文质并举的药方，但实际上文坛主流注重的是对南方文采的继承与发展，对诗文之声律、对偶、病犯的探求，而对"河朔词义真刚，重乎气质"少有所取，合南北文学之长只是头脑中的理想。"初唐四杰"，如王勃的《上吏部裴侍郎启》、杨炯的《王勃集序》、卢照邻的《乐府诗杂序》等，都已传达出对六朝文风的不满，在创作中也表现出了一些刚健骨气，但总体上没有摆脱齐梁的习气，理论主张上也乏善可陈，"尽力于《丘》《坟》，寻源于《礼》《乐》"只是无实践意义的陈旧说教。然而也许正是由于这种长时间的摸索与碰壁，使唐人从思想和艺术上革新文学的思路逐渐明晰起来，从步尘"彩丽竞繁"到崇尚兴寄、风骨，走向声色与特定时代性情完全融合的盛唐。

陈子昂首先把汉魏以上晋宋以下的诗文划为两截，说："文章道弊五百年矣。汉魏风骨，晋宋莫传。"这并不是客观公正的历史评价，但不破则不立，针对前代文学的弊病和不足说些尖锐甚至过分的话引起警觉是文人的惯技，关键是这里提出文章道弊五百年的原因，既不是宇文泰、苏绰、隋文帝、李谔等所谓不切实用，也不是王通等所谓有害教化，而是缺乏风骨。而解决文章道弊的方法，既不像唐初史家和政治家所谓文质并举那样空洞，也不像"尽力于《丘》《坟》，寻源于《礼》《乐》"那样陈旧，而是要传承"汉魏风骨"。

风骨，是刘勰首先用于文学批评的一个十分重要的概念，《文心雕龙·风骨》篇说："结言端直，则文骨成焉；意气骏爽，则文风清焉。"又说："练于骨者，析辞必精；深乎风者，述情必显。"又说："若瘠义肥辞，繁杂失统，则无骨之徵也；思不环周，索莫乏气，则无风之验也。"后人对风骨的解释纷纭不一，有人曾搜罗10类64种说法，大家比较有共识的两点是：要求创造刚健有力的作品；反对过分追求藻饰的文风。陈子昂"风骨"说显然也是针对晋宋以后文学的弊病以及在唐初的影响而发的，它应该包含着两方面的内容：一是反对大量琐碎无聊的物色艳情描写，要求以表现广阔社会内容、抒发豪情壮志为主，潜移默化地发挥济世安民的社会作用，诗文应该具有生气与感染力，即所谓风；二是超越在辞藻堆砌、典故排比、碎用声律上逞技求巧的皮毛小技，寻找鲜明、生动、富有表现力的语言支撑自然、传神的物象、意象和情思，即所谓骨。

陈子昂"观齐梁间诗，彩丽竞繁，而兴寄都绝，每以永叹，思古人常恐逶迤颓靡，风雅不作"，晋宋以后诗文虽乏风骨，但仍有人生感慨的寄托。齐梁间诗走得更远，兴寄都绝，只剩下彩丽竞繁了。就今天我们能看到的材料而言，齐梁诗确实存在着大量的咏物诗、宫体诗，孜孜于外物刻画，不在意人生感慨的寄托，这在我们看来应该是趣味爱好的不同，但对于深沉大气、感慨郁结的陈子昂来说，是难以容忍的，也与盛唐的时代氛围较为隔膜。

一般而言，作为创作论概念，兴有"兴感""兴会""兴喻""兴寄"之义，作为接受论概念，"兴"有"兴味""兴趣"之义。作者感物起兴，读者触文起兴，诗文创作与接受均可能会有"兴"。但在陈子昂这里，兴寄的重点似乎是在寄，并且还不是一般的寄托，而是与个体经历、时代氛围相一致的深沉恢宏的寄托。相对于齐梁而言，唐朝疆域辽阔，南北统一，经济发达，科技先进，政治稳固，数教并行，思想文化兼收并蓄、中外交流频繁，因此一般而言，盛唐诗人们的人生经历、人生体验更为丰富深刻，盛唐气度更为恢宏，社会矛盾更为错综复杂，因而，激发出的感慨更加强烈深沉，这种差别与齐梁宫廷诗人是不可同日而语的，这正是陈子昂提倡兴寄、风骨的关键所在。

当然，"兴寄"也不同于一般的重视作品的社会内容，而是充分体现了诗歌艺术本身的特点，即所谓"音情顿挫，光英朗练，有金石声"。它要求诗歌创作以形象来感动读者，并从中体会到积极的思想意义。"兴寄"说要求诗歌创作在意象内隐含深刻的思想，这正好切中了齐梁文学的弊病。严羽在《沧浪诗话》中说："诗有词、理、意兴。南朝人尚词而病于理……唐人尚意兴而理在其中。"陈子昂的"兴寄"正是"尚意兴而理在其中"的一种表现。"兴寄"既强调作品要有充实的社会内容，也重视诗歌整体形象的表现。这比一般的提倡以理为主或以意为主要高明得多，也更符合文学的自身规律。

三、杜甫论诗诗

杜甫(公元712—770)，字子美，曾住长安城南少陵附近，自称少陵野老，后在成都时被荐为节度参谋、检校工部员外郎，后世又称他为杜工部，传有《杜工部集》三十卷。杜甫是一位自觉或不自觉的集大成论者，诗歌功能上既重比兴又重遣兴，诗歌作法上提倡写实与传神并行不悖，对待文学遗产提倡"不薄今人爱古人"，艺术风格追求多元多样。杜甫诗论散见于现存的1400多首诗中，专门的论诗诗有《戏为六绝句》、《偶题》、《解闷》、《同元使君春陵行》等篇。

(一)比兴与遣兴

杜甫论诗重骚雅比兴。其《陈拾遗故宅》说提倡兴寄的陈子昂“有才继骚雅，哲匠不比肩。公生扬马后，名与日月悬。”元结在《春陵行》《贼退示官吏》中表现出以诗歌为民请命的思想，也得到杜甫的高度赞扬，其《同元使君春陵行》一诗中说：“粲粲元道州，前圣畏后生。观乎春陵作，欻见俊哲情。循览《贼退》篇，结也实国桢。贾谊昔流恸，匡衡常引经。道州忧黎庶，词气浩纵横。两章对秋月，一字偕华星。”元结的《春陵行》《贼退示官吏》之所以能与星月争辉，是因为它使自己感到“不意复见比兴体制，微婉顿挫之词”。十年困守长安的经历，使杜甫对民生的疾苦、朝廷的腐朽有了深入的了解，自《兵车行》之后，杜甫创作的一大特色，就是以时事入诗，本着严肃的写实精神描写百姓的疾苦，揭露当权者的弊政，这直接启发和影响了白居易风雅比兴诗歌理论的提出和新乐府运动的展开。

杜甫论诗也重遣兴。其《可惜》诗曰：“宽心应是酒，遣兴莫过诗，此意陶潜解，吾生后汝期。”不仅陶潜解此意，《诗品》亦有此意之论。杜甫发现有时“愁极本凭诗遣兴，诗成吟咏转凄凉”(《至后》)，尽管避愁竟成迎愁，但杜甫仍然乐此不疲，以“诗是我家事”而自豪。杜甫一生游历过吴越、齐赵、梁宋、齐鲁、川陕、湖湘等地，山川风光的吟咏，陶冶了他的性灵，为他多难的生活增添了许多乐趣。杜甫说“故林归未得，排闷强裁诗”(《江亭》)，“登临多物色，陶冶赖诗篇”(《秋日夔府咏怀奉寄郑监李宾客一百韵》)，“陶冶性灵存底物，新诗改罢自长吟”(《解闷》其七)，特别是杜甫在成都草堂写的一部分诗如《屏迹》、《为农》、《田舍》、《徐步》、《后游》、《春夜喜雨》等，遣兴于清新闲淡，看“细雨鱼儿出，微风燕子斜”(《水槛遣心》)，沉浸在自然界种种细微的变化中，其兴趣可比类于曾点之志。诗文的价值功能在不同的时间、地点、相对于不同的人是可以有所变化的，具有“可进可退”的多种可能性。所谓“可进”，是指诗文具有“社会工具”的多种可能性，其风雅比兴诗就是其中一种。所谓“可退”，是指诗文活动作为个体生存智慧的一种方式，具有调节人的生存体验、超脱现实的可能性，其遣兴诗就是其中一种。

(二)写实与传神

杜甫作今体诗注重写实，并在叙事手法和物象描绘的细致真实方面有些理论自觉。其《敬赠郑谏议十韵》中说：“思飘云物动，律中鬼神惊。毫发无遗憾，波澜独老成。”《寄刘峡州伯华使君四十韵》中说：“雕刻初谁料，纤毫欲自矜。神融摄飞动，战胜洗侵凌。”

天宝后期以来，杜甫写了大量的时事诗，如《诸将五首》、《三绝句》、《秋兴八首》、《闻官军收河南河北》、《喜闻盗贼总退口号五首》等。今体诗在发展过程中有一个约定俗成的题材范围，一般以抒写性灵、描摹景物和咏史怀古等为主，初、盛唐时七言律、绝的题材范围狭窄，它在开始时只是单纯的应制诗，但杜甫为七言律、绝注入了丰富而深刻的政治内涵，开辟了全新的题材领域。

杜甫以时事入诗固然是其写实成就的一个方面，但更重要的是他叙事手法和物象描绘的细致真实。钱基博在《现代中国文学史》中说，“汉魏以前，诗格简古，世间一切琐事猥语，皆著不得。即李白诗酒轶荡，怀奇负气，亦不屑意世故。独杜甫抒所欲言，意到笔随，以尽天下之情事，逢源而泛应……琐细事写得豪，寻常事写得辞意铿訇，所以为雄。”

杜甫论诗论书画常把“毫发无遗憾”、“纤毫欲自矜”与传“神”结合在一起。其所谓“神”，所指并不统一，大致是与不平凡、高超近义，细分可包括神思、神技、神境三个方面。

神思，即诗兴诗思之神，指作家对外界事物敏锐的感受能力，创造过程中丰富的思维想像能力，其《寄张十二山人彪三十韵》一诗中说：“静者心多妙，先生艺绝伦。草书何太苦，诗兴不无神。曹植休前辈，张芝更后身。”心静神旺，诗兴勃涌，这时写出来的必定是传神之作。他的《游修觉寺》一诗云：“野寺江天豁，山扉花竹幽。诗应有神助，吾得及春游。”这正是讲修觉寺的幽美风景激发了诗人创作的灵感，从而写出了传神之作。其《上韦左相二十韵》云：“感激时将晚，苍茫兴有神。为公歌此曲，涕泪在衣巾。”杜甫感情激动，心意难平，故诗兴勃发，若有神助。

神技，即诗技之神，指作家高超的写作技巧和语言表达能力，其《奉赠韦左塞丈二十二韵》说：“读书破万卷，下笔如有神。”杜甫指出，能否达到神化的水平，与作家知识学问的深浅有密切的关系，没有万卷书存于胸中，也就不可能产生神来之笔。其《李潮八分小篆歌》说：“书贵瘦硬方通神。”这是说书法创作必须要有风骨、骨力，方能传神，瘦硬有风骨之义。

神境，即诗境之神，指诗歌艺术造诣达到了高超的出神入化的境界。其《韦讽录事宅观曹将军画马图》一诗中说：“国初已来画鞍马，神妙独数江都王。将军得名三十载，人间又见真乘黄。”杜甫认为真实、自然乃是艺术作品传神之关键。只有逼真才能使人感到神妙。真实的作品必然具有合乎造化的自然之美。杜甫在《画鹘行》中曾说：“乃知画师妙，功刮造化窟。”真实、自然的作品，方能有潇洒自如、生动传神的特点。

(三)今人与古人

杜甫在他的《戏为六绝句》中说：“不薄今人爱古人，清词丽句必为邻。窃攀屈宋宜方驾，恐与齐梁作后尘。”

所谓爱古人，并不是像王勃、贾至、李华、独孤及等人那样只推崇“三代文章”，认为包括屈、宋、枚、马在内的后代文学每况愈下；也不是像陈子昂等人那样否定南朝诗歌，只推崇建安、正始。杜甫是既爱《诗经》的雅正，又爱楚辞、汉赋的藻丽；既爱建安文学的风清骨峻，又爱南朝诗赋的绮丽秀美。《戏为六绝句》其六说：“未及前贤更勿疑，递相祖述复先谁?”前贤在诗歌创作中取得的成就今人一时难以超越，应“祖述”前贤，虚心向前贤学习，但前贤有那么多，究竟以何者为先呢?杜甫的回答是：“别裁伪体亲风雅，转益多师是汝师。”先要继承风雅的传统，“别裁伪体”，然后再“转益多师”。这种思想也表现在他对历代诗歌发展的评价上。其《偶题》中说：“后贤兼旧制，历代各清规。”后世的文学家总是要继承前代的文学传统，但又不是重复、模仿，而总是有自己新的创造，从而形成新的特点，各有自己的“清规”。杜甫肯定《诗经》的雅正，楚辞、汉赋的藻丽，建安文学的风清骨峻，南朝诗赋的绮丽秀美。

所谓不薄今人，是杜甫对当代诗人的态度。刘克庄《诗话后集》云：

> 杜公为诗家宗祖，然于前辈如陈拾遗、李北海，极其尊敬。于朋友如郑虔、李

白、高适、岑参，尤所推让。白固对垒者。于虔则云："德尊一代"、"名垂万古"。于适则云："美名人不及，佳句法如何?"又云："独步诗名在。"于参则云："谢朓每篇堪讽咏。"未尝有竞名之意。晚见《舂陵行》则云："粲粲元道州，前贤畏后生。"至有"秋月、华星"之褒。其接引后辈又如此。名重而能谦，才高服善，今古一人而已。①

除了刘克庄提到的诗人之外，杜甫对王维、孟浩然、薛据、贾至、孟云卿、孔巢父、苏源明、毕曜、裴迪、薛华、严武、郑审、李之芳、苏涣等同时代诗人也多有赞赏。初唐四杰的诗作有开创唐诗新特色的方面，但也有继续受齐梁淫丽柔靡文风影响的方面，这后一方面也受到当时人的非议，他们的成就甚至遭到轻蔑的否定。对此，杜甫曾坚决表示反对，他对初唐四杰的诗歌创作给予了很高的评价。《戏为六绝句》中说"王杨卢骆当时体，轻薄为文哂未休。尔曹身与名俱灭，不废江河万古流"，"纵使卢王操翰墨，劣于汉魏近风骚。龙文虎脊皆君驭，历块过都见尔曹"。

正是由于杜甫"不薄今人爱古人"，然后学而化之，才最后成就了他集大成的地位。

(四)翡翠兰苕与掣鲸碧海

杜甫在《戏为六绝句》之四中说"才力应难跨数公，凡今谁是出群雄？或看翡翠兰苕上，未掣鲸鱼碧海中。""翡翠兰苕"，是指清丽之美，与绮丽、妩媚、纤细、柔弱之美相关联。"掣鲸碧海"是指壮丽之美，与宏伟、阔大、遒劲、雄浑、阳刚之美相关联。杜甫并不贬低、排斥"翡翠兰苕"之美，认为这种美也绝非容易达到的，所谓"或看"，意指今人偶而能为也。但他显然认为"掣鲸碧海"之美的境界更高，也更难以达到。所谓"未掣"，意指今人才力不足。

就杜甫个人而言，笔下并不缺乏"翡翠兰苕"的清丽之美。他常把自己的失意之愁、悠然之兴化作对幽静境界的追求，用谐趣和幽默摆脱痛苦命运的折磨，也常细腻敏锐地感受自然，化客观景物为情思，特别是在生活比较平静的时期。但与"翡翠兰苕"相比，"掣鲸碧海"的壮丽之美更适宜在动荡的时代抒发慷慨激昂的情感波澜，表达"沉郁"的文思。这也对诗人在胸襟、人格、见识、才力等方面提出了更高的要求。杜甫为什么会明确、坚定地追求壮美呢？莫砺锋在《杜甫评传》中分析：首先，这和诗人的性格、胸襟有关。杜甫具有雄豪的性格、伟大的抱负、高尚的人品、阔大的胸怀，这些内在因素决定了他在审美情趣上倾向于壮美。其次，这和诗人的创作倾向有关。杜甫思虑深刻，笔力雄强，这样的诗人不是不能描写细小、寻常的事物，但是真正让他驰骋才思、显露笔力的还是那些奇伟不凡的事物，换句话说，只有壮美才能与杜甫的才思笔力相称。杜甫推崇建安风骨，欣赏曹植的"文笔壮"、"波澜阔"，推崇鲍照"俊逸"，庾信"凌云健笔"，赞美李白"笔落惊风雨"、高适、岑参"意惬关飞动，篇终接混茫"、元结"词气浩纵横"。"杜甫的审美理想为后代诗人的审美活动指出了'向上一路'，在韩愈、苏轼、陆游、辛弃疾、元好问等诗人的作品中，都体现出对'掣鲸碧海'美学境界的追求。"②

① 《后村先生大全集》卷一七六，四部丛刊本。

② 莫砺锋：《杜甫评传》，南京大学出版社 1993 年版。

四、选本与诗格

选本与诗格是本期文学批评的两种重要形式，选本即对诗文作品的选录，诗格即对诗歌的格律、样式、规则、技法的讨论。唐人好诗作诗，入门时少不得讲究对偶、声病，格律、章法，进而讲究诗势、诗境，于是便有了诗格的需要。眼界开了，诗作多了，便需要靠选本来取舍，以标榜喜好，引领风气。选本与诗格的盛行是唐代文学批评活动旺盛的标志之一。

(一)初盛唐选本与殷璠的兴象风骨论

诗文选本在我国具有悠久的传统，《诗经》是选本，《楚辞》也是选本，《文选》则是唐代最流行的诗文选本。唐代的专门的诗选也颇多，陈尚君《唐人编选诗歌总集叙录》叙及一百多种，但大多只存书目，现存的唐人选唐诗有十多种，今人集成后出版过数种，其中最重要的版本有两个，一个是1958年上海古籍出版社出版的《唐人选唐诗》(十种)，一个是1996年陕西人民出版社出版的《唐人选唐诗新编》(十三种)。前一个版本收入的有《唐写本唐人选唐诗》(佚名)、《箧中集》(元结选)、《河岳英灵集》(殷璠选)、《国秀集》(芮挺章选)、《御览诗》(令狐楚选)、《中兴间气集》(高仲武选)、《极玄集》(姚合选)、《又玄集》(韦庄选)、《才调集》(韦縠选)、《搜玉小集》(佚名)。后一个版本在前本的基础上去掉了敦煌本的《唐写本唐人选唐诗》，增加了《翰林学士集》(许敬宗等选)、《珠英集》(崔融选)、《丹阳集》(殷璠选)、《玉台后集》(李康成选)。其中，殷璠选《河岳英灵集》理论价值较高。

殷璠，丹阳(今江苏丹阳县)人，生卒年不详，大致生活在唐玄宗开元、天宝年间。他评选的《河岳英灵集》起自开元二年(710)，终于天宝十二年(753)，共收入王维、王昌龄、储光羲等二十四位盛唐诗人的二百多首作品，是一本盛唐诗歌选本。《河岳英灵集》的理论价值之所以高于其他选本，除了因为它选评结合，对每个入选作家都有评语之外，更重要的是在它的叙和集论中，概述了魏晋以来诗歌发展演变的情况，提出了自己的编选原则和理论主张。

声律、风骨、兴象是《河岳英灵集》编选的三个要素。

首先是声律，殷璠认为："预于词场，不可不知音律"，但"夫能文者，非谓四声尽要流美，八病咸须避之，纵不拈缀，未为深缺"。因此，《河岳英灵集》的入选标准颇异诸家："既闲新声，复晓古体；文质半取，风骚两挟；言气骨则建安为传，论宫商则太康不逮。"初盛唐诗学最热门的话题就是声律，殷璠关于声律的看法既不同于上官仪、元兢等人的琐碎细微，也不同于时人对强调声律的过分批评。这虽与钟嵘所说"但令清浊通流，口吻调利，斯为足矣"相通，但针对的风气不同，是新一轮的拨乱反正。

殷璠所言风骨，似乎也不新鲜，作为一个专门的文论术语，刘勰领其先，钟嵘倡其后(虽只讲"风力"而不及"骨力")，初唐四杰、陈子昂在充实的内容要求之中突出了刚健的重要。殷璠所言风骨的意义在于：将风骨与声律并举。这虽与刘勰所要求的风骨文采兼备相一致，但针对的风气、文体对象不同；虽与初唐魏徵、令狐德棻的主张近似，但前者仅仅是一种理想，殷璠所言则是对这一理想成为现实存在的清晰的概述和总结："自萧氏以还，尤增矫饰。武德初，微波尚在。贞观末，标格渐高。景云中，颇诵远调。开元十五年后，声律风骨始备矣。”殷璠具有盛唐诗风的自觉，《河岳英灵集》的出现，标志着由初唐开始的诗风的嬗变已呈现出了新的风貌：声律风骨始备矣。

将兴、象连用于诗文品评，是殷璠的首创。《河岳英灵集》中有三条直接提到兴象，一条是叙中批评挈瓶肤受之流“理则不足，言常有余，都无兴象，但贵轻艳”(有本作“比兴”)；一条是论陶翰诗：“既多兴象，复备风骨”；一条是论孟浩然诗云：“无论兴象，兼复故实。”显然，殷璠所说的兴象与风骨、用典不同，与堆砌辞藻或排比声韵之类的轻艳相反，是一个具有特殊含义的概念，其具体所指因作者并未加以界说，需要我们作进一步探求。大抵而言，“兴象”是选编者从总结盛唐诗歌(特别是山水诗)的艺术成就中提炼而来的，我们可以从殷璠对山水诗人的评价中看出些端倪。殷璠提倡的“兴象”之“兴”，不似“美刺比兴”的“兴”那样有明确的指向，而是像《诗品序》中所说的“文已尽而意有余”的“兴”，是与“言外之意”紧密不可分的。“兴象”之“象”，也不似某些咏物诗那样，可以得意而忘象，与抽象的意蕴相剥离。“兴象”似乎要将物象的生动性、鲜明性恰与意蕴的抽象性、模糊性互相融合，从而形成一种情景交融的境界，其内涵与后来的诗歌意境论比较接近。盛唐诗注重“兴象”创造的特点，后人也有过许多论述，如清代翁方纲在《石洲诗话》中就说过：“盖唐人之诗，但取兴象超妙。”又说：“盛唐诸公之妙，自在气体醇厚，兴象超远。”

殷璠于风骨、声律并举之外，又将风骨与兴象并举，《河岳英灵集》所选作品，既有秀婉清丽、冲和淡泊的山水田园诗，又有刚健豪迈、雄浑壮阔的边塞诗，这无疑可以视为兴象与风骨并重在编选中的具体体现。殷璠在风骨兴象之中更加重视风骨，原因在于兴象虽也是盛唐诗歌的一个重要特色，但它在南朝部分抒情写景之中并不少见，因此，就没有必要像对风骨那样大声疾呼地提倡了。《文心》讲风骨文采，《诗品》讲风力、丹采。《河岳英灵集》把风骨兴象作为批评标准兼提，是批评史上的新发展。

(二)初盛唐诗格与诗艺、诗境论

诗格是作诗的入门读物或教材，唐代以前应该已有类似的著作，但作为专有书名，“诗格”是到唐代才有的。人们往往把诗格当作某一类书的名称，其范围包括以“诗格”、“诗式”、“诗法”“诗例”、“诗句图”等命名的著作。在以前的诗文评和中国古代文学批评史中，大多对“诗格”类书不感兴趣，原因有二：一是由于此类书的时代、真伪、版本、流传等方面有诸多问题，难以论定；二是由于此类书所讲的作诗格、法，已被后人继承发展，并整体上超越，回过头来再看，不免显得陈旧、琐屑，缺少实用价值和理论深度。然而以历史发展的眼光看，唐代诗格在诗艺、诗境方面有大量承前启后的言说不宜忽视，不容抹杀，甚至难以逾越。

1. 初唐诗艺论：声律简化和对偶细化

中国古代诗体发展到永明年间发生了重大转变，永明体以讲究四声、避免八病、强调声韵格律为主要特征。从永明诗体到唐代近体诗(律诗)的最终定型与确立，是一个长达200年的历程，历史上的相关记载大多佚失，但上官仪《笔札华梁》、元兢《诗髓脑》《古今诗人秀句》、李峤《评诗格》、崔融《唐朝新定诗格》等诗格在传播中所起到的作用至关重要。

上官仪(公元608？—644)，《旧唐书》评其作品“好以绮错婉媚为本”，时人谓之上官体。其著作《笔札华梁》南宋已亡佚，部分观点保存在清顾龙振《诗学指南》和日僧遍照金刚《文镜秘府论》里，有“八阶”、“七种言句例”、“论对属”、“属对”、“六对”、“八对”、“文病”、“笔四病”、“调声”等。既有学诗入门的阶梯和示例，又有关于对偶、声病的讨论。

《文镜秘府论》多处征引的元兢《诗髓脑》，也不见于中国书目。元兢的生平不详，《旧唐书·文苑传上》有：“元思敬者，总章中(公元668—669)为协律郎，预修芳林要览，又撰诗人秀句两卷传于世。”《新唐书》艺文志文史类著元兢《古今诗人秀句》二卷，总集类著元思敬《诗人秀句》二卷，元兢应该就是元思敬。《文镜秘府论》里征引元兢《诗髓脑》的内容，包括“论秀句”“调声之术”、“属对”、“文病”等部分，提出取舍秀句的原则，朦胧地认识到律诗的粘法，论文病趋简、论属对趋繁。《文镜秘府论》天卷论调声部分记元兢提出的“调声三术”，虽没有使用平、仄的概念，但已将平声与上去入三声分为两类相对应。

杜审言、李峤与苏味道、崔融并称“文章四友”，他们均在武后朝任过凤阁舍人。其中李峤(约公元645—714)有《评诗格》一卷，称诗有“九对”“十体”，收于南宋陈应行《吟窗杂录》、明胡文焕《诗法统宗》、清顾龙振《诗学指南》三种版本中。四库提要斥为伪书，但日僧遍照金刚《文镜秘府论》中有引用，即使是伪书，也是唐人伪作。李峤有120多首五言咏物诗，意鲜可取但诗律工整，“一时学者取法”(《新唐书·李峤传》)。崔融(公元653—706)有《唐朝新定诗格》一卷，也不见于中国书目而《文镜秘府论》多处征引，内容包括“九对”、“十体”、“调声”、“文病”等部分，可见当时诗艺的程序化与细密化。《新唐书》卷114崔融传云：“融为文华婉，当时未有辈者，朝廷大手笔，多敕委之。其洛出宝图颂尤工。撰武后哀册最高丽，绝笔而死，时谓思苦神竭。”

对偶根植于汉语的单音节、声调平仄和意义的同类相对。诗里用对偶的历史可以远溯到《诗经》。魏晋以来，逐渐意识到诗文对偶的重要性，但于对偶之方式技巧谈到的不多。刘勰《文心雕龙·丽辞》论对偶仅概括了4种，即言对、事对、正对、反对。初盛唐人有关诗歌对偶的见解就细密得多了。日僧遍照金刚著《文镜秘府论·东卷》专讲对偶，共分29种，在29种中，遍照金刚注明前11种各家都提到了，为“古人同出斯对”。第12至第17种出自元兢的《诗髓脑》，第18至第25种出自皎然的《诗议》，第26至第28种出自崔融的《唐朝新定诗格》。由此可见，唐人对诗文对偶复杂化的方式已经进行了细密研究。

2. 王昌龄《诗格》的诗境论

在初盛唐诗格中，最具理论价值的是王昌龄的《诗格》，其中尤以关于诗境方面的观点引人注目。

王昌龄(公元698—757)，字少伯，长安人。他的诗兴象超诣，意境弘深，在盛唐堪称典范。殷璠《河岳英灵集》十分推崇王昌龄，选其诗16首，是集中选诗最多的一位诗人。在评语中引用他的诗句也最多，认为其诗“惊耳骇目”，是“中兴高作”。

王昌龄有《诗格》一书，前代或疑其伪，或讥其碎。现存《诗格》见于宋代陈应行的《吟窗杂录》，此外，《格致丛书》也收录了《诗格》。空海在《文镜秘府论》中曾多次引用了王昌龄《诗格》中的论述，其《性灵集》卷四《书刘希夷集献纳表》一文中曾说：“王昌龄《诗格》一卷，此是在唐之日，于作者边偶得此书。古诗格等虽有数家，近代才子，切爱此格。”空海在唐近两年，804年到中国，806年回日本，王昌龄死于757年，可见他得到

《诗格》一书距王昌龄去世约50年。因此，我们可以说《文镜秘府论》中所引王昌龄《诗格》中的文字，应当说是比较可靠的。

王昌龄对诗境的种类与特征作了分析，提出“诗有三境”：

> 诗有三境：一曰物境，欲为山水诗，则张泉石云峰之境，极丽绝秀者，神之于心，处身于境，视境于心，莹然掌中，然后用思，了然境象，故得形似。二曰情境，娱乐愁怨，皆张于意而处于身，然后驰思，深得其情。三曰意境，亦张之于意，而思之于心，则得其真矣。

王昌龄对诗境创造的构思特点也进行了分析。提出“诗有三格”：

> 诗有三格：一曰生思，久用精思，未契意象，力疲智竭，放安神思，心偶照境，率然而生。二曰感思，寻味前言，吟讽古制，感而生思。三曰取思，搜求于象，心入于境，神会于物，因心而得。

王昌龄还提出“境思”的重要性。他说：“夫作文章，但多立意。令左穿右穴，苦心竭智，必须忘身，不可拘束。思若不来，即须放情却宽之，令境生。然后以境照之，思则便来，来即作文。如其境思不来，不可作也。”

王昌龄很重视立意造境时的心物关系。他说：“夫置意作诗，即须凝心，目击其物，便以心击之，深穿其境。如登高山绝顶，下临万象，如在掌中。以此见象，心中了见，当此即用。”以心击物，深穿其境，即是要求心与物能水乳交融，不分彼此。恰如《文心雕龙·物色篇》所说的心需“随物以宛转”，物需“与心而徘徊”。王昌龄又说：“取用之意，用之时，必须安神净虑。目睹其物，即入于心。心通其物，物通即言。言其状，须似其景。语须天海之内，皆入纳于方寸。”强调这种心与物的结合又必须在创作主体“安神净虑”，亦即“虚静”的条件下方能顺利实现。意与境的和谐，必须任其自然，由感兴而生成，决不是人为强制所能达到的。他说：“自古文章，起于无作，兴于自然，感激而成，都无饰练，发言以当，应物便是。”也就是说“皆须任意自起”。“意欲作文，乘兴便作，若似烦即止，无令心倦。常如此运之，即兴无休歇，神终不疲。”

王昌龄关于诗境的论述，把诗歌意境创造提到了一个非常突出的地位，它不仅是对盛唐诗歌艺术经验的一个总结，而且为意境理论的深化与扩展奠定了基础。中唐以皎然、刘禹锡为代表的诗歌意境理论及晚唐司空图对诗歌意境理论的开拓，都可以看作是对殷璠、王昌龄诗境论的进一步发展。

第三节　中晚唐文学批评

从安史之乱到唐朝灭亡，有近150年，到赵匡胤黄袍加身，有近200年，其间诗文批评的特点是诗文论的分途发展。发展的主要脉络是：诗论由提倡风骨过渡到崇尚高远再转向提倡写实讽喻，然后复归于幽微绮艳或淡泊的追求；文论提倡以散代骈，然后又在某种程度上复归于骈丽。本期在中国诗文批评史上具重要地位的人物，有皎然、白居易、刘禹锡、韩愈、柳宗元、司空图等。

一、三教合一与中晚唐文学批评

隋唐王朝的统一结束了汉魏以来南北分途发展的局面，文化上的三教并举，促进了儒佛道在思想、观点、理论、学术研究等方面的交流与碰撞，其结果是三教趋向融合且皆重心性之学，并经常性地体现在中晚唐文学批评之中。

儒家重人伦，道家尚自然，佛家求解脱，三家有不同的价值取向，碰撞是难免的。特别是佛教作为一种外来文化，要在中国文化生态结构中落地扎根，一开始是有困难的。但中国传统的“和而不同”、“致中和”的核心理念与思维定式，为不同学说的互相争鸣和共同发展提供了舆论保障。魏晋时的玄佛合流，走出了三教合一的第一步。晋宋之际，慧远融合三教的努力一直为后学延续。隋唐时佛教的中国化，使三教合一的步伐大大加快。首先，在制度方面，佛教采用中国宗法制度，建立各宗师徒间的嗣法制度。其次，在义理方面，中国化的佛教宗派从依附译文变为独立的解释与演绎，甚至自造经典；提出“真俗不二”，宣扬二谛虽有高下真假之分，但又是缺一不可，互不相离的，主张出世不离入世，因而使佛教具有了开放性。第三，在社会行为方面，致力于消除避世、厌世和出世与“孝亲”和“忠君”的矛盾。唐高宗时下令沙门应向君主和双亲礼拜，后因遇到反抗改为只拜父母。但到中唐时沙门上疏的自称大多就由“贫道”、“沙门”改为“臣”了。“安史之乱”中，佛教势力也参与了“平叛”，以表效忠于王室。

《周易·系辞下》云：“天下同归而殊途，一致而百虑。”殊途同归的思想，使儒、道两家吸收起佛家智慧来也名正言顺。佛教讲戒，与儒家重道德是一致的；佛教讲定，与道家的坐忘、心斋是一致的；佛教讲慧，要求体悟自性清净进而成佛，与儒、道教人得道成圣成仙的理想不谋而合。佛教强调从生死困境中解脱出来，弥补了儒、道在如何看待生死，怎样安顿死亡方面的理论空缺。同时，中国传统的天帝崇拜、祖先崇拜、神灵观念以及方士道术等，也为佛教多重世界说的流传奠定了基础。

“内圣外王”来自于《庄子·天下篇》，本来是儒道法三家思想结合的产物，但人们经常用来阐释儒学。自汉代以来，儒学偏重敬天法祖、经世致用的“外王”，而忽视由修心养性而转凡入圣的“内圣”传统，结果佛教乘虚而入，形成了“释教为内，儒教为外”(北周道安《二教论》)的格局。后来儒学“外王”因无“内圣”的支撑也丧失了生命力，韩愈《原道》说：“周道衰，孔子没，火于秦，黄老于汉，佛于晋、魏、梁、隋之间，其言道德仁义者，不入于杨，则入于墨，不入于老，则入于佛。”唐代中后期的儒学复兴，十分注重吸收佛教和道教在心性修养方面富于思辨性的成果，在社会政治伦理上高扬孔孟之道的同时，也创立了自己的心性修养理论。柳宗元和刘禹锡等人既讲天道又讲人道，既讲政治参与又讲心性修养，李翱在解决天道与人道的关系问题上，借用了《中庸》“诚”的思想，指出了一条通过内省心性的修养达到诚，然后由己及人，由人及物，由物而及于天地之化育，以至“与天地合其德，日月合其明，四时合其序，鬼神合其吉凶”的“天人合一”的道路。韩愈对于《大学》的发挥、李翱对于《中庸》的解读，对于宋代学者提出《四书》作为儒学的核心内容具有重要的启迪意义。值得一提的是，韩愈模仿禅宗的“传心”法系，制造了一个儒家道统；李翱运用佛教的心性论及佛道的修养功夫，论证儒家的“性善论”，虽皆意在排佛去道，但在无意中实践了佛道的理论和方法，开宋代理学之先河。

道教追求得道成仙，也要讨论道性问题。李唐王朝时道教被尊奉为国教，在佛道之争中，道教理论思辨水平不断提高，重玄学派借助佛学禅宗和中观学派的理论发挥老子的“玄之又玄”之义，玄学家归有于无，释家有无双遣，非有非无，道家重玄学派则更进一步，认为释家的非有非无仅是一玄，既遣有无(玄学)，又遣非有、非无(释学)，进一步因果双遣，本迹俱忘，遣之又遣，忘而再忘，方入重玄之境，才是“玄之又玄”。他们开始对众生悟道成仙的理论根据进行严密的论证，提出“道性”论，把修道的重点安置在修己一心上，使得道教由外在的形体修炼逐渐转向内在的心性炼养，大大简化了道教的修炼程序，在学理化上拓宽了道教的发展空间。

中晚唐三教融合趋向心性之学的关键，在于禅宗的发展与传播。以禅立宗，是与义学(经典之学)立宗对待立义的，禅宗针对热衷读经、讲经和著述的风气，主张舍离文字义解，直彻心源，顿悟成佛，不提倡讲习背诵那些浩如烟海的经卷，不愿作有系统的观念说明。这种精神与老子“是以圣人处无为之事，行不言之教”，孔子“予欲无言”，子思“夫子之文章，可得闻也，性与天道，不可得闻也”是一致的。表现在文学上，就是借字以写无限，借声以说无响，借色以明无形，到了诗文论那里，便成了“文外之旨”、“旨冥句中”、“情在词外”、“象外之象，景外之景”、“韵外之致”、“味外之旨”、“不著一字，尽得风流”等。禅宗(主要指禅宗主流的南禅)标榜自己上承佛祖，唯传“佛心”。按照中国的传统，“道可道，非常道”，传“心”要比传“教”高妙得多，禅宗要传的“佛心”其实是清净澄明的自心，与道家的“虚静”有相通处。南宗禅的佛性论把“心外佛”变成了“心内佛”，突出了作为主体的个人存在，增强了主体的权威与自尊，完成了由本体论向心性论的转化，对中唐以后的儒家影响巨大，在文论方面，我们也可以理出从“以意为主”到李贽童心说的发展路径。禅宗针对其他宗派戒律森严、禅定仪规烦琐的现象，提出“以定慧为本”、“定慧不二”的观点，修行方法由繁难走向简易，使传统的禅法发生了根本的改变。禅定没有特定程序和仪规，不要求特别的时间、场所和程序、方式，这对种种繁文缛节产生了冲击和解构作用，也能够与儒者士大夫和普通民众的利益、情趣相适应，因而更加世俗化、人情化、本土化。

可见，佛教各个宗派之间和儒佛道之间的学术研究成果并非水火不容，而是经常互相借用，相互交流与碰撞，这种交流与碰撞也经常性地体现在中晚唐文学批评之中。

二、皎然《诗式》

皎然(约公元720—805)，姓谢，字昼。著作有《儒释交游传》及《内典类聚》共四十卷，《号呶子》十卷，今不见传，传世的有《杼山集》、《诗式》、《诗议》等。皎然大约生活于开元、贞元之间，曾学道术、后入空门，出家之后不废俗学，一生徘徊于禅与诗之间。皎然的《诗式》是唐代诗文论中除《文镜秘府论》外，分量最大的一部著作。式即法式，唐代以“格”、“式”来论诗的著作多注重属对、调声、病累等法式，而“惟皎师《诗式》、《诗议》二撰，时有妙解”(胡震亨《唐音癸签》)，《诗式》的中道论诗，五格品诗以及诗境论等皆具有一定的理论价值。

(一)中道论诗

皎然论诗倡中道，重视适度和中和之美。《文镜秘府论·南卷·论文意》引皎然《诗议》云：

> 且文章关其本性，识高才劣者，理周而文窒；才多识微者，句佳而味少。是知溺情废语，则语朴情暗；事语轻情，则情阙语淡。巧拙清浊，有以见贤人之志矣。大抵而论，属于至解，其犹空门证性有中道乎！何者？或虽有态而语嫩，虽有力而意薄，虽正而质，虽直而鄙，可以神会，不可言得，此所谓诗家之中道也。

论诗所倡中道，既有本土的资源，又有外佛的援助。本土的资源是儒家的中庸观和道家的对待立义观，外佛的援助是双遣双非观，其中龙树的“破执空有”，鸠摩罗什的“空有迭用”，僧肇的“不真即空”，吉藏的“空有相依”，天台宗的“三谛圆融”等观念影响较大，皎然学兼内外，因此用起中道来格外得心应手，如《诗式》卷一《诗有四不》、《诗有二要》、《诗有四离》、《诗有六迷》、《诗有六至》等。

皎然论诗强调自然而不废人为，人为而不失自然。其《诗式》卷首说诗是“众妙之华实，六经之菁英”，它之所以能够与圣贤之作比肩，是因为诗人心智活动能够洞见天地鬼神之奥秘，创作这种“可以意会，难以言状”的“天真秀拔之句”是“天机”，而他之所以要写《诗式》，目的是“使无天机者坐致天机”，“使偏嗜者归于正气，功浅者企而可及”。皎然这种崇尚自然而不废人为的诗学理想，与盛唐诗学的价值颇有相通之处。皎然《诗有四深》条可以看做《诗式》的纲领，其说：

> 气象氤氲，由深于体势；意度盘礴，由深于作用；用律不滞，由深于声对；用事不直，由深于义类。

也是要求融人为于自然，用技巧于化境，兼得道家“法天贵真”与后来李贺“笔补造化”之妙。

对于时人争讼不已的声律、对偶、用典问题，皎然的态度亦持中道。皎然关于声对的看法主要体现在《明四声》、《对句不对句》两条。皎然一方面肯定永明声律论，另一方面又批评八病说；既重视对偶，提出“八种对”，又主张对偶要天然。在运用古典、事类方面，皎然的见解在《用事》、《语似用事，义非用事》两条有所体现，与钟嵘反对用事的观点不同，皎然表现出调和的倾向，他认为比喻性的用事，并非用事，缩小了用事的范围，为大量用典开了绿灯。对于诗歌创作的“复”和“变”问题，《诗式》中也有合乎中道的见解。其“复古通变体”一条中说：“作者须知复、变之道。反古曰复，不滞曰变。”这两者都是很重要的，不可偏于某一方面，应当做到既有“复”又有“变”。他批评陈子昂“复多而变少”，而沈、宋则“复少而变多”，这也是符合他们诗歌创作的实际情况的。皎然主张“诗人意立变化，无有依傍”，即便对古人的作品有所借鉴，也须是经过作者自己构思熔炼而表现出新意的“偷势”，反对直接“偷语”和“偷意”。

（二）五格品诗

《诗式》共有五卷，却有四卷多是以五格品诗。皎然在卷一尾部和下面四卷，分汉魏至唐代诗为五格，各取前人诗句为例以为法式。其《诗有五格》说：

不用事第一，已见评中。作用事第二，亦见评中，其有不用事而措意不高者，黜入第二格。直用事第三，其中亦有不用事而格稍下，贬居第三。有事无事第四，此于第三格中稍下，故入第四。有事无事，情格俱下第五，情格俱下，有事无事可知也。

皎然五格品诗，以不用事为第一，引班婕妤、苏武、蔡邕以至齐梁时谢朓、江淹、吴均的诗为例，可见其对自然天真、情格俱高的见解。作用事第二之"作用事"应该是用事与作用(创作之用心)的合一，本格引诗句四十多家，先秦一家(《送荆轲歌》)，隋唐九家，其余为汉魏六朝人。皎然五格评诗，第一、二格，情格俱高，第三、四格，情格稍为低弱，第五格情格俱下，对元代方回的"格高"论有一定影响。今天看来，有些评价还欠公允，尤其是对盛唐诗，对李、杜缺乏认识，对宋之问、江淹、沈佺期等人评价偏高，高评谢诗，却放入第二格等。其持论组织亦不甚严，五格品诗实际并不在是否"用事"。

（三）诗境论

皎然最富于创见的理论是诗境论。其关于缘境、取境、造境的论述可以归结为诗境创生论。

"缘境"本为佛家语，指内心趋向事物之作用。唐代诗论家所谓"缘境"，一则谓诗人情志缘外境感发而起，仗境而生；二则谓诗人又可以在创生诗境的过程中生发出新的诗情。诗僧皎然较早有意识地运用"缘境"一词来阐述诗境的创生。其《秋日遥和卢使君游何山寺宿扬上人房于涅槃经义》一诗曰："江郡当秋景，期将道者同。迹高怜竹寺，夜静赏莲宫。古磬清霜下，寒山晓月中。诗情缘境发，法性寄筌空。翻译推南本，何人继谢公。"诗中的"古磬清霜"、"寒山晓月"都是可以直接诉诸人的感官，即属于眼、耳、鼻、舌、身诸"识"的对象。在皎然看来，外界诸境是激发诗思的条件。如果换一个角度，"诗情缘境发，法性寄筌空"还可以理解为：境之所造，乃为抒情，犹如"法性"之寄于言筌一般。"法性"本空，寄于言筌为可见；诗情本无形，托于境乃发生。这就是说，诗情寄托于境而存在。按照唯识理论，虽然"万法唯识"，但缘境又能发生出新的"识"。外境作为"相分"，又是产生新的认识的一种"缘"，叫作"所缘缘"，意思是本是所缘虑的对象的"境"又成为一种"缘"。皎然不仅道出了"诗情缘境发"这一诗境产生的奥秘，而且还提出了"缘境不尽曰情"的看法。诗情寄托于境而存在，缘境而又生情，如此反复，不但使得情境交融，而且在表达上也不断深化。

"取境"这一概念，出自瑜伽行派的理论①。皎然最先用于诗论，其《诗式》专门把"取境"列为一个条目，《诗式·取境》条云：

或云诗不假修饰，任其丑朴，但风韵正，天真全，即名上等。予曰：不然。无盐

① 孙昌武：《佛教与中国文学》，上海人民出版社1988年版，第351页。

阙容而有德，曷若文王。太姒有容而有德乎？又云，不要苦思，苦思则丧自然之质。此亦不然。夫不入虎穴，焉得虎子？取境之时，须至难至险，始见奇句。成篇之后，观其气貌，有似等闲不思而得，此高手也。有时意静神王，佳句纵横，若不可遏，宛如神助。不然，盖由先积精思，因神王而得乎！

皎然认为，取境不能只求风韵正，天真全，不加修饰，任其丑朴。而应当把本质美与形式美统一起来，使之相得益彰。而要做到这一点，只有经过作者艰苦的创造性劳动才能够达到。《诗式·辨体有一十九字》中说："夫诗人之思初发，取境偏高，则一首举体便高；取境偏逸，则一首举体便逸。"

佛教灭苦的精髓在于造境，诗文创作与发挥作用的精髓也在于造境，皎然认为"昒睐方知造境难，象忘神遇非笔端"；造境的关键在于如何处理言象意之间的关系，皎然多次提到"文外"、"象外"、"言外"在造境中的重要地位。《诗式·重意诗例》有云："两重意已上，皆文外之旨，若遇高手如康乐公览而察之，但见性情，不睹文字，盖诣诗道之极也。"在《诗议》中，这"文外"就演化为"象外"了："或曰：诗不要苦思，苦思则丧于天真。此甚不然。固须绎虑于险中，采奇于象外，状飞动之句，写冥奥之思。"

他还认为，诗人在诗中所要表达的意旨，不但不局限在言语之内，而且有时乍一看起来，似与表面的言辞相悖。如他评论王粲《七哀》中的"南登灞陵岸，回首望长安"二句，说它"察思则已极，览辞则不伤"，意即表面上看起来并无感伤之辞，然而读了之后却能感到诗人的极度哀思。他认为谢灵运的"池塘生春草""抑由情在言外，故其辞似淡而无味"，也是说的这个意思。

皎然论诗的风格有19字，也就是说他把诗的风格分为19类，每类用一个字来概括，有些是从诗境特征上来分的，如"静"(非如松风不动、林狖未鸣，乃谓意中之静)、"远"(非如渺渺望水、杳杳看山，乃谓意中之远)、"高"(风韵朗畅)、"逸"(体格闲放)等。以不同的意境特征来区别诗歌风格特色，是中国古代文学风格论的一个十分重要的发展。

三、白居易和韩愈的诗文批评

白居易和韩愈的诗文论是与当时的社会背景密切相关的。"安史之乱"以后，一些以天下为己任的进取之士，都十分怀念前朝的"贞观之治"和"开元盛世"，希望唐朝复兴，也希望自己在政治上有所作为，从而形成了一股在各方面革新除弊的思潮，讽喻诗、新乐府、古文的提倡就是整个革新除弊思潮的一部分。

(一)白居易的诗文论

白居易(公元772—846)，字乐天，晚年居香山，因号香山居士，曾官太子少傅，后人或称白太傅。著有《白氏长庆集》七十一卷。白居易是中唐时期新乐府和讽喻诗的提倡者，其文艺思想主要见于《策林》、《新乐府序》、《采诗官》、《寄唐生》、《伤唐衢》、《读张籍古乐府》、《与元九书》等篇章中，核心是倡讽喻、重直笔、尚通俗。其同道还有元结、元稹、张籍、王建、李绅等人，因文学史对此论之较详，故本题从简，重在详人之略。

《策林》七十五篇作于宪宗元和元年(806)，是白居易做了一任校书郎的闲职之后，准备参加“才识兼茂明于体用科”的策试，闭门数月而撰写的策论，论及军事、政治、文化教育等许多社会问题，其六十八《议文章碑碣词赋》有关于诗文的见解：

古之为文者，上以纽王教，系国风；下以存炯戒，通讽喻。故惩劝善恶之柄，执于文士褒贬之际焉；补察得失之端，操于诗人美刺之间焉。……臣又闻：稂莠秕稗生于谷，反害谷者也；淫辞丽藻生于文，反伤文者也。故农者耘稂莠、簸秕稗，所以养谷也；王者删淫辞，削丽藻，所以养文也。伏惟陛下诏主文之司，谕养文之旨，俾辞赋合炯戒讽喻者，虽质虽野，采而奖之；碑诔有虚美愧辞者，虽华虽丽，禁而绝之。

诗文只要实现美刺褒贬，惩恶劝善，补察得失，炯戒讽喻的功能，虽质虽野，也应采而奖之，否则虽华虽丽，也要禁而绝之。他还主张立采诗之官，开讽刺之道，《策林》六十九《采诗以补察时政》说：

立采诗之官，开讽刺之道，察其得失之政，通其上下之情。……圣王酌人之言，补己之过，所以立理本，导化源也。将在乎选观风之使，建采诗之官，俾乎歌咏之声，讽刺之兴，日采于下，岁献于上者也。

元和初期，白居易因其“所著歌诗数十百篇，皆意存讽赋，箴时之病，补政之缺。而士君子多之，而往往流闻禁中。章武皇帝纳谏思理，渴闻谠言，二年十一月，召入翰林为学士。三年五月，拜左拾遗”。(《旧唐书·白居易传》)翰林学士和左拾遗，是随侍皇帝左右的“言官”，白居易自以逢好文之主，“欲以生平所贮，仰酬恩造”，在以后的三年里，他一方面尽职尽责地做官，“有阙必规，有违必谏，朝廷得失无不察，天下利害无不言”，另一方面又利用诗歌指陈时弊，鞭挞黑暗，凡“难于指言者，辄咏歌之”。作《新乐府》50首和《秦中吟》10首，并在理论上明确了他的讽喻观，作于元和四年的《新乐府序》曰：

凡九千二百五十二言，断为五十篇。篇无定句，句无定字，系于意，不系于文。首句标其目，卒章显其志，《诗》三百之义也。其辞质而径，欲见之者易谕也。其言直而切，欲闻之者深诫也。其事核而实，使采之者传信也。其体顺而肆，可以播于乐章歌曲也。总而言之，为君、为臣、为民、为物、为事而作，不为文而作也。

在这里有两点值得注意：一是明确了新乐府的价值取向：“系于意，不系于文”，“为君、为臣、为民、为物、为事而作，不为文而作也”；二是提出了新乐府的创作手法：“首句标其目，卒章显其志”、“其辞质而径”、“其言直而切”、“其事核而实”、“其体顺而肆”。

不久，他又在《寄唐生》一诗中说自己的乐府诗：“篇篇无空文，句句必尽规。……非求宫律高，不务文字奇。惟歌生民病，愿得天子知。”

在《策林》写作十年之后，白居易被贬为江州司马，当时白居易44岁，是年十二月自编诗集15卷，作《与元九书》，对他所倡导的讽喻诗理论进行了系统总结，提出了一些值得注意的见解，如“诗者：根情，苗言，华声，实义”，是对诗歌定义的清晰描述，尤其是实义一说，呼应着他以义理入诗、夹叙夹议的创作倾向；“文章合为时而著，歌诗合为事而作”、“救济人病，裨补时阙”的指导原则是对杜甫以来的关心国计民生、表现社会政治内容的诗文经验之概括；以《诗经》“六义”为标准，对秦汉以来诗歌发展的评述，将儒家诗论推向极致；诗分讽喻、闲适、感伤、杂律四类，最重讽喻与闲适所体现出的兼济、独善的人生态度等。参见资料选注。

白居易在诗中敢于直面敏感的社会问题，显示出高于其他诗人的政治勇气。其“惟歌生民病”的理论自觉为现当代批判现实主义提供了资源，其诗风追求通俗浅白，不留余味，开辟了盛唐诗后的另一空间。

在要求诗歌为政治服务的讽喻诗理论得到系统总结的时候，白居易的政治热情却因接连被贬而迅速消退，历时十多年的讽喻诗的理论与实践也随之衰微。

(二)韩柳古文理论

韩愈(公元768—824)，字退之，又称昌黎，有《昌黎先生集》；柳宗元(公元773—819)，字子厚，有《柳河东集》。韩愈与柳宗元都是主张改革时弊的政治家，也是中唐“古文运动”的领导者，这次古文运动之所以取得超出前人的重大成就，主要在于他们有时机，有理论，有实践，有团体。而韩、柳在理论上的高明处甚多，撮其要有：志在古道又甚好其言辞；明道与鸣不平并行不悖；师其意不师其辞等。

1.“志在古道，又甚好其言辞”

中唐“古文运动”是当时整个革新除弊思潮的一部分。韩愈认为古文是和学习古道联系在一起的。贞元八年，韩愈首次提出“修其辞以明其道”的观点，其《争臣论》说：“君子居其位，则思死其官；未得位，则思修其辞以明其道。”但韩愈又认为，道是一个虚位的概念，应该进行定名，其《原道》说：“博爱之谓仁，行而宜之之谓义，由是而之焉之谓道，足乎已无待于外之谓德。仁与义为定名，道与德为虚位。”

显然韩愈要明的道，是指儒家“仁义”之道。主张明儒家之道，在历史上并不新鲜，上至荀子、扬雄、刘勰，近到萧颖士、李华、贾至、独孤及、梁肃、柳冕等人都有类似提法，但韩愈要明的儒家“仁义”之道，却有十分清晰的现实针对性和非常鲜明的政治操作色彩。他要用入世的仁义反对佛老出世的空寂，用君臣的仁义道德反对藩镇的割据僭越，他的书、序、论、说，也大多不像前人那样空言明道，而是追求切合当时社会事物实际，符合时代发展需要的现实关怀。这也正是柳宗元所提倡的“辅时及物”。

柳宗元以辅时及物为道的说法是在元和四年提出的，其《答吴武陵论〈非国语〉书》说：“仆之为文久矣，然心少之，不务也，以为是特博弈之雄耳。故在长安时，不以是取名誉，意欲施之事实，以辅时及物为道。”柳宗元最初是全心投入到辅时及物的政治改革运动中去的，等到改革失败、被贬南荒之后，才开始主张以文来明道，“然而辅时及物之道，不可陈于今，则宜垂于后”。

韩、柳都曾自言轻文重道，而结果还是以文章家名世，如果他们只是孜孜于明道，则与前代古文家没什么不同，他们的特别在于既重辅时及物之道，积极参与政治、干预现实生活，又爱好文辞，注意汲取各家之所长进行艺术上的创新，如韩愈所言：“愈之志在古道，又甚好其言辞。”(《答陈生书》)柳宗元也说：“言而不文则泥，然则文者固不可少耶！”(《答吴武陵论非国语书》)

2. 明道与鸣不平

正是由于韩、柳志在古道，又甚好其言辞，所以在他们那里才有了明道与鸣不平的统一。一般而言，明道重在功利，鸣不平重在抒情，两者往往异途而难同归。在理论上，韩、柳往往把“道”放在首位，但在创作中更多表现出的还是作为文学家的抒情气质。韩愈在古文抒情性方面有理论上的自觉，其《送孟东野序》中，提出了“大凡物不得其平则鸣”的观点。作为“物”来说，当它受到外来的冲击，打破了它自身的平衡与稳定，它就会“鸣”。作为“人”来说，由于某种环境或人为因素之影响，他的正常的思想与感情得不到自由的发挥，他的正常的行动得不到应有的保障，那么，他也必然要“鸣”。韩愈不但承认伊、周、孔、孟等“道统”以内的善鸣人物，而且也承认杨、墨、老、庄等“道统”以外各种不同流派的善鸣人物。那么，所谓古文，就不仅是传道的工具，而且也是鸣不平的载体。

韩愈所说的“不平则鸣”的“不平”，并非都是作者遭到压抑、排挤、打击、迫害之类的不平，而是比较广义的，指其“道”之不行、“意”之不通。但他又认为：“夫和平之音淡薄，而愁思之声要妙。欢愉之辞难工，而穷苦之言易好也。是故文章之作恒发于羁旅草野，至若王公贵人气满志得，非性能而好之，则不暇以为。”(《荆潭唱和诗序》)

韩愈的“不平则鸣”思想继承发展了孔子诗“可以怨”和司马迁“发愤著书”说，对以后的许多文学理论批评家产生了很大的影响，并成为中国古代的一个重要文学思想传统。

3. “师其意，不师其辞”

古文是相对于骈文而言的，骈文在发展过程中过于追求琐细的技巧，孜孜以求于对偶、藻采、用典、声律，不注重现实的内容，甚至连政治社会生活中的实用性文章，也往往写得藻绘满眼，这引起一些人的非议。自西魏的宇文泰、苏绰起，就开始了有意识地提倡复兴古文，其目的在于敦教化与经世致用，经隋文帝、唐太宗、魏征、陈子昂、萧颖士、李华、贾至、独孤及、梁肃、柳冕等人的努力，由骈而散的文体转变已逐渐为朝野所共同接受。但文风大体上只是复秦汉之古，缺少创新，也忽略了骈文在探求文学特质上已经取得的巨大成就。韩愈、柳宗元出，生面别开，他们提倡学习先秦两汉古文，并博取兼资庄周、屈原、司马迁、司马相如、扬雄诸家作品。主张“师其意，不师其辞”，坚持“词必己出”、“陈言务去”，求奇求新，重视人品文品一致，提出“气盛则言之短长与声之高下者皆宜”等理论，使古文运动从单纯的复古走向事实上的创新。

韩愈《进学解》提出集众家之所长，柳宗元《答韦中立论师道书》主张兼收并蓄。除此以外，他们反对剽窃前作，要求在汲取各家之所长的基础上自树新创。柳宗元《复杜温夫书》：“吾虽少为文，不能自雕斫，引笔行墨，快意累累，意尽便止，亦何所师法！”

韩愈《答刘正夫书》说：

> 或问为文宜何师，必谨对曰：宜师古圣贤人。曰：古圣贤人所为书具存，辞皆不同，宜何师？必谨对曰：师其意，不师其辞。……若圣人之道，不用文则已；用则必尚其能者。能者非他，能自树立不因循者是也。

在《南阳樊绍述墓志铭》中，韩愈说文章应当“必出于己，不袭蹈前人一言一句”，而这“又何其难也”。要做到这样，就“必出入仁义，其富若生蓄万物，必具海含地负，放姿横从，无所统纪，然而不烦于绳削而自合也”。

韩愈在《答李翊书》中谈到去陈言的三个阶段，事实上便是由学古到创新的过程。另外，他认为“气盛”然后“言之短长与声之高下者皆宜”。参见资料选注。

四、司空图

司空图(公元837—908)，字表圣，咸通十年(869)进士，僖宗时官至知制诰、中书舍人。两度随僖宗逃出长安，皆跟从不及。后回老家河中中条山王官谷(今山西省永济县)隐居。景福(892)后，多次征召不就。天复四年(904年)，哀帝被弑，他绝食而卒，年七十有二。存有《司空表圣诗集》五卷，《文集》十卷。

司空图是晚唐很重要的诗文评论家，其诗文批评理论主要见于《与李生论诗书》、《与王驾评诗书》、《与极浦书》、《题柳柳州集后序》、《诗赋》、《二十四诗品》等篇章中，其突出贡献有两点：第一，提出了诗境的多层次问题。第二，用形象的境界描述提示24种抽象的诗境风格。近年有人以明万历以前未有人见过《二十四诗品》为由，提出《二十四诗品》非司空图所著，其说法值得重视，但此理由目前尚不足以排除是司空图所著的可能性，故本书仍取成说。

司空图在自己文集的序言中说，“平生之志”不在“文墨之伎”，而在济世安民。但时逢乱世，不得已隐居深山，他只好以作诗、赏诗作为自己的精神寄托。他说：“此生闲得易为家，业是吟诗与看花。若使他生抛笔砚，更应无事老烟霞。”(《闲夜》)又说：“浮世荣枯总不知，且忧花阵被风欺。侬家自有麒麟阁，第一功名只赏诗。”(《力疾山下吴村看杏花》)，因此，于诗文精微处常有所得。

(一)思与境谐

司空图论诗崇尚思和境的和谐契合，其《与王驾评诗书》说：

> 然河汾蟠郁之气，宜继有人。今王生者，寓居其间，浸渍益久，五言所得，长于思与境偕，乃诗家之所尚者。

司空图的“思与境谐”观是对刘勰“神与物游”、王昌龄“事须景与意相兼始好”、“境思”、殷璠“兴象”、皎然“取境”思想的进一步发展。“思”即“神思”，指创作过程中的艺术思维活动，“境”则比“物”、“象”、“景”或“心”、“意”的含义更为丰富和广阔，具体来说：“物”、“象”使人想到的乃是事物的实存形态，难以表达某种氛围。“景”偏重指示的乃是纯然外在的客观事物，没有反映审美主体与客体的联系。而“境”是由佛学之“心之所游履攀缘者”借用而来，境是眼、耳、鼻、舌、身、意诸“识”的感受对象，所以，“境”不仅使人想到外在的诸种物象有机布列的画面，而且指引人注意主体对物象的感知、渗透，“境”不仅包纳了种种实在的物色，而且包容着物与物之间的虚空，它既是一幅具体鲜明的画卷，又洋溢着一定的气氛。因此，我们可以说：境因物显而不废心识。诗境论中偏重“心境”角度的“境”，也不同于以前诗论中论及的单纯的“心”或“意”，它是在充分地感知、认识客观物境后得到的精神体验、主观感受。如果仔细分析，大致也可分为两类：

一类是依赖于创造性的想象，对已有的感觉、表象，进行改造、制作的结果。另一类是往昔审美活动积贮的外界景象的重现，这种重现也有所取舍。它们都是客观之境在诗人心灵中的审美印象。故我们可以说：境由心造而不失物象。

（二）韵味说

司空图论诗强调“韵味”，其《与李生论诗书》中说：“文之难，而诗尤难。古今之喻多矣，愚以为辨于味而后可以言诗也。”“味”的本义是指一种生理感觉，孔子曾以“三月不知肉味”来类比《韶》乐给人的艺术享受。老子以“味无味”来解释真正的味。西汉时“味”开始用于作品品评。六朝时以“味”论艺大兴，至钟嵘《诗品》，“滋味”成为诗歌创作、欣赏的一个重要原则。结合《与李生论诗书》全文来看，司空图这里的“辨于味”至少有两层意思，一层是咸酸之味；另一层是咸酸之外的醇美之味。辨咸酸之味，似乎重在辨体品诗，以法论诗，与二十四诗品有内在关联；辨咸酸之外的醇美之味，当与佛家双遣双非与道家重玄学派“玄之又玄”的思维方式相关，在本篇应指“近而不浮，远而不尽”，形真象切又不流于肤浅，诗境深远又能含蓄不尽。“辨于味而后可以言诗”，通于辨咸酸之味而后可以言咸酸之外的醇美之味，也即能辨体品诗而后可以言近而不浮、远而不尽的韵外之致和以全美为工的味外之旨。得醇美之味于咸酸之味外，即得韵外之致和味外之旨。唐代王昌龄、刘禹锡论诗重“味”，皎然论诗重“风韵”。司空图论诗要求具有“韵外之致”、“味外之旨”，似与前者皆有所本，尤与皎然“情在言外”“文外之旨”相通。“韵外之致”、“味外之旨”，既是艺术效果又是诗学原则。

（三）象外说

在《与极浦书》中，司空图又提出了象外之象，景外之景的问题。中国传统哲学中有一种重要的看法，认为“道”是万物本体和生命本源，但“道”是超言绝象不可道的，于是，《易传》提出了“言不尽意”“立象以尽意”的观点。庄子进一步发展为“象罔”得道论，玄学家王弼在《周易略例》中将言、象、意放在一起来讨论，提出“言者所以明象，得象而忘言”，“象者所以存意，得意而忘象”，“存象者非得意者”，而“忘象者乃得意者”。佛学家竺道生在《道生法师诔》中认为：“象者理之所假，执象则迷理。”受上述老庄、玄、佛理论的影响，中国传统艺论对“象外”情有独钟：谢赫评画：“若拘以体物，未见精粹；若取之象外，方厌膏腴”（《左画品录》），宗炳也提出：“理绝于中古之上者，可意求于千载之下；旨微徽于言象之外者，可心取于书策之内。”艺术作品就其存在方式来说是物质性的，但它只是借颜色、声音和语言文字这些物质材料来表现艺术家心中的观念。好的艺术作品，虽然通过“言”与“象”的媒介而诉诸接受者的感官，但它能在欣赏者的心中启示和诱发其丰富的想象，从而使之寻绎出那有限的“言”、“象”之外的无穷情味来。

皎然多次提到“文外”、“象外”、“言外”在造境中的重要地位。刘禹锡在《董氏武陵集记》中，一方面十分重视象的摄取和语言的锤炼，称赞董氏诗“心源为炉，笔端为炭，锻炼元本，雕砻群形，纠纷舛错，逐意奔走”，另一方面，又特别指出：

> 诗者，其文章之蕴耶？义得而言衷，故微而难能，境生于象外，故精而寡和。

诗之境并不是一个个象的总和，而是一种新的质，它会使我们感到在诗作本身的具体、有形的描写之外，还有一个存在于我们想象中的、无形的广阔而深遂的境界，它远远地超出了作品已经表现出来的部分的范围。

司空图论及诗境的创造，道出了与皎然、刘禹锡大体一致的体验，他说：

> 戴容州云："诗家之景，如蓝田日暖，良玉生烟，可望而不可置于眉睫之前也。"象外之象，景外之景，岂容易可谈哉！

蓝田日与蓝田玉是物是形，蓝田日暖、蓝田玉良是对有形的具体的物的感觉，是实境，是前一个象，蓝田日暖良玉生烟，则在对有形的具体的物的感觉中纳入了观者的想象和创造，是虚境，是后一个象。司空图的象外之象，景外之景说与刘禹锡的境生象外论是一脉相承的，都是对唐代诗境论的一个总结。

司空图对诗人的评论，正是依据他的思与境偕、韵外之致、味外之旨、象外之象、景外之景说。在《与李生论诗书》、《与王驾评诗书》两文中，共提到20多位唐代诗人，皆有所肯定，独对"元、白"加以贬斥，正因其诗说尽无余味。韩愈诗雄奇有气势，高适诗长于气骨，但皆不长于韵味，也不见提及。司空图真正欣赏的是王维与韦应物，正因其诗余味清远。

(四)诗歌风格论

司空图《诗品》与钟嵘《诗品》，都是品评诗歌的著作，但所品对象与品评方法皆不相同。钟嵘《诗品》着重品评诗人，依据历代诗人创作成就分为三品，意在品第高下、优劣。司空图《诗品》着重品评诗境，依据诗境的不同分为二十四品，旨在用形象的描述阐释抽象的诗境品貌。

以今天的眼光来看，《诗品》并不具有严密的逻辑性体系，如将"洗练、劲健、绮丽、自然、含蓄、精神、缜密、委曲、实境、形容、流动"等今天视为表现方法的概念列入品貌，但作者似乎也非随意摆列，如他将某些相近风格连在一起，像高古、典雅，超诣、飘逸等；某些相对风格连在一起，像绮丽、自然，缜密、疏野，委曲、实境等；二十四种诗境多是老庄境界之体现。首列雄浑(李、杜一派)，冲淡(王、韦一派)，似乎标示着作者的理想与趣味。

比物取象说明复杂的道理，以形象化的方法指点一种境界，明体辨体，以诗论诗，此四者皆非始于《二十四诗品》，而《二十四诗品》则集其大成而有所发展。如果说先秦人以浅显比喻的方法说明复杂的道理只是一种普遍的讨巧方法的话，那么，魏晋六朝人以形象化比喻的方法来指点一种境界，则是一种必不可少的智慧。先是用于指点人物的境界，如东汉、曹魏用此法品评人物，《世说新语·容止篇》曰："时人目王右军'飘如游云，矫若惊龙'。"风山涛称赞嵇康之为人"严严如孤松之独立，其醉也，傀俄如玉山之将崩"。后来用以指点人物作品的境界。如东晋孙绰评潘岳文："烂若披锦，无处不善。"《南史·颜延之传》载鲍照云："谢五言如初发芙蓉，自然可爱；君诗若铺锦列绣，亦雕缋满眼。"至于辨体论作品风貌之类型，南朝刘勰有八体之分。

到唐代，杜甫以诗论诗，皎然用一十九字辨体论作品风貌之类型，张说、韩愈、皇甫湜、杜牧等用形象的描述阐释个别诗人的风格，但皆互不结合、独立而行，唯司空图《二十四诗品》综而采之以言诗，成为中国古代诗文评的独特智慧，其价值绝不可小视。

随着诗文的发展与作品的增多，风格分类不可避免，但一般的风格分类常会出现两个弱点：一是过于抽象而不知所云，二是因简单而牺牲了复杂。而司空图的《二十四诗品》却较好地解决了以上两个弱点，比物取象、目击道存，既延缓了风格分类的焦虑，又没有因简单而牺牲了复杂，因为比物取象，只是给一个无法量化的能指让人去体悟所指，而所指会在对同一个能指的无限解释中产生，过程因此成为目的，简单因此指向了复杂。

◎思考题：

1. 以“载道”和“取境”为关键词，试述儒道两家文化对隋唐文学批评的不同影响。
2. 以杜甫作品为例，谈谈作为批评文体的“论诗诗”与作为文学作品的格律诗的区别。
3. 试比较韩愈与柳宗元文学批评思想的异同。
4. 皎然《诗式》是如何论述“取境”的？
5. 从司空图《二十四诗品》看中国文学批评的诗性特征。

第五章　宋金元文学批评

宋金元文学批评较之唐代，有了新的发展：批评内容更加丰富，批评形式更加多样，文学论争更加激烈，文学批评与时代演进以及与儒家文化关系更加紧密。此时的批评家大多是作家，文学理论与文学创作的联系更加密切，批评家们的文学批评亦更加专门化，出现了以“道”为中心来讨论“道”与“文”之关系的散文理论，以“理”为主而推崇理趣的诗歌理论，倡导词“别是一家”以强调词体独立性的词论，以及戏曲、小说等新兴文体的批评理论。

第一节　概　　述

陈寅恪曾指出：“华夏民族之文化，历数千年之演进，造极于赵宋之世。”①宋金元时期文化的高度发展，造就了这一时代丰硕的文学理论批评成果，使得这一时期成为中国文学批评史上的一个重要时期。

一、宋金元时期的文化背景

宋金元时期的文化特别是宋代的文化高度繁荣，为其时文学批评的繁荣创造了较好的主客观条件。如在科技文化上，活字印刷术的发明促进了书籍的广泛流传；在思想文化中，理学的形成及其与道释二家的融汇对文论思想的深入产生了极大影响；在政治文化领域，文人被重用直接引发了尚理、议论之风的盛行；而在文学活动中，各种文学创作文体的繁盛对文论新思想的不断涌现也起到了促进作用。

（一）理学的兴起及其与佛道的融合

理学是以孔孟儒学为主体，吸收改造佛道哲学，在涵咏三教思想精粹之上建立起来的一套伦理本体论思想，因以“理”为宇宙最高本体和哲学思辨的最高范畴而得名。不过，理学所张扬的孔孟传统已在融合佛道过程中被加以改造，其面貌已焕然一新，所以后世亦称之为“新儒学”。宋代理学注重以“主静”、“明心见性”的佛道方式修炼儒学人格，从而形成“三教融会”的新气象。如周敦颐的《太极图说解》和《通书》，既吸纳道学思想，又融合易学中的阴阳五行学说，将儒学中的三纲五常等礼教规范纳入天道秩序之中，为儒学寻找到了天道之本。这一时期理学的代表人物是程颢、程颐兄弟和朱熹。二程将儒学经典上升为先天存在的“天理”、“圣道”，并将《礼记》中的《大学》、《中庸》两篇抽出来，与《论语》、《孟子》配合。朱熹继承并总结了二程的思想，他曾作《四书集注》，“四书”之名始

---

① 陈寅恪：《金明馆丛稿二编》，三联书店 2001 年版，第 277 页。

立，而《四书集注》也成为封建王朝开科取士的必读书目。以程朱为代表的宋代理学家将儒学发展为宇宙观、社会历史观、人性道德论和知行论一体的理论体系，对后世的文化与文论产生了深远的影响。

道教文化在北宋由于受到统治者的倡导而获得发展。至南宋，虽然统治者注意吸取徽宗崇道亡国的教训，对道教严格控制和管理，但因为社会动乱不安，道教在民间仍有较大的发展。这一时期道教吸收了儒学和禅宗思想，将关注的焦点转移到"心性"上来。道教南宗便认为"至道在心，即心是道"，即修道在于修心；全真道也以"明心见性"为修炼宗旨。佛教文化在宋代亦得到统治者的倡导而获得发展，特别是禅宗思想在文人士大夫中广泛流传，成为士人精神生活的主要内容。宋代禅宗融会儒道思想，注重探讨人的心性问题，将佛学转化为人生修养之学。三教思想的融汇，使宋金元文学批评深受三教思想的影响。

(二)文人政治地位的提高

宋代实行特殊的知识分子政策，其中革新唐代科举制度，扩大取士名额便是一项重要政策。科举取士产生于隋代，在隋之前，汉代察举重在官府举荐，使权贵得以操纵其间而促进了门阀世族的形成，至魏晋南北朝时期，九品中正制更导致了"上品无寒门，下品无庶族"的政治格局。隋唐时期实行的科举制确是选拔人才的一大创举，不过当时允许达官、名流"公荐"举子，考前遂有行卷、温卷之风，因此未能完全摆脱权贵的影响，并且每年录取的进士也不过三十人。到了宋代，实行锁院、弥封及誊录试卷等方法，考官"莫知举子为何方之人、谁氏之子，不得有所爱憎厚薄于其间"①。应考者的身份限制和录取名额也放宽颇多，每三年录取的进士达到四百人左右。其间有很多知识分子不是凭借家世身份而登上政坛与文坛，如欧阳修、范仲淹都出身孤寒，三苏来自偏远的西蜀，却都因为胜于文场而领袖文坛，这自然会给文坛带来新的气象。

宋代的文官制度也促使了文人地位的提高。宋代帝王任用文官执政，宋太祖便曾提出"宰相要用儒者"，并且规定"不得杀士大夫及上书言事人"。文官政策促进了士人思想的相对自由与活跃，使文人的创造力得到高度发挥。这些制度在相当长的时期内得到坚持，从而造成了两宋相对宽松的言论空间，由此在宋代文人中也形成了好议论之风，此风气被带入到诗歌等文艺创作中，促进了文艺批评的繁荣。批评家对于前代或当时的诗文作家、作品以及各种文体的艺术风格的评论自由而热烈，从宋初的田锡、王禹偁到北宋中期的范仲淹、欧阳修、王安石、苏轼，从南宋的严羽到金元之时的元好问，都独树理论旗帜，表现出了鲜明的主体意识。

(三)文学创作的繁盛及其整理与传播

宋代是中国文学发展的又一高峰。表现之一是各种文体都十分繁荣；表现之二是出现了大量优秀的作家；表现之三是作品的数量惊人。

宋代文学基本上是沿着中唐以来的方向发展起来的。散文方面，韩愈等人发起的古文运动在唐末五代一度衰颓之后，得到宋代作家的热烈响应，他们更为紧密地把道统与文统结合起来，使得宋代的古文真正成为具有很强的政治功能而又切合实用的文体；诗歌方面，作家注重反映社会现实，题材、风格趋于通俗化，最终形成了与唐诗迥异其趣的宋

① 欧阳修：《论逐路取人札子》。

诗；词在宋代达到了巅峰状态，并且最终成为宋代文学的代表；通俗文学在宋代也得到了长足的发展，并最终形成了以话本、诸宫调、杂剧、南戏等样式为代表的通俗叙事文学，从而改变了我国古代文学长于抒情而短于叙事、重视正统诗文而轻视通俗文学的局面，并为元明清小说、戏曲的发展奠定了基础。

宋代文学作品的数量远远超过唐代。《中国丛书综录》所著录的唐人别集有 278 种，而宋人别集则近 600 家。唐诗之存世者凡 2200 多人，诗 48900 余首，加上各种补遗，最多不过 50000 余首，而宋诗之存世者，据厉鹗的《宋诗纪事》计有 3800 多家，陆心源《宋诗纪事补遗》又增加 3000 余家，共计为 6800 多家，存诗总数估计在 15 万到 20 万首以上，为唐诗总数的三四倍之多。《全唐文》收录唐五代作家 3000 余人的 18000 多篇文章，而《全宋文》收入全宋 1 万余名作家的 10 万余篇文章，是唐文的 5 倍之多。《全唐诗》附录的《唐五代词》仅 68 家，370 多首词，而《全宋词》收录宋代 1330 多家词人的近 2 万首词，是唐五代词的 50 倍。

元代叙事性的俗文学得到了长足的发展。首先，杂剧异军突起，它的出现标志着中国戏剧的成熟。元杂剧不仅是一种新兴的文学样式，而且是元代文学中最有特色的代表，是元代社会一面忠实的镜子。在元杂剧于北方流传的时候，在南方地区，自南宋以来还流传着一种用南方曲调演唱的戏剧，称为“戏文”或“南戏”，其体制、声腔、乐器、风格均与杂剧不同。由于杂剧的南传、文人的参加，南戏的创作水平得到了大幅度的提高，并预示着它将进一步兴起。其次，“说话”等说唱文学仍在继续盛行。与城市经济文化密切联系的小说由于借助出版商的力量扩大了传播的范围，获得了更多的接受者，现今能看到的讲史类话本的早期刻本，如《全相平话五种》、《新编五代史平话》、《宣和遗事》、《薛仁贵征辽事略》等，均出于元代，说经类话本《大唐三藏取经诗话》也刊于元。话本小说的广泛刊刻流行引起了一些具有较高文化修养的文人的创作兴趣，到元代后期，便出现了中国文学史上具有里程碑意义的两部巨著《三国志通俗演义》、《水浒传》。

宋初文化整理的功绩是举世瞩目的，《太平御览》、《太平广记》、《文苑英华》、《册府元龟》四部大型的类书编撰为中国文化史保存了一笔极为宝贵的文化资源。除了整理文献外，宋代官方和民间极重视收集古籍文献，使宋代的藏书业达到一个高潮。宋初曾下诏征求天下图书。国家成立专门机构抄录奇缺书籍，还新建崇文院、秘阁等专用以藏书。朝廷政策又推动了民间藏书风气，两宋时期涌现出了大批著名的藏书家，如江正、宋敏求、司马光、叶梦得、郑樵、尤袤与陈振孙等。文献事业的发达与印刷业的发展是相互促进的，刻印业的发达促进了文化的传播。宋代的文献整理与传播极大地促进了宋代文人的学术风气，形成了对学问普遍推崇的社会风气。浓厚的文化氛围孕育了许多大文人，如欧阳修、苏轼、黄庭坚等，其无不精通经史子集，学问富赡，具有很高的文化修养和思维能力，所以在其文学创作和文艺论著中都闪烁着才学性，充满着学者的睿智。

宋金元时期的文学理论正是这种高度发达的文学创作的产物，文学的昌盛孕育了文学理论的兴旺发达。

二、宋金元文学批评的理论扩展

和隋唐时期的文学批评相比，宋金元时期的文学批评有了新的扩展，表现为：内容上更加丰富，形式上更加多样化，论争的程度更加激烈和具有针对性。

(一)批评理论的进一步拓展

北宋的诗文革新运动承续唐代古文运动而来，并创造了辉煌的业绩。欧阳修、苏轼先后主盟文坛，其诗(词)文等诸体创作与理论造诣均达到很高的水平。例如欧阳修的文道关系论、“诗穷而后工”的理论就是韩愈诗文理论的发展；苏轼以其宽广深刻的审美观和崇尚自由的艺术精神提出了一系列文艺思想，可谓时代的集大成者。欧阳修、苏轼还团结了一大批优秀的作者和批评家，诸如梅尧成、范仲淹、苏门四学士等，都各有建树，宛如群星灿烂，异彩纷呈。如黄庭坚便以其江西诗派诗论对北宋末和南宋诗坛产生了深远影响。其后陆游、杨万里开始师承江西诗派，后来卓然自成大家。南宋诗坛中江湖派戴复古、刘克庄的诗论闪耀着鲜明的爱国主义光辉，严羽的《沧浪诗话》承续晚唐时期的司空图的诗歌理论而来，以“诗有别趣，非关理也”的鲜明口号猛烈抨击了宋诗的概念化倾向，揭示了诗歌的审美特质，他的“妙悟”说比前人更加突出地指明了诗歌创作的直觉思维特征。如果说苏轼的创作自由理论是为了争取文学内容的解放，那么严羽的诗歌美学观便是为了推动文学在艺术上的独立，两者相辅相成，共同反映了宋代文学发展的需要。

宋金元时期文学理论的发展不仅表现在诗文理论的发展，而且还表现在对新兴文体的关注与批评。

南宋、金、元时代，杂剧、诸宫调、院本的创作勃兴，戏曲雅俗兼备，盛行于社会各阶层并且引起文人的关注，于是产生了曲评、曲论。最早论曲的是金元时期的胡祇遹，其《赠宋氏序》总结了杂剧的娱悦作用，并说明了杂剧之“杂”的原因。他还在《黄氏诗卷序》中对演员提出了“九美”的要求，见解精辟。燕南芝庵的《唱论》是一部论说戏曲声乐理论的专著，它对歌唱的重要性和技巧、歌唱的处所与忌病、各种唱曲的特点等作了具体说明。周德清的《中原音韵》是一部音韵学和总结元代戏曲创作经验的专著。其主要内容是以中原之音为正宗音韵，强调“文章”要与“音律”相谐和。钟嗣成的《录鬼簿》记载了152位戏曲、散曲作者的生平小传，400多种作品及品评，声明专为曲家、演员立传以昭传天下，肯定其历史地位。杨维桢从儒家审美观念出发，强调戏曲的讽谏作用，又在《周月湖今乐府序》中称“曲”为“今乐府”，并认为今乐府应该继承古乐府的特点，“宜有风雅余韵”，其以儒论曲对提高曲的地位具有重要意义。

宋元小说在唐代小说的基础上更加复杂多样，小说理论随着日益兴盛的小说创作也开始发展起来。唐代小说理论重在对小说观念与小说功用的探讨，而宋代小说理论则侧重对具体问题的深入探究。曾慥编了一部小说总集《类说》，其序将小说的功能概括为“资治体，助明教，供谈笑，广见闻”。洪迈将唐人小说与诗歌同称“一代之奇”，并在《夷坚乙志序》中对小说的作用与特征予以说明，认为小说虽然写怪异之事，却有寄托和寓言，这已经涉及小说艺术虚构的特质。吴自牧在《梦粱录·小说讲经史》中对宋代白话小说进行分类，并揭示小说“顷刻间捏合”的虚构特质。罗烨《醉翁谈录》中《小说引子》、《小说开辟》两篇则代表了宋元小说理论批评的高度。

(二)形式上更趋多样化

就文学批评的形式而言，宋金元时期文论的一大特色便是文体多样化。这一时期常见的批评文体有书信体、语录体、目录体、诗话体、论诗体、评点体、序文体等，可以说，中国古代文论的基本表现形式在宋金元时期已经全部具备。

诗话体可以说是宋金元时期最具代表性的文学批评形式。自欧阳修作《六一诗话》以来，以诗话的形式评论诗歌的著作就如雨后春笋般发展起来，并且成为此后诗论的一种最为主要的表现形式。诗话即是论诗之话，是关于诗歌的杂著，其中包括对诗人及其诗作的各种有关问题的论说。欧阳修的《六一诗话》是以“记事”和“资闲谈”为目的而写的。纵观诗话的内容，大体包括记载诗人生平轶事、诗歌创作背景、诗坛种种状况、诗歌优劣品评、创作理论主张、具体艺术技巧，以及与诗人、诗歌有关的各种叙事。宋金元时期著名的诗话著作有司马光《温公续诗话》、刘攽《中山诗话》、惠洪《冷斋夜话》、范温《潜溪诗眼》、叶梦得《石林诗话》、张戒《岁寒堂诗话》、葛立方《韵语阳秋》、姜夔《白石道人诗话》、严羽《沧浪诗话》、范晞文《对床夜语》等。

李清照的《词论》和张炎的《词源》是当时词论中较有代表性的著作，它们都是标准的论文文体。李清照的《词论》是第一篇词论专文，也是我国古代第一篇女性文学家的理论批评文章。张炎的《词源》则是古代第一部词论专著。

钟嗣成的《录鬼簿》和夏庭芝的《青楼集》都是目录体的文学批评著作。它们记载作家、艺人的生平大略，并且评论戏典作品，我们从中可以看出诸艺人流派的传承关系，以及作者对戏曲文学之功用的认识。

刘辰翁的《世说新语评》是小说评点体之滥觞。刘氏之评《世说新语》在对小说艺术特点及小说创作艺术规律的具体探索，特别是在塑造人物形象及其语言艺术方面，作出了超越前人的贡献。而他的小说评点这一新方法的运用，则开启了一代批评新风。

(三)论争更激烈、更具针对性

宋金元时期文学批评的另一个显著特色就是论争的程度更加激烈，如在诗文方面有北宋初期的古文与时文之争，南宋关于江西诗派的争论；在词方面，有婉约派与豪放派之争等。不仅派与派之间有争论，并且在一个派别内部也存在论争，如在诗文革新运动内部，从柳开到田锡再到王禹偁，每个人的文论观点都有相异的地方；再如江湖诗派和四灵诗派间展开的到底是宗唐还是宗宋的论争贯穿整个宋金元时期。可以说论争一直是宋金元时期文论的一大特色。

这一时期的文论论争具有很强的针对性，目的是要树立自己所宗主的对象。宋代文学批评各有宗主，如宋人对古文时文的论争就是要在文的系统内以韩愈为宗。宋人的古文上接韩柳，以欧阳修为领袖的北宋诗文革新运动，就是尊韩的文学思潮在文的领域的表现，并且石介公开撰《尊韩》文，亮出宋人尊韩的学术追求。宋诗的论争就是要在诗的领域内以杜甫为宗。宋初的杨大年不喜欢杜诗而指责杜甫为“村夫子”，但是到了宋真宗咸平年间，出现了宋人搜集杜诗、辑者日众而导致的“千家注杜”和“近世学者，争言杜诗”的诗坛格局。所以诗宗杜，文宗韩是整个宋代之风尚。严羽的《沧浪诗话》就是针对宋代诗坛，特别是江西诗派的弊病而言的，他公开表明自己撰写诗话的目的就是“辨白是非，定其宗旨，正当明目张胆而言，使其词说沉着痛快，深切著明，显然易见”，扬言“虽获罪于世之君子”也在所不辞，表现了宋人捍卫诗道的自觉性以及敢于向权威挑战的批判精神。金代诗坛则以苏轼、黄庭坚为宗，元代诗坛则扬唐抑宋。在词学领域，李清照对柳永、苏轼、秦观等宋词大家的批评目的就是要为宋词张目，表现出了这位巾帼才子的批评勇气和胆识才华。

三、宋金元文学批评的文体特征

宋金元时期文学批评文体的特征受此时文学创作形式变化的影响，在体制上表现为批评形式的多样化，在语体上表现为重理重论的特征，在风格上则呈现出学者化和随感式倾向。

(一)批评形式的多样化

宋金元时期的文学批评一方面继承了前代批评文体的样式，如语录体、书信体、序文体、诗论体等；另一方面，随着文学创作形式的发展，文学批评还涌现出一些新的文体形式，如诗话体、目录体、评点体等，使这一时期批评文体呈现出多样性的特征。

批评形式的多样性源于文学发展的一般规律和当时的文化环境。文学的进化总是由低级向高级发展，其表现形式也是从最开始的史、志、传发展到后来的诗、词、曲。随着文学的发展，必定要对发展中的文学进行评论，刚开始也许是不经意的，随口而说的，但是中间也会蕴藏着深刻的文学理论观点，如孔子的“文质彬彬”说、孟子的“知人论世”和“以意逆志”说便是如此，因此初始时期文学批评的表现形式有着明显的“寄生性”。但是随着汉魏文学不断走向独立，文学批评也开始走向自觉，批评中的文体意识也开始自觉起来，从曹丕的“四科八种”到刘勰的“论文叙笔”正说明了这一点。但不可否认的是，自汉魏文学批评逐步走向自觉以来，批评文体便具有明显的文学性，评论家在进行文学批评时常常喜欢采用文学文体，例如钟嵘《诗品》、陆机《文赋》、刘勰《文心雕龙》等都是如此。这一传统经过隋唐五代再到宋金元被一以贯之地继承下来，因此，随着文学创作形式逐步走向多样化，文学批评文体也不断走向多样化。可以说正是由于对文学表现形式的特殊爱好，使得文学批评的表现形式与文学创作的表现形式一样出现了百花齐放，诸体争艳的局面。

宋金元时期的批评文体是承接先前时期的批评文体而来的，所以先前的批评文体在宋金元时期继续保留。如：语录体有道学家的文论《二程遗书》；书信体有欧阳修的《答吴充秀才书》、王安石的《上人书》、黄庭坚的《答洪驹父书》等；序文体有苏轼的《书黄子思诗集后》、张炎的《词源序》、钟嗣成的《录鬼簿序》等；论诗诗有元好问的《论诗三十首》等。这一时期还出现了一些新的批评文体，有诗话体，如欧阳修的《六一诗话》；目录体，如钟嗣成的《录鬼簿》、夏庭芝的《青楼集》、周德清的《中原音韵》等；评点体，如刘辰翁的《世说新语》评点等，对后世批评文体的发展产生了很大影响。

(二)批评语体的重理重论

宋金元时期的文学创作，特别是宋代文学创作，重说理、重议论，而这一时期的文学批评家又大多是文学家，由于受时代风气的影响，在文学批评中也不可避免地表现出重理重论的倾向。此时文学批评形式诸如序文体、书信体等重理重论自不必说，就是在诗话、论诗诗中这一倾向也很普遍。

首先我们来看诗话。欧阳修作为宋诗话的开山者，其《六一诗话》原以记事为主，以“资闲谈”为旨趣。但是随着宋代文学的发展，作为文学批评形式的诗话的叙事性开始淡化，议论性开始加强。如张戒《岁寒堂诗话》在对黄庭坚的形式主义诗歌理论及其追求“用事押韵”的诗作的批评时云：

> 用事押韵，何足道哉？苏、黄用事押韵之工，至矣尽矣，然究其实，乃诗人中一害，使后生只知用事押韵之为诗，而不知咏物之为工，言志之为本也。风雅自此扫地矣！（《卷上》）
>
> 《国风》、《离骚》固不论，自汉、魏以来，诗妙于子建，成于李杜，而坏于苏黄。……子瞻以议论作诗，鲁直又专于补缀奇字，学者未得其所长，而先得其所短，诗人之意扫地矣。（《卷上》）

张戒在此首先用一个反问句式引出问题，然后就以议论的句式对苏、黄诗歌中的不足进行批评，在叙述中进行议论，在议论中进行说理。议论和说理相互结合可以说正体现了宋诗话的语体特色。

其次我们来看论诗诗。宋金元时期最著名的论诗诗是元好问的《论诗三十首》。诗歌本是典型的韵文，但元好问的论诗绝句却充满着议论和说理。如在其论诗绝句中，除了肯定语气的叙述和描写之外，还大量使用否定、感叹、假设等句式来进行议论说理，使论证语气复杂多变。否定句如“正体无人与细论”、“未害渊明是晋人”、“莫把金针度与人”等；疑问句如“何物能浇块垒平”、“温李新声奈尔何”“亲到长安有几人”等；反问句如“文章宁复见为人”、“俳谐怒骂岂诗宜”、“精真那计受纤尘”等；设问句如“谁是诗中疏凿手”、“老阮不狂谁会得”、“发源谁似柳州深”等；感叹句如“可惜并州刘越石，不教横槊建安中”、“中州万古英雄气，也到阴山敕勒川”等。这些非陈述语气句的大量运用，使议论说理显得很有气势。此外，元氏论诗绝句还常运用典故来议论说理，如：“邺下风流在晋多，壮怀犹见缺壶歌”，“乱后玄都失故基，看花诗人只堪悲”等。从以上论述可知，重说明、重议论是宋金元文学批评的主要语体特征。

（三）批评风格的学者化和随意性

宋金元时期的文学批评家大多是文学家，如苏轼为当时文坛之翘楚，其诗词文赋在文坛都独领风骚；黄庭坚是江西诗派之代表，其诗文亦成就斐然；李清照乃婉约词派之大家；元好问的诗文创作亦有突出成就，等等，他们都以一身而兼文学家和批评家之双重身份。而宋金元时期文化高度发达，文学家大多又是学问家。这些都决定了这一时期文学批评风格具有了学者化倾向。批评风格学者化的一个主要表现就是在进行文学批评时常能纵横左右，涉及社会生活的各个方面，如苏轼的文学批评便常能诗文书画理论相通相容，故其文论多汪洋磅礴，内涵丰赡。此外，宋金元时期的文学批评还具有随意性特征。以诗话为例，欧阳修在《六一诗话》书前曾自题“居士退居汝阴而集，以资闲谈”，可见，“以资闲谈”本是诗话写作的最初动机，这一动机决定了写作的心态和内容：放松、自由，无主题、篇幅限制。有话则长，无话则短，不必要周密论证，无需翔实考订，而是读书有得，师友有议，记忆所至，灵感出现，这些无疑都透露和表现出一种随意性。再如评点是一种随感式的、在阅读的过程中产生的、依附于诗文小说而存在的印象式评语，也具有较强的随意性特征。

第二节　北宋文学批评

自中唐以来的儒学复兴运动至北宋而达到高潮，理学开始登上思想文化舞台，并成为北宋时期最主要的思想文化类别，对其时之文学批评产生了深刻影响。本节将主要讨论：儒学复兴与北宋文学批评，欧阳修的文学理论，苏轼的文学理论，黄庭坚与江西诗派的文学理论。

一、儒学复兴与北宋文学批评

自两汉之际佛教入华、魏晋之时老庄复兴后，佛、道之学的影响越来越大，并逐步演化为可与儒学相抗衡的学术思潮，儒学地位受到极大挑战。如何应对佛、道两家特别是佛教的挑战，挽救日益衰落的儒学，实现儒学的复兴，便成为儒家学者迫切需要解决的课题。早在中唐时期，韩愈等人便已开始了复兴儒学的努力，其《原道》为儒学构建了一个“道统”：

> 曰：斯道也，何道也？曰：斯吾所谓道也，非向所谓老与佛之道也。尧以是传之舜，舜以是传之禹，禹以是传之汤，汤以是传之文、武、周公，文、武、周公传之孔子，孔子传之孟轲。轲之死，不得其传焉。

韩愈以其道统论来与佛教法统抗衡，他否定了两汉经学在传承孔孟道统方面的意义和地位，同时也表明了自己将要继承儒家道统、复兴儒学的文化使命。为了宣扬儒学之道，韩愈又对佛道思想和六朝以来盛行的骈体文给予了猛烈的批判，并与柳宗元等人发起了古文运动，将文章作为传播儒家思想的途径。经过韩愈的努力，古文运动在晚唐产生了很大的影响，一直持续到北宋中叶才再度掀起诗文革新运动。

五代宋初以来，文坛上盛行以杨亿、刘筠、钱惟演为代表的西昆体。西昆体的主要内容或是受诏修书、宫廷游宴，或是描摹物态、流连光景。其特点是专工律诗，主要学习李商隐在艺术上的成就而抛弃了其真实深刻的内容。这些作品以雕章丽句为美，词多奢靡浮艳，与宋儒宣扬儒学之道的愿望和诗文反映现实并推动政治改良和社会发展的需求相去甚远。因此，倡导文风转变便成为宋代文学界迫切需要解决的一个问题。古文运动自韩愈、柳宗元等人提出之后，经过宋初柳开、穆修、王禹偁等人的倡导，到北宋中期经欧阳修等人的实践而发扬光大，对宋代文风的变革起到重要的推动作用。就性质而言，唐代古文运动是复先秦、西汉之古，宋代古文运动则是复韩、柳之古，名为复古，实际上是针对晚唐、五代文弊和西昆体的流行而进行的革新。所以从某种意义上说，宋儒倡导的文学复古，正是儒学复兴运动在韵文领域的一个分支。

北宋儒学的复兴使得儒学的主体地位重新得到了确立，儒家道统思想自韩愈提出之后，在宋代得到了儒家学者的普遍认同和赞许。柳开曾云：“吾之道，孔子、孟轲、扬雄、韩愈之道。吾之文，孔子、孟轲、扬雄、韩愈之文。”（《河东先生集》卷一《应责》）孙复亦云：“吾之所谓道也，尧、舜、禹、汤、文、武、周公、孔子之道也；孟轲、荀卿、扬雄、王通、韩愈之道也。”(《孙明复小集》卷二《信道堂记》)石介亦说：“夫尧、舜、禹、汤、文王、武王、周、孔之道，万世常行不可易之道也。”(《徂徕集》卷五《怪说》)李观更认为：“孔子之后，有孟、荀、扬、王、韩、柳。国朝柳如京、王黄州、孙、丁、张晦之，及今范、欧阳皆其继者也。”(《李观集》卷二八《答李观书》)由此可见儒家道统思想几成宋代学术思想之时尚，其对文学批评的影响自然广泛而深入。

在宋代文学批评中，围绕对“道”的理解以及“道”与“文”关系的论争便是一项主要内容。

宋初柳开、王禹偁、穆修、石介等人针对当时片面取法晚唐、五代的华靡文风，提倡古文，推尊韩愈，要求文章阐述儒家之道，辅助教化，被称为宋代古文运动的先驱者。欧阳修是北宋诗文革新运动的领袖，他论文也强调明道尊韩。但欧阳修所讲的道，不同于柳开等人的古圣贤之道，也不同于王禹偁的“传道而明心”。他反对“弃百事不关于心”(《答吴充秀才书》)，即从关心百事中求道。在道与文的关系上，他说“大抵道胜者文不难而自至”(《答吴充秀才书》)。但他又认为“其见于言者则又有能有不能也”(《送徐无党南归序》)，即要注意文辞之美。他又认为“偶俪之文，苟合于理，未必为非”(《论尹师鲁墓志》)。这就同柳开、石介坚决反对骈文的见解有所不同。

北宋后期，主要有曾巩、王安石、苏轼等继承欧阳修的文论并发扬光大。曾巩的文论，关心史事，主张“畜道德而能文章”，要“其明必足以周万事之理，其道必足以适天下之用，其智必足以通难知之意，其文必足以发难显之情”(《南齐书·目录序》)。对人物，要能辨别“有情善而迹非，有意善而外淑”(《寄欧阳舍人书》)等。王安石同样强调文章要以适用为本，“文者务为有补于世”。他认为“尝谓文者，礼教治政云尔”，又认为“所谓辞者，犹器之有刻镂绘画也。诚使巧且华，不必适用，诚使适用，亦不必巧且华”。他把文辞比做器物上的“刻镂绘画为之容而已”，“然容亦未可已也”(《上人书》)，认为文辞也要讲究。他以“礼教治政”为文，比欧阳修的关心百事显得狭窄。此外，道学家周敦颐提出“文所以载道”(《通书·文辞》)说，到程颐则进一步提出“作文害道”(《语录》)说。他们所讲的道，主要是关于修身养性的义理之道，因此，他们由重道轻文进而重道废文。

苏轼的文学批评，在儒学复兴的大背景下也有自己的新见和创获。他论文亦言“道”，在《日喻》中他提出“道可致而不可求”，强调只有在不断的生活实践中，才能掌握事物的特征及规律。这就比欧阳修的关心百事更进一步，强调要从实践中去体认道。他一方面主张文章须“有为而作”，“言必中当世之过”(《凫绎先生文集序》)；另一方面，他又高度重视文采、技巧，倡言辞达，他说：“求物之妙，如系风捕影，能使是物了然于心者，盖千万人而不一遇也，而况能使了然于口与手者乎？是之谓辞达。”他认为好的文章“大略如行云流水，初无定质，但常行于所当行，常止于不可不止，文理自然，姿态横生”(《答谢民师书》)。苏轼在长期的文学创作实践中对道有深切体会，故其文学批评理论能独树一帜，并且他在创作中还卓有成效地贯彻了自己的批评主张，这使得他成为北宋后期最为杰出的文学批评家。

宋代诗论与文论并茂，也深受儒学复兴的影响。宋初诗歌沿袭晚唐、五代诗风，王禹偁称之为“因仍历五代，秉笔多艳冶”(《哀高锡》)，他论诗推崇白居易，但影响不大。稍后西昆体兴起，更加注重形式的华丽，被石介批评为“淫巧侈丽，浮华纂组”(《怪说中》)。梅尧臣论诗，主张继承《诗经》和《楚辞》的传统，“因事有所激，因物兴以通”，诗必须真正有感而作，用比兴手法来表达。他还提出作诗要“意新语工”，“状难写之景如在目前，含不尽之意见于言外”(欧阳修《六一诗话》引语)。在风格上，他提出“作诗无古今，惟造平淡难”(《读邵不疑学士诗卷》)。平淡是用朴素的语言写出“意新语工”的诗来。欧阳修论诗，推重梅圣俞诗的“本人情，状风物，英华雅正，变态百出”，“感人之至”(《书梅圣俞书稿后》)，主张诗体雅正、风格变化和诗的感染力，他提出了“诗穷而后工”的主张，赞美“子美(苏舜钦)笔力豪隽，以超迈横绝为奇；圣俞(梅尧臣)覃思精微，以深远闲淡为意”(《六一诗话》)。因此，他能领导北宋的诗歌革新运动。王安石论诗重视政治内容，喜爱杜甫，对李白诗则有微辞。他在晚年提倡用事和对偶的工巧，有助于诗歌创作艺术技巧的提高。苏轼的诗论，既称“李太白、杜子美以英伟绝世之姿，凌跨百代”，又赞美“苏(武)、李(陵)之天成，曹(植)、刘(桢)之自得，陶(渊明)、谢(灵运)之超然”，赞美“韦应物、柳宗元发纤浓于简古，寄至味于淡泊”(《书黄子思诗集后》)，能够赞赏各种风格。苏辙称他“缘诗人之义，托事以讽，庶几有补于国”(《东坡先生墓志铭》)。苏轼对诗歌的艺术规律作了多方面的探讨，提出了“外枯而中膏”，“似淡而实美”(《评韩柳诗》)，“诗中有画”，“画中有诗”(《书摩诘蓝田烟雨图》)等独创见解。黄庭坚论诗主张“真能陶冶万物，虽取古人之陈言入于翰墨，如灵丹一粒，点铁成金”，还要“凡作一文，皆须有宗有趣”，即就作者所接触到的外界事物，进行陶冶，从中产生主旨和情味，再就古人的陈言加以熔铸，点铁成金。黄庭坚的诗歌创作和理论影响很大，成为江西诗派的批评宗旨。

总之，北宋的文学批评不管是诗论还是文论，都受到儒学复兴的深刻影响，都是在儒学复兴的文化背景之下获得发展的。

二、欧阳修

欧阳修(公元1007—1072)，字永叔，晚年号醉翁，又号六一居士，庐陵(今江西吉安)人，天圣八年(1030)进士，官至枢密副使、参知政事，有《欧阳文忠公文集》存世。欧阳修在政治上积极参加以范仲淹为首的政治改革运动，提出了不少改革弊政的主张。欧阳修是唐宋八大家之一，是当时公认的文坛领袖，在散文、诗、词的创作方面成就巨大，并且提出了系统的文学理论批评，其《六一诗话》更开宋诗话之先河。欧阳修高举诗文革新的大旗，批判各种不良文风，指出诗文发展的道路，为宋代文学批评做出了很大贡献。

(一)文道关系论

在文道关系上，欧阳修承续韩愈的观点，重申道对文的重要性。他在《答吴充秀才书》中认为“道胜者文不难而自至”，反对片面追求文辞。他主张以道作为作家的基本修养，充道以为文。但他不重道轻文，他评论吴充文章是“辞丰意雄，沛然有不可御之势”。他在《代人上王枢密求先集序书》中还指出“言以载事，而文以饰言。事信言文，乃能表见于后世”。立论的着眼点主要还是在文上。

欧阳修更注重道的实践性。他认为道并不是要远离人，不是要人“弃百事不关于心”，而应在实践中“充道(使道本身得以充实)”。他在《与张秀才第二书》中批评了那些脱离实际、侈谈所谓古道的人，指出“知古明道而后履之以身，施之于事，而又见于文章而发之，以信后世。……其道易知而可法，其言易明而可行”，要求将道的内容同时代社会现实联系起来，强调道的实践意义。欧阳修的文道观对此后的古文理论产生了积极的影响。

（二）诗穷而后工

“诗穷而后工”说出自于欧阳修《梅圣俞诗集序》：

> 予闻世谓诗人少达而多穷。夫岂然哉？盖世所传诗者，多出于古穷人之辞也。凡士之蕴其所有，而不得施于世者，多喜自放于山巅水涯之外，见虫鱼草木风云鸟兽之状类，往往探其奇怪；内有忧思感愤之郁积，其兴于怨刺，以道羁臣寡妇之所叹，而写人情之难言，盖愈穷则愈工。然则非诗之能穷人，殆穷者而后工也。

欧阳修在这里所说的“穷”，主要指政治上的穷达之“穷”，而不是指生活上的穷困。有理想、有抱负的文人，也就是“士之蕴其所有而不得施于世者”，政治上不得志，受排挤、遭迫害，只能隐身江湖，借诗文来寄托其济世安民的壮志，抒发其对现实黑暗的怨愤不满，以及种种忧思、苦闷、压抑之情。诗人写自然之奇妙，寄人情之难言，往往都是有所寓意，怨刺兴讽有所为而发。并非诗能穷人，实是穷者而后工，愈穷而愈工。这一方面是因为诗人穷而“自放”，能与外界事物建立起较为纯粹的审美关系，于是能“探其奇怪”；另一方面郁积的情感还有助于诗人“兴于怨刺”，抒写出更为曲折入微却又带有普遍性的人情。

欧阳修的“诗穷而后工”说可上溯至屈原《惜诵》中的“发愤以抒情”，而后有司马迁的“发愤著书”，李白的“哀怨起骚人”，杜甫的“文章憎命达”，白居易的“文士多数奇，诗人尤命薄”，韩愈的“凡物不得其平则鸣”、“欢愉之辞难工，而穷苦之言易好”等。欧阳修的观点则进一步触碰到作家的生活遭遇对其创作成就的重要作用。“诗穷而后工”的“穷”不是“贫穷”，而是与“通”或“达”相对，指作者坎坷的生活际遇，以及由这种际遇激发出来的感愤不平之情。从作家与现实生活的关系出发，欧阳修认为要写出优秀的诗歌就须经历现实中的坎坷与磨难，这样就能使作者经历丰富，情感丰厚。然后把自身之际遇、现实之矛盾以及“不得施于世”的内心积郁融于诗中，作品内容就会充实饱满，深挚感人，就容易成为好诗。

（三）“意新语工”与“不尽之意”

欧阳修在《六一诗话》中引梅尧臣的话说：

> 圣俞尝谓予余曰：“诗家虽率意，而造语亦难。若意新语工，得前人所未道者，斯为善也。必能状难写之景如在目前，含不尽之意见于言外，然后为至矣。”

诗歌是语言的艺术，通过语言文字来传达生命的韵律。诗人的成功创作，表面上“率意”，似乎冲口而出，不假思索，实际上这是千锤百炼之后而趋于平淡和自然。如梅尧臣诗“闲远古淡”的艺术风格貌似平常，实则“构思极艰”，是诗人“平生苦吟咏”所得。因此，“意新语工”强调的是诗人通过艰苦的艺术劳动，成功地创造出新的艺术生命。而“状难写之景如在目前，含不尽之意见于言外”，就深入分析了意境的两大相互关联的审美要素，即所写的境象一定要真切生动，形象鲜明；抒写的情志要深微高远，含蓄蕴藉，寓意精深。合而论之，就是强调形象与意境的和谐统一，构成诗歌艺术的动人意境，令人回味无穷，历久弥新。

欧阳修的诗文理论对后世产生了较大影响，特别是他的《六一诗话》开启了以随笔漫谈的批评方法论诗的风气，成为后来各家诗话的先声。

三、苏轼

苏轼(公元1037—1101)，字子瞻，号东坡居士，四川眉山人。宋仁宗嘉祐二年(1057)进士，官至礼部尚书，有《东坡七集》传世。苏轼是欧阳修之后的文坛领袖，他的诗、词、文、赋以至书法、绘画都达到了时代的最高造诣。苏轼思想能融儒、道、释三教于一体，自由地吸纳、融合各种文化思想，并实践于文学创作和文论书写，由此而产生了具有自由精神的文学作品和文学批评思想。苏轼精湛而丰富的文艺实践，儒、释、道兼容的文化心胸，以及自由自然的创造精神，使其文艺思想博大而精深，他自己也成为了北宋最重要的文论家。

(一)“空静”与“常理”

苏轼采用佛教的“空静”观以及对“常理”的把握来谈创作中主客体的关系问题。他认为“空静”能使创作主体进入到一种最佳的精神状态，其《送参寥师》诗云：“欲令诗语妙，无厌空且静。静故了群动，空故纳万境。”苏轼提出的“空静”说一方面继承了老庄“虚静”说的美学内涵，另一方面又以禅宗思想为参照，改造、发展了中国诗学的审美心态理论。

苏轼强调艺术创作过程中的“空静”心态，是因为只有处心于宁静，才能摆脱骚动的干扰，才能洞察万物的纷纭变化；只有置心于虚空，才能不为成见所蔽，才能容纳万般妙境。唯其如此，才能写出体物传神、意境深邃的诗篇。对艺术家来说，摒除杂念，保持空静的心态，可以获得最大的思维空间以创造神完气足、深情远韵的艺术境界。如苏轼在总结文与可的画竹经验时说：“与可画竹时，见竹不见人。岂独不见人，嗒然遗其身。其身与竹化，无穷出清新。”与可画竹时，能保持“空且静”的心态，达到“忘我”的境界，寂然凝虑，身与竹化，这才画出了清新幽雅、自然淡泊的意境。

苏轼还进一步指出，要创作出意境，则必须在把握客观事物“常形”的基础上把握其“常理”，其《净因院画记》云：

> 余尝论画，以为人禽宫室器用，皆有常形。至于山石竹木水波烟云，虽无常形，而有常理。常形之失，人皆知之；常理之不当，虽晓画者有不知。……世之工人，或能曲尽其形。而至于其理，非高人逸才不能辨。

此虽言画，然通于文学。苏轼不常言“道”，他所说的“道”也主要是指万事万物的“理”，此处的常形、常理之说就是这一思想的鲜明体现。郭绍虞在比较苏轼重理与苏辙重气时说：“求知于理，重在体物，而更须有了然于口与手的本领”①，切中了苏轼“常

① 郭绍虞：《中国文学批评史》上卷，百花文艺出版社1999年版，第309页。

理”说重在体物之关键。“体物之妙”以求物之“常理”是苏轼着重强调的主体修养，徐复观对此有精当的解说：

> 他所说的“常理”不是当时理学家所说的伦理物理之理，因为伦理物理，都有客观而抽象的规范性、原则性。他所说的常理，实出于《庄子·养生主》庖丁解牛的“依乎天理”的理，乃指出于自然的生命构造，及由此自然的生命构造而来的自然的情态而言。①

苏轼所言“常理”既指自然生命构造的“天理”，也指这天理中隐含的生命的审美情态，即主体观照对象时，从对象的生命中发现的艺术审美情态。所以，此常理“非高人异材不能辨”。苏轼所言常理是在庄子式的自由审美观照中，“精神得到艺术性的自由解放”从而能够“得之于象外”，在“身与物化”之中深深体味出自然事物的审美意味，在“空静”的心灵中由物理的自然升华为人化的自然，于是便“了然于心”。这就是苏轼对创作主体修养提出的最高要求，也是自由审美观照的艺术审美心灵所必备的素质。

(二)“有为而作”与“辞达”

在文学创作方面，苏轼既强调“有为而作”，又主张自由“辞达”。他在《〈凫绎先生诗集〉叙》中说：“先生之文，皆有为而作。精悍确苦，言必中当时之过。”他从儒家思想出发，反对无为而作，强调文学作品对社会积弊的药石、疗救之作用。然苏轼追求自由创作的精神决定了他并不为此类尚实用的思想所束缚，其所谓有为而作之“为”，也不尽指“言必中当时之过”和“有补于国”的实用目的。苏轼以自己的创作实践证明，有为而作之“为”更多地是指为“文统”目的而写作，即为自由“辞达”而写作。

“辞达”首先是孔子提出来的。《论语·卫灵公》：“子曰：辞达而已矣。”即文学作品中语言的运用只要达意就可以了。然孔子在强调辞达的同时，也重视文采的运用。如主张“情欲信，辞欲巧”，“言之不文，行而不远”，可见孔子是主张文质并重的。苏轼则从“文”的方面，对孔子的“辞达”说进行了调整和发挥。在《答王庠书》中说：“孔子曰：‘辞达而已矣。’辞至于达，足矣，不可以有加矣。”就是说，文章要充分表达作者的思想，要准确地揭示客观事物的特征。那么如何才能做到“辞达”呢？苏轼在《答谢民师书》中说：

> 孔子曰：“言之不文，行而不远。”又曰：“辞达而已矣。”夫言止于达意，即疑若不文，是大不然。求物之妙，如系风捕影，能使是物了然于心者，盖千万人而不一遇也，而况能了然于口与手者乎？是之谓辞达。辞至于能达，则文不可胜用矣。

可见，苏轼心目中的“辞达”就是要细心观察、深入研究所反映的客观事物，使客观事物的“理”“了然于心”。怎么才能做到“了然于心”呢？就是要求充分调动艺术手段，来

① 徐复观：《中国艺术精神》，春风文艺出版社1987年版，第315页。

准确、鲜明、生动地描绘客观事物。苏轼既提倡“有为而作”又强调“辞达”，表明了他文道并重的创作观点。

(三)自然天成，境与意会

苏轼文艺思想的一个突出方面是注意文艺的自然本质，无论是论诗、文、书法、绘画，都讲求创作的自然天成。正如他在《答谢民师书》中所云：“大略如行云流水，初无定质，但常行于所当行，常止于所不可不止。”

就文而言，苏轼主张行文自然，反对务奇求深和雕琢经营。反映在具体的形象描写上便是“随物赋形”、“尽物之态”，就是说根据事物本身自然地描绘出其形状，强调主体创作时与对象的一种顺应自然的关系。苏轼评论自己的文章也说：“吾文如万斛泉源，不择地而出。在平地滔滔汩汩，虽一日千里无难。及其与山石曲折，随物赋形而不可知也。”(《文说》)“如万斛泉源”，是说自己胸中所积之厚，创作激情一旦迸发就不可收拾，倾泻曲折，舒展自如。“随物赋形”，是说自己表达能力之强，自己的思想感情是随着客观事物的不同而发生变化的，且创作手法也随之发生变化，这两方面都是自然所致，非强求而得。

就诗歌而言，苏轼推崇“苏李之天成，曹刘之自得，陶谢之超然”。也是讲诗歌要自然天成，冥于造化。其《题渊明饮酒诗后》云：“‘采菊东篱下，悠然见南山’。因采菊而见山，境与意会，此句最有妙处。近岁俗本皆作‘望南山’，则一篇神气都索然矣。”而要做到自然真态，关键在于努力做到以传神为主而形神并茂。

苏轼崇尚的自然天成之美，强调了文学作品的浑然天成和文学创作的平易流畅，批评了那种故为艰深、故意雕琢的不良文风。它既是老庄美学观在苏轼身上的体现，又是苏轼强烈的艺术个性意识的体现，我们纵观苏轼的作品就可以发现，苏轼一生都在追求这一境界并且将之应用于其创作实践中。

(四)诗中有画，画中有诗

苏轼在《书摩诘蓝天烟雨图》一诗中说：“味摩诘之诗，诗中有画；观摩诘之画，画中有诗。”所谓“诗中有画”、“画中有诗”，突出地强调了文学艺术作品既要有鲜明的形象性，犹如绘画一般；又要有深刻的内涵，如诗之有味。即诗由感而见，画由见而感，诗中有画、画中有诗，可互补其短。诗画结合，揭示了艺术耐人寻味的美的境界。在苏轼看来，作品要在物象之外蕴含更加深刻的美学意趣，要做到含蓄蕴藉，这样才能达到“一唱三叹”的艺术效果。

苏轼的“诗中有画，画中有诗”的诗境特征理论反映了他对文学作品的形象性特点和意境美的认识。这种认识来源于庄子、王弼等前人的理论滋养。如庄子提出的“得意而忘言”说，王弼提出的“得意而忘象，得象而忘言”说，都肯定了语言的工具性特点，强调了感知、体悟的重要性。刘勰提出的“余味”说，钟嵘提出的“滋味”说，司空图提出的“韵味”说，梅尧臣提出的“含不尽之意见于言外”说，都从不同的角度揭示了文学的形象性特点。然苏轼的伟大就在于他能超越前人，能够融合语言的工具性与文学的形象性于一体而创造性地提出“诗画一体”的诗境艺术论，在象外、景外、韵外、味外传达出不尽之神韵，给人回环往复，余音绕梁之美感。

四、黄庭坚与江西诗派

（一）黄庭坚

黄庭坚（公元1045—1105），字鲁直，号山谷道人，又号涪翁，江西修水人。他自幼好学，博览经史百家。英宗治平四年（1067）进士，以校书郎为《神宗实录》检讨官，迁著作郎。他的政治态度上基本上属于旧党，因而在新党执政时期，屡遭贬谪。他与秦观、晁补之、张耒同出苏轼门下，号称苏门四学士，而庭坚为其长。长于诗，与苏轼并称"苏黄"。黄庭坚的著述通行有《四部丛刊》本《豫张黄先生文集》兼收诗文，《四部备要》本《山谷全集》只收诗赋，宋任渊、史容等笺注。另有清同治重刊《山谷全书》、乾隆庚子刊《豫章先生遗文》。

1. 人格修养与诗歌风格

黄庭坚注重个人人格道德修养，性情敦厚，品格高尚，而胸襟旷达。黄诗正如其人，苏轼《答黄鲁直书》说始见黄庭坚诗文时便认为"此人如精金美玉"，"观其文以求其为人，必轻外物而自重者"，及见到黄庭坚"诗文愈多，而得其为人益祥，意其超逸绝尘，独立万物之表，驭风骑气，以与造物者游"。苏轼是黄庭坚的老师，由苏轼的评价可以知道黄庭坚的人品与诗歌的特征风貌。黄庭坚论诗文，把人之品格和诗文风格联系在一起。如他的《再用千韵赠高之勉》四首之二、之三：

> 行要争光日月，诗须皆可弦歌；着鞭莫落人后，百年风转蓬科。
> 句法俊逸清新，词源广大精神；建安才六七子，开元数两三人。

黄庭坚以"争光日月"和"皆可弦歌"来喻"行"和"诗"，反映了他的人格规范与创作兴趣之高。黄庭坚注重文学作品的功用与在创作中体现出作者的人格力量。他在《戏呈孔毅父》中说："文章功用不经世，何异丝窠缀灵珠。"要求诗歌干预社会，反映现实，他常用这个标准来评价古人及当时作品。如《宿旧彭泽怀陶令》：

> 潜鱼愿深渺，渊明无由逃。彭泽当此时，沈冥一世豪。司马寒如灰，礼乐卯金刀。岁晚以字行，更始号元亮。凄其望诸葛，肮脏犹汉相。时无益州牧，指挥用诸将。平生本朝心，岁月阅江浪。空余时语工，落笔九天上。向来非无人，此友独可尚。属予刚制酒，无用酌杯盎。欲招千载魂，斯文或宜当。

这里揭示出陶渊明为一世之豪，如诸葛亮一样怀有兴复故国的抱负，其翱翔青冥的凌云诗笔就体现了这种高风亮节，而"尚友古人"的表态使黄庭坚的志趣显露无疑。这样评价陶渊明，是文学批评史上的首创。

黄庭坚重视诗歌创作者的人格作用以及在诗歌中体现出来的"忿世疾邪"的怨刺作用，但是又要求不可过分激烈，必须符合"温柔敦厚"之旨。他在《胡宗元诗集序》中说："士有抱青云之器而陆沉林皋之下，与麋鹿同群，与草木共尽，独托于无用之空盲，以及为千岁不朽之计。谓其怨邪？则其言仁义之泽也。谓其不怨邪？则又伤已不见其人，然则其言不怨之怨也。”又说胡宗元之诗“其兴托高远则附于《国风》，其忿世疾邪则附于《楚辞》”。他对“陆沉林皋之下”文人的同情，对怨刺之言的肯定，大约也是与他自己的遭遇有关系的。然而，他又特别反对愤激怒骂的诗歌，其《书王知载朐山杂咏后》云：

诗者，人之情性也，非强谏争于廷，怨忿垢于道，怒邻骂坐之为也。其人忠信笃敬，抱道而居，与时乖逢，遇物悲喜，同床而不察，并世而不闻，情之所不能堪，因发于呻吟调笑之声，胸次释然，而闻者亦有所劝勉，比律吕而可敬，列干羽而可舞，是诗之美也。其发为讪谤侵陵，引颈以承戈，披襟而受矢，以快一朝之忿者，人皆以为诗之祸，是失诗之旨，非诗之过也。

山谷在这里强调诗歌是“人之情性”的体现，“情之所不能堪”，而后才“发于呻吟调笑之声”，以充分宣泄内心感情，使“胸次释然”。诗歌作为艺术，有自己的特点，“比律吕而可歌，列干羽而可舞，是诗之美也”，它是在这种美的形式中传达诗人的思想感情，并进而感染读者起到“劝勉”作用的。因此文学创作，尤其是诗歌，不同于政论杂著或书信应用文等非文学文章。它要求含蓄蕴藉，而不能过分直露，所以“强谏争于廷，怨忿诟于道”、甚至“怒邻骂坐”、“讪谤侵陵”、“以快一朝之忿”都是不符合诗歌艺术特点的，并非诗之本旨。他在《答洪驹父书》中劝他的外甥洪刍说：“《骂犬文》虽雄奇，然不可作也。东坡文章妙天下，其短处在好骂，慎勿袭其轨可也。”也是这个意思。

2. 恪守绳墨与不烦绳削

黄庭坚论创作，重视法度的严谨，注意篇章结构的经营、字句的精练。其《论作诗文》云：“作文字须摩古人，百工之技，亦无有不法而成者也。”在《答洪驹父书》中说：“凡作一文，皆须有宗有趣，始终关键、有开有合，如四渎虽纳百川，或汇而为广泽，汪洋千里，要自发源注海耳。”这也是说明作文无论如何变化，总不能越出基本法度。他认为杜诗韩文最具备严密的法度，故以此为学习诗文创作的最高典范。

黄庭坚论文学创作的法度是从学习杜甫的过程中引发出来的。《苕溪渔隐丛话前集》引陈师道语云：“豫章之学博矣，而得法于少陵，故其诗近之。”宋人李颀《古今诗话》云：“《名贤诗话》云：黄鲁直自黔南归，诗变前体。且云：‘要须唐律中作活计，乃可言诗。以少陵渊蓄云萃，变态百出，虽数十百韵，格律益严。盖操制诗家法度如此。’”可见，黄庭坚正是从杜甫的律诗特别是后期律诗中，总结、研究诗歌创作的法度规则，并以此来指导自己诗歌创作的，所以他十分推崇杜甫到夔州以后的诗歌。杜甫对自己的创作要求很严，不仅诗意构成经过“惨淡经营”，而且字句、格律推敲极为认真，曾说：“为人性僻耽佳句，语不惊人死不休。”黄庭坚由此而进一步强调法度的重要，并反复告诫他的后学，必须认真研究学习杜诗韩文的内在法度。他的学生范温在《潜溪诗眼》中说：“山谷言文章必谨布置，每见后学，多告以《原道》命意曲折。”可知黄庭坚所说的法度主要是指诗文的命意、布局、格律、章法、句法、字法等具体艺术形式和技巧。特别是诗歌的句法，山谷尤为重视，并曾多次论及：

传得黄州新句法，老夫端欲把降幡。（《次韵文潜立春日三绝句》）

> 句法俊逸清新，词源广大精神。(《再用前韵赠子勉》)
> 寄我五字诗，句法窥鲍谢。(《寄陈适用》)
> 句法提一律，坚城受我降。(《子瞻诗句妙一世乃云效黄庭坚体》)

黄庭坚曾赞扬陈师道说："其作诗渊源，得老杜句法，今之诗人不能到也。"《苕溪渔隐丛话前集》引《后山诗话》云："鲁直言：杜之诗法出审言，句法出庾信。但过之耳。"可见，黄庭坚对杜诗的句法是十分佩服的。他对诗歌句法的讲究，也有其家学渊源。《苕溪渔隐丛话前集》引《洪驹父诗话》云："山谷父亚夫，诗自有句法，山谷书其《大孤山》、《宿赵屯》两诗刻石于落星寺，两诗警拔，世多见之矣。……山谷句法高妙，盖其源流有自云。"宋人论诗之重句法，大约和黄庭坚有密切关系。

所谓句法，实际就是具体的诗法。诗歌是由诗句组成的，尤其是律诗，虽只有八句，但每句每联都有讲究，起句结句颔联颈联，各有不同特点，而格律的和谐更涉及每一个字。句法既有关整首诗的意境，也包括用字优劣，于是就有诗眼、句眼之说。黄庭坚在《赠高子勉》诗中说："拾遗句中有眼，彭泽意在无弦。"而范温遂有《潜溪诗眼》之作。与句法相配则有字法，黄庭坚在《荆南签判向和卿用予六言见惠次韵奉酬》诗中说："覆却万方无准，安排一字有神。更能识诗家病，方是我眼中人。"其《题意可诗后》又说："宁律不谐，而不使句弱；用字不工，不使语俗，此庾开府之所长也，然有意于为诗矣。"黄庭坚对法度的规范虽然很严、很具体，但仍然要求不落斧凿痕迹，努力做到妥帖自然，使之"不烦绳削而自合"，决"不可守绳墨令俭陋也"。

3. 点铁成金与夺胎换骨

"点铁成金"是黄庭坚在《答洪驹父书》中提出来的。他在这封书信里谆谆告诫其外甥洪刍，要他多读古人的书和文章，并鼓励他说："少加意读书，古人不难到也。"建议他"熟读司马子长、韩退之文章"，"更须治经，深其渊源"，然后"可到古人耳"。接着强调指出：

> 老杜作诗，退之作文．无一字无来处，盖后人读书少，故谓韩、杜自作此语耳。古之能为文章者，真能陶冶万物，虽取古人之陈言入于翰墨，如灵丹一粒，点铁成金也。

"夺胎换骨"说未见山谷文集，而最早见惠洪《冷斋夜话》卷一所引，其云：

> 山谷云：诗意无穷，而人之才有限，以有限之才，追无穷之意，虽渊明、少陵，不得工也。然不易其意而造其语，谓之换骨法；窥入其意而形容之，谓之夺胎法。

无论是"点铁成金"还是"夺胎换骨"都是指学习古人作品达到融会贯通的程度，然后从中得到启发，以构成自己作品的诗意和境界。夺胎法是参考古人诗意而重新加以形容，以创造新的诗意境界；而换骨法则是指吸取古人精彩的诗意境界而不袭其辞，另创新语来表现之。实际上也就是在学习前人作品时，如何从意和辞两方面做到"以俗力雅，以古为新”，从而创造出既能得古人真髓，又不同于古人、有自己新的风貌特色的作品。“夺胎换骨”、“点铁成金”包含着方法和目的两方面的意思，对古人的著作用“夺胎换骨”的方法加以改革创新，使之由铁而成金，创造出比古人更好的作品，这才是最终目的。金代的王若虚说：“鲁直论诗有‘夺胎换骨，点铁成金’之喻，世以为名言。以予观之，特剽窃之黠者耳。”这个批评确也击中了要害，但也是不全面的、过于简单化的。黄庭坚的“夺胎换骨，点铁成金”并非完全没有积极一面。文学创作不可能完全摆脱和离开前人的创作，它总是在总结前人经验的基础上向前发展的。因此，认真学习古人的作品，吸收其有益成分不仅是必要的、也是不可避免的。而在学习古人作品时如何努力做到“以故为新”，充分体现独创精神，在古人已经达到的水平上前进一步，又不流于简单化的模仿抄袭？这正是黄庭坚“夺胎换骨”、“点铁成金”有价值的地方。

正是在这个基础上，黄庭坚反复要求学诗者对古人诗文必须读深、读透、融会贯通，善于领会其精神实质，而不能生吞活剥，仅得其皮毛。读书不仅要“破万卷”，而且要得古人文章之“规摹”，善于“总览笼络”，得其要领，把古人作品中的丰富营养吸取过来变成自己的血肉，这样在自己的创作中方能化古人之迹而有新意。如果只知“玩其山龙黼黻成章”，就不可能从容自如地驾驭古人文章，做到“左准绳，右规矩”，“中玉佩之音”，也不可能创作出有新意的好作品。他提出学习古人作品要能“识”，也就是要能体会到什么是它最精彩的地方。

（二）江西诗派

在黄庭坚的影响下，北宋后期逐渐形成了所谓“江西诗派”。两宋之际的吕本中，在他的《江西诗社宗派图》中，首先提出了“江西诗社宗派”的名称，他把黄庭坚尊为诗派的创始人，又列举陈师道等二十五名诗人作为其中成员。宋末元初的方回又进一步提出江西诗派的“一祖三宗”之说，“一祖”指杜甫，“三宗”指黄庭坚、陈师道和陈与义。江西诗派是宋代影响最大的文学流派。陈师道是江西诗派的重要成员，与黄庭坚并称“黄、陈”。除陈师道外还有韩驹、饶节、洪刍、洪朋、洪炎、晁冲之、李彭、谢逸、谢薖等人有较多作品流传，其余则只有零星作品留存，甚至湮没无闻。诗派成员大多受到黄庭坚直接或间接的指点，他们的诗歌创作也或深或浅地受到黄诗的影响，所以在题材取向和风格倾向上都比较相近，确实是一个声同气应的诗歌流派。

在苏轼和黄庭坚之后，陆游等中兴四大诗人之前的几十年间，江西诗派的崛起是诗坛上非常重要的文学现象。江西诗派自身的演变同时也代表着北宋诗风向南宋诗风的转变。这种演变，固然受到了靖康事变等外部因素的激发，但更重要的原因则是诗歌自身的发展规律。江西诗派是宋诗发展过程中的重要环节，也是中国古典诗歌发展过程中的一个重要环节。其作品是宋诗的重要组成部分，艺术风格是构成宋诗独特风貌的一个重要因素，它的诗歌理论在中国文学批评史上也占有一定的地位。

1. 尊杜宗黄

江西诗派以杜甫为祖，以黄庭坚为宗。尊杜宗黄，是其诗学理论的审美追求。陈师道《后山诗话》指出：“学诗当以杜子美为师，有规矩故可学。”又引苏轼语云：“子美之诗，退之之文，鲁公之书，皆集大成者也。”后山论诗宗山谷，并认为学杜必先学山谷，不由黄而学杜，“则失之拙易矣”。刘克庄《江西诗派小序》也大力称赞黄庭坚，赞誉黄庭坚是

“为本朝诗家宗祖”。陈师道是江西诗派“三宗”之一，他关于尊杜宗黄的诗学观念，为江西诗派的诗学理论和诗学批评奠定了理论基础，杜甫、黄庭坚因此成为江西诗派的两面旗帜。

2. 推崇“点铁成金”、“夺胎换骨”与“自成一家”

黄庭坚论诗提倡“点铁成金”与“夺胎换骨”及“自成一家”。如前所论，“点铁成金”就是“取古人陈言”加以点化，“夺胎换骨”就是取古人之意加以形容；“夺胎”侧重于内容，“换骨”侧重于言辞。对前人诗句加以点化，变化改造，推陈出新，使之更加深刻凝练，丰富生动，而自成一家，这可以说也是一种创作方法。黄庭坚的这一主张，被江西派奉为圭臬，誉为不传之秘的“法宝”。

3. 注重“活法”，强调“悟入”

在重视学习前人诗句的基础上，他们还强调“自立”“自得”，所以江西诗派的诗学批评注重“活法”，强调“悟入”。吕本中《童蒙诗训》指出：

> 作文必要悟入处，悟入必自功夫中来，非侥幸可得也。如老苏之于文，鲁直之于诗，盖尽此理也。

又在《夏均文集序》中说：

> 学诗当识活法。所谓“活法”者，规矩备具而能出于规矩之外，变化不测而亦不背于规矩也。

可见，只有“悟”，才能“自得”；只有下苦功夫进到“悟入”，学诗之路才能通畅。江西诗派喜谈诗法，注重法度，但也不肯蹈袭前人，不主张恪守一隅，都有一点自立的气概。江西诗派中的几位重要诗人受此影响很大。陈师道论诗以“学仙”为喻，韩驹论诗以“参禅”为喻，吕本中论诗重“活法”，其中都包含着“学然后悟”和“求新”的意义。

4. 提倡语意皆工

陈师道论诗，要求语与意皆工。他评价刘禹锡的“望来已是几千岁，只是当年初望时”为“语虽拙而意工”；评价顾况的“山头日日风和雨，行人归来石应语”为“语意皆工”。可见，所谓“意工”，不仅指内容的深广，而且指作为诗之表现因素的构想之巧；在巧妙构想的基础上，加之以语工，最是理想。所谓“语工”，正如《后山诗话》主张的“宁拙毋巧，宁朴毋华，宁粗毋弱，宁僻毋俗，诗文皆然”，着眼于形式技巧和用字造语，刻意追求一种朴拙之美，故其批评王安石诗“失之巧”，苏轼诗“失之粗”，山谷诗“失之奇”，表现出对六朝以来追求“圆美流转”与柔媚纤弱的审美趣味的反拨。

第三节 南宋文学批评

南宋时期的文学思想在继承北宋后期文学思想的基础上又有了新的发展，文学理论批评出现了一个崭新的面貌。其主要特点是比较重视对文学特征的探讨，并对违背艺术本身规律的错误倾向，展开了比较尖锐、比较激烈的批评。本节将依次介绍理学背景下的南宋文学批评、严羽的《沧浪诗话》和南宋的词学批评。

一、理学与南宋文学批评

理学是中国宋元明清时期以讨论理气、心性等问题为中心的哲学思潮，又称“道学”。其发端于北宋，成熟于南宋。理学的形成是中国古代哲学长期发展的结果，特别是批判佛、道哲学的直接产物。南宋作为理学的成熟时期，代表人物有朱熹和陆九渊。朱熹主要是继承和发展二程的学说，又吸取北宋其他理学家的某些学说，完成了集大成的历史使命，故宋代理学又被人们称为程朱理学。朱熹改造了周敦颐的《太极图说》，认为“无极而太极”就是“无形而有理”，以太极为万物本体，提出了理有层次的理一分殊说，并把周敦颐推崇为理学开创者。他又吸收和改造了张载关于气的学说，明确提出并系统论述了理气关系问题，建立了理气论和气化学说。他还发展了程颐、张载等人的心性说和格物致知说，提出了一整套认识论和修养方法。朱熹哲学体系的建立，标志着理学的形成。与朱熹同时的陆九渊创立了“心学”学派，一度在学术上与朱学并立。陆九渊之学也来自二程，特别是程颢，由程颢经谢良佐、王蘋、张九成到陆九渊，发展出“心即理”的心学学说。陆九渊提倡“简易”之学，批评朱熹“支离”，而朱熹批评陆九渊太简。他们的争论，反映了理学内部的分化。南宋后期，朱陆两派互相攻讦，但陈淳以后，魏了翁、真德秀等人在维护朱学的同时，又有调和朱陆的倾向。黄震等人则发展了“道不离器”的思想和经世致用之学，对朱学进行了初步改造。陆九渊之后，杨简把心学发展为以山河大地为心中物象的唯我论哲学，成为心学派的极端。宋宁宗时掀起过反“道学”的斗争，反道学势力并没有形成自己的学派，只是从政治上对理学家进行打击。宋理宗以后约50年的时间里，程朱学说被定为官方哲学，获得迅速传播。

南宋的文论，和理学的盛行有很大的关系。比如比较重视强调道德与养气。胡铨说：“德，水也；言，浮物也。水大而物之浮者，大小毕浮；德盛则其旨也必远，理也。”(《答谭思顺》)陆游论文，称“文以气为主，出处无愧，气乃不挠”(《傅给事外制集序》)。又如把文采和道德品质结合，称“君子之有文也，如日月之明，金石之声，江海之涛澜，虎豹之炳蔚，必有是实，乃有是文”(《上辛给事书》)。当时道学家朱熹不再对文学采取贬斥和否定的态度，也注意到了文学本身的特征。他继承周、程的观点，提出“文道合一”说，认为只要明理修道，文便“从道中流出”，“不必舍此而求文”(《朱子语类》)；朱熹论文关注的是道，明道者始能写出好文章，而阅读好文章亦是为了明道，而所谓道，主要指作者的性情、学问、道德，这些综合地体现在诗文中就是文气、气象。由此便形成了他的以观人为中心的文学批评方法。“为文皆从道中流出”是“真味发溢”的产物，所以朱熹论艺术风格主于自然，但是并非不讲为文的法度。可以说，朱熹的“文道合一”、“文为道中流出”的观点涉及文学本体论，由“观世”转到“观人”、“观道”，涉及批评论，“自然”与“法度”涉及创作论，“识”与“涵泳”涉及鉴赏论，它们环环相扣，层层推进，共同组成了一个以“证道”为核心的理学家文论体系。由于其所谓“道”的概念的不确定性，当“道”指向狭义的封建伦理道德时，这一体系显得相当狭隘；但是当“道”指向社会人生百事、山川自然万物，进而及于作者个人的人格精神时，这一体系便带有某种开放性——上与儒家传统重教化、重实用的文论相承续，下启元明两代重视涵泳、体认、了悟的内向性文学批评思潮。

诗论发展到南宋，成为了文学批评的主要领域。针对江西诗派的争论是南宋诗论的一大特色。

南宋初期，苏黄体诗风靡一时，而黄庭坚和江西诗派的流弊日益显著，引起了不少人的批评。反映在诗论上，首先是张戒在他的《岁寒堂诗话》中，激烈地反对“子瞻(苏轼)以议论作诗，鲁直(黄庭坚)又专以补缀奇字”，反对“苏黄用事押韵之工”。他主张“言志乃诗人之本意，咏物特诗人之余事”，要求“其情真，其味长，其气胜”。陆游早年受江西诗派影响，后来从生活与创作实践中深刻领悟到“工夫在诗外”，提出“大巧谢雕琢”。杨万里最初也是取法江西诗派，之后逐渐摆脱束缚而自成一家。他感到“万象毕来，献予诗材，盖麾之不去，前者未雠，而后者已迫，涣然未觉作诗之难也”，着重写生活中的感触。姜夔论诗也受过江西诗派的影响，后来“始大悟学即病，顾不若无所学之为得”。

严羽的《沧浪诗话》是南宋最重要的诗歌理论著作，具有比较完整的系统和纲领。严羽不满意苏黄以来“以文字为诗，以才学为诗，以议论为诗”的诗风，猛烈抨击江西诗派。他力主“妙悟”，创诗有“别材”、“别趣”之说，推崇汉魏盛唐诗，强调“咏吟性情”，“唯在兴趣”，以及笔力雄壮、气象浑厚、音调铿锵等，在探讨诗歌的艺术特征、辨别时代风貌和体制等方面都有精到的见解。然而他又把盛唐诗作为极限，把“熟参”古人作品当作“悟入”诗道的唯一途径。以禅喻诗是《沧浪诗话》的一大特点，严羽认为盛唐诗人的高明在于“妙语”，如“水中之月，镜中之象，言有尽而意无穷”。与严羽大体同时，还有江湖派中杰出的诗人戴复古和刘克庄的诗论。戴复古作《论诗十绝》，反对模拟藻饰，崇尚独创精神和雄浑的诗风。刘克庄批评作诗“或尚理致，或负材力，或逞辨博”，击中了宋诗的弊病；但他也肯定宋诗自有发展、创造之处。戴、刘诗论的影响虽不及严羽，但他们对江西诗派的批评，却比严羽更为激切。

自欧阳修的诗话开启中国古代诗歌评论的新形式后，诗话就如雨后春笋般蓬勃发展起来。到了南宋，出现了张戒的《岁寒堂诗话》、姜夔的《白石道人诗说》和严羽的《沧浪诗话》三部重要的诗话。这里诗话已不再着重掌故的记述、用事造语的考释和寻章摘句的批评，而是发挥了对于诗歌理论的比较全面和根本的意见。诗话在明清两代愈益发达，成为中国传统的诗歌评论的主要形式。此外，宋人还编诗话，把散见于各种书籍里的诗文评论和掌故搜罗在一起，像阮阅的《诗话总龟》、胡仔的《苕溪渔隐丛话》、魏庆之的《诗人玉屑》，都是比较流行的诗话汇编。

总的看来，南宋的诗论，主要是关于江西诗派的争论。围绕着这一论争，诗论家们对于诗歌与政治、诗歌与生活、诗品与人品，以及诗歌的形象、意境、趣味、韵律等理论问题，发表了许多卓有见地的看法，从而丰富了古典诗歌的美学理论。

词论自李清照提出“词别是一家”的观点后，词体的地位开始确立。到了南宋，在民族危机严重的新形势下，对苏辛词的评介，成为词论中的主要内容。王灼在《碧鸡漫志》中认为苏词的重要意义在于“指出向上一路，新天下耳目，弄笔者始知自振”。胡寅也在《题酒边词》中提出词应继承风、骚传统，并断言苏词的出现打破了“词为艳科”的传统。陆游驳斥了前人对苏词的责难，指出苏轼并非不懂音律，仅仅是不喜剪裁以就声律。范开在《稼轩词序》中指出辛词声闳意远，乃源于作者器大志高，蓄积深广，意气充沛。刘克庄更极力颂扬辛词“自有苍生以来所无”。他批判雕琢纤艳的词风，指责“美成(周邦彦)颇偷古句”，同时也指出(陆)放翁、(辛)稼轩“时时掉书袋，要是一癖”。

上述诸人的词论，围绕着对苏、辛二家的评价，反映出南宋词论的进步倾向。但以姜夔、史达祖、吴文英等人为代表的另一派着重追求格律形式的词风也在发展。反映在词论上，张炎的《词源》独尊姜夔，以协律、雅正、清空和意趣高远为标准。沈义父在《乐府指迷》中则独尊周邦彦。他论词提出四个标准：“音律欲其协”，“下字欲其雅”，“用字不可太露”，“发意不可太高”；提倡绵密研练的风格。他们两人的词论，代表了格律派词人的艺术观点。他们都很精通音律，在论词的格律以及技巧方面颇为精当，在使词论发展成为专门的词学方面作出了自己的贡献。

二、严羽《沧浪诗话》

严羽(约公元1192—1243)，字义卿，一字丹邱，自号沧浪逋客，邵武(今福建邵武)人。约活动于宋宁宗、理宗时期。事迹不详。比严羽稍长年的戴复古曾有《祝二严》诗相赠：“羽自天姿高，不肯事科举。风雅与骚些，历历在肺腑。持论伤太高，与世或龃龉。长歌激古风，自立一门户。”可知他清高自许，不喜随俗，故一生际遇不佳，至流落江湖，以诗赋自娱。他有诗集《沧浪吟》，收诗一百四十六首，亦多怀才不遇、感时伤世之作。虽严羽的诗歌创作成就不算很高，但在诗歌理论上却颇有建树。杰出的诗论著作有《沧浪诗话》、《答出继叔临安吴景仙书》。严羽继承前人论诗的优秀传统，对诗歌本质及其创作规律，提出了许多精纯独到的见解，对明、清两代诗歌理论的发展，产生过很大的影响。

《沧浪诗话》由诗辨、诗体、诗法、诗评、考证五部分组成，其中“诗辨”是全书的理论核心，系统论述了严羽论诗的基本观点；“诗体”讲述历代诗歌体制、流派；“诗法”谈诗歌创作技法和注意事项；“诗评”评论历代诗人诗作与风格，其中也涉及一些诗论内容；“考证”是对诗人行迹或作品的考证与辨析。五大部分兼顾到了诗学研究的主要领域，相辅相成，结构紧凑，故其体系性在宋代诸多诗话中是最为完善的。另外书尾还附有《答吴景仙书》一文，对《沧浪诗话》的主旨作了扼要说明和补充，一般被视为作者自序。

《沧浪诗话》的理论特色在于“以禅喻诗”，即以禅理喻诗理，阐发诗歌的审美特征。严羽将佛学禅宗的思想运用到诗学中来，提出了一系列的理论命题，诸如以识为主、妙悟、兴趣、熟参、悟、第一义等。严羽虽然以禅理谈诗艺，但其诗学思想仍是儒、道、释兼容的结果。《中国文学批评通史》评曰：“严羽虽然是以禅喻诗，但他于佛学涉猎不深，从他谈诗歌作品的总体倾向看，所受佛教思想影响较浅。其思想基本上仍属儒家系统。”①严羽受到的儒学影响主要来自陆象山的心学一派。严羽推崇的诗人诗作，既有得于佛学的谢灵运、王维，又有得于道家的李白，也有得于儒学的杜甫，可见其诗学理想并非以某一家为宗。

(一)“以识为主”与“妙悟”说——诗歌创作的艺术思维特征

禅宗强调个体心灵的体悟，严羽强调创作主体的诗性修养，这两者之间存在着一致

① 顾易生、蒋凡、刘明今：《宋金元文学批评史》，上海古籍出版社1996年版，第371页。

性，所以他以禅喻诗。以“识”学诗是诗人的修养之一。“识”是禅语，指人的意识中存在的一种先验的悟性，是领悟禅意的认知能力。严羽推崇的“正法眼”即是指禅学中的上乘之识。严羽借“识”喻指熟悉诗歌的整体历史状况，正确把握诗的优劣高下。有了“识”的基础，还要志向高远，“学其上，仅得其中；学其中，斯为下矣”，说的就是“入门须正”。严羽强调“入门须正”是针对宋代诗坛现状而言的，其《答出继叔临安吴景仙书》说“作诗正须辨尽诸家体制，然后不为旁门所惑。今人作诗，差入门户者，正以体制莫辨也”。当时的江西诗派以议论、才学、文字为诗，从学者甚多。四灵诗人们独喜贾岛、姚合，江湖派主张从晚唐诗学起等，整个宋代诗坛崇尚学古，但却常学入歧途。故严羽提出入门须正既有现实意义，又有历史价值。他还专列“诗体”一章，供人辨识正旁诗道，并将汉魏晋、盛唐诗歌列为第一义，为正门，使学诗者从正途学起。

“妙悟”是严羽以禅喻诗的核心内容。在佛教禅宗里，妙悟指对佛法的心解和觉悟，即主体对世界本体“空”的一种把握，所谓“玄道在于妙悟，妙悟在于即真”。禅宗的妙悟，特点是以心传心，不立文字，教外别传。这种对于佛性的领悟，是不可言喻的，只能自己用心去体会。严羽认为诗歌艺术的奥妙，既非语言所能表达清楚，亦非理论所可阐述明白，必须在对大量诗歌佳作的直觉思维中，从内心去感受和体验，方能领略其中奥妙，这就是诗家的妙悟。所以禅宗中对佛法的“悟”与诗歌创作中之“悟”就有了一致性，所以就能以禅喻诗。就诗歌创作而论，妙悟，当是指诗人对于诗美的本体、诗境的实相的一种直觉。显然，这是诗歌创作最为独特的艺术规律，所以，严羽说：“惟悟乃为当行，乃为本色”，把领会诗歌创作的特殊性作为诗人创作最重要的条件。

（二）“别材别趣”说——诗歌的艺术本质

严羽在《沧浪诗话》中曰：

> 夫诗有别材，非关书也；诗有别趣，非关理也。然非多读书、多穷理，则不能极其至，所谓不涉理路、不落言筌者，上也。

严羽主张作诗要“妙悟”，诗本身要有“兴趣”，即指诗人直觉到的诗美的本体、诗境的实相。严羽认为唐诗有这种“兴趣”，而宋诗所缺乏的恰恰正是这种丰富隽永的审美特征，所以他拈出“别材别趣”。“别材”与书、学对立，“别趣”与理对立。严羽将写诗与读书穷理区别开来，目的是反对宋代以文字、才学、议论为诗的风气。为此他举了韩愈和孟浩然的例子，认为孟浩然在学力、学识方面不如韩愈，但是诗歌却超过韩愈，就是因为孟浩然有“别材”、“别趣”。

严羽在谈别材与别趣问题时，推崇盛唐诗人重“兴趣”即重情致为诗歌典范，以反对宋诗重学问道理的时弊。他在《沧浪诗话》中说：

> 近代诸公乃作奇特解会，遂以文字为诗，以才学为诗，以议论为诗，夫岂不工？终非古人之诗也。盖于一唱三叹之音有所歉焉。且其作多务使事，不问兴致，用事必有来历，押韵必有出处，读之反复终篇，不知着到何在，其末流甚者，叫噪怒张，殊乖忠厚之风，殆以詈骂为诗，诗而至此，可谓一厄也。

严羽认为近代诗人以文字、才学、议论为诗，多务使事，用字必有来历，押韵必有出处，这些风气都是和诗歌的形象思维特征相违背的。“在严羽的‘别材’‘别趣’的论述里，实际上是提出了文艺不同于‘书’‘理’的思维表现特点。”①具体来讲，艺术思维所要求的是诗人的艺术气质，是重视形象的感动、兴会，是触景、即物、缘事而生情意，是创造意象、意境来抒情写意，而不是讲学问功底，不是掉书袋。《中国诗学通论》中的解释也与此义相通：

> “材”指材具，诗人特有的艺术气质；“趣”指兴趣，是进行诗歌创作时的兴发感动作用，以及由此产生的特有的艺术趣味。“材”和“趣”，要以“情性”为基础，又要不涉理路，言有尽而意无穷。

严羽苦心追求并坚持不懈的诗的宗旨就是“别材别趣”。“别材别趣”阐述了诗的艺术本质及其基本特征，这是严羽从“自己实证实悟”中体会出来的。盛唐诗歌之美就在于含有别材与别趣。标举“别材”、“别趣”的目的就是为了在学诗的过程中培养正确的艺术思维，而不至于坠入旁门左道而不可救药。

（三）“兴趣”与“入神”——诗歌的审美特征

严羽认为盛唐诗歌之美“惟在兴趣”，李杜诗歌的艺术特点就是“入神”。“兴趣”与“入神”说，代表了严羽的诗美追求。“‘妙悟’是就诗歌创作主体而言的，‘兴趣’则是‘妙悟’的对象和结果，即指诗人直觉到的那种诗美的本体、诗境的实相。”②所以“兴趣”、“入神”就是严羽的诗美理想。

严羽品评唐宋诗歌的优劣标准即在于“兴趣”：唐诗重气象、兴致、兴趣、意兴等特质，宋诗则以才学、议论、文字为诗，更有理学家朱熹等以性理为诗，都缺少盛唐诗歌的特质。其《诗评》说：“唐人与本朝诗人，未论工拙，直是气象不同”，“唐人尚意兴而理在其中”；《考证》说：“‘迎旦东风骑蹇驴’绝句，决非盛唐人气象”；《诗辨》说：“近代诸公”“不问兴致”。因此，他所谓“盛唐诸人惟在兴趣”与前面这些说法是相通的，兴趣与兴致、意兴、气象是相似的概念。严羽反复强调的“兴”即托物起情、即景起情的抒情方式；“趣”是相对“理”而言的，“诗有别趣，非关理也”，可见“趣”是指唐人的情趣，而非宋人的理趣，是唐诗的自然天工之趣。可见严羽所谓“兴趣”，就是审美感受，就是诗歌抒情性与遵循艺术规律所创造的含蓄蕴藉之美和谐统一的一种审美情趣。

严羽在标举盛唐“兴趣”中，用了很多比喻以喻指兴趣，目的就是为了说明诗歌的这种审美情趣所具有的基本艺术特征，诸如“不涉理路，不落言筌”、“羚羊挂角，无迹可求”、“透彻玲珑，不可凑泊”、“如空中之音，相中之色，水中之月，镜中之象”、“金翅擘海，香象渡河”等。严羽借助这些比喻旨在表达对盛唐诗歌重兴趣的看法：首先是说诗境不能胶着板滞，应有空灵灵动之美。水月镜象之喻，香象渡河之比，羚羊挂角之说，都

① 敏泽：《中国文学理论批评史》上，人民文学出版社 1981 年版，第 601 页。
② 张少康主编：《中国历代文论精品》，时代文艺出版社 1995 年版，第 448 页。

是为了强调诗境的不即不离、不黏不脱、蕴藉含蓄之美，亦即皎然所谓“夫境象非一，虚实难明”所揭示的虚实交合之美。其次是说诗境在情景交融、虚实交合中能产生不尽之想象、余味之无穷的美感。不涉理路、不落言筌之喻，玲珑凑泊之说，都旨在说明诗境不拘囿、不直露，“言有尽而意无穷”的美感趣味。诗歌的艺术美也因此而更加典型化、审美化、情趣化。

严羽在《沧浪诗话》里还讲到“兴致”、“意兴”，它们在本质上与“兴趣”是一样的，只是用在不同的地方，含义略有侧重而已：兴趣侧重趣，兴致侧重兴，意兴侧重意(意象)，由此可以更全面地了解“兴趣”的内涵：“兴”即诗歌的基本艺术特征，“趣”即文学作品所具有的审美趣味。“兴”侧重于从作者的角度说，“趣”侧重于从读者的角度说，其实都是指诗歌的审美特征。

“兴趣”是“兴”在古典诗论里的一种发展，它与钟嵘所说的“滋味”、司空图所说的“韵味”有着直接的继承关系，都概括出了诗歌艺术的感性直观的特点及其所引起的丰富隽永的审美趣味。宋诗与唐诗相比，所缺乏的也恰恰正是这种审美特征。

严羽推崇的诗的最高标准是“入神”。他说“诗之极致有一，曰入神”，接着说只有李白、杜甫的诗才达到了入神之美。很明显，严羽论诗以“入神”为审美标准，他认为诗歌尽善尽美、达到无以复加的艺术造诣，就是入神。“入神”不仅以他极力标举的盛唐“兴趣”为基础，还应当有独到的风格特质。他标举的两种风格即“优游不迫”与“沉着痛快”，恰好是李、杜二人分别具备的。其《诗体》中亦说“子美不能为太白之飘逸，太白不能为子美之沉郁”。可见“入神”还可以指个性化的风格特质，有此个性化风格，便能使诗境入神。在严羽看来，李白的优游不迫，杜甫的沉着痛快，均是能入神的个性化风格。

三、词学批评的兴起

宋人论词，始于潘阆为其《逍遥词》所作的附记。其后，张先曾为晏殊《珠玉集》作序，然已散佚。北宋论词者以李清照、苏轼为代表。苏轼论词的特点为以诗为标尺来衡量词的得失高下，易安则强调“词别是一家”。及至南宋，则有胡寅、王灼和张炎。胡寅认为词的本质从根本上讲也是诗，故论词推崇苏轼豪放词。王灼论词则既对苏轼的豪放词给予极高的评价，同时也不否定婉约派的词。本节侧重论述李清照的《论词》和张炎的《词源》。

(一)李清照词论

李清照，自号易安居士，山东济南人，是南北宋之交一位有学识、有见识、有气魄的女作家。她的诗豪迈奔放，不让须眉；而其词则委婉绵长，为婉约之宗。其《论词》是文学批评史上第一篇正式的词学论文。

1. 提出“词别是一家”

李清照在《论词》中提出词不同于诗，与诗“别是一家”，主要理由是声律运用不一样：

> 盖诗文分平侧，而歌词分五音，又分五声，又分六律，又分清浊轻重。且如近世所谓《声声慢》、《雨中花》、《喜迁莺》，既押平声韵，又押入声韵；《玉楼春》本押平声韵，有押去声，又押入声。本押仄声韵，如押上声则协；如押入声，则不可歌矣。王介甫、曾子固，文章似西汉，若作一小歌词，则人必绝倒，不可读也。乃知词别是

> 一家，知之者少。后晏叔原、贺方回、秦少游、黄鲁直出，始能知之。又晏苦无铺叙。贺苦少重典。秦即专主情致，而少故实。譬如贫家美女，虽极妍丽丰逸，而终乏富贵态。黄即尚故实而多疵病，譬如良玉有瑕，价自减矣。

首先，这里突出强调了词必须协音律。诗与词用处不同，诗仅供吟诵，词专为歌唱。要歌唱就要审音用字，使歌词的语音与曲调的乐音相和谐，故歌词要分“五音”、要分辨六律、要分“清浊”轻重。对词应和律的这些要求，是易安用以区分诗词差别的标尺，也是她“词别是一家”理论的主要基石，反映出她对词之音乐属性的充分重视。

其次，词应该有自己的审美特点，也就是在内容和情调上要与诗有所不同。对不同词家的评价，反映出了易安对词的审美特点的理解。词要典雅，对柳永词，她虽然肯定其善于“变旧声作新声”，“协音律”，但是不满其“辞语尘下”，格调低俗，她主张为词应像南唐君臣那样“尚文雅”，要有士大夫的清高情趣和格调；词要浑成，讲究意象的完整和全篇的整体美，她认为，张先、宋祁等人工于练句，“时时有妙语”，但是刻求语句之心太重，而经营全篇之意不足，所以其词往往有句无篇，未达混成之境，“破碎何足名家”；词要讲究情致，亦即婉约，北宋时，诗言志词源情各有所司，已成共识，秦观词“得《花间》、《尊前》遗韵”①，“闲雅有情思，酒边花下，一往而深”②，因而得到李清照的首肯。

协律、典雅、浑成、婉转就是李清照所说的“词别是一家”的基本含义，也即词的审美特点。理解了这些特点，也就理解了词“别是一家”。所以如晏几道、贺铸、秦观、黄庭坚四人之间，虽然“良玉有瑕”，但是能扬长避短，也就能符合词的审美规范，堪称当行本色了。

2. 论述词发展的历史

《论词》简要回顾了词发展的历史：

> 乐府声诗并著，最盛于唐。开元、天宝间，有李八郎者……自后郑、卫之声日炽，流糜之变日烦。已有《菩萨蛮》、《春光好》、《莎鸡子》、《更漏子》、《浣溪沙》、《梦江南》、《渔父》等词，不可遍举。五代干戈，四海瓜分豆剖，斯文道息。独江南李氏君臣尚文雅，故有“小楼吹彻玉笙寒”、“吹皱一池春水”之词。语虽甚奇，所谓“亡国之音哀以思”也。逮至本朝，礼乐文武大备。又涵养百余年，始有柳屯田永者，变旧声作新声，出《乐章集》，大得声称于世；虽协音律，而辞语尘下。又有张子野、宋子京兄弟，沈唐、元绛、晁次膺辈继出，虽时时有妙语，而破碎何足名家！至晏元献、欧阳永叔、苏子瞻，学际天人，作为小歌词，直如酌蠡水于大海，然皆句读不葺之诗尔，又往往不协音律者。

诗与歌原为一体，后来逐渐分化，文人创作的诗就不能歌唱了。唐代由于对歌曲日益增加的社会需要和外来音乐的影响，出现了两种并存的歌唱形式，一种是演唱本来的歌

① 刘熙载：《艺概·词曲概》，上海古籍出版社1982年版，第109页。
② 冯煦：《蒿庵论词》，见《词话丛编》，中华书局1986年版，第3586页。

曲，一种是把本来不是为歌唱而创作的五、七言诗配曲演唱。五、七言诗显然不能很好地适应演唱的要求，中唐以后，“声诗”这种形式日趋衰落，歌词创作发展起来；而歌曲主要盛行于城市的秦楼楚馆，从文人士大夫看来多是郑卫之声。李清照肯定南唐二主“尚文雅”，语“甚奇”，但又指出是“亡国之音”，微露贬刺之意。她的论述是符合历史实际的，词并不是五、七言诗发展的产物，而是歌曲发展的产物；它虽然也可以看作长短句之诗，但与其他诗体相比有一个重大差别就是与曲调结合，能够歌唱，所以她赞扬柳永的词反映本朝盛况，并能新变，然而又说他格调低俗不雅。她指出张先等人的不足，认为晏殊、欧阳修、苏轼等人“往往不协音律”。所以我们能够看到，李清照是严格地把词当作歌词看待的，这里已经包含了“词别是一家”的意思。

(二)张炎词论

张炎(公元1248—1320?)，字叔夏，号五田、又号乐笑翁，是宋末元初的著名词人。宋亡时他二十三岁，《词源》是他晚年之作，前有钱良祐序，写于1317年(元仁宗延祐四年)。张炎的《词源》是宋、元时期最重要的一部词论著作，其中所体现的文学思想与司空图、严羽相近，可以说是司空图、严羽诗论思想在词学理论方面的延伸。

1. 以“雅正”为审美标准

张炎在《词源》的序中开宗明义说：“古之乐章、乐府、乐歌、乐曲，皆出于雅正。”他所说的“雅正”，指典雅和醇正。典雅，就是文辞要有蕴藉，有典可据，而且雅驯不俗；醇正，主要就内容而言，指内容当正而不邪淫。其中既要求有传统儒家诗教的伦理道德规范，又要求有深厚的文化修养。典雅的反面是外露粗豪，用这一标准衡量词人，张炎有取于周邦彦的“浑厚和雅，善于融化诗句”；也肯定元好问的“深于用事，精于炼句，有风流蕴藉处不减周、秦”；而不满于辛弃疾、刘过的“豪气词，非雅词也。于文章余暇，戏弄笔墨，为长短句之诗耳”。醇正的反面是淫邪，用这一标准衡量，则连周邦彦也不能入格了：“词欲雅而正，志之所之，一为情所役，则失其雅正之音。耆卿、伯可不必论，虽美成亦有所不免。”“所谓淳厚日变成浇风也。”由此可见，词言情而“稍近乎情”，要不忘“志之所之”，不能“为情所役”，要“屏去浮艳，乐而不淫”。

2. 以“意趣”为内蕴标准

《词源》专立“意趣”一节，提出了词要有“意趣”的审美要求。“词以意为主，不要蹈袭前人语意”。标出苏轼的《水调歌头》、《洞仙歌》，王安石的《桂枝香》，姜夔的《暗香》、《疏影》等词“此数词皆清空中有意趣，无笔力者未易到”。

《词源》中还就周邦彦的词评论说：

> 美成词只当他浑成处，于软媚中有气魄，采唐诗融化如自己者，乃其所长。惜乎意趣却不高远。

所谓“意趣”，与“清空”密切相关，指上乘词作中所蕴含着的丰富的审美情趣。它是词作者所赋予作品的，同时也是在鉴赏者参与之下才能实现的。意趣有各种各样，但张炎所谓的“意趣”偏重指脱俗超凡的高远的意趣。这可以从他列举的“清空中有意趣”的一些作品中体察出来，也可以从他批评周词“意趣却不高远”中体会出来。这种由作者巧妙地创作出来、蕴含在作品之中、要由鉴赏者参与才能得以实现的意趣，其实与诗论中的意境有异曲同工之妙。

3. 以“清空”为风格标准

《词源》开篇即说：

> 词要清空，不要质实。清空则古雅峭拔，质实则凝涩晦昧。姜白石词，如野云孤飞，去留无迹；吴梦窗词，如七宝楼台，眩人眼目，碎拆下来，不成片断。此清空、质实之说。

这是他着力阐发的思想，在词论史上，也是颇为新鲜的理论。从对吴文英和姜夔词作的分析来看，“清空”的理论内涵主要包括：在词的创作构思上，要有丰富的想象，幻妙神奇；所自造或撷取的词的意象，要透脱空灵，而忌凡俗；由这些意象所构成的意象结构整体，构架要空灵疏散，不能筑造太实太密，这样创作出来的词，表现出来的审美风貌就会清新自然，剔透玲珑，使人读之神观飞越，产生丰富的审美联想。

总而言之，张炎所说的“意趣”，就是指词中的意境美；他所说的“清空”，主要指作品特殊的风格。张炎的词论继承、发展了传统诗学思想，并在词论领域率先提出了意境理论。

第四节　金元文学批评

金、元两代，是中国北方少数民族统治时期，其文化思想的特点仍表现为汉文化的浸染。儒学依然是主流文化，佛、道之学也继续发挥着影响和作用。这时期的文学创作以民间艺术家的戏曲创作为主，诗文走向衰微，文学理论远不及前代和后朝的辉煌。金代有影响的文论家有赵秉文、王若虚、元好问等，元代则以郝经、方回、刘辰翁等为代表。

一、金元诗文批评

金元时期的诗文批评，基本上是沿北宋发展而来，但与其前之宋及后之明相比照，则显得相对冷落，仅有王若虚、元好问、方回等还以正文风、创诗学自任，写了一些富有特色的文论专著。本节将主要介绍元好问的诗论。

元好问(公元1190—1257)，字裕之，号遗山，山西秀容(今忻县)人。祖系出自北魏拓跋氏，兴定进士，曾任行尚书省左司员外郎等职，金亡不仕。金代著名诗人，也是重要的诗论家。著有《遗山先生文集》，编有《中州集》。其《论诗三十首》绝句是继杜甫《戏为六绝句》之后，以论诗体的形式出现的又一影响极大的诗论之作。

元好问的思想以儒学为主，兼容释道，对佛老文化都有研究，反映在他的文学思想上，就是融会了佛老思想的儒家文学观。

(一)以儒家诚正为本，主张写诗必须要有真情实感

元好问在《杨叔能小亨集引》中对作家的儒家人格修养作了具体说明，推崇以“诚”为本的主体修养：

> 唐诗所以绝出于三百篇之后者，知本焉尔矣。何谓本？诚是也。古圣贤道德言语，布在方册者多矣……故由心而诚，由诚而言，由言而诗也。三者相为一。情动于中而形于言，言发乎迩而见乎远……故曰：不诚无物，夫惟不诚，故言无所主，心口别为二物；物我邈其千里，漠然而往，悠然而来，人之听之，若春风之过马耳，其欲动天地，惊鬼神，难矣。其是之为本。

所谓“诚”，一是指“真”，即真诚，“不自欺之谓也”，是心声，是发自内心的言辞；二是指“正”，即“温柔敦厚”、“蔼然仁义”的雅正品格，引文中所讲的“诚”即侧重这种人品修养。有此“真”而“正”的人品，写出的诗作才是有所本之诗，才能“厚人伦、敦教化”。

本着对“诚正”品格的重视，元好问极力赞赏诗人作诗时真情实感的自然流露。首先来看真情。他认为好诗必是真情诚意的抒发，第五首借评阮籍之诗说：

> 纵横诗笔见高情，何物能浇块垒平？老阮不狂谁会得？出门一笑大江横。

第八首评沈、宋、陈之诗说：

> 沈宋纵横翰墨场，风流初不费齐梁。论功若准平吴例，合着黄金铸子昂。

阮籍的诗含有极为深沉的愤激和悲慨，而陈子昂的诗也是充满了愤慨和不平，他们不是以辞藻华丽取胜，而是以情意真切见长，所作之诗都是内心真情的一种自然流露，所以在诗歌发展史上具有十分重要的地位。

其次来看实感。真情，必然来自诗人的切实生活感受，这是我们今天的常识了，但古人未必都认同这一点，很多文论家实际是主张真情乃与生俱来的先天禀赋的。元好问没有对这个情感发生学的大问题直接表态，但他在组诗第十一首突出强调了诗人要抒写在现实中产生的真实感受：

> 眼处心生句自神，暗中摸索总非真。画图临出秦川景，亲到长安有几人？

只有“眼处心生”，诗句才能写得出神入化。这是一种直观性的审美感受，是那些“暗中摸索”，临摹前人作品的诗人所不能获得的体验。杜甫在他的许多诗歌创作中之所以能描绘出秦川的真实的自然景色，正是由于他曾亲临长安，亲身体验到了秦川的自然物象，因而在杜甫和杜诗的影写者们中间，清晰地划出了一条真、假诗人的界限。

（二）崇尚清新自然之美

元好问在诗歌创作上主张自然天成而无人工痕迹，清新秀丽而无雕琢之弊。出于对当时诗坛上雕琢文字、矫揉造作诗风的反感，元好问在组诗中对陶渊明的创作风格发出了由衷的赞扬。第四首评陶诗说：

一语天然万古新，豪华落尽见真淳。南窗白日羲皇上，未害渊明是晋人。

尽管晋代尚浮华雕饰，但陶渊明之诗却与他的人品一样，能做到豪华落尽，真淳坦露，唯见天然本相，而无任何人为之修饰。这正是人所不可企及之处，也是元氏心仪的最高境界。出于相同的审美标准，组诗第七首对北朝民歌《敕勒歌》也给予了高度的褒美："穹庐一曲本天然。"元好问在此抬出古人，是为了今人。在金代存在着江西派的形式主义诗风的影响，导致诗作丧失了自然清新之美，而陷入了在古人作品中求生计、闭门觅句的可怜境地，所以在第二十九首中，在推崇谢灵运的千古名句"池塘生春草"的同时，又对闭门造车式的江西派诗人进行了善意的规讽：

池塘春草谢家春，万古千秋五字新。传语闭门陈正字，可怜无补费精神。

此诗以谢灵运与陈师道相比，高度赞扬了谢灵运的"芙蓉出水"之美，而对以陈师道为代表的江西派的"闭门觅句"式创作进行了讽刺。由此我们可以了解到，元氏推许陶、谢以及民间作品的天然本色之美，也和他力主诗写真情实感一样，都是寄寓着深深的针砭时弊之用心的。

（三）崇尚雄浑、刚健的风骨之美

元好问生活在北方，秉承了北国文士刚健豪迈的性格，自然向往豪迈刚健的诗文风格。在组诗中，这一点表达得非常鲜明而又充分，例如第二首说：

曹刘坐啸虎生风，四海无人角两雄。可惜并州刘越石，不教横槊建安中！

第三首说：

邺下风流在晋多，壮怀犹见缺壶歌。风云若恨张华少，温李新声奈尔何！

元好问非常推崇"建安风骨"，对三曹七子的作品评价很高，认为他们比江东诸谢风韵更有价值，所以赞扬刘琨诗作中体现爱国激情的"清刚之气"，批评张华诗作中的儿女情长。他在第二十四首中接着说：

有情芍药含春泪，无力蔷薇卧晚枝。拈出退之山石句，始知渠是女郎诗。

他赞扬韩愈诗作雄浑刚健的风骨之美而贬刺秦观的"女郎诗"习气。这些诗，都是围绕同一宗旨而展开的论述，而这组诗歌本身，就具有一种挟风带气的阳刚之美。

不过，后人对他这种倾向性鲜明的审美观点多有非议，认为刚健雄浑的风格固然可贵，但婉约秀丽的作品也自有娱人之美，如清代诗人薛雪在《一瓢诗话》中说："先生休讪女郎诗，山石拈来压晚枝。千古杜陵诗句在，云鬟玉臂也堪师。"而清代另一位诗人朱梦泉则提出了针锋相对的审美观点："淮海风流句亦仙，遗山创论我嫌偏。铜琶铁绰关西汉，不及红牙唱酒边。”（于源《灯窗琐话》引）这是一个难以了结的公案，因为在诗歌的风格上，确实是应该允许审美主体各有其爱好的。作为生长在北方、仕于金王朝的诗人元好问来说，倾心于诗歌的雄浑苍劲之美，是十分自然的。

二、金元戏曲批评

中国古代的戏曲理论批评和诗、词、文、小说等的理论批评不太一样，因为它是综合性的艺术，包括了诗词、音乐、表演、唱腔、说白、舞蹈等很多方面。中国古代戏曲的特点是歌唱与演戏相结合，并伴有许多舞蹈动作，唱在戏剧中占有十分重要的地位，因此戏剧理论批评也就和其他文学形式的理论批评有所不同，其内容涉及的面比较广，有许多是音律、唱腔和表演技巧方面的问题。我们在这里着重讨论其中属于戏剧文学部分的理论批评，而不涉及其他艺术范围的内容。

中国古代戏曲产生于何时，学术界颇有争议。一般认为唐代崔令钦《教坊记》中记载的南北朝时期的《踏摇娘》，已初步具备了戏剧的雏形。宋代开始有了关于杂剧的议论，如《苕溪渔隐丛话》引《吕氏童蒙训》对杜甫诗与苏东坡诗作比较时，曾说东坡诗“如作杂剧，打猛诨入，却打猛诨出也”。宋元之际开始出现了一些有关戏曲的论著，如燕南芝庵的《唱论》、周德清的《中原音韵》、钟嗣成的《录鬼簿》等。下面从戏剧文学的角度依次介绍胡祗遹、周德清、钟嗣成等的戏曲理论。

（一）胡祗遹

胡祗遹（公元1227—1293），字绍开，号少凯，又号紫山，著有《紫山大全集》。在一些序文体的戏曲理论文章中对戏剧产生与发展的原因、戏剧艺术的社会功用以及搬演理论等，提出了一些很重要的观点。如《赠宋氏序》云：

> 乐与政通，而伎剧亦随时听尚而变。近代教坊院本之外，再变而为杂剧。既谓之杂、上则朝廷君臣政治之得失，下则闾里市井父子兄弟夫妇朋友之厚薄，以至医药、卜筮、释道、商贾之人情物理，殊方异域风俗语言之不同，无一物不得其情，不穷其态。以一女子而兼万人之所为，尤可以悦耳目而舒心思。

他认为，戏曲的题材是随着社会生活的发展而日趋扩大的，社会生活的多样化、复杂化，文学向普通人的日常生活靠拢，是戏曲、小说这类艺术形式产生和发展的原因。因此，随着戏曲的成熟，戏曲的题材也必然会扩大到社会生活的各个领域，所以戏曲所反映的社会生活内容是相当广泛的，而且十分真实具体、生动感人。

在《优伶赵文益诗序》中，他曾赞扬了赵文益的表演，说他“耻踪尘烂，以新巧而易拙，出于众人之不意、世俗之所未尝见闻者”，并指出戏曲艺术要不断“变新”，“变新”是戏曲艺术非常重要的特征，只有善能“变新”方可使“观听者多爱悦”，如“政盐姜桂，巧者和之，昧山于酸咸辛甘之外，日新而不袭故常，故食之者不厌”。人的欣赏兴趣是极易改变的，作为当众表演的、具有很强娱乐性的戏曲表演，比其他一些艺术形式更需要快速出新，否则就很难使观众保持浓厚的兴趣。

他在《黄氏诗卷序》中对戏剧艺人提出的“九美”要求，说明他非常重视演员的素质，其云：

> 女乐之百伎，惟唱详焉。一、姿质浓粹，光彩动人；二、举止闲雅，无尘俗态；三、心思聪慧，洞达事物之情状；四、语言辨别，字真句明；五、歌喉清和圆转，累累然如贯珠；六、分付顾盼，使人解悟；七、一唱一语，轻重疾徐，中节合度，虽记诵娴熟，非如老僧之育经；八、发古人喜怒哀乐，忧悲愉快、言行功业，使观听者如在目前，谛听忘倦，惟恐不得闻；九、温故知新，关键词藻时出新奇，使人不能测度，为之限量。九美既具，当独步同流。

"九美"之中包含了演员素质的多方面内涵：姿质形态、风度神态、表演技巧、文化素质、艺术修养等，而且也涉及演员如何真实生动地塑造剧中人物形象，以及演员和观众的关系等重要理论问题。不过我们从中也可以看出，这些对戏曲表演理论的阐发并没有从美学角度对表演艺术作出深入探讨，而更多的是从技法角度对表演艺术进行平面的描述。

(二)周德清

周德清(公元1277—1365)，字挺斋，其《中原音韵》写成于元代泰定元年(1324)，主要讲北曲创作的音韵，其后附有《作词十要》，论曲词的写作，重点是讲戏曲语言。"作词十法"为：知韵、造韵、用事、用字、入声作平声、阴阳、务头、对偶、末句、定格。此"十法"实际包含了戏曲剧本创作的两个基本单位——音律和文辞。这也正是元代戏曲理论形态在剧本创作论中的基本要素。这种在剧本创作论中划定的界域是元代戏曲理论的一个普遍情况，换言之，所谓剧本创作在元人的心目中就是一种"曲"的作法的问题。由此，表现在理论形态上便自然形成了"音律"和"文辞"这两个基本单位。所以他提出：

> 未造其话，先立其意，语、意俱高为上。短章辞既简，意欲尽；长篇要腰腹饱满，首尾相救。造语必俊，用字必熟，太文则迂，不文则俗，文而不文，俗而不俗。要耸观，又耸听，格调高，音律好，衬字无，平仄稳。

戏曲的语言是按照立意的要求来运用的，所以要先立意。造语要俊，用字要熟，但不能太文，又不能太俗。这都是要符合舞台歌唱的要求来决定的，目的就是要让观众在听唱时能听得懂，让戏曲能适合绝大多数的听众。

(三)钟嗣成

钟嗣成(公元1279？—1360？)，字继先，号丑斋，是元代的杂剧作家。他的《录鬼簿》是一部以目录体的形式记载戏曲作家及其作品的著作，其文学批评观主要表现在以下几方面：

首先，反映了当时演员的谱系关系。其书按作家时代、名望、与钟嗣成相知不相知等分为六类。有的仅记载其著作，有的记载其事迹，有的两者均有；凡与钟嗣成相知而已经亡故者，还写有吊词。从书中所记录的人物可以看出当时演员的谱系及渊源关系，是研究戏曲史的重要历史资料。

其次，抬高戏剧家、演员的社会地位和历史地位。钟嗣成在《录鬼簿》自序中指出，所录戏曲作家虽然“门第卑微，职位不高”，但是都有“高才博识”，实与圣贤君臣、忠孝士子可相提并论，可是并不像“圣贤之君臣，忠孝之士子”，会有人将其“著在方册”，虽为已死之鬼，而实为“虽鬼而不鬼者”。为此，他要替这些“湮没无闻”的戏曲作家“传其本末，吊以乐章”，即对前代之作者亦“叙其姓名，述其所作”，使这些“已死未死之鬼，作不死之鬼，得以传远”，并有助于“初学之士，刻意词章，使冰寒于水，青胜于蓝，则亦幸矣”。钟嗣成给予这些被认为是低贱的戏曲作家以很高的评价和热烈的赞美，甘于为他们树碑立传，让他们流传后世，就是为了抬高戏剧的社会地位，使戏剧文体成为社会所认可的文学表现形式。

再次，高度赞扬许多戏曲家不趋承权豪、不羡慕富贵的高尚人品和杰出的才华。他为官天挺所写吊词云：“豁然胸次尘埃，久矣声名播省台。先生志在乾坤外，敢嫌天地窄，更词章压倒元白。凭心地，据手策，数当今，无比英才。”对他的才华给以极高评价。又说郑光祖之作品“名香天下，声振闺阁”，赞美他“锦绣文章满肺腑，笔端写出惊人句”，然而也指出他“贪于俳谐，未免多于斧凿”的缺点。在鲍天祐的小传中则说他“跬步之间，惟务搜奇索古而已。故其编撰，多使人感动咏叹”。在为沈拱写的吊词中，说他“举笔为文善解嘲，天生才艺藏怀抱”。

钟嗣成的《录鬼簿》在戏曲史上有很高价值。首先，它打破了传统文学观念的束缚，在文学殿堂中为戏曲艺术争得了应有的地位；其次，它的作家评论开创了我国古代曲论中对戏曲文学风格的评析和对理论的阐发的先河。

(四)杨维桢

杨维桢(公元1296—1370)，字廉夫，号铁崖，又号东维子。杨维桢是诗人，对古代诗词很熟悉，而戏曲中的主要部分——唱词实际上也是由诗词构成的，所以他在《周月湖今乐府序》中说：

> 夫词曲本古诗之流，既以乐府名编，则宜有风雅馀韵在焉。苟专逐时变，竞俗饯，不自知其流于街谈市谚之陋，而不见夫锦脏绣腑之为懿也，则亦何取于今之乐府，可被于弦竹者哉？

他指出戏曲中的曲子应当具有诗词传统之美，这样就可以提高戏剧的雅致美。为此，他还说：

> 士大夫以今乐成鸣者，奇巧莫如关汉卿、庾吉甫、杨淡斋、卢苏斋；豪爽则有如冯海粟、滕王霄；蕴藉则有如贯酸斋、马昂父。其体裁各异，而宫商相宜，皆可被于弦竹者也。继起者不可枚举，往往泥文采者失音节，谐音节者亏文采，兼之者实难也。

他对戏曲提出了“宜其于文采音节兼济而无遗恨也”的要求。同时，他还提出戏曲具有讽谏的作用，并不仅仅是一种娱乐。其《优戏录序》云：

> 观优之寓于讽者，如“漆城”、“瓦衣”、“雨税”之类。皆一言之微，有回天倒日

之力，而勿烦乎牵裾伏蒲之勃也。则优戏之伎虽在诛绝，而优谏之功，岂可少乎：他如安金藏之剺肠，申渐高之饮欧，敬新磨之勉戮疲令，杨花飞之易乱主于治，君子之论，且有谓台官不如伶官。

他对戏曲的讽谏所起的社会政治作用给予了很高的评价。在《朱明优戏序》一文中，他特别指出像戏车、走丸、吞刀、吐火、扛鼎一类杂技，“皆不如俳优侏儒之戏，或有关于讽谏，而非徒为一时耳目之玩也”；并且这种讽谏作用又都是寓于对现实生活的真实生动的描绘之中的，如《尉迟平寇》、《子卿还相》等“一谈一笑真若出于偶人肝肺间，观者惊之若神”，使得教育作用和美学作用紧密地结合在一起。

三、金元小说批评

元代小说理论批评相比宋代又有所发展，这主要表现在两个方面：一是评点的萌芽，二是对话本的批评。

(一)评点的萌芽

评点，是明清时期中国古代文学批评的一种常见样式。它和诗话、词话、曲话等批评形式一样，反映着人们对文学作品的鉴赏、评品及文学理论认识。小说的评点是从诗文评点发展过来的，而诗文评点是从文章评点开始的。最初只有对文章佳处用线划出或用圈圈出。宋代理学发达，理学家教弟子读书时常用此法；《朱子语类·读书法》有“先以某笔抹出，再以某笔抹出”之说。较早的文章评点本有吕祖谦的《古文关键》、楼棠崇的《古文决》、谢枋得的《文章规范》、真德秀的《文章正宗》等，这都是为当时科举考试所用的。圈点发展到后来，增加了文字的评述。黄庭坚在《大雅堂记》中说读杜诗之美者，“常欲随欣然会意处，笺以数语”。而谢枋得《唐诗绝句注》，实际就是一种评点本。这种文章评点已有夹批、眉批和文前总评等不同方式。宋末元初署名的评点家有方回和刘辰翁。方回《瀛奎律髓》是对律诗进行评点，据叶德辉《书林清话》说，方回“亦好评点唐宋人说部诗集”，但其评说部之作已不见。

刘辰翁(公元1231—1294)，字会孟，号须溪。他的评点著作明人曾汇集有《刘须溪批评九种》，包括：班马异同评、老子庄子列子、世说新语、李长吉歌诗、王摩诘诗、杜工部诗、苏东坡诗、陆放翁诗、王安石诗。由于《世说新语》传统上被认为是志人小说，而刘辰翁对它的评点又侧重于其中有关人物思想性格、精神风貌的评论，所以对后来小说评点影响很大，被认为是小说评点之滥觞。明人许自昌的《樗斋漫录》中曾说，小说评点在李卓吾之前，最重要的就是刘辰翁。他对《世说新语》的评点，在用语和方法上与后来的小说评点也是很接近的。今举数例如下：

《世说新语》：袁彦伯为谢安南司马，都下诸人，送至濑乡。将别，既自凄惘，叹曰：“江山辽落，居然有万里之势。”

刘辰翁批云：黯然销魂，真是注情语耳，未在能言。

《世说新语》：王子敬语谢公，公故萧洒，谢曰：“身不萧洒。君道身最得，身正自调畅。”

刘辰翁批云：语本不足道，而神情自近，愈见其真。

《世说新语》：谢太傅寒雪日内集，与儿女讲论文义。俄而雪骤，公欣然曰："白雪纷纷何所似?"兄子胡儿曰："撒盐空中差可拟。"兄女曰："未若柳絮因风起。"公大笑乐。即公大兄无奕女，左将军王凝之妻也。

刘辰翁批云：有女子风致，愈觉撒盐之俗。

从以上所引可以看出，刘辰翁的小说评点包括以下特点：

第一，从整体上看，评点多属于随感式的即兴批评，语言简洁并且充满主观色彩。所下的评语都是评点者的阅读感受，非常随意，体现着评点者的性情、逸致。

第二，关于人物形象的塑造，刘氏认为叙事性的细节描绘和人物的语言是刻画人物的重要手段。细节描绘往往通过只言片语，一两事件的简单描绘就能勾勒出生动的人物形象。小说中人物的语言往往因人物的性格、身份不同而不同，不同的人物有不同的语言特色。

第三，关于故事情节的刻画，刘氏认为故事生动，情节委曲是小说艺术富有魅力的一个关键。小说的故事情节要曲折顿挫，详尽细致，要不同于史家的论断式的概括记述。

总之，刘辰翁评《世说新语》在对小说艺术特点以及小说创作艺术规律的具体探索，特别是在塑造人物形象及其语言艺术方面，作出了超越前人的理论贡献；而在结合具体作品作评点的新批评方法的运用方面，更是承前启后，开启了一代批评新风。

(二)话本批评

宋以来说话艺术的盛行引起了对话本小说的评论。说话就是说书、讲故事，话本就是说话人所用的底本。说话兴起于唐代，在中唐已相当发达，故元稹《酬翰林白学士代书一百韵》一诗有"翰墨题名尽，光阴听话移"的记载，并于其下注云："又尝于新昌宅(听)说一枝花话，自寅至巳，犹未毕词也。"到宋代说话有了更大的发展，成为十分繁荣的民间艺术。其盛况在孟元老《东京梦华录》、灌园耐得翁《都城纪胜》、周密《武林旧事》、吴自牧《梦粱录》等书中有不少记载。不过，这些书中基本没有什么理论批评方面的内容，只有罗烨的《醉翁谈录》还涉及一些有关小说理论批评的问题。

《醉翁谈录》凡十集二十卷，是一部传奇、话本小说集。卷首《舌耕叙引》中的《小说引子》、《小说开辟》是两篇比较全面地总结话本创作经验的理论文章，在我国小说理论批评史上有着重要的意义。

1. 论小说艺术的社会作用

罗烨在《醉翁谈录》中指出，小说的社会作用一方面表现在劝诫上："言其上世之贤音者可为师，排其近世之愚者可为戒。言非无根，听之有益。"另一方面还表现在话本小说的艺术感染力上。说话者虽然只是讲故事，但其中包含着对世事的褒贬是非，所谓"春浓花艳佳人胆，月黑风寒壮士心。讲论只凭三寸舌，称评天下浅和深"，为了达到讲论称评天下、发扬忠义的目的，说话者一般都很注意小说的形象性，因此，话本或使人"快心"、"发愤"，或使人"壮志"、"包羞"，或使"铁石心肠"之人"下泪"。罗烨已经初步认识到小说的艺术感染力是小说具有的特殊的作用。

2. 论小说家的艺术修养

罗烨在《小说开辟》篇中论说话人之才能时云：

> 夫小说者，虽为末学，尤务多闻。非庸常浅识之流，有博览该通之理，幼习《太平广记》，长攻历代史书。烟粉奇传，素蕴胸次之间；风月须知，只在唇吻之上。《夷坚志》无有不览，《琇莹集》所载皆通。动哨、中哨，莫非《东山笑林》；引倬、底倬须还《绿窗新话》。论才词有欧、苏、黄、陈佳句，说古诗是李、杜、韩、柳篇章。举断模按，师表规模，靠敷演令看官清耳。只凭三寸舌，褒贬是非，略咽万馀言，讲论古今。说收拾寻常有百万套，谈话头动辄是数千回，说重门不掩底相思，谈闺阁难藏底密根。辨草木山川之物类，分州军县镇之程途。讲历代年载废兴，记岁月英雄文武。有灵怪，烟粉，传奇、公案，兼朴刀、捍棒、妖术、神仙。自然使席上风生，不枉教座间星拱。

在这段话中，罗烨对说话人的各方面才能都作了详细的描绘，这是对他们的学识智慧、艺术才华的极为热烈的赞美，表明小说家即说话人并非是浅薄之辈，而是博通古今、能言善辩、才华横溢、感情丰富，具有高度艺术修养和多方面知识的艺术家。这些赞美批驳了把小说视为“末学”、“小道”的传统观点，从而提高了小说与小说家的地位。

3. 论通俗小说的特征

罗烨认为小说可以广泛地反映社会生活，“所业历历可书，其事班班可纪”；小说的语言要生动流畅，要通俗，要富有表现力，“要曰得词，念得诗，说得话，使得砌。言无讹舛，遣高士善口赞扬；事有源流，使才人怡神嗟讶”，“以上古隐奥之文章，为今日分明之议论”；小说的情节在展开时要注意开合自如、收放有节、淡浓相间，冷时叙述得简洁利落、热时则充分渲染，这样才能感染听众，吸引读者。

罗烨《醉翁谈录》所论关于话本小说的作用、小说家的艺术修养、通俗小说的特征等问题，是当时众多小说家集体智慧的结晶，是对过去和当时小说创作经验的概括，是宋元之际小说理论的代表。

◎思考题：

1. 试论宋代理学对文学批评的主要影响。
2. 苏轼与黄庭坚的文论批评观有何区别？
3. 严羽“以禅喻诗”的内涵和特征是什么？
4. 李清照“词别一家”的价值和意义如何理解？
5. 张炎“清空”与“意趣”的内涵及其关系如何？

第六章　明代文学批评

中国文学批评在魏晋南北朝的高潮之后，经过隋唐和宋金元时期的理论深入及扩展，到明代进入繁荣阶段。明代的文学批评流派众多，茶陵派、前后七子、唐宋派、公安派、竟陵派，以及戏曲中的临川派与吴江派各领风骚，徐渭、李贽、袁宏道、汤显祖、王骥德等人如群星闪耀，使这一时期的文学批评异彩纷呈。本章除概述外还将依次介绍明代诗文理论批评和小说戏曲理论批评。就传统文化与文学批评的关系来说，这一时期主要表现为心学对文学批评的影响。

第一节　概　　述

中国封建社会到明代已经进入后期阶段，封建文化不再具有早期那种巨大的包容性和创造力。明王朝建立之初，在统治者的倡导下，程朱理学居于至尊地位；明代中后期，新的经济因素产生，背离传统礼教的社会观念滋长，人们的主体意识觉醒，对思想界有巨大影响的阳明心学出现了。在新旧文化冲突的背景下，文学批评方面出现了复古与反复古的论争；同时，在心学内省倾向的影响下，明代中后期文学批评方面出现了追求生活情趣和主观精神境界的“童心”、“性灵”诸说，并且重视文学创作中的“情”。

一、明代的文化背景

北宋诸子以儒学为主体，吸收、改造释道思想精粹建立的理学，到朱熹趋于成熟。理学对于重建礼治秩序、规范人们的政治文化心理有巨大的作用，因此不仅在两宋发展迅速，在元代也受到儒生士大夫的热烈回应，被统治者“定为国是”①，作为取士标准，成为官学。明朝建立后，为了加强君主专制，统治者也把程朱理学作为正统学说大力推行。程朱理学不仅从理论上论证了君主及封建纲常的神圣性，而且主张通过心性修养，从思想上体认君主专制的合理性，符合明代文化一统的要求，故朱元璋多次诏示：“一宗朱子之学，令学者非五经、孔孟之书不读，非濂洛关闽之学不讲。”②朱棣敕胡广等纂修的《五经大全》、《四书大全》、《性理大全》被颁行天下，作为士子求学的教科书。明代统治者还规定科举考试一律以朱熹的注为准，对于不符合程朱理学的“异端邪说”则毫不手软地进行镇压。因此，明代前期程朱理学居于至尊正宗的地位，意识形态领域显示出缺乏活力的沉闷之象。

---

① 虞集：《跋济宁李璋所刻九经四书》，《道园学古录》卷三十九。

② 陈鼎：《高攀龙传》，《东林列传》卷二。

随着社会经济的恢复和发展，明代中叶商品经济出现了前所未有的活跃势头。商人们以巨额财富追求奢侈豪华的生活，社会风尚开始发生变化。明代中后期，从缙绅士大夫到一般市民都以奢侈为荣，在衣食住行等日常生活方面突破了传统礼治的规范。与奢侈风行相应，贪欲滋长、政治腐败成为普遍的社会现象。物质生活的变化必然带来观念的变异，明代中后期，价值观念、人生追求、婚恋观念都出现重大变易①，旧有的道德价值体系已经不可避免地面临瓦解。这种现象要求思想界对之作出回应，但是在明代统治者的压制下，科举考试的规则制定使得思想被限制得越来越窄。知识无法解释社会生活中的异常现象，思想也无法对秩序的变动作出回应；社会上一面倡导着救世的理想主义，一面实行极端的实用主义；这种背离促使敏锐的士人们去寻找新的思想资源进行道德重建，于是王守仁的心学应运而生。

王守仁的学说之所以被称为“心学”，是因为他建立了以“致良知”、“知行合一”为核心的“心”本体论思想体系。以“心”为本体并非王守仁的首创，在朱熹对理学进行集大成的总结时，与他同时代的另一位理学家陆九渊就已强调“心即理”、“心外无理”，把心作为通万物同天地的本体。只是陆学在南宋就没有朱学兴盛，元代程朱理学如日中天时，陆学更是经常被排斥，始终处于蛰伏状态，这种情况在明代前期也一直没有变化。明代中期社会发生变化时，一些政治地位不高却与市民社会关系更深的文人，趁机冲击旧的价值体系，使个性从束缚中获得解放。如祝允明就“玩世自放，惮近礼法之儒”②，反对程朱理学，怀疑权威，反抗旧传统。另一些士人则对社会变化进行严厉的批判。经过明代前期统治者的不断规范，程朱理学已经成为政治权力与意识形态的诠释文本，无力承担维持社会秩序的伦理规范作用。在这种背景下，王守仁试图从儒学内部进行调整，以适应个性解放的社会现实，成为了宋明心学的集大成者。

经过唐宋时期的高度繁荣，佛教与道教已经很难有大的创新和发展，但是佛、道思想的影响在明代则继续扩大。明代皇帝多信奉道教，朱元璋就广求术士；朱棣宠信道士，曾大修武当山道观；后来宪宗、世宗更是崇信道教，扩建道观，增加道士人数，这使得道教在明代前中期的规模越来越大。由于对宗教力量有很深的认识，朱元璋一直试图将宗教置于皇权控制之下，在意识形态上纳入治国之道，因此对佛教也进行整治，希望其成为维护明王朝的工具；他登基伊始就召集僧人开会，设立僧官，规范佛经和仪式。成祖因和尚辅佐而登帝位，大肆封赏僧人。其后诸帝承其余绪，仁宗、英宗、宪宗、武宗都不断兴佛。官方措施使佛、道二教在明代居于正统地位，也使它们离人民越来越远，二教都面临着如何保持自身活力和对群众的吸引力的问题。在这一点上，佛、道做出了极其相似的选择。佛教在明代仍然继续其本土化的进程，即在修行方法上更加方便易行，在思想观念上走向“三教圆融”，既和统治者保持一致，又通过对传统文化的认同深入到社会各个阶层。道教在元代以前教派分化，支脉众多，但是在协调官方意识形态与扩大自己影响的问题上，正统派系正一、全真在明代都强调三教合一，主张儒道融合。佛教传入中国后，魏晋时期已经出现三教合流，但经过明代的这种努力，佛道对儒学的吸收才真正进入全面融会贯通

① 冯天瑜等：《中华文化史》，上海人民出版社1990年版，第774-779页。

② 顾璘：《国宝新编·祝允明传》。

的阶段，在社会上的影响也越来越大。

如前所述，理学本来就是融合释道思想的结果，心学的创始人陆九渊也是一位理学家，因此心学自产生起就带着三教融合的特征。在明代三教合一程度不断加深的背景下，阳明心学也强烈地体现了释道思想的影响。王守仁自己曾指出三教一家，“譬之厅堂三间共为一厅”，“言圣枝叶，老聃释氏”①。在心学的核心命题“心外无物”中，我们可以看到佛教“三界唯心，万法唯识”和道教心本论的痕迹；王阳明强调通过心体的正心诚意和做事的磨炼致良知，和道家内外兼修的功夫论几乎是一样的，而用诚心来代替格物，正是吸收禅宗摒除客观的直觉顿悟思维。阳明心学的“无善无恶是心之体”被其后学发展成为“心是有善无恶之心”，就更接近于禅宗。因为心灵是善的，那么发自内心的本能诉求就都具有合理性，个人的情欲释放也就是正当的了。这一点为心灵的自由放纵留下了空间，成为后来李贽批判假道学的思想武器，对明代中后期重情、重个性抒发的文艺思潮也具有重大意义。

儒释道的深度融合在明代文人身上留下了深深的印迹，对明代文学批评也有很大影响。从“察其幽情单绪，孤行静寄于喧杂之中；而乃以其虚怀之力，独往冥游于寥阔之外”②和“小中见大，大中见小，举一毛端建宝王刹，坐微尘里转大法轮”③中，我们还可以找到道、佛文化的痕迹，但是这一时期的文学批评已经很少像《二十四诗品》和《沧浪诗话》那样具有明显的某一种文化特色了。作为三教圆融在思想界的成果，心学的发展对明代文学批评产生的影响是巨大的。从唐宋派的“本色”、李贽的“童心”、公安派的“性灵”、竟陵派的“孤诣”、汤显祖的重情，以及明代文学批评对文学复古思想的大胆否定，都可以找到阳明心学的影子。

二、明代文学批评的理论繁荣

与唐宋时期相比，传统的诗文在明代少有创造性，但是诗文批评理论却相当繁荣。随着人们主体意识的觉醒，新旧思想的冲突加剧，各种诗文流派竞起。诗文批评的活跃和小说、戏曲批评的兴旺一起，构成了明代文学批评理论的繁荣。明代文学批评理论的繁荣，具体表现在批评对象文体范围的扩大、文学批评范畴的增多和批评理论的自觉性这三个方面。

(一)批评对象文体范围的扩大

在传统观念的影响下，通俗文学经常受到主流文化的排斥。唐传奇、宋话本及元杂剧成就斐然，对之进行的理论研究却很少。在明代市民社会形成、新旧思想冲突的背景下，戏曲、小说开始被作为一种重要的文学形式进行理论探讨，文学批评的文体对象至此才真正完备。

传统诗文理论方面，贯穿明代文学批评始终的是复古与反复古的论争。明初宋濂就提倡“师古”，认为六经是文的极则，强调“明道之谓文，主教之谓文，可以辅俗化民之谓

① 吴光等编校：《王阳明全集》，浙江古籍出版社1992年版，第289、519页。
② 钟惺：《诗归序》。
③ 李贽：《焚书》。

文。斯文也，果谁之文也？圣贤之文也”①，此后以李东阳为首的茶陵派为纠正台阁体的浮靡文风，主张宗唐法杜。到前后七子以复古为号召，倡言“文必秦汉，诗必盛唐”，复古拟古之风席卷文坛。作为对复古思想的反拨，杨慎《升庵诗话》主性情，注重清新天然、蕴藉含蓄；以王慎中、唐顺之、归有光、茅坤为代表的唐宋派以道论文，以气衡文，注重个人内心体会，强调为文要有“真精神”。万历年间，公安派提出“以抒发性灵为主”的文学创作论。竟陵派钟惺、谭元春既以公安派性灵说为旨归，反对模拟复古，又主张以学古纠公安派肤浅之弊。在复古与反复古的论争中，明代的诗文理论对前代进行了总结，取得了比较大的进展。

伴随着戏曲创作的繁荣，明代的戏曲批评大家辈出，著作林立。明初朱权的《太和正音谱》虽然立意在戏曲作为“太平之胜”为新王朝粉饰太平上，但是重视音律，注重演唱，为戏曲批评开拓了新的领域。明代中期，李开先重视真情实感，提倡发扬元曲“本色”美的传统；何良俊认为“填词须用本色语”，主张戏曲语言贴接观众；王世贞强调戏曲作品的艺术感染力；徐渭的《南词叙录》则在探讨南戏特点的基础上，提出了“本色论”，要求戏曲作品情感真实自然，语言通俗易懂。明代后期，戏曲批评空前活跃，临川派和吴江派围绕戏曲创作中的一系列问题进行了持久的论战。臧懋循、吕天成、王任思等人在论争中开始吸收对立一方的合理见解，使一些理论问题得到了比较正确的阐述。王骥德权衡论争双方的得失，进行了更高层次的总结，著成了集大成而又自成体系的《曲律》。

经过长期发展，明代小说创作进入全盛时期，小说批评理论也随之有了巨大发展。明代小说批评的范围相当广泛。最初的批评针对明代传奇小说，如《剪灯新话》、《剪灯余话》、《觅灯因话》等，此后上溯到唐代传奇、宋元话本，如《艳异编》、《虞初志》等。明代中期开始比较集中地围绕《三国演义》、《水浒传》、《西游记》、《金瓶梅》“四大奇书”和“三言二拍”等佳作展开。李贽、叶昼等批评家通过小说评点表达了他们的思想见解和文学见解，蒋大器、冯梦龙、凌濛初、袁无涯等人也通过小说序跋展示了各自的观点。众多的批评家使明代小说批评理论达到了相当的高度：不仅对小说的艺术特征进行了总结，而且突破了儒家传统思想的束缚，强调小说的社会批判功能，肯定了通俗文学的地位。

(二)文学批评范畴的增多

明代文人宗派众多，据郭绍虞《明代的文人集团》考证，有案可查的文人社团就有一百多个。这些文人团体互相攻讦，通过各种方式完善、宣扬自己的文学主张。在此过程中，明代文学批评理论出现了众多范畴，影响较大的如“格调”说、童心说、性灵说、“本色”论，此外还有七子的“情景论”、王廷相的“意象”说、李维桢的诗主事理情景“四端”说、杨慎“诗以道性情”说，而屠隆重“适”、袁宏道重“趣”、江盈科重“真”也都是当时文学批评中对范畴的探索。众多批评范畴的出现，使明代文学批评呈现繁荣之象。

在众多批评范畴出现的背景下，明代文学批评的基本范畴经过了很长时间的发展演变，相互之间也有着各种各样的联系。如“格调”说，明初高棅在《唐诗品汇》中最先提出唐诗“有品格高下之不同”，并以“声律纯完”为标准编选了《唐诗正声》，此后李东阳强调诗歌文体规范与音调响亮和谐的结合，格调说初步形成。到了前后七子，格调说盛行。李

① 宋濂：《文说赠王生黼》。

梦阳《潜虬山人记》认为“夫诗有七难：格古，调逸，气舒，句浑，音圆，思冲，情以发之”，强调在情的基础上以格调为法式，同时重视声调；《驳何氏论文书》提出“高古者格，宛亮者调”。谢榛《四溟诗话》则说：“诗有四格：曰兴，曰趣，曰意，曰理。”七子以“格调”为文学批评的范畴，使用了气格、品格、骨格、意格、体格、气调、风调、意调、音调、情调等词语，这些词语所表达的概念不外乎诗文的外在形式和内在意蕴两方面。王世贞主张“才生思，思生调，调生格。思即才之用，调即思之境，格即调之界”①，把格调说从格律、声调转化到一种新的审美境界来观照。前后七子的“格调”兼主情、性情，已经含有“性灵”的因素。七子之后，王世懋在《艺圃撷余》中说：“予谓今之作者，但须真才实学，本性求情，且莫理论格调。”将性情置于格调之上。屠隆则在《与友人论诗文》中直接提出：“诗者，非他人声韵而成，诗以吟咏写性情者也。”在《鸿苞·文章》中指出：“夫文者华也，有根焉，则性灵是也”，认为诗文创作在于“舒畅性灵，描写万物，感通神人”②，已经与公安派的观点颇为接近了。经过对各种思想的批判接受，公安派确立了“以抒发性灵为主”的文学批评原则；到了竟陵派，则力主“诗为清物”与“诗为活物”，惟一己之偏好为性灵。嘉靖初期，唐顺之提出“本色”论，主张文章应该“直据胸臆”，有“真精神与千古不可磨灭之见”；李开先、何良俊提倡戏曲追求“本色”美；到徐渭《南词叙录》所说的“本色”则远远超出语言、文风的范围，涉及艺术创作中的真实问题。

明代文学批评的众多范畴涉及创作论、鉴赏论、作家论等诸多方面，不仅从理论上显示了明代文学批评的繁荣，而且对以后的文学批评产生了很大影响。如格调说的发展为清代沈德潜格调说的创立奠定了理论基础；唐顺之的本色论强调用自然朴素的语言，写自己的真知灼见，明末清初的黄宗羲、侯方域、魏禧以及清代桐城派等在不同程度上接受了他的理论。

（三）批评理论的自觉性

明代社会思想上的冲突极其激烈。从官方提倡程朱理学，到社会价值观念改变、个人意识觉醒，再到明中期心学的产生，泰州学派肯定人的自然本性，提出“百姓日用即道”的命题，官方统治思想与反传统思想的斗争日趋激烈。在这种思想背景下，明代文人更多地关注理论表述，文学批评也呈现出明显的理论自觉性特征。

明代文学批评的理论自觉性首先表现在明代文人自觉地进行批评理论的建构。在官方统治思想与个人意识觉醒的冲突中，明代文人把传统儒家的责任意识和对个人自由的追求都通过文学表现出来，通过理论建构参与到社会思想变化的潮流中。从维护明王朝统治的目的出发，宋濂提倡文章明道致用；为改变萎弱冗沓的台阁体和“专作理语”的性气诗，前后七子高唱“文必秦汉，诗必盛唐”，以渊奥文辞和高古格调相标榜。针对前七子领袖们“尺寸古法”的不足，杨慎提出重性情、重蕴藉的诗歌标准，唐宋派以道论文，注重本色。面对复古运动所导致的理论偏差，公安派提出主“势”的文学史观，认为文学随时代发展之势而发展。戏曲小说方面，徐渭根据南戏特点，对戏曲语言、音律及创作真实性问题提出了独特的见解；李贽将优秀的戏曲、小说与诗文并列，称为“天下之至文”。对戏

①　王世贞：《艺苑卮言》卷一。

②　屠隆：《高以达少参选唐诗序》。

曲创作，吴江派严守格律，临川派重视“意趣”。尽管各种理论多存在缺陷和偏颇，但是明代文人通过理论建构表达自己对文学、对社会思想变化的关注，仍然具有不同于前代的显著特点。

明代文学批评理论自觉性的另一个表现是明代文人结合创作实践对理论进行不断的修正完善。一方面，各种理论观点之间的论争非常激烈，如前七子对台阁体的否定，唐宋派与前七子的对峙，后七子对唐宋派的反拨，公安派对复古拟古的抨击，竟陵派对公安派的矫正。另一方面，各个派别内部总有不同的声音，如台阁体后期李东阳主张规范唐诗格调，前七子中有李梦阳和何景明关于学习古人是“尺寸古法”还是“领会神情”的争论，后七子也有王世贞对李攀龙模拟之作“无一字一句不精美，然不堪与古乐府并看，看则似临摹帖耳”的不满，谢榛对拟古之作中缺乏真性情的批评。至追慕七子的“末五子”，则有屠隆之主“性灵”，主张诗歌“随世递迁”。吕天成特别推崇沈璟严守格律的主张，同时也试图对其不重情趣的片面性进行补正。明代文人在理论上不仅不盲从于权威，而且根据文学发展对自身也不断进行修正。李梦阳晚年作《诗集自序》彻悟到“真诗乃在民间”，自谴其诗是“出之情寡而工之词多者也”。王世贞《归太仆赞》也认识到他所轻视的归有光散文“不事雕饰而自有风味”，对自己的前期论点有所追悔，“姑随事改正，勿令多误后人而已”①。袁中道对公安派忽视艺术修养的不足也有认识，在《阮集之诗序》中要求后学取长弃短。派别内部的不同声音和个人对自己的否定，表明明代文人对文学思潮总是保持着个人的独立判断，而这一点对理论的发展极其重要。

三、明代文学批评的文体特征

如本书第三章所述，魏晋南北朝时期出现了文体意识的自觉。经过宋元时期的发展，明代在文章辨体和文体源流、分类、风格、特征等方面都取得了很大的成就，具有很多独特之处。因此，明代批评文体的总体特征是文体批评的兴盛和深入。在此基础上产生出两大特征：文学批评体式的综合性，文学批评风格的“游”与奇崛特色。

(一) 文体批评的兴盛和深入

明代文学批评特别注重文体批评。一方面，由于各体文学创作的丰富，明代文人对各种文体间的不同有了更深的体会。李东阳《怀麓堂诗话》论诗说：“诗之体与文异。”李开先《西野春游词序》说：“词与诗，意同而体异。”胡应麟《诗薮》认为：“文章自有体裁，凡为某体，务须寻其本色，庶几当行。”此处的“本色”即为文体特征。江盈科《雪涛诗评》认为：“诗有诗体，文有文体，两不相入。”王骥德《曲律》卷四云：“词之异于诗也，曲之异于词也，道迥不相侔也。”他所说的“道”，包括诗、词、曲等的审美趣味，但主要是指各种文体的风格特征。另一方面，文学批评家们认识到文体的重要性，主动对文体进行探索。吴讷《文章辨体》认为“文辞以体制为先”。徐师曾在《文体明辨序》中说：“夫文章之有体裁，犹宫室之有制度，器皿之有法式也。”徐学夷《诗源辨体》则认为“古、律、绝句，诗之体也；诸体所诣，诗之趣也”，强调“别其体，斯得其趣”。诗、词、曲的文体特征之辨，成为明代文人经常提及的话题。

① 王世贞：《书西涯乐府后》。

中国古代文体的分类大致经历了孕育、展开、归并三个阶段。东汉以前，文体分类处于不自觉的行进之中，从魏晋六朝到清初是文体分类的展开阶段，清代到近代则是归并阶段①。文体分类展开阶段的特征是文体类别越来越多，分类越来越细，处于这一阶段后期的明代，在文体批评的广度、深度上都有很大发展。吴讷《文章辨体》将已有的诗文分为60体，徐师曾《文体明辨》分为121体，都是传统文体分类理论的发展。此外，宋绪《元诗体要》将元诗分为36体；程敏政《明文衡》将明初至弘治间的诗文分为41类；胡震亨《唐音癸签》把唐诗分成诗和乐府两大类，诗分为往体、今体、歌行三类，乐府分为往题、新题两类，每类之下包含若干小体，分类也较前人为细。王世贞认为，一切见之于文字记录者，皆可视之为史，《艺苑卮言》把文体分为史之言理者、史之正文、史之变文、史之用者、史之实者、史之华者六大类。不仅传统的诗、词、文在明代有了更为细密的分类，而且新兴的文学形式戏曲、小说也有人对之进行了文体方面的探索。胡应麟《少室山房笔丛·九流绪论》在对小说概念作出界定的情况下把小说分为六类：志怪、传奇、杂录、丛谈、辨订、箴规。朱权《太和正音谱》以有无文饰为标准将戏曲分为两大类：乐府与俚歌。对于乐府，又以其艺术风格和审美特质的不同分为十五体：丹丘体、宗匠体、黄冠体、承安体、盛元体、江东体、西江体、东吴体、淮南体、玉堂体、草堂体、楚江体、香奁体、骚人体、俳优体。

（二）文学批评体式的综合性

与文体批评的兴盛和深入相应，明代批评文体在对前代的继承中形成了独有的综合性特点。文学批评理论繁荣的明代，不仅已有的各种批评文体大多在继续使用，而且形成了综合多种批评文体特色的小说、戏曲评点。

明代文学批评广泛使用了已有的多种文体，其中使用较广泛的有书信、序跋、选评和诗话诸体。书信体和序跋体从汉代产生之后就成为文学批评的两种主要体式，历代均有大量使用，明代也是如此。书信体形式灵活多变，规模可长可短，言辞上既可直截了当，也可委婉含蓄，这和明代文人展示个性、抒发才情的倾向相适应，因此明代文人之间讨论辩难多用书信体。据不完全统计，明代主要文学流派七子派、唐宋派、公安派、竟陵派在文学批评中使用了超过130封的书信，比较著名的有：何景明《与李空同论诗书》、李梦阳《驳何氏论文书》、唐顺之《答茅鹿门知县二》、汤显祖《答吕姜山》、袁宏道《与江进之》等。序和跋都是对某部著作或某一诗文进行说明的文字，不同的只是序在作品之前，跋在作品之后。初期的序都置于全书之后，宋代始有“跋”之称，二者才分别开来，但并无实质区别。魏晋南北朝时期，序跋体已经是文学批评常用的文体了，经过唐宋金元的发展，序跋体成为明代文学批评中广泛采用的文体。高棅《唐诗品汇总序》、唐顺之《董中峰侍郎文集序》、袁宏道《雪涛阁集序》、钟惺《诗归序》、蒋大器《三国志通俗演义序》、李贽《忠义水浒传序》、李开先《市井艳词序》、汤显祖《点校虞初志序》等，都在序跋中对文学创作进行总结，阐明自己的文学观念和批评态度。选评体滥觞于魏晋时期；明代文坛在各种思想的论争中通过选本宣扬自己的文学思想极为盛行，高棅《唐诗品汇》，李攀龙《古今诗删》和《唐诗选》，茅坤《唐宋八大家文钞》，钟惺、谭元春《诗归》，陈子龙等《皇明诗选》，

---

① 钱仓水：《文体分类学》，江苏教育出版社1992年版，第173-178页。

都有其明确的文学批评意图。随着市民文学的勃兴，还出现了臧懋循《元曲选》、李开先《市井艳词》、抱瓮老人《今古奇观》等通俗文学选本。诗话崛起于宋，经过元代的衰落，明代出现复兴。明人的诗话数量很多，今人周维德编纂的《全明诗话》收录123种，据说存世的达200部之多。明代诗话不仅数量很多，而且大部分均为论诗评诗之作，有很高的理论价值。

明代独有的文学批评文体是小说戏曲评点。小说戏曲评点作为一种批评文体，其实是对前代诸种批评文体的综合。文学批评发展到明代，多种批评体式都有互相融合的趋势，如：选评体中常常有选编者自己或托人所作的序跋，如《唐诗品汇》；选编者或后人会对选本中的诗词进行即兴而作的评论，如《诗归》，这又与随笔式的诗话相仿；在书信中就文学理论观点进行辩论，如李梦阳与何景明，这就把论辩体和书信体结合起来了。小说戏曲评点则以一种新的批评体式把这种综合提升到了一个更高的层次。

评点这种形式最早可追溯到汉代的训诂，《毛诗》中的《大序》、《小序》已经涉及了文学理论批评上的问题，但是一直到唐代殷璠《河岳英灵集》出现，才有了真正属于评点文学性质的著作。宋元时期是中国评点文学的发展期，不仅散文、诗词评点数量增多，而且出现了刘辰翁对《世说新语》的评点。《世说新语》本身具有小说体格，刘辰翁在评点中经常注意到人物和情节，并对此加以议论，实开小说评点之先河。随着明代小说戏曲创作的繁荣，小说戏曲评点也空前发展起来。与诗文评点相比，小说戏曲评点具有自己的特色：从评点形式上来说，增加了回评、论赞、读法等一些新的形式；从评点的词汇和名目来说，比诗文评点丰富，出现了“埋伏”、“悬念”、“机变之法”等新的说法；从评点语言来说，比诗文评点生动活泼。总之，小说戏曲评点综合了前代诸种批评文体的特色，“评点小说戏曲者，一般前有总评(或总序)，后有各章回(折)之分评，这颇似诗歌批评中的大小序；小说戏曲评点有即兴而作的眉批、侧批、夹批、读法、述语、发凡等，这又与随笔式的诗话相仿。就其批评功能而言，小说评点与前代的序跋体、诗话体更有共通之处：既有鸟瞰亦有细读，既实现了作者与读者的沟通亦申发了品评者独到的艺术感受”①。综合各种批评文体，再与小说戏曲这种新的文学样式结合，就出现了独具特色的小说戏曲评点。

(三)文学批评风格的“游”与奇崛

与传统的思维方式密切相关，从先秦寄生性的批评文体开始，中国古代文学批评就具有特有的灵性、兴趣和生命感受。这种特点在明代发展到极致，具体表现在文学批评风格的“游”与奇崛两方面。

文学批评中的“游”指批评者应用形式灵活、内容自由的批评文体传递自己的审美感悟和艺术情趣。“游”是中国古典文化精神的重要特征。孔子云“游于艺”，即以娱乐的心情去学习礼乐之文与射御书数之法。“游”是轻松的，愉悦的，令人心旷神怡的神游②。庄子也以“游”字象征精神的自由解放。就古典文化特征而言，“游”有两个特点：心之游，游的领域在心不在物；乐之游，游的状态是和谐的，境界是快乐的；处于游之状态的一切

① 李建中：《古代文论的诗性空间》，湖北人民出版社2005年版，第98页。

② 陈望衡：《中国古典美学史》，湖南教育出版社1998年版，第87页。

活动均为自然流出，见之于文学、书法、绘画、音乐，都为有境界的作品。在明代文化启蒙与思想解放运动的巨大影响和感召下，文人们强烈地要求复归自我，追求人格独立，在文学批评方面体现为注重形式灵活、自由抒写的批评文体。书信、序跋、选评、诗话诸体在体裁和思想内容的表达上都具有广泛性和适应性，而且可以游离从作家作品本身出发的文学批评体式特征。小说戏曲评点采用非体系化的形式，评点者在精神上具有一种源于中国传统士人的审美精神。他们的生存智慧中有一种“游”的气息，因而能运用生动灵活和富于情感的语言将自己独特的人生经历、审美感悟和艺术情趣传递给读者。他们重赏析、重体验，具有活泼的生命和生活气息。评点者对小说戏曲文本的介入，正是评点者“游”的空间，自然流露的感触与小说融为一体，这就产生了眉批、夹批等具体的评点形式。评点的独特形式为评点者提供了外在的物理空间和内在的精神空间，评点者精神上的自由使评点也具有了散漫、随意的“游”之风格。

中国古代文学批评是一种诗性的言说，这一特征在明代表现为语言风格的奇崛。韩愈的论诗诗，喜用惊人的比喻和突兀的语言，已表现出奇崛险怪之美。明代的小说戏曲评点中，语言风格的奇崛有更充分的表现。李贽《忠义水浒传序》以“愤书”解《水浒》，骂“宋室不竞，冠履倒施，大贤处下，不肖处上”，感叹施、罗二公“虽生元日，实愤宋事”。又在第二十四回回评赞叹《水浒》文字之奇，“若令天地间无此等文字，天地亦寂寞了也”。除了表现愤懑，李贽也用奇崛展示其诙谐，第七回回评：“都差鲁智深打他三百禅杖。”第九回眉批：“真佛，真菩萨，真阿罗汉，南无阿弥陀佛。”第二十六回回评：“若武二郎者，正所谓动容周旋中礼者也，圣人，圣人!”第五十三回回评：“罗真人处固妙绝千古，戴院长处亦令人绝倒，每读至此，喷饭满案。”嬉笑怒骂，皆成评点，形成一种特有的风格。在戏曲评点中，奇崛之语也时时可见。冯梦龙在《洒雪堂》第3折眉批中，批评当时曲坛“活剥汤义仍，生吞《牡丹亭》”，在《墨憨斋定本传奇》各本的眉批中，对戏曲艺术提出了“如画”、“入趣”、“自然”、“奇幻”等要求。陈继儒评《西厢记》“纯是一部嘲骂谱”。明代文人重个性抒发的倾向与新兴的通俗文学结合，形成了小说戏曲评点语言的奇崛风格。

第二节　明代诗文理论批评

明代诗文理论得到了前所未有的研究和总结，本节将依次讨论以下四个问题：一是心学与明代文学批评的关系，二是前后七子的文学批评和文学思想，三是公安派的文学主张，四是明代的词学批评。

一、心学与明代文学批评

明代中后期的社会变化使人们的主体意识觉醒，价值观念发生变化，在这种背景下出现的阳明心学对文学创作和批评都产生了重要的影响。心学对明代文学批评的影响，主要表现在情感论、性灵论、本色论等批评观点上。

（一）情感论

阳明心学强调“致良知”，也就是说要下功夫追求才能回归到清净无垢的“心之体”。但是如果心本身就是无善无恶的，善恶就不能显现；如果作为本体的“心”由于“意”之动而兼有善恶，那么就无法保证一定拥有“知”，也无法确保“善”的一端可以克服“恶”的那一端。世俗的诱惑、现实的利益和内在的情欲都是客观存在的，如何能让这些欲望听从知性的指引，使心灵趋向“良知”呢？为了回答这个问题，阳明后学从“心即理”的预设中引出了另一种思路，这就是王畿所说的“心是有善无恶之心，则意亦是有善无恶之意，知亦是有善无恶之知，物亦是有善无恶之物”。看起来，这一表述只是凸显了心灵的“良知”，但是引起的变化却是很大的：如果把心意知物统统说成“有善无恶”的，等于给心灵赋予了全部合理性。当心灵被如此肯定之后，心灵的所有思虑感觉活动都合理化了。有了这种理论上合理性的支撑，有情有欲的人就找到了释放甚至放纵自己的理由。此后王学左派的传人，如何心隐、罗汝芳、李贽都肯定人的存在价值和生存意义，肯定日常生活与世俗情欲的合理性。

王学左派肯定“情”的思想对明代文学批评产生了很大的影响。李贽自己提出“童心”说，主张“天下之至文”是“童心”亦即“真心”和“真情”的表现，认为“情性”只要是自然而然地表现出来的，就必然是“止乎礼义”的，因此他主张文学创作要表现真情。汤显祖把文艺产生的根源概括为一个“情”字，《牡丹亭记题词》说：“世总为情，情生诗歌。”对道学家宣扬的以“理”格“情”、以“理”灭“情”的命题提出大胆的怀疑：“第云理之所必无，安知情之所必有邪？”《寄达观》提出：“情有者，理必无；理有者，情必无。”王骥德也提出戏剧创作的要害在于“模写物情，体贴人理”，即表现人的真情实感。公安三袁受李贽影响，强调个性之情的抒发，要求以个性化的文学打破规范的文学。冯梦龙在《情史序》中把情看作是贯穿于宇宙万物中的动力和根源：“天地若无情，不生一切物。一切物无情，不能环相生。生生而不灭，由情不灭故。四大皆幻没，惟情不虚假。有情疏者亲，无情亲者疏。”因此，他非常重视情的作用：“万物如散钱，一情为线牵。”《太霞新奏情仙曲序》认为：“古有三不朽，以今观之，情又其一矣。无情而人，宁有情而鬼，但恐死无知耳。如有知，而生人所不得遂之情，遂之于鬼，吾犹谓情鬼贤于情人也。且人生而情死，非人；人死而情生，非鬼。”对情的巨大作用的认识，引发了冯梦龙的情教思想，希望以情来改造社会。

(二)性灵论

王阳明在《传习录》中说：“我的灵明，便是天地鬼神的主宰。天没有我的灵明，谁去仰他高？地没有我的灵明，谁去俯他深？鬼神没有我的灵明，谁去辨他吉凶灾祥？”此后，王门后学在心与物的关系中，便日益重视主体之心而将物置于次要地位。王时槐说：“阳明以意之所在为物，此义最精。盖一念未萌，则万境俱寂，念之所涉，境则随生。且如念不注于目前，则虽泰山觌面而不睹；念苟注于世外，则虽蓬壶遥隔而成象矣。故意之所在为物，此物非内非外，是本心之影也。”①他所说的“境”是心物相融之结果，但与传统的“意境”相比，更强调了“意”对于境的创生统率作用。

阳明心学的此种良知性灵观念促成了中国文学思想在文学发生论上的一次明显转折，即从早期以物为主的感物说向着晚期以心为主的性灵说转变，从而构成了明代性灵说的哲学基础。江盈科《敝箧集序》记袁宏道称真诗之创作说：

① 《明儒学案》卷二十。

要以出自性灵者为真诗尔。夫性灵窍于心，寓于境。境所偶触，心能摄之；心所欲吐，腕能运之。心能摄境，即蝼蚁蜂虿皆足寄兴，不必《雎鸠》、《驺虞》矣；腕能运心，即谐词谑语皆是观感，不必法言庄什矣。以心摄境，以腕运心，则性灵无不毕达，是之谓真诗。

此说从两个方面突出了性灵的重要：从发生过程看，由性灵所寓之心到至境，再到手，最后由手成诗，第一发生之源在于主体的性灵；从价值判定看，决定诗之好坏高低的因素，不在于外物的美丑善恶、语言的谐谑与庄重，而在于以心摄境与以手写心的能力，只要是抒发主体性灵，无论何种外境均有其价值。从诗学发生论和诗学价值论上看，公安派的性灵文学思想都是以阳明心学良知性灵观念为基础的。

具体来看，公安派性灵说在三个方面受到了阳明心学的影响。一是审美观念中，具有非常突出的阳明心学重主体心性的倾向，即在心与物的关系中，以心作为第一要素，认为没有审美心胸，便不存在审美创造与审美欣赏。二是对作者个体灵心慧性的重视，承袭了阳明心学良知生天生地的灵妙特征，并将其与作家灵动的审美感受力与独特的艺术才能联结起来，形成公安派所说的“才气”。三是从王学的心性自然出发，得出“奇”、“趣”等观念，也就是袁宏道《答李元善》所说“发人所不能发，字法句法调法，一一从自己胸中流出”之“奇”和《叙陈正甫会心集》所述“得之自然者深，得之学问者浅”、“唯会心者知之”之“趣”，并将这种观念在创作实践中全面展开，从而形成其自然洒脱的审美风格。

（三）本色论

“本色”一词，最初的含义是指事物的本来颜色。刘勰《文心雕龙·通变》说：“夫青生于蓝，绛生于茜，虽逾本色，不能复化”，唐代《教坊记》里有“随其衣本色制纯缦衫”之句，用的都是“本色”的本来含义。宋元以后，“本色”开始作为文论术语被广泛使用，诗、词、曲、赋、文各体都有本色之说。如陈师道在《后山诗话》里论苏轼的词“如教坊雷大使舞，虽极天下之工，要非本色”，认为苏词不具备词本身应有的语言风格，不是本色之词。李清照称苏词为“不葺之诗”，也是从词体本色来说的。严羽在《沧浪诗话·诗辨》中说：“大抵禅道惟在妙悟，诗道亦在妙悟。且孟襄阳学力下韩退之远甚，而其诗独出退之之上者，一味妙悟而已。惟悟乃为当行，乃为本色。”这些说法中，“本色”主要指某种文学体裁应有的语言风格、审美特征。

“本色”在明代文学批评中含义发生变化始于唐顺之。唐顺之以前的本色论者，几乎都是就作家创作要符合文体自身的特点或创作规范而言的，而唐顺之完全转换了本色论的立足点，他是从作家如何才能形成人格与见识上的本色，怎样判断本色高卑，又如何在其创作中恰当地显露本色的角度，也就是从创作主体及其与文本关系的角度来论本色的。明代中后期的戏曲作者，如李开先、何良俊、徐渭、沈璟、王骥德、凌濛初、徐复祚等人关于本色的论述，也多是从这一角度来立论的。这就使得本色论由此前的寻求客体（即各种文体）的规范、规律和风格，转向致力于主体心性的修炼、并在文学创作中自然充分地把修炼之境界显现出来。这一点和阳明心学的“致良知”、强调主体心性是完全一致的，而且这种转向也颇类似于儒学从程朱理学向阳明心学的演变，鲜明地体现出阳明心学对中晚明文学观念的影响。

从明代本色论的具体内容来说，前述诸人主要有以下观点：一是通俗，反对丽词藻句，反对模拟堆砌；二是当行，要符合金、元戏曲典范，适合舞台表演需要；三是真实，反对涂抹，反对婢学夫人。这些内容也与阳明心学的浸润有关。对于在创作中真实地表现自己的情感和个性，何良俊直接以王阳明的“良知”说为自己张目，《四友斋丛说》卷四云：

> 阳明先生拈出“良知”以示人，真可谓扩前圣所未发。盖此“良知”，即孔子所谓“愚夫愚妇皆可与知者”，即孟子所谓“赤子之心”，即佛氏所谓“本来面目”；即《中庸》所谓“性”，即佛氏所谓“见性见佛”。乃得于禀受之初，从胞胎中带来，一毫不假于外。

用“本来面目”、“赤子之心”这些本色论思想来阐释“良知”，可见其深受阳明心学的影响。而“愚夫愚妇皆可与知者”正好与本色论者通俗的要求相应，与王阳明“满街都是圣人”的观点也有内在联系。

二、前后七子

明代前期，程朱理学严重束缚人们的思想，文学中台阁体粉饰太平，纷芜靡蔓；“性气诗”宣扬道学，迂腐空虚。有识之士对此极为不满。李东阳在诗论中倡导“格调”，想以雄浑之体，改变当时的萎靡文风，但是成就不大。弘治年间，“前七子”掀起了声势浩大的文学复古运动。“前七子”以李梦阳、何景明为首，包括徐祯卿、边贡、康海、王九思、王廷相诸人。到了嘉靖、万历时，又有“后七子”兴起，使复古思潮重振旗鼓，在文坛占据了统治地位。“后七子”以李攀龙、王世贞为首，包括谢榛、宗臣、梁有誉、徐中行、吴国伦五人。与前后七子相应的还有“后五子”、“广五子”、“续五子”、“末五子”等，多是慕七子之名，赞同文学复古主张的文人。

前后七子的文学主张并不完全相同，但提倡复古的基本倾向是一致的。李梦阳主张“文必秦汉，诗必盛唐，非是者弗道”①。何景明《与李空同论诗书》说：“仆尝谓诗文有不可易之法者……上考古圣立言，中征秦、汉绪论，下采魏、晋声诗，莫之易也。”李攀龙认为：“文自西京，诗自天宝而下俱无足观。”②就是对复古运动有所反思的王世贞也在《艺苑卮言》中说：“李献吉劝人勿读唐以后文，吾始甚狭之，今乃信其然耳。”在提倡复古这一前提下，前后七子的文学理论批评主要有以下几方面内容。

第一，“格调”说。“格调”是明代诗学批评的一个基本范畴。明代的格调说源于高棅，成于李东阳，而盛于明代前后七子。七子以“格调”作为诗学正宗，称“格”者有标格、气格、骨格、品格、意格、体格、句格、格力、格式等，称“调”者有气调、意调、风调、律调、音调、句调、情调等。这些词语所表达的概念大致可分为两类：一是体格、句格、律调、音调等，主要指诗文的体裁、句法、音韵、声律之类外在的形式，也就是李梦阳和

① 《明史·李梦阳传》。

② 《明史·李攀龙传》。

何景明所争论的“法式”；二是骨格、意格、气调、风韵等，主要是形容诗文内在的气度、意蕴等。在“文必先秦两汉，诗必汉魏盛唐”的口号下，七子所说的“格调”更多注重诗歌之“法”，在批评中强调诗歌的体式特征，关注诗歌的形式问题。

明代前后七子之论格调，也是一个不断发展的过程。李梦阳论诗，既重格调，也尊情感，《潜虬山人记》说：“夫诗有七难：格古、调逸、气舒、句浑、音圆、思冲、情以发之。”以“格古”与“调逸”为七难之首，在强调“尺寸古法”时，未免有立格以约制情感的倾向。对追摹古人格调的理解有别，引发了李梦阳与何景明的“筏喻之争”。王廷相在《与郭价夫学士论诗书》中提出“运意”、“定格”、“结篇”、“炼句”的“四务”说，将追摹古人格调落实到具体的诗法中。徐祯卿提出“因情立格”，认为格调应该根据诗文所要抒发的情感、描绘的事物不同而形成与变化。谢榛《四溟诗话》论诗之主格调说“诗有四格：曰兴，曰趣，曰意，曰理”，将兴、趣归入格调之首，和李梦阳已经有很大差别了。王世贞的“才生思，思生调，调生格”之论，则把格调说从格律、声调转化到一种新的审美境界来观照，是七子格调说的总结和发展，为清代以沈德潜为代表的格调说的创立奠定了理论基础。

第二，重情主真论。七子文学理论批评中有大量强调情、真的内容。李梦阳《诗集自序》云：

> 夫诗者，天地自然之音也。今途咢而巷讴，劳呻而康吟，一唱而群和者，其真也，斯之谓风也。孔子曰：“礼失而求之野。”今真诗乃在民间，而文入学子，顾往往为韵言，谓之诗。

又借王叔武之语曰：“真者，音之发而情之原也。”徐祯卿《谈艺录》说：“夫情能动物，故诗足以感人。荆轲变徵，壮士瞋目；延年婉歌，汉武慕叹……至于陈采以眩目，裁虚以荡心，抑又末矣。”“盖因情以发气，因气以成声，因声而绘词，因词而定韵，此诗之源也。”谢榛也强调诗歌要表现“性情之真”，《四溟诗话》认为“《三百篇》直写性情，靡不高古”。王世贞认为格、调生自才、思，本于“情实”，《汤迪功诗草序》说“声响而不调则不和，格尊而无情实则不称”。对“情”的重视与对“法”的强调相结合，形成了前后七子所寻找的解决当时诗歌颓废状况的道路。

七子重情主真的思想被复古模拟所掩盖，没有形成理论体系，和他们所处的时代有很大关系。前七子所处的弘治年间是明代社会向上发展时期，面对思想平庸的台阁体，他们在文学上复古的目的在于复兴古道以达治世。后七子所处的嘉靖朝后期则是权奸横行，他们对于政治的兴趣已不浓厚，“才情”成为其价值取向的核心，但是明代中叶思想文化领域出现的复古思潮对他们的影响太大，最终使他们在文学上转向重视才学与模仿。因此虽然前后七子都认识到“情”的作用，在文学创作和批评中却走向复古模拟；想统一才情与格调法度者，如王世贞，最终也还是只能回到格调上来。

第三，意象说。《周易·系辞》云：“圣人立象以尽意。”作为人类创造艺术至境的基本形态之一，“意象”原理很早就在中国出现了。《文心雕龙·神思》说：“使元解之宰，寻声律而定墨；独照之匠，窥意象而运斤。”其中的“意象”指艺术构思中所形成的形象。此后殷璠《河岳英灵集》、王昌龄《诗格》、司空图《诗品》等著作都谈到了诗歌意象问题。经过宋、元时期的进一步发展，明代意象理论趋于成熟。茶陵派首领李东阳在《麓堂诗话》中谈到温庭筠的“鸡声茅店月，人迹板桥霜”时说“意象具足，始为难得”。前七子中何景明认为：“夫意、象应曰合，意、象乖曰离，是故乾坤之卦，体天地之撰，意象尽矣”，力主诗歌的创作构思要做到“领会神情，临景构结，不仿形迹”①。王廷相把“意象”视为诗的本体，从而对“意象”的内涵有了新的开拓。《与郭价夫学士论诗书》中说：“夫诗贵意象透莹，不喜事实粘着，古谓水中之月，镜中之影，难以实求是也……言征实则寡余味也，情直致而难动物也，故示以意象，使人思而咀之，感而契之，邈哉深矣，此诗之大致也。”王廷相还从意象创造“不喜事实粘着”的角度，推崇《离骚》为“鸿材之妙拟，哲匠之冥造”，强调诗既要立足于“意”而避免事实的粘着，又要达到意象两浑而富有情思，如此才能动人而有“余味”。后七子中王世贞认为诗歌要达到含蓄蕴藉，“要外足于象，而内足于意”②，在《艺苑卮言》中评价唐初诗人说：“卢、骆、王、杨，号称四杰。词旨华靡，固沿陈隋之遗，翩翩意象，老境超然胜之。”指明四杰诗歌的审美意象隽永生动，创造出了一种和谐精妙的境界。“末五子”中的王世懋《艺圃撷余》说：“盛唐散漫无宗，人各以意象声响得之。”将“意象”与“声响”并列，已经把意象放在和格调相同的位置来看了。

明代七子的文学复古论调是针对当时冗沓庸俗的台阁体和性气诗而发的，其出发点自有一定的合理性。但是七子掀起的复古运动在文学理论批评上也存在重大失误：其一是扬唐抑宋，提出“汉后无文，唐后无诗”的文学史观，斤斤于古法，最后由复古走向拟古；其二是文学创作上的“以古为本”，仅仅袭秦汉、盛唐之形貌，没能继承秦汉、盛唐之精神，由复古降而为模拟剽窃。当然，七子内部已经有人认识到这一点，前七子中的李、何之争，就是针对学习古法重模拟与主变化的分歧，此外，后七子在理论上也对前七子进行了一些修正。

三、公安派

前后七子过分强调效法古人的高格，使明代文坛模拟因袭的流弊越来越盛。万历年间，“公安派”崛起，成为七子复古运动的主要反对派，对复古拟古思潮进行了有力的抨击。“公安派”之名，以其代表人物袁宗道、袁宏道、袁中道三兄弟为湖北公安人而得之。袁宗道（公元1560—1600），字伯修，万历十四年进士，官至右庶子，有《白苏斋集》；袁宏道（公元1568—1610），字中郎，万历二十年进士，官至稽勋郎中，有《袁中郎全集》；袁中道（公元1570—1624），字小修，万历四十四年进士，曾官南京吏部郎中，有《珂雪斋集》。除袁氏三兄弟外，公安派主要还有陶望龄、黄辉、江盈科等成员。

公安三袁深受李贽思想影响。万历十八年，李贽住在湖北公安的柞林，袁宏道与其兄弟一起去拜访他，其后四年间又去了两次。这三次拜访使袁氏兄弟的思想发生了巨大的变化。袁宏道对李贽非常钦佩，《与李卓吾书》说：“不佞读他人文字觉懑懑，读翁片言只语，辄精神百倍。”他与李贽有师生之谊，后来袁中道作《中郎先生行状》回忆说：“先生既

① 何景明：《与李空同论诗书》。

② 王世贞：《于大夫集序》。

见龙湖，始知一向掇拾陈言，株守俗见，死于古人语下，一段精光不得披露。至是浩浩焉如鸿毛之遇顺风，巨鱼之踪大壑。能为心师，不师于心；能转古人，不为古转；发为话言，一一从胸襟流出，盖天盖地，如象截急流，雷开蛰户，浸浸乎其未有涯也。”袁中道《李温陵传》也竭力表扬李贽坚强不屈的反抗精神。三袁批判复古思想、强调作家个性、推崇真率本性展示的观念都深受李贽蔑视传统、解放思想之精神的影响。

自万历初开始，明代社会经济形态和意识形态的变化逐渐广泛地影响到文学创作，倡导个性解放、要求摆脱礼教束缚、重视表现真实情感、肯定人性人欲成为晚明文学的主要内容。以三袁为核心的公安派文论，集中代表了晚明时期诗文“新变”思想的主要内容和基本倾向。这就是以识时通变为核心的文学发展观，以性灵说为主要内容的创作论和以趣为中心的艺术审美思想。

(一)识时通变的文学发展观

强调“变”是公安派批评复古模拟文学思潮的理论基础。李贽在《童心说》中已经否定了复古思潮所宣扬的文以代降的观点，公安派进而对“变”的内涵进行发挥，形成了系统的文学进化观。

首先，公安派强调“变”是文学发展的必然。袁中道《花雪赋引》说“天下无百年不变之文章”。在三袁的观点中，“变”不仅是推动文学发展的条件，而且是文学创作自身的必然要求，因此，“变”的结果不是文气日衰的代降，而是将一代文学创作推向新的高度。袁宏道《与江进之》说：

> 夫物之始繁者终必简，始晦者终必明，始乱者终必整，始艰者终必流丽痛快。其繁也晦也乱也艰也，文之始也。……古之不能为今者也，势也。其简也明也整也流丽痛快也，文之变也。夫岂不能为繁为乱为艰为晦？然已简安用繁？已整安用乱？已明安用晦？已流丽痛快，安用聱牙之语、艰深之辞？

据此而论，常变常新正是文学发展的根本规律，这与前后七子的复古论调截然相反。公安派的这一观点对整个晚明文学批评思想有很大影响。

其次，公安派在以“变”论文的同时，总是扣准“时”与“变”的关系，“世道既变，文亦因之”，强调文学之变与时代之变、人事物态之变、语言文字之变的密切联系，从而进一步论证了“变”不仅是文学发展的必然，也是时代、社会发展的必然。袁宗道《论文上》云：“夫时有古今，语言亦有古今。”袁宏道《雪涛阁集序》说：“文之不能不古而今也，时使之也……唯识时之士，为能堤其颓而通其所必变。”指出真正的继承不是模仿，而是创造与发展。只有识“时”，才能通“变”，把握文学发展的自身规律，从而实现“堤其颓”，即达到推动文学创作发展、繁荣的目的。《叙小修诗》说：“唯夫代有升降，而法不相沿，各极其变，各穷其趣，所以可贵。原不可以优劣论也。”一代诗文创作自有一代之法，这一观点进一步充实了公安派的文学思想。

(二)独抒性灵的文学创作论

以“性灵”这一概念来评述作家作品，最早可见的是钟嵘《诗品》称阮籍《咏怀》之作“可以陶性灵，发幽思”。此后《严氏家训·文章》、《梁书·文学传论》都涉及文学与性灵的关系。杨万里、王世贞也都对“性灵”进行过阐述。但是只有到公安派明确提出“独抒性灵，不拘格套”的创作口号后，才真正形成了以“性灵”为核心的系统的诗文创作论。

公安派性灵说的主要内容包括两个方面：一是主张“师心”以对抗拟古，鼓励个性与独创；二是强调“任真”以表现人性的真情实感。

公安派主张“师心”是与复古针锋相对的。公安派认为，复古派所鼓吹标举的文章之“法”，恰恰是扼杀文学创作的桎梏与枷锁。袁宏道《叙梅子马王程稿》认为“法”导致创作者“高者为格套所缚，如杀翮之鸟欲飞不得；而其卑者，剽窃影响，若老妪之傅粉”；《雪涛阁集序》说，“法”使“有才者诎于法，而不敢自伸其才，无才者拾一二浮泛之语，帮凑成诗”。在拟古思潮影响下产生的作品，充其量不过是袁中道《中郎先生全集序》中所说的“赝鼎伪觚”，是假古董、赝法帖而已。公安派相信在文学创作上无任何程式、格套可言，评判文学作品的标准只有一个，那就是师心者为优，模拟法古者为劣。袁宏道《答李元善》说：“文章新奇定无格式，只要发人所不能发，句法字法调法一一从自己胸中流出，此真新奇也。”江盈科《敝箧集序》亦云：“流自性灵者，不期新而新；出自模拟者，力求脱旧而转得旧。”也就是要打破一切格套，不受任何成法的束缚，自由地表现作家作品的个性风格。正因为如此，公安派特别重视创作中的“独出”之意、“独造”之语。袁中道《江进之传》说：“诗文不贵无病，但其中有清新光焰之语独出不同于众，而为人所欲言又不能言者，则必传。”袁宏道《叙小修诗》称小修之作“非从自己胸臆流出，不肯下笔”、“即疵处亦多本色独造语”。由此可以看出公安派所谓的“师心”之说，指的是作家个人创作中的独创精神。

公安派性灵说所强调的“任真”，即毫无顾忌地表现人性的真情实感、喜怒哀怨，也就是李贽所说的“绝假纯真”的“童心”、“真心”。它不仅意味着真情实感、独见卓识，更是师心变古的保证。公安派认为，只有师真心之所得，发真心之所感，才是真诗文。具体来看，公安派的“真”包括三个方面的内容：第一，优秀的作品往往是“真人之注脚”，因此，作家应该做“真人”，在任何情况下都要保持自己真而不伪的情怀。第二，要成为“真人”，必须具有“真识”，即真知灼见。作家必须具有卓越的目光见识，如袁宏道《与张幼于》所说“见从己出，不依傍半个古人”，才能写出独具特色的文章。如果“胸中原无特见，不过拾他人唾余为自己识见”①，势必要走上模拟剽窃古人的歧路。因此，公安派强调作家的才气、胆识。第三，公安派从“真人”、“真识”的要求出发，将“真”的标准最终落实在“真情”上。在他们看来，真情既是一种强烈的迸发，又是一种自然的流露，只有“情真”，才能保证艺术作品的感人力量，使之如《中郎先生全集序》所说“有一段真面目，溢露于楮墨之间”。

（三）以趣论文的艺术审美思想

公安派提倡性灵，要求作家有自己的个性，因此作品自然要有特殊的“趣”。公安派所提倡的“趣”，是一种审美感受，一种艺术审美效果。其内容主要包括两个方面。

首先，公安派所论之“趣”是一种不刻意、不做作、任心任性的性灵之趣、自然之趣。袁宏道《叙陈正甫会心集》说：

---

①　袁宏道：《读桃花源记》。

> 世人所难得者唯趣。趣如山上之色，水中之味，花中之光，女中之态，虽善说者不能下一语。唯会心者知之。……夫趣得之自然者深，得之学问者浅。当其为童子也，不知有趣，然无往而非趣也。……迨夫年渐长，官渐高，品渐大，有身如梏，有心如棘，毛孔骨节俱为闻见知识所缚，入理愈深，然其去趣愈远矣。

袁宏道所说的“趣”，作为一种审美经验，是人的灵心慧性之外化，是真性灵的表露。表现在诗文创作上，公安派主张以求“趣”来反抗“理”对作家思想、性灵的束缚，声称“夫诗以趣为主，趣多则理诎”①，强调“无心故理无所托，而自然之韵出焉……纵心则理绝而韵始全”②。

其次，公安派在“趣”的基础上提出了“淡”的概念。“淡”是诗文创作中不依傍前人、独抒性灵的产物，是自然之“趣”的表现。袁宏道《叙咼氏家绳集》说：

> 苏子瞻酷嗜陶令诗，贵其淡而适也。凡物酿之得甘，炙之得苦，唯淡也不可造。不可造，是文之真性灵也。浓者不复薄，甘者不复辛，唯淡也无不可造；无不可造，是文之真变态也。风值水而漪生，日薄山而岚出，虽有顾、吴，不能设色也，淡之至也。元亮以之。

“淡”是文学创作的“真性灵”、“真变态”在艺术风貌和审美特征上的具体体现，是事物的本色美、自然美。只有彻底抛弃“富文藻”、“竞修辞”的做法，不雕琢修饰、堆砌辞藻，不刻意做作、故作高深，才有可能真正抒发一己之性灵，从而走向“趣”和“淡”的境界。

公安派的文学理论批评，对于明代文坛长期占据主导地位的复古主义是很大的冲击，破除了作者进行文学创作时的思想束缚。然而过分强调“真”和“趣”容易忽视文学继承性与创作严肃性，导致逃避现实和追求庸俗情趣的倾向。其末流之弊，也在文坛酝酿了新的危机。如《列朝诗集小传·袁稽勋宏道》所说，公安末流“狂瞽交扇，鄙俚公行，雅故灭裂，风华扫地”。袁中道对此已有觉察，并对公安派前期主张作了某些修订。为了革除公安末流鄙俚轻率之弊，竟陵派提出“求古人真诗”的口号，要“别出手眼，另立深幽孤峭之宗，以驱驾古人之上”③，以朴厚来补充公安派之“灵趣”。

四、词学批评

经过两宋的鼎盛发展之后，明代进入词的中衰期。明词衰落的原因很多：明代词人创作取法不高，《花间集》和《草堂诗余》两书被人奉为学词规范；明人视词为艳科小道，多以词赠答应酬，填词往往抱着游戏态度；明代戏曲的发达对词的创作造成冲击。因此，明代的词虽然不乏新意之作，如刘基、高启、陈子龙等人的作品，但是没有产生新的风格、

① 袁宏道：《西京稿序》。
② 袁宏道：《寿存斋张公七十序》。
③ 钱谦益：《列朝诗集小传·钟提学惺》。

流派，各方面都只是对宋词的继承。如吴梅《词学通论》所说：“论词至明代，可谓中衰之期。”与此相应，明代的词学理论也缺乏严谨的逻辑思辨和较高的理论概括。但是另一方面，明人在词学研究领域涉及的范围又相当广泛，论词著述在数量上也超过了宋金元三代。

明代论词专著有嘉靖年间陈霆的《渚山堂词话》、杨慎的《词品》、万历年间俞彦的《爰园词话》。《词品》六卷，内容主要是追溯调名缘起、记载从唐五代到明朝历代词家故实、品评词作，理论观点阐发较少。《渚山堂词话》三卷，主要记载宋元明词家逸事佚句。《爰园词话》篇幅不长，涉及词之源流作法等重要词学专题。此外，王世贞《弇州山人词评》是辑录《艺苑卮言》附录中的论词部分，吴讷《文章辨体》中“近代词曲序说”论词，徐师曾《文体明辨》中“诗余”一篇亦专论词体。

明人词论所涉及的主要有三个方面的问题：词的起源，词与情的关系，词的风格。

(一)词的起源

明代关于词的起源有“诗余说”和“乐府说”两种观点。

称词为“诗余”，是因为很多人认为词是从近体诗演化而来。主张“诗余说”的主要有俞彦和胡应麟。俞彦《爰园词话》中说：

> 词何以名诗余？诗亡然后词作，故曰余也。非诗亡，所以歌咏诗者亡也。词亡然后南北曲作，非词亡，所以歌咏词者亡也。谓诗余兴而乐府亡，南北曲兴而诗余亡者，否也。

俞彦用“诗余”来称词，但不是从“体以代变”的角度把词看作诗歌体裁的衰变，而是从音乐与诗歌的关系来看词的出现，认为诗体与特定时期的音乐系统有着既矛盾又统一的关系：诗歌形式与新兴的音乐一旦不相协调，就须对形式进行调整革新以适应之。宋代诗“不胜方板”，词更宜于与燕乐协调，于是得以兴起，因此词是诗的发展。明胡震亨《唐音癸签》引胡应麟《遁叟诗话》说：

> 古乐府诗四言、五言，有一定之句，难以入歌。中间必添和声，然后可歌，如“妃乎稀”、“伊阿何”之类是也。唐初歌曲，多用五七言绝句，律诗亦间有采者，想亦有剩字剩句于其间，方成腔调。其后即以所剩者作为实字，填入曲中歌之，不复利用和声，则其法愈密，而其体不能不入于柔靡矣。此填词所由兴也。

胡氏此说从一个方面指出了词体形成的途径：五七言律绝在入歌时，为解决与音乐不协调的矛盾，就在中间添上了无意义的和声，后来把和声填上实字，齐言变成了长短句，词就产生了。胡应麟的观点被后来很多人接受。

主张“乐府说”的主要有陈霆、杨慎、王世贞等人。因为明人“尚古”观念的作用，这种观点力图搜寻词与乐府关系的证据，把词的起源推到了较早时期。陈霆《渚山堂词话序》说：

始余著词话，谓南词起于唐，盖本诸玉林之说。至其以李白《菩萨蛮》为百代词曲祖，以今考之，殆非也。隋炀帝筑西苑，凿五湖，上环十六院。帝尝泛舟湖中，作《望江南》等阕，令宫人倚声为棹歌。《望江南》列今乐府，以是又疑南词起于隋。然亦非也。北齐兰陵王长恭及周战而胜，于军中作《兰陵王》曲歌之，今乐府《兰陵王》是也。然则南词始于南北朝，转入隋而著，至唐宋昉制耳。

杨慎《词品序》也认为词起于六朝："诗词同工而异曲，共源而分派。在六朝，若陶弘景之《寒夜怨》，梁武帝之《江南弄》，陆琼之《饮酒乐》，隋炀帝之《望江南》，填词之体已具矣。"王世贞《艺苑卮言》也认为词是乐府之变，以隋炀帝《望江南》为词体出现的标志。

"乐府说"忽略了一个问题：六朝乐府与词在音乐上一为清商乐，一为燕乐，六朝乐府中的长短句并不是作者在声律方面自觉追求的结果。"诗余说"也忽视了燕乐流行与词体成熟之间的过程。因此明代词论家都存在把词的起源时间提早的倾向，这种倾向也造成了清代词论一定程度的混乱。

（二）词与情的关系

明人词论的一个鲜明特色，是特别强调"情"在词中的作用。这一思想既包含着传统观念的内容，也反映了明代思想解放的影响。

传统观念主要是指"诗庄词媚"和"诗言志，词言情"的词学观念，这种在唐宋以来几乎始终居于主流地位的观念，对明代词论家有很深的影响。杨慎在《词品》中论韩琦、范仲淹的词时说："二公一时勋德重望，而词亦情致如此。大抵人自情中生，焉能无情，但不过甚而已。"认为"勋德重望"也可以在词中表现"情致"，明显是把词和诗置于不同的地位。明代词人多是作诗之余再来写词的，杨慎自己的《升庵长短句》主要是谪居滇南后所作，因为不得用于世，所以"托兴于酒边，陶情于词曲"。在大多数明人的心目中，就传世价值而言，词远不能与诗相比。王世贞在《艺苑卮言》中说：

《花间》以小语致巧，世说靡也。《草堂》以丽字则妍，六朝逾也。即词号称诗余，然而诗人不为也。何者？其婉娈而近情也，足以移情而夺嗜。

在王世贞看来，词体"婉娈"、"柔靡"的特征，能"移情而夺嗜"，具有让读者心荡神驰的感发功能。"言情"的词与"言志"的诗之间界限分明，故"诗人不为也"。

明代中叶以后，在思想解放思潮的推动下，某些词论家特别强调情性的重要。沈际飞在《草堂诗余四集序》中，明确地把言情视为词体艺术的基本特质：

于戏，文章殆莫备于是矣！非体备也，情至也。情生文，文生情。何文非情？而以参差不齐之句，写郁勃难状之情，则尤至也。

他认为词的形式最适宜表现人内心的情感。而"曰人之情，至男女乃极，未有不笃于男女之情"，他所说的"郁勃难状之情"，主要指男女之情。这种思想明显受到王学左派，尤其是李贽等人情性观的影响。

由于对词中言情的重视，明代词论家以之作为论词高下的首要标准。周逊在《刻词品序》中，论词有“神品”之说，认为能够在词中表现人情，并以情来感动读者，方为“神品”：

> 大较词人之体，多属揣摩不置，思致神遇。然率于人情之所必不免者以敷言，又必有妙才巧思以将之，然后足以尽属辞之蕴；故夫词成而读之，使人恍若身通其事，怵然兴感者，神品也。

(三)词的风格

明代词风以轻丽侧艳为宗，词论也受其影响，在对于词的风格的看法上，婉约主张始终居于明代词论的主流。嘉靖年间张綖在《诗余图谱》中说：

> 词体大略有二：一婉约，一豪放。盖词情蕴藉，气象恢弘之谓耳。然亦在乎其人，如少游多婉约，东坡多豪放，东坡称少游为今之词手，大抵以婉约为正也。所以后山评东坡如教坊雷大使舞，虽极天下之工，要非本色。

张綖最先将词分为婉约与豪放两派，并倾向于以婉约为正，为词之本色。稍后的徐师曾沿袭张綖的说法，并对之进行了发挥，他在《文体明辨》的“诗余”中说：“盖虽各因其质，而词贵感人，要当以婉约为正。否则虽极精工，终乖本色，非有识之士所取也。”明确宣称词“以婉约为正”，其他风格都不是“本色”。王世贞进一步发挥了徐氏崇婉约抑豪放的观点，《艺苑卮言》说：

> 词须婉转绵丽，浅至儇俏，挟春月烟花于闺襜内奏之。一语之艳，令人魂绝，一字之工，令人色飞，乃为贵耳。至于慷慨磊落，纵横豪爽，抑亦其次，不作可耳。作则宁为大雅罪人，勿儒冠而胡服也。

以婉约为词之本色的观点受到明代多数词论家的赞同。何良俊《草堂诗余序》说：“乐府以皦迳扬厉为工，诗余以婉丽流畅为美。如周清真、张子野、秦少游、晁叔原诸人之作，柔情曼声，摹写殆尽，正词家所谓当行，所谓本色者也。”沈际飞《草堂诗余四集》云：“词贵香而弱，雄放者次之。”王骥德《曲律》说：“词曲不尚雄劲险峻，只一味妩媚闲艳，便称合作。是故苏长公、辛幼安并置两庑，不得入室。”这种观点有其偏执之处，但其中也包含着对词的独特体性、长于言情的功能与审美价值的理解和肯定。

在明代词论中，也有人肯定豪放风格，认为豪放与婉约不分优劣，各有其美。俞彦《爰园词话》赞扬苏轼说：“子瞻词无一语著人间烟火，此自大罗天上一种，不必与少游、易安辈较量体裁也。其豪放亦止《大江东去》一词……似欲以概子瞻生平，不知万顷波涛，来自万里，吞天浴日。”孟称舜《古今词统序》指出：

> 盖词与诗、曲，体格虽异，而同本于作者之情。古来才人豪客，淑姝名媛，悲者

> 喜者，怨者慕者，怀者想者，寄兴不一：或言之而低徊焉，婉娈焉；或言之而缠绵焉，凄怆焉；又或言之而嘲笑焉，愤怅焉，淋漓痛快焉。作者极情尽态而听者洞心耸耳，如是者皆为当行，皆为本色。宁必姝姝媛媛，学儿女子语而后为词哉！

孟称舜认为，词与诗、曲皆“本于作者之情”，因此不管是婉约词还是豪放词，只要能表达丰富的感情，“作者极情尽态而听者洞心耸耳”，就是优秀之作。

第三节 明代小说戏曲理论批评

中国正统文学以诗文为主体，故明代之前的文学批评都以诗文为主要批评对象。宋元以后，小说戏曲逐渐兴旺发达起来。到了明代，随着市民文化的日益壮大，小说戏曲达到了空前兴盛。与小说戏曲创作的兴盛相应，明代小说戏曲批评也有了长足的发展。批评家们采用序跋、评点、笔记及批评专著等各种形式，对小说戏曲的本质特征、思想内容、审美价值和社会功能进行评价，使小说戏曲的文学地位得到肯定，也使中国文学批评重诗论、文论、词论而轻视小说戏曲批评的格局得到改变。

本章主要介绍历史小说之争，吴江派与临川派关于戏曲重音律与重意趣的论争，以及李贽、王骥德的小说、戏曲批评成就。

一、历史小说之争

元末明初成书的《三国演义》以国史演为通俗演义，开创了明代历史演义小说创作繁荣的新局面。继《三国演义》之后，《隋唐志传》等通俗历史小说纷纷出现，据不完全统计，当时出现的通俗历史小说共有二十余部，远古至明代的史事多有所述。历史小说的大量出现，又促进了有关理论批评的发展。弘治年间蒋大器《三国志通俗演义序》是现存明代最早的白话小说评论，这篇序对历史演义小说的特征和意义进行了论述。此后围绕着历史演义小说出现了一场为期甚久的论争，焦点是历史真实与艺术虚构的关系问题。

在历史真实与艺术虚构关系的争论中，强调历史演义小说历史真实的主要有“羽翼信史”、“正史之补”和“一据实录”等几种观点。

主张历史小说“羽翼信史”的主要有蒋大器、张尚德等人。蒋大器在弘治甲寅(1494)署名庸愚子的《三国志通俗演义序》中指出历史书籍文字艰深，“理微义奥”，一般人读之不解其义，兴味索然，而前代讲史又“鄙谬粗野”，因此应该编写通俗的历史小说。根据历史书籍和讲史话本这两种文体的不足，结合《三国志通俗演义》的撰写实践，蒋大器提出了编写历史小说的原则和意见，即“文不甚深，言不甚俗，事纪其实，亦庶几乎史。盖欲读诵者人人得而知之，若诗所谓里巷歌谣之义也”。在强调历史小说通俗性及思想意义的情况下，要求不能违背史实。嘉靖年间，张尚德署名修髯子在《三国志通俗演义引》中发展了蒋大器的观点，提出“羽翼信史”说。《三国志通俗演义引》以主客问答的形式阐明了作者的历史演义小说观念，认为历史小说的目的在于“欲天下之人，入耳而通其事，因事而悟其义，因义而兴乎感，不待精研覃思，知正统必当扶，窃位必当诛，忠孝节义必当师，奸贪谀佞必当去，是是非非，了然于心目之下，裨益风教，广且大焉”。这就将蒋大器“事纪其实”的观点进一步极端化，由“庶几乎史”变成“以俗近语，檃栝成编”，将作者的艺术加工完全否定了。这种充分肯定历史演义小说社会功能和历史教育意义的观点反映了当时社会上的正统看法，同时也影响了以后历史小说的创作和批评。

主张历史演义小说为“正史之补”的主要是林瀚。现存杨慎批评本《隋唐志传》和清褚人获编《隋唐演义》前都有林瀚的序，两序大致相同。林瀚在序中说自己编撰《隋唐志传通俗演义》的目的是“欲与《三国志》并传于世，使两朝事实愚夫愚妇一览可概见耳。……若予之所好在文字，固非博弈技艺之比。后之君子能体予此意，以是编为正史之补，勿第以稗官野乘目之，是盖予之至愿也夫”。林瀚所谓“正史之补”是从内容上将隋唐诸书“凡有关风化者悉为编入”，形式上将“两朝事实”改变成演义小说，同时强调读者“勿第以稗官野乘目之”，实际上是要把历史演义小说当作一种历史知识的普及本。林瀚是成化进士，官至吏部尚书，其显赫的地位使“正史之补”的观点对当时小说界产生了相当的影响。与林瀚见解相似的还有李大年和天都外臣。

主张历史小说“一据实录”的是余邵鱼、余象斗、陈继儒、冯梦龙等人。万历年间，余邵鱼在《题全像列国志传引》中说到自己的编写原则是“编年取法麟经，记事一据实录。凡英君良将，七雄五霸，平生履历，莫不谨按五经并《左传》、十七史、《纲目》、《通鉴》、《战国策》、《吴越春秋》等书，而逐类分沉”。可见“一据实录”就是创作历史演义小说时严格按照史书记录，反对进行艺术虚构。余象斗是余邵鱼的族孙，他在重刊余邵鱼《春秋列国志传》时，在题序中赞美《列国志传》忠于历史，认为此书“旁搜列国之事实，载阅诸家之笔记，条之以理，演之以文，编之以序……是诚诸史之司南，吊古之鵔鸃也”，也就是说可成为史书的典范之作。陈继儒《叙列国传》又将这部演义小说称作“世宙间之一大账簿”，“虽与经史并传可也”。二人一致认为，忠于史实的《列国志传》甚至比诸史所载还要可靠翔实。明末冯梦龙在《列国志传》的基础上进一步删除其中不合史实的故事传说，并根据《左传》、《史记》等书进行增补，改编成《新列国志》，使这部书更像通俗的历史读物。可观道人在为《新列国志》所作的序中说此书“本诸《左》、《史》，旁及诸书，考核甚详，搜罗极富”，冯梦龙在《凡例》中也说“兹编一案史传次序，敷演本事取其详，文撮其略”。“一据实录”的观点将历史演义小说与经史并列起来，对于提高小说的价值和社会地位有一定作用，但这种观念指导下的小说创作与理论，必然会淡漠历史小说的审美意义。

在历史演义小说的论争中，明确将小说、史书区别开来，强调历史小说特点的是“史书小说有不同”说和“传奇贵幻”说。

主张“史书小说有不同”说的是熊大木。熊大木是嘉靖年间书坊主人，强调要区别史书与小说，并有意识地编写了《全汉志传》、《唐书志传》、《宋传》、《宋传续集》、《大宋中兴通俗演义》等历史小说。在《新刊大宋演义中兴英烈传序》中，熊大木提出了他的小说观念：

> 或谓小说不可紊之以正史，余深服其论。然而稗官野史实记正史之未备，若使的以事迹显然不泯者得录，则是书竟难以成野史之余意矣。……则史书、小说有不同者，无足怪矣。

熊大木主张在编写历史小说时，要“用广发挥”，在历史演义小说理论批评领域起了开一代风气之先的作用。熊大木之后，随着对小说特点的认识逐渐清楚，人们对历史小说的理解也进一步加深。万历年间，无名氏《续编三国志序》和《续编三国志后传引》提出小说要根据反映现实的形象要求对史实进行“增损”，通俗小说要“豁一时之情怀”，从不同侧面强调小说不必拘泥于史实。这是历史演义小说观念的重大进步。

主张“传奇贵幻”说的是袁于令。崇祯年间，袁于令创作了小说《隋史遗文》，他在《隋史遗文序》中说：

> 史以遗名者何？所以补正史也。正史以纪事，纪事者何？传信也。遗文以搜逸，搜逸者何？传奇也。传信者贵真：为子死孝，为臣死忠，摹圣贤心事，如道子写生，面奇逼肖。传奇者贵幻，忽焉怒发，忽焉嘻笑，英雄本色，如阳羡书生，恍惚不可方物。

袁于令认为，历史小说“所以补正史”是因为两者都具有“昭好去恶，提醒颛蒙”的目的。正史与小说的区别在于：正史纪事，故贵真；传奇搜逸，故贵幻。与“真”相对应的“幻”就是指历史小说创作的题材、表现手法可以发挥想象，虚构夸张，也就是根据作者的创作意图对史书记载“可仍则仍，可削则削，宜增者大为增”。这就发展了熊大木“用广发挥”的观点，从小说家的立场来论述历史小说，使明代历史小说观念得到实质性突破。

与虚实争论相应的是对历史小说艺术审美特征的不同态度。中国早期史传著作大多很讲求艺术审美，如《史记》甚至以其叙事、人物形象、语言等方面的成就在文学史上占有非常重要的地位。在明代历史演义小说的发展中，无论是从史官式还是文人式的心态进行创作，都要求能被读者接受，那么演义小说文学方面的审美特征其实是一直存在的，只是视小说为小道的正统观念影响太大，因此明代对小说审美意义的认识经历了一个很长的阶段。林瀚的“正史之补”说主张历史小说严格依傍史籍，记载史实，实际上忽视了文学性，但是他所增订纂辑的《隋唐志传通俗演义》也存在采择野史、民间传说以增加阅读趣味性的情况。余邵鱼认为历史小说绝不能“凿为空言以炫人听闻”，反对历史小说创作中的虚构、想象和艺术加工。陈继儒认为《列国志传》比诸史还要可靠翔实。但是余邵鱼所编，陈继儒序、评的《列国志传》仍然保存了一些民间传说和前代讲唱文学所铺叙的故事，如“临潼斗宝”、“秋胡戏妻”等，使小说更具审美性从而容易为读者所接受。余象斗在语言通俗的基础上要求历史演义小说“条之以理，演之以文，编之以序”，虽然还是着眼于形式上，但毕竟在认识上有所进步。至熊大木，要求历史小说编造故事来具体形象地反映现实，已经开始从理论上注重历史小说的艺术性了。袁于令“传奇贵幻”说则明确提出小说的内容“什之七皆史所未备者”，强调创作历史小说主要不是依据史书，而是要根据作者的创作意图，在符合生活情理和历史真实的基础上进行艺术虚构，这已经完全跳出了史学家的框框，从小说家的立场探讨了历史小说的艺术特征。袁于令还提出历史小说应该以塑造英雄人物为中心任务，要表现那些正史所不传的英雄们的“侠烈之肠，肮脏之骨，坎壈之遇”，这就从人物形象塑造这个小说创作的中心问题出发对其审美特征进行了理论概括。

二、李贽

李贽(公元1527—1602)，又名载贽，号卓吾，又号宏甫、思斋，别署温陵居士、龙湖叟等，福建晋江(今泉州)人。明代杰出的思想家和文学家，嘉靖举人，曾任云南姚安知府，后被统治者以“敢倡乱道，惑世诬民”的罪名下狱迫害致死。李贽是晚明人性觉醒、思想解放浪潮的主要代表人物，他在接受阳明心学、融合佛道思想的基础上，高扬人性的旗帜，对封建正统思想和空疏道学进行了批判。存世的著作主要有《焚书》、《续焚书》、《藏书》、《续藏书》、《初潭集》、《李氏文集》等，又曾评点《水浒传》、《西厢记》等小说戏曲多部。李贽的文学思想主要体现在其“童心说”理论及小说、戏曲评点上。

(一)童心说

“童心说”是李贽文学理论的核心。所谓“童心”，即“真心”，是“绝假纯真”的“最初一念之本心”，是人类与生俱来的、未受后天教化浸染的“赤子之心”。童心会失去，原因在于“方其始也，有闻见从耳目而入，而以为主于其内，而童心失。其长也，有道理从闻见而入，而以为主于其内，而童心失。其久也，道理闻见，日以益多，则所知所觉，日以益广，于是焉又知美名之可好也，而务欲以扬之，而童心失。知不美之名之可丑也，而务欲以掩之，而童心失”。由于执着于“闻见”“道理”、美丑善恶，并以此作为内心的主宰，从而失去人心的本然。如果童心被闻见障蔽，说话便言不由衷，为政便无根柢，著文则辞不达意，甚至无法“求一句有德之言”。当然李贽并不是否定导致“闻见道理，日以益多”的读书，“古之圣人，曷尝不读书哉。然纵不读书，童心固自在也；纵多读书，亦以护此童心而使之勿失焉耳，非若学者反以多读书识理而反障之也”。圣人之所以多读书而不丧失童心在于常“护”其童心，童心之失的关键不在于“闻见”多少，而在于“闻见”“道理”的执着，所以要护此童心就要破执着之心，使之不囿于一切既成的见识。

“童心说”是多种思想融合的结果，集中体现了“三教圆融”的时代特征。泰州学派罗汝芳已经提出了“赤子之心”。李贽曾师从王艮之子王襞，他的思想深受由王艮到罗汝芳的王学左派思想影响。禅宗主张即心即佛，一切诸法都离不开本心本性，保持本心的清静无染是解脱的关键，“童心说”也强调“最初一念之本心”，反对“以从外入者闻见道理之为心”，二者在术语和逻辑上有明显的相似之处。在道家思想方面，庄子“贵真”，反对一切对真心的遮蔽和物役，“童心说”也以真为核心，标举人的自然本性，反对对本性的束缚，只是对“真心”赋予了较为具体和现实的内涵。

“童心说”从真情实感的标准出发，在文学理论批评上有两方面的重要意义。其一是对盛行于世的假道学、假诗文进行了批判。李贽认为封建统治下明道、载道的要求，使四书五经成了“道学之口实，假人之渊薮”，程朱理学指导下的文学都是“以假人言假言，而事假事、文假文”，而“天下之至文，未有不出于童心焉者也”，出于童心才能表达真情，因此他主张任凭个性、才情的发展，在文学创作上表现真情实感，顺乎自然人性。这种主张既批判了“发乎情，止乎礼义”的儒家教条，也大力倡导了顺应人类性情的自然美，是后来公安三袁、清袁枚等人“性灵”理论的先导。其二是为小说戏曲文学地位的确立提供了理论依据。李贽在《童心说》中将小说戏曲与儒经相比，大胆贬斥“六经”，认为《西厢记》、《水浒传》才是出自童心的“天下之至文”。他说：“诗何必古《选》，文何必先秦。降而为六朝，变而为近体，又变而为传奇，变而为院本，为杂剧，为《西厢曲》，为《水浒传》，为今之举子业，大贤言圣人之道皆古今至文，不可得而时势先后论也。”认为一个时代有一个时代的文学，传统诗文自先秦降而为六朝以后，各种变化都是文学发展的历史必然，把小说戏曲视为有明一代文学的代表。这就彻底突破了正统文人对小说戏曲的传统偏见，对明代小说戏曲创作和理论的深入发展起到了积极的推动作用。

（二）小说批评理论

李贽的小说批评理论主要体现在他对《水浒传》的评点上。目前所存题为李卓吾评点的《水浒传》主要有两种：一为容与堂刊《李卓吾先生批评忠义水浒传》百回本；一为袁无涯刊刻、题李卓吾评的《出像评点忠义水浒全传》一百二十回本。究竟何者为李贽所评《水浒传》，学术界尚有争议。总的看来，两种刊本的批语不可能出自一人之手，但它们都参照和依据了李贽原批。在尚无定论的情况下，本书暂将两种刊本仍归于李贽名下，综合评述其中的文学批评理论。

李贽在对《水浒传》的评点中，首先分析了作者的创作意图，肯定了《水浒传》“发愤之所作”的精神，《忠义水浒传序》说：

> 太史公曰：“《说难》、《孤愤》，贤圣发愤之所作也。”由此观之，古之贤圣，不愤则不作矣。不愤而作，譬如不寒而颤，不病而呻吟也，虽作何观乎？《水浒传》者，发愤之所作也。

“发愤之所作”论源于司马迁，此后刘勰、韩愈、欧阳修等人都有引申、发挥，是中国古代文学批评史上一以贯之的思想。李贽继承了前人的说法，同时又作了进一步的发挥。他一方面认识到真正的好作品是作家郁结的不平之气的倾吐，另一方面又将这种怨愤的抒发与反对封建社会不合理的黑暗现实、与小说创作紧密联系起来。他说：“施、罗二公身在元，心在宋；虽生元日，实愤宋事。是故愤二帝之北狩，则称大破辽以泄其愤；愤南渡之苟安，则称灭方腊以泄其愤。”发愤不止于强调作者个人的穷达，更重在关注国家和民族的利益。“若以小贤役人，而以大贤役于人，其肯甘心服役而不耻乎？”结果“势必至驱天下大力大贤而尽纳之水浒矣”。李贽认为小说只有表达对社会不合理现象的愤慨，才能赋予作品巨大的思想深度和更强的艺术感染力。

在《水浒传》的具体评点方面，李贽对小说技巧、情节结构等各方面都进行了评论，比较注重的是人物形象塑造和小说真实论方面的批评。

小说艺术人物形象塑造是否传神，关键在于是否表现出鲜明、生动的人物性格。李贽对《水浒传》的人物性格描写进行了精彩的分析。李贽认为，《水浒传》写人，首先是抓住各类人物所属类型的特征，容本第二十四回回评说：“说淫妇便像个淫妇，说烈汉便像个烈汉，说呆子便像个呆子，说马泊六便像个马泊六，说小猴子便像个小猴子。”只有勾勒出人物形象类属的鲜明特征，才能达到如在读者眼前的效果。其次是把握同一性格类型人物的不同特点，容本第三回回评：

> 且《水浒传》文字妙绝千古，全在同而不同处有辨。如鲁智深、李逵、武松、阮

小七、石秀、呼延灼、刘唐等众人，都是急性的。渠形容刻画来各有派头，各有光景，各有家数，各有身份，一毫不差，半些不混，读去自有分辨，不必见其姓名，一睹事实，就知某人某人也。

人物形象“同”，才具有概括性；“不同”，才有独特个性，具有艺术魅力。在“同”的基础上写出人物性格的“不同”，才能创造出栩栩如生的艺术形象。

真实性是小说艺术的生命，但生活真实并不等于艺术真实，所以才会有“近来文集乃有真事说做假者”。那么如何才能使小说艺术达到真实呢？李贽认为既要符合生活实际，又要在生活真实的基础上进行艺术虚构。一是“描写得真情出”，容本第十回回评说：“《水浒传》文字原是假的，只为它描写得真情出，所以便可与天地相终始，即此回中李小二夫妻两人，情事咄咄如画，若到后来混天阵处都假了，费尽苦心亦不好看。”二是既要画出事物的“眼前”，又要画出“心上”和“意外”，容本第二十一回回评：

此回文字逼真，化工肖物。摩写宋江、阎婆惜处，不惟能画眼前，且画心上；不惟能画心上，却并画意外。顾虎头、吴道子安得到此处？至其中转转关目，恐施罗二君亦不自料到此，余谓断有鬼神之助也。

也就是外部形体、内在感情、情节结构都要完善妥帖。小说作品只有将人物外貌、行动和内心活动都真切地描画出来，给人以生动真实的感觉，达到形似与神似的统一，才能创造出真实的艺术形象。

（三）戏曲批评理论

李贽曾评点过《琵琶记》、《拜月亭》、《红拂记》、《昆仑奴》等剧本，对戏曲的艺术形式和表现技巧有诸多分析，其中最有影响的是对艺术境界“化工”与“画工”的分类。他在《杂说》中说：

《拜月》、《西厢》，化工也，《琵琶》，画工也。夫所谓画工者，以其能夺天地之化工，而其孰知天地之无工乎？今夫天之所生，地之所长，百卉俱在，人见而爱之矣，至觅其工，了不可得，岂其智固不能得之欤？要知造化无工，虽有神圣，亦不能识知化工之所在，而其谁能得之？由此观之，画工虽巧，已落第二义矣。

“画工”本指绘画工匠，苏轼在《又跋汉杰画山》中说：“观士人画如阅天下马，取其意气所到。若乃画工，往往只取鞭策皮毛槽枥刍秣，无一点俊发，看数尺便倦。”“画工”已被隐喻为未能以形传神的画作。“化工”本指天工，即大自然创造和生长万物的能力。在文论中，“天工”、“造化”往往指一种浑然天成的自然美，如苏轼的“诗画本一律，天工与清新。”李贽将之引入戏曲理论，“画工”即指人工，而“化工”则指天工。人工虽“工巧至极”，终究还是“似真非真”，“入人心者不深”，如《琵琶记》，而《西厢》、《拜月》等；“化工”则“意者宇宙之内，本自有如此可喜之人，如化工之于物，其工巧自不可思议尔”。

李贽所说的“化工”，在审美特征上相当于前人所称赞的自然之美，即反对艺术上的人为雕琢痕迹。如《杂说》所说：

> 追风逐电之足，决不在于牝牡骊黄之间；声应气求之夫，决不在于寻行数墨之士；风行水上之文，决不在于一字一句之奇。若夫结构之密，偶对之切；依于理道，合乎法度；首尾相应，虚实相生：种种禅病皆所以语文，而皆不可以语于天下之至文也。

“化工”追求天然，首先否定的便是艺术上的教条。李贽认为，天下至文是不可以用种种僵硬的格套去限定的。正因为如此，李贽的“化工”具有超出曲家所说“自然本色”的含义，即一部杂剧原本能否称得上“化工”，要从整体的形式、内容乃至艺术感染力来说。

李贽对戏曲的批评不仅与其崇尚自然的美学思想有关，而且立足于“童心”说之上，认为“化工”是真心的流露，是感情的迸发，是心灵的映照。由于李贽非常重视戏曲剧本所引发的情感共鸣和剧中人物的真实动人，“化工”的含义也升华为一种由作者和人物共同演绎的生命美。

三、吴江派与临川派

明代嘉靖以后，由于经济、思想、文化领域中新的特点的出现，戏曲创作繁荣，戏曲理论批评也繁荣起来，先后出现了李开先、何良俊、徐渭、沈璟、汤显祖、吕天成、王骥德等戏曲批评理论家，也出现了一批戏曲论著。围绕着这些理论家的不同观点出现过一些论争，其中影响较大的是吴江派和临川派关于戏曲重音律和重意趣的论争。

(一)沈璟和吴江派

沈璟(公元1553—1610)，字伯英，号宁庵，别号词隐，江苏吴江人。万历二年(1574)进士，万历十七年辞官回乡，此后专心于戏曲创作与理论批评。著有《属玉堂传奇十七种》和理论著作《南九宫十三调曲谱》等。沈璟的曲论很受时人赞誉，吕天成、卜世臣、汪廷讷、沈自晋、袁于令等都追随其后，称为吴江派。此外，赞同沈璟格律论的还有藏懋循、徐复祚等剧作家和曲论家。

沈璟的曲论主要有两方面：一是严守格律，二是崇尚本色。

沈璟的格律论可归结为三点：字音上辨平仄，叠用平声字时要区别阴阳，叠用仄声字时要分辨上去，用平声不谐时可用入声代替；句法上别顺句和拗句，不可随意变动；用韵必须严格遵守元周德清的《中原音韵》和明初的《洪武正韵》。沈璟的曲律思想主要体现在他所写的《二郎神套曲》中，这首曲子里说：“名为乐府，须教合律依腔。宁使时人不鉴赏，无使人挠喉捩嗓。”“纵使词出绣肠，歌称绕梁，倘不谐律吕也难褒奖。耳边厢，讹音俗调，羞问短和长。”可见沈璟看重的是戏曲的演唱效果。在当时昆山派炫耀才情、雕章琢句，渐渐忽视音律美的情况下，这种观点有其实际意义，但是沈璟过分强调格律，认为“宁叶律而词不工，读之不成句，而讴之始叶，是曲中之工巧”，就偏离戏曲的正确道路了，如果戏曲作品“读之不成句”，观众又如何欣赏呢？

沈璟对戏曲本色的崇尚主要见之于书信和曲谱中。他在给王骥德的信中说：“所寄《南曲全谱》，鄙意僻好本色，恐不称先生意指。”“北词去今益远，渐失其真，而当时方言及本色语至今多不可解。”①可见沈璟的“本色论”带有明显的“曲必宋元”论色彩。他在《南九宫十三调曲谱》中常常以“妙甚”称赞“勤儿”、“特故”等为“词家本色字面”，因此可知他所说的“本色”实际上是民间俗语的采用。晦涩难懂当然是背离戏曲语言要求的，但是过于强调俚俗就容易破坏戏曲的审美性，这一点当时很多人已经认识到了。王骥德曾批评沈璟是以“打油之最者”为本色，吴江派中人对于沈璟“本色”的主张也多有不认同并试图予以补救者。

沈璟理论的追随者，如卜世臣、汪廷讷等，大都承袭师说，极少发挥，所以沈璟的曲论也就是吴江派的理论。吴江派中对沈璟理论有所发展的是吕天成，他在所著《曲品》中，认为“本色”是符合剧情和人物性格而又富有感染力的语言，重视剧本思想内容，提出了戏曲批评的原则。

(二)汤显祖和临川派

汤显祖(公元1550—1616)，字义仍，号海若、若士，别署清远道人，江西临川人。万历十一年进士，万历二十六年弃官回乡，潜心著述。著有传奇五种：《紫箫记》、《紫钗记》、《还魂记》(即《牡丹亭》)、《南柯记》、《邯郸记》，后四种合称“临川四梦”。汤显祖受王学左派和性灵派影响，论戏曲重情，重意趣，具体表现在以下几方面。

首先，重视戏曲中“情”的作用。《续栖贤莲社求友文》中，汤显祖把平生戏曲创作活动一概称为“为情作使”，认为“情”是人与生俱来的自然天性。他在《宜黄县戏神清源师庙记》中对“情”作了这样的解释：

> 人生而有情。思欢怒愁，感于幽微，流乎啸歌，形诸动摇。或一往而尽，或积日不能自休。盖自凤凰鸟兽以至巴夷渝鬼，无不能舞能歌，以灵机自相转活，而况吾人。

“情”是人与生俱来的自然本性，是天地赐予人的禀赋。自然的这份赐予是人及万物生命的“灵机”，没有了它，天地万物将一片死寂。在《牡丹亭题辞》中说：“情不知所起，一往而深，生者可以死，死者可以生。生而不可与死，死而不可复生者，皆非情之至也。梦中之情，何必非真。天下岂少梦中之人耶。”可见在汤显祖看来，情之所至，生与死，梦与醒的界限都消失了。

其次，重视戏曲的艺术特征。既然“情”是人的自然本性，是不可遏制的，那么戏曲创作就要表现人类感情，引起观众共鸣。在《宜黄县戏神清源师庙记》中，汤显祖描述了戏曲的艺术感染力：“贵倨弛傲，贫啬争施，瞽者欲玩，聋者欲听，哑者欲叹，跛者欲起，鄙者欲艳，顽者欲灵。”为了达到这种使观众在欣赏中“忘我”的境界，就要注重戏曲艺术形象的塑造，对此汤显祖说：“生天生地，生鬼生神，极人物之万途，攒古今之千变。一勾栏之上，几色目之中，无不纡徐焕眩，顿挫徘徊。恍然如见千秋之人，发梦中之事。”“极”是穷尽，“攒”是集中，也就是剧作家对社会、人生深入开掘，集中提炼，最后塑造出典型的艺术形象。

① 沈璟：《词隐先生手札两通》，王骥德《新校注古本西厢记》附录。

再次，强调音律出于自然，创作者不应受音律束缚。汤显祖深知音律，在他早年创作的《紫箫记》中就借剧中人物之口说："唱有三紧，一要调儿记得远，二要板儿落得稳，三要声儿唱得满"，已经认识到戏曲中音律的重要。在长期的戏曲实践中，汤显祖也认识到仅仅精通音律是不够的，更不能拘泥于曲谱，《答吕姜山》说："凡文以意趣神色为主，四者到时，或有丽词俊音可用，尔时能一一顾九宫四声否？如必按字摸声，即有窒滞迸拽之苦，恐不能成句矣。"认为曲意是第一位的，在创作中应该根据所要表达的内容对曲谱进行变通，使戏曲的思想内容与艺术形式达到自然和谐。

在理论上支持、继承汤显祖戏曲主张的有王任思、孟称舜、茅元仪、茅暎等人。

（三）*汤沈之争*

以沈璟为首的吴江派和以汤显祖为首的临川派发生的"汤沈之争"，论争的起源是对汤显祖剧本《牡丹亭》的不同评价。沈璟认为《牡丹亭》不谐音律，于是动手将之改为《同梦记》。汤显祖认为沈璟不知自己妙处，在《答凌初成》中说："昔有人嫌摩诘之冬景芭蕉，割蕉加梅，冬则冬矣，然非王摩诘冬景也。其中骀荡淫夷，转在笔墨之外耳。"沈璟以套曲形式写成《词隐先生论曲》，认为"名为乐府，须教合律依腔"。汤显祖则反唇相讥，说吴江派改定蒋孝《南九宫十三调曲谱》是不知"曲意"，宣称"余意所至，不妨拗折天下人嗓子"。并写信给上演《牡丹亭》的宜黄县艺人，请他们勿采用吴江派的改本。后来吕天成、冯梦龙、臧懋循等也先后删改汤显祖的作品，茅元仪、茅暎、王任思、沈际飞、孟称舜等人则为临川派张目。为批评任意删改翻刻《牡丹亭》的行径，茅氏兄弟还重新校评刻印了《牡丹亭》。

汤沈之争的实质是明代曲坛围绕着文辞与声律何者为第一而展开的一场戏曲美学之争。临川派与吴江派的分歧主要有以下几方面：戏曲美学思想上，汤显祖主情，沈璟主理；戏曲语言风格上，汤显祖重文采，沈璟重本色；戏曲审美效果上，汤显祖重剧本，沈璟重舞台表演。总的说来，汤显祖从戏曲创作表情达意的文学性出发，要求声律服从文辞、服从内容；沈璟立足于戏曲舞台演唱的艺术效果，要求文辞服从音律、服从观众。实际上，吴江派并非只重音律不讲其他，臧懋循和冯梦龙就相当重视戏曲的情节、结构和描写人情物理的广泛性和深刻性，沈璟对于吴江派人赞成汤显祖的文采也表现出宽容的态度。临川派也并不是不重音律，只是当音律成为表现思想内容的束缚时，主张突破音律的束缚，如清人胡介祉在《格正牡丹亭题辞》中所说："盖先生以如海才，拈生花笔，兴之所发，任意之所之，有浩瀚千里之势。未尝不知有轶于格调之外者，第惜其词而不之顾也。"

汤沈两派针锋相对，激于义气，过分夸大了双方的差异，实际上都未免失之偏颇。后来两派之中逐渐有人认识到这一点。吕天成在《曲品》中评价说："不有光禄，词硎弗新；不有奉常，词髓孰抉？倘能守词隐先生之矩矱，而运以清远道人之才情，岂非合之双美者乎？"冯梦龙、藏懋循也都在强调音律的同时主张注重文辞。茅暎在《题牡丹亭记》中既对吴江派嘲笑汤显祖不懂音律、不谐吴音进行了辩驳，同时也实事求是地对汤显祖的主张作了必要的补正，提出"合则并美，离则两伤"的意见。到王骥德的《曲律》，这种取两派之长的思想得到了贯彻。

四、王骥德《曲律》

王骥德(?—1623)，字伯良，号方诸生，别署秦楼外史，浙江会稽(今绍兴)人。徐渭为其同里，早年曾师事之。与孙旷、孙如法、吕天成、沈璟、冯梦龙等过往甚密。著有杂剧、传奇多种，诗文有《方诸馆集》。曲学专著《曲律》四卷，是明代曲坛集大成而又自成体系的著作，也是明代曲坛戏曲美学论争的丰硕成果。

王骥德曲学的最大特点，是兼取众长，独出已见，形成自己的理论体系。《曲律》在对前代曲学成果进行全面总结、对汤沈之争进行反思中建立起自己的戏曲美学思想体系。王骥德的戏曲理论在本色、情感、戏曲理想方面都表现出鲜明的特色。

(一)本色论

“本色”是明代戏曲理论家常用的范畴。李开先以曲词通俗平易为本色，徐渭以表现真我面目为本色，沈璟以依宋元之旧为本色，王骥德则综合了各家之说，以戏曲文学的艺术特点为其本色所在。《杂论下》说：“词之异于诗也，曲之异于词也，道迥不侔也。诗人而以诗为曲也，文人而以词为曲也，误矣，必不可言曲也。”《杂论上》指出戏曲和诗文不同：“世有不可解之诗，而不可令有不可解之曲。”而曲的本质是表现自我真性，《论家数》说：“夫曲以模写物情，体贴入理，所取委曲宛转，以代说词，一涉藻缋，便蔽本来。”根据这一标准，王骥德的本色论在戏曲语言、风格体制及对作家个性的张扬方面都有其鲜明的特征：

首先，王骥德认识到语言上平易通俗和崇尚文词都是戏曲的本色。《论家数》说：“曲之始，止本色一家，观元剧及《琵琶》、《拜月》二记可见。自《香囊记》以儒门手脚为之，遂滥觞而有文词家一体。……然文人学士，积习未忘，不胜其靡，此体遂不能废，犹古文六朝之于秦、汉也。”通过对戏曲发展演变的考察，王骥德主张对已经存在的两种风格兼收并蓄。两种风格各有所长，他对此有清醒的认识：一方面戏曲是舞台艺术，需要通俗易懂，“作剧戏，亦须令老妪解得，方入众耳，此即本色之说”①；另一方面南曲“工字句”出现了优秀的戏曲作品，故“曲以婉丽俏俊为上”。但是二者也都有缺陷，“本色(指平易通俗)之弊，易流俚腐；文词之病，每苦太文”。因此他认为戏曲语言“宜婉曲不宜直致，宜藻艳不宜枯瘁……又总之，宜自然不宜生造”，即以俚俗与文采相结合。实际上，也就是强调了戏曲“可演可传”的审美本性。

其次，王骥德认为风格体制上，本色应是南、北曲结合的新标准。通过比较，他认识到当代南曲体制风格与元之北曲的不同，也注意到当时一些曲学家的看法：“关中康德涵所谓：南词主激越，其变也为流丽；北曲主慷慨，其变也为朴实”；“吴郡王元美谓：……北主劲切雄丽，南主清峭柔远”。南北曲的风格差异是很明显的：“南、北二调，天若限之。北之沉雄，南之柔婉，可画地而知也。北人工篇章，南人工句字。工篇章，故以气骨胜；工句字，故以色泽胜。”既然存在两种风格体制截然不同的戏曲，以其中一种为本色自然不妥，因此王骥德主张本色应是南、北曲风格体制结合的新标准。

再次，王骥德的戏曲本色论包含着对作家创作个性的张扬。虽然王骥德对前人兼收并

① 本小节未注明引文均出自《曲律》。

蓄，在戏曲语言、体制风格上主张结合俚俗与文采，涵盖南、北曲风，但是在创作上却注重戏曲家的个性，强调天赋才能与广泛学习的重要性，认为创作应是作者有了深切真实的体验之后的有感而作。从这一点出发，他对在创作中充分表现出作家创作个性的汤显祖予以极高的评价，称他“技出天纵，匪由人造”，“前无作者，后鲜来者，二百年来，一人而已”。王骥德的本色论对剧作家创作个性的张扬是明代戏曲本色论的一大发展。

（二）情感论

王骥德十分重视戏曲的情感作用，认为戏曲应以表现情为主，《杂论下》说：“诗不如词，词不如曲，故是渐近人情……快人情者，要毋过于曲也。”他曾师从徐渭，又受到汤显祖等人的影响，对汤、徐诸人重情思想加以发挥，形成了自己的戏曲情感理论。

首先，在创作内容的选择上，王骥德认为戏曲要快人动人，关键在于传情、写情。他在《千秋艳艳赋》中说：“凡理有穷，唯情无尽。”认为优秀的戏曲作品就应该揭示人的内心，描写人的真情，并以这种真情来感动观众。从这一观点出发，他极为推重汤显祖的作品，认为汤显祖是徐渭之后最有成就的戏曲作家。而当时的戏曲创作之所以没有元代繁荣，王骥德认为正是因为当时的文人“操管为时文，既无暇染指，迨起家为大官，则不胜功名之念，致仕居乡，又不胜田宅子孙之念”，创作出的戏曲缺乏真情。他认为要表现“情”字，剧作家必须葆有正常的人性、独立的个性，“真性”一旦被荣华富贵、功名利禄所扼杀，思想受到束缚，个性被扭曲，就很难创作出能感动人的作品。

其次，在戏曲评价标准上，王骥德把对真性情的表现视为评判曲作家功力高下的标尺。《杂论下》说：

> 作闺情曲，而多及景语，吾知其窘矣。此在高手，持一“情”字，摸索洗发，方挹之不尽，写之不穷，淋漓渺漫，自有余力，何暇及眼前于我相二之花鸟烟云，俾掩我真性，混我寸管哉？世之曲，咏情者强半，持此律之，品力可立见矣。

因为戏曲大多是“咏情”的，所以可以用对情的表现作为判断曲作家品力的标准：优秀的曲作家总是能充分表现真性情，对情“写之不穷”，只有那些不能穷情尽性的作家才会“多及景语”。把戏曲对真性情的表现视为评判曲作家功力高下的标尺，表明王骥德受到晚明文艺新思潮的熏陶，对以情感为本位的戏曲的根本特质有了深刻的认识。

王骥德认为戏曲文学比其他文学样式更能“近人情”、“快人情”，这种观点比徐渭、李贽、汤显祖等人的“主情”论有所进步。徐渭等人在戏曲创作中注重突破“情理冲突”，带有反封建礼教、争取思想自由和个性解放的时代色彩，具有明显的政治功利性。王骥德继承了徐渭的思想，主张戏曲作品表现情，也具有宣传思想自由、个性解放的意义，但是“人情”曲论更多的是从文体特征方面分析考察得出的结论。这使王骥德在戏曲批评中，更多的从纯粹审美角度进行判断，提出了许多独特的见解。如他认为《西厢记》表现出了“神韵”，是《国风》之遗，如诗中李白；将周德清《中原音韵》没有列入的王实甫排到关、郑、白、马之前，这在当时都是异乎寻常之论。

（三）戏曲艺术理想

在《曲律》中，王骥德提出了自己的戏曲艺术理想：“夫曰神品，必法与词两擅其极。”

“法”指音韵格律、唱腔、曲调，“词”指文辞和才情。戏曲作品要成为“神品”，必须音韵格律、唱腔曲调和文辞、情趣都尽善尽美，才能产生引人共鸣的艺术感染力，显示出字句之外的妙处。这一结论是在对汤沈之争作出客观公正的评价，吸取两派长处的背景下得出的。

王骥德非常重视戏曲的格律，他充分肯定了沈璟格律论的贡献：“其于曲学，法律甚精，泛澜极博。斤斤返古，力挽狂澜，中兴之功，良不可没。”在《题红记例目》中，王骥德主张在四声、句法方面严格遵守“古法”，谨严处甚至超过了沈璟。但王骥德也看到了沈璟格律论过于刻板的缺陷，强调戏曲创作应该是守“法”又不拘泥于“法”，如果为了谐声叶韵，“致与上下文生拗不协，甚至文理不通”，则“不若顺其自然之为贵耳”。又说：“曲之尚法固矣，若仅如下算子、画格眼、垛死尸，则赵括之读父书，故不如飞将军之横行匈奴也。”王骥德反对因“律”害“词”，他强调音律的和谐，但前提是顺其自然且文理通顺。

与“守法”相比，王骥德对汤显祖的“工词”评价更高。《杂论下》说：“词隐之持法也，可学而知也；临川之修辞也，不可勉而能也。大匠能与人规矩，不能使人巧也。其所能者，人也；所不能者，天也。”指出汤显祖的作品独具风神，有其难以企及的妙处。但他对汤显祖也有不满：“临川汤奉常之曲，当置法字无论，尽是案头异书。”“临川尚趣，直是横行，组织之工，几与天孙争巧，而屈曲聱牙，多令歌者齚舌。”“《还魂》、二梦如新出小旦，妖冶风流，令人魂销肠断，第未免有误字错步。”指出汤显祖作品的缺点是在音韵格律方面多逸出法度，不便艺人演唱。但是他又指出，如果汤显祖“稍闲音律”，其作品即“可令前无作者，后鲜来者”。可见在王骥德心目中，重视意趣神色与注重法度虽均属偏长，但前者远胜于后者。

在对前代戏曲有了充分了解，对临川派和吴江派的论争作出客观评价的情况下，王骥德提出了“法与词两擅其极”的戏曲艺术理想。《论套数》说：

> 而其妙处，政不在声调之中，而在句字之外。又须烟波渺漫，姿态横逸，揽之不得，挹之不尽。摩欢则令人神荡。写怨则令人断肠，不在快人，而在动人，此所谓“风神”，所谓“标韵”，所谓“动吾天机”。不知所以然而然，方是神品，方是绝技。

只有将“法”与“词”结合起来，“不废绳检，兼妙神情”，才能达到这种出神入化的艺术妙境。

◎思考题：

1. 明代文学批评的理论繁荣表现在哪些方面？
2. 明代文学批评的文体特征是什么？
3. 阳明心学对明代文学批评有何影响？
4. 试述明代文学批评中有关“情”的主要观点。
5. 试述前后七子的文学批评观点。
6. 为什么说公安派文学批评代表了晚明诗文“新变”思想？
7. 为什么说《曲律》是明代曲坛集大成之作？

第七章　清代文学批评

清代是我国学术总结和文学发展的时代，同样也是文学批评史上一个集大成并希图贡献新经验的时代。对中国古代传统审美特征和艺术表现方法的研究与总结，成为这一时期文学批评最显著也最有价值的部分。戏曲小说理论批评继续明代的繁荣发展，并达到高潮，出现了金圣叹评点《水浒传》、李渔的《闲情偶寄》等重要成果；诗文词理论批评的研究视角和深广度扩大，着眼于整个中国古代诗文创作的历史经验，而且影响及于戏曲小说理论批评。本章除概述外，分诗文批评和小说戏曲批评两部分进行介绍。这一时期的传统学术思想以朴学为正宗，对文学批评尤其是诗文理论产生了很深的影响。

第一节　概　　述

文论与文化始终有着千丝万缕的联系。清代作为中国古代最后一个封建王朝，其文化态势一方面集大成而气象恢宏，另一方面现颓势潜滋新变，呈现出方死与方生交汇的特别状貌。处于垂暮与新变交汇期的有清一代思想文化异常复杂，因而它对此期文论的影响也曲折幽微：一方面清代基本沿袭明制，倡程朱理学，使宗经明道和复古的文论观点在清代仍然不绝如缕；另一方面，心学在明末清初动荡形势下逐渐暴露出深刻的危机性，经世实学的兴起又内在地制约和影响着此期文论向儒家传统文论的回归。从理论总体上看，朴学的兴盛给清代文论带来了更显著和更直接的影响。

一、清代的文化背景

公元 1644 年，清人打着为明复仇的旗号入关，取而代之。明朝的灭亡强烈刺激和震撼了明末清初的仁人志士。清初士大夫阶层中的优秀分子，如王夫之、顾炎武、黄宗羲之辈，对明亡的教训以及中国历史文化进行了深刻反思，成为清代学术思想的开山祖师。他们痛感明末士人空谈心性，不求实学，面对国破家亡却束手无策，因而提倡经世致用之学。

王夫之、顾炎武、黄宗羲被尊称为明末清初“三先生”。王夫之曾参加南明抗清活动，失败后隐居在湘西的山洞里发愤著书，以孤臣孽子之心反思宋明以来的心性之学，反思整个中国历史，著有《船山遗书》。顾炎武早年也参加过抗清活动，入清后拒不仕清，治学主张“经世致用”，并长期到西北地区进行实地考察，著有《天下郡国利病书》、《日知录》等。他出于反清的政治需要，扛起“舍经学无理学”的大旗，主张复兴东汉古文经学，抨击元、明“宋学”，以达到“明道救世”的目的，希望文字流传，人心不死，汉族有复兴的一天。其重文献考据的方法，为后来清朝“乾嘉学派”奠定了基础。黄宗羲参加过反魏忠贤的斗争，曾经抗清并终生不仕，著有《明夷待访录》、《明儒学案》等。在《原君》一文中，黄宗羲痛斥封建皇帝是万民痛苦之源，显示出可贵的民主色彩。提倡救时济世的经世思潮也培养了清初学者重实证、归纳、考据的务实学风。

清人入主中原后，为了缓解尖锐的民族矛盾，巩固政权，基本保留并充分利用了明朝的制度措施与汉族的思想文化，提倡程朱理学，实行八股取士。这决定了清朝初期意识形态的基本方面仍然沿着明末的变动顺延，在渐进中逐步发展。早在元代，程朱理学便被“定为国是”，使“学者尊信，无敢疑贰”，而明清两代统治者更是倚重程朱理学的所谓“天理”，正式从理论形态上论证专制王朝像天道自然一样，具有绝对性和永恒性。至于以“君为臣纲”为核心的伦理纲常，也被理学家论证成“天理”。理学家所讲的心性修养、自我克制，从思想上体认君主专制主义是“当然之则”。正因为如此，程朱理学被统治者推上至尊地位。

清代的文化专制政策既有理学的支撑，更有文字狱的压制。清代文字狱从顺治、康熙朝开始，至雍正、乾隆年间最为惨烈。据《清代文字狱档》不完全统计，仅乾隆六年到五十三年不到半个世纪，载入史册的文字狱就达六十三起之多。乾隆皇帝多次发布禁书令，凡有民主或民族色彩的著作一概禁毁。仅乾隆三十九至四十年间，就烧书24次，实际数量大大超过官方统计的13800余部。他还借编纂《四库全书》的机会，全力铲除危及封建统治思想基础的“异端”学说。《四库全书总目提要·凡例》便开宗明义地宣布：“离经叛道、颠倒是非者，掊击必严；怀诈挟私、荧惑视听者，屏斥必力。”在“书禁亦严，告讦频起”的强大威慑力下，“士民葸慎，凡天文、地理、言兵、言数之书，有一于家，惟恐招祸，无问禁与不禁，往往拉杂摧烧之”。① 中国文化遭到秦始皇焚书以来的又一次巨大浩劫。

清统治者大兴文字狱，施行文化高压，使文人学士多为才累，其避祸远害和遁世退隐的思想随之而生。于是，他们更多地将主要精力投入到对先秦以来的典籍文献进行系统考释训诂、校勘辨伪、辑佚的工作中，其中尤以乾隆、嘉庆年间为甚，形成以考据求义理为基本特征的“乾嘉朴学”。“乾嘉朴学”上承东汉许慎、郑玄之学，故又称“汉学”、“考据学”，分为吴派和皖派。吴派主行墨守，治经从古文字入手，重视音训，以求经义，以惠栋为代表；皖派从小学、音韵入手，判断经义，主于求是，以戴震为代表。在这两派基础之上发展起来的扬州学派，治学力主融会贯通，以汪中、焦循为代表。但无论各派分歧如何，其研究方法都以考证为主，以博取为能事，强调“无征不信”。朴学从解经、注经扩大到考究历史、地理、天文历法、音律、典章制度，对中国古典文化作了一次大整理。“其直接之效果：一、吾辈向觉难解难读之古书，自此可以读可以解；二、许多伪书及书中窜乱芜秽者，吾辈可以知所别择，不复虚糜精力；三、有久坠之哲学，或前人向不注意之学，自此皆卓成一专门学科，使吾辈学问之内容，日益丰富。”②直到清代后期，在常州地区出现了以庄存与、刘逢禄为代表的今文经学派，讲求微言大义，提倡经世致用，并在道光以后取代考据之学而成为时代主流。

① 王苍孙：《惕甫未定稿》卷三。
② 梁启超：《清代学术概论》，《饮冰室合集·专集第三十四》，中华书局1989年版，第35页。

文化专制之余，清代统治者大力提倡和鼓励学术研究，造就了一大批学者型人才，对几千年浩如烟海的经史文献进行了规模空前的收集、整理，以官方名义编纂了《康熙字典》、《佩文韵府》、《古今图书集成》、《全唐诗》等一系列大型工具书和古典文献丛书。其中，《康熙字典》是世界上最早的字数最多的字典；《古今图书集成》约1.6亿字，在国外有“康熙百科全书”之称；《四库全书》收书三千五百多种，凡七万九千三百余卷。这些典籍规模之宏大、编制之精密，不仅在中国是空前的，而且在世界文化史上亦屈指可数。大型图书的编纂，不仅是古典文化成熟的象征，也包含着文化大总结的意蕴。文献典籍的整理，开拓了人们的视野，带动了清代学术的繁荣。以经学研究为中心，小学、音韵、天文、历算、地理、史学等，都取得了超越任何历史时期的巨大成就。因此，清代是中国古典文化的总结阶段。

清初对历史文化进行深刻反思，倡导经世实学；统治者提倡程朱理学，实行思想控制，推行严酷的文化高压政策；朴学之风盛行；大型图书编纂带来古典文化大集成。这些共同构成了这一时期的文化背景。

二、清代文学批评的理论总结

在清代特定文化语境下发展起来的文学批评，既是对前代文学批评的继承，也是对当代文化语境的回应。它与整个清代文化一样，也表现出“集大成”的特点。也就是说，清代文学批评是对整个中国文学批评史的理论总结。同时，与封建制度腐朽性日益暴露、社会新兴力量滋长相联系，诗文词理论批评领域既凝聚着复古的浓雾，也闪耀着反传统、具有民主因素的异彩。通俗文学批评更是有了巨大的发展。因此，清代文学批评的理论总结，具体表现在两大方面：一方面是小说、戏曲等通俗文学理论的空前发展，另一方面是传统诗文词理论的全面总结。

（一）小说评点

中国文学代有高峰，继诗经、楚骚、汉赋、六朝骈文、唐诗、宋词、元曲之后，明清小说盛极一时。明代小说流行最广的是“四大奇书”——《三国演义》、《水浒传》、《西游记》、《金瓶梅》。“清代小说也有四大流派，拟古派以《聊斋志异》为代表，人情派以《红楼梦》为代表，讽刺派以《儒林外史》为代表，侠义派以《三侠五义》为代表。”①其中《红楼梦》无论是思想境界还是艺术手法都达到了古典小说的最高峰，代表着清代小说的发展水平。

随着小说创作的空前繁荣，清代小说理论批评也进入空前发展的新阶段，出现了大批卓有贡献的小说批评家，包括金圣叹，毛纶、毛宗岗父子以及张竹坡等。同时，大量涌现的小说评点之作成为最能代表这一时期小说批评成就和水平的批评样式。

清初著名批评家金圣叹为清代小说理论的发展奠定了良好的基础，他的成就代表着清代乃至中国古代小说理论的较高水平。针对小说由来已久的被视为“末流”的境遇，历代有识之论者总是千方百计地从不同角度肯定小说的价值，提高小说的地位。金圣叹继晚明李贽、袁宏道、冯梦龙等大力肯定小说的社会作用后，不仅把《西厢记》、《水浒传》与《庄

---

① 冯天瑜：《中国文化史纲》，北京语言文化大学出版社1994年版，第158页。

子》、《离骚》、《史记》、杜甫诗共同列入“六才子书”，而且认为“天下之文章无有出《水浒》右者”①，称赞其“是非皆不谬于圣人”②。与此互相参证的是，清初刘献廷在《广阳杂记》中说：“戏文小说乃明王转移世界之大枢机，圣人复起，不能舍此而为治也。”③把小说的作用推到了至高的地位。他们对小说的推崇，说明这一时期小说论者对小说的认识作用、教育作用、美感作用都有了更深切的理解。

金圣叹还十分重视小说的批判功能，借小说评点来表达对现实政治的不满。他在《水浒传》评点中认为，“天下无道”自然会有“庶人之议”；甚至一针见血地指出梁山起义的根本原因是“上失其道”、“乱自上作”，是官逼民反，“然其实谁致之失教，谁致之饥寒，谁致之有才与力而不得自见？‘万方有罪，罪在朕躬’，成汤所云，不其然乎!”（金圣叹：《宋史纲》批语）

此外，小说创作的高度繁荣以及艺术表现手法的娴熟运用，带来了文论家们对古典小说艺术特征的高度关注。有关艺术虚构与生活真实的关系、典型人物形象的塑造、小说情节结构安排、语言艺术等一系列重要理论主题的分析探讨与总结，不仅形成了精辟独到的见解，而且其理论的深广度和系统性也是前所未有的。如金圣叹以“因文生事”和“以文运事”来区别小说与历史的不同特点，在强调小说创作应该以塑造人物性格为中心的同时归纳总结出许多具体的人物刻画手法；毛宗岗提出以虚实结合和对比的方法来刻画人物性格，以波浪起伏和张弛相间作为小说情节结构安排的最佳选择；张竹坡高度赞扬《金瓶梅》“处处体贴人情天理”的化工之笔，提出“做文章不过情理二字”的观点④。

（二）戏曲理论

戏曲艺术在清代有了新的发展，文人在创作中有了更强的舞台意识，而民间戏剧也由弱转强，逐步占据了主流的位置。在此基础上产生的清代戏曲理论，是中国古典戏曲理论中一个重要的阶段。从清初开始，戏曲理论沿着前朝余绪继续发展，显得相当活跃。

金圣叹评点的《西厢记》流行甚广，深受欢迎。他首先严正批驳了封建卫道者污蔑《西厢记》“诲淫”的陈词滥调，肯定对崔莺莺与张生爱情的描写，认为才子佳人相爱，是男女间的“必至之情”（《琴心》折总批），并没有什么不正当的。他进一步以《诗经》作为论战的依据，“盖《西厢》所写事，便全是《国风》所写事”（《读法》十一）。《国风》可以反映男女之情，《西厢记》的描写也是非常自然的了。由此，金圣叹分析说明崔张二人的爱情故事乃是现实生活的反映，是作者王实甫说出了天下人的心里话，从而揭示了《西厢记》题材的深刻社会意义。金圣叹批点《西厢记》，相当注意剧中人物形象的分析。他从作品全局着眼，揭示作品中主要人物形象莺莺、张生、红娘与次要角色的区别，指出次要角色都是作者写主要人物时“忽然应用之家伙”（《读法》四十七）；又通过分析主要人物间复杂的相互关系，揭示了这种关系对于人物性格塑造所起的积极作用。除此之外，金圣叹还注意总

① 金圣叹：《水浒传序三》。

② 金圣叹：《读第五才子书法》。

③ 刘献廷：《广阳杂记》卷二。

④ 张竹坡：《批评第一奇书金瓶梅读法》。

结《西厢记》的创作经验，对它的结构、题材、人物、情节、语言等作了细致的评点，其理论成果对后来戏曲、小说创作产生了一定影响。他提出的“狮子滚球”法等，在著名剧作家孔尚任、洪昇的言论里也可找到。

李渔的《闲情偶寄》是古代戏剧理论的集大成之作，其曲论内容广泛，纲目清晰，主次有别，自成系统，广受重视。他立足于舞台演出实践，全面总结中国戏曲创作和演出的经验，准确、深入地把握了民族戏剧艺术的特征和规律。李渔曲论中提出了诸多重要课题，如“填词首重音律，而予独先结构”，体现了对戏曲结构重要性的认识；“立主脑”即确立体现“立言之本意”的情节关键，并以此关键的“一人一事”统领全剧；“审虚实”等议题专论前人未及深入探讨的艺术虚构与“真实”及其相互关系，并涉及了历史剧问题；论人物形象塑造已经在一定程度上论及人物形象的类型化乃至典型化问题。其他如词采宾白、音韵格律、批评鉴赏、社会功能等，大多有深入细微的见解阐述。

剧作家洪昇继承晚明戏剧创作与批评“以情反理”的精神，主张戏曲创作必须描写人的真情，提出“从来传奇家非言情之文不能擅场”。孔尚任结合自己的创作，提出“借离合之情，写兴亡之感”的历史剧编写原则，主张历史题材的处理虚实结合，既“实事实人，有凭有据”，又要“稍作点染”，在历史事实的基础上作艺术加工。对于戏剧情节结构，他既提倡创新，又力求结构谨严，“脉络联贯”。

(三)诗文词理论

清初，经历了时代剧变的思想家黄宗羲、顾炎武、王夫之在文学方面发表了许多见解，体现了朴素唯物论和民主的精神。他们抨击明末文学脱离社会现实的弊端，深刻论述了文学与时代的关系，强调诗人的社会责任，强调生活实践对创作的意义；他们还批判明代以来的拟古陋习和束缚创作的种种戒律清规，力主独创，对于诗歌创作中的“情景”关系、“兴观群怨”和“比兴”原则等作了精到的分析。这一时期的重要文论家还有钱谦益和吴伟业，他们所提出的文学思想对明末清初文风的转变起到了关键性的作用。

随着清政权的逐步稳定，清代文学批评开始进入形成自身特色的建设时期。清代前中期的诗家大多标榜宗唐或宗宋，各立门户。其中王士祯偏尚“神韵”之说，崇尚王孟诗歌冲淡幽远的风神韵味，沈德潜提倡李杜雄浑宏壮的格调与温柔敦厚的诗教。翁方纲则标举“肌理说”，提倡以学问考证充实诗歌。这些宗唐、宗宋的诸家都偏重继承，在总结前人写作经验和整理资料方面做了不少工作，但缺乏创新精神。

叶燮、袁枚、郑燮、赵翼等论家，尚新变、反拟古，继承并发展了前代进步思想，在文学理论上作出了创造性的成就。其中，叶燮《原诗》是本时期诗文理论的重大成果。《原诗》是古代诗话中最具系统性、理论性的著作，具有进化论与辩证法的因素。它对诗歌反映对象与诗人从事创作的主观条件，诗歌艺术形象特征以及风格多样化等问题进行了深入的探讨。袁枚“性灵说”强调抒写个人真情实感。他“最爱言情之作”，认为“情所最先，莫如男女”，继承和发展了公安派的文学思想。他对种种拟古、崇古的教条和诗风作了有力的批判，对继承与创新、性情与学力等关系作了全面论析，揭示了诗歌演变发展的必然性、题材风格多样化的合理性。

古文方面，以方苞、刘大櫆、姚鼐为代表的桐城派讲求“义法”、“雅洁”，以程朱理学为正宗，以《左传》、《史记》、唐宋八大家的文章为规范，对古文写作艺术经验进行了探索。他们提倡“义理”、“考证”、“文章”相统一，“神”、“理”、“气”、“味”、“格”、“律”、“声”、“色”诸艺术法相互作用，“阳刚”美与“阴柔”美相结合，在散文写作和理论建设方面颇有贡献。但桐城文论在思想方面体现了官方哲学的要求，过分注重形式又使它流于新八股。

清代词学中兴。各派词家、词论无论推崇苏轼、辛弃疾，还是姜夔、张炎，以及发扬李煜、晏几道，均极力推尊词体，反对“词为小道”、“诗余”的传统偏见，把词的创作提到前所未有的高度，对词作的繁荣起了促进作用。

值得关注的是，归雅趋正成为这一时期诗、文、词的总体发展方向。王士祯“神韵”说，方苞“义法”、“雅洁”说以及朱彝尊等的浙西派词学观都代表了这一方向。从思想意蕴方面来说，坚持雅正须从统治者的立场出发，主要与来自统治阶层的文化政策有关。从艺术角度而言，论者要求文章要简洁精练雅驯，诗歌追求典雅含蓄、清幽淡远，词则宗法姜夔、张炎，琢炼而归醇雅，诗文词表现出相当一致的审美倾向。同时，诗文词三体形式建设的问题也在文学批评中得到加强，声调格律、词体规则、章法结构等构成诗文词的艺术因素得到总结，出现了一批专门探讨诗、词声律的著作。古文方面，方苞归纳的“义法”说，对写作中遣词造句、剪裁详略、谋篇布局等问题作了深入细致的研究。这些形式建设的代表性成果，既是文学归雅所产生的结果，反过来又进一步推动文学创作朝雅化方向深入扩展。

三、清代文学批评的文体特征

清代学术文化在发展过程中形成了“集大成”的总体时代特点。对此，郭绍虞先生有如下概括：“清代学术有一特殊的现象……它没有汉人的经学而能有汉学之长，它也没有宋人的理学而能撷宋学之精。其他如天算、地理、历史、金石、目录诸学都能在昔人成功的领域以内，也自有它的成就。就拿文学来讲，周秦以子称，楚人以骚称，汉人以赋称，魏晋六朝以骈文称，唐人以诗称，宋人以词称，元人以曲称，明人以小说戏曲称，至于清代的文学则于上述各种中间，没有一种比较特殊的足以称为清代的文学，却也没有一种不成为清代的文学。盖由清代文学而言，也是包罗万象而兼有以前各代的特点的。”①与此相应，清代文学批评不仅在理论上着眼于整个古代，总结前人思想学说，而且在文体上也呈现出集历代批评文体之大成的特征。在中国文学批评史上曾经出现过的文学批评样式、各类文体、各种风格和表现手法，在有清一代都占有一席之地，并且达到很高的造诣。具体而言，表现在三个方面：选编体之繁荣；评点体之兴起；诗话词话之总归。

(1)选编体之繁荣

选编体也即选本，“是指选者按照一定的选择意图和选择标准，在一定范围内的作品中选择相应的作品编排而成的作品集”②。严格地说这并不算是一种“体”，但又实实在在是一种极具民族特色的批评形式。以《诗三百》为例，司马迁《史记·孔子世家》写道：“古者诗三千余篇，及至孔子，去其重，取可施于礼义。”清代经学家江藩有言：“古诗本三千

① 郭绍虞：《中国文学批评史》，上海新文艺出版社1955年版，第5页。

② 邹云湖：《中国选本批评》，上海三联书店2002年版，第1页。

余篇，孔子最先删录，既取周诗，上兼商颂，凡三百十一篇，以授子夏，子夏遂作序焉。”①“选编”只是概念，实际的批评活动有选（取）、编、删（去）、补、增、改等。既然要在大量的文学作品海洋中进行如此种种的批评实践，那么主体的思维活动是不可缺少的，而这种主体思维活动的背后正好是批评家的文学思想和批评观念——所谓“选择意图和选择标准”在操纵。“孔子虽然自称‘述而不作’（《论语·述而》），实际上却‘作’在‘述’中，自有其选择的眼光和标准。”②因此，选编形式的批评文体并不直接表达批评家的批评观点和意见，而是通过选择与编纂将之具体化，在取舍之间间接地反映或传达出选家的观念。“诗三百，一言以蔽之曰：思无邪”（《论语·为政》），这既是孔子所持的文学思想，也是孔子删诗的重要标准。

清代考据之学盛行，学风趋向严谨，校勘、辨伪之学成绩卓著，使得官私全文选辑之业均精于明代，为供学术研究编纂了大量代相衔接且成系列的大型文献汇编。其中，大型历代韵文选集如清官修《全唐诗》900卷，与《全唐诗》相衔接的丁福保编《全汉三国晋南北朝诗》54卷，顾嗣立编《元诗选》，郭元编《全金诗》，沈德潜编《古诗源》、《唐诗别裁》、《明诗别裁》、《清诗别裁》，张景星选编《宋诗别裁》、《元诗别裁》；朱彝尊编《词综》，王昶编《明词综》、《国朝词综》、《国朝词综二集》等。大型历代散文选集如严可均编《全上古三代秦汉三国六朝文》（包括《全隋文》）746卷，董诰等编《全唐文》1000卷，庄仲方编选《南宋文范》70卷，张金吾编《金文最》120卷，黄宗羲编《明文海》482卷等。这些诗、文选编采用断代编辑方法，条例严密，收录范围广；尤其是散文汇编，举凡类书、杂记、碑版金石、释藏等，乃至片言只语，亦加以收录，还为每一作者撰写了小传。一些其他批评文体因素，如批点、评注、引、缘起、序、集论、发凡、凡例等在选编体中的运用，不仅更充分和完整地表达了选编者的批评标准和观念，还提供了选者和读者直接对话交流的层面。

除大型选编文本之外，清代还有诸多流传甚广的文学选本，其影响并不亚于甚至远远超过诸多文学理论著作。其中，康熙年间吴楚材、吴调侯编的散文精选本《古文观止》的名气最大，几达家喻户晓。该书所选上起于周，下迄于明末，共222篇，差不多囊括了古代散文的所有名篇；评注简约得当，通俗易读。鲁迅先生将它与《昭明文选》并提，可见其文学上的影响之大③。而乾隆年间编的《唐诗三百首》，更是一部质量高而易诵读的诗选。“所选几乎尽是晶莹圆润的珠玉”，大多明白易解；其书之深入人心，至有“熟读《唐诗三百首》，不会作诗也会吟”的谚语④。桐城派古文名家姚鼐编《古文辞类纂》75卷，选取从战国到清历代文章，分为十三类，每类前各有序言，略述文体特点源流，宣扬桐城派的学术观点。这些优秀的选本，在普及和传播古代优秀文化、提高时文写作技巧和改变时文风格的同时，还发挥了陶冶国民情操、教化世风的积极作用。

---

① 江藩编著，方国渝校点：《经解入门》，天津市古籍书店影印，1990年版，第6页。

② 张伯伟：《中国古代文学批评方法研究》，中华书局2002年版，第280页。

③ 鲁迅：《鲁迅全集·集外集：选本》，人民文学出版社1973年版，第503页。

④ 徐调孚：《中国文学名著讲话》，中华书局1981年版，第52页。

(2)评点体之兴起

评点体是传统的文艺批评方式之一，以诗文、小说、戏曲为对象，随文略加点评，其评点部分包括圈点、眉批、夹注、总评等。评点起于何时没有定论，只是南宋时早有趋于兴盛的记载，可见其肇始于宋代，兴盛于明清。“评点之意，包括‘评’和‘点’两端，又与所评的文本联系在一起，宋人合而为一，遂成为一种文学批评的样式。自南宋以降，评点流行于世，甚至无书不施评点。”①

清代的小说戏曲评点是中国古代文学批评史上值得浓墨重彩书写的一笔，传统的评点样式在这一时代提高到了一个新的水平。以金圣叹为首的小说戏曲理论家，开创了将序、读法和总批、夹批、眉批等方式综合运用的格式，灵活多样，不拘一格，为批评家们提供了更宽广的用武之地。小说戏曲评点作为一种批评文体，其实是对前代诸种批评文体的综合。清代成熟完备的评点小说戏曲，一般前有总评(或总序)，后有各章回(折)之分评，这颇似诗歌批评中的大小序；还有即兴而作的眉批、侧批、夹批、读法、述语、发凡等，这又与随笔式的诗话词话相仿。就其批评功能而言，评点体与前代的序跋体、诗话体更有共通之处：既有鸟瞰亦有细读，既实现了作者与读者的沟通亦抒发了品评者独到的艺术感受。

这种批评形式的盛行，与当时文艺思想的活跃，小说戏曲创作的繁荣、流行，戏曲流派的争妍斗艳等因素有关。清代最具代表性的小说评点，有金圣叹的《水浒传》评点，毛纶、毛宗岗父子的《三国演义》评点，张竹坡的《金瓶梅》评点，冯镇峦的《聊斋》评点，脂砚斋的《石头记》评点(或《红楼梦》)等。戏曲鉴赏家在阅读欣赏剧本时也喜欢运用这种批评形式，或于警醒处圈点，或在字行之间、宾白曲词之首略加评语批注，或于一段、一出之首尾写下随感。不少批点蕴含着精辟见解，提出了颇为新鲜的艺术理论。金圣叹所评点的《西厢记》(即所谓《第六才子书》)，就在戏曲理论领域有意识地运用并发展了这一批评形式，引起了人们的广泛注意。

(3)诗话词话之总归

诗话是中国古代论诗文体中一种主要的形式，通常采用辑录或笔记体来评论诗歌作品，记述诗人言行，阐述诗歌理论。“诗话”者，崛起于宋以后，以北宋欧阳修《六一诗话》为名篇并开创先河，至清代而鼎盛。诗话“至清代而登峰造极。清人诗话约有三四百种，不特数量远较前代繁富，而评述之精当亦超越前人”②。清代诗话创作鼎盛局面的出现，不是一种偶然的文学现象，而是诗话之体经过宋、元、明数代的发展演变之后，在清代那个社会的、学术的、文学的具体环境之中得以充分自由发展的必然结果。也可以概括地说，是清代朴学之盛的必然产物。

清代诗话，“其卷帙之繁复，体系之完整，理论之精确，成就之卓著，已经远远超过以前任何一个时代的诗话”。③ 诗话领域不仅出现了诸多理论体系完备、影响较大的著作，其论诗内容也逐渐丰富，由初出时只限于记事以资闲谈，到全面系统论述诗歌流派、格律

① 张伯伟：《中国古代文学批评方法研究》，中华书局2002年版，第544页。

② 郭绍虞，富寿荪校点：《清诗话续编》上册，上海古籍出版社1983年版，第1页。

③ 蔡镇楚：《中国诗话史》，湖南文艺出版社2001年版，第225页。

句法、风格特点、流变渊源、批评鉴赏、考订讹误等，“钜细精粗，无所不包”①。此时的诗话之体，已不再是随笔小品和士大夫“绪余”的点缀之作，而是趋于理论化、系统化和专门化的论诗专著，其典型代表如王夫之《姜斋诗话》、叶燮《原诗》、袁枚《随园诗话》、赵翼《瓯北诗话》等。此外，清代诗话的繁荣与鼎盛还体现在一批辑录成集的诗话丛编的出现，如何文焕《历代诗话》等，系统盘点了历代词学成果。清诗话大多有明确的论诗宗旨，如王士禛《渔洋诗话》提出“神韵说”，沈德潜《说诗晬语》提倡“格调说”，袁枚《随园诗话》标举“性灵说”，翁方纲《石洲诗话》提出“肌理说”等。

词话也是诗话的一种。词话始于北宋，至清代而大盛。清代词学中兴，词人辈出，词派纷呈，词的创作与批评皆高度活跃，盛况空前。今人唐圭璋《词话丛编》集历代词话之大成，原版共收录词话六十多种，其中清代词话就占了四十多种。这些词话内容包括词体源流演变、词人逸闻趣事、词作声韵格律和情志意境等，有十分丰富的文论思想。

第二节　清代诗文理论批评

朴学作为清代学术思想的代表，对诗文理论的影响最为直接。本节论述清代的诗文词学理论，在总体概述朴学与清代文学批评之关系的基础上，分别介绍王夫之、叶燮的诗论，桐城派古文理论以及清代的词学批评。

一、朴学与清代文学批评

“朴学”一词，最早见于《汉书·儒林传》。汉儒治经，注重名物训诂考据，故后世泛指汉学中的古文经学派为“朴学”。清代乾嘉学派继承汉儒学风，致力于治经考据，以区别于宋儒性命之学，亦被称为朴学。在中国历史上，清代“朴学”，与先秦哲学、两汉经学、魏晋玄学、隋唐佛学、宋明理学，前后辉映，各自成为一个时代学术思想的代表。

乾隆、嘉庆年间，朴学兴盛，由考据之风引起的诗文创作和批评演变是这一时期最突出的社会文化现象。清初发展起来的考据之学，由“经世”转向“避世”，使得这一时期的文论悬置了对文学作品内容的探讨，而集中探讨作品的流变、体裁、艺术特质和形式风格，从而比较系统地总结了前人有关文学内部规律的艺术经验和理论。同时，文学与考据学问之间的关系，也成为批评家们思考文学特性时无法回避的问题。由于批评家对两者关系的理解及各自强调的侧重点不同，形成了不同的批评派别。

古文理论无疑是受朴学影响最大的领域。康熙中后期，以方苞、刘大櫆、姚鼐为代表的桐城派开始崛起。他们以吸收考据入文的积极姿态应变时势，提出作文要义理、考证、词章三要素相结合的主张，从而构建了以“义法”为核心的古文理论体系。这种坚持“文章”本位而又顺应学风、灵活变化的态度，使桐城派长期保持了其古文正宗的地位。

朴学盛行也为经学家文论的产生直接创造了条件。戴震、段玉裁、钱大昕、焦循等，虽也主张义理、考据、词章三者合一，但他们立足汉学家的立场，与桐城派宋学立场相对。他们更强调以义理、考据为本，以词章为末，注重注经、论道的学术之文，表现出用

① 郭绍虞：《中国文学批评史》，台北文史哲出版社 1988 年版，第 374 页。

经学规范文学的共同倾向。该派的主张借助于当时朴学的显赫地位而产生了非常广泛的影响。当时论文者还有史学家章学诚，他也认为义理、考据、辞章三者必须相佐相辅，贯通为用。但他以史家的立场和眼光，要求古文创作以史为宗，认为文的功用在于述事、明理、藏往知来。他特别肯定史书、传记最具义理、考据、辞章三者贯通之长，反映了今文经学家的论文立场。

骈文理论是清代前中期文论的有机组成部分。尤其到了乾隆、嘉庆、道光之际，骈体论者大多为著名的学者，同时又往往注意经世实学。他们从“文”的训义出发，标立骈文为正宗，主要是想总结出适合于表现汉字文章之美、有别于古文家主张的写作理论。文体观的本质是文学观，以学者和经世者的身份重视骈文并推动其理论发展，这本身又足以表明骈体批评是在学风的熏陶渐染下不断展开而获得进步的。

诗论方面，乾嘉朴学对乾隆中后期沈德潜、袁枚和翁方纲等人诗论的影响，更为明显可辨。沈德潜“格调说”替代了王士祯的“神韵说”，要求诗歌创作体现教化、学识与审美的结合。在由虚趋实的诗学演化进程中，这显示出某种过渡的征兆。随后，以朴学为背景、积极汲学入诗的翁方纲，代表了清初以来提倡“以学为诗”的文人群体的理论发展。他提出“为学必以考据为准，为诗必以肌理为准”，“诗必研诸肌理，文必求诸实际”①的观点，而诗文创作研肌理、求实际的途径主要依靠钻研古书，培养深厚的学问功夫。尽管他主观上希图救“神韵”、“格调”、“性灵”各家学说之弊，也细致探讨过“学问诗”的艺术化问题，但客观上还是走向了以文为诗、以理为诗、以考据为诗的歧途。袁枚标举“性灵”之说，与沈德潜的“格调说”针锋相对，也不满翁方纲以学为诗，倡言诗主性情，以追求真情和灵趣为诗歌创作的真谛，但他也肯定学问可以糅入散文和俪体的写作。

在政治高压下盛行的朴学考据之风也影响了小说戏曲研究，带来了消极的一面。正如王国维所说：“自我朝考证之学盛行，而读小说者，亦以考证之眼读之。”②因此，学者往往潜心于考证小说戏曲中的人物故事“有无所本”，忽视了对小说戏曲艺术特征的探讨，从某种程度上阻碍了小说戏曲创作和理论的发展。

二、王夫之

王夫之(公元1619—1692)，字而农，号姜斋，别号夕堂，湖南衡阳人，晚年隐居衡阳石船山，人称船山先生。明崇祯十五年(1642)举人。明亡，起兵衡阳抗清，失败后退居著书四十年，意在总结明王朝覆亡之教训，对中国古代哲学与诗学进行了全面的反思、批判和总结。博通经史，思想深邃，与黄宗羲、顾炎武并称为明末清初三大思想家。

王夫之著述甚丰，数量多达百余种，后人辑集其中的七十余种为《船山遗书》，内容广及哲学、宗教、历史、文学、天文、历算等。他不仅是著名思想家、文论家，也是一位著名诗人，丰富的创作实践经验使他深得诗学之三昧。其文学理论批评著述有《诗绎》，专论《诗经》；《夕堂永日绪论》内外编，内编论诗，外编论时文兼及古文；《南窗漫记》录载诗友之断章；还有合编为《古近体诗评选》的《古诗评选》、《唐诗评选》、《明诗评选》，

① 翁方纲：《言志集序》。
② 王国维：《红楼梦评论》。

精选自汉至明近千家诗人的作品并加以评品；此外，《诗广传》、《楚辞通释》等也多论诗之语。道光时，邓显鹤辑王夫之诗论为《姜斋诗话》，凡三卷，卷一《诗绎》，卷二《夕堂永日绪论》内编，卷三《南窗漫记》。

作为明清之际杰出的思想家，王夫之以广博的学识和清晰的思辨能力，为我国古典诗歌理论作了精深的总结，从而成为明清之际诗歌理论成就最高的代表者之一。

(一)“诗道性情”与“兴观群怨”论

王夫之在哲学上继承了北宋张载的“气”本体论并有所发展。王夫之论“气”，重“气”而着眼于“化”，论“道”而落实于“器”，言“性”而重乎人“情”，具有深切的现实关怀，始终以人和人的存在为本。这一切构成了他诗学体系的理论基础。如果说，在哲学层面上“气”为万物之本，那么在文学层面上“情”则为诗歌之本。

首先，王夫之认为诗歌作为“心之元声”的表现，与人的情感非常紧密地联系在一起。他在评李陵《与苏武诗》时说：“诗以道性情，道之为言，路也。诗之所至，情无不至；情之所至，诗以之至。”①“诗以道性情”是诗歌作为文学艺术和非文学的哲学、历史、政治等著作的不同之处：

> 诗以道性情，道性之情也。性中尽有天德、王道、事功、节义、礼乐、文章，却分派于《易》、《书》、《礼》、《春秋》去，彼不能代诗而言性之情，诗亦不能代彼也。(《明诗评选》评徐渭《严先生祠》)

因此，不能以学问代替诗歌，故王夫之评阮籍《昔日繁华子》有言：“诗不以学。”

其次，王夫之对传统的“兴观群怨”说进行了改造和提升，将它由传统的文学功能论提升到“动人四情”的文学本体论高度。他说：

> 诗之泳游以性情，可以兴矣；褒刺以立义，可以观矣；出其情以相示，可以群矣；舍其情而不尽于言，可以怨矣。(《四书训义》卷二十)

“兴观群怨”原是指诗歌的社会功能，但在王夫之看来，它们都是以“情”为本而打动读者的。且兴观群怨之“四情”并非各自独立，而是紧密联系、相互补充的。

> 于所兴而可观，其兴也深；于所观而可兴，其观也审。以其群者而怨，怨愈不忘；以其怨者而群，群乃益挚。出于四情之外，以生起四情，游于四情之中，情无所窒。作者用一致之思，读者各以其情而自得。(《诗绎》)

兴中可观，观中有兴，群而愈怨，怨而益群，四者配合而使诗歌更有艺术感染力。对于一个完整的艺术形象来说，由于读者情况不同，各人从中体会到的内容也不同。

① 王夫之：《古诗评选》卷四。

（二）“情景”论

在主客观审美活动中，心物交感起着关键性的作用。“诗以道情”，“情”由人的内心受外物激发而生。从《礼记·乐记》“人心感于外物”到刘勰《文心雕龙·明诗》“人禀七情，应物斯感。感物吟志，莫非自然”，“目既往还，心亦吐纳……情往似赠，兴来如答”，中国古代文论中的心物感应说源远流长。王夫之自觉继承了刘勰的观点，认为“有识之心而推诸物者，有不谋之物相值而生其心者焉，知斯二者，可与言情矣”。① 这里有由物而心的物感，也有由心而物的应感，内心与外物交流互动，“情”因感而生。正是在这种心物感应的审美理论基础上，王夫之进一步提出了“情景相生相融”的诗歌意象理论。心物感应论揭示的是审美活动中心与物的对应关系，情景论则反映的是诗歌创作中情与景的对应关系。诗歌中的情景论最早由唐人王昌龄提出，到清初王夫之，“情景论”已成为一种系统而成熟的诗歌创作理论。

情景论是王夫之诗歌理论最重要的组成部分，涉及诗歌创作缘起和表现等问题。首先，王夫之进一步强调了情中有景，景中含情，情景混融、不可分离的说法与观念。他认为“情景名为二，而实不可离。神于诗者，妙合无垠。巧者则有情中景、景中情。景中情者，如‘长安一片月’，自然是孤栖忆远之情；‘影静千宫里’，自然是喜达行在之情。情中景尤难曲写，如‘诗成珠玉在挥毫’，写出才人翰墨淋漓，自心欣赏之景。凡此类，知者遇之；非然，亦鹘突看过，作等闲语耳”。② 在评论岑参《首春渭西郊行呈蓝田张二主簿》一诗时说：“景中生情，情中含景，故曰景者情之景，情者景之情也。”③情与景是一个完整艺术形象中的两个不同方面，它们相互融合而不分彼此。

其次，情景交融实际上是指诗人的主观情感和外界客观景物的和谐统一，也是文学创作中作家思想感情和现实世界的和谐统一。他认为情景交感是诗歌创作的重要触机，惟有情景交融才能达到艺术形象的最高境界。

> 惟此窅窅摇摇之中有一切真情在内，可兴可观可群可怨，是以有取于诗。然因此而诗则又往往缘景、缘事、缘已往、缘未来，终年苦吟而不能自道，以追光蹑景之笔，写通天尽人之怀，是诗家正法眼藏。（《古诗评选》评阮籍《开秋兆凉气》）

由此可见，诗惟真情而已，诗人则以善“以追光蹑景之笔，写通天尽人之怀”为重。而这一切的关键，全在恰当的情景交融。如果没有这一前提，即使诗人内心充盈一腔真情，也往往陷于“终年苦吟而不能自道”的窘境。

同时，王夫之认为诗中的情景是由身观体验而来，强调对社会的体察：

> 身之所历，目之所见，是铁门限。即极写大景，如“阴晴众壑殊”、“乾坤日夜浮”，亦必不逾此限。（《夕堂永日绪论》内编）

① 王夫之：《诗广传》卷二。
② 王夫之：《姜斋诗话》卷二，人民文学出版社 1961 年版。
③ 王夫之：《唐诗评选》卷四，文化艺术出版社 1997 年版。

创作离不开作者的长期生活积累和当下情感爆发。作家写景不能靠地图去想见山川原陆的万千气象；遥听鼓声，也不能描画出剧场歌舞的欢腾场面，必须要靠身观体验才能逼真地予以表现。这实际上涉及文学创作的源泉问题，艺术创作的最终根源是现实生活。

再次，王夫之认为要做到情景交融，应当“心目相取”、“即景会心”。这一观点类似于钟嵘所谓“直寻”，须从心物交融中捕捉诗歌创作的灵感，反对拟义和苦思。“写景至处，但令与心目不相睽离，则无穷之情正由此而生。一虚一实，一景一情之说生，而诗遂为阱为梏为行尸。噫，可畏也哉！”①这里所说“心目”，就是一种审美直觉，一种不需预设的情景相凑的当下直观。这种审美直觉不是意识可支配的心理活动，而是一种来无影去无踪的“灵感”。

> “池塘生春草”、“蝴蝶飞南园”、“明月照积雪”皆心中目中与相融浃，一出语时，即得珠圆玉润；要亦各视其所怀来，则与景相迎者也。
>
> 含情而能达，会景而生心，体物而得神，则自有灵通之句，参化工之妙。若但于句求巧，则性情先为外荡，生意索然矣。(《夕堂永日绪论》内编)

王夫之的这种提法，一方面虽杜绝了脱离实际的空想苦思，却否定了作家创作可以突破人的身观限制，忽视了想象的作用；另一方面虽提倡作品风格的自然天真，却否定了作家创作的推敲之功，具有某种程度的片面性。

王夫之所提倡的“即景会心”，指的是在与自然相触的刹那间决定取舍，无须事后琢磨，更不能凭空想象。对此，他引用了佛家的“现量”一语作为说明。他在《相宗络索》中说：“现量，现者有现在义，有现成义，有显现真实义。现在，不缘过去作影。现成，一触即觉，不假思量计较。显现真实，乃彼之体性本如此，显现无疑，不参虚妄。”也就是说，“现量”有现在、现成、现实(显现真实)之义，它们与诗歌创作的审美直觉活动有相通之处。王夫之将“现量”移用过来说明诗歌创作的道理，指诗人受到外物触动，产生作诗兴致，自然而直观地摄景状物抒情，不凭借臆想揣摩。《夕堂永日绪论》内编以贾岛“僧敲月下门”一诗为例，分析其作诗的态度和方式。“若即景会心，则或推或敲，必居其一，因景因情，自然灵妙”，否则，离开具体情境，只在驴背上揣度推门敲门之状，任其选用“推”或“敲”字，都未尝“毫发关心”，不合“现量”的要求，因而不足称道。

三、桐城派

桐城派是清代文学史上活动时间最长的古文流派。它在康熙年间由安徽桐城人方苞开创，由其同乡刘大櫆、姚鼐等继承、发展、光大。桐城派因方苞、刘大櫆、姚鼐皆是桐城人而得名，但其成员众多，并不限于桐城一域。

方苞、姚鼐宗奉程朱理学，与清代官方思想提倡一致。古文方面，他们的创作和理论都反映了相应主张，在当时和后世产生了较大影响。散文方面，他们与相对折中平和的明

① 王夫之：《古诗评选》卷五，评孝武帝《济曲阿后湖》。

代唐宋派理论联系较为紧密，在清代力求社会秩序稳定的历史条件下，得到广泛接受。桐城派还对《左传》、《史记》以及唐宋古文家的写作手法进行细致总结和系统论述，使后学者有章可循，广泛追随。桐城派文论经方苞提纲挈领总结后，刘大櫆、姚鼐又将其不断丰富和细化，其理论本身处于发展中，而一种发展的理论自然会有更大的吸引力。接下来对他们的文论分别加以评述。

(一)方苞的"义法"说

方苞(公元1668—1749)，字凤九，号灵皋，晚号望溪，桐城派创始人。幼时从其父(方仲舒)、兄(方舟)读书而有文名。康熙三十八年(1699)举江南乡试第一名，康熙四十五年(1706)会试考中进士，历任翰林院侍讲学士、内阁学士兼礼部侍郎等职，著述有《望溪文集》等。

方苞对经史颇有研究，他"治经深于《礼》、《春秋》，治史深于《史记》，治子深于《管》、《荀》二子"①。因此，他关于古文所谓的"义法"，正是从经史中得来的。"义法"说强调"清真古雅"，既是方苞的文章学理论核心，也是桐城派文论的基础。

> 《春秋》之制义法，自太史公发之，而后之深于文者亦具焉。义即《易》之所谓"言有物"也；法即《易》之所谓"言有序"也。义以为经，而法纬之，然后为成体之文。(《又书货殖传后》)

"《春秋》之制义法"，语出司马迁《史记》："上记隐，下至哀公之获麟，约其文辞(辞文)，治其繁重，以制义法，王道备，人事浃。"②司马迁将孔子创立的《春秋》"义法"，总结为用简约的文辞，整理悠久而纷繁的史事，并借以寄托关于"王道"、"人事"的思想。这说明司马迁充分理解和肯定《春秋》的叙写义例和褒贬笔法。

因此，方苞认为"义法"源于《春秋》，经司马迁发明运用而更加显著，以后优秀古文家的作品都能够体现并成为传统。他在文章中多次论及《史记》善于运用"义法"，正是从实践的角度肯定司马迁对"《春秋》义法"的发明。方苞用言之有物诠释"义"，言之有序诠释"法"，可见"义"与"法"分别是指文章的题材内容和形式手法，义经法纬，相辅相成。若结合方氏其他论述作总体的归纳，则"义"主要指文章的意旨、论断与褒贬，"法"主要指文章的布局、章法与文辞。

虽然"义"、"法"有别，但方苞有时又把两者当作一个完整的概念使用。如他肯定《左传》善于用虚实详略之法描写战争，称其"精于义法"③，就是用"义法"指作者安排"义"的方法，此时"义法"一词偏指"法"而言。每种文体其"义法"都有不同的特点和要求，"盖诸体之文，各有义法"④。因此，"义法"是具体的，混淆其界限就是义法不纯。"义法"又是对文章构思结撰的总要求，而其具体方法则应该灵活而富于变化。如方苞肯定

① 钱基博：《续清人集别集》，《中国文学史》，中华书局1993年版，第949页。

② 司马迁：《史记·十二诸侯年表》。

③ 方苞：《左传义法举要》。

④ 方苞：《答乔介夫书》。

《左传》、《史记》精于义法，“一篇之中，脉相灌输而不可增损”；接着又指出，其记事“前后相应，或隐或显，或偏或全，变化随宜，不主一道”。

(二)刘大櫆的“神气音节”说

刘大櫆(公元1698—1779)，字才甫，又字耕南，号海峰。他一生潦倒，终生布衣，虽晚官黟县教谕，但大部分时间以游幕、教书、卖文度日，著有《海峰文集》、《诗集》及《论文偶记》。他是方苞和姚鼐之间承前启后的重要人物。

刘大櫆的文学思想见于《论文偶记》一书，在方苞义法论基础上，他进一步探求了文章的艺术性。方苞论义法，关注古文内容和形式的关系，重视“义”对“法”即古文表现艺术的支配作用；而刘大櫆则关注“文之能事”，也即方苞所说“义法”之“法”。刘大櫆论文特别强调“作者之能事”，认为文章的内容固然很重要，但文章形式也具有相对独立性，“行文”(形式)与“行文之实”(内容)是两回事。他说：

> 盖人不穷理读书，则出词鄙倍空疏。人无经济，则言虽累牍，不适于用。故义理、书卷、经济者，行文之实，若行文自另是一事。譬如大匠操斤，无土木材料，纵有成风尽垩手段，何处设施？然即土木材料，而不善设施者甚多，终不可为大匠。故文人者，大匠也；神、气、音节者，匠人之能事也；义理、书卷、经济者，匠人之材料也。(《论文偶记》)

刘大櫆将文章构成分为神气、音节、字句三个要素，并借用《庄子·秋水》“物粗物精”之说探讨三者关系。

> 神气者，文之最精处也；音节者，文之稍粗处也；字句者，文之最粗处也。然论文而至于字句，则文之能事尽矣。盖音节者，神气之迹也；字句者，音节之矩也。神气不可见，于音节见之；音节无可准，以字句准之。音节高则神气必高，音节下则神气必下，故音节为神气之迹。(《论文偶记》)

刘大櫆将神气、音节、字句分别厘定为“最精”、“稍粗”、“最粗”三个层次。三者艺术含义不同而又密切关联，环环相扣，互为依据，形成由粗而精、由实而虚的不同阶梯，最终通往文章的最高艺境。他还十分重视文的神气，说：“行文之道，神为主，气辅之。”此外，刘大櫆对介乎于“文之最精处”和“文之最粗处”之间的“音节”这一环节尤为关注。《论文偶记》言：“学者求神气而得之于音节，求音节而得之于字句，则思过半矣。”这种由字句，尤其是以音节(即文章的韵律感)来表现神气的观点，世称“因声求气”说。

由此可见，刘大櫆把“义理”作为前提，并没有跳出方苞的范围。但他通过对“神气”、“音节”的强调，表现了对文章的美感因素的重视。后来姚鼐在这方面又有新的阐发。

(三)姚鼐的“义理、考据、词章”说与“阳刚阴柔”说

姚鼐(公元1732—1815)，字姬传，一字梦谷，世称惜抱先生。乾隆二十八年(1763)进士，曾任刑部郎中、四库全书馆纂修官等职。先后主持扬州梅花书院、安庆敬敷书院、徽州紫阳书院、江宁钟山书院，凡四十余年。著有《惜抱轩文集》十六卷，《惜抱轩诗集》

十卷，《惜抱尺牍》等，并选有《古文辞类纂》四十八卷。他不仅完善了桐城派的理论体系，还通过讲学、授徒等方式，培植了一支声势浩大的文人队伍，扩大了桐城派的堂庑。

乾隆时期，以训诂考证为鲜明特征的汉学在清初得到恢复的基础上趋向极盛。这一切影响到诗文领域，并向诗文创作提出新的课题。古文家们企图适应新的学术风气，并借鉴其成果，求得散文自身的生存和发展。在此背景下，作为桐城派第三代祖师的姚鼐发展了方苞的“义法”论，提出义理、考证、文章三者合一的观点。

> 余尝论学问之事，有三端焉，曰：义理也，考证也，文章也。是三者，苟善用之，则皆足以相济；苟不善用之，则或至于相害。……夫天之生才，虽美不能无偏，故以能兼长者为贵。而兼之中又有害焉，岂非能尽其天之所与之量，而不以才自蔽者之难得与？（《惜抱轩文集·述庵文钞序》）

姚鼐指出，学问之事有三个方面：义理、考证、文章，三者各有其相对的独立性。但就人而言，也能做到博涉旁通，三者兼长。因此，他针对当时的一些弊病，强调要正确对待三者的关系，使三者相互作用、相辅相成，而不是相互妨害。

姚鼐要求义理、考证、文章三者兼擅，却并非将三者并列视之。其中，义理是文章的骨干，它既是考证的导向，又是文章的灵魂。有义理，文章才有所依附而符合古人立言之旨。义理属于儒家伦理、道德、性气、政治范畴的内容，姚鼐主要用于指程朱理学，与方苞“义法”论对“义”的内涵认识基本一致。同时，姚鼐在强调宋学主导作用的前提下，重视清代朴学成果。他既认识到考证之文较有说服力，又指出它们在生动感人方面存在缺陷。因此，文章以义理为重，同时又要具有考证的征实精神，才不至流于空疏浅陋。且作为完善的写作理论，必须取考证之长，避其所短，使文章既有充实可信的内容，又有较高的审美性，所谓“以考证累其文则是弊耳，以考证助文之境，正有佳处”。①

姚鼐编纂的《古文辞类纂》，也体现了桐城派文论思想。他将范围广大的古文辞体裁分为十三类，包括论辩、序跋、奏议、书说、赠序、诏令、传状、碑志、杂记、箴铭、颂赞、辞赋、哀祭。姚鼐还继承并发展了刘大櫆的“神气”、“音节”、“文字”说，指出：“凡文之体类十三，而所以为文者八，曰神、理、气、味、格、律、声、色。神理气味者，文之精也；格律声色者，文之粗也。然苟舍其粗，则精者亦胡以寓焉！”②神、理、气、味、格、律、声、色这八个字，主要偏向于文学作品的创作方法和艺术技巧。

姚鼐的另一重大贡献，是在《复鲁絜非书》及《海愚诗钞序》等文中提出了文学风格的阴阳刚柔说。他充分吸收古代哲学思想的精华，化繁为简，将众多不同的文章风格，归纳为“阳刚”、“阴柔”两大类。凡雄浑、劲健、豪放、壮丽等风格都属阳刚一类，而修洁、淡雅、高远、飘逸则为阴柔一类。姚鼐用一系列形象比喻，说明了两种不同风格的美以及它们在语言艺术上的特色。阳刚、阴柔两种风格既有区别，又相互联系，必须调剂以为用，相反相成。同时，姚鼐还认为文章的阴阳刚柔变化，是作者才性、气质的表现。所谓

---

① 姚鼐：《惜抱尺牍·与陈硕士》。

② 姚鼐：《古文辞类纂序目》。

“观其文，讽其音，则为文者之性情形状举以殊焉”(《复鲁絜非书》)。其《答翁学士书》亦云：“文字者，犹人之言语也。有气以充之，则观其文也，虽百事而后，如立其人而与言于此；无气则积字焉而已。”

四、叶燮

叶燮(公元1627—1703)，字星期，号已畦，吴江(今属江苏)人，晚年著书、讲学于吴江横山，世称横山先生。康熙九年(1670)进士，康熙十四年(1675)任江苏宝应县知县，后“以伉直不附上官意，用细故落职”。① 此后，漫游山川名胜，以著书、授徒终。著有诗论《原诗》，诗文《已畦集》。

《原诗》分内、外两篇，凡四卷，每篇又分上、下两部分，是清代诗歌理论著作中理论性、系统性都比较完备的一部。它针对有明以来的诗坛流弊，深入阐述了诗歌发展规律和创作原则等问题。其内篇主要阐述基本理论——“数千年诗之正变、盛衰之所以然”，外篇运用理论作具体评说，杂论诗歌创作中艺术形象的构成等一系列理论问题。又取同郡古文大家汪琬文章十篇，披瑕指疵，作《汪文摘谬》，亦可见其文学见解。此外，所作序跋、书信亦时有关于诗文的议论②，可与《原诗》参读。

所谓《原诗》，顾名思义，即论诗歌之本源。因此，溯流探源，分析诗歌的源流发展，并且进一步探寻诗歌艺术的本原，是全书理论体系的重要组成部分。

(一)诗歌发展论

《原诗》一开篇就讨论诗歌的源流发展和演变问题。对此，叶燮发挥了公安派，尤其是袁宏道《雪涛阁集序》中“变”的思想。他说：“盖自有天地以来，古今世运气数，递变迁以相禅。古云：‘天道十年而一变。’此理也，亦势也，无事无物不然；宁独诗之一道，胶固而不变乎？”诗歌要发展必然要有变化，有因有创。叶燮强调这种“变”总是越来越进步的，后代一定会超过前代。这种朴素的进化论思想和发展变化的文学观，批判了复古主义的文学思想。当然，这种观点只是从总的发展趋势而言，文学的实际发展过程其实是很复杂的。就某个特定时期或阶段而言，后代文学并不一定比前代更好，甚至可能远远不如前代。

叶燮认为，诗歌的具体历史发展过程是“正”“变”交替的。《内篇》上曰：

> 诗始于《三百篇》，而规模体具于汉，自是而魏而六朝、三唐，历宋、元、明以至昭代，上下三千余年间，诗之质文体裁格律声调辞句，递升降不同，而要之诗有源必有流，有本必达末；又有因流而溯源，循末以返本，其学无穷，其理日出；乃知诗之为道，未有一日不相续相禅而或息者也。但就一时而论，有盛必有衰；综千古而论，则盛而必至于衰，又必自衰而复盛。非有前者之必居于盛，后者之必居于衰也。

诗歌历史发展都是由“正”逐渐达到极致而后开始衰亡，“变”随之产生且趋于兴盛，转而

① 《清史稿·叶燮传》。

② 叶燮:《已畦集》。

成为新的“正”。这新“正”又会逐渐由盛而衰，产生新“变”。在这样的循环往复螺旋上升的过程中，文学才因不断有新的创造而发展向前。所谓盛极而衰，衰极而盛，是符合文学史现象的。

(二)创作主客体论

文学创作不外乎主体和客体两方面，叶燮主要探讨了这两者的构成问题。他指出，诗之客体(也即构成诗的主要内容的客观事物)，可以用理、事、情三要素来概括，而诗之主体(也即诗人)则以才、胆、识、力四者为要。这既是叶燮对文学创作主、客体内涵的具体分析，也是对文学创作主客体的具体要求。他认为诗就是客观事物的理、事、情和作者的才、胆、识、力相结合的产物。《内篇》下云：

> 曰理，曰事，曰情，此三言者，足以穷尽万有之变态。凡形形色色，音声状貌，举不能越乎此。此举在物者而为言，而无一物之或能去此者也。曰才，曰胆，曰识，曰力，此四言者，所以穷尽此心之神明。凡形形色色，音声状貌，无不待于此而为之发宣昭著。此举在我者而为言，而无一不如此心以出之者也。以在我之四，衡在物之三，合而为作者之文章，大之经纬天地，细而一动一植，咏叹讴吟，俱不能离是而为言者矣。

任何对象的描写，都应该结合理、事、情来进行艺术构思；而才、胆、识、力，“所以穷尽此心之神明”，一切理、事、情“无不待于此而为之发宣昭著”。因此，“理、事、情”与“才、胆、识、力”两者又是相互作用的。

叶燮的理、事、情说是对中国古代文学创作理论中有关艺术形象描写的一个总结。《内篇》上云：

> 文章者，所以表天地万物之情状也。然具是三者，又有总而持之、条而贯之者曰气。事理情之所为用，气为之用也。譬之一木一草，其能发生者，理也；其既发生，则事也；既发生之后，夭乔滋植，情状万千，咸有自得之趣，则情也。苟无气以行之，能若是乎？又如合抱之木，百尺干霄，纤叶微柯以万计，同时而发，无有丝毫异同，是气之为也。苟断其根，则气尽而立萎，此时理事情俱无从施矣。吾故曰：三者借气而行者也。得是三者，而气鼓行于其间，絪缊磅礴，随其自然所至即为法，此天地万象之至文也。岂先有法以驭是气者哉？

此处，叶燮说明了何为构成天地间万物的理、事、情：“理”是指事物产生发展的内在规律，“事”指事物循其“理”而发生发展的过程，“情”则为事物所呈现的情状。三者有机统一，随其自然而发展。叶燮还指出事物的理、事、情均由“气”来统率，气是万事万物内在生命力的表现，也是诗与文章的生机和活力所在。

对于才、胆、识、力的具体内涵，叶燮《原诗·内篇》下云：

> 大凡人无才，则心思不出；无胆，则笔墨畏缩；无识，则不能取舍；无力，则不

能自成一家。

因此，“才”是指作者所具有的把思想感情表达出来的才能。故《内篇》下云：“夫才者，诸法之蕴隆发现处也。”“胆”是指敢于发表意见，能打破束缚的精神。故该篇又说：“昔贤有言：成事在胆。文章千古事，苟无胆，何以能千古乎？”“识”是指对客观事物的理事情的辨别能力。故云：“人惟中藏无识，则理事情错陈于前，而浑然茫然，是非可否，妍媸黑白，悉眩惑而不能辨，安望其敷而出之为才乎？”“识”还指对一般艺术技巧的鉴别能力，故又云：“今夫诗，彼无识者，既不能知古来作者之意，并不自知其何所兴感触发而为诗。”“力”是指概括各种事物与独自成家的笔力。故云：“吾尝观古之才人，合诗与文而论之，如左丘明、司马迁、贾谊、李白、杜甫、韩愈、苏轼之徒，天地万物皆递开辟于其笔端……如是之才，必有其力以载之。”

就才、胆、识、力四者关系而言，叶燮认为是独立而又相互联系的，其中“识”最为重要。才外现而识内含，“识为体而才为用”。故曰：

大约才识胆力，四者交相为济，苟一有所歉，则不可登作者之坛。四者无缓急，而要在先之以识。使无识则三者俱无所托。(《内篇下》)

识，对才、胆、力都有重要的指导作用。他还说：“惟有识则能知所从，知所奋，知所决，而后才与胆力，皆确然有以自信，举世非之，举世誉之，而不为其所动摇。”叶燮所强调的“识”，吸收了江西诗派和严羽有关“识”的观点，但又进一步扩大了“识”的内容和范围——不仅是对文学作品的“识”，而更主要是对客观事物的理、事、情的“识”。

此外，作为诗人主体条件的才、胆、识、力，也是叶燮所提倡的作者之“胸襟”的具体体现。“胸襟”是指作家的思想境界和精神情操。叶燮强调创作主体要有高尚、广阔的“胸襟”，认为它是进行诗歌创作的基础。《内篇》上云：“我谓作诗者，亦必先有诗之基焉。诗之基，其人之胸襟是也。有胸襟，然后能载其性情智慧聪明才辨以出，随遇发生，随生即盛。”他把胸襟比作建造屋宇的基础，而学习古人，加强艺术修养，则是材料的累积。有“胸襟”必然匠心自出，材料的运用也就各得其宜了。

叶燮对于诗歌创作主客体因素的分析论述，实际上是对传统诗学中“心物”关系论的进一步发展：“物”具体为理、事、情，“心”具体为才、胆、识、力。传统“心物”关系论阐述文学创作活动中审美意象的生成问题，叶燮这里则主要说明文学创作是主观因素与客观条件的结合，是“以在我之四，衡在物之三”，文学作品由此产生。此前有关论述文学创作诸因素的分析探讨，往往不能综合论述，而叶燮所论，以理、事、情喻客观，以才、胆、识、力喻主观，虽说不一定全面，但基本抓住了事物的核心，具有一定合理性。

五、浙西派和常州派的词学批评

清代词学中兴，盛况空前。这一时期词的创作与批评高度活跃，词派纷呈，其中尤以阳羡派、浙西派以及常州词派声势最为浩大，成为有清一代最具影响力的三大词派。

阳羡派和浙西派出现于清初江南词坛，前者以陈维崧为首，推崇苏轼、辛弃疾的豪放雄奇词风，强调抒发愤郁不平的豪情壮慨；后者以朱彝尊为首，宗奉姜夔、张炎的清空雅正词风，主张以词歌咏“盛世升平”。但从康熙中叶到乾隆末年，两派因在词风上各守门户，长期沿袭不变，流弊日益滋生，前者伤于“率”，后者伤于“碎”①。到嘉庆年间，起衰救弊已是时势所趋。此时，以张惠言为首的常州派崛起，成为晚清词坛上影响最大的词派。

常州派的形成，以张惠言、张琦兄弟在嘉庆二年(1796)编选的《词选》为标志。这部选本附有郑善长的同仁词选，包括张惠言、张琦、黄仲则、恽敬、李兆洛、丁履恒、陆继辂等，因其主要成员多是常州武进县人，故称“常州词派”。道光年间，又有周济、董士锡、宋翔凤等人，发扬蹈厉，大大提高了该流派的影响力。

(一)浙西派的词论

浙西派因龚翔麟编刻《浙西六家词》而闻名，实际上是一个包括浙西籍词人，如朱彝尊、李良年、李符、沈皞日、沈岸登、龚翔麟等，以及一些宗尚相近的异地词人在内的词派。开始时它与陈维崧为首的阳羡派平分秋色，后来其影响和阵容均超过阳羡派而成为词坛首领。浙西派词论主要由朱彝尊、汪森提出，朱、汪共同编选的《词综》集中而具体地显示了其词学宗旨。

朱彝尊(公元1629—1709)，字锡鬯，号竹垞，浙江秀水(今嘉兴)人。康熙十八年(1679)举博学鸿词科，以布衣授翰林院检讨，充史馆纂修官，后因故罢官，三十一年归里居乡著述以终。著有《曝书亭集》等。

朱彝尊论词特别推崇南宋的姜夔，认为词和诗是不同的，词善于表达诗所不能表达的内容。因此，他在作于康熙十年(1671)的《陈纬云红盐词序》中说：

> 词虽小技，昔之通儒巨公往往为之。盖有诗所难言者，委曲倚之于声，其辞愈微，而其旨益远。善言词者，假闺房儿女之言，通之于《离骚》、变雅之义，此尤不得志于时者所寄情焉耳。

这些都说明朱彝尊肯定词寄托哀怨的功能，认为种种郁结幽怀、恨意衷情都可以借词倾吐。其中谈到词人作词与《离骚》、变雅的创作精神相通，宜将经国济世意识、政治寓托和功名抱负通过儿女情感的描写隐约婉曲地表达出来，也即强调了比兴寄托的重要性。

但是，清代社会在康熙中叶后逐步走向稳定，出现繁荣局面，统治者的思想控制加强，推行程朱理学，文学上倡导“清真雅正”的文章。在此背景下，朱彝尊的词学思想出现转变，他在作于康熙二十五年(1686)的《紫云词序》中，提出了词宜于宴嬉逸乐、歌咏太平的主张。他说：

> 词者，诗之余，然其流既分，不可复合。……昌黎子曰：“欢愉之言难工，愁苦之言易好。”斯亦善言诗矣。至于词或不然，大都欢愉之辞，工者十九，而言愁者十一焉耳。故诗际兵弋俶扰流离琐尾，而作者愈工，词则宜于宴嬉逸乐，以歌咏太平，

① 谭献：《复堂词话》。

此学士大夫并存焉而不废也。

从词学观本身来看，朱彝尊由主张发不平之鸣到提倡歌咏盛世升平，确实是一种倒退。但从另一方面讲，这种变化正是社会现实、文人心态以及文人创作变化的反映。治世与乱世的社会环境不同，士人心态存在差异，倚声填词也就有咏愁苦之思与歌太平之乐的区别。后来浙派词人吴锡麟对这一观点作了进一步的阐释和说明："在昔词人遭逢末造，抚铜驼而泣下，惊白雁之飞来……虽愁苦之音工，实欢娱之意少。今则承平多暇，逸兴遄飞。浮大白以高吟，付小红而低唱。……此其送抱推襟，唱余和汝；有不极倚声之妙，擅体物之能者哉！"①

朱彝尊曾辑唐至金元词作二千余首为《词综》，共二十六卷（后汪森补十卷为三十六卷），所选词以"醇雅"为旨归，他反复强调：

> 盖词以雅为尚。（《乐府雅词跋》）
>
> 念倚声虽小道，当其为之，必崇尔雅，斥淫哇，极其能事，则亦足以宣昭六义，鼓吹元音。（《静惕堂词序》）

这种词学思想和选词标准，与歌咏盛世升平的主张有联系。清醇雅正的审美理想通常是在和平稳定的社会背景下形成的。方孝岳先生说："凡是乱极思治的时期，文学上的心理，都不觉趋向到这一点，大家的手眼，都趋于扫淫哇而归清正，一心要树立和平的文学。"②在社会趋于稳定的康熙中后期，人们已没有动乱年代的那种激愤情绪，原来悲凉、凄切、哀怒的心境，逐渐为平和闲适的心态所取代，反映到创作上就是讲究温柔敦厚，标榜清醇雅正。

汪森（公元1653—1726）是朱彝尊的友人，字晋贤，号碧巢，浙江桐乡人。贡生，历任户部江西司郎中、桂林通判。著有《小方壶文钞》、《小方壶存稿》。他写的《词综序》是浙西派的一篇重要词论。他在序中特别强调不能把词看作是"诗余"，认为"古诗之于乐府，近体之于词，分镳并骋，非有先后；谓诗降为词，以词为诗之余，殆非通论矣"。他还认为西蜀、南唐以后词之发展，"言情者或失之俚，使事者或失之伉。鄱阳姜夔出，句琢字练，归于醇雅"。于是沿之而起者纷纷然，"而词之能事毕矣"。这里突出了姜夔在词史上的巨大作用，视南宋姜夔一脉词风为极境，并概括姜夔词的特点是"句琢字练，归于醇雅"，这成为浙西派词论要义的最简明表述。汪森的思想正可与朱彝尊互相补充说明，成为浙派词人之基本词学观。

（二）张惠言、周济及常州词派

嘉庆年间常州词派兴起，虽然此时浙派余势未消，但词坛易帜已成不可逆转的潮流。常州词派发轫于张惠言，至周济初成体系。

张惠言（公元1761—1802），字皋文，号茗柯，常州武进人。嘉庆四年进士，官庶吉

---

① 吴锡麟：《仿乐府补题倡和词序》。

② 方孝岳：《中国文学批评史》，三联书店1986年版，第200页。

士、翰林院编修，专治《周易》、《仪礼》，精词学。著有《茗柯文编》，编有《词选》、《七十家赋钞》。张惠言的词学观点主要见于由他主持，与弟张琦合编的《词选》一书。他写的《词选序》集中表达了该派的词学思想，书中评语则反映了他论词的具体旨趣和批评方法。

浙西派重"雅正"，推崇姜夔、张炎一派，后进承风，内容逐渐趋向空虚、狭窄。常州派张惠言欲挽此颓风，要求词能"与诗赋之流同类而风诵"，讲"寄托"，扩大了词境。这对当时和后来的词风都有很大的影响。《词选序》说：

> 传曰："意内而言外，谓之词。"其缘情造端，兴于微言，以相感动，极命风谣。里巷男女，哀乐以道。贤人君子幽约怨悱不能自言之情，低徊要眇，以喻其致。盖诗之比兴，变风之义，骚人之歌，则近之矣。然以其文小，其声哀，放者为之，或跌荡靡丽，杂以昌狂俳优。然要其至者，莫不恻隐盱愉，感物而发，触类条鬯，各有所归，非苟为雕琢曼辞而已。

首先，张惠言强调词是和诗歌一样有抒情达志作用的文学形式。词与《诗》、《骚》相比，在"缘情造端，兴于微言，以相感动"方面并无根本区别。其次，他进一步指出，词的表现方法比诗歌更为含蓄委婉，更重视"意内而言外"而有所寄托。

出于对比兴寄托的强调，张惠言引用了许慎在《说文解字》中对"词"的训诂"意内而言外"，来证明词体本身就包含着言外微讽之义。其实《说文解字》所谓的"词"并非指词曲这种文体，而是旧时所谓"语词"亦即虚词的意思。很明显，张惠言对《说文解字》的引证其实是一种误读。但是这种误读，意在强调词的比兴寄托。从总体上讲，张惠言这种认为词"非苟为雕琢曼辞"，而是寄托了作者某种思想情绪的基本观点，还是符合许多词家的创作实际的。

周济(公元1781—1839)，字保绪，又字介存，号未斋，江苏荆溪(今宜兴)人。嘉庆十年进士，官淮安府学教授，旋引疾去。著有《介存斋文稿》、《介存斋论词杂著》等，编有《词辨》(存二卷)，选有《宋四家词选》一卷。他在尊词体、重寄托、建词统等方面，完善并发展了张惠言的理论，提高了该词派的词论水平。

周济认为"意能尊体"，"信乎忠义之士，性情流露，不求工而自工"①，高词意是尊词体和写好词的关键所在。所以，他在张惠言推尊词体的基础上，着重提倡词要有"论世"的作用。他指出："感慨所寄，不过盛衰……见事多，识理透，可为后人论世之资。诗有史，词亦有史，庶乎自树一帜矣。"(《介存斋论词杂著》)这与张惠言提倡词要有比兴寄托的内容，要能反映现实生活，发挥其社会功能的观点，基本上是一致的。

此外，周济在强调词的寄托方面，比张惠言更为突出，他在《介存斋论词杂著》(1812)中说：

> 初学词求有寄托，有寄托则表里相宜，斐然成章。既成格调求无寄托，无寄托则指事类情，仁者见仁，智者见智。

① 周济：《介存斋论词杂著》。

“有寄托”意即要求词的描写具有明确的情感寄寓，有了特定情感的形象，词作才有了灵魂和内容，表里相符，内含章美。但更高形态是周济所谓“无寄托”的，即追求意旨的不确定性，能够给予读者广阔的想象空间，意味无穷，耐人寻味，能够产生多种想象、多种诠释。因此，从艺术的角度出发，“无寄托”是高于“有寄托”的，也是对词人的识见学养和艺术造诣提出的最高要求。

在此基础之上，周济于1832年明确提出了“夫词，非寄托不入，专寄托不出”(《宋四家词选目录序论》)的重要思想。“出入”一语，前人已有所论述。周济所谓“入”是入门的意思，“出”是超诣的意思，它们分别代表词创作的初级和高级阶段。周济认为词人刚开始学作词时，应该细致观察事物，体会心境，达到心中一旦有情感产生，则借以寄寓情感的物象就会从心中涌现出来，形于笔下，亦即“意感偶生，假类毕达”。这样写出的词作，其意与象、情与景自然相应不违，达到如此境界，表明词人已“入”词学之门。在这种境界中，以象寓情是必要的；不能寓情，即不能入门，故曰“非寄托不入”。

当词人作词多了，他临物时的意兴会变得极为敏感而丰富，不但“逐境必寤”，而且情感的发生也会打破平日建立起来的与景物固定对应的关系。故虽描写平淡、浅近之景，也会万感交集，其情旨难有确切的规定性。由此，读者在接受的时候不易直接看出作者的寓意，会有一种复杂丰富、不可名状的感受，必须对词作反复地涵咏，才能体会其中的深意。周济以“意为鲂鲤”①比喻好词的意旨空灵迷离，像鲂鱼一样不好捕捉。他认为，要使词意达到这种最高境界，就必须从以情寓景、情景相应的创作模式中超脱出来，亦即“专寄托不出”。

周济在《宋四家词选目录序论》中阐述的这一观点，不但从艺术效果上强调了作品情感寓意的深厚含蓄，而且也从创作的角度揭示了寓意复杂的作品产生的心理依据。这比他初期提出的“初学词求有寄托”与“既成格调求无寄托”的观点又有了更进一步的发挥，反映了他思想的发展和成熟。

第三节 清代小说戏曲理论批评

清代小说戏曲理论有着很大的发展和进步。清代小说戏曲理论的新发展，在序跋、笔记、诗赋及评点等各方面都有所表现，而最突出的是反映在小说戏曲评点上。就理论价值而言，金圣叹的《水浒传》评点和李渔的《闲情偶寄》是这一时期小说理论和戏曲理论的代表。

一、小说戏曲评点

小说戏曲理论发展到清代已经相当丰富而成熟了，且自成系统，各具特色。其中，小说戏曲评点沿着前朝余绪继续发展，到此期成为最有特点、也最有成就的批评样式。它与

① 典出刘向《说苑》：传说“鲂”在鱼饵前不像一般鱼那样“迎而吸之”，而是“若存若亡，若食若不食”。

其他形式的批评结合在一起，以灵活多样，解读点评自由，既有鸟瞰，又可细读等原因深受论者青睐和读者欢迎。

明末清初著名批评家金圣叹为清代小说理论的发展开创了新局面。他以一部《贯华堂本第五才子书水浒传》奠定了他在中国《水浒》批评史，乃至整个小说批评史上的杰出地位。继金圣叹之后，清代小说评点出现了一个鼎盛时期，出现了大批小说评点作品，丰富了中国古代小说理论的宝库。其中，毛纶、毛宗岗父子评点《三国演义》，张竹坡评点《金瓶梅》声名最大。毛氏父子以小说家的眼光分析历史小说的特点以及《三国演义》的结构和人物形象，颇有见地。张竹坡的《金瓶梅》评点则突出地表现了批评家主体意识的加强，以及对世情小说理论的完善。除通俗小说之外，文言小说理论也有发展，尤其是康熙中叶《聊斋志异》横空出世，其相关评点带动了志怪小说理论的新发展。冯镇峦评点《聊斋志异》，不仅全面分析了其艺术成就，还坚决捍卫了这部文言小说集在文学史上应有的地位，所谓"当代小说家言，定以此书第一"(《读聊斋杂说》)。

《红楼梦》是中国古典小说的最高峰，它的作者曹雪芹不仅是一位伟大的小说家，其小说理论也别具一格。曹雪芹虽没有小说理论批评的专著流传于世，却善于借《红楼梦》部分章回，以"小说"之体表达自己的文学观点。如第一回"甄士隐梦幻识通灵 贾雨村风尘怀闺秀"部分段落，反对简单地将小说作为泄愤导欲的工具，在纯洁小说的文字的同时，还批评了以往小说公式化、脸谱化的作法。此外，最早而最有影响的《红楼梦》评点当推脂砚斋。脂砚斋的小说批评深受金圣叹影响，但其进步小说观又与曹雪芹十分一致。

清初的戏曲理论，在晚明戏曲理论和表演技术进步的基础上又有了新的发展。首先，金圣叹评点《西厢记》，使得戏曲评点这一批评形式大放异彩。他不仅为准确阐明剧本的主题思想及其社会意义作出努力，而且十分注意戏剧艺术特点的分析，或长篇大论，或片语只言，相当精辟地总结了前人的艺术造诣和成就。此外，值得一提的是孔尚任的剧作《桃花扇》。该剧剧本卷首所列《小引》、《小识》、《凡例》、《纲领》、《本末》等文字，以及全剧的评点，系统阐明了作者在题材处理、情节设置、结构安排、人物刻画、主题开掘、遣词造句等方面的理论见解。作为一种特殊的戏曲批评，其间不乏真知灼见。这种由剧作者直接向读者阐述创作意图的做法并不鲜见，由此也能看出作者的良苦用心。

与此同时，除了戏曲评点，大批曲话、曲论也涌现出来。就理论贡献而言，清初李渔的《闲情偶寄》成就最大。其余曲话、曲论或谈创作，或研声律，或考曲目，或辑资料，或评论作家作品，或杂考戏曲故事，或论述表演技巧，内容广泛，形式多样，从而构建了一个结构完整、内容丰富、具有民族特色的戏曲理论体系。

二、金圣叹

金圣叹(公元1608—1661)，原姓张，名采，字若采。后改姓金，名喟，字圣叹，明亡后更名人瑞，江苏吴县人。金圣叹少有才名，性格狂放怪诞，思想激进，"为人倜傥高奇，俯视一切，好饮酒，善衡文评书，议论皆发前人所未发"①。后因"哭庙案"被杀于南京。他称《离骚》、《庄子》、《史记》、杜甫诗、《水浒传》、《西厢记》为六大才子书，其文

① 廖燕:《金圣叹先生传》。

学思想主要体现在对这六部书的评点中。其中《水浒传》、《西厢记》评点最为著名。著有诗集《沉吟楼诗选》等。

金圣叹视《水浒传》为最高创作典范，认为"《水浒》之文精严，读之即得读一切书之法也"。① 他大大发展了评点这种独特的文学批评样式，用生动流畅的文笔，细致切实、逐段逐句地分析了整部七十回小说。

(一)创作论

金圣叹《水浒传》评点的理论价值突出地表现在对小说创作规律的揭示上。

第一，"庶人之议"与"怨毒著书"说。

金圣叹于明崇祯十四年(1641)评点《水浒传》，正值明末农民起义风起云涌之时。对此，他的态度十分矛盾，既反对农民起义，反对给《水浒传》加以"忠义"之名，又痛恨贪官污吏，谴责统治者的昏庸无能，认为农民起义是酷吏赃官逼出来的。因此，金圣叹在第一回回首总评，借史进的名字发了一段精彩议论：

> 王进去后，更有史进。史者，史也，寓言稗史亦史也。夫古者史以记事，今稗史所记何事？殆记一百八人之事也。记一百八人之事，而亦居然谓之史也何居？从来庶人之议皆史也。庶人则何敢议也？庶人不敢议也。庶人不敢议而又议，可也？天下有道，然后庶人不议也。今则庶人议矣。何用知其天下无道？曰：王进去，而高俅来矣。

这里是借"庶人之议"表达对社会黑暗的不满，认为只要"天下无道"，就必然会有"庶人之议"。

从屈原的"发愤以抒情"到司马迁的"发愤之所为作"，"愤"已经成为一个具有民族特点的表达创作主体情感的重要审美概念。明代李贽把"愤"的创作论引入小说评论，他在《〈忠义水浒传〉序》中指出："《水浒传》者，发愤之所为作也。"金圣叹继承了这一思想，着眼于审美主体的愤激之情，提出了"发愤作书"、"怨毒著书"之说。他在《水浒传》第六回林冲"男子汉空有一身本事，不遇明主，屈沉在小人之下，受这般腌臜气"的话后面，批道："发愤作书之故，其号耐庵不虚也。"又在《水浒传》第十八回回首总批中说："此回前半幅借阮氏口痛骂官吏，后半幅借林冲口痛骂秀才，其言愤激，殊伤雅道。然怨毒著书，史迁不免，于稗官又奚责焉？"

第二，"因文生事"说。

金圣叹对小说的艺术特征有较为深刻的认识。他在《读第五才子书法》中总结了明代关于小说和历史异同的争论，通过对《史记》和《水浒》的比较，指出了两者在创作上的不同特点。他说：

> 某尝道《水浒》胜似《史记》，人都不肯信，殊不知某却不是乱说。其实《史记》是以文运事，《水浒》是因文生事。以文运事，是先有事生成如此如此，却要算计出一

① 金圣叹：《水浒传序三》。

篇文字来，虽是史公高才，也毕竟是吃苦事；因文生事却不然，只是顺着笔性去，削高补低都由我。

这里用“以文运事”和“因文生事”，把有文学色彩的历史著作和纯粹的文学作品——小说的不同特点，作了明确的区分。“以文运事”是指《史记》中的“事”(包括人物和事件)是已经存在的历史事实，作者不能任意改变或虚构，只是用有文采的笔把它写出来。而《水浒》的创作则是“因文生事”。作家可以为了构思一篇小说而在概括大量生活现实的基础上，按照自己的理想创造出若干人和事。

第三，“因缘生法”说。

金圣叹指出小说是“因文生事”，然而“因文生事”并不是不遵循规律地乱写。尤其是人物性格本身具有多样性的形态，这对复杂、矛盾的性格塑造提出了很高的要求。因此，金圣叹强调创作必须做到“深达因缘”，也即把握“因缘生法”的根本原理。他指出：

经曰：因缘和合，无法不有。自古淫妇无印板偷汉法，偷儿无印板做贼法，才子亦无印板做文字法也。因缘生法，一切具足。……而耐庵作《水浒》一传，直以因缘生法为其文字总持，是深达因缘也。(《第五才子书施庵水浒传·第五十五回回评》)

忠恕，量万物之斗斛也，因缘生法，裁世界之刀尺也，施耐庵左手握如是斗斛，右手持如是刀尺，而仅乃叙一百八人之性情、气质、形状、声口者，是犹小试其端也。(《水浒传序三》)

“因缘生法”本是佛教用语，指宇宙万物的生灭，都是内因外缘彼此作用的结果。世间的人与事体现了“因缘生法”，小说中的人与事同样符合这个道理。而所谓“深达因缘”，就是要求作家在构思人物和安排设置情节时，设身处地，以己之心体会人事的“因缘”，分析研究并准确把握人物语言、行动、性格所赖以产生的原因和条件，使人物情节符合自身的逻辑关联，从而传神地展现出一个本质虚幻却给人以真实效果的艺术世界。

金圣叹用“因缘生法”分析了宋江杀惜的情节：“宋江之杀，从婆惜叫中来；婆惜之叫，从鸾刀中来。作者真已深达十二因缘法也。”(《第五才子书施庵水浒传·第十二回回评》)“十二因缘”指一系列因果关系形成的逻辑环节，金圣叹借此说明小说情节发生、发展、结果之间的关联。小说之“文”随着事件的内在规律，一环紧扣一环地铺陈开来，形成了一个连续运动、关联紧密的情节序列。

第四，“澄怀格物”说。

金圣叹总结了《水浒》人物塑造、性格刻画方面的艺术经验，进而从作家主体修养方面研究创造出众多性格各异的人物形象的原因。他认为作家要使“其文亦随因缘而起”，必须“深达因缘”，要想“深达因缘”，就必须“格物致知”。他在《水浒传序三》中说：

天下之文章，无有出《水浒》右者；天下之格物君子，无有出施耐庵先生右者。学者诚能澄怀格物，发皇文章，岂不一代文物之林，然但善读《水浒》而已，为其人绰绰有余也。

> 施耐庵以一心所运，而一百八人各自入妙者，无他，十年格物而一朝物格，斯以一笔而写百千万人，故不以为难也。

《礼记·大学》曰："致知在格物，物格而后知。""格物致知"意即细致推究事物的原理而获得深刻的认识和了解。但金圣叹借用此语来说明人物性格的创造过程时，"格物"就是穷究人物，"物格"则是经过长期的艰苦努力，在"知喜怒哀乐，无我无人，无不自然，诚于中，形于外，谓之格物"的穷究之后，把握住人物性格的审美过程。

同时，金圣叹指出"格物"的前提是"澄怀"，即不存杂念，不带偏见。"盖其心清如水，故物来毕照。"(第六十一回夹评)所谓"澄怀格物"就是要求作家内心虚静，排除一切杂念干扰，专心一致地在自己胸中反复酝酿、琢磨、推敲，然后才能写出栩栩如生的人物形象。因此，金圣叹一再强调"格物之法，以忠恕为门"(《水浒传序三》)。《水浒传》第四十二回总评中说："率我之喜怒哀乐自然诚于中，形于外，谓之忠。"在此基础上，"知家国、天下之人率自喜怒哀乐无不自然诚于中，形于外，谓之恕"。这里的"忠恕"，不属伦理范畴，而是忠实、客观之义。因此，"不知因缘生法，则不知忠；不知忠，乌知恕哉！"经过反复论证，金圣叹得出结论："忠恕，量万物之斗斛也，因缘生法，裁世界之刀尺也。"(《水浒传序三》)

第五，"三境"说。

金圣叹在《水浒传序一》中提出文学创作"圣境"、"神境"、"化境"三境说：

> 心之所至手亦至焉者，文章之圣境也；心之所不至手亦至焉者，文章之神境也；心之所不至手亦不至焉者，文章之化境也。夫文章至于心手皆不至，则是其纸上无字无句无局无思者也，而独能令千万世下人之读吾文者，其心头眼底，乃窅窅有思，乃摇摇有局，乃铿铿有句，而烨烨有字，则是其提笔临纸之时，才以绕其前，才以绕其后，而非徒然卒然之事也。

金圣叹文章"三境"说的直接思想来源是李贽《杂说》中有关"化工"与"画工"的区分，以及容与堂刻本《李卓吾先生批评忠义水浒传》评点中有关"化工"与"画工"的论述。金圣叹提出的"化境"与"圣境"，在美学特色上分别与李贽的"化工"和"画工"相类似，而"神境"则介于"画工"与"化工"之间。

然而，金圣叹的"三境"说与李贽的"画工"、"化工"说又有着共同的理论渊源——中国古代绘画理论。古代书画理论将书画作品分为逸品、神品、妙品、能品，并重视逸品；将绘画作品分为士人画(也称文人画)和画工画，并推崇士人画。金圣叹和李贽对文学作品"化工"、"化境"的推崇正是受这种思想影响。因此，"逸品"、"神品"分别对应"化境"、"神境"的产物，"妙品"与"能品"则大致相当于"圣境"的产物。同时，金圣叹论述"三境"特点，还吸收了中国古代用心手关系评画的方法。"化境"为"三境"之最高境界。它摒弃了"心"与"手"作为主体运思和功能的存在，进入完全超越的境地，具有极高的审美素质和独特的审美效应。文章"三境"说，使古代小说理论纳入了源于庄子哲学的中国古代艺术美学体系，这也正是金圣叹小说理论高于他人的关键所在。

(二)人物论

《水浒传》的人物塑造非常成功，金圣叹对此极为赞赏。他指出《水浒传》中不同人物具有鲜明独特的性格特征。他在《读第五才子书法》中说：

> 别一部书，看过一遍即休，独有《水浒传》，只是看不厌，无非为他把一百八个人性格，都写出来。
>
> 《水浒传》写一百八个人性格，真是一百八样。若别一部书，任他写一千个人，也只是一样，便只写得两个人，也只是一样。

塑造性格鲜明独特的人物形象是小说艺术的本质特征。金圣叹以此作为衡量小说艺术成就高下的根本标志，代表着我国小说批评的重大进步。

金圣叹主张典型形象的塑造，需要概括化与个性化的统一。《水浒传序三》说："《水浒》所叙，叙一百八人，人有其性情，人有其气质，人有其形状，人有其声口。"同时，"任凭提起一个，都似旧时熟识"。这说明《水浒传》在塑造人物形象上已达到了很高境界，每一人物形象既有其个性，又概括了某一类型人的本质特征，包含一定的普遍意义，能引起人的联想。

同时，金圣叹认为要使人物形象传神和逼真，必须写出人物性格的"同中之异"。他在《读第五才子书法》中说：

> 《水浒传》只是写人粗卤处，有许多写法。如鲁达粗卤是性急，史进粗卤是少年任气，李逵粗卤是蛮，武松粗卤是豪杰不受羁靮，阮小七粗卤是悲愤无处说，焦挺粗卤是气质不好。

都是粗鲁，但又因为各人的社会地位、生活经历、文化教养等的不同而各有明显的差别，这样就写出了各人不同的个性。为此，金圣叹提出人物性格"犯中见避"的命题："将欲避之，必先犯之"，"夫才子之文，则岂惟不避而已，又必于本不相犯之处，特特故自犯之，而后从而避之"。(《水浒传》第十一回评点)他以林冲买刀和杨志卖刀为例，指出："此书于林冲买刀后紧接杨志卖刀，是正所谓才子之文必先犯之者，而吾于是始乐得而综观其避也。"

金圣叹十分赞赏《水浒传》善于通过个性化的人物语言，特殊的行为、动作、举止、处事方式，来表现其特殊的性格。"《水浒传》并无之乎者也等字，一样人，便还他一样说话，真是奇绝本事。"(《读第五才子书法》)所谓一样人一样语言，就是符合人物性格化的语言。《水浒传》中不仅人物语言如此，人物的行为、动作描写也是如此。如金圣叹称赞鲁达为营救金氏父女，打店小二的描写："一路鲁达文中，皆用'只一掌'，'只一拳'，'只一脚'，写鲁达阔绰，打人也打得阔绰。"人物行为动作从整体性格中表现出来，又起到丰富性格总体内容的作用。

(三)情节结构论

金圣叹对于小说情节结构的安排设置问题，发表了一系列极具价值、开小说美学先河的见解。在《水浒传序三》中，金圣叹提出小说结构精严论。所谓“精严”，集中体现在小说的艺术构思和布局的整体性上：

> 盖天下之书，诚欲藏之名山，传之后人，即无有不精严者。何谓之精严？字有字法，句有句法，章有章法，部有部法也。……夫固以为《水浒》之文精严，读之即得读一切书之法也。

衡量小说艺术的重要标志之一，是能否使小说中纷繁的情节和人物弥纶一体，成为一部结构紧凑精严的作品。金圣叹在《水浒传》第十三回总评中区分了两种不同的构思方式：“有全书在胸而始下笔著书者”与“无全书在胸而姑涉笔成书者”。他指出，作者在构思时，需要深入细致地酝酿，使“全书在胸”始下笔著书。同时，金圣叹在《水浒传序一》中以裁缝之“裁”喻小说家之“才”，通俗地说明了艺术构思的整体布局。“才之为言裁也。有全锦在手，无全锦在目，无全衣在目，有全衣在心，见其领知其袖，见其襟知其帔也。夫领则非袖，而襟则非帔，然左右相就，前后相合，离然各异，而宛然共成者，此所谓裁之说也。”作为叙事文学作品，《水浒传》在安排故事情节，使其成为一个有机整体方面，无疑达到了很高的水平。故金圣叹在《读第五才子书法》中说：“《水浒传》七十回，只有一目俱下，便知二千余纸，只是一篇文字。”

虽然金圣叹十分欣赏和主张曲折离奇的情节艺术，也讲了许多情节生动离奇的特征，但他始终坚持“真实”原则，注重情节的生活情理。他指出，情节作为人物性格的发展史，始终要由人物的“性情”来组织、发展和解决矛盾冲突。《水浒传》第二十二回回首批语：

> 天下莫易于说鬼，而莫难于说虎。无他，鬼无伦次，虎有性情也。说鬼到说不来处，可以意为补接。若说虎到说不来时，真是大段着力不得。

金圣叹对说“鬼”、说“虎”的情节加以比较，说明情节的刻画要从现实的“性情”出发，而不能随意“补接”。此外，金圣叹还总结、概括出“草蛇灰线法”、“绵针泥刺法”、“弄引法”、“獭尾法”等十几种小说情节结构安排之“法”，极大地丰富了中国小说叙事学和结构学理论。

三、李渔

李渔(公元1611—1680)，字笠鸿，又字谪凡，号笠翁，别署笠道人、随庵主人、新亭樵客、觉世稗官等。江苏稚皋(今如皋)人，祖籍浙江兰溪。明末诸生，入清后绝意仕进，移家南京、杭州等地，以印书卖文、领家庭戏班四处演出维持生计。李渔兴趣广泛，才思敏捷，工诗善文，旁及杂艺，尤长戏曲，常自为编导，乃至粉墨登场，对戏曲剧本的创作和演出都有丰富的经验。所作有小说集《十二楼》、《无声戏》(又名《连城璧》)；戏曲集《笠翁十种曲》；诗文杂著《笠翁一家言》。其戏曲理论见于收入《笠翁一家言》中的《闲情偶寄》。

《闲情偶寄》是一部杂著，分为词曲部、演习部、声容部、居室部、器玩部、饮馔部、种植部、颐养部。其中第一卷《词曲部》、第二卷《演习部》是关于戏曲之专论，系统论述了关于戏曲创作和表演的多方面的问题，形成一个较为完整的戏曲理论体系。《词曲部》从结构、音律、宾白、科诨、格局等方面论述了戏曲的创作原则、技巧；《演习部》从选剧、变调、授曲、教白、脱套等方面论述了戏曲的表演、导演艺术；此外在《声容部》的“歌舞”条内，还涉及演员的挑选、教育、训练等内容。

由于戏曲是一种综合表演艺术，李渔的戏曲理论始终紧密联系舞台演出实践。《词曲部·宾白》中这样描述他的剧本创作情况：

> 笠翁手则握笔，口却登场，全以身代梨园，复以身代梨园，复以神魂四绕，考其关目，试其声音，好则直书，否则搁笔，此其所以观听咸宜也。

“填词之设，专为登场”①，这是戏曲艺术的本质特性和独立品格。它决定了舞台演出效果是检验戏曲作品的根本标准。在李渔看来，剧作家所写的剧本，并非是供人在案头欣赏，而是为了在舞台上演出的。戏剧艺术活动需要剧作家、导演、演员和观众的积极参与，而作为戏剧艺术接受者的观众，又在整个活动中占有中心地位。

(一)戏曲结构论

李渔的戏曲理论，颇多超越前人水平的地方。他提出结构第一、词采第二、音律第三、宾白第四、科诨第五、格局第六的看法，主次分明，自成一说，突出了戏曲艺术的特点和要求。

> 填词首重音律，而予独先结构者……至于结构二字，则在引商刻羽之先，拈韵抽毫之始。如造物之赋形，当其精血初凝，胞胎未就，先为制定全形，使点血而具五官百骸之势。(《词曲部·结构》)

李渔所谓“结构”即是戏剧创作的总体构思布局，它是创作成败的关键。元明以来曲论大都偏重音律，李渔则把结构放到首位。他强调创作剧本之前，必先立好间架，制定全形，若急于拈韵抽毫，“当有无数断续之痕”，终于是要失败的。因此，戏曲作品首先在于结构严整、布局完善，词采、音律等都是为其服务的。这一立场，标志着传统戏剧研究从“重曲”到“重戏”，从“语言中心论”向“情节中心论”的深刻变化，对近代戏论产生了重要的先导作用。此外，李渔还指出，“有奇事，方有奇文”，引人入胜的情节不仅是叙事性艺术的关键因素，也是好的曲文的重要前提。

《闲情偶寄·词曲部》的“结构第一”，下辖七个方面：“戒讽刺”、“立主脑”、“脱窠臼”、“密针线”、“减头绪”、“戒荒唐”、“审虚实”。由这些论题可以看出，李渔所说的“结构”相当于创作的“艺术构思”。但其内涵涉及戏剧文学创作的主要矛盾冲突、创新性、典型化、情节设置等一系列重大文学理论问题，比现代文艺理论的“结构”要广泛得多。如“立主脑”要求确立主要戏剧矛盾，并围绕其安排设置其余情节；“脱窠臼”反对盗袭窠

① 李渔：《闲情偶记·演习部·选剧》。

臼，提倡戏剧创作的独创性；“密针线”、“减头绪”要求情节安排合理，布置严紧，主线分明，突出主要戏剧冲突，不能有任何破绽和矛盾；“戒荒唐”、“戒讽刺”则强调戏剧创作必须对现实生活作客观真实的描写，使之具有广泛深刻的社会意义，反对把戏剧变成泄愤工具，或写些荒诞不经的内容作为个人消遣之用。

（二）戏曲语言论

李渔在“词采第二”中，对戏曲语言提出了四点要求：“贵浅显”、“重机趣”、“戒浮泛”、“忌填塞”。

首先，戏曲作为一种舞台演出艺术，其特性决定了戏曲语言必须浅显。戏曲语言与诗文、小说不同，主要依靠听觉来起作用。

> 曲文之词采，与诗文之词采非但不同，且要判然相反。何也？诗文之词采，贵典雅而贱粗俗，宜蕴藉而忌分明。词曲不然，话则本之街谈巷议，事则取其直说明言。（《词曲部·词采·贵浅显》）

同时，李渔指出，对于戏曲语言的要求，必须考虑到观众的接受能力。“传奇不比文章，文章做与读书人看，故不怪其深；戏文做与读书人与不读书人同看，又与不读书之妇人小儿同看，故贵浅不贵深。”（《词曲部·词采·忌填塞》）读者、观众不同，要求不一，语言之深浅当然也应有所区别。

其次，浅显通俗便于观众了解接受，并非排斥文采，不讲究曲词的艺术美，更不是粗制滥造、庸俗肤浅。因此李渔要求剧作者“能以浅处见其才”，“以其深而出之浅，非借浅以文其不深”。从演出的效果出发，他在《词曲部·词采·重机趣》中提出戏曲语言讲求“机趣”的观点。所谓“机趣”，指戏曲语言要生动活泼，富有灵性和生活气息，要能体现人物的精神风貌、气质个性，要血脉相连，“勿使有断续痕，勿使有道学气”。无“断续痕”，是指一部戏曲的语言必须风格统一，剧情前后相连，相互照应；无“道学气”则是反对一切陈腐僵硬的道学说教。能写出既浅显而又有机趣的曲词，使观众易于了解而又感到趣味盎然、别有风致，这才是作文高手。

再次，戏曲语言要紧密联系舞台人物形象的塑造。语言的选择应该依角色而定，因此，粗俗的语言在特定情况下也可以进入戏曲。对此李渔提出语言要“戒浮泛”的观点：

> 词贵显浅之说，前已道之详矣。然一味显浅而不知分别，则将日流粗俗，求为文人之笔而不可得矣。……极粗极俗之语，未尝不入填词，但宜从脚色起见。如在花面口中，则惟恐不粗不俗，一涉生旦之曲，便宜斟酌其词。无论生为衣冠仕宦，旦为小姐夫人，出言吐词当有隽雅舂容之度。即使生为仆从，旦作梅香，亦须择言而发，不与净丑同声。以生旦有生旦之体，净丑有净丑之腔故也。（《词曲部·词采·戒浮泛》）

“浮泛”的另一种表现是脱离人物事件，空泛而毫无意义的景物描写。李渔认为，戏曲中的景色描写必须与人物情感、情节变化紧密相关。故“批点传奇者，每遇游山玩水、赏月观花等曲，见其止书所见，不及中情者，有十分佳处，只好算得五分”①。例如《琵琶记》中《赏月》四曲，“同一月也，牛氏有牛氏之月，伯喈有伯喈之月。所言者月，所寓者心。牛氏所说之月，可移一句于伯喈？伯喈所说之月，可挪一字于牛氏乎？夫妻二人之语，犹不可挪移混用，况他人乎”？② 只有情景合一才能做到语言精美而不浮泛。

最后，李渔还重视戏曲宾白，将宾白与曲文等视并重。以往作家和论者，都往往偏重曲词，视宾白为“末着”。李渔则说：

> 曲之有白，就文字论之，则有如经文之于传注；就物理论之，则如栋梁之于榱桷；就人身论之，则如肢体之于血脉。非但不可相无，且觉稍有不称，即因此贱彼，竟作无用观者。故知宾白一道，当与曲文等视。有最得意之曲文，即当有最得意之宾白。但使笔酣墨饱，其势自能相生。(《词曲部·宾白》)

同时，对于宾白(包括科诨)，李渔提出了具体而细微的要求，如“声务铿锵”、“语求肖似”、“词别繁减”、“字分南北”、“文贵洁净”、“意取尖新”、“少用方言”、“戒淫亵”、“忌俗恶”、“重关系”、“贵自然”等。

此外，李渔在《闲情偶记》的《演习部》和《声容部》详尽论述了戏剧表演等相关问题。他在总结自己丰富实践的基础上，把中国古典戏剧表演理论和编导理论提升到一个新的高度。李渔的戏曲理论，标志着古典戏论发展到一个比较成熟的阶段，为近现代戏剧奠定了坚实的基础。

◎思考题：

1. 试述金圣叹关于文学虚构和人物性格塑造方面的理论。
2. 试述李渔“结构第一”的理论内涵。
3. 试述王夫之情景理论及其历史价值。
4. 论述袁枚与公安派“性灵说”的异同。
5. 试述桐城派古文理论的主要内容及其对唐宋古文运动理论的发展。

---

① 李渔：《闲情偶记·词曲部·词采·戒浮泛》。
② 李渔：《闲情偶记·词曲部·词采·戒浮泛》。

第八章　近代文学批评

中国近代史，一般指1840年鸦片战争到1919年五四运动前。近代中国，社会性质发生了重大变化。传统的自给自足的农耕社会开始解体，商品经济的发展和帝国主义的入侵，使中国走向半殖民地半封建社会。近代政治则经历了从资产阶级改良主义到民主革命的一系列变革。帝国主义列强的侵略，使民族矛盾日益尖锐，救亡图存成为时代的最强音。在帝国主义的大炮轰开古老中华封闭大门的同时，也带来了西方先进的思想文化和科学技术，由此开始了一个多世纪的传统和现代、中国与西方的文化碰撞。与中国近代社会转型相适应，中国近代文学理论批评在文学观念、批评的内容和方法、批评文体上都呈现出过渡性特征。本章将在中西文化激烈碰撞的大背景下，探讨近代文学批评的理论转型，近代文学批评的文体特征，近代诗文理论批评与近代小说戏曲理论等问题。

第一节　概　　述

鸦片战争后，在西方文化的冲击下，中国近代开始了艰难的文化转型，文化变革作为中国社会总体变迁的一个重要组成部分，经历了一个从物质层面到制度层面，再到精神层面的演进过程。近代文论是在中国近代的政治、经济和文化发生巨变的背景中发展的，它较之古代文论既增添了新的内蕴，又具有新的形态，但传统文论的影响、对外来文化的生吞活剥，又使近代文论鲜明地带有新旧并陈、中西交汇的特点。刘熙载的《艺概》、陈廷焯的《白雨斋词话》、梁启超的文学革命理论、王国维的《人间词话》是这一时期文论的代表。

一、近代的文化背景

1840年西方列强以武力打开古老中国的大门，从此中国在屈辱中被迫走上了近代化的道路。在整个近代中国的80年间，与中国社会的经济、政治以及中国人对西方文化的认识发展过程相适应，中国文化的变革经历了一个由物质层面到制度层面、再到精神层面的逐步推进的过程。其中，洋务运动、戊戌变法和辛亥革命作为中国近代社会发展的三次重大转折，为中国文化的近代变革和转型铺平了道路。

随着1840年鸦片战争的失败，中国传统文化遭遇到了数千年未有之变局和数千年未有之强敌。西方的坚船利炮轰开了古老中国的大门。随着西方文化的大量涌入，中国传统文化的危机已不可避免地发生。最早“开眼看世界”的中国知识分子已经痛苦地意识到：中国传统文化并不优于西方近代文化，甚至在某些方面还落后于“外夷”。于是，魏源以“师夷长技以制夷”为口号，终于提出了学习西方的问题，从而在物质及科学技术层面率先开启了中国文化的近代化历程。

洋务运动是以引进西方物质文明为特征的一次尝试，它把鸦片战争期间林则徐、魏源等人提出的“师夷长技”、从物质上学习西方的思想首次付诸大规模的实践。张之洞等人借用中国传统哲学的“体用”范畴，提出了著名的“中学为体，西学为用”的口号，从文化的结构与功能相关角度来论述中西文化的关系。“中体西用论”力图建立一种“体”、“用”二分的文化类型。这种类型既保留中国传统文化的基本精神及理论要义，同时又引进西方的物质文化，把西方文明的技术知识拿来充当制作器物的技艺原理；以西方的科学技术作为应事之术，来加强和巩固儒家道统的主体和本体，从而建立一种以中国文化为本位，同时又能体现中西合璧的“新文化”。

“中体西用”作为一种处理中西文化关系的方针，在中国传统文化的现代化历程中起过积极的作用。洋务运动时期，站在主张变革的洋务派对立面的，是强大的封建顽固势力，顽固派根本拒绝西学。在当时的历史条件下，离开“中学为体”来讲引进西学是完全不可能的。因此，“中体西用”是中国近代向西方学习的第一种可能的文化模式，也是中西文化融合的第一个阶段。当然，“中体西用”的积极性和进步性是有限的，中国文化的现代化进程一旦进入制度转型和社会心理及思想观念转型的层面，“中体”就愈来愈成为发展“西用”的障碍，“中体西用”论也就逐渐显露出它保守的一面。从世纪末到世纪初，中国文化的近代转型进入到制度层面，“中体西用”论所要维护的传统文化之“体”便成了改变的对象。①

戊戌变法是在政治制度层面上对西方文化引进的又一次尝试，以康有为、梁启超等为代表的维新派从中国在甲午战争的惨败中认识到，西方国家坚船利炮的背后不仅有发达的科学技术，而且还有先进的政治体制。因此，他们试图通过实行自上而下的改良，建立君主立宪制度，在中国发展资本主义。但是，维新派在主张学习西方立宪制度的同时，又不敢公开举起西方民主的旗帜来反对专制主义，只能托古改制，从传统文化中寻找社会文化变革的依据，这就注定了这场维新运动必然失败。

辛亥革命则更为彻底地接受了西方的政治文化，它的目标不是君主立宪，而是民主共和。以孙中山为代表的资产阶级革命党人以“自由”、“平等”、“天赋人权”等西方资产阶级革命时期的思想文化为武器，通过武装斗争推翻了清王朝，把西方资产阶级的民主政体移到中国，实现了中国在政治制度上由封建专制到资产阶级民主共和的根本性跨越。但是，革命党人没有意识到传统文化和专制主义是一致的，是与西方民主政治不相容的。在民智未开、启蒙工作非常不够的情况下，西方民主思想远未普及，西方文化的价值观并未得到认同，因此，当革命风潮过后，封建专制制度难免死灰复燃，民主制度难免于名存实亡的命运。

辛亥革命失败的教训，使中国一批先进分子进一步认识到中国落后的根源在于文化落后，西方民主政体难以植根于中国的文化土壤里。于是，一批受到西方文化熏陶的知识分子发动了批判传统文化、宣传西方文化的新文化运动，他们高扬“民主”和“科学”两面旗帜，在思想文化的各个领域里对封建文化发起了猛烈进攻。他们提倡个性解放，肯定个体

① 李建中主编：《中国文化概论》，武汉大学出版社 2005 年版，第 454 页。

价值，以批判传统文化压制个性的群体本位倾向；提倡科学精神，以批判传统文化的道德中心倾向和蒙昧主义；提倡民主，以批判传统文化的专制主义。可以说，新文化运动既是一场在精神层面上变革中国文化传统的革命，又是一场中国近代史上空前的文化开放运动。虽然它本身存在着一概否定传统的民族虚无主义和文化批判手法上的简单化倾向的不足，但是，在当时被封建复古主义所笼罩的文化界，它犹如一阵春风吹过一潭死水，掀起了万丈波澜，从而极大促进了中国人民思想和精神的觉醒，为五四运动中新思想和新文化的广泛传播创造了有利条件。①

在中国文化近代化的过程中，以严复翻译《天演论》为开端，诸如达尔文的生物进化论、卢梭的天赋人权论、孟德斯鸠的民主政治思想、亚当·斯密的古典政治经济学以及柏拉图、亚里士多德、培根、笛卡尔、康德、叔本华、尼采的哲学思想都逐渐传入中国。中西思想文化的接触和撞击，使中国近代美学和文学思想发生了根本性转变，从而导致了中国古代文学理论批评向现代转换的巨大变革。

二、近代文学批评的理论转型

随着西方文化传入中国，中西文化开始了冲突与交汇的过程，中国近代文化发生了前所未有的巨变。作为文化重要组成部分的中国近代文学批评在这一巨变中也呈现了新的特色，在文学观念、文体观念、批评方法、批评文体与批评话语等方面开始向现代转型。

(一)文学观念的转变

近代文学批评开始冲决封建道统、传统文学观念的罗网，摒弃为封建伦理道德服务的文学批评目的论，并在进化论思想指引下，主逆、求变、尚用，开始建立起新的文学理论批评价值观念。清代占统治地位的儒家文学观，其核心是由程朱上溯孔孟的道统和由唐宋八大家上溯秦汉经文的文统。这种以道统文、以文载道的文学观念和批评观念，使文学理论批评充塞着陈腐的纲常名教的内涵，严重压抑着个性意识的发展。而近代文论，从早期龚自珍、魏源等人贯穿于文界革命、诗界革命、小说界革命的变法图强观点，再到章太炎等人以反清为主旨的革命派诗文理论，都与新思想、新生活的实际结合着，与国家富强、民族解放的运动结合着。文学理论批评参与政治、面向现实斗争，成为一种时尚，一种风气，一种有别于传统式的文学理论批评的价值取向，一种为资产阶级改良派和人民群众反帝反封建的政治斗争服务的有力工具和战斗武器。

(二)文体观念的转变

在中国古代，文学与史学、哲学不分，是一种杂文学观念。诗文是文学的正统，小说、戏曲被轻视，是不能登大雅之堂的“小道末技”。明清时代，中国小说和戏剧虽然取得了光辉的成就，出现了《水浒传》、《三国演义》、《红楼梦》、《牡丹亭》、《长生殿》、《桃花扇》这样的巨著，但在社会文化观念中小说戏曲仍然受到轻视。而真正把小说视为“文学之最上乘”并给予小说(包括戏曲)以崇高之评价，乃始于近代。梁启超于20世纪初正式提出了“小说界革命”和“戏剧改良”，对小说的教育功能和文学价值给予了前所未有的充分肯定，虽然有些矫枉过正，说了一些夸大其词的话，甚至颠倒了小说与社会的关

① 孙成武：《中国近代文化变革的历史轨迹及基本特征》，《东北师范大学学报》2004年第5期。

系，但这些论述的主导面是积极的，有益于扭转人们根深蒂固的轻视小说的传统观念。小说在近代成为文学的正宗，位居于文学之最上乘，从文学结构的边缘进入了文学结构的中心，并最终形成了小说、戏剧、诗歌、散文互相依存的中国近代纯文学体系。这种文体观念变革的结果使中国文坛上出现了近代第一个小说创作的高潮。从此，小说创作兴盛不衰、以至于今，它的影响在大多数时候也远远地超过了诗文。

(三)批评方法的转变

中国近代实证主义，融合了清代乾嘉学派的朴学精神，重视认识论和科学方法论。在文学理论上，实证主义开启了其他科学(包括自然科学)成果向文艺学领域移植的先声，理论内容上重视对客观现实生活环境的摹仿与反映，方法上重视对批评对象的归纳与描述。以尼采、叔本华为代表的新人本主义哲学美学思潮也在近代传入中国。它重视主体精神、生命意志，传入我国后与我国宋学注重理、气、心性的精神思辨有相似之处。在文学批评上，它注重民族精神和超越个人与时代的人性内容的整体揭示，方法上倾向于综合把握。两种哲学人文思潮的交汇，文学理论批评科学化、精神化的增强，使理论视野和思维空间大为开阔，从传统的个人主观性批评模式以及缺乏完整性和系统性、仅囿于词章、句法、格律等具体评论的框套中解脱出来，出现了理论概括性较强的文学批评。

在实证主义思潮和人本主义思想影响下，文学理论批评开始走向科学化、逻辑化，打破了印象批评、评点式批评等批评方法的旧格局，出现了从大处着眼进行科学分析的文学理论批评方法和运思方式。梁启超的《论小说与群治之关系》、王国维的《〈红楼梦〉评论》、鲁迅的《摩罗诗力说》、周作人的《论文章之意义暨其使命因及中国近时论文之失》等是典型的从大处着眼把握文学价值、具有严密逻辑结构形式的长篇文论。它们的出现突出地体现了运用西方的科学方法来研究学术和文学所取得的成就。

(四)批评文体与批评话语的转变

从批评文体上看，近代文论多数还是古代文论中常见的诗话、词话和文集序跋，在诗话、词话、曲话中，多数还是摘章引句，即兴评点，缺乏系统理论的阐发，基本上还是古代文论的诠释方式；但也出现了现代文论形式的专著和长篇论文。前者如刘熙载的《艺概》、陈廷焯的《白雨斋词话》，后者如王国维的《宋元戏曲史》、梁启超的《论小说与群治之关系》。从批评话语上看，虽然近代文论的思想基础仍未离开儒、道、释三家，传统的批评话语仍占据了不小的空间，但在“学习西方”的大潮中，开始认为“西学”就是“新学”，西方的学问就是新的东西。近代一些倾向维新、倾向进步的文论家，在当时的视野领域内，尽量汲取西方的东西，诚如梁启超所表述的：“我们当时认为中国自汉以后的学问全是要不得的，外来的学问都是好的。”①在这种心态的左右下，大量的新名词、新观念、新理论进入了近代文论，如达尔文的进化论、卢梭的民约论、两种创作方法(写实与理想)的理论、小说典型化的理论、移情说、悲剧说、审美心理美育说、美的分类，以及美的第一形式、第二形式、摩罗诗力说等理论，都是传统文论见所未见的。和古代文论中出现频率最高的兴观群怨、温柔敦厚、建安风骨、文气说、神韵说等术语相比，这些新理论给人一种全新的感觉。

① 梁启超：《亡友夏穗卿先生》，《晨报副刊》1924年4月29日。

三、近代文学批评的文体特征

中国古代文学理论批评文体有其鲜明的特色，但也有明显的局限。在体制上，主要用诗话、词话、书信、序跋等札记型体式，很难容纳博大恢弘的理论；在思维方法上，用整体感受的领悟式、直观式的形象思维，在理论深度的探索上受到限制；在语言上，用的是文言体，影响了理论的传播和普及，等等。到了近代，古代文论文体逐渐发生了演变，出现了多样化、体式大容量、篇章结构完美精致、语言文字通俗浅显、语言风格自由舒畅、融会贯通中西批评方法的文学理论批评方式，外在形式也逐步规范化。古代文学批评文体向近代化、正规化发展。

(一)文体样式向专论、专著体转变

古代文学理论批评文体主要是诗话、词话、书信、序跋等札记体、评点体形式，体制短小精粹。近代文学理论批评文体则出现了专论、专著的文体样式。

近代文学理论批评专论样式的成熟，是从小说理论批评开始的。随着维新思潮的兴起，小说日益受到维新派文学理论批评家的关注，逐渐成为文学的最重要的类型。研究评论小说，单靠原先评点体为主的样式，显然是不够了。于是，有别于古代小说评点的小说理论批评的各种文体形式纷纷出现，如译介域外小说作品的序跋，小说故事梗概的介绍，小说情节、环境、人物形象分析，对小说的翻译与创作的理论问题发表意见等。1897 年，严复、夏曾佑在《国闻报》发表了《本馆附印说部缘起》，全面地阐述了维新派的小说理论，这是中国第一篇小说理论批评的专论，标志着近代文学理论批评专论样式的成熟。此后，小说理论批评专论不断涌现，如梁启超《论小说与群治之关系》、夏曾佑《小说原理》、王国维《红楼梦评论》、徐念慈《余之小说观》，等等。

至 20 世纪初，文学理论批评的专论体式已经较为完备，对现代文学批评的内容大多有所涉及，如源流论：王钟麒《中国历代小说史论》、刘师培《论近世文学之变迁》；作家论：无名氏《中国小说大家施耐庵传》、王国维《论屈子文学之精神》；作品论：梁启超《论桃花扇》、王国维《红楼梦评论》；风格论：刘师培《南北风格不同论》；文体论：章炳麟《国故论衡・文学总略》；鉴赏论：无名氏《读新小说法》，等等。专论成为文学理论批评的最主要的样式之一。

近代批评文体样式向专论、专著体转变来自于西方文论文体的影响，西方的文论文体对中国近代批评文体的演进起着示范作用。中国文学理论批评界对西方文论文体的吸收消化有三个层面：首先是介绍传播，其次是模仿学习，再次是融会贯通。这三个层面在整个近代文学理论批评文体演进的过程中互相交错，贯串始终。每一个理论批评家本身也在不同的时期有着不同的表现。因此，整个近代文学理论批评文体的中西融合的过程，交替表现出不同层面的不同形式。王国维是近代批评文体转变的代表，他的《红楼梦评论》，借鉴西方文艺思想，形成一套对艺术与人生问题的看法，是一部在视野上、角度上、思想上、方法上都有别于古代文论的大胆尝试。同时，在文体形式上，是一篇结构严谨、条理分明、引证详实、不拘中外的专论，构成了相当完备的理论体系。王国维的《人间词话》则是中西融合的另一种形态。其理论模式和研究方法都变了，康德、叔本华、尼采、席勒等人的美学思想都进入了研究视野，但外在的传统形式没有变，王国维用最传统的形式作最现代的研究，从感悟中出思辨，从直观中见哲理，以散漫成体系。王国维的文学理论批评扎根于中国传统土壤，借助于西方文艺思想武器，使中国近代文学理论批评及其文体与世界文学相接近，成为现代文学理论批评的先导。

(二)文体结构趋向严谨完整

中国古代文论的文体结构是不完全的。这首先与文论家的思维方式有关。古代文论家在理论批评活动中不重视形式逻辑，而是较多地采用直觉思维、形象思维的方式，用点悟式的断语、形象化的比喻、模糊的概念来表达观点，文章表达省却论证过程，并不讲究完整严谨，大多是有感而发、言到意尽，不在结构上多花工夫。

随着西方自然科学、社会科学包括文学理论批评著作传入中国，人们逐渐接触了西方文章的论述方式和结构方式。西方的逻辑思维、形式逻辑、归纳法、演绎法等方法也逐渐被人们所认识。文学理论批评家开始注意文章的组织安排和结构；注意理论批评文章的每一环节，诸如论点的确立和表述，论点与论据的关系，论据材料选择和运用的技巧；注意文章前因后果的逻辑关系，如层次、呼应、疏密、张弛等，结构上呈现出一种崭新的面貌。

如裘廷梁的《论白话为维新之本》(1897 年)一文，这是一篇较早的注重现代结构方法的论文。全文注意围绕其中心论点，即“崇白话而废文言”展开论述。文章首先用一段文字论述“崇白话而废文言”的政治目的是救国，要改变“虽明诏频下”，但令不行，禁不止的现象，必须从“言文合一”入手。继而文章从语言科学方面进行论述：语音、语言、文字的关系，是“因音生话，因话生字”，“文字之始，白话而已”，后人将文、言判然为一，根本违背了语言文字发展的规律。在深刻分析的基础上，作者提出了“白话胜于文言”的观点，指出白话文八点之益：“省日力、除骄气、免枉读、保圣教、便幼学、炼心力、少弃才、便贫民”。为进一步证明论点，文章又用数段文字，详细论述“中国古时用白话之效”，“泰西用白话之效”，“日本用白话之效”。最后得出结论：“愚天下之具，莫文言若；智天下之具，莫白话若。”①整篇文章完整严谨，说理透彻，层次清楚，无懈可击，既提高了“崇白话而废文言”的意义，也为之披上了一层合法的外衣，成为一篇激进的具有鼓动性的宣传白话文的宣言书。

(三)批评语言向通俗化发展

近代文学理论批评文体演进的显著特点之一，是语言文字向言文合一发展，文言文向白话文方向寻求突破。黄遵宪、梁启超、谭嗣同等提出了言文合一的主张。正式提出“崇白话而废文言”的是裘廷梁。如前文所述，他的《论白话为维新之本》，可以说是近代白话文运动的纲领性文件。白话文运动另一个先驱者陈子衮于 1900 年初发表《报章宜用浅说》，主张“开民智莫如改革文言”，明确提出报纸应该使用白话文。②

近代白话文运动是应政治需要而发生的，是维新运动的重要组成部分。但是，文学理论批评文体的言文合一之路比其他体裁类型更为曲折。作为文学理论批评的载体，提倡白话文学是文学理论批评文章首先发起的。但是与创作相比，文学理论批评本身的白话程度

① 邬国平、黄霖：《中国文论选近代卷》(下)，江苏文艺出版社 1996 年版，第 26 页。
② 陈子衮：《报章宜用浅说》，《新知报》第 111 册，1900 年 1 月 10 日。

远远落后，就连宣传白话文的文章也几乎全部是用文言文写的。一些用白话文进行创作的作家，写序跋时也是用文言文。这是因为大多数提倡白话文的作家、理论批评家，由于受所生活的文化氛围的影响，对于文言与白话的优劣，其实已有一定的心理定势。所以，一些提倡白话文的人，往往并不想彻底推翻文言文，而只是把它当成传播革命思想的工具。①

不过，白话文运动和文界革命运动的发展，毕竟使越来越多的文学理论批评家意识到白话与文言合一终究是中国文学语言变革的趋势，因而这时出现了不少调和白话与文言的主张。如刘师培说："然古代文词，岂宜骤废？故近日文词，宜区两派：一修俗语，以启谕齐民；一用古文，以保存国学，庶前贤矩范，赖以仅存。"②这种白话、文言并行的观点，代表了当时一部分人的看法。从语言文学发展规律来说，晚清的白话转变为现代白话文，必须经过一个过渡阶段。梁启超提出的"文界革命"中的某些措施，实际上带有过渡的性质，比如用"新名词"，用夹有西方和东洋的新句法，用半文半白的文字写报刊文章等。促进文言向白话文转化的关键人物裘廷梁主张"崇白话而废文言"，提倡语言的通俗性与大众化。由此，近代文学批评语言开始向通俗化发展。

（四）文体外在形式向规范化发展

文体的外在形式，指标点、段落、注释、排印等形式，近代文学理论批评文体外在形式的规范过程，是极为明显的。

古代文章的标点，主要是"句读"。近代报刊和平装书起初仍沿用句读断句的办法。随着西方思想文化的输入，文章所要表达的思想越来越复杂，仅句读已经不能满足了。第一个把西洋式标点符号运用到汉文书籍中的是严复。严复于 1904 年由商务印书馆出版的《英文汉诂》中，第一个应用新式标点，这也是中国第一部横排印刷的书籍。文学理论批评作品中，有时涉及的人名、地名、专用名词较多，所以使用标点符号也是比较早、比较多的。1914 年，报刊各类文章普遍还在使用句读或括弧、问号等简单标点，而《小说月报》第五卷第二号刊登王梦生戏剧史话《梨园佳话》已经使用较多的标点。

1915 年《新青年》出版。《新青年》中使用的标点符号日见其多。在该杂志上，把标点符号作为文体问题进行讨论的文章也时有发表。《新青年》从第四卷起，采用新式标点，到 1919 年第 7 期，《新青年》刊登《本刊所用标点符号和行款说明》，规定了标点的用法。至此，标点符号的使用基本定型，文学理论批评文体的外在形式基本上得以规范。③

第二节　近代诗文理论批评

诗文理论是中国古代文论的主流，源远流长。随着中国近代社会政治经济形态的变革以及西学东渐的扩展，近代文学批评的思维方式和治学方式开始改变。虽然中国古代文论中的许多观念，如文以载道、知人论世、言志缘情和兴观群怨，以及传统的批评形式，如

① 陈平原：《二十世纪中国小说理论资料·前言》，北京大学出版社 1997 年版。

② 邬国平、黄霖：《中国文论选近代卷》（下），江苏文艺出版社 1996 年版，第 646 页。

③ 王群：《"五四"新文学运动前二十年文学理论批评文体的演进》，《复旦学报》2003 年第 2 期。

诗话、词话、评点等，在一段时间内仍占主导地位，但社会的巨大变革，促进了中国近代文学理论批评的自觉。中国近代文学理论批评在注重文学社会作用的同时，逐步形成了新的批评观念、批评话语和批评文体。

一、西学东渐与近代文学批评

在西学东渐的风潮中，西方新思想、新术语、新方法的引进和运用，促进了中国近代文学批评由古代向现代的转变。中国近代文学批评一方面继承和发展传统文论思想和话语，另一方面开始模仿和学习西方文学批评的批评方法、批评话语。中国近代文学批评中鲜明的反传统精神、求变求新的美学追求、经世致用的文学观念、文学语言的通俗化主张以及新的文学理论体系的建构是近代文学理论思想的突出特点。

(一)鲜明的反传统精神

近代进步的知识分子对清王朝封建专制制度和腐败政治的不满，以及由此而产生的强烈社会变革要求，使他们身上带有了鲜明的反传统精神，或曰叛逆性，这种叛逆性在各种社会思潮的代表人物身上表现得尤为突出。比如龚自珍思想中最突出的特点就是反传统的叛逆精神，魏源早就指出："其道常主于逆，小者逆谣俗，逆风土，大者逆运会。"①龚自珍思想中确有许多离经叛道的成分。他猛烈地抨击封建君主专制制度，认为皇权的至高无上是国家政治腐败和官吏昏庸无能、寡廉鲜耻的根源；他蔑视儒家的"六经"，歌颂"狂"和大无畏的战斗精神。表现在文学思想上，他的"尊情说"就具有反对封建专制思想窒息人们正常感情和倡导个性解放的反传统的因素。冯桂芬主张"称心而言"，反对桐城派的"义法"②；王韬提出"自抒胸臆"，反对"宗唐祧宋，摹杜范韩"，主张"为我之诗"，抒发"我之性情"③，表现自我。倘我们再联系他们在政治上批判封建君主专制，力求革新、变法图强的主张就更易于体察他们文学观中这种反传统的思想因素。这一点在资产阶级维新派梁启超、黄遵宪、康有为、谭嗣同等人身上表现得就更加明显。

(二)求新求变的美学追求

时代变了，文学也要适应时代的发展而变化，"文随时变"，这本是文艺学的一条规律。近代作家在认识到"文章之事，莫大乎因时"④的前提下努力求变、求新。这种"求变"、"求新"的声音固然主要来自近代急切呼唤社会变革的文论家中——资产阶级维新派作家康有为、梁启超、谭嗣同、黄遵宪、夏曾佑就是其代表人物。梁启超发动"三界革命"和"戏剧改良"，提出要描写新事物、抒发新思想、创造新意境，要做"诗界之哥伦布"⑤。康有为、黄遵宪等人也都主张求新、求变："新世瑰奇异境生，更搜欧亚造新声"，"意境几于无李杜，目中何处着元明"⑥；"直开前古不到境，笔力纵横东西球"⑦；

① 魏源：《定庵文录·叙》，《魏源集》上册，中华书局1976年版，第238页

② 冯桂芬：《复庄卫生书》，《中国近代文论选》上册，人民文学出版社1959年版，第14页。

③ 王韬：《蘅花馆诗录·自序》，《中国近代文论选》上册，第16页。

④ 梅曾亮：《答朱丹木书》，《中国近代文论选》上册，第20页。

⑤ 梁启超：《饮冰室全集·夏威夷游记》。

⑥ 康有为：《南海先生诗集·与菽园论诗兼寄任公、孺博曼宣》。

⑦ 丘逢甲：《岭云海日楼诗钞·说剑堂集题词为独立山人作》。

"足遍五洲多异想"①;"吟到中华以外天"②。由如上言说,不难看出近代诗人普遍具有"求新"的倾向。

(三)经世致用的文学观念

龚自珍、魏源、林则徐是这一思潮的代表人物。他们主张经世致用,研究学术和文学创作都要面向现实,为当前的政治服务。龚自珍提出"一代之治,即一代之学"③的口号,他主张"人臣欲以其言裨于时,必先以其学考诸古。不研乎经,不知经术之为本源也;不讨乎史,不知史事之为鉴也;不通乎当世之务,不知经、史之施于今日之孰缓、孰急、孰可行、孰不可行也"。④ 由这段话可以看出,龚自珍主张研究经、史必须"通乎当世之务",即要联系当时的社会现实,否则学术研究就是无的放矢。由这一点出发,龚自珍认为文学创作也应和研究经、史一样,要有明确的目的性,即必须"致用"。魏源的文学的核心也是经世致用,他编辑《皇朝经世文编》、《圣武记》、《海国图志》均突出表现了他的经世致用的史学思想和文学思想。魏源明确地说:"文之用,源于道德而委于政事"⑤;他又强调诗要有"比兴",要有思想寄托:"诵诗论世,知人阐幽,以意逆志,始知《三百篇》皆仁圣贤人发愤之所作焉,岂第藻绘虚车已哉?"⑥魏源在这里对文学的认识带有片面性,即存有轻视艺术的错误倾向,但他又主张诗歌"言志"、"发愤"和"比兴"的结合,即强调文学的思想内容、社会作用和艺术性的统一,这在当时是具有进步意义的,而这也正是魏源经世致用文学观的反映。

经世致用文学观的核心,是强调文学要反映现实,要有利于国计民生,要为当前的政治服务。就其本质来讲,也就是重视文学的功利性。强调文学的功利性是儒家文学观的重要内容,孔子就提出过诗可以兴,可以观,可以群,可以怨。近代文论家继承了文学功利性的这一传统,但却反其道而行之,用来批判封建专制和封建文化思想,用来宣传社会变革、维新变法和资产阶级民主革命。这是近代文学思想中功利主义和传统文学观中功利观的不同。如果说,早期的龚自珍、魏源、冯桂芬等人主要还是强调文学的批判功能的话,那么后来的梁启超、黄遵宪、蒋智由、陈去病、黄人等则更多地强调文学的启蒙作用。梁启超等人提出文学(小说)可以"移情",可以开启民智,可以"新民",可以铸造"国魂";陈去病则说,文学(戏剧)可以"唤起国民思想"。近代文论家的这些话语,虽同出于功利主义的目的,却带有鲜明的近代色彩,因为梁启超等人所提出的文学的社会功能,其意义在于启蒙思想,改造愚昧落后的国民精神,培养一代新人。梁氏的"新民说"与"五四"时期所提出"改良人生"、"改造国民性"可以说是一脉相承的。由此不难看出近代文学思想中的功利观和中国传统文论中的文学为封建政治服务的功利主义还是有所不同的。

(四)文学语言的通俗化主张

言文合一,是近代许多文论家共同的主张。早在1868年黄遵宪就率先提出"我手写吾

① 黄遵宪:《人境庐诗草·以莲桃菊杂供一瓶作歌》。

② 黄遵宪:《人境庐诗草·奉命为美国三富兰西士果总领事留别日本诸君子》。

③ 龚自珍:《乙丙之际著议第六》,《龚自珍全集》上册,中华书局1962年版,第4页。

④ 龚自珍:《对策》,《龚自珍全集》上册,第114页。

⑤ 魏源:《默觚上·学篇二》,《魏源集》上册,第8页。

⑥ 魏源:《诗比兴笺·序》,《魏源集》上册,第232页。

口”的主张。后来他在《日本国志·学术志二·文学》中说：“文字者，语言之所从出也。虽然，语言有随地而异者焉，有随时而异者焉；而文字不能因时而增益，画地而施行。言有万变而文止一种，则语言与文字离矣。”①语言因时空的变迁而变化，而文字却不变，于是这就形成了语言与文字的分离。这也是造成中国人阅读难的主要原因。梁启超也说：“古人文字与语言合，今人文字与语言离，其利病既缕言之矣。今人出话，皆用今语，而下笔必效古言，故妇孺农氓，靡不以读书为难事。而《水浒》、《三国》、《红楼》之类，读者反多于六经。……但使专用今之俗语，有音有字者以著一书，则解者必多，而读者当亦愈伙。”②语言与文字分离是造成普通百姓读书困难的主要原因。这种困难也是当时的维新派思想家和文学家进行思想启蒙的主要障碍。为此，他们提出要改革文体，黄遵宪说：“欲令天下之农、工、商、贾、妇女、幼稚皆能通文字之用，其不得不于此求一简易之法哉。”③这个简易之法就是“更变一文体为适用于今、通行于俗”。因此进行文体(语言)改革就成为当时许多文论家所关心的问题。梁启超进而说：“文学之进化有一大关键，即由古语之文学变为俗语之文学是也。各国文学史之开展，靡不循此轨道。”④这样看来，文学语言通俗化的走向，乃是世界文学史上的通例。梁氏的这种主张，虽仍有他的政治目的(通俗化是为了思想启蒙)，但已将语言通俗化提到文学发展的高度，阐明了文体由文言到俗语乃是文学发展的规律。

近代文学语言通俗化的走向，自然根基于近代社会政治、经济、文化发展的需要，其中有一个重要原动力，就是近代蓬勃发展的维新思潮。为了推进维新变法运动，必须要开启民智。而要在民众中进行思想启蒙和宣传维新思想，必须使用通俗文体。1897年(光绪二十三年)梁启超在《〈蒙学报〉〈演义报〉合叙》中举日本明治维新成功的例子说：“日本之变法，赖俚歌与小说之功。”⑤当时维新派的文论家认为小说这种文体宜于用俗语，便于大众的思想启蒙，所以他们极力推崇小说(包括戏曲)。夏曾佑甚至认为此类通俗之文，“舍小说外无有也”⑥。梁启超则进而提出“此体非徒小说家当采用而已，凡百文章，莫不有然”⑦。这便把语言的通俗化视为文学发展的一种趋势，而并非仅仅限于小说一种文体。

在语言通俗化的问题上，明确提出使用白话的是裘廷梁(1857—1943)。他在《论白话为维新之本》中首次喊出“崇白话而废文言”的口号，并阐述了白话的“八益”，他还从语言美的角度提出了“白话胜于文言”这一命题。他说：

> 文言之美，非真美也。汉以前书曰群经曰诸子，曰传记，其为言也，必先有所以为言者存。今虽以白话代之，质干具存，不损其美。汉后说理记事之书，去其肤浅，删其繁复，可存者百不一二。此外汗牛充栋，效颦以为工，学步以为巧，调朱傅粉以

---

① 《中国近代文学大系·文学理论集(一)》，上海书店1994年版，第55页。
② 梁启超：《变法通义·论幼学》，《饮冰室全集》第3册，中华书局1989年影印本，第54页。
③ 《中国近代文学大系·文学理论集(一)》，上海书店1994年版，第56页。
④ 梁启超：《小说丛话》，《晚清文学丛钞·小说戏曲研究卷》，中华书局1960年版，第308页。
⑤ 梁启超：《饮冰室全集》第1册，第56页。
⑥ 夏曾佑：《论文学上小说之位置》，《晚清文学丛钞·小说戏曲研究卷》，第30页。
⑦ 梁启超：《小说丛话》，《晚清文学丛钞·小说戏曲研究卷》，第309页。

为妍，使以白话译之，外美既去，陋质悉呈，好古之士，将骇而走耳①。

裘廷梁认为言文一致是符合语言发展规律的，世界各国语言都循此规律而向前发展。他也正是以此标准来评价语言美的。先秦典籍，因当时言文合一，故今以白话代之，“质干具存，不损其美”；而汉代以后的书籍由于言文分离，倘以白话译之，则“外美既去，陋质悉呈”，完全失去了美。裘廷梁把言文一致、质朴天然的白话提高到语言美的高度来认识，这是他对白话文理论的一大贡献。

以裘廷梁、陈子衮等人为首所掀起的近代白话热潮，虽然并不彻底，所提出的“崇白话而废文言”的主张也并未实现，但它的影响和意义却是不可低估的，他们配合当时的维新变法运动，创办了一百余种白话报刊②，出版了大量的白话书籍和白话小说。这一白话热潮，也影响了资产阶级革命派的文学家，他们为了宣传资产阶级民主革命，也采用通俗的语言来写小说和诗歌，著名的例子是陈天华的《狮子吼》、章太炎的《逐满歌》和秋瑾等人的散文和弹词。

近代文论家主张言文一致，倡导语言通俗化，不仅确立了近代文学语言通俗化的走向，促进了近代文学的发展，而且也为“五四”时期的白话文运动准备了理论基础和语言基础。

(五)新的文学理论体系的建构

近代文学理论家在学习西方的大背景下，为了建构新的文学理论体系，十分注意汲取西方资产阶级的哲学、美学和文学理论。从严复、梁启超、马君武、王国维、蔡元培等人在近代所译介的西方学说，即可看出近代文论家涉猎西方思想学说和文学理论的广泛性。在这些文论家的著译中，从古希腊罗马时期的柏拉图、亚里士多德，到17、18世纪的笛卡尔、培根、霍布斯、斯宾诺沙、伏尔泰、孟德斯鸠、卢梭、狄德罗，再到19世纪的康德、黑格尔、歌德、叔本华、尼采、斯宾塞、约翰·穆勒等，凡西方著名哲学家的著作几乎都有译介，这便为近代文论家提供了大量理论和思想资料。

近代的文论家所赖以提出、阐释新学说的思想资料和理论渊源，不再仅仅是儒、道、释三家的经典，还有西方的哲学、美学和文学理论。正是在西方思想、学说的启示下，近代文论家才提出了许多古代文论所未有的新概念、新理论。梁启超的移情说，徐念慈用美学探讨小说特性，林纾的比较文学，蒋观云、王国维的悲剧理论，王国维的文艺超功利说，周树人(鲁迅)的摩罗诗力说，蔡元培的美育代宗教说，这些理论的提出和阐释，均是汲取西方理论的结果——或是直接借助西方哲学、美学和文学理论，或是中西理论的融合。但有一点必须明确：中国近代文论，已不再仅仅是用中国两千年的文学理论来改造、消化外来的文学思想(如佛经中的哲理)，更重要的是中国原来的文学传统(包括文学观念、文学思想)已被西方文学理论体系所打破。③

---

① 裘廷梁：《清议报会编》，卷26。

② 蔡乐芬：《清末民初一百七十余种白话报刊》，《辛亥革命时期的书刊介绍》(三)。

③ 郭延礼：《在中西文化交汇中的中国近代文学理论》，《东岳论丛》1999年第1期。

二、刘熙载与《艺概》

刘熙载(公元1813—1881年)，字伯简，号融斋，晚号寤崖子，江苏兴化人，道光二十四年(1844)进士，官至广东学政，后主讲上海龙门书院多年。一生以治经学为主，子、史、诗、赋、词曲、书法无不通晓，特别精通声韵和算术，著有《古桐书屋六种》。《艺概》是作者平时论文谈艺的汇编，全书共六卷，分为《文概》、《诗概》、《赋概》、《词曲概》、《书概》、《经义概》，分别论述文、诗、赋、词曲、书法等的体制流变、性质特征、表现技巧，同时还评论重要作家作品。该书简明扼要，自成系统，是我国文艺批评史上继《文心雕龙》之后又一部重要的美学和文艺理论著作。

《艺概》中具有统领全书意义的主要观点包括下述几个方面。

(一)"言语亦心学"——文艺本质论

刘熙载认为文学是"心学"，文艺的本质在于物我统一，而以心为本。文艺作品是经过物我二者的相摩相荡而产生的，"在外者物色，在我者生意，二者相摩相荡而赋出焉"(《赋概》)，"龟山杨氏论孟子千变万化，只说从心上来，可谓探本之言"(《文概》)，进而提出"心学"的命题，"《易·系传》谓'易其心而后语'，杨子云谓言为'心声'，可知言语亦心学也。况文之为物，尤言语之精者乎!"(《文概》)刘氏用"心学"的概念去阐述传统的诗言志说："《诗纬·含神雾》曰：'诗者，天地之心。'文中子曰：'诗者，民之性情也。'此可见诗为天人之合。"(《诗概》)

"天人之合"即物我统一观。而传统的诗言志说在刘氏物我统一观中，其内涵也就从社会功利观转为表现性的心学观了。刘氏从心学的文艺本质论出发，把传统的"文如其人"说作了深入、具体的阐述。刘氏认为作品从立意、遣词到风格特色都是作家主体的表现，服从于心学的本质规定性。

文学是"心学"，这是刘熙载提出的一个重要的文学观念，不但在中国文学批评史上是一种创新，而且由于它揭示了文学创作的内部规律，因此在世界文论史上也具有文学基本原理的普遍意义。①

(二)"诗品本于人品"——文学风格论

刘氏从文学是心学出发，认为风格即人，论风格必须深入作家之内心深处。《文概》中论述庄子的浪漫主义风格时指出："文之神妙，莫过于能飞。庄子之言鹏曰'怒而飞'，今观其文，无端而来，无端而去，殆得飞之机者。""意出尘外，怪生笔端，庄子之文，可以是评之。"刘氏指出《庄子》文章的浪漫主义风格是由庄周本人的思想和性格特质决定的。

"诗品源于人品。"在《诗概》中，刘熙载说："诗格一为品格之格"，"诗品本于人品"。在《书概》中说："书，如也。如其学，如其志，总之曰：如其人而已。""诗品本于人品"的观点，贯穿在《艺概》品评作家作品的行文当中。《文概》中说："太史公文，悲世之意多，愤世之意少，是以立身常在高处。"对司马迁给予了很高的评价。司马迁身受宫刑，然而却悲天悯人，于自身应有之"愤世"，反不如对他人关怀之"悲世"多，正在于司马迁"立身常在高处"的高尚品格使然。

---

① 王志明：《〈艺概〉一部举少概多的艺术通论》，《兰州教育学院学报》1994年第2期。

刘熙载继承了中国传统文论中点评式的方法，对中国文学史上的几乎所有有影响的作家都有评论，往往三言两语就将这一作家作品的风格特点揭示了出来，话虽少而意切，言虽简而精深，其中不乏前人所未发之处，如："陶诗醇厚，东坡和之以清劲。""东坡诗，意颓放而语遒警。颓放过于太白，遒警亚于昌黎。"(《诗概》)

《艺概》的风格论并不停留于语言风格的表层，而是对作家作品的思想、艺术个性作多角度、多方位的论述探讨，可以说是中国文学批评史上风格论的新发展。

(三)"凡物之文见乎外者，无不以质有其内也"——文与质的关系

在文与质的关系上，刘熙载是"文质说"的坚持者，他非常重视"质"，一切以"意志"和"明道"为准绳。他说："书以笔为质，以墨为文，凡物之文见乎外者，无不以质有其内也。"(《书概》)"言文而不及理，是天下无文也?"(《文概》)"论事叙事，皆以穷尽事理为先。事理尽后，斯可再讲笔法。"(《文概》)

但是，刘熙载并不是不重视"文"，在《艺概》中有很大篇幅是谈创作手法的。体现刘熙载文与质相结合最好的观点的是他对"意"与"法"的一些论述："古人意在笔先，故得举止闲暇，后人意在笔后，故至手忙脚乱。"(《文概》)"叙事要有法，然无识则法亦虚；论事要有识，然无法则识亦晦。"(《文概》)

这种对文与质的辩证关系的论述是独创的。中国古典文学一直在"言志"与"缘情"间徘徊，可以说，刘熙载在一定程度上较好地解决了这一问题。

(四)"虚实互藏，两在不测"——虚与实的关系

刘熙载重视艺术虚构，他说："赋以象物，按实肖象易，凭虚构象难。能构象，象乃生生不穷矣。"(《赋概》)刘氏认为正确处理虚实关系可以获得出人意表的效果，"虚实互藏，两在不测"(《文概》)。而在虚实关系中，刘氏认为"虚"起关键作用，"律诗之妙，全在无字处，每上句与下句转关接缝，皆机窍所在也"(《诗概》)。

虚与实的关系，是与"象与意"的关系紧密相联的。扩大开去，我们更会看到它与中国传统思维方式的密切关系。《周易·系辞传》说："圣人立象以尽意。""象"乃是用以尽"意"的，"象"是形象化的，接近于艺术形象，而"意"是我们看不见的。这里"象"与"意"就存在着"实与虚"的关系，表现形式是"实"，而最终都要落实到"虚"上。"意"与"象"的关系与后来的"言"与"意"的关系构成中国传统文化中影响深远的"言意之辩"的讨论，对中国古代艺术理论的发展产生了深远的影响。

三、陈廷焯与"沉郁说"

陈廷焯(公元1853—1892)原名世焜，字亦峰，又字伯与，江苏丹徒人，清光绪十四年(1888)举人。少好为诗，宗奉杜甫，30岁左右，始专心治词。他的词作传世不广，但感情沉厚。著有《白雨斋词话》、《白雨斋词存》、《白雨斋诗抄》等。又曾选《词则》24卷，选词2360首。《白雨斋词话》"历数十寒暑"，"稿凡五易"，在作者生前未曾刊行，死后两年才由他的父亲审定付梓。该书在中国古代词话中篇幅最大，是后期常州词派的重要著作。

陈廷焯是清朝常州词派的后期代表之一。清代的词论家主要有两派：一派是以朱彝尊为首的浙西词派，一派是以张惠言为首的常州词派。浙西词派追求"字句修洁，声韵圆

转，而置立意于不讲”，重视艺术技巧，轻视词作的思想内容。常州词派提倡比兴，主张以艺术形象反映现实、寄托感慨。陈廷焯的《白雨斋词话》发展了常州词派的词学理论，主要贡献是提出了“沉郁”说。

“沉郁”说起于杜甫，杜甫曾用“沉郁顿挫”来概括自己诗歌的艺术风格。陈廷焯把杜甫的诗说移于说词，并追溯词的本原，要求以《风》、《雅》为根柢。他主张“温厚以为体，沉郁以为用”。那么什么是“沉郁”呢？陈廷焯作了明确的解释：

> 所谓沉郁者，意在笔先，神余言外。写怨夫思妇之怀，寓孽子孤臣之感。凡交情之冷淡，身世之飘零，皆可于一草一木发之。而发之又必若隐若现，欲露不露，反复缠绵，终不许一语道破。非独体格之高，亦见性情之厚。（《白雨斋词话》卷一）

由这个解释可以看出，“沉郁”是一种境界，“意在笔先，神余言外”是对它的概括说明。“沉郁”的境界由两个基本方面构成，一是思想内容，是词人的遭遇和思想感情，如“交情之冷淡，身世之飘零”和“孽子孤臣之感”；二是艺术形式，是词人的遭遇和思想感情赖以表现的艺术，如“一草一木”和“怨夫思妇之怀”之类。陈廷焯提倡的“沉郁”说，是根源于内容而表现于形式的。

“沉郁”说在内容上，要求词人须“有所感”，作品须“有所寄托”。他认为诗词都是抒写“性情”的，当以“缘情托兴为旨归”（卷五・五七），“古人意有所寓，发之于诗词，非徒吟赏风月以自蔽惑也”（卷八・三十）。在词话《自序》里说：“夫人心不能无所感，有感不能无所寄。”至于像吴文英《木兰花慢》十阙，泛写景物，无所感和寄托，他认为是词中“变格”，“后人不能效颦”（卷七・七二）。

内容上有“所感”和寄托是不够的，还必须深沉。这是因为“情不深而为词，虽雅不韵，何足感人”（卷七・六一）；而“寄托不厚，感人不深，厚而不郁，感其所感，不能感其所不感”（《自序》）。所以，“作词之法，首贵沉郁。沉则不浮，郁则不薄”（卷一・三）；认为词人应当像温庭筠、韦庄、周邦彦、秦观、姜夔、张炎、王沂孙那样，在作品里显露出“情长”和“性情之厚”来。以温词而论，他指出其词《菩萨蛮》“弟自写性情，不必求胜人，已成绝响”（卷一・八）。再如王沂孙的词，他以为“品最高，味最厚，意境最深，力量最重”（卷二・三九），常以“无限怨情”、“感慨沉至”、“字字凄断”等论之。陈廷焯实际上是提倡内容要有深度，说明了“沉郁”在内容上的特色。

陈廷焯要求情或寄托必须“雅正”。他说：“词欲雅而正”（卷四・八十）；“温厚和平，诗教之正，亦词之根本也”（卷七・一一四）；“雅正”，也就是“温厚和平”。他认为风骚是“雅正”的，词作为“风骚之流派”（卷五・六二），也不能例外，要以“哀而不伤，怨而不怒”的基调，去表现君国之恨，身世之感等。他推尊温、韦、周、秦、姜、张、王，就是认为他们的词“发源于风雅，推本于骚辩”（《自序》），有所谓“温柔敦厚”的内容，是词的“正声”。相反，有失“温柔敦厚”之“诗教”者，属“变”，不得为“正声”。这种本于儒家“发乎情，止乎礼义”之说的“正变”观，虽然迂腐，但其要求词应当有严肃的内容却是应当肯定的。

“沉郁”说在形式上最重要的要求是要有“比兴”。陈廷焯的“比兴”有特殊含义，他说：

> 或问比与兴之别，余曰：宋德祐太学生《百字令》《祝英台近》两篇，字字譬喻，然不得谓之比也。以词太浅露，未合风人之旨。如王碧山《咏萤》《咏禅》诸篇，低回深婉，托讽于有意无意之间，可谓精于比义。若兴则难言之矣。托喻比深，树义不厚，不足以言兴。深矣厚矣，而喻可专指，义可强附，亦不足以言兴。所谓兴者，意在笔先，神于言外，极虚极活，极沉极郁，若远若近，可喻不可喻，反复缠绵，都归忠厚。求之两宋，如东坡《水调歌头》《卜算子》(《雁》)、白石《暗香》《疏影》、碧山《眉妩》(《新月》)《庆清朝》(《溜花》)《高阳台》(《残雪庭除》一篇)等篇，亦庶乎近之矣。(卷六·二六)

陈廷焯认为“比兴”与“沉郁”关系密切，都具有“意在笔先，神余言外”的特点。他认为适应那特点的“比兴”形式，一定会造出“沉郁”的词境。所谓“寓孽子孤臣之感”的“写怨夫思妇之怀”，发“交情之冷淡，身世之飘零”的写“一草一木”，就造成了“若隐若现，欲露不露，反复缠绵”的“沉郁”词境的形式。他在论姜夔词的时候，对“比兴”形式和“沉郁”词境的关系，说得更明确、透彻：“词中寄慨……特不宜说破，只可用比兴体，即比兴中亦须含蓄不露，斯为沉郁，斯为忠厚。”(卷二·二)这里，“比兴”和“沉郁”几乎成为合二而一的东西了。陈廷焯要求词在整体上严格地托物寓意，即通篇使用暗喻、婉讽的方法，无一语道破词旨，只有这样的“比兴”，才能托喻深，树义厚，达到“沉郁”的境界。

陈廷焯的“沉郁”说，是针对清词内容贫弱、艺术粗疏的弊端，以充分发挥词的社会作用为目的提出的，是对钟嵘“诗味”说、司空图“韵味”说、严羽“兴趣”说、王士祯“神韵”说等的继承和发展。尽管它恪守“温柔敦厚”的“诗教”，是传统文论思想的余绪，但它对内容和形式完美结合的强调，对后世仍有很好的借鉴意义。

四、梁启超的文学革命理论

梁启超(公元1873—1929)字卓如，一字任甫，号任公，别署饮冰子、饮冰室主人、哀时客、中国之新民等，广东新会人，我国著名的政治家和著名学者，光绪己丑(1889年)举人。维新运动期间，追随康有为，参与“公车上书”，创办《中外纪闻》，主持上海《时务报》笔政及湖南时务学堂讲席，著《变法通议》等，宣传维新交法，声誉鹊起，时人合称“康梁”。戊戌政变后流亡日本，创办《清议报》、《新民丛报》、《新小说》等，发表《新民说》、《饮冰室自由书》等著作及《少年中国说》等著名散文，批判传统思想，揭露社会积弊，宣传新学思潮，鼓吹“政治革命”，被称为“舆论界之骄子”。辛亥革命后曾在袁世凯政府和段祺瑞政府分别任司法总长、财政总长等职。五四运动后脱离政界，致力于学术研究和教育工作。1925年应聘任清华国学研究院导师，从事讲学和著述。一生著述等身，总约千万余字，有多种作品集行世，主要著作收入《饮冰室文集》。

梁启超是晚清文学革命运动的发起者和鼓吹者，在20世纪最初的几年里，倡导“诗界革命”、“文界革命”、“小说界革命”与“戏曲改良”甚力，对近代文学的发展产生过多方面的积极影响。在创作上，他于散文、诗歌、小说、戏剧、翻译等领域都起过带头作用，尤以散文的成就和影响最大，其文“条理明晰，笔锋常带情感，对于读者别有一种魔力焉”，创造了一种“平易畅达，时杂以俚语韵语及外国语法，纵笔所至不检束”的“新文体”。

梁启超的学术生涯，大体上以1918年底脱离政界为界限分为前后两期：前期是以政治家身份兼事文学创作与学术研究，后期则是以学者身份兼评时事。梁启超在文学理论上引进了西方文化及文学新观念，首倡近代各种文体的革新。梁启超对近代文论的贡献，主要体现在“小说界革命”、“文界革命”和“诗界革命”相关的文论思想中，这里主要介绍梁启超的“文界革命”和“诗界革命”理论，梁启超的“小说界革命”理论将在下节介绍。

(一)梁启超的“文界革命”理论

作为维新运动的重要组成部分，梁启超文界革命的思想在戊戌变法之前已经产生，其缘起当始于他在《中外纪闻》和《时务报》的“报馆生涯”。这段报馆生涯使他认识到报刊等现代媒体的巨大力量，认识到开展文界革命的必要性和让文学与媒体联姻的重要性。1895年5月，他在《致汪稚卿书》中说：“非有报馆不可，报馆之议论，既浸渍于人心，则风气之成不远矣。”1896年8月，梁启超任《时务报》总撰述，在创刊号上即发表《论报馆有益于国事》一文，强调用报纸“去塞求通”，引导舆论，认为“阅报者愈多，其人愈智。报馆愈多者，其国愈强”。在《清议报一百册祝辞并论报馆之责任及本馆之经历》中，梁启超明确指出，“凡欲造成一种新国民者，不可不将其国古来谬误之理想，摧陷而廓清，以变其脑质”。正是基于“变脑质”、造新声以新民的思想认识，梁启超大量写作报章文字，并以此作为他倡导新文风、开展“文界革命”的实验场和突破口，创造出了一种被称为“新文体”的散文文体。

1899年12月，他在《夏威夷游记》中谈及日本著名政论家德富苏峰的著作时正式提出了“文界革命”的口号。他说：

> 德富氏为日本二大新闻主笔之一。其文雄放隽快，善以欧西文思入日本文，实为文界别开一生面者，余甚爱之。中国若有文界革命，当亦不可不起点于是也。

这段话借称赞德富氏的文章指明了文界革命的起点和方向，那就是要以“雄放隽快”的文章风格，通过输入“欧西文思”，“为文界别开一生面”。更能够见出其文体变革理念的是1920年他在《清代学术概论》中对新文体的一段自我评价：

> 启超夙不喜桐城派古文，幼年为文，学晚汉魏晋，颇尚矜炼，至是自解放，务为平易畅达，时杂以俚语韵语及外国语法，纵笔所至不检束，学者竞效之，号新文体。老辈则痛恨，诋为野狐。然其文条理明晰，笔锋常带情感，时于读者，别有一种魔力焉。

这段话集中描述了新文体的体式特征。首先，提倡“雄放隽快”，“平易畅达”，“不检束”的行文风格。梁启超创造新文体的目的是为了播文明思想于国民，是为维新变法服务的，表述上但求“辞达”，不必务工。“纵笔所至不检束”是对文体本身的解放，这种“不检束”并非不讲章法，而是指作者应该无拘无束、自在自由地表达自己的思想。其次，杂用俚语、韵语。要借此实现言文合一，变“古语之文学”为“俗语之文学”，并打破散体与骈体的界限，使句式富于变化，增强文章的情感力度。如此新变，既是文学发展的必然趋势，也是传播新思想、最大限度地发挥新文体的觉世新民功能的必然要求。最后，强调“输入欧西文思”，杂用外国语法，目的是要借助西方的文化精神革新中国文学的思想内容和表现形式。

梁启超发动“文界革命”，创造新文体的目的是要最大限度地发挥文学的经世致用功能，努力实现报刊等现代媒体与文学的联姻，利用报章文字“觉世”“新民”，酿造一种变革的文化氛围。作为“文界革命”的倡导者和最早的实践者，梁启超的新文体创作取得了非常丰硕的成果。这些文章气势雄伟，感情充沛，常常是一纸风行，海内观听为之一耸，梁启超因此赢得了“舆论界骄子”的盖世声名。“新文体”作为一种文体超越了最初的功利目的，进入了审美的层次，在中国散文发展史上划下了一道深刻的印痕。

(二)梁启超“诗界革命”理论

在诗歌的革新方面，“诗界革命”的口号产生了巨大影响。1899 年梁启超在《夏威夷游记》中明确指出：中国“非有诗界革命，则诗运殆将绝。”同时，梁启超提出了对于“诗界革命”的理想：“今日不作诗则已，若作诗，必为诗界之哥伦布、玛赛朗然后可。……欲为诗界之哥伦布、玛赛朗，不可不备三长：第一要新意境，第二要新语句，而又须以古人之风格入之，然后成其为诗。”

可以看出，梁启超的“诗界革命”主张有三方面内容。一要革新内容，二要革新形式，三要继承和发扬古典诗歌的优秀风格。三者之中，他尤重“新意境”，即思想内容和艺术境界的革新，而反对重形式不重内容的倾向。他说：“过渡时代，必有革命。然革命者，当革其精神，非革其形式。吾党近好言诗界革命，虽然，若以堆积满纸新名词为革命，是又满洲政府变法维新之类也。能以旧风格含新意境，斯可以举革命之实矣。苟能尔尔，则虽间杂一二新名词，亦不为病。不尔，则徒示人以俭而已。”①

从他在《饮冰室诗话》、《夏威夷游记》中所推崇的作品和所发表的议论来看，他所谓的革新内容，是指诗歌要表达爱国忧民的情怀。例如，他十分推崇黄遵宪的《出军歌》、《军中歌》、《旋军歌》。赞“其精神之雄壮活泼沉浑深远不必论，即文藻亦二千年所未有也，诗界革命之能事至斯而极矣”。所谓革新形式，主要是他提倡“新语句”，主要以“日本译西书之语句”入诗。同时，他提倡以俗语入诗，提倡诗歌的通俗化。例如他称丘逢甲为“诗界革命一巨子”，称赞丘能“以民间流行最俗最不经之语入诗”。

梁启超不仅是“诗界革命”的倡导者之一，而且是“诗界革命”最重要的理论家，为“诗界革命”作了理论上的总结和开辟。而他的《饮冰室诗话》，则是“诗界革命”运动的唯一的理论专著。他的“诗界革命”理论对诗歌的发展产生了重要影响。

五、王国维与中国文论话语的现代转换

王国维(公元 1877—1927)，字静安，号观堂，浙江海宁人，中国近现代学贯中西的

① 梁启超：《饮冰室诗话》，人民文学出版社 1959 年版，第 51 页。

大师。幼年时接受私塾教育，青年时受到康有为思想影响，曾在梁启超的《时务报》中工作。1904年，王国维开始致力于文学研究，是年发表了我国文学批评史上第一篇运用西方文艺理论和近代科学方法评论文学名著的论文——《〈红楼梦〉评论》。从1907年起，王国维开始从事戏曲研究。到辛亥革命之前，他已写出多种有影响的专著和论文，如《戏曲考源》、《唐宋大曲考》、《曲录》等。辛亥革命爆发以后，王国维移居日本，并在第二年完成了《宋元戏曲考》。王国维在1916年从日本返回上海，任北京大学研究所国学门通讯导师。1923年他应废帝溥仪之召，任"五品""南书房行走"。从1925年起，他应聘为清华大学研究院教授，从事史学和古文字研究。1927年王国维在北京颐和园投湖自尽。

王国维继承了中西两种文化遗产，把中国严谨踏实的乾嘉学风和西方缜密科学的先进方法结合起来。王国维的学术著作，以史学为最多，文学为最深，文字学为最基本，并涉及其他许多方面。作为中国现代文论的开山者，王国维身处中西碰撞、新旧融合的大时代，他的文学批评很大程度上体现了中国传统文论话语遭遇现代西方话语时的一切反应性特征，并隐伏着以后中国现代文论发展中相互缠绕、碰撞的各种因素。

从王国维融合中西美学和文艺观念的发展轨迹来看，王国维文论话语的转换可分为三个阶段，这三个阶段分别以《〈红楼梦〉评论》、《屈子之文学精神》、《人间词话》为代表。从这三篇论著中，我们可以看到他的文学批评的转型路径是个逐步内收的过程，是从"以外化内"到"中西融合"再到"以内化外"的过程，从表面看是从"现代"朝"传统"回归，完全排斥西方话语的过程，但是实际上并非如此，而是代表了王国维调和中西理论资源去建构中国现代文论的一种极有价值的努力。

王国维于1904年发表的《〈红楼梦〉评论》是中国现代文论的起点和开篇。《〈红楼梦〉评论》第一次用西方文论话语体系来研究中国文学，"其立论全在于叔氏之立脚"，即用叔本华的学说来理解《红楼梦》。叔本华认为，生命的本质就是痛苦，而痛苦的根源是"欲求"，艺术则可暂时使人忘却痛苦，但又不能彻底地摆脱痛苦。王国维在《〈红楼梦〉评论》开篇就讲："生活本质何在？欲而已矣。"那何以解"欲"呢？"非美术何足以当之乎？""而美术中以诗歌、戏曲、小说为其顶点，以其目的在描写人生故，吾人于是得一绝大著作曰《红楼梦》。"王国维进而认为"解脱之道，存于出世，而不存于自杀"。接下来他逐层深入地讨论了"《红楼梦》之精神"、"《红楼梦》之美学上之价值"、"《红楼梦》之伦理学上之价值"。在这里，我们可看到王国维完全是用西方哲学和美学体系来观照中国古典小说的，其特点是具有思辨性和逻辑性，与中国古代文论的诗话和印象式点评截然不同。但是，《〈红楼梦〉评论》的尝试也有生硬和牵强之处，比如，为了证说叔氏学说而更看重后四十回，将"玉"看成"欲"，等等。从整体上说，这种"以外化内"的方式有充当论证西方理论有效性注脚之倾向，"吾人且持此标准（指叔本华学说——引者注），以观我国之美术"才发现"一绝大著作曰《红楼梦》"。所以王国维开创了一种不同于传统而又隐含着重大弊端的文论范式。

1906年，王国维又写了《屈子文学之精神》。与《〈红楼梦〉批评》饥不择食地借用西方理论不同的是，王国维"注意采用审慎的态度，择取西方批评概念，巧妙地利用、组织与阐释传统批评在同一问题上的思想资料，开拓屈原研究的新视景"①。此篇中，王国维从

① 温儒敏：《中国现代文学批评史》，北京大学出版社1993年版，第9页。

"文化地理学"的角度出发，认为屈原兼有"北方人之情感"和"南方人之想象"，故使他陷入一种矛盾和困扰之中。另外，由于屈原与现实格格不入，可视为"寇"，同时又想"改作社会"，洋溢着人生热情，可视为"亲"。"如此循环，遂生欧穆亚之人生观。""欧穆亚"即"幽默"，借用叔本华之概念，指人生之姿态或创作的心态。如果说《〈红楼梦〉评论》是先立一套西方理论框架再将《红楼梦》放进去的话，《屈子文学之精神》则是将二者融会，是首先立足于《离骚》作品本身来审慎地选择西方批评概念，是一次成功的"中西融合"的尝试。其运用西方理论的方法要更加圆熟和自然，对屈原的人格精神作了深刻而新颖的解读。

《人间词话》1908 年开始在《国粹学报》上发表。《人间词话》放弃了西方话语，而采用了中国传统的文论话语方式，其整个理论体系是在中国传统文论话语框架内展开和运行的。"词话"是用中国文论史上极为传统的一种文学批评方式，王国维所运用的概念范畴体系大多相当传统，诸如"意境"、"境界"、"格"、"情"、"气"、"韵"之类的概念，和中国传统文论的渊源关系是明显的。从表面上看，王国维是完全退回了传统，但是《人间词话》看上去散漫随意，实际上已经注入了以西方文论话语言说方式为代表的现代文论的理论内核，有着较为严密的内在逻辑性，其传统的形式和审美意趣中已经注入了现代批评的精神。这可以说是一种"以内化外"的路径，从形式上说是进一步"内收"。《人间词话》的运思理路及其"以内化外"的模式，对于我们今天的文论建设有着重大的启迪和示范意义。

第三节　近代小说戏曲理论批评

我国小说戏曲理论批评是在近代中国社会内部发生历史性转折、变化的条件下，在中外政治文化思潮和文学观念空前冲撞、汇合中形成的。和古代相比，近代小说戏曲理论批评具有古代小说戏曲理论批评体系无法容纳的现代新质；和现代小说戏曲理论批评相比，它又过多地带有传统的色彩。近代小说戏曲理论批评所具有的新与旧、古与今、传统与现代、保守与进步的特点正显示了它由传统向现代转型的性质。

在维新运动受挫、救国无路、救民乏术的困境中，梁启超等人突然发现了外国政治小说在富国强民中的巨大作用，因此对小说社会功用价值极为强调。正是近代小说理论批评家对小说社会功用价值的强调，对域外小说与国富民强关系的不无浮夸的描述，使小说的地位极大地提高了。从此，小说由文学的边缘进入了文学的中心，成为最受重视的一种文学体裁。

同近代"诗界革命"、"文界革命"、"小说界革命"相适应，在戏曲领域出现了"戏曲改良"的理论。近代的戏曲改良理论，突出强调戏曲的社会功能，重新分析了戏曲的艺术特征，主张戏曲为现实的政治斗争服务，主张对传统的戏曲进行改革，以适应当时新形式的需要。近代戏曲批评在理论构建和开拓的方法上也能以开放的思维与辩证的态度观照、阐释中国传统戏曲，初步形成了不同于中国传统戏曲批评的方法论体系。这些理论和方法为现代戏曲学的发展壮大奠定了坚实的基础，开辟了广阔的道路。

一、“小说界革命”

中国小说起源于民间，被视为“街谈巷语”、“固不足与文学之事”，受到封建正统文人的鄙视，在文学史上一直没有地位。而清末的“小说界革命”完全抛弃了以小说为“稗史”的传统思想，引入西方近代的文学观念，重新确立了小说的价值，使小说从“不登大雅之堂的末流”成为“文学之最上乘”，促进了传统小说内容和形式的革新，空前提高了小说的地位。

1902 年，梁启超在《新小说》的创刊号上发表《论小说与群治之关系》一文，明确提出“小说界革命”的口号，表现出小说革新的自觉意识。但是，梁启超并不是近代关注小说的第一人，提倡“新小说”的革新运动在晚清酝酿已久。戊戌变法前后，维新派放眼世界的政治经济形势，提出改革时政的政治主张，迫切需要利用各种文艺形式来开启民智、宣传他们变法图强的理念。他们办报纸、开学堂、提倡今语写作，注意到了小说的重要社会功能，敲响了“小说界革命”的前奏。

在维新派人士中最早关注小说的人是黄遵宪。1887 年，他在《日本国志》中提到小说：“语言与文字离，则通文者少，语言与文字合，则通文者多，其势然也。”①后来就出现了更多强调小说重要性的理论文字。1897 年，严复和夏曾佑在《国闻报》发表长文《本馆附印说部缘起》，这是一篇专门讨论小说价值的文章，文章把稗史小说与经史子集并举，肯定了小说在传导民情史实方面的作用。维新派人士把目光投向被正统文人视为末流、不登大雅之堂的小说，正是看到了通俗浅近的小说对于开启民智的教化作用，希望小说能够成为醒世觉民的工具。然而这时并未出现“新小说”的创作。

严复、梁启超这些早期启蒙知识分子在对西学的学习和考察中，看到了小说对西方现代化的巨大影响，因此，“新小说”的实践是从翻译域外小说开始的。

1898 年秋，百日维新失败，梁启超流亡日本，11 月在横滨创办《清议报》。12 月 23 日他在《清议报》上发表《译政治小说序》，正式标榜“政治小说”。在这篇文章中，梁启超再次批评了中国旧小说的弊端陈习，他把是否有利于政治改革作为衡量小说的标准，明确强调了小说对于改造社会政治的工具性作用；这明显是受到了日本的影响。在明治维新和民权运动期间，政治小说大盛于日本，梁启超注意到政治小说对日本明治维新运动的影响，这更加促使他翻译、创作政治小说以为改造中国服务。1898 年，他在东渡日本途中就把柴四郎的《佳人奇遇》翻译了过来，成为《清议报》连载的第一篇政治小说，接着又翻译连载了矢野龙溪的《经国美谈》，两篇小说在当时的中国都轰动一时。

晚清的理论家无不认为，小说在英、美、日等国的现代化进程中起到了决定性的作用，并且他们坚信，小说是彻底促进中华民族命运改变的重要力量，小说在中国走向现代化之时也会起到同样的作用。1902 年，梁启超办《新民丛报》、作《新民说》，围绕新民思想展开广泛论述。他认为：“苟有新民，何患无新制度，无新政府，无新国家。”同年 11 月，《新小说》杂志在日本横滨创刊，梁启超撰文《论小说与群治之关系》，打出“小说界革命”的口号，“欲新一国之民，不可不新一国之小说。……乃至欲新人心，欲新人格，必

① 黄遵宪：《日本国志》，上海古籍出版社 2001 年版，第 127 页。

新小说。何以故？小说有不可思议之力支配人道故”①，为“新民”找到了最佳的途径。

以前论及小说的文字大多停留于“言文合一”、“通浅易解”、“乐而多趣”的层次。梁启超在这篇文章中分析了小说这一文体独特的审美特征，“小说者，常导人游于他境界，而变换其常触常受之空气者也。此其一”；“感人之深，莫此为甚。此其二”。“此二者实为文章之真谛，笔舌之能事。而诸文之中能极其妙而神其技者，莫小说若。故曰小说为文学之最上乘也。”他进一步指出，小说是通过美感作用而达到其社会功能的，认为“抑小说之支配人道也，复有四种力”：“熏”、“浸”、“刺”、“提”。熏，指熏陶，是指小说的潜移默化的力量；浸，是指“浸入其内”，指小说的艺术感染力；刺，是指小说给人的刺激讽喻；提，是指读者自其身“入于书中，而为其书之主人翁。”小说可左右社会人心的风俗好尚。梁启超从而得出结论：小说不是封建文学所说的末道，不是稗官野史，而是大道，是左右社会的力量。

为了实践自己的理论主张，梁启超亲自创作了一篇“新小说”——《新中国未来记》。《新中国未来记》是中国的第一部政治小说。以今人的眼光来看，它似乎更像是一篇宏大的政论文，而不是小说。对此，梁启超自己也有清醒的认识，在《绪言》中他说：“此编今初成两三回，一覆读之，似说部非说部，似稗史非稗史，似论著非论著，不知成何种文体，自顾良自失笑。”正是这部具有空前创造性的小说，成为中国“新小说”的开山之作，为改造旧小说、创作“新小说”提供了范本。所谓“新”，就是要有“振国民精神，开国民智识”的新思想、新内容。

梁启超夸大了小说的社会作用，但他从文学社会性的角度说明小说的重要性，强调了小说为社会改革服务的社会作用，虽然有忽视小说审美性的缺陷，但在长期排斥、鄙视小说的历史条件下，显然有着叛逆“非圣不道”的文坛时尚，促进文学与时代相结合的作用，这是有积极意义的。晚清“小说界革命”正是在这种理论指导下得到蓬勃发展。小说被誉为“文学之最上乘”，中国小说也从传统的才子佳人、讲史的模式中脱颖而出，直接反映社会现实的社会小说、政治小说大量涌现，小说终于冲破了几千年封建文学的桎梏，登上了文学的“大雅之堂”。

“小说界革命”口号的提出，寄托了中国近代知识分子“改良群治”、“新民”的政治理想，表达了变革图存的先驱者试图将小说创作与启蒙主义思潮相结合的文化要求。“小说界革命”提高了小说的地位，强化了小说教育民众和改造社会的功能，同时也促进了小说的改革，使小说在内容上向着现实化和政治化、在形式上向着通俗化和大众化转型。②

二、《宋元戏曲史》

《宋元戏曲史》原名《宋元戏曲考》，商务印书馆在出版单行本时改为此名。王国维的戏曲研究著作有《曲录》、《戏曲考原》、《唐宋大曲考》、《古剧脚色考》、《宋元戏曲史》等多种。这些著作，开启了20世纪中国戏曲研究的风气，为建立中国戏剧史学做出了开创

---

① 陈平原、夏晓虹：《二十世纪中国小说理论资料·第一卷》，北京大学出版社1989年版，第33页。

② 程光炜：《小说界革命》，《信阳师范学院学报》2003年第1期。

性的贡献。其中王国维的《宋元戏曲史》不仅是中国第一部史料完备、论证详尽的戏曲史，而且作者对新的美学观念与新的研究方法的成功探索，给中国学术界带来了一股新鲜的气息，开了一代学术研究的新风，是中国戏曲研究的开山之作。郭沫若作《鲁迅与王国维》专文，高度评价："王国维的《宋元戏曲史》和鲁迅的《中国小说史略》，毫无疑问，是中国文艺史研究上的双璧。不仅是拓荒的工作，前无古人，而且是权威的成就，一直领导着百万的后学。"①

在《宋元戏曲史》中，王国维的主要贡献是：

(一)高度评价了元杂剧在中国文学史上的价值

中国人因长期受儒家思想的束缚，把诗文作为正统，而视戏曲、小说为末流，因此历来戏曲、小说家的地位甚低，不仅不录于正史，就是在其他文献中关于他们的记载也甚少，以致有许多名著的作者是谁，至今仍不能确定。王国维在《宋元戏曲史》的《序》中大声疾呼：

> 凡一代有一代之文学：楚之骚，汉之赋，六代之骈语，唐之诗，宋之词，元之曲，皆所谓一代之文学，而后世莫能继焉者也。独元人之曲，为时既近，托体稍卑，故两朝史志与《四库》集部，均不著于录；后世硕儒，皆鄙弃不复道。而为此学者，大率不学之徒；即有一二学子，以余力及此，亦未有能观其会通，窥其奥窔者。遂使一代文献，郁堙沈晦者，且数百年，愚甚惑焉。

在这里，他把元曲放在和楚辞、汉赋、唐诗、宋词同等地位，并对元曲在文学史上所受到的不公正待遇及肤浅的研究状况表示深深的不满。

王国维对元杂剧的艺术成就予以极高的评价，他认为文章的妙处在于有意境，而元剧也是有意境的。"元剧最佳处，不在其思想结构，而在其文章。其文章之妙，亦一言以蔽之曰有意境而已矣。"②这里所说的"意境"，是王国维对文学艺术评价的标准。他认为元曲和诗词一样，也有意境，因此在艺术水准上，王国维认为元曲和古诗词有同等地位。

他又把戏曲文学作为一种独立文体来看待，"杂剧之为物，合动作、言语、歌唱三者而成。故元剧对此三者，各有其相当之物。其纪动作者，曰科；纪言语者，曰宾、曰白；纪所歌唱者，曰曲。"他认为"元剧之词，大抵曲白相生；苟不兼作白，则曲亦无从作。"有的作品如《老生儿》等，"其妙处全在于白，苟去其白，则其曲全无意味"。这说明元剧是一种完整的新文体。

王国维还高度评价了元曲的历史价值，认为元曲是反映元代社会生活的一面镜子。他指出："元剧自文章上言之，优足以当一代之文学。又以其自然故，故能写当时政治及社会之情状，足以供史家论世之资者不少。"

(二)对戏曲的起源、发展过程进行科学的探索

王国维对戏曲起源的各种因素进行了历史性的研究，从古优、巫觋，春秋时代的优孟

① 《文艺复兴》1946年第2卷第3期。

② 王国维：《宋元戏曲史》，东方出版社1996年版，第102页。

衣冠，汉唐的歌舞百戏、滑稽戏，到宋金杂剧院本，各种乐曲、说唱文学、小说、傀儡戏、影戏等，逐一考证它们的来源、内容、表现形式和艺术特点，探索戏曲发展的历史过程。他认为，中国戏曲是由某种单一的艺术形式发展而来的，到宋代开始歌和舞分家，并“渐由歌舞以缘饰故事，于是向之歌舞戏，不以歌舞为主，而以故事为主。至元杂剧出，体制遂定，南戏出而变化更多，于是我国始有纯粹之戏曲”。

当时由于西方文化传入，有人鼓吹文艺西来说，王国维虽在学术上深受西方文化影响，但他力排戏曲外来之说，他说：

> 至于戏剧，则除“拨头”一戏，自西域入中国外，别无所闻。辽金之杂剧、院本，与唐宋之杂剧，结构全同。吾辈宁谓辽、金之剧，皆自宋往，而宋之杂剧，不自辽、金来，较可信也。至元剧之结构，诚为创见；然创之者，实为汉人；而亦大用古剧之材料，与古典之形式，不能谓之自外国输入也。

王国维认为戏曲是发展的，不会一成不变，总会有新的艺术形式取代已陈旧的艺术形式，他在看到元杂剧艺术成就及历史意义的同时，对元杂剧的缺点提出了比较中肯的批评，深感其不如南戏之进步：

> 元剧大都限于四折，且每折限一宫调，又限一人唱，其律至严，不容踰越。故庄严雄肆，是其所长；而于曲折详尽，犹其所短也。至除此限制，而一剧无一定之折数，一折(南戏中谓之一曲)无一定之宫调；且不独以数色合唱一折，并有以数色合唱一曲，而各色皆有白有唱者，此则南戏之一大进步，而不得不大书特书以表之也。

正因为杂剧的宫调太严，又限于一人主唱，不容易展开剧中人物间的冲突，再加上仅限于四折，不能表现复杂多变的情节，在其高度发展之后，渐渐地由停滞状态走向衰微，以致在明清之际为形式上较为自由、音乐上变化较多的传奇所取代。

(三)以新的美学观念阐明了中国戏曲的美学特征

王国维曾研究过亚里士多德的《诗学》以及康德、叔本华、尼采的哲学美学思想，并深受影响。他是我国第一个引进西方美学观论述中国戏曲的学者。

王国维注意到了中国戏剧的审美主体与审美效应问题。他在谈到古代俳优时就指出了它与巫的本质区别：“巫以乐神，而优以乐人”。在谈到元剧时又说：元人作剧，并非为了“藏之名山”，“彼以意兴之所至为之，以自娱娱人”。乐人、娱人都是指戏剧有其审美主体。与审美主体相关的就是戏剧的审美效应，“优施鸟乌之歌，优孟爱马之对，皆以微词托意，甚有谑而为虐者”，说明中国戏剧在萌芽状态就带有讽喻世事的审美效应。在谈到元杂剧时，王国维更明确指出：“又以自然故，故能写当时政治及社会之情状。”王国维也注意到审美主体制约戏剧发展的反作用力，他认为元杂剧移至南方，逐渐衰微，其中一个原因是北杂剧不甚适应南方观众的审美情趣和欣赏习惯。

王国维还把中国戏剧作为一种独立一体的美学形态来研究，从大量客观材料中概括出它的审美特征。他借鉴亚里士多德对悲剧的定义，对中国戏曲作了如下概括：“必合言语、动作、歌唱，以演一故事，而后戏剧之意义始全。”这就指出了中国戏曲熔歌唱、动作、说白、舞蹈于一炉的综合性的审美特征。

对戏曲文学，王国维提出了自己的美学标准。他说：“元曲之佳处何在？一言以蔽之，曰：自然而已矣。古今之大文学，无不以自然胜，而莫著于元曲。”这种崇尚自然的审美思想除了是继承和发展了我国古典文论中关于“本色”、“天然”等论点外，也受到19世纪现实主义文学思潮的影响。他所说的自然，主要指：“彼但摹写其胸中之感想，与时代之情状，而真挚之理，与秀杰之气，时流露于其间。”也就是要求作者以真挚的感情、自然的笔触，描写时代之情状、抒发自己胸中之感想，并且要自然地流露出来。根据这一美学标准，他特别推崇关汉卿，他说：“关汉卿一空依傍，自铸伟词，而其言曲尽人情，字字本色，故当为元人第一。”

王国维还首次把西方悲喜剧的理论引进到中国曲论中来。他说：“明以后，传奇无非喜剧，而元则有悲剧在其中。就其存者言之：如《汉宫秋》、《梧桐雨》、《西蜀梦》、《火烧介子推》、《张千替杀妻》等，初无所谓先离后合、始困终亨之事也。其最有悲剧之性质者，则如关汉卿之《窦娥冤》，纪君祥之《赵氏孤儿》。剧中虽有恶人交构其间，而其蹈汤赴火者，仍出于其主人翁的意志，即列于世界大悲剧中，亦无愧色也。”他认为元代的悲剧打破了先离后合，始困终亨的“大团圆”格局，把《窦娥冤》与《赵氏孤儿》看作我国古代悲剧的典范，并把这两部戏列入世界大悲剧之林。这些都是出言不凡的创见。

◎思考题：

1. 在近代文化背景下近代文论是怎样逐渐向现代转型的？
2. 近代文学批评的文体有什么时代特点？
3. 刘熙载《艺概》的主要内容是什么？
4. 试述陈廷焯词学理论与“沉郁说”。
5. 试述梁启超对文学革命理论的贡献。
6. 王国维与中国文论话语现代转换的关系如何？
7. 试述“小说界革命”的内容和历史意义。
8. 试述王国维《宋元戏曲史》在中国戏曲研究上的贡献。

后　记

在武汉大学讲授中国文学批评史是一件很幸运的事，因为走进珞珈山就如同走进这一学科的历史。20世纪二、三十年代是中国文学批评史学科的奠基期，其代表人物为郭绍虞、罗根泽和朱东润，郭、罗二位先生早期的中国文学批评史论文就发表在武汉大学人文学院主办的《文哲季刊》上，朱先生应闻一多院长之邀于1931年在武汉大学讲授中国文学批评史，他讲义上的第一句话是："中国文学批评史，现时惟有陈钟凡著一种……"武汉大学的"中国文学批评史"，是珞珈山文学门的品牌学科"三古"(古代汉语、古代文学、古代文论即批评史)之一，有着悠久而辉煌的历史。整个20世纪，从黄侃、刘永济的《文心雕龙》研究到王文生的《中国历代文论选》；从吴林伯、罗立乾的六朝文论到程亚林、刘良明的诗学及小说理论，形成了血脉相承的学术传统。现在的武汉大学文学院，几乎每个教研室都有研究中国文学批评史的学者，而且大多师出名门，有很好的学术渊源。20世纪80年代，全国有四个"中国文学批评史"博士点：复旦大学、南开大学、四川大学和陕西师范大学，分别由王运熙、顾易生、王达津、杨明照、霍松林等先生主持；而这几位堪称"大师"的学界先贤，均有弟子在珞珈山治中国文学批评史，并讲授批评史及其相关课程。而且，武汉大学也有了自己的"中国文学批评史"博士点。今天，由武汉大学出版社来出版武汉大学教授主编的《中国文学批评史》，这本身就是一件具有学科史意义的事情。

国内目前已有多种中国文学批评史教材，而本书在同类教材中有两大创新：第一，紧紧扣住中国文学批评与儒道释文化的关系，在古代文化的思想背景和精神源流中，把握并阐释文学批评的演进脉络和理论精粹，力图在民族文化和民族精神的层面揭示中国文学批评史的理论意义和当代价值。第二，尝试从批评文体的角度，重新清理中国文学批评史，全书在每一章的概述部分专门辟出一小节，介绍本时期批评文体的时代特征，其具体内容包括：此时期批评文体的独特之处，此时期文学批评在文体样式(体制)、批评语言(语体)和批评风格(体貌)等方面的特征。此外，本书每一章均有"资料选注"，精选本时期最具代表性的文学批评材料并随文略加注解，为教师授课、学生自学以及广大读者的阅读提供文本依据。

本书的责任编辑陶佳珞社长作了大量细致而艰苦的工作，在此谨致谢忱。

最后，将本书作者及其所撰章节分列如下(以本书章节为序)：

李建中：导论

严　平：先秦文学批评

郭玉生：两汉文学批评

高文强：魏晋南北朝文学批评

牛月明：唐代文学批评

唐明生：宋金元文学批评
喻守国：明代文学批评
孙宗美：清代文学批评
吴作奎：近代文学批评
本书体例及章节由李建中拟定，全书由李建中、高文强统稿。

李建中
2008 年 4 月 26 日于东湖名居寓所

第二版后记

说来有趣，这本《中国文学批评史》此时具有双重身份：作为单行本，它已刊行七年，此为第二版；而作为批评史系列教材，它又是首批成果之一，因之获得新的生命。

这套“中国文学批评史系列教材”，首批共三种：《中国文学批评史》、《中国文论经典导读》和《文心雕龙导读》。就性质而言，本书当为系列教材的纲要或导引；就体例而论，本书既依时序“原始表末”，又择经典“敷理举统”。而系列教材的两种“导读”，既是对中国文论经典的“选文定篇”，更是对中国文论精粹的“释名彰义”。三部书互补互济，相得益彰：读这一部“史”，可以领略中国文学批评的历史流变和理论要义；读另两部“导读”，可以识鉴中国文论经典的思想精华和诗性魅力。

本书第一版在每章后面附有资料选注；而第二版作为系列教材之一，为避免与《中国文论经典导读》和《文心雕龙导读》的重复，故将原有的“资料选注”删节。高校同仁和同学，在讲授和学习“中国文学批评史”或“中国古代文论”课程时，可将此书与本系列的两部导读配套使用。

李建中

2015 年 8 月 10 日于云南昆明西南联大旧址